D0786107

CHRONIQUES ITALIENNES

Du même auteur
dans la même collection :

LE ROUGE ET LE NOIR
LA CHARTREUSE DE PARME
LUCIEN LEUWEN (2 vol.)
DE L'AMOUR
ARMANCE

STENDHAL

CHRONIQUES ITALIENNES

Introduction, chronologie, établissement du texte, notes, archives de l'œuvre et index
par
Béatrice DIDIER.

GF-Flammarion

ISBN 2-08-070293-9

CHRONOLOGIE

1783, *23 janvier :* Naissance à Grenoble d'Henri Beyle, fils de Chérubin Beyle et d'Henriette Gagnon. Il aura deux sœurs : Pauline, née en 1786, et Zénaïde-Caroline, née en 1788.

1790, *23 novembre :* Mort d'Henriette Beyle. Henri Beyle a sept ans quand sa mère disparaît. Enfance triste. Henri Beyle déteste l'hypocrisie de ceux qui s'occupent de son éducation : tante Séraphie et l'abbé Raillane. Il a beaucoup d'affection pour son grand-père Gagnon et lit dans sa bibliothèque *Don Quichotte*, *La Nouvelle Héloïse* et Molière.

1796 : Henri Beyle entre à l'Ecole Centrale de Grenoble. Brillants succès en mathématiques, en dessin et en lettres avec le professeur Dubois-Fontenelle. Ier prix au Cours supérieur de mathématiques.

1799 *(novembre) :* Henri Beyle arrive à Paris. En principe, il doit passer le concours d'admission à l'École polytechnique. Il y renonce et préfère écrire. Maladie. Noël Daru, son parent du côté des Gagnon, l'héberge chez lui.

1800 : Beyle travaille sous les ordres de Pierre Daru au ministère de la Guerre. Il rejoint en mai Daru qui accompagne le Premier Consul en Lombardie. Genève. Milan. Amour pour Angela Pietragrua.
Le 23 octobre : il est appelé au 6e régiment des Dragons.

1801 : Aide de camp du général Michaud. Fait de la musique, de l'escrime et de l'italien, déteste l'armée, tombe malade et repart pour Grenoble (fin décembre).

1802 : Après trois mois passés à Grenoble, il revient à Paris. Amour pour Victorine Mounier. Lectures :

des Idéologues surtout. Beyle fréquente assidûment les théâtres.

1804 : Amour pour une jeune actrice, Mélanie Guilbert (« Louason »).

1805 : Elle a un engagement pour le théâtre de Marseille. Il l'y suit et travaille dans la maison d'exportation Charles Meunier. Courts séjours à Grenoble, à l'aller et au retour.

1806 : Beyle est reçu franc-maçon. Il accompagne Martial Daru (frère de Pierre) en Allemagne, et entre à Berlin à la suite de Napoléon. Adjoint provisoire aux Commissaires des guerres, il va à Brunswick.

1807 : Paris. Retour à Brunswick. — Mina de Griesheim.

1808 : Il est chargé des domaines impériaux de l'Ocker et de la surveillance des biens du roi de Westphalie.

1809 : Début de l'année à Paris. Ensuite, il fait la campagne de Vienne sous les ordres de Daru. Vie agréable à Vienne. Malade, il n'est pas à Wagram. Liaison avec Babet.

1810 : Retour à Paris. Il est nommé auditeur au Conseil d'Etat et inspecteur des Bâtiments de la Couronne.

1811 : Dandysme. Liaison avec Angéline Bereyter, cantatrice de l'*Opéra-Buffa;* il déclare sans succès son amour à sa cousine Daru. En septembre, il retrouve à Milan Angela Pietragrua.

1812 : Il rejoint la grande armée en Russie. Il entre à Moscou.

1813 : Retour à Paris. Campagne de Saxe. Congé de maladie. Milan. Angela. — Il est envoyé à Grenoble comme adjoint du sénateur comte de Saint-Vallier.

1814 : Paris est pris par les Alliés. Beyle signe la déclaration du Conseil d'Etat qui reconnaît l'établissement des Bourbons. Il travaille à adapter des *Lettres sur Haydn.* Milan. Sa liaison avec Angela Pietragrua est orageuse.

1815 : Publication de *Lettres écrites de Vienne en Autriche, sur le célèbre compositeur Joseph Haydn, suivies d'une vie de Mozart et de considérations sur Métastase et l'état présent de la musique en Italie.* Stendhal vit à Milan, et fait des voyages à Turin, à Padoue et à Venise.

1816 : Vie mondaine et musicale à la Scala. Il rédige l'*Histoire de la peinture.*

1817 : Rome. Naples. Grenoble. Paris. Londres. Esquisse de la *Vie de Napoléon.* Publication de l'*Histoire de la peinture en Italie*, signé M.B.A.A. puis de *Rome, Naples et Florence*, signé pour la première fois Stendhal.

1818 : Passion pour Métilde Dembowski.

1819 : Il la poursuit à Volterra, à Florence et à Milan. Il commence son traité *De l'amour.*

1821 : Adieux à Métilde. Il revient à Paris et fait un second voyage à Londres.

1822 : Publication de *De l'Amour.* Collaboration au *New Monthly Magazine.*

1823 : Stendhal travaille à la *Vie de Rossini.* Publication de *Racine et Shakespeare.*

1824 : Liaison avec la comtesse Curial (Clémentine, dite Menti). *Salon de 1824*, dans le *Journal de Paris.*

1825 : Seconde édition de *Racine et Shakespeare.* Mort de Métilde Dembowski.

1826 : Rupture avec Menti et achèvement d'*Armance.* Nouvelle édition de *Rome, Naples et Florence.*

1827 : Publication d'*Armance.*

1829 : Liaison avec Alberthe de Rubempré (Mme Azur). Ebauche du *Rouge et le Noir. Vanina Vanini, (Revue de Paris)*, décembre. Cette année-là, selon toute vraisemblance, Stendhal lit la traduction du *Couvent de Baïano.*

1830 : Il achève *Mina de Vanghel*, et *Le Rouge et le Noir.* Il publie *Le Coffre et le Revenant, Le Philtre*, et enfin *Le Rouge et le Noir.* Amour pour Giulia Rinieri qu'il veut épouser.

1831 : Il est nommé consul à Civita-Vecchia. Il entreprend *San Francesco a Ripa*, qui s'appelle d'abord : *Santa Maria Romana.*

1832 : Civita-Vecchia, Naples, Ancône, Rome, Sienne, Florence. Giulia Rinieri. Stendhal écrit les *Souvenirs d'égotisme* et *Une position sociale.*

1833 : Sienne, Florence, Rome, Civita-Vecchia. Mariage de Giulia.

9 mars 1833 : note en marge d'un exemplaire des *Promenades dans Rome* relative à Béatrice Cenci. Il vient de découvrir les manuscrits italiens.

14 mars : en marge d'un *Tom Jones* « *I see with great pleasure i Tragici raconti. One day I will pub (lish) them.* » « Cela me distrait ; je cherche à me distraire. »
24 mars : il écrit en haut de la première page du manuscrit italien racontant le meurtre du prince Savelli : « Je fais copier ceci en 1833. Je me propose de faire relier ces histoires par ordre chronologique. »
Il écrira l'année suivante en marge de *Vittoria Accoramboni :* « *I though in march 1833 of making of this story as of that of Julien.* »
24 avril : le copiste lui remet un volume copié. Stendhal en rédige une table et prépare une préface : « J'ai lu tout ceci dans le manuscrit original avant de la faire copier. » (Mns. 171, f. 7.)
Il lit et corrige l'histoire du cardinal Aldobrandini.
25-26 avril : lecture et annotation des deux versions de la mort de *Vittoria Accoramboni.* Il note sur son exemplaire de *Tom Jones :* « Aujourd'hui, enrhumé par une triste pluie, je suis tout absorbé par la correction du texte de *Vittoria Accoramboni.* »
28 avril : il s'attache à l'histoire du procès du cardinal Carafa, accusé d'avoir été l'instigateur du meurtre de la duchesse de Palliano.
12 mai : à Rome, il se rend à l'église San Pietro in Montorio : « Les moines m'ont assuré que le corps de la pauvre Béatrix est près de l'autel, mais on ignore le lieu précis. » (Mns. 172, fol. 96 v°.)
15-16 mai : il lit l'histoire de Béatrice Cenci.
17 mai : il achève la lecture du plaidoyer de l'avocat Farinaci pour Béatrice Cenci.
18 mai 1833 : date inscrite en tête de la table du volume où se trouve le compte rendu du procès de Carafa. Voyage à Paris.

1834 : « A Florence, janvier 1834, je vois dans cette *Biographie Michaud* qui fait naître Sixte Quint d'un grand seigneur, que l'histoire Accoramboni a déjà été traduite en français. »
S'intéresse à l'*Origine delle grandezze della famiglia Farnese*. Lit la *Vita di Don Ruggiero*.
En marge de l'exemplaire Serge André des *Promenades dans Rome :* « *I have seven* volumes pleins de faits romains dont le récit donné par traduction sans nul ornement serait bien autrement probant et caractéris-

tique, mais probab[lemen]t moins amusant *than the actual tales.* 1834. »
« Récits : *Accoramboni*, *Cenci*, *Origine de la maison Farnèse*, « le ca[rdin]al neveu Aldobrandini, faisant tuer un jeune romain qui entretient une jolie fille, faisant condamner à mort par le gouv[erneu]r de Rome le p[rinc]e Santa Croce ».
Stendhal laisse pour un temps les manuscrits italiens, il compose *Lucien Leuwen.*
Démission de Lysimaque Tavernier, chancelier du consulat de Civita-Vecchia. Henri Beyle, à la suite de dénonciations, risque d'être destitué. Alors se poserait de façon aiguë le problème financier.
22 octobre : « *Two volumes for money after the fall of the R*[oman] *Empire* et de retour au 71 [de la rue] de Richelieu. » (B.N. 171, f. 317.)

1835, *6 janvier :* esquisse de préface pour la *Vita di Don Ruggiero.* Il travaille à *Lucien Leuwen*, puis l'abandonne et commence la *Vie de Henry Brulard.*

1836 : Civita-Vecchia et Rome. Continuation de la *Vie de Henry Brulard.* Stendhal obtient un congé. Il arrive à Paris le 24 mai 1836, en principe pour trois mois. Il va y vivre trois ans, pour le plus grand profit de nos *Chroniques.* Il lui eût été impossible de les publier en étant en Italie, pour des raisons politiques et religieuses.
Fin août : Vittoria Accoramboni est terminé.
Stendhal travaille aussi à la *Vie de Napoléon.*

1837, *1er mars :* parution de *Vittoria Accoramboni* dans *La Revue des Deux Mondes.*
19-21 avril : préparation des *Cenci.*
Tractations avec Buloz. Lettre de Stendhal, le 28 avril : « Je m'engage à vous remettre six ou sept nouvelles formant ensemble la valeur de 12 feuilles de la *Revue.* (...) *Cenci* sera peut-être prêt après-demain, et si vous en aviez besoin plus tôt, je pourrais le livrer demain. Quelque petit espace que je tienne dans le monde, vous savez, Monsieur, qu'il y a des gens qui cherchent à me nuire; je désirerais que mon nom fût prononcé le moins possible. »
1er mai : Stendhal renonce à l'histoire du cardinal Aldobrandini : « Plat bavardage rédigé sur des ouï-dire. »
Juillet : Stendhal commence *Le Rose et le Vert.*
Fin mai-début juillet : voyage sur les bords de la Loire,

en Bretagne et en Normandie. *Les Cenci* paraissent dans la *Revue des Deux Mondes* (1er juillet). Rédaction des *Mémoires d'un touriste*, qu'il remet à son éditeur fin décembre. Arrêt momentané des *Chroniques italiennes*.

1838 : Suite des *Mémoires d'un touriste*.
Début mars-milieu juillet : voyage à Bordeaux, dans les Pyrénées, dans le Midi, en Suisse, en Rhénanie, en Hollande, en Belgique.
A son retour, Stendhal se remet aux manuscrits italiens. Il est embarrassé pour publier certaines chroniques « à cause de sa chaîne officielle », en particulier l'histoire d'Urbain VIII et *L'Origine de la grandeur des Farnèse*. En revanche, le récit du meurtre de la duchesse de Palliano semble libre de tout interdit.
28 juillet : Stendhal compose la préface de *La Duchesse de Palliano*.
31 juillet-9 août : il dicte, puis corrige *La Duchesse*.
15 août : elle paraît dans *La Revue des Deux Mondes*.
Stendhal songe à transformer les *Origine delle grandezza della famiglia Farnese* en « romanzetto ». De là naîtra *La Chartreuse*.
12-13 septembre : Stendhal dicte la première partie de *L'Abbesse de Castro*.
12 octobre-2 novembre : voyage en Bretagne et en Normandie. Il compose en deux mois *La Chartreuse de Parme*.

1839 : *L'Abbesse de Castro* paraît dans *La Revue des Deux Mondes* le 1er février et le 1er mars.
6 avril : le *Journal de la Librairie* annonce *La Chartreuse de Parme*.
Stendhal commence le 8 avril la rédaction de *Trop de faveur nuit*, tiré du *Couvent de Baïano*. Il se sent fatigué. « Je me trouve frappé de stérilité. » (Ms. Grenoble 290, f. 1.) « Abandonné pour le moment, le 15 avril 1839. Je prends l'histoire *said by* M. Fior(e) hier soir à 9 h. au Café Anglais » (*ibid.* R. 291, f. 447). Il s'agit de *Suora Scolastica* qui est ensuite abandonnée à son tour.
Il entreprend *Lamiel*.
24 juin : il quitte Paris; il doit reprendre ses fonctions le 10 août.
Mois d'octobre à Rome et à Naples avec Mérimée.

1840 : Rome et Civita-Vecchia avec, cependant, deux

voyages à Florence. *Lamiel* se poursuit, qui ne sera jamais achevé.

1841 : Stendhal malade. Le 15 mars, attaque d'apoplexie. Retour à Paris.

1842, *1er mars :* Stendhal lit *L'Histoire du royaume de Naples* de Pietro Colletta, en vue de *Suora Scolastica.*
14 mars et jours suivants : il dicte et corrige *Suora*, il met au point la liste d'une deuxième série de nouvelles pour *La Revue des Deux Mondes : Suora Scolastica, Mlle de Wanghen, la Juive, Trop de faveur tue, Histoire de Florence.* Il y ajoute encore *le Chevalier de Saint-Ismier.*
22 mars : nouvelle attaque d'apoplexie.
23 mars : mort de Stendhal.

INTRODUCTION

Comme chacun sait, le titre : *Chroniques italiennes* n'est pas de Stendhal : il a été donné après coup à un recueil factice et n'apparaît qu'en 1865 dans l'édition Michel Lévy des *Œuvres complètes*, vingt-trois ans après la mort de l'auteur. Mais, dans sa simplicité même, ce titre a le mérite de mettre en évidence une démarche essentielle de l'intelligence, de l'imagination, de la création stendhaliennes où se trouvent réunis, mariés, fondus la passion pour le fait vrai et l'amour pour l'Italie — aspirations fondamentales, chez Stendhal, et dès la formation de la sensibilité. Son Italie, comme l'Allemagne de Nerval, est une patrie mythique qui se situe aux origines de l'être, puisqu'elle se confond avec la mère. On sent plus qu'une simple curiosité d'historien dans la joie avec laquelle Henry Brulard se découvre ou croit se découvrir des origines italiennes, grâce aux Gagnon : à la branche maternelle justement. Et la vie de Beyle, autant que l'œuvre de Stendhal, est là pour prouver cette fidélité à l'Italie et à la mère. Son goût du fait vrai remonte très loin aussi dans son histoire et à l'éveil sinon de la conscience, du moins de la vie intellectuelle. L'étude des mathématiques, puis l'adhésion aux doctrines des Idéologues se rattachent à cette volonté scientifique d'appuyer les élans de l'imagination sur les documents contrôlables, irréfutables. Par l'intermédiaire de la chronique italienne, Stendhal réalise cet équilibre, si essentiel à sa génération, entre les exigences rationnelles et les aspirations du rêve, entre Lumières et Romantisme — à condition, évidemment, de refuser les distinctions simplistes et d'admettre qu'il y a beaucoup de romantisme dans les Lumières, beaucoup de Lumières dans le Romantisme, et que ce goût de l'Histoire, qui est aussi bien une exigence de l'imagination que du sens scientifique, est précisément un trait fondamental du romantisme de 1830, et même de 1800. Aussi la chronique est-elle un genre littéraire cher au romantisme qui croit supprimer les règles dans le nouvel art poétique; sans que, Dieu merci! un Boileau vienne codifier ultérieurement ce que Stendhal ou Mérimée ont mis au point et qui se ramène essentiellement à un très sûr équilibre entre la vérité et la fiction, le dynamisme du récit et l'intrusion de l'auteur, la présence du héros et le tableau d'une époque. La chronique, parallèlement au conte fantastique, et selon un procès assez radicalement différent, devient donc un *genre* dont il peut être intéressant d'étudier les formes à travers Stendhal, cependant que, par une démarche inverse, on retrouve dans la chronique toute une thématique propre à Stendhal.

La chronique italienne est si profondément inscrite dans son génie qu'elle se retrouve un peu partout et même là où on ne l'attend pas. Nous n'avons pas l'intention d'aller extraire toutes les chroniques italiennes contenues dans l'œuvre ni d'en faire un relevé exhaustif; mais simplement de signaler une constante. Dans ses traités, dans ses ouvrages d'Histoire, par goût et par système, il préfère l'anecdote à la dissertation abstraite. Dès les *Vies de Haydn, de Mozart et de Métastase*, un Vénitien imaginaire est supposé raconter l'histoire véridique et tragique des amours du musicien Alessandro Stradella et de la belle Hortensia. Si le Vénitien est inventé, le récit, lui, repose sur des bases solides, mises au jour par V. del Litto : le *Dictionnaire des musiciens* de Choron. Cette histoire a tant charmé Stendhal qu'il la reprend dans la *Vie de Rossini* en lui adjoignant une autre chronique assez parente : l'histoire des amours et de la mort de Isnelda Lambertazzi et de Bonifazio Jeremei. Deux anecdotes aussi dans l'*Histoire de la peinture en Italie :* le suicide de la fille d'Impéria; et surtout l'aventure de Bianca Capello, qui serait déjà tellement digne de figurer dans les *Chroniques italiennes* proprement dites. Les *Promenades dans Rome* relatent les amours de Lucrèce Frangimani, à partir d'une traduction de l'histoire du Couvent de Baïano qui avait parue en 1829.

A la fin de 1831, Stendhal se met à rédiger la première des chroniques italiennes autonomes : *San Francesco a Ripa* qui s'intitule d'abord : *Santa Maria Romana* et qui s'ouvre par cette déclaration : « Je traduis d'un chroniqueur italien le détail des amours d'une princesse romaine avec un Français. » Dans l'état actuel de nos connaissances, on ne peut savoir si Stendhal a réellement eu ce manuscrit entre les mains ou s'il s'agit d'une de ces formules de mystification qui font partie de la technique même de la chronique et de cet art de donner l'illusion du fait vrai. Mais ceci est sûr : à force de prétendre s'inspirer de manuscrits — et à force de les chercher — Stendhal finit par les trouver. Les *Chroniques italiennes*, dans leur majorité, s'inspirent de manuscrits italiens dont l'existence est irréfutable : libre à chacun d'aller à la Bibliothèque nationale consulter ces gros volumes constitués par tous ces textes que notre auteur avait fait recopier et a annoté de sa propre main. Sur les circonstances de la découverte, on n'a pas manqué de remarquer des divergences : elles proviennent de Stendhal et des différents témoignages qu'il nous a laissés de son aubaine. Mais ces témoignages concordent parfaitement sur un point : la signification que prend cette découverte dans le cheminement de la création stendhalienne : « anecdotes parfaitement vraies, écrites par les contemporains en demi-jargon », écrit-il à Sainte-Beuve, de Civita-Vecchia, le 21 décembre 1834. A son ami Domenico Fiore, le 18 mars 1835, « ces histoires écrites par des contemporains »; « la naïveté est extrême, c'est l'essentiel ». A Albert Stapfer, le 27 septembre 1835 : « des anecdotes originales et parfaitement vraies, écrites par des contemporains en style du temps ». Enfin à Levavasseur, le 21 novembre 1835 : « en demi-patois du temps, mais que j'entends fort bien, des historiettes de quatre-vingts pages chacune ». Stendhal insiste donc sur le caractère véridique de ces documents, sur le fait capital qu'ils émanent de contemporains, et naïfs; il est conscient, d'autre part, de la nécessité de récrire ces histoires au style maladroit, de la place et de la légitimité d'un travail d'artiste qui lui reste à accomplir. A Domenico Fiore, comme à Levavasseur, il parle de Tallemant des Réaux, ce qui prouverait, s'il en était besoin, à quel point il a le sentiment de se rattacher à une tradition littéraire, mais en la transformant. « Il n'y a rien de croustilleux comme dans Tallemant des Réaux; cela est plus sombre et plus intéressant. » Puis il constate avec une ironie assez sinistre les analogies de structures qui existent entre tous ces récits : « le héros finit ordinairement par être décapité ». La parenté avec Tallemant éclatait dans le titre auquel Stendhal avait songé initialement : *Historiettes romaines;* il a dû renoncer à « historiettes » qui ne semblait pas convenir à des textes tragiques et assez longs. Il est bien évident aussi qu'un élargissement géographique était nécessaire, puisque finalement ces aventures ne se passent pas exclusivement à Rome. Il s'en faut.

Si l'on consulte non pas les lettres, mais les déclarations de Stendhal dans les préfaces des chroniques, on s'aperçoit qu'il brouille les pistes à plaisir — ce qui est une loi du genre. Peut-être d'ailleurs lui avait-on recommandé la discrétion, si, comme on a toutes raisons de le penser, les manuscrits venaient de la famille Caetani, plus précisément de la duchesse de Sermoneta et de son fils Enrico avec qui Stendhal s'était lié. La découverte doit remonter à 1833. En tout cas en 1834, il note : « *I have two* volumes *of napolitan* anecdotes; une ou deux traduites sans *aucune* prétention et insérées augmenteraient la couleur locale. » Mais Stendhal va travailler à *Lucien Leuwen*, puis à la *Vie de Henry Brulard.* Il ne s'occupera vraiment des manuscrits italiens qu'après mai 1836 et son retour à Paris. Le premier texte qui l'a retenu fut *Vittoria Accoramboni* dont il fut tenté d'abord de faire un roman dans la manière du *Rouge :* « *I though in march 1833 of making of this story as of that of Julien.* » « La vérité vaut mieux », ajoute-t-il; et c'est bien cette idée, peut-être un peu mythique, de la vérité de ces textes qui va le guider : vérité du fait, vérité aussi qui éclate dans le style même et dont il voudrait conserver quelque chose dans sa propre rédaction : « J'aime le style de ces histoires; c'est celui du peuple il est rempli de pléonasmes et ne laisse jamais passer le nom d'une chose horrible sans nous apprendre qu'elle est horrible. Mais ainsi, sans le vouloir, le conteur peint son siècle et les manières de penser à la mode. » Quand il se met pleinement au travail, en 1836, Stendhal sait donc qu'il va lui falloir serrer la vérité de très près et ne pas écrire des romans, mais des chroniques. Il pourra publier de son vivant dans *La Revue des Deux Mondes* (1837-1839) : *Vittoria Accoramboni*, *Les Cenci*, *La Duchesse de Palliano* et *L'Abbesse de Castro.* Les autres chroniques italiennes ne seront pas publiées et même pas toujours achevées. Ainsi de *Suora Scolastica*, le texte auquel travaille Stendhal lorsque la mort l'atteint.

Pour l'éditeur des *Chroniques italiennes* une double question se pose. En dehors des quatre chroniques publiées par Stendhal de son vivant, lesquelles doit-on retenir ? quel ordre, d'autre part, adopter ? On peut constater que d'une édition à une autre le choix et l'ordre varient de façon assez notable. Nous avons essayé de nous conformer autant que possible aux intentions de Stendhal, sans nous dissimuler la part d'arbitraire qu'implique toute publication posthume. Constatation de simple évidence : si l'on se propose de donner un volume intitulé « Chroniques italiennes », on ne retient que les textes où Stendhal situe l'action en Italie, et où il s'inspire ou fait semblant de s'inspirer d'une chronique plus ou moins ancienne. On inclut donc *San Francesco a Ripa* bien qu'on en ignore la source; mais on sera tenté d'exclure *Vanina Vanini*, aventure contemporaine et, pour la même raison, *Le Philtre*, qui seraient à joindre aux nouvelles proprement dites [1].

Aucun classement n'est très satisfaisant, puisque aucun n'est de Stendhal. Pour les trois chroniques qu'il a réunies chez Dumont en 1839, il a suivi l'ordre chronologique des événements relatés. Et ce dessein semble remonter très haut, à l'idée même d'une publication, puisque, en mars 1833, il notait : « Je me propose de faire relier ces histoires par ordre chronologique, mais en mettant au début trois textes plus frappants pour donner une idée du pays à qui ne l'a pas étudié. » Certes, à ce moment-là, le travail de composition n'a pas encore été fait; mais Stendhal n'oublie pas ce projet initial et, en tout cas, insiste toujours sur la date des événements, prend la peine de la noter au début, parfois en soustitre (pour *Les Cenci*, *Trop de faveur tue*). Le fil chronologique a été pour lui un élément d'organisation. Nous avons donc adopté ce groupement. Nous commençons par cinq textes qui nous ramènent au XVIe siècle : *L'Abbesse de Castro* (1550); *La Duchesse de Palliano* (1566), *Vittoria Accoramboni* (1585), *Trop de faveur tue* (1589), *Les Cenci* (1599); puis deux qui se situent au XVIIIe : *San Francesco a Ripa* (1726) et *Suora Scolastica* (1740). Nous achevons donc le recueil sur ce texte qui fut aussi le dernier de Stendhal; d'autre part, on ne pourra nier que les trois premiers, selon le vœu de l'auteur, sont caractéristiques et très propres à donner une idée de

1. Nous avons ajouté *Vanina Vanini* essentiellement pour ne pas décevoir le lecteur qui s'attend à la trouver dans une édition des *Chroniques*, conformément à une tradition bien établie, quoique discutable.

l'Italie à qui serait tout à fait ignorant. Enfin, les parentés très évidentes qui existent entre *L'Abbesse de Castro* et *Suora Scolastica* permettent une harmonie de l'ensemble. Le cercle se referme d'un couvent à l'autre, de l'abbesse à la « suora », toutes deux amoureuses, toutes deux persécutées.

L'unité des *Chroniques* tient à la très grande analogie des structures et des thèmes qui se retrouvent de l'une à l'autre. La présentation, le point de départ, le démarrage de la nouvelle s'opèrent selon une pulsion qui est bien toujours la même. Et rien n'est plus éclairant que d'examiner le début de *L'Abbesse* ou de *Vittoria Accoramboni*. *L'Abbesse* commence par des considérations générales sur les brigands italiens qui entraînent Stendhal à des réflexions sur l'opposition, les tyrans, les historiens, la forêt de Faggiola et Albano et, enfin, la famille Campireali à laquelle appartient l'Abbesse. C'est alors que Stendhal en vient aux manuscrits italiens pour insister sur son rôle de traducteur. Il reprend les considérations sur les brigands et la forêt de Faggiola, mais sur un autre ton et en sorte que l'on ne sait plus très bien si c'est Stendhal qui parle de son propre chef ou si, simplement, il traduit. En fait, il suffit de consulter le manuscrit italien pour se rendre compte que cette nouvelle série de considérations est encore exclusivement de Stendhal. L'auteur semble surtout avoir voulu donner un effet de perspective, dégager plusieurs plans différents : Stendhal, écrivain du XIXe siècle; Stendhal simple traducteur; le chroniqueur italien, les personnages. Même progression savamment graduée au début de *La Duchesse de Palliano*, datée de Palerme comme *L'Abbesse* — du moins dans la version destinée à *La Revue des Deux Mondes ;* mais tandis que pour *L'Abbesse*, Stendhal laissera tomber cette notation finalement assez peu utile, il la conserve dans *La Duchesse de Palliano :* elle donne une garantie d'authenticité aux réflexions sur les voyages. Là encore avant d'aborder son histoire et ses personnages, Stendhal se montre au lecteur en train de voyager, puis se livre à des méditations sur la passion italienne : il traite de l'influence du climat sur la vie amoureuse dans un registre qui est absolument celui de *L'Amour ;* alors, seulement, il se souvient qu'il se propose d'être narrateur-traducteur et, passant à ce second plan de l'écriture, explique quelles abréviations il fera subir au récit, tout en soulignant une fois de plus sa fidélité à ses sources — fidélité que la confrontation avec le manuscrit italien permet de juger assez libre, mais ces déclarations sont nécessaires à Stendhal pour pouvoir se situer à ce second plan : Stendhal-traducteur; ce second plan qui lui permet de glisser du premier niveau (Stendhal écrivain, voyageur, etc.) au troisième : celui des personnages. Dans *Vittoria Accoramboni*, deux dimensions nouvelles apparaissent grâce à l'évocation du propriétaire du manuscrit et du lecteur d'aujourd'hui. Le schéma se complique et s'enrichit selon le développement suivant : 1) Stendhal à Mantoue, curieux d'antiquités, de tableaux en particulier; 2) le patricien qui lui vend les manuscrits; 3) l'auteur du manuscrit, sa personnalité, thème beaucoup plus développé que dans les autres chroniques; 4) le lecteur d'aujourd'hui auquel Stendhal s'adresse longuement et à la seconde personne; 5) le personnage : Vittoria, sa famille, son enfance. Ces divers plans sont d'ailleurs soulignés chaque fois par l'alinéa.

L'introduction des *Cenci* offre une savante complexité, et une richesse accrue, grâce à un élément nouveau : le tableau. A la différence des autres chroniques, Stendhal possède ici un ensemble de références en dehors du manuscrit : les portraits de Béatrice Cenci[1] et de sa belle-mère. On assiste d'abord à un mouvement de va-et-vient entre des considérations générales sur Don Juan et des remarques sur le narrateur italien. 1) le Don Juan de Molière et celui de Mozart; lord Byron; 2) Stendhal annonce « une notice historique sur le second des don Juan (...) François Cenci »; il semblerait qu'à ce moment-là la chronique commence; mais 3) Stendhal reprend des remarques sur Don Juan, l'hypocrisie, l'importance de la religion chrétienne pour que ce type puisse exister; 4) retour à Stendhal narrateur. Intervient alors une nouvelle catégorie de rapports au récit : il s'agit des compagnons de voyage de Stendhal qui lui auraient demandé cette narration : ils constituent une sorte de préfiguration du lecteur. C'est avec ses amis que Stendhal a vu le portrait de Béatrice Cenci au palais Barberini à Rome. Suit une galerie de portraits, quatre portraits

1. Stendhal a adopté la forme Béatrix.

exactement : deux seulement sont véritablement nécessaires, tandis que celui de la maîtresse de Raphaël et de l'esclave grecque du doge Barbarigo se situent, bien évidemment, en dehors de l'action propre à cette chronique; ils sont là pour élargir les perspectives, dépasser le simple portrait de famille, donner l'impression visuelle et esthétique d'une galerie; c'est alors et alors seulement que Stendhal revient à lui-même, en tant que voyageur, puis comme traducteur; un rappel de Don Juan semble refermer le cercle de ces méditations préalables et le récit commence. L'ouverture des *Cenci* est de beaucoup la plus intéressante. Quant aux dernières chroniques, dont on ne peut affirmer qu'elles soient achevées elles présentent une introduction fort réduite : un seul paragraphe pour *Trop de faveur tue*, un simple panorama historique au début de *Suora Scolastica*. Le rapport de Stendhal au chroniqueur et au personnage est enfin ramené à l'équation la plus dénudée dans *San Francesco a Ripa :* « Je traduis d'un chroniqueur italien le détail des amours d'une princesse romaine avec un Français. »

Par la suite, l'auteur semble s'éclipser devant la chronique elle-même. Il ne réapparaît qu'assez rarement; mais ces « intrusions » n'en sont que plus significatives. Il est assez remarquable que, dans *L'Abbesse de Castro*, elles se situent à plusieurs reprises après des extraits de lettres des personnages. « L'auteur italien rapporte curieusement beaucoup de longues lettres écrites par Jules Branciforte après celle-ci; mais il donne seulement des extraits des réponses d'Hélène de Campireali. Après deux cent soixante-dix-huit ans écoulés, nous sommes si loin des sentiments d'amour et de religion qui remplissent ces lettres, que j'ai craint qu'elles ne fissent longueur. » Ou encore : « Cette lettre finit par deux phrases folles, et dans lesquelles j'ai remarqué des raisonnements passionnés qui semblent imités de la philosophie de Platon. J'ai supprimé plusieurs élégances de ce genre dans la lettre que je viens de traduire. » La lettre, écriture au deuxième degré au sein de la nouvelle, semble donc, comme les débuts, entraîner le retour de la relation triangulaire : traducteur-chroniqueur-lecteur qui s'estompe dans le mouvement du récit et, du coup, réapparaît la dimension historique, l'espace-temps entre aujourd'hui et l'époque des événements, par l'intermédiaire des réflexions générales de Stendhal.

L'Abbesse de Castro renferme cependant une intervention d'auteur beaucoup plus curieuse, parce qu'elle se situe comme à l'embranchement de deux directions possibles pour la narration. On a annoncé la mort de Jules, Hélène va subir les longues machinations de sa mère, mais avant de s'engager dans cette route qui la conduira à être abbesse, à sa liaison avec l'archevêque, à l'accouchement secret et au dénouement tragique, Stendhal semble être pris d'une hésitation dont il fait part à son lecteur : « Elle revint donc tristement au couvent de Castro, et l'on pourrait terminer ici son histoire : ce serait bien pour elle, et peut-être aussi pour le lecteur. Nous allons en effet assister à la longue dégradation d'une âme noble et généreuse. » Le lecteur se trouve donc quasi invité à choisir entre deux dénouements, et presque entre deux versions de *L'Abbesse*, dont l'une serait plus ramassée, d'une ligne plus pure, l'autre plus riche en événements, moins héroïque, et peut-être plus humaine. On supposera que si Stendhal se détermine finalement pour la seconde solution, c'est en grande partie pour pouvoir terminer par la scène du poignard, où l'auteur s'efface devant le pathétique du tableau : « elle avait la dague dans le cœur ». Là l'ultime lettre d'Hélène, trop entraînée dans l'action, n'a provoqué aucun commentaire.

Voilà le dénouement le plus élaboré esthétiquement. D'autres tâchent de donner davantage l'impression du document historique pur et simple. Il est plusieurs cas, en particulier, où Stendhal pousse la conscience de l'historien jusqu'à noter les différentes écritures du copiste. Ce procédé revient dans *Vittoria Accoramboni*, dans *Les Cenci*, dans *La Duchesse de Palliano :* il est trop constant pour ne pas mériter d'attirer l'attention. Par ce moyen est amenée une conclusion qui a l'air d'un arrêt dans *Vittoria Accoramboni* et dans *Les Cenci*, d'une note de révision de procès dans *La Duchesse de Palliano*. En se retranchant derrière l'érudition, Stendhal trahit une sorte d'allégresse à mettre le point final — allégresse qu'il exprime sans ambages à la fin des *Cenci* où il a poussé le zèle jusqu'à reproduire le texte latin : « La fin de cette note latine est touchante, mais je suppose que le lecteur est las d'une si longue histoire. » C'est par une sorte de pudeur aussi que l'auteur laisse le soin des moments les plus pathétiques aux seuls témoins contemporains. Ainsi la scène de l'étranglement de la duchesse de Palliano : « Je trouve dans le procès du duc de Palliano la déposition des moines qui assistèrent à ce terrible événement. » Paradoxalement le « je » loin d'amener une prise de parole de Stendhal ne fait ici que souligner son effacement devant ses sources.

Pour accentuer encore l'aspect érudit de ces chroniques, Stendhal leur adjoint des notes. Certaines ajoutent de savantes précisions. D'autres sont admirablement « boimes » (hypocrites), pour reprendre le terme dauphinois auquel recourt volontiers Henry Brulard. Stendhal affecte le ton dévot du chroniqueur, alors que la note est, en fait, destinée à le désolidariser de l'auteur italien, en introduisant une touche d'impertinence. Dans *Vittoria*, après le propos du pape : « *Veramente, costui è un gran fratre* », il s'amuse à croire que son lecteur n'a pas compris : « Allusion, met-il en note, à l'hypocrisie que les mauvais esprits croient fréquente chez les moines. » C'est avec une impartialité respectueuse qu'il consacre une note à l'affreuse « absolution papale *majeure, in articulo mortis* », dont Clément VIII gratifia Béatrice Cenci lorsque le canon du fort Saint-Ange lui annonça que la tête de la victime était placée sur la *mannaja* de l'échafaud.

La chronique permet donc à Stendhal un jeu subtil d'absence et de présence. Tantôt il manifeste sa présence, mais c'est pour s'effacer aussitôt devant le fait vrai raconté par un contemporain. Tantôt il se dissimule au détour d'une note pour donner libre cours à une critique ironique. En permettant de multiplier les niveaux du récit et les timbres de voix : l'auteur, le chroniqueur, les lettres, etc., la chronique donne au moi stendhalien la possibilité d'un savant mouvement de dissimulation et d'exhibition.

Si le romancier s'oblige à enfermer son imagination dans les limites rigoureuses d'un manuscrit ancien, il enferme à son tour ses héros avec complaisance — et davantage encore ses héroïnes, dans des prisons. La « géographie imaginaire » des *Chroniques italiennes* est remarquablement cohérente. Et l'Italie n'est pas seule responsable de cette sorte d'unité de lieu. Béatrice Cenci est « séquestrée », c'est le mot même de Stendhal, « dans un des appartements de son immense palais ». Pour qu'elle ne puisse pas même voir un geôlier, son père en personne lui apporte sa nourriture quotidienne. Assez curieusement l'auteur présente cette séquestration plus comme une cause que comme conséquence de la passion incestueuse. « Il est à croire, ajoute-t-il, que c'est alors que le monstre en devint amoureux, ou feignit d'en devenir amoureux, afin de mettre au supplice sa malheureuse fille » : l'amour sera encore une prison. L'inceste est une figure privilégiée de la réclusion, c'est-à-dire de la privation radicale de tout rapport avec le monde extérieur. L'étrange théorie de François Cenci pourrait s'expliquer ainsi : il ne peut naître de l'inceste que des saints, parce que ces enfants ont été sauvés de toute impureté ; l'impureté, dans cet univers de la claustration, c'est, essentiellement, ce qui est extérieur au château Cenci. Cet emprisonnement est quasi juridique, car la justice du souverain ne peut pénétrer à l'intérieur de cette citadelle Cenci, du moins tant que François est vivant. Béatrice et sa belle-mère sont acculées au crime, parce qu'il n'est aucun espoir d'évasion. Cenci, lui-même, est comme reclus dans sa propre citadelle. « Cenci, vieillard sage et soupçonneux, ne se hasardait jamais à sortir de la forteresse. » Le crime, loin de libérer, achève, en définitive, de cloîtrer les deux femmes : « une grosse troupe de sbires » les cerne. Le château Saint-Ange paraît presque un asile de paix auprès de la citadelle de la Petrella.

La Duchesse de Palliano est l'histoire d'un progressif rétrécissement de l'espace vital. De la ville la duchesse passe à la retraite de Gallese — où elle peut encore jouir de promenades dans le bois, et d'un lointain parfum d'air marin ; puis, après la découverte par son mari de sa liaison avec Marcel Capece, elle est laissée dans son palais certes, mais étroitement gardée. La scène de l'étranglement est donc bien la conclusion logique et longuement préparée, atroce, de cet étouffement progressif de la duchesse.

Trois de ces *Chroniques* se situent, pour leur majeure partie, dans l'espace clos, religieusement clos, qu'est le couvent. Au début de *Trop de faveur tue*, Stendhal livre une description très précise de Sainte-Riparate, « couvent sombre et magnifique. Ses murs noirs, hauts de cinquante pieds au moins, attristent tout un quartier ; trois rues sont bordées par ces murs, du quatrième côté s'étend le jardin du couvent, qui va jusqu'aux remparts de la ville ». Dès les premières lignes se trouve inscrit le quadrilatère dans lequel se déroulera le drame, comme une figure de géométrie, nécessaire à l'exposition et à la solution d'un problème. La claustration est encore renforcée par le fait que Stendhal ne manque pas de souligner : « L'abbaye de Sainte-Riparate appartenait à l'ordre de saint Benoît, dont les règles ne permettaient point aux religieuses de sortir de la clôture. » Et plus loin dans la nouvelle : « La règle défendait absolument de mettre le pied au jardin après le coucher du soleil. » L'importance de la topographie est extrême. Le danger est comme symbolisé, dans cet univers refermé par « l'espace vague » et par la présence des deux portes. Les portes : elles jouent un rôle primordial dans le drame (et, par conséquent, les serrures, les clefs, vraies ou fausses). Enormes, elles font mieux ressortir l'épaiseur de cette séparation du monde propre à la vie religieuse, mais aussi la faiblesse et le charme flexible des jeunes corps de Céliane et de Fabienne essayant d'ouvrir les portails dans les moments pathétiques. Faiblesse de leurs corps; et force de leur passion, car elles parviennent à pousser les vantaux. Alors, le drame qui, jusque-là, s'était déroulé de l'autre côté, du côté du monde, pénètre dans l'enceinte réservée : le scandale éclate, irréversible, et dont le secret ne pourra être longtemps gardé dans la forteresse où une brèche a été faite.

L'histoire de *Suora Scolastica* est, comme celle de *Vittoria Accoramboni*, le récit d'une claustration de plus en plus étroite, du couvent accepté joyeusement dans l'enfance, puis ressenti comme une prison, lorsque Rosalinde a éprouvé de l'amour pour Gennarino; jusqu'aux terribles souterrains de l'*in pace*. La seule joie de la jeune religieuse dans ses premiers temps de noviciat consiste à échapper à l'espace oppressant du couvent en montant au « belvédère » : espace ascensionnel qui est synonyme — comme souvent chez Stendhal — de libération et qui permet la communication amoureuse grâce au jeu savant des signes : c'est de cette galerie qu'elle peut apercevoir Gennarino. Là encore le jardin et les portes vont tenir un rôle important. Importantes aussi, la topographie de la cellule, et cette cloison qui prouve à la fois la complicité et l'innocence de Rosalinde. (Faut-il y voir un symbole trop évident de la virginité ?) A la prison de la Suora répond vite celle de Gennarino : il a la chance d'avoir une belle geôlière qui va favoriser son évasion — comme il se doit dans la thématique stendhalienne.

La prison de la Suora est autrement impénétrable : souterraine, protégée par des « portes énormes garnies de fer ». « Puits fermés par des trappes. » « Escalier tournant qui avait plus de quatre-vingts marches; et ces marches, taillées dans la roche tendre et fort usées, étaient fort difficiles à descendre et formaient presque un sentier fort en pente. » Gennarino, nouvel Orphée, devra accomplir une descente aux Enfers. Libre au commentateur moderne, s'il est tenté par la psychanalyse, d'interpréter cette démarche comme une image de la conquête des profondeurs féminines ou comme une plongée dans l'inconscient.

Dans *L'Abbesse de Castro*, la grille qui sépare le chœur des religieuses de l'église ouverte au public est longuement décrite. Chaque barreau — « masse énorme » — « portait une forte pointe contre les assistants ». Et, pour accroître encore cet aspect sinistre, un voile noir recouvre la grille. Plus loin dans la nouvelle, lorsque Jules prépare l'attaque du couvent, Stendhal de nouveau se livre à une description extrêmement précise, chiffrée, prenant à ce moment-là le regard même de l'assaillant pour qui tout doit être prévu pas à pas. « Il s'agissait de passer par force ou par adresse la première porte du couvent; puis il fallait suivre un passage de plus de cinquante pas de longueur. A gauche (...) s'élevaient les fenêtres grillées d'une sorte de caserne où les religieuses avaient placé trente ou quarante domestiques, anciens soldats. De ces fenêtres grillées partirait un feu bien nourri dès que l'alarme serait donnée. » A plusieurs reprises, on retrouve les mêmes notations : « d'énormes barres de fer », « le volet de fer ». Dans la seconde partie de la chronique le thème de la prison est tout aussi constant, puisque l'évêque est condamné à la détention perpétuelle au château Saint-Ange, et l'abbesse dans le couvent de Sainte-Marthe. A partir de là, toutes les machinations de la mère d'Hélène vont consister, après l'avoir emprisonnée dans un mensonge, à creuser ce souterrain qui la délivrerait physiquement. Les deux époques de la nouvelle se répondent donc parfaitement : emprisonnement, tentative de délivrance, échec. La deuxième partie marque une aggravation et, là aussi, une dégradation des thèmes. La seconde prison est plus rigoureuse que la première; l'attaque de Jules se fait à main armée, de façon héroïque et chevaleresque, tandis que celle de la mère est souterraine, cachée comme toutes ses démarches. Enfin, les deux échecs ne possèdent pas la même signification et le second est incontestablement plus tragique.

Les personnages qui correspondent parfaitement à cette Italie quelque peu mythique de couvents et de forteresses, ce sont, bien évidemment, la religieuse et l'homme d'arme — ou, mieux encore, le brigand qui, comme la religieuse, est détenteur d'un secret et doit vivre retranché du monde. En fait, ce retranchement qui pourrait sembler une libération pour le brigand, devient très vite une prison à son tour, et presque aussi radicale que le couvent. Le thème du brigand se transforme et s'ennoblit : le brigand est le carbonaro du Moyen Age ou de la Renaissance, quand l'Italie est travaillée par une volonté d'indépendance : il constitue « l'opposition ». Or le brigand est prisonnier de la forêt où il se cache, prisonnier de son refuge (ce qui est particulièrement net dans *Vanina Vanini*), comme la religieuse est prisonnière de cet « asile » qu'est le couvent.

Le brigand et la religieuse — du moins tels que les rêve Stendhal — sont donc détenteurs d'un secret, thème central de ces chroniques et qui se trouve à la base de tous les axes directeurs de l'action : conspiration, enquête, signe, révélation. Il y a dans *L'Abbesse* toute une dialectique du mystère et du dévoilement qui confère au texte son schéma dynamique. Le souci majeur de Jules dans les premiers temps de sa passion se ramène à cette phrase dont Stendhal ne manque pas de souligner la singularité, étant donné l'âge du héros et l'époque où il vit : « Il faut qu'Hélène connaisse qui je suis. » Il sera nécessaire que se produise la fatale confidence et Jules considère comme inévitable : « ce jour décisif et terrible ». Sans l'aveu, pas de « bonheur durable » possible. Qui dit durée, dit prise de conscience de l'identité de l'être aimé et de soi-même, donc transparence absolue entre les amants. L'identité remontera jusqu'à la filiation : « Je suis brigand et fils de brigand. » La notion du secret se déplace alors : il n'existe plus dans le couple mais subsiste, accru, entre Hélène et sa famille. « Le bruit public leur apprenait que Jules était l'amant d'Hélène, et cependant ils ne pouvaient rien voir. » Les entretiens du père et du frère sont cachés, à leur tour — ou voudraient l'être — pour échapper à la mère d'Hélène. Les rapports de la mère et de la fille sont marqués du sceau de l'opacité : Hélène cache son amour à sa mère qui, ensuite, lui cachera que Jules est vivant. Dans leur promenade nocturne vers la petite maison construite sur les ruines d'Albe, les deux jeunes gens vont tromper Campireali et son fils, grâce au déguisement — autre variation très stendhalienne sur le thème du secret et du dévoilement. Peu s'en faut que la lumière soit faite : Stendhal se plaît à le souligner. Fabio de Campireali, choqué de voir que les moines ne le saluent pas, se serait écrié : « Je ne sais ce qui me tient de lever leurs capuchons; nous verrions leurs mines. » Le non-dévoilement est ici quasi miraculeux et Stendhal n'hésite pas à rapporter le mot du chroniqueur qui aperçoit là, assez curieusement, le signe de la volonté du Ciel. Après la mort de Fabio, Jules se trouve condamné à un éternel travestissement — fatal, puisque sur lui repose tout le quiproquo. Jules change de nom, pénètre dans Castro habillé en marchand. Après l'attaque du couvent, il va connaître ce changement d'identité absolu qui consiste à passer pour mort et à devenir un autre — aboutissement tragique du masque. Hélène pour s'échapper se fait passer pour un ouvrier maçon, puis pour la fille d'un petit marchand, ce qui lui permet de gagner Albano. Jules qui désormais s'appelle Fontana va parcourir une carrière militaire pleine d'éclat. Dans la deuxième partie de *L'Abbesse* se superposent plusieurs zones de secrets : à ceux qui viennent de la première partie, s'ajoutent ceux qui appartiennent en propre à la deuxième aventure. Ainsi Hélène se trouve ignorer que Jules est vivant; mais, parallèlement, elle voudrait celer sa liaison avec l'évêque et surtout son accouchement. A la mort de Jules, supposée à tort, répond cette naissance de l'enfant — qui n'est que trop réelle et doit être camouflée.

Les héros des *Chroniques* ont toujours quelque chose à cacher : amour ou crime. Dans *Vittoria Accoramboni* on assiste à une succession d'assassinats : Félix Peretti, premier mari de Vittoria, disparaît; ensuite, c'est Vittoria elle-même qui sera victime de masques : ce costume est décrit avec un soin très particulier par Stendhal. Au travesti s'ajoute la déguisement du langage — langage secret : « La nuit suivante, quarante hommes entrèrent dans la maison de ladite dame Accoramboni. Ils étaient revêtus d'habits de toile taillés d'une manière extravagante et arrangés de façon qu'ils ne pouvaient être reconnus, sinon par la voix; et, lorsqu'ils s'appelaient entre eux, ils faisaient usage de certains noms de jargon. »

Cette thématique du secret et du dévoilement amène presque à coup sûr les éléments moteurs de l'intrigue : la conspiration, l'enquête — et son sinistre revers : la torture. Démarches complémentaires : la conspiration scelle un secret que l'enquête s'efforce de dévoiler. Conspiration de deux femmes dans *Les Cenci*, de toute une famille dans *Vittoria*. Un pacte est prononcé, et héroïquement, car le silence devra être gardé en dépit des souffrances les plus atroces. L'enquête se termine presque toujours par une exécution, et parfois par des exécutions en cascade. Dans *La Duchesse de Palliano*, il y a deux enquêtes successives : celle du mari, puis celle de la justice, et les exécutions se situent à trois niveaux : justice privée quand le frère de la duchesse l'assassine; justice publique quand le comte est à son tour tué; enfin, le procès est revu, le procureur est pendu. L'enquête et la torture prennent finalement une place très importante dans le temps de la nouvelle. Certes les chroniques dont Stendhal s'inspire en sont largement responsables, mais on ne peut nier que l'adaptateur y ait trouvé quelque délectation. Il veut la faire partager au lecteur, en ménageant des effets de clair-obscur : tantôt il le provoque en lui fournissant plus de détails qu'il ne le désire et des détails si atroces que la lecture en est pénible; tantôt, au contraire, il lui fait grâce de ces détails, par un feint souci de l'épargner — et avec tout un art de piquer sa curiosité — et dans ce domaine interdit plus que dans tout autre, Stendhal use à merveille de cette licence que lui donne la présence du chroniqueur italien : il ne manque pour ainsi dire jamais de l'évoquer à ces moments-là. Dans l'exécution de Lucrèce Petroni qui voudrait éviter de se mettre à cheval sur la planche du cep : « Les détails qui suivent sont tolérables pour le public italien, qui tient à savoir toutes choses avec la dernière exactitude; qu'il suffise au lecteur français de savoir que la pudeur de cette pauvre femme fit qu'elle se blessa la poitrine; le bourreau montra la tête au peuple et ensuite l'enveloppa dans le voile de taffetas noir. »

Comme dans le roman policier, comme dans le conte fantastique, le signe, l'indice ont une importance déterminante. Ce signe, c'est souvent dans ce climat tragique, le sang. Un thème en particulier revient, obsédant, celui du linge taché et qui va causer la mort à la fois de Béatrice Cenci : le sang révèle le meurtre de son père — et de l'abbesse de Castro : il dévoile la naissance de l'enfant secret. Le sang prend même une valeur magique, superstitieuse. Ne raconte-t-on pas à Jules Branciforte : « Cette route passe devant votre maison, et l'on dit que lorsque le cadavre de Fabio est arrivé à ce point, le sang a jailli d'une plaie horrible qu'il avait au cou. » Des traces de sang encore révèlent le lendemain matin à tout le couvent les batailles nocturnes qui se sont déroulées aussi bien à Castro qu'à Santa Riparata.

L'importance du signe chez Stendhal dépasse, et de beaucoup, le seul registre de l'enquête policière; il est capital dans le domaine des échanges amoureux. En effet, là où règnent le secret, le déguisement, il est un moyen de faire brusquement éclater la vérité, de provoquer une illumination. La thématique du signe amoureux est particulièrement développée dans deux chroniques qui ont pour cadre des couvents : le signe devient l'unique moyen de communication entre celles qui vivent derrière la clôture et le monde extérieur. Tout un réseau préside à l'histoire de *Suora Scolastica*. Gennarino, depuis que Rosalinde a été enfermée dans le couvent de san Riparata, vient tous les jours avec un bouquet de fleurs, dans l'espoir qu'elle l'apercevra du belvédère, « bouquet de fleurs les plus rares ». Quoique le signe, par définition, renvoie à autre chose qu'à lui-même, il se doit d'être beau. La place des deux personnages répond parfaitement aussi aux nécessités que suppose l'utilisation du signe. Rosalinde est sur le belvédère et donc plus haut que Gennarino qui fait un peu figure d'orant aux pieds de sa déesse; inversement, il est libre, tandis que Rosalinde ne l'est pas. Le belvédère est une forme bien stendhalienne de prison surélevée, synonyme — comme dans *La Chartreuse* — de joie, d'élévation morale, tandis que la prison souterraine représente le comble de l'abandon et du désespoir : il suffit de se référer à la seconde partie de *L'Abbesse de Castro*. Le bouquet de Gennarino va donc permettre d'établir une communication entre la déesse et l'orant, entre la prisonnière et l'homme libre. Mais le bouquet n'est qu'un simple objet. Pour qu'il devienne pleinement signe, il faut que sa connotation soit acceptée par les deux partenaires. Stendhal a pris plaisir à peindre dans *La Chartreuse*, comme dans les *Chroniques*, ce moment où l'objet devient signe, et les hésitations de la femme lors de ce premier pas vers le consentement. Qu'on se rappelle la scène de l'abat-jour, entre Fabrice et Clélia. Moins célèbre, le passage de *Suora Scolastica* lui est très comparable. Et la joie de Gennarino est très proche de celle de Fabrice. « D. Gennarino éprouva un mouvement de joie marquée lorsqu'il se vit reconnu; bientôt, il lui fit des signes auxquels Rosalinde se garda bien de répondre; puis elle réfléchit que d'après la règle de saint Benoît que l'on suit dans le couvent de San Petito, il pourrait bien se passer plusieurs semaines avant qu'on ne lui permît de reparaître au belvédère. » Le signe autorise toute une période d'hésitations, de retours en arrière; une fois accepté, reconnu comme tel, il devient vite un élément constitutif du langage. Comme Fabrice et Clélia, Rosalinde et Gennarino se parlent malgré ce mur de la prison et du silence qui semble leur être imposé. Dans *Suora Scolastica*, ils emploient le langage « par les doigts, dans les diverses positions que forment les lettres ». Ce langage crée entre eux une complicité et, du même coup, leur donne une nouvelle innocence, ce que Stendhal souligne en rappelant que c'est là « le langage des enfants ».

Dans *L'Abbesse de Castro* on trouve une scène tout à fait parente de celle-ci, plus élaborée esthétiquement, plus proche encore de *La Chartreuse*, dont la composition s'insère très exactement entre les deux temps de la rédaction de *L'Abbesse*. Trois textes donc qui répondent au même schéma : on y voit l'utilisation par l'amant du signe amoureux, les hésitations de la femme, puis l'acceptation du signe, la joie de l'amant, enfin la création d'un langage, fruit, et signe à son tour, de cette collaboration, langage de connivence et d'enfance. On sent très précisément que l'on se trouve à trois niveaux différents de l'élaboration romanesque : la simple chronique avec *Suora* (dont l'inachèvement accroît peut-être encore le caractère un peu fruste); le plein tempo du roman dans *La Chartreuse;* quelque chose d'intermédiaire dans *L'Abbesse*, ni absolument chronique ni vraiment roman : grande nouvelle psychologique et tragique. Hélène est, elle aussi, surélevée sur son balcon, souveraine et prisonnière dans la maison paternelle; là encore le bouquet va être le signe privilégié. Tout le processus est beaucoup plus explicite que dans *Suora*. Ainsi apparaît, dès le départ, ce paradoxe du signe qui est à la fois indéniable et que l'amante peut pourtant ne pas vouloir comprendre. « L'idée ne lui vint point que cet objet pût lui être présenté par quelque passant. » Il y a donc une immédiateté du signe, spontanément compris comme ne pouvant être que signe, justement. Le bouquet, par lui-même éloquent, contient une lettre : le signe renferme un ensemble de signes dont il est à la fois l'image et la totalité, puisque le bouquet à lui seul prouvait cet amour que la lettre explicite. Au signe vient s'ajouter, comme dans *La Chartreuse*, toute une stratégie du regard, soulignée par des effets de lumière et d'obscurité. « Elle revint dans sa chambre et alluma sa lampe. Ce moment fut délicieux pour Jules, qui, honteux de sa démarche et comme pour se cacher même dans la profonde nuit, s'était collé au tronc énorme d'un de ces chênes-verts... »

Dans *La Chartreuse*, Stendhal pousse encore plus loin l'exaltation de ce moment unique : la première fois qu'il existe entre deux êtres un signe reconnu comme tel par l'un et par l'autre. Il n'est pas loin de penser que c'est là l'instant le plus exquis de l'amour. C'est alors que se dévoile la possibilité d'une communication comme infinie dans un futur illimité parce qu'incertain et certain à la fois : ce futur sera fait, tissé de l'amour — et cette conviction est aussi solide que la joie d'exister. Pourtant, on ne sait rien encore de la forme, des circonstances de cet amour. Le « moment » si important chez Stendhal, héritier en cela de toute une psychologie du XVIIIe siècle, et de Crébillon en particulier (même si le moment stendhalien se revêt ici d'une pureté qui interdit tout libertinage de l'esprit et des sens), le moment est l'exact correspondant du signe; comme le signe est un objet, un point dans l'espace, il est un point dans le temps; comme l'objet, minuscule en soi, il est immense par le sens, par l'avenir qu'il contient.

Avide de signes, voulant en semer tout au cours de la chronique, comme des balises, Stendhal, quoiqu'il privilégie le signe amoureux, ne néglige pas les autres. En dehors de l'indice policier dont nous avons déjà parlé, il recourt même au très rebattu signe de reconnaissance — ressort traditionnel de la mécanique romanesque et dramatique. Dans un fragment de *Suora Scolastica*, la reine remet à Rosalinde une bague ornée d'un diamant : « Quoique les jeunes filles ne portent pas de diamants, j'espère, lui dit-elle, que, comme gage de l'amitié de votre reine et par mon ordre exprès, vous voudrez bien porter cette bague. » C'est un début de conte de fées, avec le caractère magique du diamant, accru encore par la taille du bijou et par le préjugé qu'il faudra enfreindre pour le porter. Comme dans les contes, ce cadeau va entraîner immédiatement des persécutions. Rosalinde doit garder cette bague et se refuser à un échange. Elle doit conserver « le moyen de jurer sur le sang de *san Gennaro* que la bague était toujours en son pouvoir ». Nous sommes presque dans les *Mille et Une Nuits*. La bague sauve Aladin de l'ensevelissement dans le souterrain où l'a fait descendre le magicien. Ici elle délivre Suora Scolastica, menacée d'être enterrée vivante dans cette terrible prison conventuelle de l'*in pace*. Rosalinde enverra une sœur converse munie de cette bague auprès du prince : « Le duc avait reconnu la bague. » Là aussi la reconnaissance est immédiate, mais ne peut être avouée sans beaucoup de précautions. La rapidité de la révélation contraste avec le retard, les réticences de l'aveu. Le prince ne dit rien, mais remet à la sœur, outre de l'argent, un « portrait sacré qui vous donne le droit d'obtenir dans tous les cas une audience de Sa Majesté ». Véritable « talisman » : Stendhal n'hésite pas à employer le mot dont la connotation magique et féerique est évidente. Le signe qu'était le diamant se multiplie en quelque sorte, en engendrant un autre signe dont le sens est plus clair, puisque le portrait représente directement le prince, et que sa vertu de talisman est reconnue de tous, tandis que celle de la bague ne pouvait apparaître qu'à un nombre extrêmement limité de personnes : outre le duc, Rosalinde, quelques intimes et surtout la reine qui, elle aussi, va reconnaître sur-le-champ l'objet — le bouleversement n'aura pas à être caché, puisque le duc et le roi, seuls présents, sont des initiés.

Toutes ces scènes sont capitales dans le déroulement de la chronique : indice policier, signe de reconnaissance, ou encore ce signe de reconnaissance très privilégié qu'est l'échange amoureux, provoquent l'action, lui donnent sa pulsion, son dynamisme dialectique entre le secret et le dévoilement. Mais leur importance se situe à un niveau plus profond. Ces scènes constituent la métaphore de la totalité de la chronique qui, elle-même, n'est justement qu'un signe, dans l'esprit de Stendhal qui souligne toujours son caractère exemplaire — d'où les considérations générales au début sur l'époque historique, la passion italienne, les brigands, etc.

On peut pousser plus loin l'analyse cependant : les scènes que nous venons de considérer sont la métaphore de l'acte d'écrire. L'écriture est un signe qu'échangent le romancier et son lecteur. Sa signification, d'abord connue du seul romancier va avoir à être pressentie, puis acceptée par le lecteur. Comme Hélène, comme Rosalinde, il pourra se permettre des réticences, des hésitations, des mouvements de fuite que l'auteur prévoit et redoute, dont il triomphe finalement : d'où ces « intrusions d'auteur » où Stendhal répond d'avance aux objections qu'il suppose. Et, finalement, l'acceptation du signe comme tel, permet la création d'un langage, ce langage qui est la chronique même. Alors le lecteur lui aussi connaît pleinement ce « moment délicieux » cher à Stendhal, instant de la révélation, instant de pure joie créatrice et de triomphe sur la mort, élan vers ce futur de l'œuvre, vers cette éternité de l'art.

Très proche du signe — et signe à son tour — la lettre est un autre élément déterminant de la structure de la chronique. Elle est aussi image de l'acte littéraire, puisque déjà écrit dans l'écrit, création par les personnages dans la création plus vaste du chroniqueur. Gérard Genette a fort bien remarqué que chez Stendhal « les moments décisifs de la communication (...) sont confiés à l'écriture »[1]. Cette vérité apparaît particulièrement dans *L'Abbesse de Castro* et dans *Suora Scolastica* dont les analogies éclatent à tous les plans de notre analyse. Comme le signe — auquel elle est étroitement apparentée : ici la scène de *L'Abbesse* où le bouquet contient une lettre est vraiment exemplaire — elle est inévitablement liée à la séparation ou du moins à la distance, à l'interdit. Le mur du cloître ou de la forteresse familiale, les difficultés que présente la simple transmission de la lettre, vont être le meilleur des stimulants à écrire. Mais, indépendamment de la clôture monastique ou laïque, le héros

1. *Figures*, t. II, p. 163.

stendhalien a besoin de la lettre pour se révéler et peut-être se réjouit-il secrètement que les événements l'obligent à *écrire* ce qu'il serait bien incapable de *dire*.

Dans celles des chroniques où la lettre semble tenir peu de place, elle est rarement totalement absente. Ainsi dans *Vittoria Accoramboni*, on ne trouvera pas de longue lettre entièrement rapportée. C'est pourtant une lettre qui déclenche l'action, ou plutôt la succession des actions. Félix Peretti reçoit une missive : elle possède ce caractère secret essentiel au signe. Elle est, en effet, remise à une « heure indue »; elle vient du beau-frère de Peretti qui est « banni de Rome pour plusieurs crimes » : lui aussi est séparé comme par une clôture du reste des hommes. La lettre est immédiatement acceptée comme signe par Félix; les réticences — qui ne sont pas toujours sincères — viennent de son entourage. La lettre, à la différence du signe pur et élémentaire, peut tromper. Parce qu'elle explicite complètement une signification en recourant au langage connu de tous, elle ne possède pas ce caractère de sûreté infaillible dont est muni le code propre à peu d'initiés. Félix est assassiné. Le thème de la lettre truquée est si essentiel à *Vittoria Accoramboni* qu'il réapparaît plus loin dans la chronique, quand le prince Louis demande un courrier à Florence. Le messager porte une lettre ostensible, et son vrai message caché dans ses bottes. Cette seconde lettre une fois découverte va entraîner la déclaration d'un véritable état de siège.

Dans *Les Cenci*, la supplique que la sœur aînée de Béatrix envoie au pape ne nous est pas connue en détail; elle a un certain effet sur l'action dans la mesure où elle libère la jeune fille et, par contrepartie, provoque un redoublement de claustration pour Béatrix. La supplique de celle-ci sera interceptée. Il n'y a pas de chronique où la communication avec l'extérieur soit aussi radicalement impossible que dans *Les Cenci ;* c'est l'univers le plus sombre, le plus clos. Béatrix parvient pourtant, pendant le sommeil de son tyran, à lancer des billets à Marzio et à Olimpio. Ces billets n'ont pour but que d'organiser la lutte et ils ne se révéleront efficaces que grâce à l'énergie de l'héroïne, puisque les deux jeunes gens reculeront devant le crime, tant qu'elle ne leur aura pas fait honte de leur lâcheté. Il était dit qu'aucune aide extérieure ne pourrait délivrer la prisonnière sans qu'elle contribue activement à sa délivrance. De toutes les séquestrées des

Chroniques, elle est la plus courageuse, celle qui assume vraiment sa libération.

Marcel Capece est un des rares amoureux des *Chroniques* qui fasse sa déclaration oralement ; il n'hésite pas à s'adresser directement à la duchesse. C'est un échec momentané et Stendhal ne manque pas de souligner comme il a été maladroit : « La duchesse s'éloigna transportée de colère, et réellement Capece avait manqué aux lois de la prudence ; il fallait deviner et non pas dire. » L'écrit aurait permis ces demi-teintes, cette distance que, par nature, il constate et établit, en rassurant la proie qui se croit encore hors d'atteinte. Gennarino, lui, s'y était incontestablement mieux pris, contraint par la présence de la clôture. La lettre qu'il envoie à Rosalinde est, comme nous l'avons dit, cachée dans un bouquet selon un procédé habile et poétique que Stendhal explique avec beaucoup de précision. La distance dans la communication qui est la raison même de la lettre est comme accrue par l'occultation du message. Le contenu de cette lettre, Stendhal le donne très exactement au lecteur et, à ce niveau-là, point de mystère : elle frappe par un caractère positif, précis, par la franchise avec laquelle sont abordées les questions financières. Nous ne connaissons pas le texte des épîtres suivantes : le chroniqueur laisse au lecteur le soin d'inventer et de deviner. Mais leur seule mention suffit à suggérer une durée : « Cette première lettre (...) fut suivie de plusieurs autres. » Une évolution va se produire. Si la lettre est un mode d'approche privilégié dans les commencements, bien vite elle se révèle insuffisante. L'acte d'écrire devient alors odieux : on le rend responsable d'une sorte d'irréalité où l'amour s'évanouirait. « Il était tellement malheureux par cet amour étrange qui s'était emparé de son cœur qu'il osa écrire à son amie que cet entretien si froid par écrit ne lui procurait plus aucun bonheur. » Suivent alors des rencontres où le langage oral se trouve substitué à l'écrit : mais là Stendhal se garde de nous donner des fragments de ces dialogues ; il sent bien qu'ils décevraient.

La ressemblance de la première lettre de Jules avec la première de Gennarino est frappante — jusque dans les termes. Gennarino : « Je suis bien peu riche. » Jules : « Je suis pauvre. Il est vrai. » Suit, là aussi, un inventaire très précis des ressources possibles. Même passage ensuite à l'expression passionnée des sentiments. Jules : « Si vous ne m'aimez point, la vie n'a plus aucun prix pour moi. » Gennarino : « Mon cœur est navré par la possibilité de passer quinze jours sans vous voir. » Retour identique, enfin, vers l'époque révolue mais récente qui a précédé la rentrée au couvent et qui apparaît alors comme heureuse. Les deux lettres se terminent par des manifestations de crainte de la part de l'amant. A vrai dire, tous ces thèmes n'ont rien d'exceptionnel; ce qui est curieux, c'est évidemment l'analogie dans la structure propre de la lettre.

Tantôt annonçant, décidant l'action, tantôt dévoilant après coup les motifs, lettres et billets président au déroulement de *L'Abbesse de Castro*. Jules et Hélène recourent à ce moyen de communiquer, alors même qu'il semble particulièrement peu sûr et menace à tout moment d'être découvert. Ainsi dans l'échange de « petits billets tracés sur des chiffons de vieux papier souillés avec de la terre détrempée d'eau ». Nouvelle lettre de Jules après l'arquebusade et, conformément à leur code, cachée dans un bouquet : elle est d'une « longueur démesurée ». Stendhal la résume et ne cite que la fin, marquée précisément du sceau du mystère : Jules y demande un rendez-vous pour « révéler un terrible secret ». Contrairement au secret de l'amour qui est révélé directement par la lettre, pour ce secret-là — celui de la naissance — il recourt à la parole, mais non sans être passé par l'intermédiaire de l'écrit qui fait figure d'énigmatique préambule. La lettre dévoile ou annonce le mystère dont elle est par elle-même le signe. Aussi la réaction du marchand que l'on charge de remettre un message, est-elle indignée : « Quoi ! (...) une lettre à une femme d'un brigand. » Un réseau significatif s'est donc établi : lettre-secret-brigand et, quel que soit le médium par lequel on commence, on est toujours ramené aux deux autres termes.

Les épîtres d'Hélène n'apparaissent vraiment que dans la seconde partie de la chronique. Dans la passivité, la crainte des débuts, il ne lui est pas donné de s'exprimer ; nous l'imaginons par ses gestes, par quelques paroles ; le romancier attendra pour lui conférer ce début de maturité psychologique qui consiste à pouvoir exprimer ses sentiments par écrit, donc à éprouver à leur égard une certaine distance, à les réfléchir. Encore la première missive est-elle d'une candeur que l'auteur souligne à plaisir : « Lettre naïve et, selon nous, bien touchante. » Tandis que les lettres de Jules prévoient, organisent, provoquent l'action, celles d'Hélène sont, en majeure partie, consacrées à l'explication d'actes passés : ainsi quand elle rapporte la conversation où elle a tout dévoilé à sa mère, cette lettre (qui s'articule encore sur le thème du secret révélé) ne suscite certes pas un progrès, elle le freine et le refuse. Hélène ne descendra pas au jardin et les dernières lignes se réfugient vers un optatif, un irréel : « Ah! comme je me livrerais à toi dans ce moment, si j'en avais les moyens! » Les lettres d'Hélène semblent frappées d'inefficacité par une sorte de malédiction qui va devenir dramatique, puisque toute la méprise tragique sur laquelle repose la seconde partie découle de là : « Ce fut donc en vain qu'Hélène de retour dans Albano, écrivit lettres sur lettres, et dépensa pour les faire porter à Branciforte, tous les sequins qu'elle avait. » Stendhal ne dit pas ce que contenaient ces lettres; on le devine. Par cette économie de moyens qui caractérise les *Chroniques italiennes*, et plus généralement la chronique et la nouvelle enserrées dans un espace plus étroit que le roman, Stendhal se refuse à livrer le contenu de lettres dont il a décidé qu'elles seraient vouées à l'inutilité, puisqu'elles ne parviendraient pas à leur destinataire.

La seule lettre d'Hélène qui engendre une action est celle qu'elle envoie à sa mère pour lui mander qu'elle désire être abbesse. Mais elle est alors *une autre;* elle ne vit plus sur le registre de son amour avec Jules, qui était son registre véritable, mais sur celui de l'ambition, de la « dégradation ». Ce rôle étranger à sa nature repose tout entier sur l'erreur où sa mère l'a volontairement plongée. La dernière lettre de la chronique, c'est Hélène qui l'écrit : il n'y a plus à agir, sinon pour se donner la mort. La nouvelle est presque terminée. La lettre est fort longue et, contrairement à son habitude, Stendhal n'en omet pas une ligne. Douloureuse rétrospective de ces « douze années de mensonge » : mensonge de sa mère, mais plus profondément mensonge d'Hélène à elle-même, cette lettre contient l'évocation de toute une série de lettres factices, les fausses lettres de Jules Branciforte. La chronique, dans sa presque totalité, repasse devant nos yeux, mais soudain avec un autre éclairage, vue de l'intérieur par la victime qui va mourir. Au regard que le lecteur a jeté sur cette histoire, se superpose alors le regard d'Hélène sur sa propre aventure — orienté à son tour par un autre regard, et capital, celui de Branciforte. La lettre et le regard constituent deux thèmes qui se répondent et se complètent. Le testament d'Hélène se termine sur un regret rendu pathétique par le dénouement; et des lettres, elle regrette justement, celles qui ont été interceptées : « Qu'eût-ce été, grand Dieu! si j'eusse reçu tes lettres, surtout après la bataille d'Achenne! »

Quand on a constaté le rôle très particulier des relations épistolaires dans les *Chroniques italiennes*, on comprend aisément sur quel plan se situe le dialogue. Il est, en général, fort bref et les propos amoureux sont réduits au minimum. La parole au style direct est plus souvent cri que conversation. Cri de douleur d'Hélène quand elle s'aperçoit que toute sa vie a reposé sur une imposture : « O ma mère, s'écria-t-elle, m'avez-vous fait assez de mal! » Ou l'exclamation de *Suora Scolastica* devant les accusations des religieuses : « Mais ce jeune homme est mon époux », qui est l'affirmation même de sa raison d'être, simple, sans détour et sans faiblesse. J'aime les héros de Stendhal de n'être pas bavards. Ils ne disent que l'essentiel, mais comme ils savent le dire! La parole est presque uniquement liée à l'action, arrachée par elle, la devançant, la suscitant. C'est pourquoi le niveau de la parole le plus fréquent, le plus saisissant dans les *Chroniques*, c'est l'ordre : « Tâche d'ouvrir la grande porte, dit-il à Ugone »; ou un peu plus loin et toujours dans l'assaut du couvent : « La guerre commence, dit Jules à ses gens, garde à vous. » La parole, de façon caractéristique, se lie à l'attaque, et Stendhal lui restitue sa fonction essentielle et première qui est agression contre le monde, viol. Ce n'est pas hasard si les chanteurs, les comédiens, parlent de l' « attaque » d'un vers, d'une tirade.

La parole éclate à un paroxysme de colère, d'émotion. Cri d'indignation aussi. La phrase a une allure lapidaire, elle se détache du paragraphe qui retrace tout un cheminement de pensées, toute une progression d'actes; mais ce cheminement, lui, demeure muet, refoulé sans pitié dans le registre du style indirect, du résumé, de l'analyse, pour que la sentence culminante éclate d'autant plus sonore. On rattachera à la même esthétique le goût de Stendhal pour les mots sublimes; la duchesse de Palliano, lorsque son frère tarde à l'étrangler, se contente d'un « Eh bien donc! que faisons-nous ? » Par cela — entre autres éléments — la chronique, et surtout quand elle est écrite par Stendhal, s'apparente à deux genres : la grande histoire dans la tradition de Thucydide, de Tacite et la tragédie classique. Cette parenté des *Chroniques* avec le théâtre est assez paradoxale : d'une part, elles se prêteraient admirablement à une adaptation scénique par le sujet, le ton, le rythme d'ensemble. D'autre part, tout serait à faire; il faudrait créer de toutes pièces ces dialogues que Stendhal n'a pas voulu écrire — mais les eût-il écrits, qu'il eût fallu probablement en composer d'autres, tant diffèrent la conversation romanesque et celle du théâtre.

Si Stendhal préfère en général la réplique unique, l'ordre, la sentence, à l'échange de propos, il est pourtant une exception et elle est d'importance : c'est le dialogue que nous appellerions de « combinazione », d'intrigue, par exemple entre Victoire Carafa, mère d'Hélène, et le cardinal Santi-Quattro, à propos de l'élection de l'abbesse. L'auteur a dû vouloir révéler par là un trait qui lui semblait essentiel au caractère italien de l'époque. Il s'amuse à souligner l'étrangeté du dialogue, la distance qui sépare le lecteur des héros : « Je sens qu'il faut expliquer pour les lecteurs nés au nord des Alpes le ton presque officiel de plusieurs parties de ce dialogue. »

Il est aussi un autre type d'interventions au style direct; elles émanent de ces êtres, à mi-chemin entre les personnages et le chroniqueur, que sont les témoins; ils ont une place importante dans *La Duchesse de Palliano*. « Un des nombreux témoins entendus dépose en ces termes. » Au souci de vérité historique qui prévaut ici, s'ajoute parfois une teinte sombre de cruauté, car ces témoins ne parlent que sous l'effet des tortures et l'auteur entremêle leurs propos de descriptions effroyables qui, elles aussi, donnent au tableau des couleurs historiques — Stendhal pouvait s'imaginer que la torture était l'apanage de ces siècles barbares.

Stendhal pratique systématiquement, surtout dans *L'Abbesse*, le monologue intérieur. Les personnages prennent ainsi leur revanche des paroles dont le romancier les a privés dans la conversation. Ce monologue intérieur se situe à un double niveau : au style direct et à l'indirect. Comme dans les paroles prononcées à haute voix, le style direct condense en une formule le moment paroxysmique du monologue indirect. Ainsi tout le passage de *L'Abbesse de Castro* où Jules vient de quitter Hélène, fort déçu par la froideur de l'entretien. La description de la route et le monologue intérieur se poursuivent parallèlement. « Il était ivre de désespoir. D'abord il marcha vers Rome. — Quoi! je m'éloigne d'elle! se disait-il à chaque pas; quoi! nous sommes devenus étrangers l'un à l'autre! ô Fabio, combien tu es vengé! » Le monologue intérieur est remarquablement long. Branciforte n'a jamais parlé à personne autant qu'à lui-même. Ainsi jaillit en lui le souvenir de paroles dites que le romancier nous avait cachées jusqu'alors, comme si la parole intérieure dénouait enfin le langage : « Je me souviens de notre premier rendez-vous, après mon retour de Rome, je lui disais : Que veux-tu ? l'honneur le voulait; je ne puis blâmer un frère! » Si l'on se reporte à ce premier rendez-vous, on constate que Stendhal s'est borné au moment du dialogue qui était essentiel, puisqu'il contenait la révélation de la naissance de Jules. Mais il nous a fait grâce de ce « Que veux-tu », qui eût été fort plat dans le dialogue et prend toute sa valeur à paraître ainsi, à travers le prisme du souvenir et dans le soliloque.

Les monologues intérieurs, comme les dialogues se trouvent toujours étroitement engagés dans l'action, tendus vers elle. Action une et violente qui s'organise autour d'une grande passion. Avec une nuance d'ironie, Stendhal définit ainsi les thèmes des poésies d'amour qu'apprend Hélène : « L'amour passionné qui se nourrit de grands sacrifices, ne peut subsister qu'environné de mystère, et se trouve toujours voisin des plus affreux malheurs. » Amour-passion, sacrifice, mystère et malheur : voilà le quatuor que Stendhal lui-même fait jouer sans cesse à travers les *Chroniques*. On a trop parlé du culte de l'énergie chez Stendhal pour qu'il soit nécessaire d'y revenir. Il se montre bien là à ce point de conjonction des Lumières et du romantisme, proche de Mickiewicz et de Balzac. C'est l'énergie qui explique toutes les actions et les sentiments des personnages; leur « dégradation » n'est que la conséquence d'une brusque chute de cet élan vital. Dans la lettre où Hélène explique son histoire à Jules, arrivée au moment où elle commence à n'être plus elle-même, elle s'écrie : « Tu le vois, mon âme avait déjà perdu de son ressort. » Stendhal a aimé, chez les chroniqueurs dont il s'est inspiré, ce tableau des grandes passions : l'histoire fournit des thèmes que l'imagination la plus exaltée n'aurait pas inventés, tout en les douant d'une garantie d'authenticité auprès d'un lecteur sceptique. Pour Stendhal toutes ces composantes de la passion se rattachent exclusivement à son Italie mythique, si lointaine, si différente de la France, que souvent le narrateur s'interrompt pour prévenir l'étonnement du lecteur moderne. Parfois il trouve dans cette opposition des mentalités le moteur profond d'une nouvelle. Dans *San Francesco a Ripa*, « Sénécé, comprenant mal, comme à l'ordinaire, une âme romaine, crut qu'elle voulait se séparer de lui avec bonne amitié, rompre avec des formes », et plus haut : « On dirait que ces âmes romaines ont pour souffrir des trésors d'énergie inconnus des autres femmes. » Pas de grandes souffrances sans une grande énergie; plus la bête blessée est de haute race et plus son agonie est lente, douloureuse.

Ce dynamisme de la passion ne s'exprime pleinement que grâce à ces obstacles que constituent les institutions ou les hommes. Les *Chroniques* sont le lieu de tout un jeu de forces contraires. La passion y est d'autant plus violente qu'elle doit affronter de multiples tabous. La Campobasso aime de passion; son chevalier n'a qu'un amour de vanité. Et quel excitant à la passion quand l'on s'imagine que l'on sacrifie à son amant non seulement sa réputation et sa vie ici-bas, mais l'éternité : « Je lui sacrifie mon bonheur éternel, se disait-elle ; lui qui est un hérétique, un Français, ne peut rien me sacrifier de pareil. » Il pourrait au moins se rendre compte de l'étendue du sacrifice et s'en enorgueillir, trouver là un piment supplémentaire à l'amour. Mais il n'est pas Valmont. Le « péril » est une autre forme de l'obstacle, et tout aussi stimulante. Ainsi dans *L'Abbesse :* « Le péril ôtait les remords à la jeune fille. Souvent les périls furent extrêmes ; mais ils ne firent qu'enflammer ces deux cœurs pour qui toutes les sensations provenant de leur amour étaient du bonheur. »

Une forme très évidente de l'énergie chez Stendhal, c'est l'érotisme et, en particulier, le sadisme. Sadisme des personnages ou sadisme de Stendhal ? probablement les deux et l'un par l'autre. Les héros des *Chroniques* sont souvent bien proches de ceux de Sade. Et, non seulement, parce que la torture, les supplices apparaissent à tout moment, mais parce que les êtres sont capables d'une énergie surprenante à poursuivre jusqu'au bout leur passion, malgré les obstacles moraux ou sociaux. François Cenci eût été un merveilleux héros sadien. Par ses goûts incestueux, il est semblable à M. de Franval, à cette différence près, qu'il ne rencontre chez sa fille aucune complaisance. Son sadisme ne trouve que plus d'aliment à cette résistance. Il imagine des scènes de voyeurisme très caractérisé : « il la conduisait dans le lit de sa femme, afin qu'à la lueur des lampes la pauvre Lucrèce pût voir ce qu'il faisait avec Béatrix ». Raffinement de cruauté que ne comportait pas le texte italien, assez ambigu, et qui suggérait le contraire : c'était Béatrix, la spectatrice, elle qui, par principe, ne pouvait pas éprouver de jalousie, mais dont ce spectacle « vexait » l'innocence. Le contresens est-il volontaire ? On retrouve aisément dans les *Chroniques* toute la thématique de Sade, en particulier l'obsession des lieux clos : forteresse ou couvent; le viol de la clôture et jusqu'à un certain goût de la mise en scène qui apparaît très nettement dans l'art avec lequel Stendhal peint le tableau des religieuses empoisonnées dans *Suora Scolastica :* salle sombre « éclairée par quatre cierges placés sur un autel ». « Deux religieuses jeunes encore, étaient couchées par terre et paraissaient mourir dans les convulsions du poison; trois autres, placées vingt pas plus loin, étaient aux genoux de leurs confesseurs. » On comprend que les deux jeunes gens placés derrière le chanoine Cybo tâchent de ne pas voir « les deux religieuses qui étaient couchées au pied de l'autel et dont les longues robes de soie d'un vert foncé étaient agitées par des mouvements convulsifs ». Il y a de quoi damner un saint! L'exécution de Vittoria Accoramboni prend l'allure d'un meurtre rituel, comme c'est le cas des grands sacrifices sadiens. Quarante hommes costumés. La terrible sentence : « Maintenant il faut mourir », et enfin l'exécution elle-même, riche en détails atroces : « Il la perça d'un poignard étroit au-dessous du sein gauche, et, agitant le poignard en tous sens, le cruel demanda plusieurs fois à la malheureuse de lui dire s'il lui touchait le cœur. » La parenté avec Sade va plus loin, et jusqu'à la structure du récit :

Les Crimes de l'amour sont, à bien des égards, des « Chroniques françaises ». Là aussi, il s'agit de nouvelles relatant, selon la définition de Gœthe : « un événement inouï qui s'est réellement produit » — du moins Sade le prétend-il. Même dynamisme linéaire dans le récit qui met en scène des personnages doués de qualités et de vices exceptionnels. Sade et Stendhal présentent deux cas de glissement, dans la création littéraire, du plan de la nouvelle à celui du roman. Comme le montre très clairement le manuscrit, *Les Infortunes de la vertu* qui deviendront *Justine*, avaient d'abord été conçues comme une des nouvelles intitulées *Les Crimes de l'amour :* de développement en développement, la nouvelle devint le plus vaste roman de Sade. *La Chartreuse de Parme*, par les conditions de composition, par son thème, par son accent, peut être considérée comme une chronique italienne — qui, avec une soudaineté que ne connut pas *Justine*, il est vrai, se serait métamorphosée en roman, le plus ample, le plus nourri de l'œuvre de Stendhal.

Comme chez Sade, tout le récit se ramène à un jeu de forces entre les personnages, à une suite d'agressions, de viols — psychologiques ou physiques — que les plus forts infligent aux plus faibles. Mais il faut à tout prix éviter de simplifier à l'extrême car, et c'est là souvent le pivot de la nouvelle, le personnage qui pendant un temps a semblé faible, passif, peut révéler une énergie insoupçonnée, et renverser soudain le jeu des forces. Ainsi dans *Les Cenci* — où le viol n'est pas purement psychologique. Dans un premier moment, toute la puissance agressive appartient au père, qui prend une allure mythologique de Cronos dévorant ses enfants. Tout, dans le portrait que donne Stendhal de François Cenci est axé sur cette notion de force : Cenci est un « esprit fort », à une époque où, effectivement, cela supposait une force de caractère. Il est riche, ce qui est une forme de puissance. Les traits de son visage sont très significatifs : « Ce sourire devenait terrible lorsqu'il fixait le regard de ses ennemis. » « Son grand plaisir était surtout de braver ses ennemis. » Haine à l'égard de ses fils, séquestration jalouse des filles. Et ce premier temps de la chronique culmine dans la scène de viol et d'exhibitionnisme où Béatrix est la proie de son père sous les yeux de Lucrèce. Parce que la première ligne de force de la nouvelle est arrivée à son sommet, un renversement va s'opérer — qui entraîne aussi un renversement de l'intérêt. Tandis que jusque-là toute la lumière était projetée sur François Cenci, c'est maintenant Béatrix qui est l'héroïne. L'énergie de la jeune fille se manifeste d'abord par la parole : elle est la première qui ose parler du projet d'assassinat. C'est elle ensuite qui fait appeler Marzio et Olimpio, elle qui les introduit dans la forteresse; elle qui les *force* à l'action, les injurie; et ils n'agissent que par procuration, « animés par ce peu de paroles fulminantes ». On arrive alors au second point culminant de la chronique : l'assassinat de François Cenci; et, comme précédemment, on assiste ensuite à un nouveau renversement des puissances. La force active et triomphante dans ce troisième temps, c'est l'Inquisition qui va l'incarner, après une longue enquête, par le personnage du bourreau. On arrive à la troisième scène-clé et qui est la dernière : l'exécution de Béatrix et de Lucrèce. Les trois temps forts de la chronique sont marqués par la violence, par un tableau à peine soutenable; et, dans les trois cas, cette violence est le point d'aboutissement du travail plus ou moins rapide d'une force qui demeure souterraine, voilée, mystérieuse, assez longtemps. L'inceste de François est protégé par le secret de la forteresse, par son prestige et sa richesse; le complot des femmes est évidemment entouré du plus grand mystère; quant à l'exécution, elle est la résultante non seulement de l'enquête, mais de tractations autour du pape, dont Stendhal accuse le caractère occulte et nocturne.

L'Abbesse de Castro peut se prêter à une analyse de ce type. Dans le premier temps, Jules Branciforte représente l'élément actif, dynamique; son nom même est l'emblème de cette force, ce nom qu'il perd justement dans la seconde partie, lorsque décroît son influence — au sens où l'on parle de l'influence d'un astre. Jules se heurte à l'opposition de la famille, aux arquebusades, à la clôture du couvent, et — ce qui constitue la pire épreuve — à une certaine faiblesse, à une apparente inertie d'Hélène. Il triomphe de tout; et l'on arrive à la scène qui marque un sommet, et qui est une scène de violence et de viol — le viol de la clôture, image évidente d'un autre viol qui demeure virtuel, secrètement désiré. A partir de là, brusque revirement : Jules disparaît, change de nom; ce sont d'autres forces qui vont agir;

souterraines au propre et au figuré, puisque toutes les machinations de la mère aboutissent à creuser ce tunnel qui permettrait l'évasion d'Hélène. Le complot aboutit à l'ultime et tragique scène du suicide d'Hélène.

San Francesco a Ripa offre une structure plus élémentaire, sans pourtant échapper à ce qui semble une loi des *Chroniques*. Le personnage fort, c'est d'abord Sénecé, fort de son charme, et même de son détachement à l'égard de la Campobasso. Il triomphe de l'obstacle que représentent la société et la religion de sa maîtresse. Arrive le tournant capital de la chronique : « Ainsi vous ne m'aimez plus ? dit-elle enfin d'une voix oppressée. Un long silence suivit cette déclaration de guerre. »

Alors se déchaîne chez la Campobasso une violence dont son amant ne l'aurait jamais cru capable. Comme chez Béatrix Cenci, la première manifestation de cette violence enfin surgie, est la « prise de parole », si l'on peut se permettre cette expression trop usée. Elle prononce le décisif : « Ce sera l'arrêt de ma mort et de la vôtre. » Puis le geste : « Elle le repoussa avec une résolution et une force auxquelles il n'était pas accoutumé. » Elle organise sa vengeance par des préparatifs secrets qui aboutissent à l'étrange poursuite et à l'assassinat de Sénecé.

Vittoria Accoramboni, c'est l'histoire de l'ascension et de la chute d'une femme ambitieuse, derrière qui agit toute une famille, toute une faction. Chaque fois qu'une difficulté surgit, Vittoria la surmonte. Des puissances occultes travaillent autour d'elle et contre elle : l'opinion, les cabales, les interprétations défavorables du testament, rien n'y fait jusqu'à l'épisode tragique du meurtre. Quand est abattue cette force ascendante, la chronique se précipite dans des exécutions multipliées. Le cas de *La Duchesse de Palliano* est plus curieux. Tout le premier temps est occupé par la lutte de deux forces qui s'emploient autour de la duchesse. Son amant veut la séduire ; une fois qu'elle est séduite, Diane Brancaccio veut la perdre aux yeux de son mari. On aboutit à la scène de violence attendue. Mais à la différence des autres chroniques, cette scène a un caractère incomplet. Le paroxysme auquel le lecteur croyait arriver, tourne court. Le duc découvre Marcel dans la chambre de sa femme. Suivent la prison, l'enquête, la torture, selon le schéma habituel, mais la duchesse elle-même n'est pas châtiée; la force hostile qui devait être le duc, demeure hésitante;

et il faut pour parvenir à cette seconde scène tragique qu'est l'étranglement, que d'autres forces interviennent et, en particulier, le frère de la duchesse, puisque le duc ne souhaite pas en son for intérieur la vengeance.

C'est peut-être parce que le jeu de forces est l'essentiel dans la structure même de la nouvelle, que les portraits des personnages sont strictement fonctionnels. Nous savons fort peu de choses de l'aspect physique des personnages — et en cela Stendhal appartient bien à la lignée des romanciers classiques. Pour Vittoria Accoramboni : « une rare et extraordinaire beauté », une « grâce charmante ». Béatrix Cenci : « dans tout l'éclat d'une ravissante beauté ». Violante de Cardone : « célèbre par sa rare beauté ». Pour que le portrait physique des héroïnes se précise, il faut que Stendhal ait une source plastique devant les yeux. Ainsi pour Béatrix, les éléments d'un portrait plus coloré se situent dans le préambule à la chronique proprement dite, dans la galerie des tableaux. Il semble que Stendhal ait besoin de ce stimulant visuel pour arriver à se figurer l'apparence physique de ses personnages : « Depuis que j'ai commencé à écrire (l'histoire d'Hélène), je suis allé au palais Farnèse pour considérer l'enveloppe mortelle que le ciel avait donné à cette femme. » Le portrait le plus précis est celui de François Cenci. Stendhal est bien comme Sade, il peint beaucoup plus facilement les vieux libertins que les jeunes victimes. Quant au portrait moral, s'il est incontestablement beaucoup plus poussé, il est toujours étroitement organisé autour de la notion d' « énergie », toujours axé sur l'action future, sur ce jeu de forces qui va se déployer au cours de la chronique. Et, parce que tout est fonction de l'action, Stendhal évoque avec incontestablement plus de détails l'environnement économique d'un personnage s'il doit être déterminant, que les particularités de sa physionomie physique et même morale. Ainsi de Jules Branciforte. Puisque sa pauvreté va se trouver être un des obstacles qui stimulent son énergie, le romancier décrit avec minutie son habitation, signe de cette pauvreté. Tandis que pour sa figure « expressive sans être belle », il suffira au lecteur de savoir qu'elle plaît à Hélène. Les romanciers de l'action et de l'énergie, tant il leur est nécessaire de préparer le cadre de cette action, finissent par se montrer plus prodigues de détails en ce qui concerne les lieux que les visages. Tel est bien le cas de Diderot dans *Jacques le Fataliste*, et même de Balzac.

Parce que tous les visages sont tendus vers l'acte, le regard, l'intentionnalité sont plus importants que le modelé. Dans les *Chroniques*, l'échange des regards est une forme fréquente du jeu des forces. En particulier dans *L'Abbesse de Castro*. Si Hélène a désiré être abbesse et, par là, a parfait sa dépendance à l'endroit de sa mère — et donc sa dégradation — c'est à cause de « trois regards méchants » : regards de trois dames qui critiquent l'emplacement qu'Hélène a choisi pour sa chambre — et pour que leurs yeux puissent croiser ceux d'Hélène, Stendhal a pris la peine d'expliquer que la « fenêtre n'était pas élevée de plus de deux pieds au-dessus du passage arrosé jadis du sang de Jules ». Ces trois regards vont susciter en Hélène une énergie toute nouvelle, et la décident à devenir « loup ». Tout est joué par cette rencontre ; les trois regards sont magiques et ensorcelés ; les trois dames sont les sorcières de Macbeth. Les personnages des *Chroniques* croient aux puissances occultes et la superstition fait partie de la passion italienne telle que l'entend Stendhal. La fin de *Suora Scolastica* aurait été bien curieuse à en croire le plan que nous possédons. Don Gennarino est devenu dévot à la folie ; il croit Rosalinde « persécutée par le mauvais œil céleste ». Gennarino, jaloux, se donne la mort ; c'est alors que Rosalinde elle-même « se croit presque frappée du mauvais œil céleste ».

Pendant toute la période de solitude et d'apparent abandon, Hélène s'est vue regardée par Jules qu'elle croyait mort : « Je te voyais toujours à mes côtés. Tu n'étais point menaçant, mais tendre et bon comme tu le fus toujours ; tu me regardais. » Et ce regard comme échangé par-delà une mort imaginaire, ne demeure pas purement contemplatif, il se mue immédiatement en énergie, en violence contre l'évêque : « Alors j'éprouvais des moments de colère pour cet autre homme, et j'allais jusqu'à le battre de toutes mes forces. » Enfin, l'abbesse ne se tue que pour éviter le *regard* de Jules, « pour ne pas voir un reproche dans tes yeux », lui écrit-elle. Là encore le regard imaginaire se transforme en une énergie farouche et destructrice : le suicide.

Parce que les personnages des *Chroniques* se ramènent essentiellement, selon la formule hugolienne, à une « force qui va » — cette force s'exprimant aussi bien par les actes que par la fascination du regard — le rythme même de la nouvelle est entraîné dans un dynamisme linéaire. Stendhal, le plus souvent, retrace l'action au fur et à mesure de son déroulement, sans trop de retour en arrière. Comme ses héros, il va de l'avant. La rétrospective que constitue la lettre finale porte uniquement sur l'intentionnalité des actes, non sur les événements eux-mêmes que le lecteur a appris dans l'ordre même où ils se sont produits. L'emploi des temps répond à la fois à ce désir de faire œuvre d'historien et de montrer des personnages non pas statiques mais dynamiques. Le temps le plus employé, et presque exclusivement, c'est le passé simple ; avec, évidemment, quelques imparfaits ou plus-que-parfaits. Stendhal use peu de ce procédé facile d'actualisation qui consiste à passer à un présent qui risquerait d'estomper la profondeur du champ.

Cette dimension temporelle est essentielle à l'œuvre, autant que la multiplicité des plans à la beauté d'un paysage de montagne. Le Temps est sensible à tous les moments du récit; à tous les niveaux, il est le facteur capital. Il y a d'abord, et soulignée à plaisir, cette épaisseur du temps qui sépare les événements relatés du lecteur moderne, tandis que le temps qui sépare les faits de leur relation par le chroniqueur italien, Stendhal tend à le nier, pour mieux affirmer l'authenticité du récit. Une autre dimension temporelle que l'auteur n'a garde d'oublier, c'est celle qui le touche le plus directement : le temps qu'il a mis à lire les manuscrits italiens. Une phrase comme celle-ci combine fort bien ces différentes perspectives : « J'ai parcouru, au grand détriment de mes yeux, trois ou quatre cents volumes où furent entassés, il y a deux ou trois siècles, des récits d'aventures tragiques. » D'autre part, Stendhal distend la durée de la nouvelle en évoquant tout un passé antérieur au début de l'action et parfois même en remontant à la naissance de ses personnages. Pour Vittoria Accoramboni, un paragraphe initial sur sa naissance et son enfance. Dans *Les Cenci*, on remonte jusqu'au père de François Cenci, puis à la jeunesse de François, à son existence sous Paul III, sous Grégoire XIII : chaque pontificat marquant une étape. Même procédé dans *L'Abbesse de Castro* où sont évoquées la vie du père d'Hélène, l'enfance et l'éducation au couvent, etc. Mais cette densité de passé est en étroite relation avec l'action, tout orientée vers le futur. Point de superflu dans ces généalogies; Stendhal ne donne que les détails qui expliquent un caractère et, par conséquent, laissent prévoir les événements. La projection du passé vers le futur s'opère même — dans *L'Abbesse de Castro* — au moyen d'une prophétie qui enveloppe tout le début d'une atmosphère de fatalité antique. C'est l'histoire d'Œdipe : l'homme fuit son destin qui le rejoint toujours. Le seigneur de Campireali est, en effet, allé se marier à Naples parce que, dans son pays natal, il était menacé par cette prédiction : « Que sa famille s'éteindrait avec lui, et qu'il n'aurait que deux enfants, qui tous deux périraient de mort violente. »

L'action elle-même suppose toujours une certaine durée. A la différence de la nouvelle-minute (un peu au sens où Darius Milhaud parle d'opéra-minute) qui révèle un moment psychologique paroxysmique, ramassé, les *Chroniques italiennes* évoquent tout un mûrissement des sentiments qui supposent du temps. Il faut du temps, beaucoup de temps pour que le duc de Palliano se résolve à croire à l'infidélité de sa femme. Il faut encore plus de temps pour que Béatrix et sa belle-mère ne puissent plus supporter la claustration abusive de François Cenci. La conspiration dont nous avons vu l'importance dans ces textes, exige encore toute une durée d'intrigues, de conversations secrètes, de tractations souterraines. La rapidité des scènes contraste avec la lenteur de ces approches préparatoires.

C'est dans *L'Abbesse de Castro* que le temps est le plus marqué — ce que favorise la longueur de la chronique et son caractère quasi romanesque. Seule la durée explique la métamorphose du caractère d'Hélène, qui pourrait paraître invraisemblable, si des années ne s'écoulaient entre le début et la tragédie du dénouement. Stendhal a pris soin de marquer les repères temporels avec beaucoup de précision. Au début « cet amour entre un jeune homme de vingt-deux ans et une fille de dix-sept ». Dans la première époque de leur amour la chronologie est marquée soit par des notations comme « trois jours après », placées de préférence en début de paragraphe, soit par des tournures qui suggèrent une durée grâce à la répétition : « Ces entretiens du père et du fils, souvent renouvelés » — notation initiale aussi, comme si rien ne pouvait se passer avant que le chroniqueur ait indiqué l'heure marquée au cadran du récit. Dans l'attaque du couvent, les heures ont été prévues comme la topographie : « A neuf heures du soir, dit-il à ses hommes, nous souperons hors la ville; à minuit nous entrerons. » S'il faut démolir le mur, cela « nous prendra dix minutes ». Et, lorsque l'on est passé du projet à l'action, la chronologie est encore marquée de façon imperturbable. « Comme minuit sonnait, Jules qui était entré seul dans Castro sur les onze heures, revint prendre ses gens hors de la porte. » Plus loin : « A minuit et demi, Jules, qui avait pris pour lui le rôle de courrier, arriva au galop à la porte du couvent. » On pourrait multiplier les exemples. Jusqu'à la fin du combat où, dans la même phrase, l'heure et le temps sont inscrits : « Lorsque Jules reprit connaissance, l'on se trouvait à trois lieues de la ville, et le soleil était déjà fort élevé sur l'horizon. »

Dans la deuxième partie le temps a un autre rythme : c'est le temps de la réclusion indéterminée, de la lente dégradation psychologique. Pour différent qu'il soit, il est tout aussi important et Hélène le fait bien sentir dans la lettre qu'elle écrit à sa mère et où elle lui demande d'intriguer pour sa nomination au titre d'abbesse : « Si tu vois quelque chance de succès, dans trois jours je prendrai le voile blanc, huit années de séjour au couvent, sans découcher, me donnant droit à une exemption de six mois. » Dans le rythme de la dégradation prennent place la durée de la liaison avec l'évêque et de la grossesse. C'est à la fin de la nouvelle que le temps va reprendre sa rapidité. L'agression souterraine de la prison par la mère d'Hélène répond très exactement à l'attaque du couvent par Jules et là chaque heure, chaque minute reprend une valeur capitale. « Au milieu de la troisième nuit » s'effondre une partie du pavé de l'église. « Une heure environ après la chute du pavé de marbre de l'église », la signora de Campireali pénètre dans le cachot du souterrain. Mais alors le temps va s'arrêter définitivement par le refus d'Hélène et par son suicide.

Cet essai d'analyse du temps dans les *Chroniques* révèle la profonde parenté qu'il entretient avec l'espace;

l'espace-temps est finalement une dimension unique dans laquelle se développent la nouvelle et l'écriture, comme la vie humaine. Le lecteur se trouve séparé de ce lieu privilégié de la chronique, à la fois par une distance géographique, de la France à l'Italie, et historique, du XVIe au XIXe ou XXe siècle. A l'intérieur même de la chronique l'espace-temps est une sphère toujours à la limite de l'éclatement. Le temps qui correspond au couvent, à la prison est celui du développement lent, du lourd mûrissement clos, avec ces éclatements que représentent des scènes violentes : irruption dans la clôture, attaque de la prison ou exécution capitale, ruptures, déchirements qui répondent à une thématique du moment privilégié, de l'instant unique au sein de la durée. Les *Chroniques* apparaissent finalement comme un espace-temps refermé sur lui-même où se développe, grâce à toute une durée, un jeu de forces dans un champ volontairement restreint, circonscrit, avec ces brusques brèches du temps et de l'espace que constituent la révélation amoureuse, l'ouverture de la prison et, finalement, la mort.

Béatrice DIDIER.

BIBLIOGRAPHIE SOMMAIRE

MANUSCRITS.

Manuscrits italiens avec des notes de Stendhal :

Bibliothèque nationale, ms. ital.
- 169 (contient une version de *Vittoria Accoramboni*).
- 170 (contient *Origine des grandeurs de la famille Farnèse*).
- 171 (contient une autre version de *Vittoria Accoramboni ; L'Abbesse de Castro*).
- 172 (contient *Les Cenci*).
- 173 (contient une version de *La Duchesse de Palliano*).
- 174 (contient la *Vie de Don Rugieri*).
- 175 *(id.)*
- 176 *(id.)*
- 177 *(id.)*
- 178 *(id.)*
- 179 (contient *Le Couvent de Baïano*).
- 296 (contient *La Duchesse de Palliano*).
- 297 (contient une autre version de *La Duchesse de Palliano*).
- 886 (relations diverses).

Manuscrits de la Bibliothèque municipale de Grenoble[1] *:*

Textes dictés par Stendhal, avec corrections autographes.
- R. 290 (contient *Suora Scolastica*)

1. Nous tenons à remercier M. Vaillant de l'amabilité avec laquelle il a facilité notre consultation de ces manuscrits.

R. 291 (contient d'autres fragments de *Suora Scolastica* et *Trop de faveur tue*).
R. 5.896 (contient *San Francesco a Ripa*).

IMPRIMÉS.

Editions du vivant de Stendhal :

Histoire de Vittoria Accoramboni, duchesse de Bracciano. Revue des Deux Mondes, 1er mars 1837, p. 560-584.
Les Cenci (1590). Revue des Deux Mondes, 1er juillet 1837, p. 5-32.
La Duchesse de Palliano. Revue des Deux Mondes, 15 août 1838, p. 535-554 (signé F. de Lagenevais).
L'Abbesse de Castro. Revue des Deux Mondes, 1er février 1839, p. 273-328; 1er mars, p. 628-653 (signé F. de Lagenevais).
L'Ablesse de Castro, Vittoria Accoramboni, Les Cenci, Paris, Dumont, 1839, 329 p.

Editions modernes récentes (ordre chronologique) :

Chroniques italiennes, Texte établi et présenté par Michel Crouzet, Paris, A. Colin (Bibliothèque de Cluny), 1960.
Chroniques italiennes, Préface et notes d'Ernest Abravanel. Lausanne, éd. Rencontre, 1961.
Chroniques italiennes, Préface de Michel Mohrt, Le Livre de Poche, 1964.
Chroniques italiennes, Ed. présentée par Roland Beyer, Paris, Julliard, coll. Littérature, 1964.
Chroniques italiennes, Texte établi, annoté et préfacé par V. del Litto et augmenté des textes « des manuscrits italiens » de la B. N., Cercle du Bibliophile, 1968, 2 vol. [1]
Chroniques italiennes, In *Romans et nouvelles*, éd. présentée par S. Samuel de Saci, Paris, Le Seuil, L'Intégrale, 1968.

1. Nous sommes largement redevables aux remarquables travaux de V. Del Litto.

Chroniques italiennes, présentées par Dominique Fernandez, Paris, Gallimard, coll. Folio, 1973.

QUELQUES ÉTUDES.

Sur Stendhal (ordre chronologique) :

PRÉVOST Jean, *La Création romanesque chez Stendhal*, Mercure de France, 1951 et 1967; Gallimard, « Idées », 1974.

MARTINEAU Henri, *L'Œuvre de Stendhal. Histoire de ses livres et de sa pensée*, Albin Michel, rééd. 1951 et 1966.

BLIN Georges, *Stendhal et les problèmes du roman*, Corti, 1954 et 1973.

BROMBERT Victor, *Stendhal et la voie oblique*, Yale University Press, New Haven; P.U.F., Paris, 1954.

RICHARD Jean-Pierre, *Littérature et sensation*, éd. du Seuil, 1954.

BLIN Georges, *Stendhal et les problèmes de la personnalité*, Corti, 1958.

DURAND Gilbert, *Le décor mythique de la* Chartreuse de Parme, Corti, 1961.

CARRACIO Armand, *Stendhal*, Hatier, 1963.

DÉDÉYAN Charles, *L'Italie dans l'œuvre romanesque de Stendhal*, S.E.D.E.S., 1963.

POULET Georges, *Mesure de l'instant*, Plon, 1968.

GENETTE Gérard, *Figures*, t. II, éd. du Seuil, 1969.

RICHARD Jean-Pierre, *Stendhal-Flaubert*, éd. du Seuil, coll. « Points », 1970.

CROUZET Michel, « Stendhal et les Signes », *Romantisme*, 3, 1971.

BELLEMIN-NOËL Jean, « Le thème des orangers chez Stendhal », *Littérature*, 1972.

BLIN Georges, *Stendhal et les problèmes du roman*, réimp., Corti, 1973.

BROMBERT Victor, *La prison romantique*. Essai sur l'imaginaire, Corti, 1975.

STENDHAL, *Le Corrège*, V. Del Litto, Artigrafica Silva, Parme, 1977.

BERTHIER Philippe, *Stendhal et les peintres italiens*, Genève, Droz, 1977.

Sur les « Chroniques italiennes » (ordre chronologique) :

MARTINEAU Henri, « *Stendhal et les sources des Chroniques italiennes* », 15 oct. 1929. Revue Universelle, (pp. 235-243).

DÉDÉYAN Charles, « *L'Originalité de Stendhal dans l'adaptation de* l'Abbesse de Castro », juil.-sept. 1950, Le Divan (pp. 366-380).

« *Stendhal adaptateur dans* Vittoria Accoramboni, nov. 1951, Symposium, pp. 292-301.

JOURDA Pierre, « *L'Art du récit dans les* Chroniques italiennes », in : Journées internationales de Grenoble, mai 1965.

BAUDOUIN Henri, « *A propos des* Cenci », janv. 1964, Stendhal Club, pp. 105-120.

REIZOV B. G., « *Sur les sources de* Vanina Vanini », Stendhal Club, n° 43, 1969.

JEUNE Simon, « *Autour de* l'Abbesse de Castro », Travaux de Linguistique et de littérature, X, 2, 1971.

BAUDOUIN Henri, « *A propos de* l'Abbesse de Castro »; *remarques sur la chronique du récit stendhalien* », Stendhal Club, 1971, n° 52.

DIDIER Béatrice, « *Stendhal chroniqueur* », Littérature, janv. 1972.

Pour compléter cette Bibliographie, se référer à celle que donne régulièrement le *Stendhal Club*.

OUTRE STENDHAL :

CUSTINE, *Béatrice Cenci*, tragédie en 5 actes et en vers, Paris, H. Fournier jeune, 1833. (Le poème a paru à Paris en 1829.)

SHELLEY (Percy Bysshe), *The Poetical Works*, edited by Mrs. Shelley, 1839, 4 vol. (dans le t. II, *Les Cenci*).

ARTAUD Antonin, *Les Cenci*, in *Œuvres complètes*, t. V, Gallimard 1965.

Principe général de cette édition :

Nous avons donné comme texte le dernier qui ait été imprimé du vivant et du consentement de Stendhal;

c'est-à-dire pour *L'Abbesse de Castro*, *Vittoria Accoramboni*, *Les Cenci*, l'édition Dumont, 1839; pour *La Duchesse de Palliano* et *Vanina Vanini*, nous n'avons que le texte de la *Revue des Deux Mondes*. Pour *Trop de faveur tue* et *Suora Scolastica*, nous donnons le dernier état du manuscrit.

Nous ne possédons les manuscrits que de *Trop de faveur tue* et *Suora Scolastica* (cf. Bibliographie).

N.B.

Les appels de note en lettres : a, b, etc. renvoient à des notes de Stendhal lui-même, qui se trouvent en bas de page.[1]

Les appels de note en chiffres arabes : 1, 2, etc., renvoient à nos éclaircissements et commentaires, à la fin de ce volume.

1. Pour les textes non publiés du vivant de Stendhal, il s'agit parfois non pas de notes proprement dites, mais de mentions marginales de l'écrivain.

CHRONIQUES ITALIENNES

L'ABBESSE DE CASTRO

I

Le mélodrame nous a montré si souvent les brigands italiens du XVIe siècle, et tant de gens en ont parlé sans les connaître, que nous en avons maintenant les idées les plus fausses. On peut dire en général que ces brigands furent l'*opposition* contre les gouvernements atroces qui, en Italie, succédèrent aux républiques du Moyen Âge. Le nouveau tyran fut d'ordinaire le citoyen le plus riche de la défunte république, et, pour séduire le bas peuple, il ornait la ville d'églises magnifiques et de beaux tableaux. Tels furent les Polentini de Ravenne, les Manfredi de Faenza, les Riario d'Imola, les Cane de Vérone, les Bentivoglio de Bologne, les Visconti de Milan, et enfin, les moins belliqueux et les plus hypocrites de tous, les Médicis de Florence [1]. Parmi les historiens de ces petits Etats, aucun n'a osé raconter les empoisonnements et assassinats sans nombre ordonnés par la peur qui tourmentait ces petits tyrans; ces graves historiens étaient à leur solde. Considérez que chacun de ces tyrans connaissait personnellement chacun des républicains dont il savait être exécré (le grand-duc de Toscane, Côme [2], par exemple, connaissait Strozzi [3]), que plusieurs de ces tyrans périrent par l'assassinat, et vous comprendrez les haines profondes, les méfiances éternelles qui donnèrent tant d'esprit et de courage aux Italiens du XVIe siècle, et tant de génie à leurs artistes. Vous verrez ces passions profondes empêcher la naissance de ce préjugé assez ridicule qu'on appelait l'*honneur*, du temps de Mme de Sévigné, et qui consiste surtout à sacrifier sa vie pour servir le maître dont on est né le sujet et pour plaire aux dames. Au XVIe siècle, l'activité d'un homme et son mérite réel ne pouvaient se montrer en France et conquérir l'admiration que par la bravoure sur le champ de bataille ou dans les duels; et, comme les femmes aiment la bravoure et surtout l'audace, elles devinrent les juges suprêmes du mérite d'un homme. Alors naquit l'*esprit de galanterie*, qui prépara l'anéantissement successif de toutes les passions et même de l'amour, au profit de ce tyran cruel auquel nous obéissons tous : la vanité [4]. Les rois protégèrent la vanité et avec grande raison : de là l'empire des rubans.

En Italie, un homme se distinguait par *tous les genres* de mérite, par les grands coups d'épée comme par les découvertes dans les anciens manuscrits : voyez Pétrarque, l'idole de son temps; et une femme du XVIe siècle aimait un homme savant en grec autant et plus qu'elle n'eût aimé un homme célèbre par la bravoure militaire. Alors on vit des passions, et non pas l'habitude de la galanterie. Voilà la grande différence entre l'Italie et la France, voilà pourquoi l'Italie a vu naître les Raphaël, les Giorgione, les Titien, les Corrège, tandis que la France produisait tous ces braves capitaines du XVIe siècle, si inconnus aujourd'hui et dont chacun avait tué un si grand nombre d'ennemis.

Je demande pardon pour ces rudes vérités. Quoi qu'il en soit, les vengeances atroces et *nécessaires* des petits tyrans italiens du Moyen Age concilièrent aux brigands le cœur des peuples. On haïssait les brigands quand ils volaient des chevaux, du blé, de l'argent, en un mot, tout ce qui leur était nécessaire pour vivre; mais au fond le cœur des peuples était pour eux; et les filles du village préféraient à tous les autres le jeune garçon qui, une fois dans la vie, avait été forcé d'*andar alla macchia* [5], c'est-à-dire de fuir dans les bois et de prendre refuge auprès des brigands à la suite de quelque action trop imprudente.

De nos jours encore tout le monde assurément redoute la rencontre des brigands; mais subissent-ils des châtiments, chacun les plaint [6]. C'est que ce peuple si fin, si moqueur, qui rit de tous les écrits publiés sous la censure de ses maîtres, fait sa lecture habituelle de petits poèmes qui racontent avec chaleur la vie des brigands les plus renommés. Ce qu'il trouve d'héroïque dans ces histoires ravit la fibre artiste qui vit toujours *dans les basses classes*, et d'ailleurs, il est tellement las des louanges officielles données à certaines gens, que tout ce qui n'est pas officiel en ce genre va droit à son cœur. Il faut savoir que le bas peuple, en Italie, souffre de certaines choses que le voyageur n'apercevrait jamais, vécût-il dix ans dans le pays. Par exemple, il y a quinze ans, avant que la sagesse des gouvernements n'eût supprimé les brigands [a], il n'était pas rare de voir certains de leurs exploits punir les iniquités des *gouverneurs* de petites villes. Ces gouverneurs, magistrats absolus dont la paye ne s'élève pas à plus de vingt écus par mois, sont naturellement aux ordres de la famille la plus considérable du pays, qui, par ce moyen bien simple, opprime ses ennemis. Si les brigands ne réussissaient pas toujours à punir ces petits gouverneurs despotes, du moins ils se moquaient d'eux et les bravaient, ce qui n'est pas peu de chose aux yeux de ce peuple spirituel. Un sonnet satirique [7] le console de tous ses maux, et jamais il n'oublia une offense. Voilà une autre des différences capitales entre l'Italien et le Français.

Au XVIe siècle, le gouverneur d'un bourg avait-il condamné à mort un pauvre habitant en butte à la haine de la famille prépondérante, souvent on voyait les brigands attaquer la prison et essayer de délivrer l'opprimé. De son côté, la famille puissante, ne se fiant pas trop aux huit ou dix soldats du gouvernement chargés de garder la prison, levait à ses frais une troupe de soldats temporaires. Ceux-ci, qu'on appelait des *bravi* [8], bivouaquaient dans les alentours de la prison, et se chargeaient d'escorter jusqu'au lieu du supplice le pauvre diable dont la mort avait été achetée. Si cette famille puissante comptait un jeune homme dans son sein, il se mettait à la tête de ces soldats improvisés. Cet état de la civilisation fait gémir la morale, j'en conviens; de nos jours on a le duel, l'ennui, et les juges ne se vendent pas; mais ces usages du XVIe siècle étaient merveilleusement propres à créer des hommes dignes de ce nom.

Beaucoup d'historiens, loués encore aujourd'hui par la littérature routinière des académies, ont cherché à dissimuler cet état de choses, qui, vers 1550, forma de si grands caractères. De leur temps, leurs prudents mensonges furent récompensés par tous les honneurs dont

a. Gasparone, le dernier brigand, traita avec le gouvernement en 1826; il est enfermé dans la citadelle de Civita-Vecchia avec trente-deux de ses hommes. Ce fut le manque d'eau sur les sommets des Apennins, où il s'était réfugié, qui l'obligea à traiter. C'est un homme d'esprit, d'une figure assez avenante.

pouvaient disposer les Médicis de Florence, les d'Este de Ferrare, les vice-rois de Naples, etc. Un pauvre historien, nommé Giannone [9], a voulu soulever un coin du voile; mais, comme il n'a osé dire qu'une très petite partie de la vérité, et encore en employant des formes dubitatives et obscures, il est resté fort ennuyeux, ce qui ne l'a pas empêché de mourir en prison à quatre-vingt-deux ans, le 7 mars 1758.

La première chose à faire, lorsque l'on veut connaître l'histoire d'Italie, c'est donc de ne point lire les auteurs généralement approuvés; nulle part on n'a mieux connu le prix du mensonge, nulle part, il ne fut mieux payé [a] [10].

Les premières histoires qu'on ait écrites en Italie, après la grande barbarie du IXe siècle, font déjà mention des brigands, et en parlent comme s'ils eussent existé de temps immémorial. Voyez le recueil de Muratori [11]. Lorsque, par malheur pour la félicité publique, pour la justice, pour le bon gouvernement, mais par bonheur pour les arts, les républiques du Moyen Age furent opprimées, les républicains les plus énergiques, ceux qui aimaient la liberté plus que la majorité de leurs concitoyens, se réfugièrent dans les bois. Naturellement le peuple vexé par les Baglioni, par les Malatesti, par les Bentivoglio [12], par les Médicis, etc., aimait et respectait leurs ennemis. Les cruautés des petits tyrans qui succédèrent aux premiers usurpateurs, par exemple, les cruautés de Côme, premier grand-duc de Florence, qui faisait assassiner les républicains réfugiés jusque dans Venise, jusque dans Paris, envoyèrent des recrues à ces brigands. Pour ne parler que des temps voisins de ceux où vécut notre héroïne, vers l'an 1550, Alphonse Piccolomini, duc de Monte Mariano [13], et Marco Sciarra dirigèrent avec succès des bandes armées qui, dans les environs d'Albano, bravaient les soldats du pape alors fort braves. La ligne d'opération de ces fameux chefs que le peuple admire encore s'étendait depuis le Pô et les marais de Ravenne jusqu'aux bois qui alors couvraient le Vésuve. La forêt de la Faggiola, si célèbre par leurs exploits, située à cinq lieues de Rome, sur la route de Naples,

a. Paul Jove, évêque de Côme, l'*Arétin* et cent autres moins amusants, et que l'ennui qu'ils distribuent a sauvés de l'infamie, Robertson, Roscoe, sont remplis de mensonges. Guichardin se vendit à Côme Ier, qui se moqua de lui. De nos jours, Colletta et Pignotti ont dit la vérité, ce dernier avec la peur constante d'être destitué, quoique ne voulant être imprimé qu'après sa mort.

était le quartier général de Sciarra, qui, sous le pontificat de Grégoire XIII, réunit quelquefois plusieurs milliers de soldats. L'histoire détaillée de cet illustre brigand serait incroyable aux yeux de la génération présente, en ce sens que jamais on ne voudrait comprendre les motifs de ses actes. Il ne fut vaincu qu'en 1592. Lorsqu'il vit ses affaires dans un état désespéré, il traita avec la république de Venise et passa à son service avec ses soldats les plus dévoués ou les plus coupables, comme on voudra. Sur les réclamations du gouvernement romain, Venise, qui avait signé un traité avec Sciarra, le fit assassiner, et envoya ses braves soldats défendre l'île de Candie contre les Turcs. Mais la sagesse vénitienne savait bien qu'une peste meurtrière régnait à Candie, et en quelques jours les cinq cents soldats que Sciarra avait amenés au service de la république furent réduits à soixante-sept.

Cette forêt de la Faggiola, dont les arbres gigantesques couvrent un ancien volcan, fut le dernier théâtre des exploits de Marco Sciarra. Tous les voyageurs vous diront que c'est le site le plus magnifique de cette admirable campagne de Rome, dont l'aspect sombre semble fait pour la tragédie. Elle couronne de sa noire verdure les sommets du mont Albano [14].

C'est à une certaine irruption volcanique antérieure de bien des siècles à la fondation de Rome que nous devons cette magnifique montagne. A une époque qui a précédé toutes les histoires, elle surgit au milieu de la vaste plaine qui s'étendait jadis entre les Apennins et la mer. Le Monte Cavi [15], qui s'élève entouré par les sombres ombrages de la Faggiola, en est le point culminant; on l'aperçoit de partout, de Terracine et d'Ostie comme de Rome et de Tivoli, et c'est la montagne d'Albano, maintenant couverte de palais, qui, vers le midi, termine cet horizon de Rome si célèbre parmi les voyageurs. Un couvent de moines noirs a remplacé, au sommet du Monte Cavi, le temple de Jupiter Férétrien, où les peuples latins venaient sacrifier en commun et resserrer les liens d'une sorte de fédération religieuse. Protégé par l'ombrage de châtaigniers magnifiques, le voyageur parvient, en quelques heures, aux blocs énormes que présentent les ruines du temple de Jupiter; mais sous ces ombrages sombres, si délicieux dans ce climat, même aujourd'hui, le voyageur regarde avec inquiétude au fond de la forêt; il a peur des brigands. Arrivé au sommet du Monte Cavi, on allume du feu dans les ruines du temple pour préparer les aliments. De ce point, qui domine toute la campagne de Rome, on aperçoit, au couchant, la mer, qui semble à deux pas, quoique à trois ou quatre lieues; on distingue les moindres bateaux; avec la plus faible lunette, on compte les hommes qui passent à Naples sur le bateau à vapeur. De tous les autres côtés, la vue s'étend sur une plaine magnifique qui se termine, au levant, par l'Apennin, au-dessus de Palestrine et, au nord, par Saint-Pierre, et les autres grands édifices de Rome. Le Monte Cavi n'étant pas trop élevé, l'œil distingue les moindres détails de ce pays sublime qui pourrait se passer d'illustration historique, et cependant chaque bouquet de bois, chaque pan de mur en ruine, aperçu dans la plaine ou sur les pentes de la montagne, rappelle une de ces batailles si admirables par le patriotisme et la bravoure que raconte Tite-Live.

Encore de nos jours l'on peut suivre, pour arriver aux blocs énormes, restes du temple de Jupiter Férétrien, et qui servent de mur au jardin des moines noirs, la *route triomphale* parcourue jadis par les premiers rois de Rome. Elle est pavée de pierres taillées fort régulièrement; et, au milieu de la forêt de la Faggiola, on en trouve de longs fragments.

Au bord du cratère éteint qui, rempli maintenant d'une eau limpide, est devenu le joli lac d'Albano de cinq à six milles de tour, si profondément encaissé dans le rocher de lave, était située Albe, la mère de Rome, et que la politique romaine détruisit dès le temps des premiers rois. Toutefois ses ruines existent encore. Quelques siècles plus tard, à un quart de lieue d'Albe, sur le versant de la montagne qui regarde la mer, s'est élevée Albano, la ville moderne; mais elle est séparée du lac par un rideau de rochers qui cachent le lac à la ville et la ville au lac. Lorsqu'on l'aperçoit de la plaine, ses édifices blancs se détachent sur la verdure noire et profonde de la forêt si chère aux brigands et si souvent nommée, qui couronne de toutes parts la montagne volcanique.

Albano, qui compte aujourd'hui cinq ou six mille habitants, n'en avait pas trois mille en 1540, lorsque florissait, dans les premiers rangs de la noblesse, la puissante famille Campireali, dont nous allons raconter les malheurs [16].

Je traduis cette histoire de deux manuscrits volumineux, l'un romain, et l'autre de Florence. A mon grand péril, j'ai osé reproduire leur style, qui est presque celui de nos vieilles légendes. Le style si fin et si mesuré de l'époque actuelle eût été, ce me semble, trop peu d'accord avec les actions racontées et surtout avec les réflexions des auteurs. Ils écrivaient vers l'an 1598 [17]. Je sollicite l'indulgence du lecteur et pour eux et pour moi.

II

« Après avoir écrit tant d'histoires tragiques, dit l'auteur du manuscrit florentin, je finirai par celle de toutes qui me fait le plus de peine à raconter. Je vais parler de cette fameuse abbesse du couvent de la Visitation à Castro, Hélène de Campireali, dont le procès et la mort donnèrent tant à parler à la haute société de Rome et de l'Italie. Déjà, vers 1555, les brigands régnaient dans les environs de Rome, les magistrats étaient vendus aux familles puissantes. En l'année 1572, qui fut celle du procès, Grégoire XIII, Buoncompagni, monta sur le trône de saint Pierre. Ce saint pontife réunissait toutes les vertus apostoliques; mais on a pu reprocher quelque faiblesse à son gouvernement civil; il ne sut ni choisir des juges honnêtes, ni réprimer les brigands; il s'affligeait des crimes et ne savait pas les punir. Il lui semblait qu'en infligeant la peine de mort il prenait sur lui une responsabilité terrible. Le résultat de cette manière de voir fut de peupler d'un nombre presque infini de brigands les routes qui conduisent à la ville éternelle. Pour voyager avec quelque sûreté, il fallait être ami des brigands. La forêt de la Faggiola, à cheval sur la route de Naples par Albano, était depuis longtemps le quartier général d'un gouvernement ennemi de celui de Sa Sainteté, et plusieurs fois Rome fut obligée de traiter, comme de puissance à puissance, avec Marco Sciarra, l'un des rois de la forêt. Ce qui faisait la force de ces brigands, c'est qu'ils étaient aimés des paysans leurs voisins.

« Cette jolie ville d'Albano, si voisine du quartier général des brigands, vit naître, en 1542, Hélène de Campireali. Son père passait pour le patricien le plus riche du pays, et, en cette qualité, il avait épousé Victoire Carafa, qui possédait de grandes terres dans le royaume de Naples. Je pourrais citer quelques vieillards qui vivent encore, et ont fort bien connu Victoire Carafa et sa fille.

Victoire fut un modèle de prudence et d'esprit; mais, malgré tout son génie, elle ne put prévenir la ruine de sa famille. Chose singulière! les malheurs affreux qui vont former le triste sujet de mon récit ne peuvent, ce me semble, être attribués, en particulier, à aucun des acteurs que je vais présenter au lecteur : je vois des malheureux, mais, en vérité, je ne puis trouver des coupables. L'extrême beauté et l'âme si tendre de la jeune Hélène étaient deux grands périls pour elle, et font l'excuse de Jules Branciforte [18], son amant, tout comme le manque absolu d'esprit de monsignor Cittadini, évêque de Castro, peut aussi l'excuser jusqu'à un certain point. Il avait dû son avancement rapide dans la carrière des honneurs ecclésiastiques à l'honnêteté de sa conduite, et surtout à la mine la plus noble et à la figure la plus régulièrement belle que l'on pût rencontrer. Je trouve écrit de lui qu'on ne pouvait le voir sans l'aimer.

« Comme je ne veux flatter personne, je ne dissimulerai point qu'un saint moine du couvent de Monte Cavi, qui souvent avait été surpris, dans sa cellule, élevé à plusieurs pieds au-dessus du sol, comme saint Paul, sans que rien autre que la grâce divine pût le soutenir dans cette position extraordinaire [a], avait prédit au seigneur de Campireali que sa famille s'éteindrait avec lui, et qu'il n'aurait que deux enfants, qui tous deux périraient de mort violente. Ce fut à cause de cette prédiction qu'il ne put trouver à se marier dans le pays et qu'il alla chercher fortune à Naples, où il eut le bonheur de trouver de grands biens et une femme capable, par son génie, de changer sa mauvaise destinée, si toutefois une telle chose eût été possible [19]. Ce seigneur de Campireali passait pour fort honnête homme et faisait de grandes charités; mais il n'avait nul esprit, ce qui fit que peu à peu il se retira du séjour de Rome, et finit par passer presque toute l'année dans son palais d'Albano. Il s'adonnait à la culture de ses terres, situées dans cette plaine si riche qui s'étend entre la ville et la mer. Par les conseils de sa femme, il fit donner l'éducation la plus magnifique

a. Encore aujourd'hui, cette position singulière est regardée, par le peuple de la campagne de Rome, comme un signe certain de sainteté. Vers l'an 1826, un moine d'Albano fut aperçu plusieurs fois soulevé de terre par la grâce divine. On lui attribua de nombreux miracles ; on accourait de vingt lieues à la ronde pour recevoir sa bénédiction ; des femmes, appartenant aux premières classes de la société, l'avaient vu se tenant dans sa cellule, à trois pieds de terre. Tout à coup, il disparut.

à son fils Fabio, jeune homme très fier de sa naissance, et à sa fille Hélène, qui fut un miracle de beauté, ainsi qu'on peut le voir encore par son portrait, qui existe dans la collection Farnèse. Depuis que j'ai commencé à écrire son histoire, je suis allé au palais Farnèse pour considérer l'enveloppe mortelle que le ciel avait donnée à cette femme, dont la fatale destinée fit tant de bruit de son temps, et occupe même encore la mémoire des hommes. La forme de la tête est un ovale allongé, le front est très grand, les cheveux sont d'un blond foncé. L'air de sa physionomie est plutôt gai; elle avait de grands yeux d'une expression profonde, et des sourcils châtains formant un arc parfaitement dessiné. Les lèvres sont fort minces, et l'on dirait que les contours de la bouche ont été dessinés par le fameux peintre Corrège. Considérée au milieu des portraits qui l'entourent à la galerie Farnèse, elle a l'air d'une reine. Il est bien rare que l'air gai soit joint à la majesté [20].

« Après avoir passé huit années entières, comme pensionnaire au couvent de la Visitation de la ville de Castro, maintenant détruite, où l'on envoyait, dans ce temps-là, les filles de la plupart des princes romains, Hélène revint dans sa patrie, mais ne quitta point le couvent sans faire offrande d'un calice magnifique au grand autel de l'église. A peine de retour dans Albano, son père fit venir de Rome, moyennant une pension considérable, le célèbre poète *Cechino*, alors fort âgé; il orna la mémoire d'Hélène des plus beaux vers du divin Virgile, de Pétrarque, de l'Arioste et du Dante, ses fameux élèves [21]. »

Ici le traducteur est obligé de passer une longue dissertation sur les diverses parts de gloire que le XVIe siècle faisait à ces grands poètes. Il paraîtrait qu'Hélène savait le latin. Les vers qu'on lui faisait apprendre parlaient d'amour, et d'un amour qui nous semblerait bien ridicule, si nous le rencontrions en 1839; je veux dire l'amour passionné qui se nourrit de grands sacrifices, ne peut subsister qu'environné de mystère, et se trouve toujours voisin des plus affreux malheurs.

Tel était l'amour que sut inspirer à Hélène, à peine âgée de dix-sept ans, Jules Branciforte. C'était un de ses voisins, fort pauvre; il habitait une chétive maison bâtie dans la montagne, à un quart de lieue de la ville, au milieu des ruines d'Albe et sur les bords du précipice de cent cinquante pieds, tapissé de verdure, qui entoure le lac.

Cette maison, qui touchait aux sombres et magnifiques ombrages de la forêt de la Faggiola, a depuis été démolie, lorsqu'on a bâti le couvent de Palazzuola. Ce pauvre jeune homme n'avait pour lui que son air vif et leste, et l'insouciance non jouée avec laquelle il supportait sa mauvaise fortune. Tout ce que l'on pouvait dire de mieux en sa faveur, c'est que sa figure était expressive sans être belle. Mais il passait pour avoir bravement combattu sous les ordres du prince Colonne et parmi ses *bravi*, dans deux ou trois entreprises fort dangereuses. Malgré sa pauvreté, malgré l'absence de beauté, il n'en possédait pas moins, aux yeux de toutes les jeunes filles d'Albano, le cœur qu'il eût été le plus flatteur de conquérir. Bien accueilli partout, Jules Branciforte n'avait eu que des amours faciles, jusqu'au moment où Hélène revint du couvent de Castro. « Lorsque, peu après, le grand poète Cechino se transporta de Rome au palais Campireali, pour enseigner les belles-lettres à cette jeune fille, Jules, qui le connaissait, lui adressa une pièce de vers latins sur le bonheur qu'avait sa vieillesse de voir de si beaux yeux s'attacher sur les siens, et une âme si pure être parfaitement heureuse quand il daignait approuver ses pensées. La jalousie et le dépit des jeunes filles auxquelles Jules faisait attention avant le retour d'Hélène rendirent bientôt inutiles toutes les précautions qu'il employait pour cacher une passion naissante, et j'avouerai que cet amour entre un jeune homme de vingt-deux ans et une fille de dix-sept fut conduit d'abord d'une façon que la prudence ne saurait approuver. Trois mois ne s'étaient pas écoulés lorsque le seigneur de Campireali s'aperçut que Jules Branciforte passait trop souvent sous les fenêtres de son palais (que l'on voit encore vers le milieu de la grande rue qui monte vers le lac). »

La franchise et la rudesse, suites naturelles de la liberté que souffrent les républiques, et l'habitude des passions franches, non encore réprimées par les mœurs de la monarchie, se montrent à découvert dans la première démarche du seigneur de Campireali. Le jour même où il fut choqué des fréquentes apparitions du jeune Branciforte, il l'apostropha en ces termes :

« Comment oses-tu bien passer ainsi sans cesse devant ma maison, et lancer des regards impertinents sur les fenêtres de ma fille, toi qui n'as pas même d'habits pour te couvrir ? Si je ne craignais que ma démarche ne fût mal interprétée des voisins, je te donnerais trois sequins d'or et tu irais à Rome acheter une tunique plus convenable. Au moins ma vue et celle de ma fille ne seraient plus si souvent offensées par l'aspect de tes haillons. »

Le père d'Hélène exagérait sans doute : les habits du jeune Branciforte n'étaient point des haillons, ils étaient faits avec des matériaux fort simples; mais, quoique fort propres et souvent brossés, il faut avouer que leur aspect annonçait un long usage. Jules eut l'âme si profondément navrée par les reproches du seigneur de Campireali, qu'il ne parut plus de jour devant sa maison.

Comme nous l'avons dit, les deux arcades, débris d'un aqueduc antique, qui servaient de murs principaux à la maison bâtie par le père de Branciforte, et par lui laissée à son fils, n'étaient qu'à cinq ou six cents pas d'Albano. Pour descendre de ce lieu élevé à la ville moderne, Jules était obligé de passer devant le palais Campireali; Hélène remarqua bientôt l'absence de ce jeune homme singulier, qui, au dire de ses amies, avait abandonné toute autre relation pour se consacrer en entier au bonheur qu'il semblait trouver à la regarder.

Un soir d'été, vers minuit, la fenêtre d'Hélène était ouverte, la jeune fille respirait la brise de mer qui se fait fort bien sentir sur la colline d'Albano, quoique cette ville soit séparée de la mer par une plaine de trois lieues. La nuit était sombre, le silence profond; on eût entendu tomber une feuille. Hélène appuyée sur sa fenêtre, pensait peut-être à Jules, lorsqu'elle entrevit quelque chose comme l'aile silencieuse d'un oiseau de nuit qui passait doucement tout contre sa fenêtre. Elle se retira effrayée. L'idée ne lui vint point que cet objet pût être présenté par quelque passant : le second étage du palais où se trouvait sa fenêtre était à plus de cinquante pieds de terre. Tout à coup, elle crut reconnaître un bouquet dans cette chose singulière qui, au milieu d'un profond silence, passait et repassait devant la fenêtre sur laquelle elle était appuyée; son cœur battit avec violence. Ce bouquet lui sembla fixé à l'extrémité de deux ou trois de ces *cannes*, espèce de grands joncs, assez semblables au bambou, qui croissent dans la campagne de Rome, et donnent des tiges de vingt à trente pieds. La faiblesse des cannes et la brise assez forte faisaient que Jules avait quelque difficulté à maintenir son bouquet exactement vis-à-vis la fenêtre où il supposait qu'Hélène pouvait se trouver, et d'ailleurs, la nuit était tellement sombre, que de la rue l'on ne pouvait rien apercevoir à une telle hauteur. Immobile devant sa fenêtre, Hélène était profondément agitée. Prendre ce bouquet, n'était-ce pas un aveu ? Elle n'éprouvait d'ailleurs aucun des sentiments qu'une aventure de ce genre ferait naître, de nos jours, chez une jeune fille de la haute société, préparée à la vie par une belle éducation. Comme son père et son frère Fabio étaient dans la maison, sa première pensée fut que le moindre bruit serait suivi d'un coup d'arquebuse dirigé sur Jules; elle eut pitié du danger que courait ce pauvre jeune homme. Sa seconde pensée fut que, quoiqu'elle le connût encore bien peu, il était pourtant l'être au monde qu'elle aimait le mieux après sa famille. Enfin, après quelques minutes d'hésitation, elle prit le bouquet, et, en touchant les fleurs dans l'obscurité profonde, elle sentit qu'un billet était attaché à la tige d'une fleur; elle courut sur le grand escalier pour lire ce billet à la lueur de la lampe qui veillait devant l'image de la Madone. « Imprudente! se dit-elle lorsque les premières lignes l'eurent fait rougir de bonheur, si l'on me voit, je suis perdue, et ma famille persécutera à jamais ce pauvre jeune homme. » Elle revint dans sa chambre et alluma sa lampe. Ce moment fut délicieux pour Jules, qui, honteux de sa démarche et comme pour se cacher même dans la profonde nuit, s'était collé au tronc énorme d'un de ces chênes verts aux formes bizarres qui existent encore aujourd'hui vis-à-vis le palais Campireali.

Dans sa lettre, Jules racontait avec la plus parfaite simplicité la réprimande humiliante qui lui avait été adressée par le père d'Hélène. « Je suis pauvre, il est vrai, continuait-il, et vous vous figureriez difficilement tout l'excès de ma pauvreté. Je n'ai que ma maison que vous avez peut-être remarquée sous les ruines de l'aqueduc d'Albe; autour de la maison se trouve un jardin que je cultive moi-même, et dont les herbes me nourrissent. Je possède encore une vigne qui est affermée trente écus par an. Je ne sais, en vérité, pourquoi je vous aime; certainement je ne puis vous proposer de venir partager ma misère. Et cependant, si vous ne m'aimez point, la vie n'a plus aucun prix pour moi; il est inutile de vous dire que je la donnerais mille fois pour vous. Et cependant, avant votre retour du couvent, cette vie n'était point infortunée : au contraire, elle était remplie des rêveries les plus brillantes. Ainsi je puis dire que la vue du bonheur m'a rendu malheureux. Certes, alors personne au monde n'eût osé m'adresser les propos dont votre père m'a flétri; mon poignard m'eût fait prompte justice. Alors, avec mon courage et mes armes, je m'estimais l'égal de tout le monde; rien ne me manquait. Maintenant tout est bien changé : je connais la crainte. C'est trop écrire; peut-être me méprisez-vous. Si, au contraire, vous avez quelque pitié de moi, malgré les pauvres habits qui me couvrent, vous remarquerez que tous les soirs, lorsque minuit sonne au couvent des Capucins au sommet de la colline, je suis caché sous le grand chêne, vis-à-vis la fenêtre que je regarde sans cesse, parce que je suppose qu'elle est celle de votre chambre. Si vous ne me méprisez pas comme le fait votre père, jetez-moi une des fleurs du bouquet, mais prenez garde qu'elle ne soit entraînée sur une des corniches ou sur un des balcons de votre palais. »

Cette lettre fut lue plusieurs fois; peu à peu les yeux d'Hélène se remplirent de larmes; elle considérait avec attendrissement ce magnifique bouquet dont les fleurs étaient liées avec un fil de soie très fort. Elle essaya d'arracher une fleur mais ne put en venir à bout; puis elle fut saisie d'un remords. Parmi les jeunes filles de Rome, arracher une fleur, mutiler d'une façon quelconque un bouquet donné par l'amour, c'est s'exposer à faire mourir cet amour. Elle craignait que Jules ne s'impatientât, elle courut à sa fenêtre; mais, en y arrivant, elle songea tout à coup qu'elle était trop bien vue, la lampe remplissait la chambre de lumière. Hélène ne savait plus quel signe elle pouvait se permettre; il lui semblait qu'il n'en était aucun qui ne dit beaucoup trop.

Honteuse, elle rentra dans sa chambre en courant. Mais le temps se passait; tout à coup il lui vint une idée qui la jeta dans un trouble inexprimable : Jules allait croire que, comme son père, elle méprisait sa pauvreté! Elle vit un petit échantillon de marbre précieux déposé sur la table, elle le noua dans son mouchoir, et jeta ce mouchoir au pied du chêne vis-à-vis sa fenêtre. Ensuite, elle fit signe qu'on s'éloignât; elle entendit Jules lui obéir; car, en s'en allant, il ne cherchait plus à dérober le bruit de ses pas. Quand il eut atteint le sommet de la ceinture de rochers qui sépare le lac des dernières maisons d'Albano, elle l'entendit chanter des paroles d'amour; elle lui fit des signes d'adieu, cette fois moins timides, puis se mit à relire sa lettre.

Le lendemain et les jours suivants, il y eut des lettres et des entrevues semblables; mais, comme tout se remarque dans un village italien, et qu'Hélène était de bien loin le parti le plus riche du pays, le seigneur de Campireali fut averti que tous les soirs, après minuit, on apercevait de la lumière dans la chambre de sa fille; et, chose bien autrement extraordinaire, la fenêtre était ouverte, et même Hélène s'y tenait comme si elle n'eût éprouvé aucune crainte des *zanzare* (sorte de cousins, extrêmement incommodes et qui gâtent fort les belles soirées de la campagne de Rome. Ici je dois de nouveau solliciter l'indulgence du lecteur. Lorsque l'on est tenté de connaître les usages des pays étrangers, il faut s'attendre à des idées bien saugrenues, bien différentes des nôtres). Le seigneur de Campireali prépara son arquebuse et celle de son fils. Le soir, comme onze heures trois quarts sonnaient, il avertit Fabio, et tous les deux se glissèrent, en faisant le moins de bruit possible, sur un grand balcon de pierre qui se trouvait au premier étage du palais, précisément sous la fenêtre d'Hélène. Les piliers massifs de la balustrade en pierre les mettaient à couvert jusqu'à la ceinture des coups d'arquebuse qu'on pourrait leur tirer du dehors. Minuit sonna; le père et le fils entendirent bien quelque petit bruit sous les arbres qui bordaient la rue vis-à-vis leur palais; mais, ce qui les remplit d'étonnement, il ne parut pas de lumière à la fenêtre d'Hélène. Cette fille, si simple jusqu'ici et qui semblait un enfant à la vivacité de ses mouvements, avait changé de caractère depuis qu'elle aimait. Elle savait que la moindre imprudence compromettrait la vie de son amant; si un seigneur de l'importance de son père tuait un pauvre homme tel que Jules Branciforte, il en serait quitte pour disparaître pendant trois mois qu'il irait passer à Naples; pendant ce temps, ses amis de Rome arrangeraient l'affaire, et tout se terminerait par l'offrande d'une lampe d'argent de quelques centaines d'écus à l'autel de la Madone alors à la mode. Le matin, au déjeuner, Hélène avait vu à la physionomie de son père qu'il avait un grand sujet de colère, et, à l'air dont il la regardait quand il croyait n'être pas remarqué, elle pensa qu'elle entrait pour beaucoup dans cette colère. Aussitôt, elle alla jeter un peu de poussière sur les bois des cinq arquebuses magnifiques que son père tenait suspendues auprès de son lit. Elle couvrit également d'une légère couche de poussière ses poignards et ses épées. Toute la journée elle fut d'une gaieté folle, parcourait sans cesse la maison du haut en bas; à chaque instant, elle s'approchait des fenêtres, bien résolue de faire à Jules un signe négatif, si elle avait le bonheur de l'apercevoir. Mais elle n'avait garde : le pauvre garçon avait été si profondément humilié par l'apostrophe du riche seigneur de Campireali, que de jour il ne paraissait jamais dans Albano; le devoir seul l'y amenait le dimanche pour la messe de la paroisse. La mère d'Hélène, qui l'adorait et ne savait rien lui refuser, sortit trois fois avec elle ce jour-là, mais ce fut en vain : Hélène n'aperçut point Jules. Elle était au désespoir. Que devint-elle lorsque, allant visiter sur le soir les armes de son père, elle vit que deux arquebuses avaient été chargées, et que presque tous les poignards et épées avaient été maniés! Elle ne fut distraite de sa mortelle inquiétude que par l'extrême attention qu'elle donnait au soin de paraître ne se douter de rien. En se retirant à dix heures du soir, elle ferma à clef la porte de sa chambre, qui donnait dans l'antichambre de sa mère, puis elle se tint collée à la fenêtre et couchée sur le sol, de façon à ne pouvoir pas être aperçue du dehors. Qu'on juge de l'anxiété avec laquelle elle entendit sonner les heures; il n'était plus question des reproches qu'elle se faisait souvent sur la rapidité avec laquelle elle s'était attachée à Jules, ce qui pouvait la rendre moins digne d'amour à ses yeux. Cette journée-là avança plus les affaires du jeune homme que six mois de constance et de protestations. « A quoi bon mentir ? se disait Hélène. Est-ce que je ne l'aime pas de toute mon âme ? »

A onze heures et demie, elle vit fort bien son père et son frère se placer en embuscade sur le grand balcon de pierre au-dessous de sa fenêtre. Deux minutes après que minuit eut sonné au couvent des Capucins, elle entendit fort bien aussi les pas de son amant, qui s'arrêta sous le grand chêne; elle remarqua avec joie que son père et son frère semblaient n'avoir rien entendu : il fallait l'anxiété de l'amour pour distinguer un bruit aussi léger.

« Maintenant, se dit-elle, ils vont me tuer, mais il faut à tout prix qu'ils ne surprennent pas la lettre de ce soir; ils persécuteraient à jamais ce pauvre Jules. » Elle fit un signe de croix et, se retenant d'une main au balcon de fer de sa fenêtre, elle se pencha au dehors, s'avançant autant que possible dans la rue. Un quart de minute ne s'était pas écoulé lorsque le bouquet, attaché comme de coutume à la longue canne, vint frapper sur son bras. Elle saisit le bouquet; mais, en l'arrachant vivement à la canne sur l'extrémité de laquelle il était fixé, elle fit frapper cette canne contre le balcon en pierre. A l'instant partirent deux coups d'arquebuse suivis d'un silence parfait. Son frère Fabio, ne sachant pas trop, dans l'obscurité, si ce qui frappait violemment le balcon n'était pas une corde à l'aide de laquelle Jules descendait de chez sa sœur, avait fait feu sur son balcon; le lendemain, elle trouva la marque de la balle, qui s'était aplatie sur le fer. Le seigneur de Campireali avait tiré dans la rue, au bas du balcon de pierre, car Jules avait fait quelque bruit en retenant la canne prête à tomber. Jules, de son côté, entendant du bruit au-dessus de sa tête, avait deviné ce qui allait suivre et s'était mis à l'abri sous la saillie du balcon.

Fabio rechargea rapidement son arquebuse, et, quoi que son père pût lui dire, courut au jardin de la maison, ouvrit sans bruit une petite porte qui donnait sur une rue voisine, et ensuite s'en vint, à pas de loup, examiner un peu les gens qui se promenaient sous le balcon du palais. A ce moment, Jules, qui ce soir-là était bien accompagné, se trouvait à vingt pas de lui, collé contre un arbre. Hélène, penchée sur son balcon et tremblante pour son amant, entama aussitôt une conversation à très haute voix avec son frère, qu'elle entendait dans la rue; elle lui demanda s'il avait tué les voleurs.

— Ne croyez pas que je sois dupe de votre ruse scélérate! lui cria celui-ci de la rue, qu'il arpentait en tous sens, mais préparez vos larmes, je vais tuer l'insolent qui ose s'attaquer à votre fenêtre.

Ces paroles étaient à peine prononcées, qu'Hélène entendit sa mère frapper à la porte de sa chambre.

Hélène se hâta d'ouvrir, en disant qu'elle ne concevait pas comment cette porte se trouvait fermée.

— Pas de comédie avec moi, mon cher ange, lui dit sa mère, ton père est furieux et te tuera peut-être : viens te placer avec moi dans mon lit; et, si tu as une lettre, donne-la-moi, je la cacherai.

Hélène lui dit :

— Voilà le bouquet, la lettre est cachée entre les fleurs.

A peine la mère et la fille étaient-elles au lit, que le seigneur Campireali rentra dans la chambre de sa femme, il revenait de son oratoire, qu'il était allé visiter, et où il avait tout renversé. Ce qui frappa Hélène, c'est que son père, pâle comme un spectre, agissait avec lenteur et comme un homme qui a parfaitement pris son parti. « Je suis morte! » se dit Hélène.

— Nous nous réjouissons d'avoir des enfants, dit son père en passant près du lit de sa femme pour aller à la chambre de sa fille, tremblant de fureur, mais affectant un sang-froid parfait; nous nous réjouissons d'avoir des enfants, nous devrions répandre des larmes de sang plutôt quand ces enfants sont des filles. Grand Dieu! est-ce bien possible! leur légèreté peut enlever l'honneur à tel homme qui, depuis soixante ans, n'a pas donné la moindre prise sur lui.

En disant ces mots, il passa dans la chambre de sa fille.

— Je suis perdue, dit Hélène à sa mère, les lettres sont sous le piédestal du crucifix, à côté de la fenêtre.

Aussitôt, la mère sauta hors du lit, et courut après son mari : elle se mit à lui crier les plus mauvaises raisons possibles, afin de faire éclater sa colère : elle y réussit complètement. Le vieillard devint furieux, il brisait tout dans la chambre de sa fille; mais la mère put enlever les lettres sans être aperçue. Une heure après, quand le seigneur de Campireali fut rentré dans sa chambre à côté de celle de sa femme, et tout étant tranquille dans la maison, la mère dit à sa fille :

— Voilà tes lettres, je ne veux pas les lire, tu vois ce qu'elles ont failli nous coûter! A ta place, je les brûlerais. Adieu, embrasse-moi!

Hélène rentra dans sa chambre, fondant en larmes; il lui semblait que, depuis ces paroles de sa mère, elle n'aimait plus Jules. Puis elle se prépara à brûler ses lettres; mais avant de les anéantir, elle ne put s'empêcher de les relire. Elle les relut tant et si bien, que le soleil était déjà haut dans le ciel quand enfin elle se détermina à suivre un conseil salutaire.

Le lendemain, qui était un dimanche, Hélène s'achemina vers la paroisse avec sa mère; par bonheur, son père ne les suivit pas. La première personne qu'elle aperçut dans l'église, ce fut Jules Branciforte. D'un regard elle s'assura qu'il n'était point blessé. Son bonheur fut au comble; les événements de la nuit étaient à mille lieues de sa mémoire. Elle avait préparé cinq ou six petits billets tracés sur des chiffons de vieux papier souillés avec de la terre détrempée d'eau, et tels qu'on peut en trouver sur les dalles d'une église; ces billets contenaient tous le même avertissement :

« *Ils avaient tout découvert, excepté son nom. Qu'il ne reparaisse plus dans la rue; on viendra ici souvent.* »

Hélène laissa tomber un de ces lambeaux de papier; un regard avertit Jules, qui ramassa et disparut. En rentrant chez elle, une heure après, elle trouva sur le grand escalier du palais un fragment de papier qui attira ses regards par sa ressemblance exacte avec ceux dont elle s'était servie le matin. Elle s'en empara, sans que sa mère elle-même s'aperçût de rien; elle y lut :

« *Dans trois jours il reviendra de Rome, où il est forcé d'aller. On chantera en plein jour, les jours de marché, au milieu du tapage des paysans, vers dix heures.* »

Ce départ pour Rome parut singulier à Hélène. « Est-ce qu'il craint les coups d'arquebuse de mon frère ? » se disait-elle tristement. L'amour pardonne tout, excepté l'absence volontaire; c'est qu'elle est le pire des supplices. Au lieu de se passer dans une douce rêverie et d'être tout occupée à peser les raisons qu'on a d'aimer son amant, la vie est agitée par des doutes cruels. « Mais, après tout, puis-je croire qu'il ne m'aime plus ? » se disait Hélène pendant les trois longues journées que dura l'absence de Branciforte. Tout à coup ses chagrins furent remplacés par une joie folle : le troisième jour, elle le vit paraître en plein midi, se promenant dans la rue devant le palais de son père. Il avait des habillements neufs et presque magnifiques. Jamais la noblesse de sa démarche et la naïveté gaie et courageuse de sa physionomie n'avaient éclaté avec plus d'avantage; jamais aussi, avant ce jour-là, on n'avait parlé si souvent dans Albano de la pauvreté de Jules. C'étaient les hommes et surtout les jeunes gens qui répétaient ce mot cruel; les femmes et surtout les jeunes filles ne tarissaient pas en éloges de sa bonne mine.

Jules passa toute la journée à se promener par la ville; il semblait se dédommager des mois de réclusion auxquels sa pauvreté l'avait condamné. Comme il convient à un homme amoureux, Jules était bien armé sous sa tunique neuve. Outre sa dague et son poignard, il avait mis son *giaco* (sorte de gilet long en mailles de fil de fer, fort incommode à porter, mais qui guérissait ces cœurs italiens d'une triste maladie, dont en ce siècle-là on éprouvait sans cesse les atteintes poignantes, je veux parler de la crainte d'être tué au détour de la rue par un des ennemis qu'on se connaissait). Ce jour-là, Jules espérait entrevoir Hélène, et d'ailleurs, il avait quelque répugnance à se trouver seul avec lui-même dans sa maison solitaire : voici pourquoi. Ranuce, un ancien soldat de son père, après avoir fait dix campagnes avec lui dans les troupes de divers *condottieri*, et, en dernier lieu, dans celles de Marco Sciarra, avait suivi son capitaine lorsque ses blessures forcèrent celui-ci à se retirer. Le capitaine Branciforte avait des raisons pour ne pas vivre à Rome : il était exposé à y rencontrer les fils d'hommes qu'il avait tués; même dans Albano, il ne se souciait pas de se mettre tout à fait à la merci de l'autorité régulière. Au lieu d'acheter ou de louer une maison dans la ville, il aima mieux en bâtir une située de façon à voir venir de loin les visiteurs. Il trouva dans les ruines d'Albe une position admirable : on pouvait sans être aperçu par les visiteurs indiscrets, se réfugier dans la forêt où régnait son ancien ami et patron, le prince Fabrice Colonna. Le capitaine Branciforte se moquait fort de l'avenir de son fils. Lorsqu'il se retira du service, âgé de cinquante ans seulement, mais criblé de blessures, il calcula qu'il pourrait vivre encore quelque dix ans, et, sa maison bâtie, dépensa chaque année le dixième de ce qu'il avait amassé dans les pillages des villes et villages auxquels il avait eu l'honneur d'assister.

Il acheta la vigne qui rendait trente écus de rente à son fils, pour répondre à la mauvaise plaisanterie d'un bourgeois d'Albano, qui lui avait dit, un jour qu'il disputait avec emportement sur les intérêts et l'honneur de la ville, qu'il appartenait, en effet, à un aussi riche propriétaire que lui de donner des conseils aux *anciens* d'Albano. Le capitaine acheta la vigne, et annonça qu'il en achèterait bien d'autres puis, rencontrant le mauvais plaisant dans un lieu solitaire, il le tua d'un coup de pistolet.

Après huit années de ce genre de vie, le capitaine mourut; son aide de camp Ranuce adorait Jules; toutefois, fatigué de l'oisiveté, il reprit du service dans la troupe du prince Colonna. Souvent il venait voir *son fils Jules*, c'était le nom qu'il lui donnait, et, à la veille d'un assaut périlleux que le prince devait soutenir dans la forteresse de la Petrella, il avait emmené Jules combattre avec lui. Le voyant fort brave :

— Il faut que tu sois fou, lui dit-il, et de plus bien dupe, pour vivre auprès d'Albano comme le dernier et le plus pauvre de ses habitants, tandis qu'avec ce que je te vois faire et le nom de ton père tu pourrais être parmi nous un brillant *soldat d'aventure*, et de plus faire ta fortune.

Jules fut tourmenté par ces paroles; il savait le latin montré par un prêtre; mais son père s'étant toujours moqué de tout ce que disait le prêtre au-delà du latin, il n'avait absolument aucune instruction. En revanche, méprisé pour sa pauvreté, isolé dans sa maison solitaire, il s'était fait un certain bon sens qui, par sa hardiesse, aurait étonné les savants. Par exemple, avant d'aimer Hélène, et sans savoir pourquoi, il adorait la guerre, mais il avait de la répugnance pour le pillage, qui, aux yeux de son père le capitaine et de Ranuce, était comme la petite pièce destinée à faire rire, qui suit la noble tragédie. Depuis qu'il aimait Hélène, ce bon sens acquis par ses réflexions solitaires faisait le supplice de Jules. Cette âme, si insouciante jadis, n'osait consulter personne sur ses doutes, elle était remplie de passion et de misère. Que ne dirait pas le seigneur de Campireali s'il le savait *soldat d'aventure ?* Ce serait pour le coup qu'il lui adresserait des reproches fondés! Jules avait toujours compté sur le métier de soldat, comme sur une ressource assurée pour le temps où il aurait dépensé le prix des chaînes d'or et autres bijoux qu'il avait trouvés dans la caisse de fer de son père. Si Jules n'avait aucun scrupule à enlever, lui si pauvre, la fille du riche seigneur de Campireali, c'est qu'en ce temps-là les pères disposaient de leurs biens après eux comme bon leur semblait, et le seigneur de Campireali pouvait fort bien laisser mille écus à sa fille pour toute fortune. Un autre problème tenait l'imagination de Jules profondément occupée : 1º dans quelle ville établirait-il la jeune Hélène après l'avoir épousée et enlevée à son père ? 2º Avec quel argent la ferait-il vivre ?

Lorsque le seigneur de Campireali lui adressa le reproche sanglant auquel il avait été tellement sensible, Jules fut pendant deux jours en proie à la rage et à la douleur la plus vive : il ne pouvait se résoudre ni à tuer le vieillard insolent, ni à le laisser vivre. Il passait les nuits entières à pleurer; enfin il résolut de consulter Ranuce, le seul ami qu'il eût au monde; mais cet ami le comprendrait-il ? Ce fut en vain qu'il chercha Ranuce dans toute la forêt de la Faggiola, il fut obligé d'aller sur la route de Naples, au-delà de Velletri, où Ranuce commandait une embuscade : il y attendait, en nombreuse compagnie, Ruiz d'Avalos, général espagnol, qui se rendait à Rome par terre, sans se rappeler que naguère, en nombreuse compagnie, il avait parlé avec mépris des soldats d'aventure de la compagnie Colonna. Son aumônier lui rappela fort à propos cette petite circonstance, et Ruiz d'Avalos prit le parti de faire armer une barque et de venir à Rome par mer.

Dès que le capitaine Ranuce eut entendu le récit de Jules :

— Décris-moi exactement, lui dit-il, la personne de ce seigneur de Campireali, afin que son imprudence ne coûte pas la vie à quelque bon habitant d'Albano. Dès que l'affaire qui nous retient ici sera terminée par oui ou par non, tu te rendras à Rome, où tu auras soin de te montrer dans les hôtelleries et autres lieux publics, à toutes les heures de la journée; il ne faut pas que l'on puisse te soupçonner à cause de ton amour pour la fille.

Jules eut beaucoup de peine à calmer la colère de l'ancien compagnon de son père. Il fut obligé de se fâcher.

— Crois-tu que je demande ton épée ? lui dit-il enfin. Apparemment que, moi aussi, j'ai une épée ! Je te demande un conseil sage.

Ranuce finissait tous ses discours par ces paroles :

— Tu es jeune, tu n'as pas de blessures; l'insulte a été publique : or, un homme déshonoré est méprisé même des femmes.

Jules lui dit qu'il désirait réfléchir encore sur ce que voulait son cœur, et, malgré les instances de Ranuce, qui prétendait absolument qu'il prît part à l'attaque de l'escorte du général espagnol, où, disait-il, il y aurait de l'honneur à acquérir, sans compter les doublons, Jules revint seul à sa petite maison. C'est là que la veille du jour où le seigneur de Campireali lui tira un coup d'arquebuse, il avait reçu Ranuce et son caporal, de retour des environs de Velletri. Ranuce employa la force pour voir la petite caisse de fer où son patron, le capitaine Branciforte, enfermait jadis les chaînes d'or et autres bijoux dont il ne jugeait pas à propos de dépenser la valeur aussitôt après une expédition. Ranuce y trouva deux écus.

— Je te conseille de te faire moine, dit-il à Jules, tu en as toutes les vertus : l'amour de la pauvreté, en voici la preuve; l'humilité, tu te laisses vilipender en pleine rue par un richard d'Albano; il ne te manque plus que l'hypocrisie et la gourmandise.

Ranuce mit de force cinquante doublons dans la cassette de fer.

— Je te donne ma parole, dit-il à Jules, que si d'ici à un mois le seigneur de Campireali n'est pas enterré avec tous les honneurs dus à sa noblesse et à son opulence, mon caporal ici présent viendra avec trente hommes démolir ta petite maison et brûler tes pauvres meubles. Il ne faut pas que le fils du capitaine Branciforte fasse une mauvaise figure en ce monde, sous prétexte d'amour.

Lorsque le seigneur de Campireali et son fils tirèrent les deux coups d'arquebuse, Ranuce et le caporal avaient pris position sous le balcon de pierre, et Jules eut toutes les peines du monde à les empêcher de tuer Fabio, ou du moins de l'enlever, lorsque celui-ci fit une sortie imprudente en passant par le jardin, comme nous l'avons raconté en son lieu. La raison qui calma Ranuce fut celle-ci : il ne faut pas tuer un jeune homme qui peut devenir quelque chose et se rendre utile, tandis qu'il y a un vieux pêcheur plus coupable que lui, et qui n'est plus bon qu'à enterrer.

Le lendemain de cette aventure, Ranuce s'enfonça dans la forêt, et Jules partit pour Rome. La joie qu'il eut d'acheter de beaux habits avec les doublons que Ranuce lui avait donnés était cruellement altérée par cette idée bien extraordinaire pour son siècle, et qui annonçait les hautes destinées auxquelles il parvint dans la suite; il se disait : « *Il faut qu'Hélène connaisse qui je suis* ». Tout autre homme de son âge et de son temps n'eût songé qu'à jouir de son amour et à enlever Hélène, sans penser en aucune façon à ce qu'elle deviendrait six mois après, pas plus qu'à l'opinion qu'elle pourrait garder de lui.

De retour dans Albano, et l'après-midi même du jour où Jules étalait à tous les yeux les beaux habits qu'il avait rapportés de Rome, il sut par le vieux Scotti, son ami, que Fabio était sorti de la ville à cheval, pour aller à trois lieues de là à une terre que son père possédait dans la plaine, sur le bord de la mer. Plus tard, il vit le seigneur Campireali prendre, en compagnie de deux prêtres, le chemin de la magnifique allée de chênes verts qui couronne le bord du cratère au fond duquel s'étend le lac d'Albano. Dix minutes après, une vieille femme s'introduisait hardiment dans le palais de Campireali, sous prétexte de vendre de beaux fruits; la première personne qu'elle rencontra fut la petite caméristе Marietta, confidente intime de sa maîtresse Hélène, laquelle rougit jusqu'au blanc des yeux en recevant un beau bouquet. La lettre que cachait le bouquet était d'une longueur démesurée : Jules racontait tout ce qu'il avait éprouvé depuis la nuit des coups d'arquebuse; mais, par une pudeur bien singulière, il n'osait pas avouer ce dont tout autre jeune homme de son temps eût été si fier, savoir : qu'il était fils d'un capitaine célèbre par ses aventures, et que lui-même avait déjà marqué par sa bravoure dans plus d'un combat. Il croyait toujours entendre les réflexions que ces faits inspireraient au vieux Campireali. Il faut savoir qu'au quinzième siècle [22] les jeunes filles, plus voisines du bon sens républicain, estimaient beaucoup plus un homme pour ce qu'il avait fait lui-même que pour les richesses amassées par ses pères ou par les actions célèbres de ceux-ci. Mais c'étaient surtout les jeunes filles du peuple qui avaient ces pensées. Celles qui appartenaient à la classe riche ou noble avaient peur des brigands, et, comme il est naturel, tenaient en grande estime la noblesse et l'opulence. Jules finissait sa lettre par ces mots : « Je ne sais si les habits convenables que j'ai rapportés de Rome vous auront fait oublier la cruelle injure qu'une personne que vous respectez m'adressa naguère, à l'occasion de ma chétive apparence; j'ai pu me venger, je l'aurais dû, mon honneur le commandait; je ne l'ai point fait en considération des larmes que ma vengeance aurait coûtées à des yeux que j'adore. Ceci peut vous prouver, si, pour mon malheur, vous en doutiez encore, qu'on peut être très pauvre et avoir des sentiments nobles. Au reste, j'ai à vous révéler un secret terrible; je n'aurais assurément aucune peine à le dire à toute autre femme; mais je ne sais pourquoi je frémis en pensant à vous l'apprendre. Il peut détruire, en un instant, l'amour que vous avez pour moi; aucune protestation ne me satisferait de votre part. Je veux lire dans vos yeux l'effet que produira cet aveu. Un de ces jours, à la tombée de la nuit, je vous verrai dans le jardin situé derrière le palais. Ce jour-là, Fabio et votre père seront absents : lorsque j'aurai acquis la certitude que, malgré leur mépris pour un pauvre jeune homme mal vêtu, ils ne pourront nous enlever trois quarts d'heure ou une heure d'entretien, un homme paraîtra sous les fenêtres de votre palais, qui fera voir aux enfants du pays un renard apprivoisé. Plus tard, lorsque l'*Ave Maria* sonnera [23], vous entendrez tirer un coup d'arquebuse dans le lointain; à ce moment approchez-vous du mur de votre jardin, et, si vous n'êtes pas seule, chantez. S'il y a du silence, votre esclave paraîtra tout tremblant à vos pieds, et vous racontera des choses qui peut-être vous feront horreur. En attendant ce jour décisif et terrible pour moi, je ne me hasarderai plus à vous présenter de bouquet à minuit; mais vers les deux heures de nuit je passerai en chantant, et peut-être, placée au grand balcon de pierre, vous laisserez tomber une fleur cueillie par vous dans votre jardin. Ce sont peut-être les dernières marques d'affection que vous donnerez au malheureux Jules. »

Trois jours après, le père et le frère d'Hélène étaient allés à cheval à la terre qu'ils possédaient sur le bord de la mer; ils devaient en partir un peu avant le coucher du soleil, de façon à être de retour chez eux vers les deux heures de nuit. Mais, au moment de se mettre en route, non seulement leurs deux chevaux, mais tous ceux qui étaient dans la ferme, avaient disparu. Fort étonnés de ce vol audacieux, ils cherchèrent leurs chevaux, qu'on ne retrouva que le lendemain dans la forêt de haute futaie qui borde la mer. Les deux Campireali, père et fils, furent obligés de regagner Albano dans une voiture champêtre tirée par des bœufs.

Ce soir-là, lorsque Jules fut aux genoux d'Hélène, il était presque tout à fait nuit, et la pauvre fille fut bien heureuse de cette obscurité; elle paraissait pour la première fois devant cet homme qu'elle aimait tendrement, qui le savait fort bien, mais enfin auquel elle n'avait jamais parlé.

Une remarque qu'elle fit lui rendit un peu de courage; Jules était plus pâle et plus tremblant qu'elle. Elle le voyait à ses genoux : « En vérité, je suis hors d'état de parler », lui dit-il. Il y eut quelques instants apparemment fort heureux; ils se regardaient, mais sans pouvoir articuler un mot, immobiles comme un groupe de marbre assez expressif. Jules était à genoux, tenant une main d'Hélène; celle-ci, la tête penchée, le considérait avec attention [24].

Jules savait bien que, suivant les conseils de ses amis, les jeunes débauchés de Rome, il aurait dû tenter quelque chose; mais il eut horreur de cette idée. Il fut réveillé de cet état d'extase et peut-être du plus vif bonheur que puisse donner l'amour, par cette idée : le temps s'envole rapidement; les Campireali s'approchent de leur palais. Il comprit qu'avec une âme scrupuleuse comme la sienne, il ne pouvait trouver de bonheur durable, tant qu'il n'aurait fait à sa maîtresse cet aveu terrible qui eut semblé une si lourde sottise à ses amis de Rome.

— Je vous ai parlé d'un aveu que peut-être je ne devrais pas vous faire, dit-il enfin à Hélène.

Jules devint fort pâle; il ajouta avec peine et comme si la respiration lui manquait :

— Peut-être je vais voir disparaître ces sentiments dont l'espérance fait ma vie. Vous me croyez pauvre; ce n'est pas tout : *je suis brigand et fils de brigand.*

A ces mots, Hélène, fille d'un homme riche et qui avait toutes les peurs de sa caste, sentit qu'elle allait se trouver mal; elle craignit de tomber. « Quel chagrin ne sera-ce pas pour ce pauvre Jules! pensait-elle : il se croira méprisé. » Il était à ses genoux. Pour ne pas tomber, elle s'appuya sur lui, et, peu après, tomba dans ses bras, comme sans connaissance. Comme on voit, au XVIe siècle, on aimait l'exactitude dans les histoires d'amour. C'est que l'esprit ne jugeait pas ces histoires-là, l'imagination les sentait, et la passion du lecteur s'identifiait avec celle des héros. Les deux manuscrits que nous suivons, et surtout celui qui présente quelques tournures de phrases particulières au dialecte florentin, donnent dans le plus grand détail l'histoire de tous les rendez-vous qui suivirent celui-ci [25]. Le péril ôtait le remords à la jeune fille. Souvent les périls furent extrêmes; mais ils ne firent qu'enflammer ces deux cœurs pour qui toutes les sensations provenant de leur amour étaient du bonheur. Plusieurs fois Fabio et son père furent sur le point de les surprendre. Ils étaient furieux, se croyant bravés : le bruit public leur apprenait que Jules était l'amant d'Hélène, et cependant ils ne pouvaient rien voir. Fabio, jeune homme impétueux et fier de sa naissance, proposait à son père de faire tuer Jules.

— Tant qu'il sera dans ce monde, lui disait-il, les jours de ma sœur courent les plus grands dangers. Qui nous dit qu'au premier moment notre honneur ne nous obligera pas à tremper les mains dans le sang de cette obstinée? Elle est arrivée à ce point d'audace, qu'elle ne nie plus son amour; vous l'avez vue ne répondre à vos reproches que par un silence morne; eh bien! ce silence est l'arrêt de mort de Jules Branciforte.

— Songez quel a été son père, répondait le seigneur de Campireali. Assurément il ne nous est pas difficile d'aller passer six mois à Rome, et, pendant ce temps, ce Branciforte disparaîtra. Mais qui nous dit que son père qui, au milieu de tous ses crimes, fut brave et généreux, généreux au point d'enrichir plusicurs dc scs soldats et de rester pauvre lui-même, qui nous dit que son père n'a pas encore des amis, soit dans la compagnie du duc de Monte Mariano, soit dans la compagnie Colonna, qui occupe souvent les bois de la Faggiola, à une demi-lieue de chez nous ? En ce cas, nous sommes tous massacrés sans rémission, vous, moi, et peut-être aussi votre malheureuse mère.

Ces entretiens du père et du fils, souvent renouvelés, n'étaient cachés qu'en partie à Victoire Carafa, mère d'Hélène, et la mettaient au désespoir. Le résultat des discussions entre Fabio et son père fut qu'il était inconvenant pour leur honneur de souffrir paisiblement la continuation des bruits qui régnaient dans Albano. Puisqu'il n'était pas prudent de faire disparaître ce jeune Branciforte qui, tous les jours, paraissait plus insolent, et, de plus, maintenant revêtu d'habits magnifiques, poussait la suffisance jusqu'à adresser la parole dans les lieux publics, soit à Fabio, soit au seigneur de Campireali lui-même, il y avait lieu de prendre l'un des deux partis suivants, ou peut-être même tous les deux : il fallait que la famille entière revînt habiter Rome, il fallait ramener Hélène au couvent de la Visitation de Castro, où elle resterait jusqu'à ce qu'on lui eût trouvé un parti convenable.

Jamais Hélène n'avait avoué son amour à sa mère : la fille et la mère s'aimaient tendrement, elles passaient leur vie ensemble, et pourtant jamais un seul mot sur ce sujet, qui les intéressait presque également toutes les deux, n'avait été prononcé. Pour la première fois le sujet presque unique de leurs pensées se trahit par des paroles, lorsque la mère fit entendre à sa fille qu'il était question de transporter à Rome l'établissement de la famille, et peut-être même de la renvoyer passer quelques années au couvent de Castro.

Cette conversation était imprudente de la part de Victoire Carafa, et ne peut être excusée que par la tendresse folle qu'elle avait pour sa fille. Hélène, éperdue d'amour, voulut prouver à son amant qu'elle n'avait pas honte de sa pauvreté et que sa confiance en son honneur était sans bornes. « Qui le croirait ? s'écrie l'auteur florentin, après tant de rendez-vous hardis et voisins d'une mort horrible, donnés dans le jardin et même une fois ou deux dans sa propre chambre, Hélène était pure! Forte de sa vertu, elle proposa à son amant de sortir du palais, vers minuit, par le jardin, et d'aller passer le reste de la nuit dans sa petite maison construite sur les ruines d'Albe, à plus d'un quart de lieue de là. Ils se déguisèrent en moines de saint François. Hélène était d'une taille élancée, et, ainsi vêtue, semblait un jeune frère novice de dix-huit ou vingt ans. Ce qui est incroyable, et marque bien le doigt de Dieu, c'est que, dans l'étroit chemin taillé dans le roc, et qui passe encore contre le mur du couvent des Capucins, Jules et sa maîtresse, déguisés en moines [26] rencontrèrent le seigneur de Campireali et son fils Fabio, qui, suivis de quatre domestiques bien armés, et précédés d'un page portant une torche allumée, revenaient de Castel Gandolfo, bourg situé sur les bords du lac assez près de là. Pour laisser passer les deux amants, les Campireali et leurs domestiques se placèrent à droite et à gauche de ce chemin taillé dans le roc et qui peut avoir huit pieds de large. Combien n'eût-il pas été plus heureux pour Hélène d'être reconnue en ce moment! Elle eût été tuée d'un coup de pistolet par son père ou son frère, et son supplice n'eût duré qu'un instant : mais le ciel en avait ordonné autrement *(superis aliter visum)* [27].

« On ajoute encore une circonstance sur cette singulière rencontre, et que la signora de Campireali, parvenue à une extrême vieillesse et presque centenaire, racontait encore quelquefois à Rome devant des personnages graves qui, bien vieux eux-mêmes, me l'ont redite lorsque mon insatiable curiosité les interrogeait sur ce sujet-là et sur bien d'autres.

« Fabio de Campireali, qui était un jeune homme fier de son courage et plein de hauteur, remarquant que le moine le plus âgé ne saluait ni son père, ni lui, en passant si près d'eux, s'écria :

« — Voilà un fripon de moine bien fier! Dieu sait ce qu'il va faire hors du couvent, lui et son compagnon, à cette heure indue! Je ne sais ce qui me tient de lever leurs capuchons; nous verrions leurs mines.

« A ces mots, Jules saisit sa dague sous sa robe de moine, et se plaça entre Fabio et Hélène. En ce moment il n'était pas à plus d'un pied de distance de Fabio; mais le ciel en ordonna autrement [28], et calma par un miracle la fureur de ces deux jeunes gens, qui bientôt devaient se voir de si près. »

Dans le procès que par la suite on intenta à Hélène de Campireali, on voulut présenter cette promenade nocturne comme une preuve de corruption. C'était le délire d'un jeune cœur enflammé d'un fol amour, mais ce cœur était pur.

III

Il faut savoir que les Orsini, éternels rivaux des Colonna, et tout-puissants alors dans les villages les plus voisins de Rome, avaient fait condamner à mort, depuis peu, par les tribunaux du gouvernement, un riche cultivateur nommé Balthazar Bandini, né à la Petrella [29]. Il serait trop long de rapporter ici les diverses actions que l'on reprochait à Bandini : la plupart seraient des crimes aujourd'hui, mais ne pouvaient pas être considérées d'une façon aussi sévère en 1559. Bandini était en prison dans un château appartenant aux Orsini, et situé dans la montagne du côté de Valmontone, à six lieues d'Albano. Le barigel de Rome, suivi de cent cinquante de ses sbires, passa une nuit sur la grande route; il venait chercher Bandini pour le conduire à Rome dans les prisons de Tordinona; Bandini avait appelé à Rome de la sentence qui le condamnait à mort. Mais, comme nous l'avons dit, il était natif de la Petrella, forteresse appartenant aux Colonna, la femme de Bandini vint dire publiquement à Fabrice Colonna, qui se trouvait à la Petrella :

— Laisserez-vous mourir un de vos fidèles serviteurs ?

Colonna répondit :

— A Dieu ne plaise que je m'écarte jamais du respect que je dois aux décisions des tribunaux du pape mon seigneur !

Aussitôt ses soldats reçurent des ordres, et il fit donner avis de se tenir prêts à tous ses partisans. Le rendez-vous était indiqué dans les environs de Valmontone, petite ville bâtie au sommet d'un rocher peu élevé, mais qui a pour rempart un précipice continu et presque vertical de soixante à quatre-vingts pieds de haut. C'est dans cette ville appartenant au pape que les partisans des Orsini et les sbires du gouvernement avaient réussi à transporter Bandini. Parmi les partisans les plus zélés du pouvoir, on comptait le seigneur de Campireali et Fabio, son fils, d'ailleurs un peu parents des Orsini. De tout temps, au contraire, Jules Branciforte et son père avaient été attachés aux Colonna.

Dans les circonstances où il ne convenait pas aux Colonna d'agir ouvertement, ils avaient recours à une précaution fort simple : la plupart des riches paysans romains, alors comme aujourd'hui, faisaient partie de quelque compagnie de pénitents. Les pénitents ne paraissent jamais en public que la tête couverte d'un morceau de toile qui cache leur figure et se trouve percé de deux trous vis-à-vis les yeux. Quand les Colonna ne voulaient pas avouer une entreprise, ils invitaient leur partisans à prendre leur habit de pénitent pour venir les joindre.

Après de longs préparatifs, la translation de Bandini, qui depuis quinze jours faisait la nouvelle du pays, fut indiquée pour un dimanche. Ce jour-là, à deux heures du matin, le gouverneur de Valmontone fit sonner le tocsin dans tous les villages de la forêt de la Faggiola. On vit des paysans sortir en assez grand nombre de chaque village. (Les mœurs des républiques du Moyen Age, du temps desquelles on se battait pour obtenir une certaine chose que l'on désirait, avaient conservé beaucoup de bravoure dans le cœur des paysans; de nos jours, personne ne bougerait.)

Ce jour-là on put remarquer une chose assez singulière : à mesure que la petite troupe de paysans armés sortie de chaque village s'enfonçait dans la forêt, elle diminuait de moitié; les partisans des Colonna se dirigeaient vers le lieu du rendez-vous désigné par Fabrice. Leurs chefs paraissaient persuadés qu'on ne se battrait pas ce jour-là : ils avaient eu ordre le matin de répandre ce bruit. Fabrice parcourait la forêt avec l'élite de ses partisans, qu'il avait montés sur les jeunes chevaux à demi sauvages de son haras. Il passait une sorte de revue des divers détachements de paysans; mais il nc leur parlait point, toute parole pouvant compromettre. Fabrice était un grand homme maigre, d'une agilité et d'une force incroyables : quoique à peine âgé de quarante-cinq ans, ses cheveux et sa moustache étaient d'une blancheur éclatante, et qui le contrariait fort : à ce signe on pouvait le reconnaître en des lieux où il eût mieux aimé passer incognito. A mesure que les paysans le voyaient, ils criaient : *Vive Colonna !* et mettaient leurs capuchons de toile. Le prince lui-même avait son capuchon sur la poitrine, de façon à pouvoir le passer dès qu'on apercevrait l'ennemi.

Celui-ci ne se fit point attendre : le soleil se levait à

peine lorsqu'un millier d'hommes à peu près, appartenant au parti des Orsini, et venant du côté de Valmontone, pénétrèrent dans la forêt et vinrent passer à trois cents pas environ des partisans de Fabrice Colonna, que celui-ci avait fait mettre ventre à terre. Quelques minutes après que les derniers des Orsini formant cette avant-garde eurent défilé, le prince mit ses hommes en mouvement : il avait résolu d'attaquer l'escorte de Bandini un quart d'heure après qu'elle serait entrée dans le bois. En cet endroit, la forêt est semée de petites roches hautes de quinze ou vingt pieds ; ce sont des coulées de lave plus ou moins antiques sur lesquelles les châtaigniers viennent admirablement et interceptent presque entièrement le jour. Comme ces coulées, plus ou moins attaquées par le temps, rendent le sol fort inégal, pour épargner à la grande route une foule de petites montées et descentes inutiles, on a creusé dans la lave, et fort souvent la route est à trois ou quatre pieds en contrebas de la forêt.

Vers le lieu de l'attaque projetée par Fabrice, se trouvait une clairière couverte d'herbes et traversée à l'une de ses extrémités par la grande route. Ensuite la route rentrait dans la forêt, qui, en cet endroit, remplie de ronces et d'arbustes entre les troncs des arbres, était tout à fait impénétrable. C'est à cent pas dans la forêt et sur les bords de la route que Fabrice plaçait ses fantassins. A un signe du prince, chaque paysan arrangea son capuchon, et prit poste avec son arquebuse derrière un châtaignier ; les soldats du prince se placèrent derrière les arbres les plus voisins de la route. Les paysans avaient l'ordre précis de ne tirer qu'après les soldats et ceux-ci ne devaient faire feu que lorsque l'ennemi serait à vingt pas. Fabrice fit couper à la hâte une vingtaine d'arbres, qui, précipités avec leurs branches sur la route, assez étroite en ce lieu-là et en contrebas de trois pieds, l'interceptaient entièrement. Le capitaine Ranuce, avec cinq cents hommes, suivit l'avant-garde ; il avait l'ordre de ne l'attaquer que lorsqu'il entendrait les premiers coups d'arquebuse qui seraient tirés de l'abatis qui interceptait la route. Lorsque Fabrice Colonna vit ses soldats et ses partisans bien placés chacun derrière son arbre et pleins de résolution, il partit au galop avec tous ceux des siens qui étaient montés, et parmi lesquels on remarquait Jules Branciforte. Le prince prit un sentier à droite de la grande route et qui le conduisait à l'extrémité de la clairière la plus éloignée de la route.

Le prince s'était à peine éloigné depuis quelques minutes, lorsqu'on vit venir de loin, par la route de Valmontone, une troupe nombreuse d'hommes à cheval, c'étaient les sbires et le barigel, escortant Bandini, et tous les cavaliers des Orsini. Au milieu d'eux se trouvait Balthazar Bandini, entouré de quatre bourreaux vêtus de rouge; ils avaient l'ordre d'exécuter la sentence des premiers juges et de mettre Bandini à mort, s'ils voyaient les partisans des Colonna sur le point de le délivrer.

La cavalerie de Colonna arrivait à peine à l'extrémité de la clairière ou prairie la plus éloignée de la route, lorsqu'il entendit les premiers coups d'arquebuse de l'embuscade par lui placée sur la grande route en avant de l'abatis. Aussitôt il mit sa cavalerie au galop, et dirigea sa charge sur les quatre bourreaux vêtus de rouge qui entouraient Bandini.

Nous ne suivrons point le récit de cette petite affaire, qui ne dura pas trois quarts d'heure; les partisans des Orsini, surpris, s'enfuirent dans tous les sens; mais, à l'avant-garde, le brave capitaine Ranuce fut tué, événement qui eut une influence funeste sur le destinée de Branciforte. A peine celui-ci avait donné quelques coups de sabre, toujours en se rapprochant des hommes vêtus de rouge, qu'il se trouva vis-à-vis de Fabio Campireali.

Monté sur un cheval bouillant d'ardeur et revêtu d'un *giaco* doré (cotte de mailles), Fabio s'écriait :

— Quels sont ces misérables masqués ? Coupons leur masque d'un coup de sabre; voyez la façon dont je m'y prends!

Presque au même instant, Jules Branciforte reçut de lui un coup de sabre horizontal sur le front. Ce coup avait été lancé avec tant d'adresse, que la toile qui lui couvrait le visage tomba en même temps qu'il se sentit les yeux aveuglés par le sang qui coulait de cette blessure, d'ailleurs fort peu grave. Jules éloigna son cheval pour avoir le temps de respirer et de s'essuyer le visage. Il voulait, à tout prix, ne point se battre avec le frère d'Hélène; et son cheval était déjà à quatre pas de Fabio, lorsqu'il reçut sur la poitrine un furieux coup de sabre qui ne pénétra point, grâce à son *giaco*, mais lui ôta la respiration pour le moment. Presque au même instant, il s'entendit crier aux oreilles :

— *Ti conosco, porco!* Canaille, je te connais! C'est comme cela que tu gagnes de l'argent pour remplacer tes haillons!

Jules, vivement piqué, oublia sa première résolution et revint sur Fabio :

— *Ed in mal punto tu venisti*[a] ! s'écria-t-il [30].

A la suite de quelques coups de sabre précipités, le vêtement qui couvrait leur cotte de mailles tombait de toutes parts. La cotte de mailles de Fabio était dorée et magnifique, celle de Jules des plus communes.

— Dans quel égout as-tu ramassé ton *giaco?* lui cria Fabio.

Au même moment, Jules trouva l'occasion qu'il cherchait depuis une demi-minute : la superbe cotte de mailles de Fabio ne serrait pas assez le cou, et Jules lui porta au cou, un peu découvert, un coup de pointe qui réussit. L'épée de Jules entra d'un demi-pied dans la gorge de Fabio et en fit jaillir un énorme jet de sang.

— Insolent! s'écria Jules.

Et il galopa vers les hommes habillés de rouge, dont deux étaient encore à cheval à cent pas de lui. Comme il approchait d'eux, le troisième tomba; mais, au moment où Jules arrivait tout près du quatrième bourreau, celui-ci, se voyant environné de plus de dix cavaliers, déchargea un pistolet à bout portant sur le malheureux Balthazar Bandini, qui tomba.

— Mes chers seigneurs, nous n'avons plus que faire ici ! s'écria Branciforte, sabrons ces coquins de sbires qui s'enfuient de toutes parts.

Tout le monde le suivit.

Lorsque, une demi-heure après, Jules revint auprès de Fabrice Colonna, ce seigneur lui adressa la parole pour la première fois de sa vie. Jules le trouva ivre de colère; il croyait le voir transporté de joie, à cause de la victoire, qui était complète et due tout entière à ses bonnes dispositions; car les Orsini avaient près de trois mille hommes, et Fabrice, à cette affaire, n'en avait pas réuni plus de quinze cents.

— Nous avons perdu votre brave ami Ranuce! s'écria le prince en parlant à Jules, je viens moi-même de toucher son corps; il est déjà froid. Le pauvre Balthazar Bandini est mortellement blessé. Ainsi, au fond, nous n'avons pas réussi. Mais l'ombre du capitaine Ranuce paraîtra bien accompagnée devant Pluton. J'ai donné l'ordre que l'on pende aux branches des arbres tous ces coquins de pri-

a. Malheur à toi! tu arrives dans un moment fatal!

sonniers. N'y manquez pas, messieurs! s'écria-t-il en haussant la voix.

Et il repartit au galop pour l'endroit où avait eu lieu le combat d'avant-garde. Jules commandait à peu près en second la compagnie de Ranuce; il suivit le prince, qui, arrivé près du cadavre de ce brave soldat, qui gisait entouré de plus de cinquante cadavres ennemis, descendit une seconde fois de cheval pour prendre la main de Ranuce. Jules l'imita, il pleurait.

— Tu es bien jeune, dit le prince à Jules, mais je te vois couvert de sang, et ton père fut un brave homme, qui avait reçu plus de vingt blessures au service des Colonna. Prends le commandement de ce qui reste de la compagnie de Ranuce, et conduis son cadavre à notre église de la Petrella; songe que tu seras peut-être attaqué sur la route.

Jules ne fut point attaqué, mais il tua d'un coup d'épée un de ses soldats, qui lui disait qu'il était trop jeune pour commander. Cette imprudence réussit, parce que Jules était encore couvert du sang de Fabio. Tout le long de la route, il trouvait les arbres chargés d'hommes que l'on pendait. Ce spectacle hideux, joint à la mort de Ranuce et surtout à celle de Fabio, le rendait presque fou. Son seul espoir était qu'on ne saurait pas le nom du vainqueur de Fabio.

Nous sautons les détails militaires. Trois jours après celui du combat, il put revenir passer quelques heures à Albano; il racontait à ses connaissances qu'une fièvre violente l'avait retenu dans Rome, où il avait été obligé de garder le lit toute la semaine.

Mais on le traitait partout avec un respect marqué; les gens les plus considérables de la ville le saluaient les premiers; quelques imprudents allèrent même jusqu'à l'appeler *seigneur capitaine*. Il avait passé plusieurs fois devant la palais Campireali, qu'il trouva entièrement fermé, et, comme le nouveau capitaine était fort timide lorsqu'il s'agissait de faire certaines questions, ce ne fut qu'au milieu de la journée qu'il put prendre sur lui de dire à Scotti, vieillard qui l'avait toujours traité avec bonté :

— Mais où sont donc les Campireali ? je vois leur palais fermé.

— Mon ami, répondit Scotti avec une tristesse subite, c'est là un nom que vous ne devez jamais prononcer. Vos amis sont bien convaincus que c'est lui qui vous a cherché, et ils le diront partout; mais enfin, il était le principal obstacle à votre mariage; mais enfin sa mort laisse une sœur immensément riche, et qui vous aime. On peut même ajouter, et l'indiscrétion devient vertu en ce moment, on peut même ajouter qu'elle vous aime au point d'aller vous rendre visite la nuit dans votre petite maison d'Albe. Ainsi l'on peut dire, dans votre intérêt, que vous étiez mari et femme avant le fatal combat des *Ciampi* (c'est le nom qu'on donnait dans le pays au combat que nous avons décrit).

Le vieillard s'interrompit, parce qu'il s'aperçut que Jules fondait en larmes.

— Montons à l'auberge, dit Jules.

Scotti le suivit; on leur donna une chambre où ils s'enfermèrent à clef, et Jules demanda au vieillard la permission de lui raconter tout ce qui s'était passé depuis huit jours. Ce long récit terminé :

— Je vois bien à vos larmes, dit le vieillard, que rien n'a été prémédité dans votre conduite; mais la mort de Fabio n'en est pas moins un événement bien cruel pour vous. Il faut absolument qu'Hélène déclare à sa mère que vous êtes son époux depuis longtemps.

Jules ne répondit pas, ce que le vieillard attribua à une louable discrétion. Absorbé dans une profonde rêverie, Jules se demandait si Hélène, irritée par la mort d'un frère, rendrait justice à sa délicatesse; il se repentit de ce qui s'était passé autrefois. Ensuite, à sa demande, le vieillard lui parla franchement de tout ce qui avait eu lieu dans Albano le jour du combat. Fabio ayant été tué sur les six heures et demie du matin, à plus de six lieues d'Albano, chose incroyable! dès neuf heures on avait commencé à parler de cette mort. Vers midi on avait vu le vieux Campireali, fondant en larmes et soutenu par ses domestiques, se rendre au couvent des Capucins. Peu après, trois de ces bons pères, montés sur les meilleurs chevaux de Campireali, et suivis de beaucoup de domestiques, avaient pris la route du village des *Ciampi*, près duquel le combat avait eu lieu. Le vieux Campireali voulait absolument les suivre; mais on l'en avait dissuadé, par la raison que Fabrice Colonna était furieux (on ne savait trop pourquoi) et pourrait bien lui faire un mauvais parti s'il était fait prisonnier.

Le soir, vers minuit, la forêt de la Faggiola avait semblé en feu : c'étaient tous les moines et tous les pauvres d'Albano qui, portant chacun un gros cierge allumé, allaient à la rencontre du corps du jeune Fabio.

— Je ne vous cacherai point, continua le vieillard en baissant la voix comme s'il eût craint d'être entendu, que la route qui conduit à Valmontone et aux *Ciampi*...

— Eh bien? dit Jules.

— Eh bien, cette route passe devant votre maison, et l'on dit que lorsque le cadavre de Fabio est arrivé à ce point, le sang a jailli d'une plaie horrible qu'il avait au cou.

— Quelle horreur! s'écria Jules en se levant.

— Calmez-vous, mon ami, dit le vieillard, vous voyez bien qu'il faut que vous sachiez tout. Et maintenant je puis vous dire que votre présence ici aujourd'hui, a semblé un peu prématurée. Si vous me faisiez l'honneur de me consulter, j'ajouterais, capitaine, qu'il n'est pas convenable que d'ici à un mois vous paraissiez dans Albano. Je n'ai pas besoin de vous avertir qu'il ne serait point prudent de vous montrer à Rome. On ne sait point encore quel parti le Saint-Père va prendre envers les Colonna; on pense qu'il ajoutera foi à la déclaration de Fabrice, qui prétend n'avoir appris le combat des Ciampi que par la voix publique; mais le gouverneur de Rome, qui est tout Orsini, enrage et serait enchanté de faire pendre quelqu'un des braves soldats de Fabrice, ce dont celui-ci ne pourrait se plaindre raisonnablement, puisqu'il jure n'avoir point assisté au combat. J'irai plus loin, et, quoique vous ne me le demandiez pas, je prendrai la liberté de vous donner un avis militaire : vous êtes aimé dans Albano, autrement vous n'y seriez pas en sûreté. Songez que vous vous promenez par la ville depuis plusieurs heures, que l'un des partisans des Orsini peut se croire bravé, ou tout au moins songer à la facilité de gagner une belle récompense. Le vieux Campireali a répété mille fois qu'il donnera sa plus belle terre à qui vous aura tué. Vous auriez dû faire descendre dans Albano quelques-uns des soldats que vous avez dans votre maison...

— Je n'ai point de soldats dans ma maison.

— En ce cas, vous êtes fou, capitaine. Cette auberge a un jardin, nous allons sortir par le jardin, et nous échapper à travers les vignes. Je vous accompagnerai; je suis vieux et sans armes; mais, si nous rencontrons des malintentionnés, je leur parlerai, et je pourrais du moins vous faire gagner du temps.

Jules eut l'âme navrée. Oserons-nous dire quelle était sa folie ? Dès qu'il avait appris que le palais Campireali était fermé et tous ses habitants partis pour Rome, il avait formé le projet d'aller revoir ce jardin où si souvent il avait eu des entrevues avec Hélène. Il espérait même revoir sa chambre, où il avait été reçu quand sa mère était absente. Il avait besoin de se rassurer contre sa colère, par la vue des lieux où il l'avait vue si tendre pour lui.

Branciforte et le généreux vieillard ne firent aucune mauvaise rencontre en suivant les petits sentiers qui traversent les vignes et montent vers le lac.

Jules se fit raconter de nouveau les détails des obsèques du jeune Fabio. Le corps de ce brave jeune homme, escorté par beaucoup de prêtres, avait été conduit à Rome, et enseveli dans la chapelle de sa famille, au couvent de Saint-Onuphre, au sommet du Janicule. On avait remarqué, comme une circonstance fort singulière, que, la veille de la cérémonie, Hélène avait été reconduite par son père au couvent de la Visitation, à Castro; ce qui avait confirmé le bruit public qui voulait qu'elle fût mariée secrètement avec le soldat d'aventure qui avait eu le malheur de tuer son frère.

Quand il fut près de sa maison, Jules trouva le caporal de sa compagnie et quatre de ses soldats; ils lui dirent que jamais leur ancien capitaine ne sortait de la forêt sans avoir auprès de lui quelques-uns de ses hommes. Le prince avait dit plusieurs fois, que lorsqu'on voulait se faire tuer par imprudence, il fallait auparavant donner sa démission, afin de ne pas lui jeter sur les bras une mort à venger.

Jules Branciforte comprit la justesse de ces idées, auxquelles jusqu'ici il avait été parfaitement étranger. Il avait cru, ainsi que les peuples enfants, que la guerre ne consiste qu'à se battre avec courage. Il obéit sur-le-champ aux intentions du prince; il ne se donna que le temps d'embrasser le sage vieillard qui avait eu la générosité de l'accompagner jusqu'à sa maison.

Mais, peu de jours après, Jules, à demi fou de mélancolie, revint voir le palais Campireali. A la nuit tombante, lui et trois de ses soldats, déguisés en marchands napolitains [31], pénétrèrent dans Albano. Il se présenta seul dans la maison de Scotti; il apprit qu'Hélène était toujours reléguée au couvent de Castro. Son père, qui la croyait mariée à celui qu'il appelait l'assassin de son fils, avait juré de ne jamais la revoir. Il ne l'avait pas vue même en la ramenant au couvent. La tendresse de sa mère semblait, au contraire, redoubler, et souvent elle quittait Rome pour aller passer un jour ou deux avec sa fille.

IV

« Si je ne me justifie pas auprès d'Hélène, se dit Jules en regagnant, pendant la nuit, le quartier que sa compagnie occupait dans la forêt, elle finira par me croire un assassin. Dieu sait les histoires qu'on lui aura faites sur ce fatal combat! »

Il alla prendre les ordres du prince dans son château fort de la Petrella, et lui demanda la permission d'aller à Castro. Fabrice Colonna fronça le sourcil :

— L'affaire du petit combat n'est point encore arrangée avec Sa Sainteté. Vous devez savoir que j'ai déclaré le vérité, c'est-à-dire que j'était resté parfaitement étranger à cette rencontre, dont je n'avais même su la nouvelle que le lendemain, ici, dans mon château de la Petrella. J'ai tout lieu de croire que Sa Sainteté finira par ajouter foi à ce récit sincère. Mais les Orsini sont puissants, mais tout le monde dit que vous vous êtes distingué dans cette échauffourée. Les Orsini vont jusqu'à prétendre que plusieurs prisonniers ont été pendus aux branches des arbres. Vous savez combien ce récit est faux; mais on peut prévoir des représailles.

Le profond étonnement qui éclatait dans les regards naïfs du jeune capitaine amusait le prince, toutefois il jugea, à la vue de tant d'innocence, qu'il était utile de parler plus clairement.

— Je vois en vous, continua-t-il, cette bravoure complète qui a fait connaître dans toute l'Italie lc nom de Branciforte. J'espère que vous aurez pour ma maison cette fidélité qui me rendait votre père si cher, et que j'ai voulu récompenser en vous. Voici le mot d'ordre de ma compagnie :

Ne dire jamais la vérité sur rien de ce qui a rapport à moi ou à mes soldats. Si, dans le moment où vous êtes obligé de parler, vous ne voyez l'utilité d'aucun mensonge, dites faux à tout hasard, et gardez-vous comme de péché mortel de dire la moindre vérité. Vous comprenez que, réunie à d'autres renseignements, elle peut mettre sur la voie de mes projets. Je sais, du reste, que vous avez une amourette dans le couvent de la Visitation, à Castro; vous pouvez aller perdre quinze jours dans cette petite ville, où les Orsini ne manquent pas d'avoir des amis et même des agents. Passez chez mon majordome, qui vous remettra deux cents sequins. L'amitié que j'avais pour votre père, ajouta le prince en riant, me donne l'envie de vous donner quelques directions sur la façon de mener à bien cette entreprise amoureuse et militaire. Vous et trois de vos soldats serez déguisés en marchands ; vous ne manquerez pas de vous fâcher contre un de vos compagnons, qui fera profession d'être toujours ivre, et qui se fera beaucoup d'amis en payant du vin à tous les désœuvrés de Castro. Du reste, ajouta le prince en changeant de ton, si vous êtes pris par les Orsini et mis à mort, n'avouez jamais votre nom véritable, et encore moins que vous m'appartenez. Je n'ai pas besoin de vous recommander de faire le tour de toutes les petites villes, et d'y entrer toujours pas la porte opposée au côté d'où vous venez.

Jules fut attendri par ces conseils paternels, venant d'un homme ordinairement si grave. D'abord le prince sourit des larmes qu'il voyait rouler dans les yeux du jeune homme ; puis sa voix à lui-même s'altéra. Il tira une des nombreuses bagues qu'il portait aux doigts ; en la recevant, Jules baisa cette main célèbre par tant de hauts faits.

— Jamais mon père ne m'en eût tant dit ! s'écria le jeune homme enthousiasmé.

Le surlendemain, un peu avant le point du jour, il entrait dans les murs de la petite ville de Castro ; cinq soldats le suivaient, déguisés ainsi que lui : deux firent bande à part, et semblaient ne connaître ni lui ni les trois autres. Avant même d'entrer dans la ville, Jules aperçut le couvent de la Visitation [32], vaste bâtiment entouré de noires murailles, et assez semblables à une forteresse. Il courut à l'église ; elle était splendide. Les religieuses, toutes nobles et la plupart appartenant à des familles riches, luttaient d'amour-propre, entre elles, à qui enrichirait cette église, seule partie du couvent qui fût exposée aux regards du public. Il était passé en usage que celle de ces dames que le pape nommait abbesse, sur une liste de trois noms présentée par le cardinal protecteur de l'ordre de la Visitation, fît une offrande considérable, destinée à éterniser son nom. Celle dont l'offrande était inférieure au cadeau de l'abbesse qui l'avait précédée était méprisée, ainsi que sa famille.

Jules s'avança en tremblant dans cet édifice magnifique, resplendissant de marbres et de dorures. A la vérité, il ne songeait guère aux marbres et aux dorures; il lui semblait être sous les yeux d'Hélène. Le grand autel, lui dit-on, avait coûté plus de huit cent mille francs; mais ses regards, dédaignant les richesses du grand autel, se dirigeaient sur une grille dorée, haute de près de quarante pieds, et divisée en trois parties par deux pilastres en marbre. Cette grille, à laquelle sa masse énorme donnait quelque chose de terrible, s'élevait derrière le grand autel, et séparait le chœur des religieuses de l'église ouverte à tous les fidèles.

Jules se disait que derrière cette grille dorée se trouvaient, durant les offices, les religieuses et les pensionnaires. Dans cette église intérieure pouvait se rendre à toute heure du jour une religieuse ou une pensionnaire qui avait besoin de prier; c'est sur cette circonstance connue de tout le monde qu'étaient fondées les espérances du pauvre amant.

Il est vrai qu'un immense voile noir garnissait le côté intérieur de la grille; mais ce voile, pensa Jules, ne doit guère intercepter la vue des pensionnaires regardant dans l'église du public, puisque moi, qui ne puis en approcher qu'à une certaine distance, j'aperçois fort bien, à travers le voile, les fenêtres qui éclairent le chœur, et que je puis distinguer jusqu'aux moindres détails de leur architecture. Chaque barreau de cette grille magnifiquement dorée portait une forte pointe dirigée contre les assistants.

Jules choisit une place très apparente, vis-à-vis la partie gauche de la grille, dans le lieu le plus éclairé; là il passait sa vie à entendre les messes. Comme il ne se voyait entouré que de paysans, il espérait être remarqué, même à travers le voile noir qui garnissait l'intérieur de la grille. Pour la première fois de sa vie, ce jeune homme simple cherchait l'effet; sa mise était recherchée; il faisait de nombreuses aumônes en entrant dans l'église et en sortant. Ses gens et lui entouraient de prévenances tous les ouvriers et petits fournisseurs qui avaient quelques relations avec le couvent. Ce ne fut toutefois que le troisième jour qu'enfin il eut l'espoir de faire parvenir une lettre à Hélène. Par ses ordres, l'on suivait exactement les deux sœurs converses chargées d'acheter une partie des approvisionnements du couvent; l'une d'elles avait des relations avec un petit marchand. Un des soldats de Jules, qui avait été moine, gagna l'amitié du marchand, et lui promit un sequin pour chaque lettre qui serait remise à la pensionnaire Hélène de Campireali.

— Quoi ! dit le marchand à la première ouverture qu'on lui fit sur cette affaire, une lettre à la *femme du brigand !*

Ce nom était déjà établi dans Castro, et il n'y avait pas quinze jours qu'Hélène y était arrivée : tant ce qui donne prise à l'imagination court rapidement chez ce peuple passionné pour tous les détails exacts !

Le petit marchand ajouta :

— Au moins, celle-ci est mariée ! Mais combien de nos dames n'ont pas cette excuse, et reçoivent du dehors bien autre chose que des lettres.

Dans cette première lettre, Jules racontait avec des détails infinis tout ce qui s'était passé dans la journée fatale marquée par la mort de Fabio : « Me haïssez-vous ? » disait-il en terminant.

Hélène répondit par une ligne que, sans haïr personne elle allait employer tout le reste de sa vie à tâcher d'oublier celui par qui son frère avait péri.

Jules se hâta de répondre ; après quelques invectives contre la destinée, genre d'esprit imité de Platon et alors à la mode :

« Tu veux donc, continuait-il, mettre en oubli la parole de Dieu à nous transmise dans les saintes Ecritures ? Dieu dit : La femme quittera sa famille et ses parents pour suivre son époux. Oserais-tu prétendre que tu n'es pas ma femme ? Rappelle-toi la nuit de la Saint-Pierre. Comme l'aube paraissait déjà derrière le Monte Cavi, tu te jetas à mes genoux ; je voulus bien t'accorder grâce ; tu étais à moi, si je l'eusse voulu ; tu ne pouvais résister à l'amour qu'alors tu avais pour moi. Tout à coup il me sembla que, comme je t'avais dit plusieurs fois que je t'avais fait depuis longtemps le sacrifice de ma vie et de tout ce que je pouvais avoir de plus cher au monde, tu pouvais me répondre, quoique tu ne le fisses jamais, que tous ces sacrifices, ne se marquant par aucun acte extérieur, pouvaient bien n'être qu'imaginaires. Une idée, cruelle pour moi, mais juste au fond, m'illumina. Je pensai que ce n'était pas pour rien que le hasard me présentait l'occasion de sacrifier à ton intérêt la plus grande félicité que j'eusse jamais pu rêver. Tu étais déjà dans mes bras et sans défense, souviens-t'en ; ta bouche même n'osait refuser. A ce moment l'*Ave Maria* du matin sonna au couvent du Monte Cavi et, par un hasard miraculeux, ce son parvint jusqu'à nous. Tu me dis : « *Fais ce sacrifice à la sainte Madone, cette mère de toute pureté.* » J'avais déjà, depuis un instant, l'idée de ce sacrifice suprême, le seul réel que j'eusse jamais eu l'occasion de te faire. Je trouvai singulier que la même idée te fût apparue. Le son lointain de cet *Ave Maria* me toucha, je l'avoue; je t'accordai ta demande [33]. Le sacrifice ne fut pas en entier pour toi; je crus mettre notre union future sous la protection de la Madone. Alors je pensais que les obstacles viendraient non de toi, perfide, mais de ta riche et noble famille. S'il n'y avait pas eu quelque intervention surnaturelle, comment cet *Angelus* fût-il parvenu de si loin jusqu'à nous, par-dessus les sommets des arbres d'une moitié de la forêt, agités en ce moment par la brise du matin ? Alors, tu t'en souviens, tu te mis à mes genoux; je me levai, je sortis de mon sein la croix que j'y porte, et tu juras sur cette croix, qui est là devant moi, et sur ta damnation éternelle, qu'en quelque lieu que tu pusses jamais te trouver, que quelque événement qui pût jamais arriver, aussitôt que je t'en donnerais l'ordre, tu te remettrais à ma disposition entière, comme tu y étais à l'instant où l'*Ave Maria* du Monte Cavi vint de si loin frapper ton oreille. Ensuite nous dîmes dévotement deux *Ave* et deux *Pater*. Eh bien! par l'amour qu'alors tu avais pour moi, et, si tu l'as oublié, comme je le crains, par ta damnation éternelle, je t'ordonne de me recevoir cette nuit, dans ta chambre ou dans le jardin de ce couvent de la Visitation. »

L'auteur italien rapporte curieusement beaucoup de longues lettres écrites par Jules Branciforte après celle-ci; mais il donne seulement des extraits des réponses d'Hélène de Campireali. Après deux cent soixante-dix-huit ans écoulés, nous sommes si loin des sentiments d'amour et de religion qui remplissent ces lettres, que j'ai craint qu'elles ne fissent longueur.

Il paraît par ces lettres qu'Hélène obéit enfin à l'ordre contenu dans celle que nous venons de traduire en l'abrégeant. Jules trouva le moyen de s'introduire dans le couvent; on pourrait conclure d'un mot qu'il se déguisa en femme. Hélène le reçut, mais seulement à la grille d'une fenêtre du rez-de-chaussée donnant sur le jardin. A son inexprimable douleur, Jules trouva que cette jeune fille, si tendre et même si passionnée autrefois était devenue comme une étrangère pour lui; elle le traita presque *avec politesse*. En l'admettant dans le jardin, elle avait cédé presque uniquement à la religion du serment. L'entrevue fut courte : après quelques instants, la fierté de Jules, peut-être un peu excitée par les événements qui avaient eu lieu depuis quinze jours, parvint à l'emporter sur sa douleur profonde.

« Je ne vois plus devant moi, dit-il à part soi, que le tombeau de cette Hélène qui, dans Albano, semblait s'être donnée à moi pour la vie [34]. »

Aussitôt, la grande affaire de Jules fut de cacher les larmes dont les tournures polies qu'Hélène prenait pour lui adresser la parole inondaient son visage. Quand elle eut fini de parler et de justifier un changement si naturel, disait-elle, après la mort d'un frère, Jules lui dit en parlant fort lentement :

— Vous n'accomplissez pas votre serment, vous ne me recevez pas dans un jardin, vous n'êtes point à genoux devant moi, comme vous l'étiez une demi-minute après que nous eûmes entendu l'*Ave Maria* du Monte Cavi. Oubliez votre serment si vous pouvez; quant à moi, je n'oublie rien; Dieu vous assiste!

En disant ces mots, il quitta la fenêtre grillée auprès de laquelle il eût pu rester encore près d'une heure. Qui lui eût dit un instant auparavant qu'il abrégerait volontairement cette entrevue tant désirée! Ce sacrifice déchirait son âme; mais il pensa qu'il pourrait bien mériter le mépris même d'Hélène s'il répondait à ses *politesses* autrement qu'en la livrant à ses remords.

Avant l'aube, il sortit du couvent. Aussitôt, il monta à cheval en donnant l'ordre à ses soldats de l'attendre à Castro une semaine entière, puis de rentrer à la forêt; il était ivre de désespoir. D'abord il marcha vers Rome.

— Quoi! je m'éloigne d'elle! se disait-il à chaque pas; quoi! nous sommes devenus étrangers l'un à l'autre! O Fabio! combien tu es vengé!

La vue des hommes qu'il rencontrait sur la route augmentait sa colère; il poussa son cheval à travers champs, et dirigea sa course vers la plage déserte et inculte qui règne le long de la mer. Quand il ne fut plus troublé par la rencontre de ces paysans tranquilles dont il enviait le sort, il respira : la vue de ce lieu sauvage était d'accord avec son désespoir et diminuait sa colère; alors il put se livrer à la contemplation de sa triste destinée.

« A mon âge, se dit-il, j'ai une ressource : aimer une autre femme! »

A cette triste pensée, il sentit redoubler son désespoir; il vit trop bien qu'il n'y avait pour lui qu'une femme au monde. Il se figurait le supplice qu'il souffrirait en osant prononcer le mot d'amour devant une autre qu'Hélène : cette idée le déchirait.

Il fut pris d'un accès de rire amer.

« Me voici exactement, pensa-t-il, comme ces héros de l'Arioste qui voyagent seuls parmi des pays déserts, lorsqu'ils ont à oublier qu'ils viennent de trouver leur perfide maîtresse dans les bras d'un autre chevalier... Elle n'est pourtant pas si coupable, se dit-il en fondant en larmes après cet accès de rire fou; son infidélité ne va pas jusqu'à en aimer un autre. Cette âme vive et pure s'est laissé égarer par les récits atroces qu'on lui a faits de moi; sans doute on m'a représenté à ses yeux comme ne prenant les armes pour cette fatale expédition que dans l'espoir secret de trouver l'occasion de tuer son frère. On sera allé plus loin : on m'aura prêté ce calcul sordide, qu'une fois son frère mort, elle devenait seule héritière de biens immenses... Et moi, j'ai eu la sottise de la laisser pendant quinze jours entiers en proie aux séductions de mes ennemis! Il faut convenir que si je suis bien malheureux, le ciel m'a fait aussi bien dépourvu de sens pour diriger ma vie! Je suis un être bien misérable, bien méprisable! ma vie n'a servi à personne, et moins à moi qu'à tout autre. »

A ce moment, le jeune Branciforte eut une inspiration bien rare en ce siècle-là : son cheval marchait sur l'extrême bord du rivage, et quelquefois avait les pieds mouillés par l'onde; il eut l'idée de le pousser dans la mer et de terminer ainsi le sort affreux auquel il était en proie. Que ferait-il désormais, après que le seul être au monde qui lui eût jamais fait sentir l'existence du bonheur venait de l'abandonner ? Puis tout à coup une idée l'arrêta. « Que sont les peines que j'endure, se dit-il, comparées à celles que je souffrirai dans un moment, une fois cette misérable vie terminée ? Hélène ne sera plus pour moi simplement indifférente comme elle l'est en réalité; je la verrai dans les bras d'un rival, et ce rival sera quelque jeune seigneur romain, riche et *considéré ;* car, pour déchirer mon âme, les démons chercheront les images les plus cruelles, comme c'est leur devoir. Ainsi je ne pourrai trouver l'oubli d'Hélène, même dans la mort; bien plus, ma passion pour elle redoublera, parce que c'est le plus sûr moyen que pourra trouver la puissance éternelle pour me punir de l'affreux péché que j'aurai commis. »

Pour achever de chasser la tentation, Jules se mit à réciter dévotement des *Ave Maria.* C'était en entendant sonner l'*Ave Maria* du matin, prière consacrée à la Madone, qu'il avait été séduit autrefois, et entraîné à une action généreuse qu'il regardait maintenant comme la plus grande faute de sa vie. Mais, par respect, il n'osait aller plus loin et exprimer toute l'idée qui s'était emparée de son esprit.

« Si, par l'inspiration de la Madone, je suis tombé dans une fatale erreur, ne doit-elle pas, par un effet de sa justice infinie, faire naître quelque circonstance qui me rende le bonheur ? »

Cette idée de la justice de la Madone chassa peu à peu le désespoir. Il leva la tête et vit en face de lui, derrière Albano et la forêt, ce Monte Cavi couvert de sa sombre verdure, et le saint couvent dont l'*Ave Maria* du matin l'avait conduit à ce qu'il appelait maintenant son infâme duperie. L'aspect imprévu de ce saint lieu le consola.

« Non, s'écria-t-il, il est impossible que la Madone m'abandonne. Si Hélène avait été ma femme, comme son amour le permettait et comme le voulait ma dignité d'homme, le récit de la mort de son frère aurait trouvé dans son âme le souvenir du lien qui l'attachait à moi. Elle se fût dit qu'elle m'appartenait longtemps avant le hasard fatal qui, sur un champ de bataille, m'a placé vis-à-vis de Fabio. Il avait deux ans de plus que moi; il était plus expert dans les armes, plus hardi de toutes façons, plus fort. Mille raisons fussent venues prouver à ma femme que ce n'était point moi qui avait cherché ce combat. Elle se fût rappelé que je n'avais jamais éprouvé le moindre sentiment de haine contre son frère, même lorsqu'il tira sur elle un coup d'arquebuse. Je me souviens qu'à notre premier rendez-vous, après mon retour de Rome, je lui disais : Que veux-tu ? l'honneur le voulait; je ne puis blâmer un frère! »

Rendu à l'espérance par sa dévotion à la Madone, Jules poussa son cheval, et en quelques heures arriva au cantonnement de sa compagnie. Il la trouva prenant les armes : on se portait sur la route de Naples à Rome par le mont Cassin. Le jeune capitaine changea de cheval, et marcha avec ses soldats. On ne se battit point ce jour-là. Jules ne demanda point pourquoi l'on avait marché, peu lui importait. Au moment où il se vit à la tête de ses soldats, une nouvelle vue de sa destinée lui apparut

« Je suis tout simplement un sot, se dit-il, j'ai eu tort de quitter Castro; Hélène est probablement moins coupable que ma colère ne se l'est figuré. Non, elle ne peut avoir cessé de m'appartenir, cette âme si naïve et si pure, dont j'ai vu naître les premières sensations d'amour! Elle était pénétrée pour moi d'une passion si sincère! Ne m'a-t-elle pas offert plus de dix fois de s'enfuir avec moi, si pauvre, et d'aller nous faire marier par un moine de Monte Cavi? A Castro, j'aurais dû, avant tout, obtenir un second rendez-vous, et lui parler raison. Vraiment la passion me donne des distractions d'enfant! Dieu! que n'ai-je un ami pour implorer un conseil! La même démarche à faire me paraît exécrable et excellente à deux minutes de distance! »

Le soir de cette journée, comme l'on quittait la grande route pour rentrer dans la forêt, Jules s'approcha du prince, et lui demanda s'il pouvait rester encore quelques jours où il savait.

— Va-t'en à tous les diables! lui cria Fabrice, crois-tu que ce soit le moment de m'occuper d'enfantillages?

Une heure après, Jules repartit pour Castro. Il y retrouva ses gens; mais il ne savait comment écrire à Hélène, après la façon hautaine dont il l'avait quittée. Sa première lettre ne contenait que ces mots : « Voudra-t-on me recevoir la nuit prochaine? »

On peut venir, fut aussi toute la réponse.

Après le départ de Jules, Hélène s'était crue à jamais abandonnée. Alors elle avait senti toute la portée du raisonnement de ce pauvre jeune homme si malheureux : elle était sa femme avant qu'il n'eût eu le malheur de rencontrer son frère sur un champ de bataille.

Cette fois, Jules ne fut point accueilli avec ces tournures polies qui lui avaient semblé si cruelles lors de la première entrevue. Hélène ne parut à la vérité que retranchée derrière sa fenêtre grillée; mais elle était tremblante, et, comme le ton de Jules était fort réservé et que ses tournures de phrases [a] étaient presque celles qu'il eût employées avec une étrangère, ce fut le tour d'Hélène de sentir tout ce qu'il y a de cruel dans le ton presque officiel lorsqu'il succède à la plus douce intimité. Jules, qui redoutait surtout d'avoir l'âme déchirée par quelque mot froid s'élançant du cœur d'Hélène, avait pris le ton d'un avocat pour prouver qu'Hélène était sa femme

a. En Italie, la façon d'adresser la parole par *tu*, par *voi* ou par *lei*, marque le degré d'intimité. Le *tu*, reste du latin, a moins de portée que parmi nous.

bien avant le fatal combat des Ciampi. Hélène le laissait parler, parce qu'elle craignait d'être gagnée par les larmes, si elle lui répondait autrement que par des mots brefs. A la fin, se voyant sur le point de se trahir, elle engagea son ami à revenir le lendemain. Cette nuit-là, veille d'une grande fête, les matines se chantaient de bonne heure, et leur intelligence pouvait être découverte. Jules, qui raisonnait comme un amoureux, sortit du jardin profondément pensif; il ne pouvait fixer ses incertitudes sur le point de savoir s'il avait été bien ou mal reçu; et, comme les idées militaires, inspirées par les conversations avec ses camarades, commençaient à germer dans sa tête :

« Un jour, se dit-il, il faudra peut-être en venir à enlever Hélène. »

Et il se mit à examiner les moyens de pénétrer de vive force dans ce jardin. Comme le couvent était fort riche et fort bon à rançonner, il avait à sa solde un grand nombre de domestiques la plupart anciens soldats; on les avait logés dans une sorte de caserne dont les fenêtres grillées donnaient sur le passage étroit qui, de la porte extérieure du couvent, percée au milieu d'un mur noir de plus de quatre-vingts pieds de haut, conduisait à la porte intérieure gardée par la sœur tourière. A gauche de ce passage étroit s'élevait la caserne, à droite le mur du jardin haut de trente pieds. La façade du couvent, sur la place, était un mur grossier noirci par le temps, et n'offrait d'ouvertures que la porte extérieure et une seule petite fenêtre par laquelle les soldats voyaient les dehors. On peut juger de l'air sombre qu'avait ce grand mur noir percé uniquement d'une porte renforcée par de larges bandes de tôle attachées par d'énormes clous, et d'une seule petite fenêtre de quatre pieds de hauteur sur dix-huit pouces de large[35].

Nous ne suivrons point l'auteur original dans le long récit des entrevues successives que Jules obtint d'Hélène. Le ton que les deux amants avaient ensemble était redevenu parfaitement intime, comme autrefois dans le jardin d'Albano; seulement Hélène n'avait jamais voulu consentir à descendre dans le jardin. Une nuit, Jules la trouva profondément pensive : sa mère était arrivée de Rome pour la voir, et venait s'établir pour quelques jours dans le couvent. Cette mère était si tendre, elle avait toujours eu des ménagements si délicats pour les affections qu'elle supposait à sa fille, que celle-ci sentait un remords profond d'être obligée de la tromper; car, enfin, oserait-elle jamais lui dire qu'elle recevait l'homme qui l'avait privée de son fils ? Hélène finit par avouer franchement à Jules que, si cette mère si bonne pour elle l'interrogeait d'une certaine façon, jamais elle n'aurait la force de lui répondre par des mensonges. Jules sentit tout le danger de sa position; son sort dépendait du hasard qui pouvait dicter un mot à la signora de Campireali. La nuit suivante il parla ainsi d'un air résolu :

— Demain je viendrai de meilleure heure, je détacherai une des barres de cette grille, vous descendrez dans le jardin, je vous conduirai dans une église de la ville, où un prêtre à moi dévoué nous mariera. Avant qu'il ne soit jour, vous serez de nouveau dans ce jardin. Une fois ma femme, je n'aurai plus de crainte, et, si votre mère l'exige comme une expiation de l'affreux malheur que nous déplorons tous également, je consentirai à tout, fût-ce même à passer plusieurs mois sans vous voir.

Comme Hélène paraissait consternée de cette proposition, Jules ajouta :

— Le prince me rappelle auprès de lui; l'honneur et toutes sortes de raisons m'obligent à partir. Ma proposition est la seule qui puisse assurer notre avenir; si vous n'y consentez pas, séparons-nous pour toujours, ici, dans ce moment. Je partirai avec le remords de mon imprudence. *J'ai cru à votre parole d'honneur*, vous êtes infidèle au serment le plus sacré, et j'espère qu'à la longue le juste mépris inspiré par votre légèreté pourra me guérir de cet amour qui depuis trop longtemps fait le malheur de ma vie.

Hélène fondit en larmes :

— Grand Dieu! s'écriait-elle en pleurant, quelle horreur pour ma mère!

Elle consentit enfin à la proposition qui lui était faite.

— Mais, ajouta-t-elle, on peut nous découvrir à l'aller ou au retour; songez au scandale qui aurait lieu, pensez à l'affreuse position où se trouverait ma mère; attendons son départ, qui aura lieu dans quelques jours.

— Vous êtes parvenue à me faire douter de la chose qui était pour moi la plus sainte et la plus sacrée : ma confiance dans votre parole. Demain soir nous serons mariés, ou bien nous nous voyons en ce moment pour la dernière fois, de ce côté-ci du tombeau.

La pauvre Hélène ne put répondre que par des larmes;

elle était surtout déchirée par le ton décidé et cruel que prenait Jules. Avait-elle donc réellement mérité son mépris ? C'était donc là cet amant autrefois si docile et si tendre! Enfin elle consentit à ce qui lui était ordonné. Jules s'éloigna. De ce moment, Hélène attendit la nuit suivante dans les alternatives de l'anxiété la plus déchirante. Si elle se fût préparée à une mort certaine, sa douleur eût été moins poignante; elle eût pu trouver quelque courage dans l'idée de l'amour de Jules et de la tendre affection de sa mère. Le reste de cette nuit se passa dans les changements de résolution les plus cruels. Il y avait des moments où elle voulait tout dire à sa mère. Le lendemain, elle était tellement pâle, lorsqu'elle parut devant elle, que celle-ci oubliant toutes ses sages résolutions, se jeta dans les bras de sa fille en s'écriant :

— Que se passe-t-il? grand Dieu! dis-moi ce que tu as fait, ou ce que tu es sur le point de faire ? Si tu prenais un poignard et me l'enfonçais dans le cœur, tu me ferais moins souffrir que par ce silence cruel que je te vois garder avec moi.

L'extrême tendresse de sa mère était si évidente aux yeux d'Hélène, elle voyait si clairement qu'au lieu d'exagérer ses sentiments, elle cherchait à en modérer l'expression, qu'enfin l'attendrissement la gagna; elle tomba à ses genoux. Comme sa mère, cherchant quel pouvait être le secret fatal, venait de s'écrier qu'Hélène fuirait sa présence, Hélène répondit que, le lendemain et tous les jours suivants, elle passerait sa vie auprès d'elle, mais qu'elle la conjurait de ne pas lui en demander davantage.

Ce mot indiscret fut bientôt suivi d'un aveu complet. La signora de Campireali eut horreur de savoir si près d'elle le meurtrier de son fils. Mais cette douleur fut suivie d'un élan de joie bien vive et bien pure. Qui pourrait se figurer son ravissement lorsqu'elle apprit que sa fille n'avait jamais manqué à ses devoirs ?

Aussitôt tous les desseins de cette mère prudente changèrent du tout au tout; elle se crut permis d'avoir recours à la ruse envers un homme qui n'était rien pour elle. Le cœur d'Hélène était déchiré par les mouvements de passion les plus cruels : la sincérité de ses aveux fut aussi grande que possible; cette âme bourrelée avait besoin d'épanchement. La signora de Campireali, qui, depuis un instant, se croyait tout permis, inventa une suite de raisonnements trop longs à rapporter ici. Elle prouva sans peine à sa malheureuse fille qu'au lieu d'un mariage clandestin, qui fait toujours tache dans la vie d'une femme, elle obtiendrait un mariage public et parfaitement honorable, si elle voulait différer seulement de huit jours l'acte d'obéissance qu'elle devait à un amant si généreux.

Elle, la signora de Campireali, allait partir pour Rome; elle exposerait à son mari que, bien longtemps avant le fatal combat des Ciampi, Hélène avait été mariée à Jules. La cérémonie avait été accomplie la nuit même où, déguisée sous un habit religieux, elle avait rencontré son père et son frère sur les bords du lac, dans le chemin taillé dans le roc qui suit les murs du couvent des Capucins. La mère se garda bien de quitter sa fille de toute cette journée, et enfin, sur le soir, Hélène écrivit à son amant une lettre naïve et, selon nous, bien touchante, dans laquelle elle lui racontait les combats qui avaient déchiré son cœur. Elle finissait par lui demander à genoux un délai de huit jours : « En t'écrivant, ajoutait-elle, cette lettre qu'un messager de ma mère attend, il me semble que j'ai eu le plus grand tort de lui tout dire. Je crois te voir irrité, tes yeux me regardent avec haine; mon cœur est déchiré des remords les plus cruels. Tu diras que j'ai un caractère bien faible, bien pusillanime, bien méprisable; je te l'avoue, mon cher ange. Mais figure-toi ce spectacle : ma mère, fondant en larmes, était presque à mes genoux. Alors il a été impossible pour moi de ne pas lui dire qu'une certaine raison m'empêchait de consentir à sa demande; et, une fois que je suis tombée dans la faiblesse de prononcer cette parole imprudente, je ne sais ce qui s'est passé en moi, mais il m'est devenu comme impossible de ne pas raconter tout ce qui s'était passé entre nous. Autant que je puis me le rappeler, il me semble que mon âme, dénuée de toute force, avait besoin d'un conseil. J'espérais le rencontrer dans les paroles d'une mère... J'ai trop oublié, mon ami, que cette mère si chérie avait un intérêt contraire au tien. J'ai oublié mon premier devoir, qui est de t'obéir, et apparemment que je ne suis pas capable de sentir l'amour véritable, que l'on dit supérieur à toutes les épreuves. Méprise-moi, mon Jules; mais, au nom de Dieu, ne cesse pas de m'aimer. Enlève-moi si tu veux, mais rends-moi cette justice que, si ma mère ne se fût pas trouvée présente au couvent, les dangers les plus horribles, la honte même, rien au monde n'aurait pu m'empêcher d'obéir à tes ordres. Mais cette mère est si bonne! elle a tant de génie! elle est si généreuse! Rappelle-toi ce que je t'ai raconté dans le temps; lors de la visite que mon père fit dans ma chambre, elle sauva tes lettres que je n'avais plus aucun moyen de cacher : puis, le péril passé, elle me les rendit sans vouloir les lire et sans ajouter un seul mot de reproche! Eh bien, toute ma vie elle a été pour moi comme elle fut en ce moment suprême. Tu vois si je devrais l'aimer, et pourtant, en t'écrivant (chose horrible à dire), il me semble que je la hais. Elle a déclaré qu'à cause de la chaleur elle voulait passer la nuit sous une tente dans le jardin; j'entends les coups de marteau, on dresse cette tente en ce moment; impossible de nous voir cette nuit. Je crains même que le dortoir des pensionnaires ne soit fermé à clef, ainsi que les deux portes de l'escalier tournant, chose que l'on ne fait jamais. Ces précautions me mettraient dans l'impossibilité de descendre au jardin, quand même je croirais une telle démarche utile pour conjurer ta colère. Ah! comme je me livrerais à toi dans ce moment, si j'en avais les moyens! comme je courrais à cette église où l'on doit nous marier! »

Cette lettre finit par deux pages de phrases folles, et dans lesquelles j'ai remarqué des raisonnements passionnés qui semblent imités de la philosophie de Platon. J'ai supprimé plusieurs élégances de ce genre dans la lettre que je viens de traduire.

Jules Branciforte fut bien étonné en la recevant une heure environ avant l'*Ave Maria* du soir; il venait justement de terminer les arrangements avec le prêtre. Il fut transporté de colère.

— Elle n'a pas besoin de me conseiller de l'enlever, cette créature faible et pusillanime!

Et il partit aussitôt pour la forêt de la Faggiola.

Voici quelle était, de son côté, la position de la signora de Campireali : son mari était sur son lit de mort, l'impossibilité de se venger de Branciforte le conduisait lentement au tombeau. En vain il avait fait offrir des sommes considérables à des *bravi* romains; aucun n'avait voulu s'attaquer à un des *caporaux*, comme ils disaient, du prince Colonna; ils étaient trop assurés d'être exterminés, eux et leurs familles. Il n'y avait pas un an qu'un village entier avait été brûlé pour punir la mort d'un des soldats de Colonna, et tous ceux des habitants, hommes et femmes, qui cherchaient à fuir dans la campagne, avaient eu les mains et les pieds liés par des cordes, puis on les avait lancés dans des maisons en flammes.

La signora de Campireali avait de grandes terres dans le royaume de Naples; son mari lui avait ordonné d'en faire venir des assassins mais elle n'avait obéi qu'en apparence : elle croyait sa fille irrévocablement liée à Jules Branciforte. Elle pensait, dans cette supposition, que Jules devait aller faire une campagne ou deux dans les armées espagnoles, qui alors faisaient la guerre aux révoltés de Flandre. S'il n'était pas tué, ce serait, pensait-elle, une marque que Dieu ne désapprouvait pas un mariage nécessaire; dans ce cas, elle donnerait à sa fille les terres qu'elle possédait dans le royaume de Naples; Jules Branciforte prendrait le nom d'une de ces terres, et il irait avec sa femme passer quelques années en Espagne. Après toutes ces épreuves peut-être elle aurait le courage de le voir. Mais tout avait changé d'aspect par l'aveu de sa fille : le mariage n'était plus une nécessité : bien loin de là, et, pendant qu'Hélène écrivait à son amant la lettre que nous avons traduite, la signora Campireali écrivait à Pescara et à Chieti, ordonnant à ses fermiers de lui envoyer à Castro des gens sûrs et capables d'un coup de main. Elle ne leur cachait point qu'il s'agissait de venger la mort de son fils Fabio, leur jeune maître. Le courrier porteur de ces lettres partit avant la fin du jour.

V

Mais, le surlendemain, Jules était de retour à Castro, il amenait huit de ses soldats, qui avaient bien voulu le suivre et s'exposer à la colère du prince, qui quelquefois avait puni de mort des entreprises du genre de celle dans laquelle ils s'engageaient. Jules avait cinq hommes à Castro, il arrivait avec huit; et toutefois quatorze soldats, quelque braves qu'ils fussent, lui paraissaient insuffisants pour son entreprise, car le couvent était comme un château fort.

Il s'agissait de passer par force ou par adresse la première porte du couvent; puis il fallait suivre un passage de plus de cinquante pas de longueur. A gauche, comme on l'a dit, s'élevaient les fenêtres grillées d'une sorte de caserne où les religieuses avaient placé trente ou quarante domestiques, anciens soldats. De ces fenêtres grillées partirait un feu bien nourri dès que l'alarme serait donnée.

L'abbesse régnante, femme de tête, avait peur des exploits des chefs Orsini, du prince Colonna, de Marco Sciarra et de tant d'autres qui régnaient en maîtres dans les environs. Comment résister à huit cents hommes déterminés, occupant à l'improviste une petite ville telle que Castro, et croyant le couvent rempli d'or?

D'ordinaire, la Visitation de Castro avait quinze ou vingt *bravi* dans la caserne à gauche du passage qui conduisait à la seconde porte du couvent; à droite de ce passage il y avait un grand mur impossible à percer; au bout du passage on trouvait une porte en fer ouvrant sur un vestibule à colonnes; après ce vestibule était la grande cour du couvent, à droite le jardin. Cette porte en fer était gardée par la tourière.

Quand Jules, suivi de ses huit hommes, se trouva à trois lieues de Castro, il s'arrêta dans une auberge écartée pour laisser passer les heures de la grande chaleur. Là seulement il déclara son projet; ensuite il dessina sur le sable de la cour le plan du couvent qu'il allait attaquer.

— A neuf heures du soir, dit-il à ses hommes, nous souperons hors la ville; à minuit nous entrerons; nous trouverons vos cinq camarades, qui nous attendent près du couvent. L'un d'eux, qui sera à cheval, jouera le rôle d'un courrier qui arrive de Rome pour rappeler la signora de Campireali auprès de son mari, qui se meurt. Nous tâcherons de passer sans bruit la première porte du couvent que voilà au milieu de la caserne, dit-il en leur montrant le plan sur le sable. Si nous commencions la guerre à la première porte, les *bravi* des religieuses auraient trop de facilité à nous tirer des coups d'arquebuse pendant que nous serions sur la petite place que voici devant le couvent, ou pendant que nous parcourrions l'étroit passage qui conduit de la première porte à la seconde. Cette seconde porte est en fer, mais j'en ai la clef.

« Il est vrai qu'il y a d'énormes bras de fer ou valets, attachés au mur par un bout, et qui, lorsqu'ils sont mis à leur place, empêchent les deux vantaux de la porte de s'ouvrir. Mais, comme ces deux barres de fer sont trop pesantes pour que la sœur tourière puisse les manœuvrer, jamais je ne les ai vues en place; et pourtant j'ai passé plus de dix fois cette porte de fer. Je compte bien passer encore ce soir sans encombre. Vous sentez que j'ai des intelligences dans le couvent; mon but est d'enlever une pensionnaire et non une religieuse; nous ne devons faire usage des armes qu'à la dernière extrémité. Si nous commencions la guerre avant d'arriver à cette seconde porte en barreaux de fer, la tourière ne manquerait pas d'appeler deux vieux jardiniers de soixante-dix ans, qui logent dans l'intérieur du couvent, et les vieillards mettraient à leur place ces bras de fer dont je vous ai parlé. Si ce malheur nous arrive, il faudra, pour passer au-delà de cette porte, démolir le mur, ce qui nous prendra dix minutes; dans tous les cas, je m'avancerai vers cette porte le premier. Un des jardiniers est payé par moi; mais je me suis bien gardé, comme vous le pensez, de lui parler de mon projet d'enlèvement. Cette seconde porte passée, on tourne à droite, et l'on arrive au jardin; une fois dans ce jardin, la guerre commence, il faut faire main basse sur tout ce qui se présentera. Vous ne ferez usage, bien entendu, que de vos épées et de vos dagues, le moindre coup d'arquebuse mettrait en rumeur toute la ville, qui pourrait nous attaquer à la sortie. Ce n'est pas qu'avec treize hommes comme vous, je ne me fisse fort de traverser cette bicoque : personne, certes, n'oserait descendre dans la rue; mais plusieurs des bourgeois ont des arquebuses, et ils tireraient des fenêtres. En ce cas, il faudrait longer les murs des maisons, ceci soit dit en passant. Une fois dans le jardin du couvent, vous direz à voix basse à tout homme qui se présentera : *Retirez-vous ;* vous tuerez à coups de dague tout ce qui n'obéira pas à l'instant. Je monterai dans le couvent par la petite porte du jardin avec ceux d'entre vous qui seront près de moi, trois minutes plus tard je descendrai avec une ou deux femmes que nous porterons sur nos bras, sans leur permettre de marcher. Aussitôt nous sortirons rapidement du couvent et de la ville. Je laisserai deux de vous près de la porte, ils tireront une vingtaine de coups d'arquebuse, de minute en minute, pour effrayer les bourgeois et les tenir à distance. »

Jules répéta deux fois cette explication.

— Avez-vous bien compris ? dit-il à ses gens. Il fera nuit sous ce vestibule; à droite le jardin, à gauche la cour; il ne faudra pas se tromper.

— Comptez sur nous ! s'écrièrent les soldats.

Puis ils allèrent boire; le caporal ne les suivit point, et demanda la permission de parler au capitaine.

— Rien de plus simple, lui dit-il, que le projet de

Votre Seigneurie. J'ai déjà forcé deux couvents en ma vie, celui-ci sera le troisième; mais nous sommes trop peu de monde. Si l'ennemi nous oblige à détruire le mur qui soutient les gonds de la seconde porte, il faut songer que les *bravi* de la caserne ne resteront pas oisifs durant cette longue opération; ils vous tueront sept à huit hommes à coup d'arquebuse, et alors on peut nous enlever la femme au retour. C'est ce qui nous est arrivé dans un couvent près de Bologne : on nous tua cinq hommes, nous en tuâmes huit; mais le capitaine n'eut pas la femme. Je propose à Votre Seigneurie deux choses : je connais quatre paysans des environs de cette auberge où nous sommes, qui ont servi bravement sous Sciarra, et qui pour un sequin se battront toute la nuit comme des lions. Peut-être ils voleront quelque argenterie du couvent; peu vous importe, le péché est pour eux; vous, vous les soldez pour avoir une femme, voilà tout. Ma seconde proposition est ceci : Ugone est un garçon instruit et fort adroit; il était médecin quand il tua son beau-frère, et prit la *macchia* (la forêt). Vous pouvez l'envoyer une heure avant la nuit, à la porte du couvent; il demandera du service, et fera si bien qu'on l'admettra dans le corps de garde; il fera boire les domestiques des nonnes; de plus, il est bien capable de mouiller la corde à feu de leurs arquebuses.

Par malheur, Jules accepta la proposition du caporal. Comme celui-ci s'en allait, il ajouta :

— Nous allons attaquer un couvent, il y a *excommunication majeure*, et, de plus, ce couvent est sous la protection immédiate de la Madone...

— Je vous entends! s'écria Jules comme réveillé par ce mot. Restez avec moi.

Le caporal ferma la porte et revint dire le chapelet avec Jules. Cette prière dura une grande heure. A la nuit, on se remit en marche.

Comme minuit sonnait, Jules, qui était entré seul dans Castro sur les onze heures, revint prendre ses gens hors de la porte. Il entra avec ses huit soldats, auxquels s'étaient joints trois paysans bien armés, il les réunit aux cinq soldats qu'il avait dans la ville, et se trouva ainsi à la tête de seize hommes déterminés; deux étaient déguisés en domestiques, ils avaient pris une grande blouse de toile noire pour cacher leurs *giaco* (cottes de mailles), et leurs bonnets n'avaient pas de plumes.

A minuit et demi, Jules, qui avait pris pour lui le

rôle de courrier, arriva au galop à la porte du couvent, faisant grand bruit et criant qu'on ouvrît sans délai à un courrier envoyé par le cardinal. Il vit avec plaisir que les soldats qui lui répondaient par la petite fenêtre, à côté de la première porte, étaient plus qu'à demi ivres. Suivant l'usage, il donna son nom sur un morceau de papier; un soldat alla porter ce nom à la tourière, qui avait la clef de la seconde porte, et devait réveiller l'abbesse dans les grandes occasions. La réponse se fit attendre trois mortels quarts d'heure; pendant ce temps, Jules eut beaucoup de peine à maintenir sa troupe dans le silence : quelques bourgeois commençaient même à ouvrir timidement leurs fenêtres, lorsque enfin arriva la réponse favorable de l'abbesse. Jules entra dans le corps de garde, au moyen d'une échelle de cinq ou six pieds de longueur, qu'on lui tendit de la petite fenêtre, les *bravi* du couvent ne voulant pas se donner la peine d'ouvrir la grande porte, il monta, suivi des deux soldats déguisés en domestiques. En sautant de la fenêtre dans le corps de garde, il rencontra les yeux d'Ugone; tout le corps de garde était ivre, grâce à ses soins. Jules dit au chef que trois domestiques de la maison Campireali, qu'il avait fait armer comme des soldats pour lui servir d'escorte pendant sa route, avaient trouvé de bonne eau-de-vie à acheter, et demandaient à monter pour ne pas s'ennuyer tout seuls sur la place; ce qui fut accordé à l'unanimité. Pour lui, accompagné de ses deux hommes, il descendit par l'escalier qui, du corps de garde, conduisait dans le passage.

— Tâche d'ouvrir la grande porte, dit-il à Ugone.

Lui-même arriva fort paisiblement à la porte de fer. Là, il trouva la bonne tourière, qui lui dit que, comme il était minuit passé, s'il entrait dans le couvent, l'abbesse serait obligée d'en écrire à l'évêque; c'est pourquoi elle le faisait prier de remettre ses dépêches à une petite sœur que l'abbesse avait envoyée pour les prendre. A quoi Jules répondit que, dans le désordre qui avait accompagné l'agonie imprévue du seigneur de Campireali, il n'avait qu'une simple lettre de créance écrite par le médecin, et qu'il devait donner tous les détails de vive voix à la femme du malade et à sa fille, si ces dames étaient encore dans le couvent, et, dans tous les cas, à madame l'abbesse. La tourière alla porter ce message. Il ne restait auprès de la porte que la jeune sœur envoyée par l'abbesse. Jules, en causant et jouant avec elle, passa les mains à travers les gros barreaux de fer de la porte, et, tout en riant, il essaya de l'ouvrir. La sœur, qui était fort timide, eut peur et prit fort mal la plaisanterie; alors Jules, qui voyait qu'un temps considérable se passait, eut l'imprudence de lui offrir une poignée de sequins en la priant de lui ouvrir, ajoutant qu'il était trop fatigué pour attendre. Il voyait bien qu'il faisait une sottise, dit l'historien : c'était avec le fer et non avec de l'or qu'il fallait agir, mais il ne s'en sentit pas le cœur : rien de plus facile que de saisir la sœur, elle n'était pas à un pied de lui de l'autre côté de la porte. A l'offre des sequins, cette jeune fille prit l'alarme. Elle a dit depuis qu'à la façon dont Jules lui parlait, elle avait bien compris que ce n'était pas un simple courrier : c'est l'amoureux d'une de nos religieuses, pensa-t-elle, qui vient pour avoir un rendez-vous, et elle était dévote. Saisie d'horreur, elle se mit à agiter de toutes ses forces la corde d'une petite cloche qui était dans la grande cour, et qui fit aussitôt un tapage à réveiller les morts.

— La guerre commence, dit Jules à ses gens, garde à vous!

Il prit sa clef, et, passant le bras à travers les barreaux de fer, ouvrit la porte, au grand désespoir de la jeune sœur, qui tomba à genoux et se mit à réciter des *Ave Maria* en criant au sacrilège. Encore à ce moment, Jules devait faire taire la jeune fille, il n'en eut pas le courage : un de ses gens la saisit et lui mit la main sur la bouche.

Au même instant, Jules entendit un coup d'arquebuse dans le passage derrière lui. Ugone avait ouvert la grande porte; le restant des soldats entrait sans bruit, lorsqu'un des *bravi* de garde, moins ivre que les autres, s'approcha d'une des fenêtres grillées, et, dans son étonnement de voir tant de gens dans le passage, leur défendit d'avancer en jurant. Il fallait ne pas répondre et continuer à marcher vers la porte de fer; c'est ce que firent les premiers soldats; mais celui qui marchait le dernier de tous, et qui était un des paysans recrutés dans l'après-midi, tira un coup de pistolet à ce domestique du couvent qui parlait par la fenêtre, et le tua. Ce coup de pistolet, au milieu de la nuit, et les cris des ivrognes en voyant tomber leur camarade, réveillèrent les soldats du couvent qui passaient cette nuit-là dans leurs lits, et n'avaient pas pu goûter du vin d'Ugone. Huit ou dix des *bravi* du couvent sautèrent dans le passage à demi nus, et se mirent à attaquer vertement les soldats de Branciforte [36].

Comme nous l'avons dit, ce bruit commença au moment où Jules venait d'ouvrir la porte de fer. Suivi de ses deux soldats, il se précipita dans le jardin, courant vers la petite porte de l'escalier des pensionnaires; mais il fut accueilli par cinq ou six coups de pistolet. Ses deux soldats tombèrent, lui eut une balle dans le bras droit. Ces coups de pistolet avaient été tirés par les gens de la signora de Campireali, qui, d'après ses ordres, passaient la nuit dans le jardin, à ce autorisés par une permission qu'elle avait obtenue de l'évêque. Jules courut seul vers la petite porte, de lui si bien connue, qui, du jardin, communiquait à l'escalier des pensionnaires. Il fit tout au monde pour l'ébranler, mais elle était solidement fermée. Il chercha ses gens, qui n'eurent garde de répondre, ils mouraient; il rencontra dans l'obscurité profonde trois domestiques de Campireali contre lesquels il se défendit à coups de dague.

Il courut sous le vestibule, vers la porte de fer, pour appeler ses soldats; il trouva cette porte fermée : les deux bras de fer si lourds avaient été mis en place et cadenassés par les vieux jardiniers qu'avait réveillés la cloche de la petite sœur.

« Je suis coupé », se dit Jules. Il le dit à ses hommes; ce fut en vain qu'il essaya de forcer un des cadenas avec son épée : s'il eût réussi, il enlevait un des bras de fer et ouvrait un des vantaux de la porte. Son épée se cassa dans l'anneau du cadenas; au même instant il fut blessé à l'épaule par un des domestiques venus du jardin; il se retourna, et, acculé contre la porte de fer, il se sentit attaqué par plusieurs hommes. Il se défendait avec sa dague; par bonheur, comme l'obscurité était complète, presque tous les coups d'épée portaient dans sa cotte de mailles. Il fut blessé douloureusement au genou; il s'élança sur un des hommes qui s'était trop fendu pour lui porter ce coup d'épée, il le tua d'un coup de dague dans la figure, et eut le bonheur de s'emparer de son épée. Alors il se crut sauvé; il se plaça au côté gauche de la porte, du côté de la cour. Ses gens qui étaient accourus tirèrent cinq ou six coups de pistolet à travers les barreaux de fer de la porte et firent fuir les domestiques. On n'y voyait sous ce vestibule qu'à la clarté produite par les coups de pistolet.

— Ne tirez pas de mon côté! criait Jules à ses gens.

— Vous voilà pris comme dans une souricière, lui dit

le caporal d'un grand sang-froid, parlant à travers les barreaux; nous avons trois hommes tués. Nous allons démolir le jambage de la porte du côté opposé à celui où vous êtes; ne vous approchez pas, les balles vont tomber sur nous; il paraît qu'il y a des ennemis dans le jardin?

— Les coquins de domestiques de Campireali, dit Jules.

Il parlait encore au caporal, lorsque des coups de pistolet, dirigés sur le bruit et venant de la partie du vestibule qui conduisait au jardin, furent tirés sur eux. Jules se réfugia dans la loge de la tourière, qui était à gauche en entrant; à sa grande joie, il y trouva une lampe presque imperceptible qui brûlait devant l'image de la Madone; il la prit avec beaucoup de précautions pour ne pas l'éteindre; il s'aperçut avec chagrin qu'il tremblait. Il regarda sa blessure au genou, qui le faisait beaucoup souffrir; le sang coulait en abondance.

En jetant les yeux autour de lui, il fut bien surpris de reconnaître, dans une femme qui était évanouie sur un fauteuil de bois, la petite Marietta, la camériste de confiance d'Hélène; il la secoua vivement.

— Eh quoi! seigneur Jules, s'écria-t-elle en pleurant, est-ce que vous voulez tuer la Marietta, votre amie?

— Bien loin de là; dis à Hélène que je lui demande pardon d'avoir troublé son repos et qu'elle se souvienne de l'*Ave Maria* du Monte Cavi. Voici un bouquet que j'ai cueilli dans son jardin d'Albano; mais il est un peu taché de sang; lave-le avant de le lui donner [37].

A ce moment, il entendit une décharge de coups d'arquebuse dans le passage; les *bravi* des religieuses attaquaient ses gens.

— Dis-moi donc où est la clef de la petite porte? dit-il à la Marietta.

— Je ne la vois pas; mais voici les clefs des cadenas des bras de fer qui maintiennent la grande porte. Vous pourrez sortir.

Jules prit les clefs et s'élança hors de la loge.

— Ne travaillez plus à démolir la muraille, dit-il à ses soldats, j'ai enfin la clef de la porte.

Il y eut un moment de silence complet, pendant qu'il essayait d'ouvrir un cadenas avec l'une des petites clefs; il s'était trompé de clef, il prit l'autre; enfin, il ouvrit le cadenas; mais au moment où il soulevait le bras de fer, il reçut presque à bout portant un coup de pistolet dans le bras droit. Aussitôt il sentit que ce bras lui refusait le service.

— Soulevez le volet de fer, cria-t-il à ses gens.

Il n'avait pas besoin de le leur dire.

A la clarté du coup de pistolet, ils avaient vu l'extrémité recourbée du bras de fer à moitié hors de l'anneau attaché à la porte. Aussitôt trois ou quatre mains vigoureuses soulevèrent le bras de fer; lorsque son extrémité fut hors de l'anneau, on le laissa tomber. Alors on put entr'ouvrir l'un des battants de la porte; le caporal entra, et dit à Jules en parlant fort bas :

— Il n'y a plus rien à faire, nous ne sommes plus que trois ou quatre sans blessures, cinq sont morts.

— J'ai perdu du sang, reprit Jules, je sens que je vais m'évanouir; dites-leur de m'emporter.

Comme Jules parlait au brave caporal, les soldats du corps de garde tirèrent trois ou quatre coups d'arquebuse, et le caporal tomba mort. Par bonheur Ugone avait entendu l'ordre donné par Jules, il appela par leurs noms deux soldats qui enlevèrent le capitaine. Comme il ne s'évanouissait point, il leur ordonna de le porter au fond du jardin, à la petite porte. Cet ordre fit jurer les soldats; ils obéirent toutefois.

— Cent sequins à qui ouvre cette porte! s'écria Jules.

Mais elle résista aux efforts de trois hommes furieux. Un des vieux jardiniers, établi à une fenêtre du second étage, leur tirait force coups de pistolet, qui servaient à éclairer leur marche.

Après les efforts inutiles contre la porte, Jules s'évanouit tout à fait; Ugone dit aux soldats d'emporter le capitaine au plus vite. Pour lui, il entra dans la loge de la sœur tourière, il jeta à la porte la petite Marietta en lui ordonnant d'une voix terrible de se sauver et de ne jamais dire qui elle avait reconnu. Il tira la paille du lit, cassa quelques chaises et mit le feu à la chambre. Quand il vit le feu bien allumé, il se sauva à toutes jambes, au milieu des coups d'arquebuse tirés par les *bravi* du couvent.

Ce ne fut qu'à plus de cent cinquante pas de la Visitation qu'il trouva le capitaine, entièrement évanoui, qu'on emportait à toute course. Quelques minutes après on était hors de la ville. Ugone fit faire halte : il n'avait plus que quatre soldats avec lui; il en renvoya deux dans la ville, avec l'ordre de tirer des coups d'arquebuse de cinq minutes en cinq minutes.

— Tâchez de retrouver vos camarades blessés, leur dit-il, sortez de la ville avant le jour; nous allons suivre le sentier de la *Croce Rossa*. Si vous pouvez mettre le feu quelque part, n'y manquez pas.

Lorsque Jules reprit connaissance, l'on se trouvait à trois lieues de la ville, et le soleil était déjà fort élevé sur l'horizon. Ugone lui fit son rapport.

— Votre troupe ne se compose plus que de cinq hommes, dont trois blessés. Deux paysans qui ont survécu ont reçu deux sequins de gratification chacun et se sont enfuis; j'ai envoyé les deux hommes non blessés au bourg voisin chercher un chirurgien.

Le chirurgien, vieillard tout tremblant, arriva bientôt monté sur un âne magnifique; il avait fallu le menacer de mettre le feu à sa maison pour le décider à marcher. On eut besoin de lui faire boire de l'eau-de-vie pour le mettre en état d'agir, tant sa peur était grande. Enfin il se mit à l'œuvre; il dit à Jules que ses blessures n'étaient d'aucune conséquence.

— Celle du genou n'est pas dangereuse, ajouta-t-il; mais elle vous fera boiter toute la vie, si vous ne gardez pas un repos absolu pendant quinze jours ou trois semaines [38].

Le chirurgien pansa les soldats blessés. Ugone fit un signe de l'œil à Jules; on donna deux sequins au chirurgien, qui se confondit en actions de grâces; puis, sous prétexte de le remercier, on lui fit boire une telle quantité d'eau-de-vie, qu'il finit par s'endormir profondément. C'était ce qu'on voulait. On le transporta dans un champ voisin, on enveloppa quatre sequins dans un morceau de papier que l'on mit dans sa poche : c'était le prix de son âne sur lequel on plaça Jules et l'un des soldats blessé à la jambe. On alla passer le moment de la grande chaleur dans une ruine antique au bord d'un étang; on marcha toute la nuit en évitant les villages, fort peu nombreux sur cette route, et enfin le surlendemain, au lever du soleil, Jules, porté par ses hommes, se réveilla au centre de la forêt de la Faggiola, dans la cabane de charbonnier qui était son quartier général.

VI

Le lendemain du combat, les religieuses de la Visitation trouvèrent avec horreur neuf cadavres dans leur jardin et dans le passage qui conduisait de la porte extérieure à la porte en barreaux de fer; huit de leurs *bravi* étaient blessés. Jamais on n'avait eu une telle peur au couvent : parfois on avait bien entendu des coups d'arquebuse tirés sur la place, mais jamais cette quantité de coups de feu tirés dans le jardin, au centre des bâtiments et sous les fenêtres des religieuses. L'affaire avait bien duré une heure et demie, et, pendant ce temps, le désordre avait été à son comble dans l'intérieur du couvent. Si Jules Branciforte avait eu la moindre intelligence avec quelqu'une des religieuses ou des pensionnaires, il eût réussi : il suffisait qu'on lui ouvrît l'une des nombreuses portes qui donnent sur le jardin; mais, transporté d'indignation et de colère contre ce qu'il appelait le parjure de la jeune Hélène, Jules voulait tout emporter de vive force. Il eût cru manquer à ce qu'il se devait s'il eût confié son dessein à quelqu'un qui pût le redire à Hélène. Un seul mot, cependant, à la petite Marietta eût suffi pour le succès : elle eût ouvert l'une des portes donnant sur le jardin, et un seul homme paraissant dans les dortoirs du couvent, avec ce terrible accompagnement de coups d'arquebuse entendu au dehors, eût été obéi à la lettre. Au premier coup de feu, Hélène avait tremblé pour les jours de son amant, et n'avait plus songé qu'à s'enfuir avec lui.

Comment peindre son désespoir lorsque la petite Marietta lui parla de l'effroyable blessure que Jules avait reçue au genou et dont elle avait vu couler le sang en abondance? Hélène détestait sa lâcheté et sa pusillanimité :

— J'ai eu la faiblesse de dire un mot à ma mère, et le sang de Jules a coulé; il pouvait perdre la vie dans cet assaut sublime où son courage a tout fait.

Les *bravi* admis au parloir avaient dit aux religieuses, avides de les écouter, que de leur vie ils n'avaient été témoins d'une bravoure comparable à celle du jeune homme habillé en courrier qui dirigeait les efforts des brigands. Si toutes écoutaient ces récits avec le plus vif intérêt, on peut juger de l'extrême passion avec laquelle Hélène demandait à ces *bravi* des détails sur le jeune chef des brigands. A la suite des longs récits qu'elle se fit faire par eux et par les vieux jardiniers, témoins fort impartiaux, il lui sembla qu'elle n'aimait plus du tout sa mère. Il y eut même un moment de dialogue fort vif entre ces personnes qui s'aimaient si tendrement la veille du combat; la signora de Campireali fut choquée des taches de sang qu'elle apercevait sur les fleurs d'un certain bouquet dont Hélène ne se séparait plus un seul intant.

— Il faut jeter ces fleurs souillées de sang.

— C'est moi qui ai fait verser ce sang généreux, et il a coulé parce que j'ai eu la faiblesse de vous dire un mot.

— Vous aimez encore l'assassin de votre frère?

— J'aime mon époux, qui, pour mon éternel malheur, a été attaqué par mon frère.

Après ces mots, il n'y eut plus une seule parole échangée entre la signora de Campireali et sa fille pendant les trois journées que la signora passa encore au couvent.

Le lendemain de son départ, Hélène réussit à s'échapper, profitant de la confusion qui régnait aux deux portes du couvent par suite de la présence d'un grand nombre de maçons qu'on avait introduits dans le jardin et qui travaillaient à y élever de nouvelles fortifications. La petite Marietta et elle s'étaient déguisées en ouvriers. Mais les bourgeois faisaient une garde sévère aux portes de la ville. L'embarras d'Hélène fut assez grand pour sortir. Enfin, ce même petit marchand qui lui avait fait parvenir les lettres de Branciforte consentit à la faire passer pour sa fille et à l'accompagner jusque dans Albano. Hélène y trouva une cachette chez sa nourrice, que ses bienfaits avaient mise à même d'ouvrir une petite boutique. A peine arrivée, elle écrivit à Branciforte, et la nourrice trouva, non sans de grandes peines, un homme qui voulut bien se hasarder à s'enfoncer dans la forêt de la Faggiola, sans avoir le mot d'ordre des soldats de Colonna.

Le messager envoyé par Hélène revint au bout de trois jours, tout effaré; d'abord, il lui avait été impossible de trouver Branciforte, et les questions qu'il ne cessait de faire sur le compte du jeune capitaine ayant fini par le rendre suspect, il avait été obligé de prendre la fuite.

« Il n'en faut point douter, le pauvre Jules est mort, se dit Hélène, et c'est moi qui l'ai tué! Telle devait être la conséquence de ma misérable faiblesse et de ma pusillanimité; il aurait dû aimer une femme forte, la fille de quelqu'un des capitaines du prince Colonna. »

La nourrice crut qu'Hélène allait mourir. Elle monta au couvent des Capucins, voisin du chemin taillé dans le roc, où jadis Fabio et son père avaient rencontré les deux amants au milieu de la nuit. La nourrice parla longtemps à son confesseur, et, sous le secret du sacrement, lui avoua que la jeune Hélène de Campireali voulait aller rejoindre Jules Branciforte, son époux, et qu'elle était disposée à placer dans l'église du couvent une lampe d'argent de la valeur de cent piastres espagnoles.

— Cent piastres! répondit le moine irrité. Et que deviendra notre couvent, si nous encourons la haine du seigneur de Campireali ? Ce n'est pas cent piastres, mais bien mille, qu'il nous a données pour être allés relever le corps de son fils sur le champ de bataille des Ciampi, sans compter la cire.

Il faut dire en l'honneur du couvent que deux moines âgés, ayant eu connaissance de la position exacte de la jeune Hélène, descendirent dans Albano, et l'allèrent voir dans l'intention d'abord de l'amener de gré ou de force à prendre son logement dans le palais de sa famille : ils savaient qu'ils seraient richement récompensés par la signora de Campireali. Tout Albano était rempli du bruit de la fuite d'Hélène et du récit des magnifiques promesses faites par sa mère à ceux qui pourraient lui donner des nouvelles de sa fille. Mais les deux moines furent tellement touchés du désespoir de la pauvre Hélène, qui croyait Jules Branciforte mort, que, bien loin de la trahir en indiquant à sa mère le lieu où elle s'était retirée, ils consentirent à lui servir d'escorte jusqu'à la forteresse de la Petrella. Hélène et Marietta, toujours déguisées en ouvriers, se rendirent à pied et de nuit à une certaine fontaine située dans la forêt de la Faggiola, à une lieue d'Albano. Les moines y avaient fait conduire des mulets, et, quand le jour fut venu, l'on se mit en route pour la Petrella. Les moines que l'on savait protégés par le prince, étaient salués avec respect par les soldats qu'ils rencontraient dans la forêt; mais il n'en fut pas de même des deux petits hommes qui les accompagnaient : les soldats les regardaient d'abord d'un œil fort sévère et s'approchaient d'eux, puis éclataient de rire et faisaient compliment aux moines sur les grâces de leurs muletiers.

— Taisez-vous, impies, et croyez que tout se fait par ordre du prince Colonna, répondaient les moines en cheminant.

Mais la pauvre Hélène avait du malheur; le prince était absent de la Petrella, et quand, trois jours après, à son retour, il lui accorda enfin une audience, il se montra très dur.

— Pourquoi venez-vous ici, mademoiselle ? Que signifie cette démarche mal avisée ? Vos bavardages de femme ont fait périr sept hommes des plus braves qui fussent en Italie, et c'est ce qu'aucun homme sensé ne vous pardonnera jmais. En ce monde, il faut vouloir, ou ne pas vouloir. C'est sans doute aussi par suite de nouveaux bavardages que Jules Branciforte vient d'être déclaré *sacrilège* et condamné à être tenaillé pendant deux heures avec des tenailles rougies au feu, et ensuite brûlé comme un juif, lui, un des meilleurs chrétiens que je connaisse ! Comment eût-on pu, sans quelque bavardage infâme de votre part, inventer ce mensonge horrible, savoir que Jules Branciforte était à Castro le jour de l'attaque du couvent ? Tous mes hommes vous diront que ce jour-là même on le voyait à la Petrella, et que, sur le soir, je l'envoyais à Velletri.

— Mais est-il vivant ? s'écriait pour la dixième fois la jeune Hélène fondant en larmes.

— Il est mort pour vous, reprit le prince, vous ne le reverrez jamais. Je vous conseille de retourner à votre couvent de Castro ; tâchez de ne plus commettre d'indiscrétions, et je vous ordonne de quitter la Petrella d'ici à une heure. Surtout ne racontez à personne que vous m'avez vu, ou je saurai vous punir.

La pauvre Hélène eut l'âme navrée d'un pareil accueil de la part de ce fameux prince Colonna pour lequel Jules avait tant de respect, et qu'elle aimait parce qu'il l'aimait.

Quoi qu'en voulût dire le prince Colonna, cette démarche d'Hélène n'était point mal avisée. Si elle fût venue trois jours plus tôt à la Petrella, elle y eût trouvé Jules Branciforte ; sa blessure au genou le mettait hors d'état de marcher, et le prince le faisait transporter au gros bourg d'Avezzano, dans le royaume de Naples. A la première nouvelle du terrible arrêt acheté contre Branciforte par le seigneur de Campireali, et qui le déclarait sacrilège et violateur de couvent, le prince avait vu que, dans le cas où il s'agirait de protéger Branciforte, il ne pouvait plus compter sur les trois quarts de ses hommes. Ceci était un péché contre la Madone, à la protection de laquelle chacun de ces brigands croyaient avoir des droits particuliers. S'il se fût trouvé un barigel à Rome assez osé pour venir arrêter Jules Branciforte au milieu de la forêt de la Faggiola, il aurait pu réussir.

En arrivant à Avezzano, Jules s'appelait Fontana, et

les gens qui le transportaient furent discrets. A leur retour à la Petrella, ils annoncèrent avec douleur que Jules était mort en route, et de ce moment chacun des soldats du prince sut qu'il y avait un coup de poignard dans le cœur pour qui prononcerait ce nom fatal.

Ce fut donc en vain qu'Hélène, de retour dans Albano, écrivit lettres sur lettres, et dépensa, pour les faire porter à Branciforte, tous les sequins qu'elle avait. Les deux moines âgés, qui étaient devenus ses amis, car l'extrême beauté, dit le chroniqueur de Florence, ne laisse pas d'avoir quelque empire, même sur les cœurs endurcis par ce que l'égoïsme et l'hypocrisie ont de plus bas; les deux moines, disons-nous, avertirent la pauvre fille que c'était en vain qu'elle cherchait à faire parvenir un mot à Branciforte : Colonna avait déclaré qu'il était mort, et certes Jules ne reparaîtrait au monde que quand le prince le voudrait. La nourrice d'Hélène lui annonça en pleurant que sa mère venait enfin de découvrir sa retraite, et que les ordres les plus sévères étaient donnés pour qu'elle fût transportée de vive force au palais Campireali, dans Albano. Hélène comprit qu'une fois dans ce palais sa prison pouvait être d'une sévérité sans bornes, et que l'on parviendrait à lui interdire absolument toutes communications avec le dehors, tandis qu'au couvent de Castro elle aurait, pour recevoir et envoyer des lettres, les mêmes facilités que toutes les religieuses. D'ailleurs, et ce fut ce qui la détermina, c'était dans le jardin de ce couvent que Jules avait répandu son sang pour elle : elle pourrait revoir ce fauteuil de bois de la tourière, où il s'était placé un moment pour regarder sa blessure au genou; c'était là qu'il avait donné à Marietta ce bouquet taché de sang qui ne la quittait plus. Elle revint donc tristement au couvent de Castro, et l'on pourrait terminer ici son histoire : ce serait bien pour elle, et peut-être aussi pour le lecteur. Nous allons, en effet, assister à la longue dégradation d'une âme noble et généreuse. Les mesures prudentes et les mensonges de la civilisation, qui désormais vont l'obséder de toutes parts, remplaceront les mouvements sincères des passions énergiques et naturelles. Le chroniqueur romain fait ici une réflexion pleine de naïveté : parce qu'une femme se donne la peine de faire une belle fille, elle croit avoir le talent qu'il faut pour diriger sa vie, et, parce que lorsqu'elle avait six ans, elle lui disait avec raison : Mademoiselle, redressez votre collerette, lorsque cette fille a dix-huit ans et elle cinquante, lorsque cette fille a autant et plus d'esprit que sa mère, celle-ci, emportée par la manie de régner, se croit le droit de diriger sa vie et même d'employer le mensonge. Nous verrons que c'est Victoire Carafa, la mère d'Hélène, qui, par une suite de moyens adroits et fort savamment combinés, amena la mort cruelle de sa fille si chérie, après avoir fait son malheur pendant douze ans, triste résultat de la manie de régner.

Avant de mourir, le seigneur de Campireali avait eu la joie de voir publier dans Rome la sentence qui condamnait Branciforte à être tenaillé pendant deux heures avec des fers rouges dans les principaux carrefours de Rome, à être ensuite brûlé à petit feu, et ses cendres jetées dans le Tibre. Les fresques du cloître de Sainte-Marie-Nouvelle, à Florence, montrent encore aujourd'hui comment on exécutait ces sentences cruelles envers les sacrilèges. En général, il fallait un grand nombre de gardes pour empêcher le peuple indigné de remplacer les bourreaux dans leur office. Chacun se croyait ami intime de la Madone. Le seigneur de Campireali s'était encore fait lire cette sentence peu de moments avant sa mort, et avait donné à l'avocat qui l'avait procurée sa belle terre située entre Albano et la mer. Cet avocat n'était point sans mérite. Branciforte était condamné à ce supplice atroce, et cependant aucun témoin n'avait dit l'avoir reconnu sous les habits de ce jeune homme déguisé en courrier, qui semblait diriger avec tant d'autorité les mouvements des assaillants. La magnificence de ce don mit en émoi tous les intrigants de Rome. Il y avait alors à la cour un certain *fratone* (moine), homme profond et capable de tout, même de forcer le pape à lui donner le chapeau; il prenait soin des affaires du prince Colonna, et ce client terrible lui valait beaucoup de considération. Lorsque la signora de Campireali vit sa fille de retour à Castro, elle fit appeler ce fratone.

— Votre Révérence sera magnifiquement récompensée, si elle veut bien aider à la réussite de l'affaire fort simple que je vais lui expliquer. D'ici à peu de jours, la sentence qui condamne Jules Branciforte à un supplice terrible va être publiée et rendue exécutoire aussi dans le royaume de Naples. J'engage votre Révérence à lire cette lettre du vice-roi, un peu mon parent, qui daigne m'annoncer cette nouvelle. Dans quel pays Branciforte pourra-t-il chercher un asile ? Je ferai remettre cinquante mille piastres au prince avec prière de donner le tout ou partie à Jules Branciforte, sous la condition qu'il ira servir le roi d'Espagne, mon seigneur, contre les rebelles de Flandre. Le vice-roi donnera un brevet de capitaine à Branciforte, et, afin que la sentence de sacrilège, que j'espère bien aussi rendre exécutoire en Espagne, ne l'arrête point dans sa carrière, il portera le nom de baron Lizzara; c'est une petite terre que j'ai dans les Abruzzes, et dont, à l'aide de ventes simulées, je trouverai moyen de lui faire passer la propriété. Je pense que votre Révérence n'a jamais vu une mère traiter ainsi l'assassin de son fils. Avec cinq cents piastres, nous aurions pu depuis longtemps nous débarrasser de cet être odieux; mais nous n'avons point voulu nous brouiller avec Colonna. Ainsi daignez lui faire remarquer que mon respect pour ses droits me coûte soixante ou quatre-vingt mille piastres. Je veux n'entendre jamais parler de ce Branciforte, et sur le tout présentez mes respects au prince.

Le *fratone* dit que sous trois jours, il irait faire une promenade du côté d'Ostie, et la signora de Campireali lui remit une bague valant mille piastres.

Quelques jours plus tard, le fratone reparut dans Rome, et dit à la signora de Campireali qu'il n'avait point donné connaissance de sa proposition au prince; mais qu'avant un mois le jeune Branciforte serait embarqué pour Barcelone, où elle pourrait lui faire remettre par un des banquiers de cette ville la somme de cinquante mille piastres.

Le prince trouva bien des difficultés auprès de Jules; quelques dangers que désormais il dût courir en Italie, le jeune amant ne pouvait se déterminer à quitter ce pays. En vain le prince laissa-t-il entrevoir que la signora de Campireali pouvait mourir; en vain promit-il que dans tous les cas, au bout de trois ans, Jules pourrait revenir voir son pays. Jules répandait des larmes, mais ne consentait point. Le prince fut obligé d'en venir à lui demander ce départ comme un service personnel; Jules ne put rien refuser à l'ami de son père; mais, avant tout, il voulait prendre les ordres d'Hélène. Le prince daigna se charger d'une longue lettre; et, bien plus, permit à Jules de lui écrire de Flandre une fois tous les mois. Enfin, l'amant désespéré s'embarqua pour Barcelone. Toutes ses lettres furent brûlées par le prince, qui ne voulait pas que Jules revînt jamais en Italie. Nous avons oublié de dire que, quoique fort éloigné par caractère de toute fatuité, le prince s'était cru obligé de dire, pour faire réussir la négociation, que c'était lui qui croyait convenable d'assurer une petite fortune de cinquante mille piastres au fils unique d'un des plus fidèles serviteurs de la maison Colonna.

La pauvre Hélène était traitée en princesse au couvent de Castro. La mort de son père l'avait mise en possession d'une fortune considérable, et il lui survint des héritages immenses. A l'occasion de la mort de son père, elle fit donner cinq aunes de drap noir à tous ceux des habitants de Castro ou des environs qui déclarèrent vouloir porter le deuil du seigneur de Campireali. Elle était encore dans les premiers jours de son grand deuil, lorsqu'une main parfaitement inconnue lui remit une lettre de Jules. Il serait difficile de peindre les transports avec lesquels cette lettre fut ouverte, non plus que la profonde tristesse qui en suivit la lecture. C'était pourtant bien l'écriture de Jules; elle fut examinée avec la plus sévère attention. La lettre parlait d'amour; mais quel amour, grand Dieu! La signora de Campireali, qui avait tant d'esprit, l'avait pourtant composée. Son dessein était de commencer la correspondance par sept à huit lettres d'amour passionné; elle voulait préparer ainsi les suivantes, où l'amour semblerait s'éteindre peu à peu.

Nous passerons rapidement sur dix années d'une vie malheureuse. Hélène se croyait tout à fait oubliée, et cependant avait refusé avec hauteur les hommages des jeunes seigneurs les plus distingués de Rome. Pourtant elle hésita un instant lorsqu'on lui parla du jeune Octave Colonna, fils aîné du fameux Fabrice, qui jadis l'avait si mal reçue à la Petrella. Il lui semblait que, devant absolument prendre un mari pour donner un protecteur aux terres qu'elle avait dans l'Etat romain et dans le royaume de Naples, il lui serait moins odieux de porter le nom d'un homme que jadis Jules avait aimé. Si elle eût consenti à ce mariage, Hélène arrivait rapidement à la vérité sur Jules Branciforte. Le vieux prince Fabrice parlait souvent et avec transports des traits de bravoure surhumaine du colonel Lizzara (Jules Branciforte), qui, tout à fait semblable aux héros des vieux romans, cherchait à se distraire par de belles actions de l'amour malheureux qui le rendait insensible à tous les plaisirs [39]. Il croyait Hélène mariée depuis longtemps; la signora de Campireali l'avait environné, lui aussi, de mensonges.

Hélène s'était réconciliée à demi avec cette mère si

habile. Celle-ci désirant passionnément la voir mariée, pria son ami, le vieux cardinal Santi-Quattro[40], protecteur de la Visitation, et qui allait à Castro, d'annoncer en confidence aux religieuses les plus âgées du couvent que son voyage avait été retardé par un acte de grâce. Le bon pape Grégoire XIII, mû de pitié pour l'âme d'un brigand nommé Jules Branciforte, qui autrefois avait tenté de violer leur monastère, avait voulu, en apprenant sa mort, révoquer la sentence qui le déclarait sacrilège, bien convaincu que, sous le poids d'une telle condamnation, il ne pourrait jamais sortir du purgatoire, si toutefois Branciforte, surpris au Mexique et massacré par des sauvages révoltés, avait eu le bonheur de n'aller qu'en purgatoire. Cette nouvelle mit en agitation tout le couvent de Castro; elle parvint à Hélène, qui alors se livrait à toutes les folies de vanité que peut inspirer à une personne profondément ennuyée la possession d'une grande fortune. A partir de ce moment, elle ne sortit plus de sa chambre. Il faut savoir que, pour arriver à pouvoir placer sa chambre dans la petite loge de la portière où Jules s'était réfugié un instant dans la nuit du combat, elle avait fait reconstruire une moitié du couvent. Avec des peines infinies et ensuite un scandale fort difficile à apaiser, elle avait réussi à découvrir et à prendre à son service les trois *bravi* employés par Branciforte et survivant encore aux cinq qui jadis échappèrent au combat de Castro. Parmi eux se trouvait Ugone, maintenant vieux et criblé de blessures. La vue de ces trois hommes avait causé bien des murmures; mais enfin la crainte que le caractère altier d'Hélène inspirait à tout le couvent l'avait emporté, et tous les jours on les voyait, revêtus de sa livrée, venir prendre ses ordres à la grille extérieure, et souvent répondre longuement à ses questions toujours sur le même sujet.

Après les six mois de réclusion et de détachement pour toutes les choses du monde qui suivirent l'annonce de la mort de Jules, la première sensation qui réveilla cette âme déjà brisée par un malheur sans remède et un long ennui fut une sensation de vanité.

Depuis peu, l'abbesse était morte. Suivant l'usage, le cardinal Santi-Quattro, qui était encore protecteur de la Visitation malgré son grand âge de quatre-vingt-douze ans, avait formé la liste des trois dames religieuses entre lesquelles le pape devait choisir une abbesse. Il fallait des motifs bien graves pour que Sa Sainteté lût les deux derniers noms de la liste, elle se contentait ordinairement de passer un trait de plume sur ces noms, et la nomination était faite.

Un jour, Hélène était à la fenêtre de l'ancienne loge de la tourière, qui était devenue maintenant l'extrémité de l'aile des nouveaux bâtiments construits par ses ordres. Cette fenêtre n'était pas élevée de plus de deux pieds au-dessus du passage arrosé jadis du sang de Jules et qui maintenant faisait partie du jardin. Hélène avait les yeux profondément fixés sur la terre. Les trois dames que l'on savait depuis quelques heures être portées sur la liste du cardinal pour succéder à la défunte abbesse vinrent à passer devant la fenêtre d'Hélène. Elle ne les vit pas, et par conséquent ne put les saluer. L'une des trois dames fut piquée et dit assez haut aux deux autres :

— Voilà une belle façon pour une pensionnaire d'étaler sa chambre aux yeux du public!

Réveillée par ces paroles, Hélène leva les yeux et rencontra trois regards méchants[41].

« Eh bien, se dit-elle en fermant la fenêtre sans saluer, voici assez de temps que je suis agneau dans ce couvent, il faut être loup, quand ce ne serait que pour varier les amusements de messieurs les curieux de la ville. »

Une heure après, un de ses gens, expédié en courrier, portait la lettre suivante à sa mère, qui depuis dix années habitait Rome et y avait su acquérir un grand crédit.

« Mère très respectable,

« Tous les ans tu me donnes trois cent mille francs le jour de ma fête; j'emploie cet argent à faire ici des folies, honorables à la vérité, mais qui n'en sont pas moins des folies. Quoique tu ne me le témoignes plus depuis longtemps, je sais que j'aurais deux façons de te prouver ma reconnaissance pour toutes les bonnes intentions que tu as eues à mon égard. Je ne me marierai point, mais je deviendrais avec plaisir *abbesse de ce couvent;* ce qui m'a donné cette idée, c'est que les trois dames que notre cardinal Santi-Quattro a portées sur la liste par lui présentée au Saint-Père sont mes ennemies; et quelle que soit l'élue, je m'attends à éprouver toutes sortes de vexations. Présente le bouquet de ma fête aux personnes auxquelles il faut l'offrir; faisons d'abord retarder de six mois la nomination, ce qui rendra folle de bonheur la prieure du couvent, mon amie intime, et qui aujourd'hui tient les rênes du gouvernement. Ce sera déjà pour moi une source de bonheur, et c'est bien rarement que je puis employer ce mot en parlant de ta fille. Je trouve mon idée folle; mais, si tu vois quelque chance de succès, dans trois jours je prendrai le voile blanc, huit années de séjour au couvent, sans découcher, me donnant droit à une exemption de six mois. La dispense ne se refuse pas, et coûte quarante écus.

« Je suis avec respect, ma vénérable mère, etc. »

Cette lettre combla de joie la signora de Campireali. Lorsqu'elle la reçut, elle se repentait vivement d'avoir fait annoncer à sa fille la mort de Branciforte; elle ne savait comment se terminerait cette profonde mélancolie où elle était tombée; elle prévoyait quelque coup de tête, elle allait jusqu'à craindre que sa fille ne voulût aller visiter au Mexique le lieu où l'on avait prétendu que Branciforte avait été massacré, auquel cas il était très possible qu'elle apprît à Madrid le vrai nom du colonel Lizzara. D'un autre côté, ce que sa fille demandait par son courrier était la chose du monde la plus difficile et l'on peut même dire la plus absurde. Une jeune fille qui n'était pas même religieuse, et qui d'ailleurs n'était connue que par la folle passion d'un brigand, que peut-être elle avait partagée, être mise à la tête d'un couvent où tous les princes romains comptaient quelques parentes! Mais, pensa la signora de Campireali, on dit que tout procès peut être plaidé et par conséquent gagné. Dans sa réponse, Victoire Carafa donna des espérances à sa fille, qui, en général, n'avait que des volontés absurdes, mais par compensation s'en dégoûtait très facilement. Dans la soirée, en prenant des informations sur tout ce qui, de près ou de loin, pouvait tenir au couvent de Castro, elle apprit que depuis plusieurs mois son ami le cardinal Santi-Quattro avait beaucoup d'humeur : il voulait marier sa nièce à don Octave Colonna, fils aîné du prince Fabrice, dont il a été parlé si souvent dans la présente histoire. Le prince lui offrait son second fils don Lorenzo, parce que, pour arranger sa fortune, étrangement compromise par la guerre que le roi de Naples et le pape, enfin d'accord, faisaient aux brigands de la Faggiola, il fallait que la femme de son fils aîné apportât une dot de six cent mille piastres (3 210 000 francs) dans la maison Colonna. Or le cardinal Santi-Quattro, même en déshéritant de la façon la plus ridicule tous ses autres parents, ne pouvait offrir qu'une fortune de trois cent quatre-vingt ou quatre cent mille écus.

Victoire Carafa passa la soirée et une partie de la nuit à se faire confirmer ces faits par tous les amis du vieux Santi-Quattro. Le lendemain, dès sept heures, elle se fit annoncer chez le vieux cardinal.

— Eminence, lui dit-elle, nous sommes bien vieux tous les deux; il est inutile de chercher à nous tromper, en donnant de beaux noms à des choses qui ne sont pas belles; je viens vous proposer une folie; tout ce que je puis dire pour elle, c'est qu'elle n'est pas odieuse; mais j'avouerai que je la trouve souverainement ridicule. Lorsqu'on traitait le mariage de don Octave Colonna avec ma fille Hélène, j'ai pris de l'amitié pour ce jeune homme, et, le jour de son mariage, je vous remettrai deux cent mille piastres en terres ou en argent, que je vous prierai de lui faire tenir. Mais, pour qu'une pauvre veuve telle que moi puisse faire un sacrifice aussi énorme, il faut que ma fille Hélène, qui a présentement vingt-sept ans, et qui depuis l'âge de dix-neuf ans n'a pas découché du couvent, soit faite *abbesse de Castro ;* il faut pour cela retarder l'élection de six mois; la chose est canonique.

— Que dites-vous, madame ? s'écria le vieux cardinal hors de lui; Sa Sainteté elle-même ne pourrait pas faire ce que vous venez demander à un pauvre vieillard impotent.

— Aussi ai-je dit à Votre Eminence que la chose était ridicule : les sots la trouveront folle; mais les gens bien instruits de ce qui se passe à la cour penseront que notre excellent prince, le bon pape Grégoire XIII, a voulu récompenser les loyaux et longs services de Votre Eminence en facilitant un mariage que tout Rome sait qu'elle désire. Du reste, la chose est possible, tout à fait canonique, j'en réponds; ma fille prendra le voile blanc dès demain.

— Mais la simonie, madame!... s'écria le vieillard d'une voix terrible.

La signora Campireali s'en allait.

— Quel est ce papier que vous laissez ?

— C'est la liste des terres que je présenterais comme valant deux cent mille piastres si l'on ne voulait pas d'argent comptant; le changement de propriété de ces terres pourrait être tenu secret pendant fort longtemps; par exemple, la maison Colonna me ferait des procès que je perdrais...

— Mais la simonie, madame! l'effroyable simonie!

— Il faut commencer par différer l'élection de six mois, demain je viendrai prendre les ordres de Votre Eminence.

Je sens qu'il faut expliquer pour les lecteurs nés au nord des Alpes le ton presque officiel de plusieurs parties de ce dialogue; je rapellerai que, dans les pays strictement catholiques, la plupart des dialogues sur les sujets scabreux finissent par arriver au confessionnal, et alors il n'est rien moins qu'indifférent de s'être servi d'un mot respectueux ou d'un terme ironique.

Le lendemain dans la journée, Victoire Carafa sut que, par suite d'une grande erreur de fait, découverte dans la liste des trois dames présentées pour la place d'abbesse de Castro, cette élection était différée de six mois : la seconde dame portée sur la liste avait un renégat dans sa famille; un de ses grands-oncles s'était fait protestant à Udine.

La signora de Campireali crut devoir faire une démarche auprès du prince Fabrice Colonna, à la maison duquel elle allait offrir une si notable augmentation de fortune. Après deux jours de soins, elle parvint à obtenir une entrevue dans un village voisin de Rome, mais elle sortit tout effrayée de cette audience; elle avait trouvé le prince, ordinairement si calme, tellement préoccupé de la gloire militaire du colonel Lizzara (Jules Branciforte), qu'elle avait jugé absolument inutile de lui demander le secret sur cet article. Le colonel était pour lui comme un fils, et, mieux encore, comme un élève favori. Le prince passait sa vie à lire et relire certaines lettres arrivées de Flandre. Que devenait le dessein favori auquel la signora de Campireali sacrifiait tant de choses depuis dix ans, si sa fille apprenait l'existence et la gloire du colonel Lizzara ?

Je crois devoir passer sous silence beaucoup de circonstances qui, à la vérité, peignent les mœurs de cette époque, mais qui me semblent tristes à raconter. L'auteur du manuscrit romain s'est donné des peines infinies pour arriver à la date exacte de ces détails que je supprime.

Deux ans après l'entrevue de la signora de Campireali avec le prince Colonna, Hélène était abbesse de Castro; mais le vieux cardinal Santi-Quattro était mort de douleur après ce grand acte de simonie. En ce temps-là, Castro avait pour évêque le plus bel homme de la cour du pape, monsignor Francesco Cittadini, noble de la ville de

Milan. Ce jeune homme, remarquable par ses grâces modestes et son ton de dignité, eut des rapports fréquents avec l'abbesse de la Visitation à l'occasion surtout du nouveau cloître dont elle entreprit d'embellir son couvent [42]. Ce jeune évêque Cittadini, alors âgé de vingt-neuf ans, devint amoureux fou de cette belle abbesse. Dans le procès qui fut dressé un an plus tard, une foule de religieuses, entendues comme témoins, rapportent que l'évêque multipliait le plus possible ses visites au couvent, disant souvent à leur abbesse : « Ailleurs, je commande, et, je l'avoue à ma honte, j'y trouve quelque plaisir; auprès de vous j'obéis comme un esclave, mais avec un plaisir qui surpasse de bien loin celui de commander ailleurs. Je me trouve sous l'influence d'un être supérieur; quand je l'essayerais, je ne pourrais avoir d'autre volonté que la sienne, et j'aimerais mieux me voir pour une éternité le dernier de ses esclaves que d'être roi loin de ses yeux. »

Les témoins rapportent qu'au milieu de ces phrases élégantes souvent l'abbesse lui ordonnait de se taire, et en des termes durs et qui montraient le mépris.

— A vrai dire, continue un autre témoin, madame le traitait comme un domestique; dans ces cas-là, le pauvre évêque baissait les yeux, se mettait à pleurer, mais ne s'en allait point. Il trouvait tous les jours de nouveaux prétextes pour reparaître au couvent, ce qui scandalisait fort les confesseurs des religieuses et les ennemies de l'abbesse. Mais madame l'abbesse était vivement défendue par la prieure, son amie intime, et qui, sous ses ordres imméditats, exerçait le gouvernement intérieur.

— Vous savez, mes nobles sœurs, disait celle-ci, que, depuis cette passion contrariée que notre abbesse éprouva dans sa première jeunesse pour un soldat d'aventure, il lui est resté beaucoup de bizarrerie dans les idées; mais vous savez toutes que son caractère a ceci de remarquable, que jamais elle ne revient sur le compte des gens pour lesquels elle a montré du mépris. Or, dans toute sa vie peut-être, elle n'a pas prononcé autant de paroles outrageantes qu'elle en a adressé en notre présence au pauvre monsignor Cittadini. Tous les jours, nous voyons celui-ci subir des traitements qui nous font rougir pour sa haute dignité.

— Oui, répondaient les religieuses scandalisées, mais il revient tous les jours; donc, au fond, il n'est pas si maltraité, et, dans tous les cas, cette apparence d'intrigue nuit à la considération du saint ordre de la Visitation.

Le maître le plus dur n'adresse pas au valet le plus inepte le quart des injures dont tous les jours l'altière abbesse accablait ce jeune évêque aux façons si onctueuses; mais il était amoureux, et avait apporté de son pays cette maxime fondamentale, qu'une fois une entreprise de ce genre commencée, il ne faut plus s'inquiéter que du but, et ne pas regarder les moyens.

— Au bout du compte, disait l'évêque à son confident César del Bene, le mépris est pour l'amant qui s'est désisté de l'attaque avant d'y être contraint par des moyens de force majeure.

Maintenant ma triste tâche va se borner à donner un extrait nécessairement fort sec du procès à la suite duquel Hélène trouva la mort. Ce procès, que j'ai lu dans une bibliothèque dont je dois taire le nom, ne forme pas moins de huit volumes in-folio [13]. L'interrogatoire et le raisonnement sont en langue latine, les réponses en italien. J'y vois qu'au mois de novembre 1572, sur les onze heures du soir, le jeune évêque se rendit seul à la porte de l'église où toute la journée les fidèles sont admis; l'abbesse elle-même lui ouvrit cette porte, et lui permit de la suivre. Elle le reçut dans une chambre qu'elle occupait souvent et qui communiquait par une porte secrète aux tribunes qui règnent sur les nefs de l'église. Une heure s'était à peine écoulée lorsque l'évêque fort surpris, fut renvoyé chez lui; l'abbesse elle-même le reconduisit à la porte de l'église, et lui dit ces propres paroles :

— *Retournez à votre palais et quittez-moi bien vite. Adieu, monseigneur, vous me faites horreur ; il me semble que je me suis donnée à un laquais* [14].

Toutefois, trois mois après, arriva le temps du carnaval. Les gens de Castro étaient renommés par les fêtes qu'ils se donnaient entre eux à cette époque, la ville entière retentissait du bruit des mascarades. Aucune ne manquait de passer devant une petite fenêtre qui donnait un jour de souffrance à une certaine écurie du couvent. L'on sent bien que trois mois avant le carnaval cette écurie était changée en salon, et qu'elle ne désemplissait pas les jours de mascarade. Au milieu de toutes les folies du public, l'évêque vint à passer dans son carrosse; l'abbesse lui fit un signe, et, la nuit suivante, à une heure, il ne manqua pas de se trouver à la porte de l'église. Il entra; mais, moins de trois quarts d'heure après, il fut renvoyé avec colère. Depuis le premier rendez-vous au mois de novembre, il continuait à venir au couvent à peu près tous les huit jours. On trouvait sur sa figure un petit air de triomphe et de sottise qui n'échappait à personne, mais qui avait le privilège de choquer grandement le caractère altier de la jeune abbesse. Le lundi de Pâques, entre autres jours, elle le traita comme le dernier des hommes, et lui adressa des paroles que le plus pauvre des hommes de peine du couvent n'eût pas supportées. Toutefois, peu de jours après, elle lui fit un signe à la suite duquel le bel évêque ne manqua pas de se trouver, à minuit, à la porte de l'église; elle l'avait fait venir pour lui apprendre qu'elle était enceinte. A cette annonce, dit le procès, le beau jeune homme pâlit d'horreur et devint tout à fait *stupide de peur* [45]. L'abbesse eut la fièvre; elle fit appeler le médecin, et ne lui fit point mystère de son état. Cet homme connaissait le caractère généreux de la malade, et lui promit de la tirer d'affaire. Il commença par la mettre en relation avec une femme du peuple jeune et jolie, qui, sans porter le titre de sage-femme, en avait les talents. Son mari était boulanger. Hélène fut contente de la conversation de cette femme, qui lui déclara que, pour l'exécution des projets à l'aide desquels elle espérait la sauver, il était nécessaire qu'elle eût deux confidentes dans le couvent.

— Une femme comme vous, à la bonne heure, mais une de mes égales! non; sortez de ma présence.

La sage-femme se retira. Mais, quelques heures plus tard, Hélène, ne trouvant pas prudent de s'exposer aux bavardages de cette femme, fit appeler le médecin, qui la renvoya au couvent, où elle fut traitée généreusement. Cette femme jura que, même non rappelée, elle n'eût jamais divulgué le secret confié; mais elle déclara de nouveau que, s'il n'y avait pas dans l'intérieur du couvent deux femmes dévouées aux intérêts de l'abbesse et sachant tout, elle ne pouvait se mêler de rien. (Sans doute elle songeait à l'accusation d'infanticide.) Après y avoir beaucoup réfléchi, l'abbesse résolut de confier ce terrible secret à madame Victoire, prieure du couvent, de la noble famille des ducs de C..., et à madame Bernarde, fille du marquis P... Elle leur fit jurer sur leurs bréviaires de ne jamais dire un mot, même au tribunal de la pénitence, de ce qu'elle allait leur confier. Ces dames restèrent glacées de terreur. Elles avouent, dans leurs interrogatoires, que, préoccupées du caractère si altier de leur abbesse, elles s'attendirent à l'aveu de quelque meurtre. L'abbesse leur dit d'un air simple et froid :

— J'ai manqué à tous mes devoirs, je suis enceinte.

Madame Victoire, la prieure, profondément émue et troublée par l'amitié qui, depuis tant d'années, l'unissait à Hélène, et non poussée par une vaine curiosité, s'écria les larmes aux yeux :

— Quel est donc l'imprudent qui a commis ce crime ?

— Je ne l'ai pas dit même à mon confesseur; jugez si je veux le dire à vous [46] !

Ces deux dames délibérèrent aussitôt sur les moyens de cacher ce fatal secret au reste du couvent. Elles décidèrent d'abord que le lit de l'abbesse serait transporté de sa chambre actuelle, lieu tout à fait central, à la pharmacie que l'on venait d'établir dans l'endroit le plus reculé du couvent, au troisième étage du grand bâtiment élevé par la générosité d'Hélène. C'est dans ce lieu que l'abbesse donna le jour à un enfant mâle. Depuis trois semaines la femme du boulanger était cachée dans l'appartement de la prieure. Comme cette femme marchait avec rapidité le long du cloître, emportant l'enfant, celui-ci jeta des cris, et, dans sa terreur, cette femme se réfugia dans la cave. Une heure après, madame Bernarde, aidée du médecin, parvint à ouvrir une petite porte du jardin, la femme du boulanger sortit rapidement du couvent et bientôt après de la ville. Arrivée en rase campagne et poursuivie par une terreur panique, elle se réfugia dans une grotte que le hasard lui fit rencontrer dans certains rochers. L'abbesse écrivit à César del Bene, confident et premier valet de chambre de l'évêque, qui courut à la grotte qu'on lui avait indiquée; il était à cheval : il prit l'enfant dans ses bras, et partit au galop pour Montefiascone. L'enfant fut baptisé dans l'église de Sainte-Marguerite, et reçut le nom d'Alexandre. L'hôtesse du lieu avait procuré une nourrice à laquelle César remit huit écus : beaucoup de femmes, s'étant rassemblées autour de l'église pendant la cérémonie du baptême, demandèrent à grands cris au seigneur César le nom du père de l'enfant.

— C'est un grand seigneur de Rome, leur dit-il, qui s'est permis d'abuser d'une pauvre villageoise comme vous.

Et il disparut [47].

VII

Tout allait bien jusque-là dans cet immense couvent, habité par plus de trois cents femmes curieuses; personne n'avait rien vu, personne n'avait rien entendu. Mais l'abbesse avait remis au médecin quelques poignées de sequins nouvellement frappés à la monnaie de Rome. Le médecin donna plusieurs de ces pièces à la femme du boulanger. Cette femme était jolie et son mari jaloux; il fouilla dans sa malle, trouva ces pièces d'or si brillantes, et, les croyant le prix de son déshonneur, la força, le couteau sous la gorge, à dire d'où elles provenaient. Après quelques tergiversations, la femme avoua la vérité, et la paix fut faite. Les deux époux en vinrent à délibérer sur l'emploi d'une telle somme. La boulangère voulait payer quelques dettes; mais le mari trouva plus beau d'acheter un mulet, ce qui fut fait. Ce mulet fit scandale dans le quartier, qui connaissait bien la pauvreté des deux époux. Toutes les commères de la ville, amies et ennemies, venaient successivement demander à la femme du boulanger quel était l'amant généreux qui l'avait mise à même d'acheter un mulet. Cette femme, irritée, répondait quelquefois en racontant la vérité [48]. Un jour que César del Bene était allé voir l'enfant, et revenait rendre compte de sa visite à l'abbesse, celle-ci, quoique fort indisposée, se traîna jusqu'à la grille, et lui fit des reproches sur le peu de discrétion des agents employés par lui. De son côté, l'évêque tomba malade de peur; il écrivit à ses frères à Milan pour leur raconter l'injuste accusation à laquelle il était en butte : il les engageait à venir à son secours. Quoique gravement indisposé, il prit la résolution de quitter Castro; mais, avant de partir, il écrivit à l'abbesse :

« Vous saurez déjà que tout ce qui a été fait est public [49]. Ainsi, si vous prenez intérêt à sauver non seulement ma réputation, mais peut-être ma vie, et pour éviter un plus grand scandale, vous pouvez inculper Jean-Baptiste Doleri, mort depuis peu de jours; que si, par ce moyen, vous ne réparerez pas votre honneur, le mien du moins ne courra plus aucun péril [50]. »

L'évêque appela don Luigi, confesseur du monastère de Castro.

— Remettez ceci, lui dit-il, dans les propres mains de madame l'abbesse.

Celle-ci, après avoir lu cet infâme billet, s'écria devant tout ce qui se trouvait dans la chambre :

— *Ainsi méritent d'être traitées les vierges folles qui préfèrent la beauté du corps à celle de l'âme !*

Le bruit de tout ce qui se passait à Castro parvint rapidement aux oreilles du *terrible* cardinal Farnèse (il se donnait ce caractère depuis quelques années, parce qu'il espérait, dans le prochain conclave, avoir l'appui des cardinaux *zelanti* [51]). Aussitôt il donna l'ordre au podestat de Castro de faire arrêter l'évêque Cittadini. Tous les domestiques de celui-ci, craignant la *question*, prirent la fuite. Le seul César del Bene resta fidèle à son maître, et lui jura qu'il mourrait dans les tourments plutôt que de rien avouer qui pût lui nuire. Cittadini, se voyant entouré de gardes dans son palais, écrivit de nouveau à ses frères, qui arrivèrent de Milan en toute hâte. Ils le trouvèrent détenu dans la prison de Ronciglione.

Je vois dans le premier interrogatoire de l'abbesse que, tout en avouant sa faute, elle nia avoir eu des rapports avec monseigneur l'évêque; son complice avait été Jean-Baptiste Doleri, avocat du couvent [52].

Le 9 septembre 1573, Grégoire XIII ordonna que le procès fût fait en toute hâte et en toute rigueur [53]. Un juge criminel, un fiscal et un commissaire se transportèrent à Castro et à Ronciglione. César del Bene, premier valet de chambre de l'évêque, avoue seulement avoir porté un enfant chez une nourrice. On l'interroge en présence de mesdames Victoire et Bernarde. On le met à la torture deux jours de suite; il souffre horriblement [54]; mais, fidèle à sa parole, il n'avoue que ce qu'il est impossible de nier, et le fiscal ne peut rien tirer de lui.

Quand vient le tour de mesdames Victoire et Bernarde, qui avaient été témoins des tortures infligées à César [55], elles avouent tout ce qu'elles ont fait. Toutes les religieuses sont interrogées sur le nom de l'auteur du crime; la plupart répondent avoir ouï dire que c'est monseigneur l'évêque. Une des sœurs portières rapporte les paroles outrageantes que l'abbesse avait adressées à l'évêque en le mettant à la porte de l'église. Elle ajoute :

« Quand on se parle sur ce ton, c'est qu'il y a bien longtemps que l'on fait l'amour ensemble. En effet, monseigneur l'évêque, ordinairement remarquable par l'excès de sa suffisance, avait, en sortant de l'église, l'air tout penaud. »

L'une des religieuses, interrogée en présence de l'instrument des tortures, répond que l'auteur du crime doit être le chat, parce que l'abbesse le tient continuellement dans ses bras et le caresse beaucoup. Une autre religieuse prétend que l'auteur du crime devait être le vent, parce que, les jours où il fait du vent, l'abbesse est heureuse et de bonne humeur, elle s'expose à l'action du vent sur un belvédère qu'elle a fait construire exprès; et, quand on va lui demander une grâce en ce lieu, jamais elle ne la refuse [56]. La femme du boulanger, la nourrice, les commères de Montefiascone, effrayées par les tortures qu'elles avaient vu infliger à César, disent la vérité.

Le jeune évêque était malade ou faisait le malade à Ronciglione, ce qui donna l'occasion à ses frères, soutenus par le crédit et par les moyens d'influence de la signora de Campireali, de se jeter plusieurs fois aux pieds du pape, et de lui demander que la procédure fût suspendue jusqu'à ce que l'évêque eût recouvré la santé. Sur quoi le terrible cardinal Farnèse augmenta le nombre des soldats qui le gardaient dans sa prison. L'évêque ne pouvant être interrogé, les commissaires commençaient toutes leurs séances par faire subir un nouvel interrogatoire à l'abbesse. Un jour que sa mère lui avait fait dire d'avoir bon courage et de continuer à tout nier, elle avoua tout.

— Pourquoi avez-vous d'abord inculpé Jean-Baptiste Doleri ?

— Par pitié pour la lâcheté de l'évêque, et, d'ailleurs, s'il parvient à sauver sa chère vie, il pourra donner des soins à mon fils [57].

Après cet aveu, on enferma l'abbesse dans une chambre du couvent de Castro, dont les murs, ainsi que la voûte, avaient huit pieds d'épaisseur; les religieuses ne parlaient de ce cachot qu'avec terreur, et il était connu sous le nom de la chambre des moines [58]; l'abbesse y fut gardée à vue par trois femmes.

La santé de l'évêque s'étant un peu améliorée, trois cents sbires ou soldats vinrent le prendre à Ronciglione, et il fut transporté à Rome en litière; on le déposa à la prison appelée *Corte Savella*. Peu de jours après, les religieuses aussi furent amenées à Rome; l'abbesse fut placée dans le monastère de Sainte-Marthe. Quatre religieuses étaient inculpées : mesdames Victoire et Bernarde, la sœur chargée du tour et la portière qui avait entendu les paroles outrageantes adressées à l'évêque par l'abbesse [59].

L'évêque fut interrogé par *l'auditeur de la chambre*, l'un des premiers personnages de l'ordre judiciaire. On remit de nouveau à la torture le pauvre César del Bene, qui non seulement n'avoua rien, mais dit des choses qui *faisaient de la peine au ministère public*, ce qui lui valut une nouvelle séance de torture. Ce supplice préliminaire fut également infligé à mesdames Victoire et Bernarde. L'évêque niait tout avec sottise, mais avec une belle opiniâtreté [60]; il rendait compte dans le plus grand détail de tout ce qu'il avait fait dans les trois soirées évidemment passées auprès de l'abbesse.

Enfin, on confronta l'abbesse avec l'évêque, et quoiqu'elle dît constamment la vérité, on la soumit à la torture. Comme elle répétait ce qu'elle avait toujours dit depuis son premier aveu, l'évêque fidèle à son rôle, lui adressa des injures [61].

Après plusieurs autres mesures raisonnables au fond, mais entachées de cet esprit de cruauté, qui après les règnes de Charles Quint et de Philippe II prévalait trop souvent dans les tribunaux d'Italie, l'évêque fut condamné à subir une prison perpétuelle au château Saint-Ange; l'abbesse fut condamnée à être détenue toute sa vie dans le couvent de Sainte-Marthe, où elle se trouvait [62]. Mais déjà la signora de Campireali avait entrepris, pour sauver sa fille, de faire creuser un passage souterrain. Ce passage partait de l'un des égouts laissés par la magnificence de l'ancienne Rome, et devait aboutir au caveau profond où l'on plaçait les dépouilles mortelles des religieuses de Sainte-Marthe. Ce passage, large de deux pieds à peu près, avait des parois de planches pour soutenir les terres à droite et à gauche, et on lui donnait pour voûte, à mesure que l'on avançait, deux planches placées comme les jambages d'un A majuscule.

On pratiquait ce souterrain à trente pieds de profondeur à peu près. Le point important était de le diriger dans le sens convenable; à chaque instant, des puits et des fondements d'anciens édifices obligeaient les ouvriers à se détourner. Une autre grande difficulté, c'étaient les déblais, dont on ne savait que faire; il paraît qu'on les semait pendant la nuit dans toutes les rues de Rome. On était étonné de cette quantité de terre qui tombait, pour ainsi dire, du ciel [63].

Quelques grosses sommes que la signora de Campireali dépensât pour essayer de sauver sa fille, son passage souterrain eût sans doute été découvert, mais le pape

Grégoire XIII vint à mourir en 1585, et le règne du désordre commença avec le siège vacant [64].

Hélène était fort mal à Sainte-Marthe; on peut penser si de simples religieuses assez pauvres mettaient du zèle à vexer une abbesse fort riche et convaincue d'un tel crime. Hélène attendait avec empressement le résultat des travaux entrepris par sa mère. Mais tout à coup son cœur éprouva d'étranges émotions. Il y avait déjà six mois que Fabrice Colonna, voyant l'état chancelant de la santé de Grégoire XIII, et ayant de grands projets pour l'interrègne, avait envoyé un de ses officiers à Jules Branciforte, maintenant si connu dans les armées espagnoles sous le nom de colonel Lizzara. Il le rappelait en Italie; Jules brûlait de revoir son pays. Il débarqua sous un nom supposé à Pescara, petit port de l'Adriatique sous Chieti, dans les Abruzzes, et par les montagnes il vint jusqu'à la Petrella. La joie du prince étonna tout le monde. Il dit à Jules qu'il l'avait fait appeler pour faire de lui son successeur et lui donner le commandement de ses soldats. A quoi Branciforte répondit que, militairement parlant, l'entreprise ne valait plus rien, ce qu'il prouva facilement; si jamais l'Espagne le voulait sérieusement, en six mois et à peu de frais, elle détruirait tous les soldats d'aventure de l'Italie.

— Mais après tout, ajouta le jeune Branciforte, si vous voulez, mon prince, je suis prêt à marcher. Vous trouverez toujours en moi le successeur du brave Ranuce tué aux Ciampi.

Avant l'arrivée de Jules, le prince avait ordonné, comme il savait ordonner, que personne dans la Petrella ne s'avisât de parler de Castro et du procès de l'abbesse; la peine de mort, sans aucune rémission, était placée en perspective du moindre bavardage. Au milieu des transports d'amitié avec lesquels il reçut Branciforte, il lui demanda de ne point aller à Albano sans lui, et sa façon d'effectuer ce voyage fut de faire occuper la ville par mille de ses gens, et de placer une avant-garde de douze cents hommes sur la route de Rome. Qu'on juge de ce que devint le pauvre Jules, lorsque le prince, ayant fait appeler le vieux Scotti, qui vivait encore, dans la maison où il avait placé son quartier général, le fit monter dans la chambre où il se trouvait avec Branciforte. Dès que les deux amis se furent jetés dans les bras l'un de l'autre :

— Maintenant, pauvre colonel, dit-il à Jules, attends-toi à ce qu'il y a de pis.

Sur quoi il souffla la chandelle et sortit en enfermant à clef les deux amis.

Le lendemain, Jules, qui ne voulut pas sortir de sa chambre, envoya demander au prince la permission de retourner à la Petrella, et de ne pas le voir de quelques jours. Mais on vint lui rapporter que le prince avait disparu, ainsi que ses troupes. Dans la nuit, il avait appris la mort de Gégoire XIII; il avait oublié son ami Jules et courait la campagne. Il n'était resté autour de Jules qu'une trentaine d'hommes appartenant à l'ancienne compagnie de Ranuce. L'on sait assez qu'en ce temps-là, pendant le siège vacant, les lois étaient muettes, chacun songeait à satisfaire ses passions, et il n'y avait de force que la force; c'est pourquoi, avant la fin de la journée, le prince Colonna avait déjà fait pendre plus de cinquante de ses ennemis. Quant à Jules, quoiqu'il n'eût pas quarante hommes avec lui, il osa marcher vers Rome.

Tous les domestiques de l'abbesse de Castro lui avaient été fidèles; ils s'étaient logés dans les pauvres maisons voisines du couvent de Sainte-Marthe. L'agonie de Grégoire XIII avait duré plus d'une semaine; la signora de Campireali attendait impatiemment les journées de trouble qui allaient suivre sa mort pour faire attaquer les derniers cinquante pas de son souterrain. Comme il s'agissait de traverser les caves de plusieurs maisons habitées, elle craignait fort de ne pouvoir dérober au public la fin de son entreprise.

Dès le surlendemain de l'arrivée de Branciforte à la Petrella, les trois anciens *bravi* de Jules, qu'Hélène avait pris à son service, semblèrent atteints de folie. Quoique tout le monde ne sût que trop qu'elle était au secret le plus absolu, et gardée par des religieuses qui la haïssaient, Ugone, l'un des *bravi*, vint à la porte du couvent, et fit les instances les plus étranges pour qu'on lui permît de voir sa maîtresse, et sur-le-champ. Il fut repoussé et jeté à la porte. Dans son désespoir, cet homme y resta, et se mit à donner un *bajoc* (un sou) à chacune des personnes attachées au service de la maison qui entraient ou sortaient, en leur disant ces précises paroles : *Réjouissez-vous avec moi ; le signor Jules Branciforte est arrivé, il est vivant : dites cela à vos amis.*

Les deux camarades d'Ugone passèrent la journée à lui apporter des bajocs, et ils ne cessèrent d'en distribuer jour et nuit en disant toujours les mêmes paroles, que lorsqu'il ne leur en resta plus un seul. Mais les trois *bravi*, se relevant l'un l'autre, ne continuèrent pas moins à monter la garde à la porte du couvent de Sainte-Marthe, adressant toujours aux passants les mêmes paroles suivies de grandes salutations : *Le seigneur Jules est arrivé*, etc.

L'idée de ces braves gens eut du succès : moins de trente-six heures après le premier bajoc distribué, la pauvre Hélène, au secret au fond de son cachot, savait que *Jules* était vivant; ce mot la jeta dans une sorte de frénésie :

— O ma mère! s'écriait-elle, m'avez-vous fait assez de mal!

Quelques heures plus tard l'étonnante nouvelle lui fut confirmée par la petite Marietta, qui, en faisant le sacrifice de tous ses bijoux d'or, obtint la permission de suivre la sœur tourière qui apportait ses repas à la prisonnière. Hélène se jeta dans ses bras en pleurant de joie.

— Ceci est bien beau, lui dit-elle, mais je ne resterai plus guère avec toi.

— Certainement! lui dit Marietta. Je pense bien que le temps de ce conclave ne se passera pas sans que votre prison ne soit changée en un simple exil.

— Ah! ma chère, revoir Jules! et le revoir, moi coupable!

Au milieu de la troisième nuit qui suivit cet entretien, une partie du pavé de l'église enfonça avec un grand bruit; les religieuses de Sainte-Marthe crurent que le couvent allait s'abîmer. Le trouble fut extrême, tout le monde criait au tremblement de terre [65]. Une heure environ après la chute du pavé de marbre de l'église, la signora de Campireali, précédée par les trois *bravi* au service d'Hélène, pénétra dans le cachot par le souterrain.

— Victoire, victoire, madame! criaient les *bravi*.

Hélène eut une peur mortelle; elle crut que Jules Branciforte était avec eux. Elle fut bien rassurée, et ses traits reprirent leur expression sévère lorsqu'ils lui dirent qu'ils n'accompagnaient que la signora de Campireali, et que Jules n'était encore que dans Albano, qu'il venait d'occuper avec plusieurs milliers de soldats.

Après quelques instants d'attente, la signora de Campireali parut; elle marchait avec beaucoup de peine, donnant le bras à son écuyer, qui était en grand costume et l'épée au côté; mais son habit magnifique était tout souillé de terre [66].

— O ma chère Hélène! je viens te sauver! s'écria la signora de Campireali.

— Et qui vous dit que je veuille être sauvée?

La signora de Campireali restait étonnée; elle regardait sa fille avec de grands yeux; elle parut fort agitée.

— Eh bien, ma chère Hélène, dit-elle enfin, la destinée me force à t'avouer une action bien naturelle peut-être après les malheurs autrefois arrivés dans notre famille, mais dont je me repens, et que je te prie de me pardonner: Jules... Branciforte... est vivant...

— Et c'est parce qu'il vit que je ne veux pas vivre [67].

La signora de Campireali ne comprenait pas d'abord le langage de sa fille, puis elle lui adressa les supplications les plus tendres; mais elle n'obtenait pas de réponse; Hélène s'était tournée vers son crucifix et priait sans l'écouter. Ce fut en vain que, pendant une heure entière, la signora de Campireali fit les derniers efforts pour obtenir une parole ou un regard. Enfin, sa fille, impatientée, lui dit:

— C'est sous le marbre de ce crucifix qu'étaient cachées ses lettres, dans ma petite chambre d'Albano; il eût mieux valu me laisser poignarder par mon père! Sortez, et laissez-moi de l'or.

La signora de Campireali, voulant continuer à parler à sa fille, malgré les signes d'effroi que lui adressait son écuyer, Hélène s'impatienta.

— Laissez-moi, du moins, une heure de liberté; vous avez empoisonné ma vie, vous voulez aussi empoisonner ma mort.

— Nous serons encore maîtres du souterrain pendant deux ou trois heures; j'ose espérer que tu te raviseras! s'écria la signora de Campireali fondant en larmes.

Et elle reprit la route du souterrain.

— Ugone, reste auprès de moi, dit Hélène à l'un de ses *bravi*, et sois bien armé, mon garçon, car peut-être il s'agira de me défendre. Voyons ta dague, ton épée, ton poignard [68].

Le vieux soldat lui montra ses armes en bon état.

— Eh bien, tiens-toi en dehors de ma prison; je vais écrire à Jules une longue lettre que tu lui remettras toi-même; je ne veux pas qu'elle passe par d'autres mains que les tiennes, n'ayant rien pour la cacheter. Tu peux lire tout ce que contiendra cette lettre. Mets dans tes poches tout cet or que ma mère vient de laisser, je n'ai besoin pour moi que de cinquante sequins; place-les sur mon lit.

Après ces paroles, Hélène se mit à écrire :

« Je ne doute point de toi, mon cher Jules : si je m'en vais, c'est que je mourrais de douleur dans tes bras, en voyant quel eût été mon bonheur si je n'eusse pas commis une faute. Ne va pas croire que j'ai jamais aimé aucun être au monde après toi; bien loin de là, mon cœur était rempli du plus vif mépris pour l'homme que j'admettais dans ma chambre. Ma faute fut uniquement d'ennui, et, si l'on veut, de libertinage. Songe que mon esprit, fort affaibli depuis la tentative inutile que je fis à la Petrella, où le prince que je vénérais parce que tu l'aimais, me reçut si cruellement; songe, dis-je, que mon esprit, fort affaibli, fut assiégé par douze années de mensonge. Tout ce qui m'environnait était faux et menteur, et je le savais. Je reçus d'abord une trentaine de lettres de toi; juge des transports avec lesquels j'ouvris les premières! mais, en les lisant, mon cœur se glaçait. J'examinais cette écriture, je reconnaissais ta main, mais non ton cœur. Songe que ce premier mensonge a dérangé l'essence de ma vie, au point de me faire ouvrir sans plaisir une lettre de ton écriture! La détestable annonce de ta mort acheva de tuer en moi tout ce qui restait encore des temps heureux de notre jeunesse. Mon premier dessein, comme tu le comprends bien, fut d'aller voir et toucher de mes mains la plage du Mexique où l'on disait que les sauvages t'avaient massacré; si j'eusse suivi cette pensée... nous serions heureux maintenant, car, à Madrid, quels que fussent le nombre et l'adresse des espions qu'une main vigilante eût pu semer autour de moi, comme de mon côté j'eusse intéressé toutes les âmes dans lesquelles il reste encore un peu de pitié et de bonté, il est probable que je serais arrivée à la vérité; car déjà, mon Jules, tes belles actions avaient fixé sur toi l'attention du monde, et peut-être quelqu'un à Madrid savait que tu étais Branciforte. Veux-tu que je te dise ce qui empêcha notre bonheur ? D'abord le souvenir de l'atroce et humiliante réception que le prince m'avait faite à la Pétrella; que d'obstacles puissants à affronter de Castro au Mexique! Tu le vois, mon âme avait déjà perdu de son ressort. Ensuite il me vint une pensée de vanité. J'avais fait construire de grands bâtiments dans le couvent, afin de pouvoir prendre pour chambre la loge de la tourière, où tu te réfugias la nuit du combat. Un jour, je regardais cette terre que jadis, pour moi, tu avais abreuvée de ton sang; j'entendis une parole de mépris, je levai la tête, je vis des visages méchants; pour me venger, je voulus être abbesse. Ma mère, qui savait bien que tu étais vivant, fit des choses héroïques pour obtenir cette nomination extravagante. Cette place ne fut, pour moi, qu'une source d'ennuis; elle acheva d'avilir mon âme; je trouvai du plaisir à marquer mon pouvoir souvent par le malheur des autres; je commis des injustices. Je me voyais à trente ans, vertueuse suivant le monde, riche, considérée, et cependant parfaitement malheureuse. Alors se présenta ce pauvre homme, qui était la bonté même, mais l'ineptie en personne. Son ineptie fit que je supportai ses premiers propos. Mon âme était si malheureuse par tout ce qui m'environnait depuis ton départ, qu'elle n'avait plus la force de résister à la plus petite tentation. T'avouerai-je une chose bien indécente ? Mais je réfléchis que tout est permis à une morte. Quand tu liras ces lignes, les vers dévoreront ces prétendues beautés qui n'auraient dû être que pour toi. Enfin il faut dire cette chose qui me fait de la peine; je ne voyais pas pourquoi je n'essayerais pas de l'amour grossier, comme toutes nos dames romaines; j'eus une pensée de libertinage, mais je n'ai jamais pu me donner à cet homme sans éprouver un sentiment d'horreur et de dégoût qui anéantissait tout le plaisir. Je te voyais toujours à mes côtés, dans notre jardin du palais d'Albano, lorsque la Madone t'inspira cette pensée généreuse en apparence, mais qui pourtant, après ma mère, a fait le malheur de notre vie. Tu n'étais point menaçant, mais tendre et bon comme tu le fus toujours; tu me regardais; alors j'éprouvais des moments de colère pour cet autre homme et j'allais jusqu'à le battre de toutes mes forces. Voilà toute la vérité, mon cher Jules : je ne voulais pas mourir sans te le dire, et je pensais aussi que peut-être cette conversation avec toi m'ôterait l'idée de mourir. Je n'en vois que mieux quelle eût été ma joie en te revoyant, si je me fusse conservée digne de toi. Je t'ordonne de vivre et de continuer cette carrière militaire qui m'a causé tant de joie quand j'ai appris tes succès. Qu'eût-ce été, grand Dieu! si j'eusse reçu tes lettres, surtout après la bataille d'Achenne [69]! Vis, et rappelle-toi souvent la mémoire de Ranuce, tué aux Ciampi, et celle d'Hélène, qui, pour ne pas voir un reproche dans tes yeux, est morte à Sainte-Marthe. »

Après avoir écrit, Hélène s'approcha du vieux soldat,

qu'elle trouva dormant; elle lui déroba sa dague, sans qu'il s'en aperçût, puis elle l'éveilla.

— J'ai fini, lui dit-elle, je crains que nos ennemis ne s'emparent du souterrain. Va vite prendre ma lettre qui est sur la table, et remets-la toi-même à Jules, *toi-même*, entends-tu ? De plus, donne-lui mon mouchoir que voici; dis-lui que je ne l'aime pas plus en ce moment que je ne l'ai toujours aimé, *toujours*, entends bien!

Ugone debout ne partait pas.

— Va donc!

— Madame, avez-vous bien réfléchi ? Le seigneur Jules vous aime tant!

— Moi aussi, je l'aime, prends la lettre et remets-la toi-même.

— Eh bien, que Dieu vous bénisse comme vous êtes bonne!

Ugone alla et revint fort vite; il trouva Hélène morte. Elle avait la dague dans le cœur.

LA DUCHESSE DE PALLIANO

Palerme, le 22 juillet 1838.

Je ne suis point naturaliste [a], je ne sais le grec que fort médiocrement; mon principal but, en venant voyager en Sicile, n'a pas été d'observer les phénomènes de l'Etna, ni de jeter quelque clarté, pour moi ou pour les autres, sur tout ce que les vieux auteurs grecs ont dit de la Sicile. Je cherchais d'abord le plaisir des yeux, qui est grand en ce pays singulier. Il ressemble, dit-on, à l'Afrique; mais ce qui, pour moi, est de toute certitude, c'est qu'il ne ressemble à l'Italie que par les passions dévorantes. C'est bien des Siciliens que l'on peut dire que le mot *impossible* n'existe pas pour eux dès qu'ils sont enflammés par l'amour ou la haine, et la haine, en ce beau pays, ne provient jamais d'un intérêt d'argent.

Je remarque qu'en Angleterre, et surtout en France, on parle souvent de la *passion italienne*, de la passion effrénée que l'on trouvait en Italie aux XVIe et XVIIe siècles. De nos jours, cette belle passion est morte, tout à fait morte, dans les classes qui ont été atteintes par l'imitation des mœurs françaises et des façons d'agir à la mode à Paris ou à Londres.

Je sais bien que l'on peut dire que, dès l'époque de Charles Quint (1530), Naples, Florence, et même Rome, imitèrent un peu les mœurs espagnoles; mais ces habitudes sociales si nobles n'étaient-elles pas fondées sur le respect

a. Un de nos amis, qui voyage depuis plusieurs années en Italie, et qui a pu fouiller dans les bibliothèques publiques et particulières, nous envoie quelques manuscrits qui sont le résultat de ses recherches, et que nous publierons successivement. *La Duchesse de Palliano* est le premier récit de cette série (N. d. D.). (Note de la *Revue des Deux Mondes.*)

infini que tout homme digne de ce nom doit avoir pour les mouvements de son âme ? Bien loin d'exclure l'énergie, elles l'exagéraient, tandis que la première maxime des fats qui imitaient le duc de Richelieu, vers 1760, était de ne sembler *émus de rien*. La maxime des *dandies* anglais, que l'on copie maintenant à Naples de préférence aux fats français, n'est-elle pas de sembler ennuyé de tout, supérieur à tout ?

Ainsi la *passion italienne* ne se trouve plus, depuis un siècle, dans la bonne compagnie de ce pays-là.

Pour me faire quelque idée de cette *passion italienne*, dont nos romanciers parlent avec tant d'assurance, j'ai été obligé d'interroger l'histoire ; et encore la grande histoire faite par des gens à talent, et souvent trop majestueuse, ne dit presque rien de ces détails. Elle ne daigne tenir note des folies qu'autant qu'elles sont faites par des rois ou des princes. J'ai eu recours à l'histoire particulière de chaque ville ; mais j'ai été effrayé par l'abondance des matériaux. Telle petite ville vous présente fièrement son histoire en trois ou quatre volumes in-4° imprimés, et sept ou huit volumes manuscrits ; ceux-ci presque indéchiffrables, jonchés d'abréviations, donnant aux lettres une forme singulière, et, dans les moments les plus intéressants, remplis de façons de parler en usage dans le pays, mais inintelligibles vingt lieues plus loin. Car dans toute cette belle Italie où l'amour a semé tant d'événements tragiques, trois villes seulement, Florence, Sienne et Rome, parlent à peu près comme elles écrivent ; partout ailleurs la langue écrite est à cent lieues de la langue parlée.

Ce qu'on appelle la *passion italienne*, c'est-à-dire, la passion qui cherche à se satisfaire, et non pas à *donner au voisin une idée magnifique de notre individu*, commence à la renaissance de la société, au XIIe siècle, et s'éteint du moins dans la bonne compagnie vers l'an 1734. A cette époque, les Bourbons viennent régner à Naples dans la personne de don Carlos, fils d'une Farnèse, mariée, en secondes noces, à Philippe V, ce triste petit-fils de Louis XIV, si intrépide au milieu des boulets, si ennuyé et si passionné pour la musique. On sait que pendant vingt-quatre ans le sublime castrat Farinelli [1] lui chanta tous les jours trois airs favoris, toujours les mêmes.

Un esprit philosophique peut trouver curieux les détails d'une passion sentie à Rome ou à Naples, mais j'avouerai que rien ne me semble plus absurde que ces romans qui donnent des noms italiens à leurs personnages. Ne sommes-nous pas convenus que les passions varient toutes les fois qu'on s'avance de cent lieues vers le Nord ? L'amour est-il le même à Marseille et à Paris ? Tout au plus peut-on-dire que les pays soumis depuis longtemps au même genre de gouvernement offrent dans les habitudes sociales une sorte de ressemblance extérieure.

Les paysages, comme les passions, comme la musique, changent aussi dès qu'on s'avance de trois ou quatre degrés vers le Nord. Un paysage napolitain paraîtrait absurde à Venise, si l'on n'était pas convenu, même en Italie, d'admirer la belle nature de Naples. A Paris, nous faisons mieux, nous croyons que l'aspect des forêts et des plaines cultivées est absolument le même à Naples et à Venise, et nous voudrions que le Canaletto, par exemple, eût absolument la même couleur que Salvator Rosa.

Le comble du ridicule, n'est-ce pas une dame anglaise douée de toutes les perfections de son île, mais regardée comme hors d'état de peindre la *haine* et l'*amour*, même dans cette île : Mme Anne Radcliffe donnant des noms italiens et de grandes passions aux personnages de son célèbre roman : *Le Confessionnal des Pénitents noirs* [2] ?

Je ne chercherai point à donner des grâces à la simplicité, à la rudesse quelquefois choquante du récit trop véritable que je soumets à l'indulgence du lecteur; par exemple, je traduis exactement la réponse de la duchesse de Palliano à la déclaration d'amour de son cousin Marcel Capece. Cette monographie d'une famille se trouve, je ne sais pourquoi, à la fin du second volume d'une histoire manuscrite de Palerme, sur laquelle je ne puis donner aucun détail.

Ce récit, que j'abrège beaucoup, à mon grand regret (je supprime une foule de circonstances caractéristiques), comprend les dernières aventures de la malheureuse famille Carafa, plutôt que l'histoire intéressante d'une seule passion. La vanité littéraire me dit que peut-être il ne m'eût pas été impossible d'augmenter l'intérêt de plusieurs situations en développant davantage, c'est-à-dire en devinant et racontant au lecteur, avec détails, ce que sentaient les personnages. Mais moi, jeune Français, né au nord de Paris, suis-je bien sûr de deviner ce qu'éprouvaient ces âmes italiennes de l'an 1559 ? Je puis tout au plus espérer de deviner ce qui peut paraître élégant et piquant aux lecteurs français de 1838.

Cette façon passionnée de sentir qui régnait en Italie

vers 1559 voulait des actions et non de paroles. On trouvera donc fort peu de conversations dans les récits suivants [3]. C'est un désavantage pour cette traduction, accoutumés que nous sommes aux longues conversations de nos personnages de roman; pour eux, une conversation est une bataille. L'histoire pour laquelle je réclame toute l'indulgence du lecteur montre une particularité singulière introduite par les Espagnols dans les mœurs d'Italie. Je ne suis point sorti du rôle de traducteur. Le calque fidèle des façons de sentir du XVIe siècle, et même des façons de raconter de l'historien, qui, suivant toute apparence, était un gentilhomme appartenant à la malheureuse duchesse de Palliano, fait, selon moi, le principal mérite de cette histoire tragique, si toutefois mérite il y a.

L'étiquette espagnole la plus sévère régnait à la cour du duc de Palliano [4]. Remarquez que chaque cardinal, que chaque prince romain avait une cour semblable, et vous pourrez vous faire une idée du spectacle que présentait, en 1559, la civilisation de la ville de Rome. N'oubliez pas que c'était le temps où le roi Philippe II, ayant besoin pour une de ses intrigues du suffrage de deux cardinaux, donnait à chacun d'eux deux cent mille livres de rente en bénéfices ecclésiastiques. Rome, quoique sans armée redoutable, était la capitale du monde. Paris, en 1559, était une ville de barbares assez gentils.

TRADUCTION EXACTE D'UN VIEUX RECIT

ECRIT VERS 1566

Jean-Pierre Carafa, quoique issu d'une des plus nobles familles du royaume de Naples, eut des façons d'agir âpres, rudes, violentes et dignes tout à fait d'un gardeur de troupeaux. Il prit l'*habit long* (la soutane) et s'en alla jeune à Rome, où il fut aidé par la faveur de son cousin Olivier Carafa, cardinal et archevêque de Naples. Alexandre VI, ce grand homme qui savait tout et pouvait tout, le fit son *cameriere* (à peu près ce que nous appellerions, dans nos mœurs, un officier d'ordonnance). Jules II le nomma archevêque de Chieti; le pape Paul le fit cardinal, et enfin, le 23 de mai 1555, après des brigues et des disputes terribles parmi les cardinaux enfermés au conclave, il fut créé pape sous le nom de Paul IV; il avait alors soixante-dix-huit ans. Ceux mêmes qui venait de l'appeler au trône de saint Pierre frémirent bientôt en pensant à la dureté et à la piété farouche, inexorable, du maître qu'ils venaient de se donner [5].

La nouvelle de cette nomination inattendue fit révolution à Naples et à Palerme. En peu de jours Rome vit arriver un grand nombre de membres de l'illustre famille Carafa. Tous furent placés; mais, comme il est naturel, le pape distingua particulièrement ses trois neveux, fils du comte de Montorio, son frère.

Don Juan, l'aîné, déjà marié, fut fait duc de Palliano. Ce duché, enlevé à Marc-Antoine Colonna, auquel il appartenait, comprenait un grand nombre de villages et de petites villes. Don Carlos, le second des neveux de Sa Sainteté, était chevalier de Malte et avait fait la guerre; il fut créé cardinal, légat de Bologne et premier ministre. C'était un homme plein de résolution; fidèle aux traditions de sa famille, il osa haïr le roi le plus puisssant du monde (Philippe II, roi d'Espagne et des Indes), et lui donna des preuves de sa haine. Quant au troisième neveu du nouveau pape, don Antonio Carafa, comme il était marié, le pape le fit marquis de Montebello. Enfin, il entreprit de donner pour femme à François, Dauphin de France et fils du roi Henri II, une fille que son frère avait eue d'un second mariage; Paul IV prétendait lui assigner pour dot le royaume de Naples, qu'on aurait enlevé à Philippe II, roi d'Espagne. La famille Carafa haïssait ce roi puissant, lequel, aidé des fautes de cette famille, parvint à l'exterminer, comme vous le verrez.

Depuis qu'il était monté sur le trône de saint Pierre, le plus puissant du monde, et qui, à cette époque, éclipsait même l'illustre monarque des Espagnes, Paul IV, ainsi qu'on l'a vu chez la plupart de ses successeurs, donnait l'exemple de toutes les vertus. Ce fut un grand pape et un grand saint; il s'appliquait à réformer les abus dans l'Eglise et à éloigner par ce moyen le concile général, qu'on demandait de toutes parts à la cour de Rome, et qu'une sage politique ne permettait pas d'accorder.

Suivant l'usage de ce temps trop oublié du nôtre, et qui ne permettait pas à un souverain d'avoir confiance en des gens qui pouvaient avoir un autre intérêt que le sien, les Etats de Sa Sainteté étaient gouvernés despotiquement par ses trois neveux. Le cardinal était premier ministre et disposait des volontés de son oncle; le duc de Palliano avait été créé général des troupes de la sainte Eglise; et le marquis de Montebello, capitaine des gardes du palais, n'y laissait pénétrer que les personnes qui lui convenaient. Bientôt ces jeunes gens commirent les plus grands excès; ils commencèrent par s'approprier les biens des familles contraires à leur gouvernement. Les peuples ne savaient à qui avoir recours pour obtenir justice. Non seulement ils devaient craindre pour leurs biens, mais, chose horrible à dire dans la patrie de la chaste Lucrèce [6], l'honneur de leurs femmes et de leurs filles n'était pas en sûreté. Le duc de Palliano et ses frères enlevaient les plus belles femmes; il suffisait d'avoir le malheur de leur plaire. On les vit, avec stupeur, n'avoir aucun égard à la noblesse du sang, et, bien plus, ils ne furent nullement retenus par la clôture sacrée des saints monastères. Les peuples, réduits au désespoir, ne savaient à qui faire parvenir leurs plaintes, tant était grande la terreur que les trois frères avaient inspirée à tout ce qui approchait du pape : ils étaient insolents même envers les ambassadeurs.

Le duc avait épousé, avant la grandeur de son oncle, Violante de Cardone, d'une famille originaire d'Espagne, et qui, à Naples, appartenait à la première noblesse.

Elle comptait dans le *Seggio di nido*.

Violante, célèbre par sa rare beauté et par les grâces qu'elle savait se donner quand elle cherchait à plaire, l'était encore davantage par son orgueil insensé. Mais il faut être juste, il eût été difficile d'avoir un génie plus élevé, ce qu'elle montra bien au monde en n'avouant rien, avant de mourir, au frère capucin qui la confessa. Elle savait par cœur et récitait avec une grâce infinie l'admirable *Orlando* de *messer* Arioste, la plupart des sonnets du divin Pétrarque, les contes du *Pecorone*, etc. Mais elle était encore plus séduisante quand elle daignait entretenir sa compagnie des idées singulières que lui suggérait son esprit [7].

Elle eut un fils qui fut appelé le duc de Càvi. Son frère, D. Ferrand, comte d'Aliffe, vint à Rome, attiré par la haute fortune de ses beaux-frères.

Le duc de Palliano tenait une cour splendide; les jeunes gens des premières familles de Naples briguaient l'honneur d'en faire partie. Parmi ceux qui lui étaient le plus chers, Rome distingua, par son admiration, Marcel Capece (du *Seggio di nido*), jeune cavalier célèbre à

Naples par son esprit, non moins que par la beauté divine qu'il avait reçue du ciel [8].

La duchesse avait pour favorite Diane Brancaccio, âgée alors de trente ans, proche parente de la marquise de Montebello, sa belle-sœur. On disait dans Rome que, pour cette favorite, elle n'avait plus d'orgueil; elle lui confiait tous ses secrets. Mais ces secrets n'avaient rapport qu'à la politique; la duchesse faisait naître des passions, mais n'en partageait aucune.

Par les conseils du cardinal Carafa, le pape fit la guerre au roi d'Espagne, et le roi de France envoya au secours du pape une armée commandée par le duc de Guise [9].

Mais il faut nous en tenir aux événements intérieurs de la cour du duc de Palliano.

Capece était depuis longtemps comme fou; on lui voyait commettre les actions les plus étranges; le fait est que le pauvre jeune homme était devenu passionnément amoureux de la duchesse sa *maîtresse*, mais il n'osait se découvrir à elle. Toutefois il ne désespérait pas absolument de parvenir à son but, il voyait la duchesse profondément irritée contre un mari qui la négligeait. Le duc de Palliano était tout-puissant dans Rome, et la duchesse savait, à n'en pas douter, que presque tous les jours les dames romaines les plus célèbres par leur beauté venaient voir son mari dans son propre palais [10], et c'était un affront auquel elle ne pouvait s'accoutumer.

Parmi les chapelains du saint pape Paul IV se trouvait un respectable religieux avec lequel il récitait son bréviaire. Ce personnage, au risque de se perdre, et peut-être poussé par l'ambassadeur d'Espagne, osa bien un jour découvrir au pape toutes les scélératesses de ses neveux. Le saint pontife fut malade de chagrin; il voulut douter; mais les certitudes accablantes arrivaient de tous côtés. Ce fut le premier jour de l'an 1559 qu'eut lieu l'événement qui confirma le pape dans tous ses soupçons, et peut-être décida Sa Sainteté. Ce fut donc le propre jour de la Circoncision de Notre-Seigneur, circonstance qui aggrava beaucoup la faute aux yeux d'un souverain aussi pieux, qu'André Lanfranchi, secrétaire du duc de Palliano, donna un souper magnifique au cardinal Carafa, et, voulant qu'aux excitations de la gourmandise ne manquassent pas celles de la luxure, il fit venir à ce souper la Martuccia [11], l'une des plus belles, des plus célèbres et des plus riches courtisanes de la noble ville de Rome. La fatalité voulut que Capece, le favori du duc, celui-là même qui en secret était amoureux de la duchesse, et qui passait pour le plus bel homme de la capitale du monde, se fût attaché depuis quelque temps à la Martuccia. Ce soir-là, il la chercha dans tous les lieux où il pouvait espérer la rencontrer. Ne la trouvant nulle part, et ayant appris qu'il y avait un souper dans la maison Lanfranchi, il eut soupçon de ce qui se passait, et sur le minuit se présenta chez Lanfranchi, accompagné de beaucoup d'hommes armés.

La porte lui fut ouverte, on l'engagea à s'asseoir et à prendre part au festin; mais, après quelques paroles assez contraintes, il fit signe à la Martuccia de se lever et de sortir avec lui. Pendant qu'elle hésitait, toute confuse et prévoyant ce qui allait arriver, Capece se leva du lieu où il était assis, et, s'approchant de la jeune fille, il la prit par la main, essayant de l'entraîner avec lui. Le cardinal, en l'honneur duquel elle était venue, s'opposa vivement à son départ; Capece persista, s'efforçant de l'entraîner hors de la salle.

Le cardinal premier ministre, qui, ce soir-là, avait pris un habit tout différent de celui qui annonçait sa haute dignité, mit l'épée à la main, et s'opposa avec la vigueur et le courage que Rome entière lui connaissait au départ de la jeune fille. Marcel, ivre de colère, fit entrer ses gens; mais ils étaient Napolitains pour la plupart et, quand ils reconnurent d'abord le secrétaire du duc et ensuite le cardinal que le singulier habit qu'il portait leur avait d'abord caché, ils remirent leurs épées dans le fourreau, ne voulurent point se battre, et s'interposèrent pour apaiser la querelle.

Pendant ce tumulte, Martuccia, qu'on entourait et que Marcel Capece retenait de la main gauche, fut assez adroite pour s'échapper. Dès que Marcel s'aperçut de son absence il courut après elle, et tout son monde le suivit.

Mais l'obscurité de la nuit autorisait les récits les plus étranges, et dans la matinée du 2 janvier, la capitale fut inondée des récits du combat périlleux qui aurait eu lieu, disait-on, entre le cardinal neveu et Marcel Capece. Le duc de Palliano, général en chef de l'armée de l'Eglise, crut la chose bien plus grave qu'elle n'était, et comme il n'était pas en très bons termes avec son frère le ministre, dans la nuit même il fit arrêter Lanfranchi, et, le lendemain, de bonne heure, Marcel lui-même fut mis en prison. Puis on s'aperçut que personne n'avait perdu la vie, et que ces emprisonnements ne faisaient qu'augmenter le scandale, qui retombait tout entier sur le cardinal. On se hâta de mettre en liberté les prisonniers, et l'immense pouvoir des trois frères se réunit pour chercher à étouffer l'affaire. Ils espérèrent d'abord y réussir; mais, le troisième jour, le récit du tout vint aux oreilles du pape. Il fit appeler ses deux neveux et leur parla comme pouvait le faire un prince aussi pieux et aussi profondément offensé.

Le cinquième jour de janvier, qui réunissait un grand nombre de cardinaux dans la congrégation du *Saint Office*, le saint pape parla le premier de cette horrible affaire, il demanda aux cardinaux présents comment ils avaient osé ne pas la porter à sa connaissance :

— Vous vous taisez! et pourtant le scandale touche à la dignité sublime dont vous êtes revêtus! Le cardinal Carafa a osé paraître sur la voie publique couvert d'un habit séculier et l'épée nue à la main. Et dans quel but ? Pour se saisir d'une infâme courtisane ?

On peut juger du silence de mort qui régnait parmi tous ces courtisans durant cette sortie contre le premier ministre. C'était un vieillard de quatre-vingts ans qui se fâchait contre un neveu chéri maître jusque-là de toutes ses volontés. Dans son indignation, le pape parla d'ôter le chapeau à son neveu.

La colère du pape fut entretenue par l'ambassadeur du grand-duc de Toscane, qui alla se plaindre à lui d'une insolence récente du cardinal premier ministre. Ce cardinal, naguère si puissant, se présenta chez Sa Sainteté pour son travail accoutumé. Le pape le laissa quatre heures entières dans l'antichambre, attendant aux yeux de tous, puis le renvoya sans vouloir l'admettre à l'audience. On peut juger de ce qu'eut à souffrir l'orgueil immodéré du ministre. Le cardinal était irrité, mais non soumis; il pensait qu'un vieillard accablé par l'âge, dominé toute sa vie par l'amour qu'il portait à sa famille, et qui enfin était peu habitué à l'expédition des affaires temporelles, serait obligé d'avoir recours à son activité. La vertu du saint pape l'emporta; il convoqua les cardinaux, et, les ayant longtemps regardés sans parler, à la fin il fondit en larmes et n'hésita point à faire une sorte d'amende honorable :

— La faiblesse de l'âge, leur dit-il, et les soins que je

donne aux choses de la religion, dans lesquelles, comme vous savez, je prétends détruire tous les abus, m'ont porté à confier mon autorité temporelle à mes trois neveux; ils en ont abusé, et je les chasse à jamais.

On lut ensuite un bref par lequel les neveux étaient dépouillés de toutes leurs dignités et confinés dans de misérables villages. Le cardinal premier ministre fut exilé à Civita Lavinia, le duc de Palliano à Soriano, et le marquis à Montebello; par ce bref, le duc était dépouillé de ses appointements réguliers, qui s'élevaient à soixante-douze mille piastres (plus d'un million de 1838).

Il ne pouvait pas être question de désobéir à ces ordres sévères : les Carafa avaient pour ennemis et pour surveillants le peuple de Rome tout entier qui les détestait.

Le duc de Palliano, suivi du comte d'Aliffe, son beau-frère, et de Léonard del Cardine, alla s'établir au petit village de Soriano, tandis que la duchesse et sa belle-mère vinrent habiter Gallese, misérable hameau à deux petites lieues de Soriano.

Ces localités sont charmantes; mais c'était un exil, et l'on était chassé de Rome où naguère on régnait avec insolence.

Marcel Capece avait suivi sa *maîtresse* avec les autres courtisans dans le pauvre village où elle était exilée. Au lieu des hommages de Rome entière, cette femme, si puissante quelques jours auparavant, et qui jouissait de son rang avec tout l'emportement de l'orgueil, ne se voyait plus environnée que de simples paysans dont l'étonnement même lui rappelait sa chute [12]. Elle n'avait aucune consolation; son oncle était si âgé que probablement il serait surpris par la mort avant de rappeler ses neveux, et, pour comble de misère, les trois frères se détestaient entre eux. On allait jusqu'à dire que le duc et le marquis qui ne partageaient point les passions fougueuses du cardinal, effrayés par ses excès, étaient allés jusqu'à les dénoncer au pape leur oncle.

Au milieu de l'horreur de cette profonde disgrâce, il arriva une chose qui, pour le malheur de la duchesse et de Capece lui-même, montra bien que, dans Rome, ce n'était pas une passion véritable qui l'avait entraîné sur les pas de la Martuccia.

Un jour que la duchesse l'avait fait appeler pour lui donner un ordre, il se trouva seul avec elle, chose qui n'arrivait peut-être pas deux fois dans toute une année. Quand il vit qu'il n'y avait personne dans la salle où la duchesse le recevait, Capece resta immobile et silencieux. Il alla vers la porte pour voir s'il y avait quelqu'un qui pût les écouter dans la salle voisine, puis il osa parler ainsi :

— Madame, ne vous troublez point et ne prenez pas avec colère les paroles étranges que je vais avoir la témérité de prononcer. Depuis longtemps je vous aime plus que la vie. Si, avec trop d'imprudence, j'ai osé regarder comme amant vos divines beautés, vous ne devez pas en imputer la faute à moi mais à la force surnaturelle qui me pousse et m'agite. Je suis au supplice, je brûle; je ne demande pas du soulagement pour la flamme qui me consume, mais seulement que votre générosité ait pitié d'un serviteur rempli de déférence et d'humilité.

La duchesse parut surprise et surtout irritée :

— Marcel, qu'as-tu donc vu en moi, lui dit-elle, qui te donne la hardiesse de me requérir d'amour ? Est-ce que ma vie, est-ce que ma conversation se sont tellement éloignées des règles de la décence, que tu aies pu t'en autoriser pour une telle insolence ? Comment as-tu pu avoir la hardiesse de croire que je pouvais me donner à toi ou à tout autre homme, mon mari et seigneur excepté ? Je te pardonne ce que tu m'as dit, parce que je pense que tu es un frénétique; mais garde-toi de tomber de nouveau dans une pareille faute, ou je te jure que je te ferai punir à la fois pour la première et pour la seconde insolence [13].

La duchesse s'éloigna transportée de colère, et réellement Capece avait manqué aux lois de la prudence : il fallait faire deviner et non pas dire. Il resta confondu, craignant beaucoup que la duchesse ne racontât la chose à son mari.

Mais la suite fut bien différente de ce qu'il appréhendait. Dans la solitude de ce village, la fière duchesse de Palliano ne put s'empêcher de faire confidence de ce qu'on avait osé lui dire à sa dame d'honneur favorite, Diane Brancaccio. Celle-ci était une femme de trente ans, dévorée par des passions ardentes. Elle avait les cheveux rouges (l'historien revient plusieurs fois sur cette circonstance qui lui semble expliquer toutes les folies de Diane Brancaccio). Elle aimait avec fureur Domitien Fornari, gentilhomme attaché au marquis de Montebello. Elle voulait le prendre pour époux; mais le marquis et sa femme, auxquels elle avait l'honneur d'appartenir par les liens du sang, consentiraient-ils jamais à la voir épouser un homme actuellement à leur service ? Cet obstacle était insurmontable, du moins en apparence [14].

Il n'y avait qu'une chance de succès : il aurait fallu obtenir un effort de crédit de la part du duc de Palliano, frère aîné du marquis, et Diane n'était pas sans espoir de ce côté. Le duc la traitait en parente plus qu'en domestique. C'était un homme qui avait de la simplicité dans le cœur et de la bonté, et il tenait infiniment moins que ses frères aux choses de pure étiquette. Quoique le duc profitât en vrai jeune homme de tous les avantages de sa haute position, et ne fût rien moins que fidèle à sa femme, il l'aimait tendrement, et, suivant les apparences, ne pourrait lui refuser une grâce si celle-ci la lui demandait avec une certaine persistance.

L'aveu que Capece avait osé faire à la duchesse parut un bonheur inespéré à la sombre Diane. Sa maîtresse avait été jusque-là d'une sagesse désespérante; si elle pouvait ressentir une passion, si elle commettait une faute, à chaque instant elle aurait besoin de Diane, et celle-ci pourrait tout espérer d'une femme dont elle connaîtrait les secrets.

Loin d'entretenir la duchesse d'abord de ce qu'elle se devait à elle-même, et ensuite des dangers effroyables auxquels elle s'exposerait au milieu d'une cour aussi clairvoyante, Diane, entraînée par la fougue de sa passion, parla de Marcel Capece à sa maîtresse, comme elle se parlait à elle-même de Domitien Fornari. Dans les longs entretiens de cette solitude, elle trouvait moyen, chaque jour, de rappeler au souvenir de la duchesse les grâces et la beauté de ce pauvre Marcel qui semblait si triste; il appartenait, comme la duchesse, aux premières familles de Naples, ses manières étaient aussi nobles que son sang, et il ne lui manquait que ces biens qu'un caprice de la fortune pouvait lui donner chaque jour, pour être sous tous les rapports l'égal de la femme qu'il osait aimer [15].

Diane s'aperçut avec joie que le premier effet de ces discours était de redoubler la confiance que la duchesse lui accordait.

Elle ne manqua pas de donner avis de ce qui se passait à Marcel Capece. Durant les chaleurs brûlantes de cet été, la duchesse se promenait souvent dans les bois qui entourent Gallese. A la chute du jour, elle venait attendre la brise de mer sur les collines charmantes qui s'élèvent au milieu de ces bois et du sommet desquelles on aperçoit la mer à moins de deux lieues de distance.

Sans s'écarter des lois sévères de l'étiquette, Marcel pouvait se trouver dans ces bois : il s'y cachait, dit-on, et avait soin de ne se montrer aux regards de la duchesse que lorsqu'elle était bien disposée par les discours de Diane Brancaccio. Celle-ci faisait un signal à Marcel.

Diane, voyant sa maîtresse sur le point d'écouter la passion fatale qu'elle avait fait naître dans son cœur, céda elle-même à l'amour violent que Domitien Fornari lui avait inspiré. Désormais elle se tenait sûre de pouvoir l'épouser. Mais Domitien était un jeune homme sage, d'un caractère froid et réservé; les emportements de sa fougueuse maîtresse, loin de l'attacher, lui semblèrent bientôt désagréables. Diane Brancaccio était proche parente des Carafa; il se tenait sûr d'être poignardé au moindre rapport qui parviendrait sur ses amours au terrible cardinal Carafa qui, bien que cadet du duc de Palliano, était, dans le fait, le véritable chef de la famille.

La duchesse avait cédé depuis quelque temps à la passion de Capece, lorsqu'un beau jour on ne trouva plus Domitien Fornari dans le village où était reléguée la cour du marquis de Montebello. Il avait disparu : on sut plus tard qu'il s'était embarqué dans le petit port de Nettuno; sans doute il avait changé de nom, et jamais depuis on n'eut de ses nouvelles.

Qui pourrait peindre le désespoir de Diane ? Après avoir écouté avec bonté ses plaintes contre le destin, un jour la duchesse de Palliano lui laissa deviner que ce sujet de discours lui semblait épuisé. Diane se voyait méprisée par son amant; son cœur était en proie aux mouvements les plus cruels; elle tira la plus étrange conséquence de l'instant d'ennui que la duchesse avait éprouvé en entendant la répétition de ses plaintes. Diane se persuada que c'était la duchesse qui avait engagé Domitien Fornari à la quitter pour toujours, et qui, de plus, lui avait fourni les moyens de voyager. Cette idée folle n'était appuyée que sur quelques remontrances que jadis la duchesse lui avait adressées. Le soupçon fut bientôt suivi de la vengeance. Elle demanda une audience au duc et lui raconta tout ce qui se passait entre sa femme et Marcel. Le duc refusa d'y ajouter foi.

— Songez, lui dit-il, que depuis quinze ans je n'ai pas eu le moindre reproche à faire à la duchesse; elle a résisté aux séductions de la cour et à l'entraînement de la position brillante que nous avions à Rome; les princes les plus aimables, et le duc de Guise lui-même, général de l'armée française, y ont perdu leurs pas, et vous voulez qu'elle cède à un simple écuyer ?

Le malheur voulut que le duc s'ennuyant beaucoup à Soriano, village où il était relégué, et qui n'était qu'à deux petites lieues de celui qu'habitait sa femme, Diane put en obtenir un grand nombre d'audiences, sans que celles-ci vinssent à la connaissance de la duchesse. Diane avait un génie étonnant; la passion la rendait éloquente. Elle donnait au duc une foule de détails; la vengeance était devenue son seul plaisir. Elle lui répétait que, presque tous les soirs, Capece s'introduisait dans la chambre de la duchesse sur les onze heures, et n'en sortait qu'à deux ou trois heures du matin. Ces discours firent d'abord si peu d'impression sur le duc, qu'il ne voulut pas se donner la peine de faire deux lieues à minuit pour venir à Gallese et entrer à l'improviste dans la chambre de sa femme.

Mais un soir qu'il se trouvait à Gallese, le soleil était couché, et pourtant il faisait encore jour, Diane pénétra tout échevelée dans le salon où était le duc. Tout le monde s'éloigna, elle lui dit que Marcel Capece venait de s'introduire dans la chambre de la duchesse. Le duc, sans doute mal disposé en ce moment, prit son poignard et courut à la chambre de sa femme, où il entra par une porte dérobée. Il y trouva Marcel Capece. A la vérité, les deux amants changèrent de couleur en le voyant entrer; mais du reste, il n'y avait rien de répréhensible dans la position où ils se trouvaient. La duchesse était dans son lit occupée à noter une petite dépense qu'elle venait de faire; une camériste était dans la chambre; Marcel se trouvait debout à trois pas du lit [16].

Le duc furieux saisit Marcel à la gorge, l'entraîna dans un cabinet voisin, où il lui commanda de jeter à terre la dague et le poignard dont il était armé. Après quoi le duc appela des hommes de sa garde, par lesquels Marcel fut immédiatement conduit dans les prisons de Soriano. La duchesse fut laissée dans son palais, mais étroitement gardée.

Le duc n'était point cruel; il paraît qu'il eut la pensée de cacher l'ignominie de la chose, pour n'être pas obligé d'en venir aux mesures extrêmes que l'honneur exigerait de lui [17]. Il voulut faire croire que Marcel était retenu en prison pour une toute autre cause, et prenant prétexte de quelques crapauds énormes que Marcel avait achetés à grand prix deux ou trois mois auparavant, il fit dire que ce jeune homme avait tenté de l'empoisonner. Mais le véritable crime était trop bien connu, et le cardinal, son frère, lui fit demander quand il songerait à laver dans le sang des coupables l'affront qu'on avait osé faire à leur famille.

Le duc s'adjoignit le comte d'Aliffe, frère de sa femme, et Antoine Torando, ami de la maison. Tous trois, formant comme une sorte de tribunal, mirent en jugement Marcel Capece, accusé d'adultère avec la duchesse.

L'instabilité des choses humaines voulut que le pape Pie IV, qui succéda à Paul IV, appartînt à la faction d'Espagne [18]. Il n'avait rien à refuser au roi Philippe II, qui exigea de lui la mort du cardinal et du duc de Palliano. Les deux frères furent accusés devant les tribunaux du pays, et les minutes du procès qu'ils eurent à subir nous apprennent toutes les circonstances de la mort de Marcel Capece.

Un des nombreux témoins entendus dépose en ces termes :

— Nous étions à Soriano; le duc, mon maître, eut un long entretien avec le comte d'Aliffe... Le soir, fort tard, on descendit dans un cellier au rez-de-chaussée, où le duc avait fait préparer les cordes nécessaires pour donner la question au coupable. Là se trouvaient le duc, le comte d'Aliffe, le seigneur Antoine Torando et moi.

Le premier témoin appelé fut le capitaine Camille Grifone, ami intime et confident de Capece. Le duc lui parla ainsi :

— Dis la vérité, mon ami. Que sais-tu de ce que Marcel a fait dans la chambre de la duchesse ?

— Je ne sais rien; depuis plus de vingt jours je suis brouillé avec Marcel.

Comme il s'obstinait à ne rien dire de plus, le seigneur duc appela du dehors quelques-uns de ses gardes. Grifone fut lié à la corde par le podestat de Soriano. Les gardes tirèrent les cordes, et, par ce moyen, élevèrent le coupable à quatre doigts de terre. Après que le capitaine eut été ainsi suspendu un bon quart d'heure, il dit :

— Descendez-moi, je vais dire ce que je sais.

Quand on l'eut remis à terre, les gardes s'éloignèrent et nous restâmes seuls avec lui.

— Il est vrai que plusieurs fois j'ai accompagné Marcel jusqu'à la chambre de la duchesse, dit le capitaine, mais je ne sais rien de plus, parce que je l'attendais dans une cour voisine jusque vers les une heure du matin.

Aussitôt on rappela les gardes, qui, sur l'ordre du duc, l'élevèrent de nouveau, de façon que ses pieds ne touchaient pas la terre. Bientôt le capitaine s'écria :

— Descendez-moi, je veux dire la vérité. Il est vrai, continua-t-il, que, depuis plusieurs mois, je me suis aperçu que Marcel fait l'amour avec la duchesse, et je voulais en donner avis à Votre Excellence ou à D. Léonard. La duchesse envoyait tous les matins savoir des nouvelles de Marcel; elle lui faisait tenir de petits cadeaux, et, entre autres choses, des confitures préparées avec beaucoup de soin et fort chères; j'ai vu à Marcel de petites chaînes d'or d'un travail merveilleux qu'il tenait évidemment de la duchesse.

Après cette déposition, le capitaine fut renvoyé en prison. On amena le portier de la duchesse, qui dit ne rien savoir; on le lia à la corde, et il fut élevé en l'air. Après une demi-heure il dit :

— Descendez-moi, je dirai ce que je sais.

Une fois à terre, il prétendit ne rien savoir; on l'éleva de nouveau. Après une demi-heure on le descendit; il expliqua qu'il y avait peu de temps qu'il était attaché au service particulier de la duchesse. Comme il était possible que cet homme ne sût rien, on le renvoya en prison. Toutes ces choses avaient pris beaucoup de temps à cause des gardes que l'on faisait sortir à chaque fois. On voulait que les gardes crussent qu'il s'agissait d'une tentative d'empoisonnement avec le venin extrait des crapauds.

La nuit était déjà fort avancée quand le duc fit venir Marcel Capece. Les gardes sortis et la porte dûment fermée à clef :

— Qu'avez-vous à faire, lui dit-il, dans la chambre de la duchesse, que vous y restez jusqu'à une heure, deux heures, et quelquefois quatre heures du matin ?

Marcel nia tout; on appela les gardes, et il fut suspendu; la corde lui disloquait les bras; ne pouvant supporter la douleur, il demanda à être descendu; on le plaça sur une chaise; mais une fois là, il s'embarrassa dans son discours, et proprement ne savait ce qu'il disait. On appela les gardes qui le suspendirent de nouveau; après un long temps, il demanda à être descendu.

— Il est vrai, dit-il, que je suis entré dans l'appartement de la duchesse à ces heures indues; mais je faisais l'amour avec la signora Diane Brancaccio, une des dames de Son Excellence, à laquelle j'avais donné la foi de mariage, et qui m'a tout accordé, excepté les choses contre l'honneur.

Marcel fut reconduit à sa prison, où on le confronta avec le capitaine et avec Diane, qui nia tout.

Ensuite on ramena Marcel dans la salle basse; quand nous fûmes près de la porte :

— Monsieur le duc, dit Marcel, Votre Excellence se rappellera qu'elle m'a promis la vie sauve si je dis toute la vérité. Il n'est pas nécessaire de me donner la corde de nouveau; je vais tout vous dire.

Alors il s'approcha du duc, et, d'une voix tremblante et à peine articulée, il lui dit qu'il était vrai qu'il avait obtenu les faveurs de la duchesse. A ces paroles, le duc se jeta sur Marcel et le mordit à la joue; puis il tira son poignard et je vis qu'il allait en donner des coups au coupable. Je dis alors qu'il était bien que Marcel écrivît de sa main ce qu'il venait d'avouer, et que cette pièce servirait à justifier Son Excellence. On entra dans la salle basse, où se trouvait ce qu'il fallait pour écrire; mais la corde avait tellement blessé Marcel au bras et à la main, qu'il ne put écrire que ce peu de mots : *Oui, j'ai trahi monseigneur; oui, je lui ai ôté l'honneur!*

Le duc lisait à mesure que Marcel écrivait. A ce moment, il se jeta sur Marcel et il lui donna trois coups de poignard qui lui ôtèrent la vie. Diane Brancaccio était là, à trois pas, plus morte que vive, et qui, sans doute, se repentait mille et mille fois de ce qu'elle avait fait.

— Femme indigne d'être née d'une noble famille! s'écria le duc, et cause unique de mon déshonneur, auquel tu as travaillé pour servir à tes plaisirs déshonnêtes, il faut que je te donne la récompense de toutes tes trahisons.

En disant ces paroles, il la prit par les cheveux et lui scia le cou avec un couteau. Cette malheureuse répandit un déluge de sang, et enfin tomba morte.

Le duc fit jeter les deux cadavres dans un cloaque voisin de la prison.

Le jeune cardinal Alphonse Carafa, fils du marquis de Montebello, le seul de toute la famille que Paul IV eût gardé auprès de lui, crut devoir lui raconter cet événement. Le pape ne répondit que par ces paroles :

— Et de la duchesse, qu'en a-t-on fait ?

On pensa généralement, dans Rome, que ces paroles devaient amener la mort de cette malheureuse femme.

Mais le duc ne pouvait se résoudre à ce grand sacrifice, soit parce qu'elle était enceinte, soit à cause de l'extrême tendresse que jadis il avait eue pour elle.

Trois mois après le grand acte de vertu qu'avait accompli le saint pape Paul IV en se séparant de toute sa famille, il tomba malade, et, après trois autres mois de maladie, il expira le 18 août 1559.

Le cardinal écrivait lettres sur lettres au duc de Palliano, lui répétant sans cesse que leur honneur exigeait la mort de la duchesse. Voyant leur oncle mort, et ne sachant pas quelle pourrait être la pensée du pape qui serait élu, il voulait que tout fût fini dans le plus bref délai.

Le duc, homme simple, bon et beaucoup moins scrupuleux que le cardinal sur les choses qui tenaient au point d'honneur, ne pouvait se résoudre à la terrible extrémité qu'on exigeait de lui. Il se disait que lui-même avait fait de nombreuses infidélités à la duchesse, et sans se donner la moindre peine pour les lui cacher, et que ces infidélités pouvaient avoir porté à la vengeance une femme aussi hautaine. Au moment même d'entrer au conclave, après avoir entendu la messe et reçu la sainte communion, le cardinal lui écrivit encore qu'il se sentait bourrelé par ces remises continuelles, et que, si le duc ne se résolvait pas enfin à ce qu'exigeait l'honneur de leur maison, il protestait qu'il ne se mêlerait plus de ses affaires, et ne chercherait jamais à lui être utile, soit dans le conclave, soit auprès du nouveau pape. Une raison étrangère au point d'honneur put contribuer à déterminer le duc. Quoique la duchesse fût sévèrement gardée, elle trouva, dit-on, le moyen de faire dire à Marc-Antoine Colonna, ennemi capital du duc à cause de son duché de Palliano, que celui-ci s'était fait donner, que si Marc-Antoine trouvait moyen de lui sauver la vie et de la délivrer, elle, de son côté, le mettrait en possession de la forteresse de Palliano, où commandait un homme qui lui était dévoué.

Le 28 août 1559, le duc envoya à Gallese deux compagnies de soldats. Le 30, D. Léonard del Cardine, parent du duc, et D. Ferrant, comte d'Aliffe, frère de la duchesse, arrivèrent à Gallese, et vinrent dans les appartements de la duchesse pour lui ôter la vie. Ils lui annoncèrent la mort, elle apprit cette nouvelle sans la moindre altération. Elle voulut d'abord se confesser et entendre la sainte messe. Puis, ces deux seigneurs s'approchant d'elle,

elle remarqua qu'ils n'étaient pas d'accord entre eux. Elle demanda s'il y avait un ordre du duc son mari pour la faire mourir.

— Oui, madame, répondit D. Léonard.

La duchesse demanda à le voir; D. Ferrant le lui montra.

(Je trouve dans le procès du duc de Palliano la déposition des moines qui assistèrent à ce terrible événement. Ces dépositions sont très supérieures à celles des autres témoins, ce qui provient, ce me semble, de ce que les moines étaient exempts de crainte en parlant devant la justice, tandis que tous les autres témoins avaient été plus ou moins complices de leur maître [19].)

Le frère Antoine de Pavie, capucin, dépose en ces termes :

— Après la messe où elle avait reçu dévotement la sainte communion, et tandis que nous la confortions, le comte d'Aliffe, frère de madame la duchesse, entra dans la chambre avec une corde et une baguette de coudrier grosse comme le pouce et qui pouvait avoir une demi-aune de longueur. Il couvrit les yeux de la duchesse d'un mouchoir, et elle, d'un grand sang-froid; le faisait descendre davantage sur ses yeux, pour ne pas le voir. Le comte lui mit la corde au cou; mais, comme elle n'allait pas bien, le comte la lui ôta et s'éloigna de quelques pas; la duchesse, l'entendant marcher, s'ôta le mouchoir de dessus les yeux, et dit :

— Eh bien donc! que faisons-nous ?

Le comte répondit :

— La corde n'allait pas bien, je vais en prendre une autre pour ne pas vous faire souffrir [20].

Disant ces paroles, il sortit; peu après il rentra dans la chambre avec une autre corde, il lui arrangea de nouveau le mouchoir sur les yeux, il lui remit la corde au cou, et, faisant pénétrer la baguette dans le nœud, il la fit tourner et l'étrangla. La chose se passa, de la part de la duchesse, absolument sur le ton d'une conversation ordinaire.

Le frère Antoine de Salazar, autre capucin, termine sa déposition par ces paroles :

— Je voulais me retirer du pavillon par scrupule de conscience, pour ne pas la voir mourir; mais la duchesse me dit :

— Ne t'éloigne pas d'ici, pour l'amour de Dieu.

(Ici le moine raconte les circonstances de la mort,

absolument comme nous venons de les rapporter.) Il ajoute :

— Elle mourut comme une bonne chrétienne, répétant souvent : *Je crois, je crois.*

Les deux moines, qui apparemment avaient obtenu de leurs supérieurs l'autorisation nécessaire, répètent dans leurs dépositions que la duchesse a toujours protesté de son innocence parfaite, dans tous ses entretiens avec eux, dans toutes ses confessions, et particulièrement dans celle qui précéda la messe où elle reçut la sainte communion. Si elle était coupable, par ce trait d'orgueil elle se précipitait en enfer.

Dans la confrontation du frère Antoine de Pavie, capucin, avec D. Léonard del Cardine, le frère dit :

— Mon compagnon dit au comte qu'il serait bien d'attendre que la duchesse accouchât; elle est grosse de six mois [21], ajouta-t-il, il ne faut pas perdre l'âme du pauvre petit malheureux qu'elle porte dans son sein, il faut pouvoir le baptiser.

A quoi le comte d'Aliffe répondit :

— Vous savez que je dois aller à Rome, et je ne veux pas y paraître avec ce masque sur le visage (avec cet affront non vengé).

A peine la duchesse fut-elle morte, que les deux capucins insistèrent pour qu'on l'ouvrît sans retard, afin de pouvoir donner le baptême à l'enfant; mais le comte et D. Léonard n'écoutèrent pas leurs prières.

Le lendemain la duchesse fut enterrée dans l'église du lieu, avec une sorte de pompe (j'ai lu le procès-verbal [22]). Cet événement, dont la nouvelle se répandit aussitôt fit peu d'impression, on s'y attendait depuis longtemps; on avait plusieurs fois annoncé la nouvelle de cette mort à Gallese et à Rome, et d'ailleurs un assassinat hors de la ville et dans un moment de siège vacant n'avait rien d'extraordinaire. Le conclave qui suivit la mort de Paul IV fut très orageux, il ne dura pas moins de quatre mois.

Le 26 décembre 1559, le pauvre cardinal Carlo Carafa fut obligé de concourir à l'élection d'un cardinal porté par l'Espagne et qui par conséquent ne pourrait se refuser à aucune des rigueurs que Philippe II demanderait contre lui cardinal Carafa. Le nouvel élu prit le nom de Pie IV.

Si le cardinal n'avait pas été exilé au moment de la mort de son oncle, il eût été maître de l'élection, ou du moins aurait été en mesure d'empêcher la nomination d'un ennemi.

Peu après, on arrêta le cardinal ainsi que le duc; l'ordre de Philippe II était évidemment de les faire périr. Ils eurent à répondre sur quatorze chefs d'accusation. On interrogea tous ceux qui pouvaient donner des lumières sur ces quatorze chefs. Ce procès, fort bien fait, se compose de deux volumes in-folio, que j'ai lus avec beaucoup d'intérêt, parce qu'on y rencontre à chaque page des détails de mœurs que les historiens n'ont point trouvés dignes de la majesté de l'histoire. J'y ai remarqué des détails fort pittoresques sur une tentative d'assassinat dirigée par le parti espagnol contre le cardinal Carafa, alors ministre tout-puissant.

Du reste, lui et son frère furent condamnés pour des crimes qui n'en auraient pas été pour tout autre, par exemple, avoir donné la mort à l'amant d'une femme infidèle et à cette femme elle-même. Quelques années plus tard, le prince Orsini épousa la sœur du grand-duc de Toscane, il la crut infidèle et la fit empoisonner en Toscane même, du consentement du grand-duc son frère, et jamais la chose ne lui a été imputée à crime. Plusieurs princesses de la maison de Médicis sont mortes ainsi.

Quand le procès des deux Carafa fut terminé, on en fit un long sommaire, qui, à diverses reprises, fut examiné par des congrégations de cardinaux. Il est trop évident qu'une fois qu'on était convenu de punir de mort le meurtre qui vengeait l'adultère, genre de crime dont la justice ne s'occupait jamais, le cardinal était coupable d'avoir persécuté son frère pour que le crime fût commis, comme le duc était coupable de l'avoir fait exécuter.

Le 3 de mars 1561, le pape Pie IV tint un consistoire qui dura huit heures, et à la fin duquel il prononça la sentence des Carafa en ces termes : *Prout in schedulâ* [23]. (Qu'il en soit fait comme il est requis.)

La nuit du jour suivant, le fiscal envoya au château Saint-Ange le barigel pour faire exécuter la sentence de mort sur les deux frères, Charles, cardinal Carafa, et Jean, duc de Palliano; ainsi fut fait. On s'occupa d'abord du duc. Il fut transféré du château Saint-Ange aux prisons de Tordinone, où tout était préparé; ce fut là que le duc, le comte d'Aliffe et D. Léonard del Cardine eurent la tête tranchée.

Le duc soutint ce terrible moment non seulement comme un cavalier de haute naissance, mais encore comme un chrétien prêt à tout endurer pour l'amour de Dieu. Il adressa de belles paroles à ses deux compagnons pour les exhorter à la mort; puis écrivit à son fils [a24].

Le barigel revint au château Saint-Ange, il annonça la mort au cardinal Carafa, ne lui donnant qu'une heure pour se préparer. Le cardinal montra une grandeur d'âme supérieure à celle de son frère, d'autant qu'il dit moins de paroles; les paroles sont toujours une force que l'on cherche hors de soi. On ne lui entendit prononcer à voix basse que ces mots, à l'annonce de la terrible nouvelle :

— Moi mourir! O pape Pie! ô roi Philippe!

Il se confessa; il récita les sept psaumes de la pénitence, puis il s'assit sur une chaise, et dit au bourreau :

— *Faites* [25].

Le bourreau l'étrangla avec un cordon de soie qui se rompit; il fallut y revenir à deux fois. Le cardinal regarda le bourreau sans daigner prononcer un mot [26].

(Note ajoutée)

Peu d'années après, le saint pape Pie V fit revoir le procès, qui fut cassé; le cardinal et son frère furent rétablis dans tous leurs honneurs, et le procureur général, qui avait le plus contribué à leur mort, fut pendu. Pie V ordonna la suppression du procès; toutes les copies qui existaient dans les bibliothèques furent brûlées; il fut défendu d'en conserver sous peine d'excommunication : mais le pape ne pensa pas qu'il avait une copie du procès dans sa propre bibliothèque, et c'est sur cette copie qu'ont été faites toutes celles que l'on voit aujourd'hui.

a. Le savant M. Sismondi embrouille toute cette histoire. Voir l'article Carafa de la biographie Michaud; il prétend que ce fut le comte de Montorio qui eut la tête tranchée le jour de la mort du cardinal. Le comte était le père du cardinal et du duc de Palliano. Le savant historien prend le père pour le fils.

VITTORIA ACCORAMBONI

DUCHESSE DE BRACCIANO

Malheureusement pour moi comme pour le lecteur, ceci n'est point un roman, mais la traduction fidèle d'un récit fort grave écrit à Padoue en décembre 1585 [1].

Je me trouvais à Mantoue il y a quelques années; je cherchais des ébauches et de petits tableaux en rapport avec ma petite fortune, mais je voulais les peintres antérieurs à l'an 1600; vers cette époque acheva de mourir l'originalité italienne déjà mise en grand péril par la prise de Florence en 1530 [2].

Au lieu de tableaux, un vieux patricien fort riche et fort avare me fit offrir à vendre, et très cher, de vieux manuscrits jaunis par le temps; je demandai à les parcourir; il y consentit, ajoutant qu'il se fiait à ma probité pour ne pas me souvenir des anecdotes piquantes que j'aurais lues, si je n'achetais pas les manuscrits.

Sous cette condition, qui me plut, j'ai parcouru, au grand détriment de mes yeux, trois ou quatre cents volumes où furent entassés, il y a deux ou trois siècles, des récits d'aventures tragiques, des lettres de défi relatives à des duels, des traités de pacification entre des nobles voisins, des mémoires sur toutes sortes de sujets, etc., etc. Le vieux propriétaire demandait un prix énorme de ces manuscrits. Après bien des pourparlers, j'achetai fort cher le droit de faire copier certaines historiettes qui me plaisaient et qui montrent les mœurs de l'Italie vers l'an 1500. J'en ai vingt-deux volumes in-folio, et c'est une de ces histoires fidèlement traduites que le lecteur va lire, si toutefois il est doué de patience. Je sais l'histoire du XVIe siècle en Italie, et je crois que ce qui suit est parfaitement vrai. J'ai pris de la peine pour que la traduction de cet ancien style italien, grave, direct, souverainement obscur et chargé d'allusions aux choses et aux idées qui occupaient le monde sous le pontificat de Sixte-Quint (en 1585), ne présentât pas de reflets de la belle littérature moderne et des idées de notre siècle sans préjugés.

L'auteur inconnu du manuscrit est un personnage circonspect, il ne juge jamais un fait, ne le prépare jamais; son affaire unique est de raconter avec vérité. Si quelquefois il est pittoresque, à son insu, c'est que, vers 1585, la vanité n'enveloppait point toutes les actions des hommes d'une auréole d'affectation; on croyait ne pouvoir agir sur le voisin qu'en s'exprimant avec la plus grande clarté possible. Vers 1585, à l'exception des fous entretenus dans les cours, ou des poètes, personne ne songeait à être aimable par la parole. On ne disait point encore : « Je mourrai aux pieds de Votre Majesté », au moment où l'on venait d'envoyer chercher des chevaux de poste pour prendre la fuite; c'était un genre de trahison qui n'était pas inventé. On parlait peu, et chacun donnait une extrême attention à ce qu'on lui disait.

Ainsi, ô lecteur bénévole! ne cherchez point ici un style piquant, rapide, brillant de fraîches allusions aux façons de sentir à la mode; ne vous attendez point surtout aux émotions entraînantes d'un roman de George Sand; ce grand écrivain eût fait un chef-d'œuvre avec la vie et les malheurs de *Vittoria Accoramboni*. Le récit sincère que je vous présente ne peut avoir que les avantages plus modestes de l'histoire. Quand par hasard, courant la poste seul à la tombée de la nuit [3], on s'avise de réfléchir au grand art de connaître le cœur humain, on pourra prendre pour base de ses jugements les circonstances de l'histoire que voici. L'auteur dit tout, explique tout, ne laisse rien à faire à l'imagination du lecteur ; il écrivait douze jours après la mort de l'héroïne [a].

Vittoria Accoramboni naquit d'une fort noble famille, dans une petite ville du duché d'Urbin, nommée Agubio [4]. Dès son enfance, elle fut remarquée de tous, à cause d'une rare et extraordinaire beauté; mais cette beauté fut son moindre charme : rien ne lui manqua de ce qui peut faire admirer une fille de haute naissance; mais

a. Le manuscrit italien est déposé au bureau de la *Revue des Deux Mondes*.

rien ne fut si remarquable en elle, et, l'on peut dire, rien ne tint autant du prodige, parmi tant de qualités extraordinaires, qu'une certaine grâce toute charmante qui dès la première vue lui gagnait le cœur et la volonté de chacun. Et cette simplicité, qui donnait de l'empire à ses moindres paroles, n'était troublée par aucun soupçon d'artifice; dès l'abord on prenait confiance en cette dame douée d'une si extraordinaire beauté. On aurait pu, à toute force, résister à cet enchantement, si on n'eût fait que la voir, mais si on l'entendait parler, si surtout on venait à avoir quelque conversation avec elle, il était de toute impossibilité d'échapper à un charme aussi extraordinaire [5].

Beaucoup de jeunes cavaliers de la ville de Rome, qu'habitait son père, et où l'on voit son palais place des *Rusticuci* [6] près Saint-Pierre, désirèrent obtenir sa main. Il y eut force jalousies et bien des rivalités; mais enfin les parents de Vittoria préférèrent Félix Peretti, neveu du cardinal Montalto, qui a été depuis le pape Sixte-Quint, heureusement régnant.

Félix, fils de Camille Peretti, sœur du cardinal, s'appela d'abord François Mignucci; il prit les noms de Félix Peretti, lorsqu'il fut solennellement adopté par son oncle.

Vittoria, entrant dans la maison Peretti, y porta, à son insu, cette prééminence que l'on peut appeler fatale, et qui la suivait en tous lieux; de façon que l'on peut dire que, pour ne pas l'adorer, il fallait ne l'avoir jamais vue [a]. L'amour que son mari avait pour elle allait jusqu'à une véritable folie; sa belle-mère, Camille, et le cardinal Montalto lui-même, semblaient n'avoir d'autre occupation sur la terre que celle de deviner les goûts de Vittoria, pour chercher aussitôt à les satisfaire. Rome entière admira comment ce cardinal, connu par l'exiguïté de sa fortune, non moins que par son horreur pour toute espèce de luxe, trouvait un plaisir si constant à aller au-devant de tous les souhaits de Vittoria. Jeune, brillante de beauté, adorée de tous, elle ne laissait pas d'avoir quelquefois des fantaisies fort coûteuses. Vittoria recevait de ses nouveaux parents des joyaux du plus

a. On voit à Milan, autant que je puis me souvenir, dans la bibliothèque Ambroisienne, des sonnets remplis de grâce et de sentiment, et d'autres pièces de vers, ouvrage de Vittoria Accoramboni. D'assez bons sonnets ont été faits dans le temps sur son étrange destinée. Il paraît qu'elle avait autant d'esprit que de grâces et de beauté.

grand prix, des perles, et enfin ce qui paraissait de plus rare chez les orfèvres de Rome, en ce temps-là fort bien fournis [7].

Pour l'amour de cette nièce aimable, le cardinal Montalto, si connu par sa sévérité, traita les frères de Vittoria comme s'ils eussent été ses propres neveux. Octave Accoramboni, à peine arrivé à l'âge de trente ans, fut, par l'intervention du cardinal Montalto, désigné par le duc d'Urbin et créé, par le pape Grégoire XIII, évêque de Fossombrone; Marcel Accoramboni, jeune homme d'un courage fougueux [8], accusé de plusieurs crimes, et vivement pourchassé par la *corte* [a], avait échappé à grand-peine à des poursuites qui pouvaient le mener à la mort. Honoré de la protection du cardinal, il put recouvrer une sorte de tranquillité.

Un troisième frère de Vittoria, Jules Accoramboni, fut admis par le cardinal Alexandre Sforza aux premiers honneurs de sa cour, aussitôt que le cardinal Montalto en eut fait la demande.

En un mot, si les hommes savaient mesurer leur bonheur, non sur l'insatiabilité infinie de leurs désirs, mais par la jouissance réelle des avantages qu'ils possèdent déjà, le mariage de Vittoria avec le neveu du cardinal Montalto eût pu sembler aux Accoramboni le comble des félicités humaines [9]. Mais le désir insensé d'avantages immenses et incertains peut jeter les hommes les plus comblés des faveurs de la fortune dans des idées étranges et pleines de périls.

Bien est-il vrai que si quelqu'un des parents de Vittoria, ainsi que dans Rome beaucoup en eurent le soupçon, contribua, par le désir d'une plus haute fortune, à la délivrer de son mari, il eut lieu de reconnaître bientôt après combien il eût été plus sage de se contenter des avantages modérés d'une fortune agréable, et qui devait atteindre sitôt au faîte de tout ce que peut désirer l'ambition des hommes.

Pendant que Vittoria vivait ainsi reine dans sa maison, un soir que Félix Peretti venait de se mettre au lit avec sa femme, une lettre lui fut remise par une nommée Catherine, née à Bologne et femme de chambre

a. C'était le corps armé chargé de veiller à la sûreté publique, les gendarmes et agents de police de l'an 1580. Ils étaient commandés par un capitaine appelé *bargello*, lequel était personnellement responsable de l'exécution des ordres de monseigneur le gouverneur de Rome (le préfet de police).

de Vittoria. Cette lettre avait été apportée par un frère de Catherine, Dominique d'Acquaviva, surnommé le *Mancino* (le gaucher). Cet homme était banni de Rome pour plusieurs crimes; mais, à la prière de Catherine, Félix lui avait procuré la puissante protection de son oncle le cardinal, et le *Mancino* venait souvent dans la maison de Félix, qui avait en lui beaucoup de confiance.

La lettre dont nous parlons était écrite au nom de Marcel Accoramboni, celui de tous les frères de Vittoria qui était le plus cher à son mari. Il vivait le plus souvent caché hors de Rome; mais cependant quelquefois il se hasardait à entrer en ville, et alors il trouvait un refuge dans la maison de Félix.

Par la lettre remise à cette heure indue, Marcel appelait à son secours son beau-frère Félix Peretti; il le conjurait de venir à son aide, et ajoutait que, pour une affaire de la plus grande urgence, il l'attendait près du palais de Monte-Cavallo [10].

Félix fit part à sa femme de la singulière lettre qui lui était remise, puis il s'habilla et ne prit d'autre arme que son épée. Accompagné d'un seul domestique qui portait une torche allumée, il était sur le point de sortir quand il trouva sous ses pas sa mère Camille, toutes les femmes de la maison, et parmi elles Vittoria elle-même; toutes le suppliaient avec les dernières instances de ne pas sortir à cette heure avancée. Comme il ne se rendait pas à leurs prières, elles tombèrent à genoux, et, les larmes aux yeux, le conjurèrent de les écouter.

Ces femmes, et surtout Camille, étaient frappées de terreur par le récit des choses étranges qu'on voyait arriver tous les jours, et demeurer impunies dans ces temps du pontificat de Grégoire XIII, pleins de troubles et d'attentats inouïs. Elles étaient encore frappées d'une idée : Marcel Accoramboni, quand il se hasardait à pénétrer dans Rome, n'avait pas pour habitude de faire appeler Félix, et une telle démarche, à cette heure de la nuit, leur semblait hors de toute convenance.

Rempli de tout le feu de son âge, Félix ne se rendait point à ces motifs de crainte; mais, quand il sut que la lettre avait été apportée par le *Mancino*, homme qu'il aimait beaucoup et auquel il avait été utile, rien ne put l'arrêter, et il sortit de la maison.

Il était précédé, comme il a été dit, d'un seul domestique portant une torche allumée; mais le pauvre jeune homme avait à peine fait quelques pas de la montée de

Monte-Cavallo, qu'il tomba frappé de trois coups d'arquebuse. Les assassins, le voyant par terre, se jetèrent sur lui, et le criblèrent à l'envi de coups de poignard, jusqu'à ce qu'il leur parût bien mort. A l'instant, cette nouvelle fatale fut portée à la mère et à la femme de Félix, et, par elles, elle parvint au cardinal son oncle [11].

Le cardinal, sans changer de visage, sans trahir la plus petite émotion, se fit promptement revêtir de ses habits, et puis se recommanda soi-même à Dieu, et cette pauvre âme (ainsi prise à l'improviste). Il alla ensuite chez sa nièce, et avec une gravité admirable et un air de paix profonde il mit un frein aux cris et aux pleurs féminins qui commençaient à retentir dans toute la maison. Son autorité sur ces femmes fut d'une telle efficacité, qu'à partir de cet instant, et même au moment où le cadavre fut emporté hors de la maison, l'on ne vit ou l'on n'entendit rien de leur part qui s'écartât le moins du monde de ce qui a lieu, dans les familles les plus réglées, pour les morts les plus prévues [12]. Quant au cardinal Montalto lui-même, personne ne put surprendre en lui les signes, même modérés, de la douleur la plus simple; rien ne fut changé dans l'ordre et l'apparence extérieure de sa vie. Rome en fut bientôt convaincue, elle qui observait avec sa curiosité ordinaire les moindres mouvements d'un homme si profondément offensé.

Il arriva par hasard que, le lendemain même de la mort violente de Félix, le consistoire (des cardinaux) était convoqué au Vatican. Il n'y eut pas d'homme dans toute la ville qui ne pensât que pour ce premier jour, à tout le moins, le cardinal Montalto s'exempterait de cette *fonction* publique. Là, en effet, il devait paraître sous les yeux de tant et de si curieux témoins! On observerait les moindres mouvements de cette faiblesse naturelle, et toutefois si convenable à celer chez un personnage qui d'une place éminente aspire à une plus éminente encore; car tout le monde conviendra qu'il n'est pas convenable que celui qui ambitionne de s'élever au-dessus de tous les autres hommes se montre ainsi homme comme les autres.

Mais les personnes qui avaient ces idées se trompèrent doublement, car d'abord, selon sa coutume, le cardinal Montalto fut des premiers à paraître dans la salle du consistoire, et ensuite il fut impossible aux plus clairvoyants de découvrir en lui un signe quelconque de sensibilité humaine. Au contraire, par ses réponses à ceux de ses collègues qui, à propos d'un événement si cruel, cherchèrent à lui présenter des paroles de consolation, il sut frapper tout le monde d'étonnement. La constance et l'apparente immobilité de son âme au milieu d'un si atroce malheur devinrent aussitôt l'entretien de la ville.

Bien est-il vrai que dans ce même consistoire quelques hommes, plus exercés dans l'art des cours, attribuèrent cette apparente insensibilité non à un défaut de sentiment, mais à beaucoup de dissimulation; et cette manière de voir fut bientôt après partagée par la multitude des courtisans, car il était utile de ne pas se montrer trop profondément blessé d'une offense dont sans doute l'auteur était puissant et pouvait plus tard peut-être barrer le chemin à la dignité suprême.

Quelle que fût la cause de cette insensibilité apparente et complète, un fait certain, c'est qu'elle frappa d'une sorte de stupeur Rome entière et la cour de Grégoire XIII. Mais, pour en revenir au consistoire [13], quand, tous les cardinaux réunis, le pape lui-même entra dans la salle, il tourna aussitôt les yeux vers le cardinal Montalto, et on vit Sa Sainteté répandre des larmes; quant au cardinal, ses traits ne sortirent point de leur immobilité ordinaire.

L'étonnement redoubla quand, dans le même consistoire, le cardinal Montalto étant allé à son tour s'agenouiller devant le trône de Sa Sainteté, pour lui rendre compte des affaires dont il était chargé, le pape, avant de lui permettre de commencer, ne put s'empêcher de laisser éclater des sanglots. Quand Sa Sainteté fut en état de parler, elle chercha à consoler le cardinal en lui promettant qu'il serait fait prompte et sévère justice d'un attentat si énorme. Mais le cardinal, après avoir remercié très humblement Sa Sainteté, la supplia de ne pas ordonner de recherches sur ce qui était arrivé, protestant que, pour sa part, il pardonnait de bon cœur à l'auteur quel qu'il pût être. Et immédiatement après cette prière, exprimée en très peu de mots, le cardinal passa au détail des affaires dont il était chargé, comme si rien d'extraordinaire ne fût arrivé.

Les yeux de tous les cardinaux présents au consistoire étaient fixés sur le pape et sur Montalto; et, quoi qu'il soit assurément fort difficile de donner le change à l'œil exercé des courtisans, aucun pourtant n'osa dire que le visage du cardinal Montalto eût trahi la moindre émotion en voyant de si près les sanglots de Sa Sainteté, laquelle, à dire vrai, était tout à fait hors d'elle-même. Cette insensibilité étonnante du cardinal Montalto ne se démentit point durant tout le temps de son travail avec Sa Sainteté. Ce fut au point que le pape lui-même en fut frappé, et, le consistoire terminé, il ne put s'empêcher de dire au cardinal de San Sisto, son neveu favori : « *Veramente, costui è un gran frate!* » (En vérité, cet homme est un fier moine [a] [14]!)

La façon d'agir du cardinal Montalto ne fut, en aucun point, différente pendant toutes les journées qui suivirent. Ainsi que c'est la coutume, il reçut les visites de condoléance des cardinaux, des prélats et des princes romains, et avec aucun, en quelque liaison qu'il fût avec lui, il ne se laissa emporter à aucune parole de douleur ou de lamentation. Avec tous, après un court raisonnement sur l'instabilité des choses humaines, confirmé et fortifié par des sentences et des textes tirés des saintes Ecritures ou des Pères, il changeait promptement de discours, et venait à parler des nouvelles de la ville ou des affaires particulières du personnage avec lequel il se trouvait exactement comme s'il eût voulu consoler ses consolateurs.

Rome fut surtout curieuse de ce qui se passerait pendant la visite que devait lui faire le prince Paolo Giordano Orsini [15], duc de Bracciano, auquel le bruit attribuait la mort de Félix Peretti. Le vulgaire pensait que le cardinal Montalto ne pourrait se trouver si rapproché du prince, et lui parler en tête à tête, sans laisser paraître quelque indice de ses sentiments.

Au moment où le prince vint chez le cardinal, la foule était énorme dans la rue et auprès de la porte; un grand nombre de courtisans remplissait toutes les pièces de la maison, tant était grande la curiosité d'observer le visage des deux interlocuteurs. Mais, chez l'un pas plus que chez l'autre, personne ne put observer rien d'extraordinaire. Le cardinal Montalto se conforma à tout ce que prescrivaient les convenances de la cour; il donna à son visage une teinte d'hilarité fort remarquable, et sa façon d'adresser la parole au prince fut remplie d'affabilité [16].

Un instant après, en remontant en carrosse, le prince

a. Allusion à l'hypocrisie que les mauvais esprits croient fréquente chez les moines. Sixte Quint avait été moine mendiant et persécuté dans son ordre. Voir sa vie, par Gregorio Leti, historien amusant, qui n'est pas plus menteur qu'un autre. Félix Peretti fut assassiné en 1580; son oncle fut créé pape en 1585.

Paul, se trouvant seul avec ses courtisans intimes, ne put s'empêcher de dire en riant : *In fatto, è vero che costui è un gran frate!* (Il est parbleu bien vrai, cet homme est un fier moine!) comme s'il eût voulu confirmer la vérité du mot échappé au pape quelques jours auparavant.

Les sages ont pensé que la conduite tenue en cette circonstance par le cardinal Montalto lui aplanit le chemin du trône; car beaucoup de gens prirent de lui cette opinion que, soit par nature ou par vertu, il ne savait pas ou ne voulait pas nuire à qui que ce fût, encore qu'il eût grand sujet d'être irrité.

Félix Peretti n'avait laissé rien d'écrit relativement à sa femme; elle dut en conséquence retourner dans la maison de ses parents. Le cardinal Montalto lui fit remettre, avant son départ, les habits, les joyaux, et généralement tous les dons qu'elle avait reçus pendant qu'elle était la femme de son neveu.

Le troisième jour après la mort de Félix Peretti, Vittoria, accompagnée de sa mère, alla s'établir dans le palais du prince Orsini. Quelques-uns dirent que ces femmes furent portées à cette démarche par le soin de leur sûreté personnelle, la *corte* [a] paraissant les menacer comme accusées de *consentement* à l'homicide commis, ou du moins d'en avoir eu connaissance avant l'exécution; d'autres pensèrent (et ce qui arriva plus tard sembla confirmer cette idée) qu'elles furent portées à cette démarche pour effectuer le mariage, le prince ayant promis à Vittoria de l'épouser aussitôt qu'elle n'aurait plus de mari.

Toutefois, ni alors ni plus tard, on n'a connu clairement l'auteur de la mort de Félix, quoique tous aient eu des soupçons sur tous. La plupart cependant attribuaient cette mort au prince Orsini; tous savaient qu'il avait eu de l'amour pour Vittoria; il en avait donné des marques non équivoques et le mariage qui survint fut une grande preuve, car la femme était d'une condition tellement inférieure, que la seule tyrannie de la passion d'amour put l'élever jusqu'à l'égalité matrimoniale [b]. Le

a. La *corte* n'osait pas pénétrer dans le palais d'un prince.

b. La première femme du prince Orsini, dont il avait un fils nommé Virginio, était sœur de François Ier, grand-duc de Toscane, et du cardinal Ferdinand de Médicis. Il la fit périr du consentement de ses frères, parce qu'elle avait une intrigue. Telles étaient les lois de l'honneur apportées en Italie par les Espagnols. Les amours non légitimes d'une femme offensaient autant ses frères que son mari.

vulgaire ne fut point détourné de cette façon de voir par une lettre adressée au gouverneur de Rome, et que l'on répandit peu de jours après le fait. Cette lettre était écrite au nom de César Palantieri, jeune homme d'un caractère fougueux et qui était banni de la ville.

Dans cette lettre, Palantieri disait qu'il n'était pas nécessaire que sa seigneurie illustrissime se donnât la peine de chercher ailleurs l'auteur de la mort de Félix Peretti, puisque lui-même l'avait fait tuer à la suite de certains différends survenus entre eux quelque temps auparavant.

Beaucoup pensèrent que cet assassinat n'avait pas eu lieu sans le consentement de la maison Accoramboni; on accusa les frères de Vittoria, qui auraient été séduits par l'ambition d'une alliance avec un prince si puissant et si riche. On accusa surtout Marcel, à cause de l'indice fourni par la lettre qui fit sortir de chez lui le malheureux Félix. On parla mal de Vittoria elle-même, quand on la vit consentir à aller habiter le palais des Orsini comme future épouse, sitôt après la mort de son mari. On prétendait qu'il est peu probable qu'on arrive ainsi en un clin d'œil à se servir des petites armes, si l'on n'a fait usage, pendant quelque temps du moins, des armes de longue portée [a].

L'information sur ce meurtre fut faite par monseigneur Portici, gouverneur de Rome, d'après les ordres de Grégoire XIII. On y voit seulement que ce Dominique, surnommé *Mancino*, arrêté par la *corte*, avoue et, sans être mis à la question *(tormentato)*, dans le second interrogatoire, en date du 24 février 1582 :

« Que la mère de Vittoria fut la cause de tout, et qu'elle fut secondée par la *cameriera* de Bologne, laquelle, aussitôt après le meurtre, prit refuge dans la citadelle de Bracciano (appartenant au prince Orsini et où la *corte* n'eût osé pénétrer), et que les exécuteurs du crime furent Machione de Gubbio et Paul Barca de Bracciano, *lancie spezzate* (soldats) [17] d'un seigneur duquel, pour de dignes raisons, on n'a pas inséré le nom. »

A ces *dignes raisons* [18], se joignirent, comme je crois, les prières du cardinal Montalto, qui demanda avec instance que les recherches ne fussent pas poussées plus loin, et en effet il ne fut plus question du procès. Le *Mancino* fut mis hors de prison avec le *precetto* (ordre)

a. Allusion à l'usage de se battre avec une épée et un poignard.

de retourner directement à son pays, sous peine de la vie, et de ne jamais s'en écarter sans une permission expresse. La délivrance de cet homme eut lieu en 1583, le jour de saint Louis [19], et, comme ce jour était aussi celui de la naissance du cardinal Montalto, cette circonstance me confirme de plus en plus dans la croyance que ce fut à sa prière que cette affaire fut terminée ainsi. Sous un gouvernement aussi faible que celui de Grégoire XIII, un tel procès pouvait avoir des conséquences fort désagréables et sans aucune compensation.

Les mouvements de la *corte* furent ainsi arrêtés, mais le pape Grégoire XIII ne voulut pourtant pas consentir à ce que le prince Paul Orsini, duc de Bracciano, épousât la veuve Accoramboni. Sa Sainteté, après avoir infligé à cette dernière une sorte de prison, donna le *precetto* au prince et à la veuve de ne point contracter de mariage ensemble sans une permission expresse de lui ou de ses successeurs.

Grégoire XIII vint à mourir (au commencement de 1585), et les docteurs en droit, consultés par le prince Paul Orsini, ayant répondu qu'ils estimaient que le *precetto* était annulé par la mort de qui l'avait imposé, il résolut d'épouser Vittoria avant l'élection d'un nouveau pape. Mais le mariage ne put se faire aussitôt que le prince le désirait, en partie parce qu'il voulait avoir le consentement des frères de Vittoria, et il arriva qu'Octave Accoramboni, évêque de Fossombrone, ne voulut jamais donner le sien, et en partie parce qu'on ne croyait pas que l'élection du successeur de Grégoire XIII dût avoir lieu aussi promptement. Le fait est que le mariage ne se fit que le jour même que fut créé pape le cardinal Montalto, si intéressé dans cette affaire, c'est-à-dire le 24 avril 1585, soit que ce fût l'effet du hasard, soit que le prince fût bien aise de montrer qu'il ne craignait pas plus la *corte* sous le nouveau pape qu'il n'avait fait sous Grégoire XIII.

Ce mariage offensa profondément l'âme de Sixte Quint (car tel fut le nom choisi par le cardinal Montalto); il avait déjà quitté les façons de penser convenables à un moine, et monté son âme à la hauteur du grade dans lequel Dieu venait de la placer.

Le pape ne donna pourtant aucun signe de colère; seulement, le prince Orsini s'étant présenté ce même jour avec la foule des seigneurs romains pour lui baiser le pied, et avec l'intention secrète de tâcher de lire, dans les traits du Saint-Père, ce qu'il avait à attendre ou à craindre de cet homme jusque-là si peu connu, il s'aperçut qu'il n'était plus temps de plaisanter. Le nouveau pape ayant regardé le prince d'une façon singulière, et n'ayant pas répondu un seul mot au compliment qu'il lui adressa, celui-ci prit la résolution de découvrir sur-le-champ quelles étaient les intentions de Sa Sainteté à son égard.

Par le moyen de Ferdinand, cardinal de Médicis (frère de sa première femme), et de l'ambassadeur catholique, il demanda et obtint du pape une audience dans sa chambre : là il adressa à Sa Sainteté un discours étudié, et, sans faire mention des choses passées, il se réjouit avec elle à l'occasion de sa nouvelle dignité, et lui offrit, comme un très fidèle vassal et serviteur, tout son avoir et toutes ses forces.

Le pape [a] l'écouta avec un sérieux extraordinaire, et à la fin lui répondit que personne ne désirait plus que lui que la vie et les actions de Paolo Giordano Orsini fussent à l'avenir dignes du sang Orsini et d'un vrai chevalier chrétien; que, quant à ce qu'il avait été par le passé envers le Saint-Siège et envers la personne de lui, pape, personne ne pouvait le lui dire mieux que sa propre conscience; que pourtant, lui, prince, pouvait être assuré d'une chose, à savoir, que tout ainsi qu'il lui pardonnait volontiers ce qu'il avait pu faire contre Félix Peretti et contre Félix, cardinal Montalto [20], jamais il ne lui pardonnerait ce qu'à l'avenir il pourrait faire contre le pape Sixte; qu'en conséquence il l'engageait à aller sur-le-champ expulser de sa maison et de ses Etats tous les bandits (exilés) et les malfaiteurs auxquels jusqu'au présent moment, il avait donné asile.

Sixte Quint avait une efficacité singulière, de quelque ton qu'il voulût se servir en parlant; mais, quand il était irrité et menaçant, on eût dit que ses yeux lançaient la foudre. Ce qu'il y a de certain, c'est que le prince Paul Orsini, accoutumé de tout temps à être craint des papes, fut porté à penser si sérieusement à ses affaires par cette façon de parler du pape, telle qu'il n'avait rien entendu de semblable pendant l'espace de treize ans, qu'à peine sorti du palais de Sa Sainteté il courut chez le cardinal de Médicis lui raconter ce qui venait de se passer. Puis il résolut, par le conseil du cardinal, de congédier, sans

a. Sixte Quint, pape en 1585, à soixante-huit ans, régna cinq ans et quatre mois : il a des rapports frappants avec Napoléon.

le moindre délai, tous ces hommes repris de justice auxquels il donnait asile dans son palais et dans ses Etats, et il songea au plus vite à trouver quelque prétexte honnête pour sortir immédiatement des pays soumis au pouvoir de ce pontife si résolu.

Il faut savoir que le prince Paul Orsini était devenu d'une grosseur extraordinaire; ses jambes étaient plus grosses que le corps d'un homme ordinaire, et une de ces jambes énormes était affligée du mal nommé *la lupa* (la louve), ainsi appelé parce qu'il faut le nourrir avec une grande abondance de viande fraîche qu'on applique sur la partie affectée; autrement l'humeur violente, ne trouvant pas de chair morte à dévorer, se jetterait sur les chairs vivantes qui l'entourent [21].

Le prince prit prétexte de ce mal pour aller aux célèbres bains d'Albano, près de Padoue, pays dépendant de la république de Venise; il partit avec sa nouvelle épouse vers le milieu de juin. Albano était un port très sûr pour lui; car, depuis un grand nombre d'années, la maison Orsini était liée à la république de Venise par des services réciproques.

Arrivé en ce pays de sûreté, le prince ne pensa qu'à jouir des agréments de plusieurs séjours; et, dans ce dessein, il loua trois magnifiques palais : l'un à Venise, le palais Dandolo, dans la rue de la Zecca; le second à Padoue, et ce fut le palais Foscarini, sur la magnifique place nommée l'Arena; il choisit le troisième à Salò, sur la rive délicieuse du lac de Garde : celui-ci avait appartenu autrefois à la famille Sforza-Pallavicini.

Les seigneurs de Venise (le gouvernement de la république) apprirent avec plaisir l'arrivée dans leurs Etats d'un tel prince, et lui offrirent aussitôt une très noble *condotta* (c'est-à-dire une somme considérable payée annuellement, et qui devait être employée par le prince à lever un corps de deux ou trois mille hommes dont il aurait le commandement) [22]. Le prince se débarrassa de cette offre fort lestement; il fit répondre à ces sénateurs que, bien que, par une inclination naturelle et héréditaire en sa famille, il se sentît porté de cœur au service de la Sérénissime République, toutefois, se trouvant présentement attaché au roi catholique, il ne lui semblait pas convenable d'accepter un autre engagement. Une réponse aussi résolue jeta quelque tiédeur dans l'esprit des sénateurs. D'abord ils avaient pensé à lui faire, à son arrivée à Venise et au nom de tout le public, une réception fort honorable; ils se déterminèrent sur sa réponse à le laisser arriver comme un simple particulier.

Le prince Orsini, informé de tout, prit la résolution de ne pas même aller à Venise. Il était déjà dans le voisinage de Padoue, il fit un détour dans cet admirable pays, et se rendit, avec toute sa suite, dans la maison préparée pour lui à Salò, sur les bords du lac de Garde. Il y passa tout cet été au milieu des passe-temps les plus agréables et les plus variés [23].

L'époque du changement (de séjour) étant arrivée, le prince fit quelques petits voyages, à la suite desquels il lui sembla ne pouvoir supporter la fatigue comme autrefois; il eut des craintes pour sa santé; enfin il songea à aller passer quelques jours à Venise, mais il en fut détourné par sa femme Vittoria, qui l'engagea à continuer de séjourner à Salò.

Il y a eu des gens qui ont pensé que Vittoria Accoramboni s'était aperçue du péril que couraient les jours du prince son mari, et qu'elle ne l'engagea à rester à Salò que dans le dessein de l'entraîner plus tard hors d'Italie, et, par exemple, dans quelque ville libre, chez les Suisses; par ce moyen elle mettait en sûreté, en cas de mort du prince, et sa personne et sa fortune particulière.

Que cette conjecture ait été fondée ou non, le fait est que rien de tel n'arriva, car le prince ayant été attaqué d'une nouvelle indisposition à Salò, le 10 novembre, il eut sur-le-champ le pressentiment de ce qui devait arriver.

Il eut pitié de sa malheureuse femme; il la voyait, dans la plus belle fleur de sa jeunesse, rester pauvre autant de réputation que des biens de la fortune, haïe des princes régnants en Italie, peu aimée des Orsini et sans espoir d'un autre mariage après sa mort. Comme un seigneur magnanime et de foi loyale, il fit de son propre mouvement un testament par lequel il voulut assurer la fortune de cette infortunée. Il lui laissa en argent ou en joyaux la somme importante de 100 000 piastres [a], outre tous les chevaux, carrosses et meubles dont il se servait dans ce voyage [24]. Tout le reste de sa fortune fut laissé par lui à Virginio Orsini, son fils unique, qu'il avait eu de sa première femme, sœur de François Ier, grand-duc de Toscane (celle-là même qu'il fit tuer pour infidélité du consentement de ses frères).

Mais combien sont incertaines les prévisions des

a. Environ 2 000 000 de 1837.

hommes! Les dispositions que Paul Orsini pensait devoir assurer une parfaite sécurité à cette malheureuse jeune femme se changèrent pour elle en précipices et en ruine [25].

Après avoir signé son testament, le prince se trouva un peu mieux le 12 novembre. Le matin du 13 on le saigna, et les médecins, n'ayant d'espoir que dans une diète sévère, laissèrent les ordres les plus précis pour qu'il ne prît aucune nourriture. Mais ils étaient à peine sortis de la chambre, que le prince exigea qu'on lui servît à dîner; personne n'osa le contredire, et il mangea et but comme à l'ordinaire. A peine le repas fut-il terminé, qu'il perdit connaissance et deux heures avant le coucher du soleil il était mort [26].

Après cette mort subite, Vittoria Accoramboni, accompagnée de Marcel, son frère, et de toute la cour du prince défunt, se rendit à Padoue dans le palais Foscarini, situé près de l'*Arena*, celui-là même que le prince Orsini avait loué.

Peu après son arrivée, elle fut rejointe par son frère Flaminio, qui jouissait de toute la faveur du cardinal Farnèse. Elle s'occupa alors des démarches nécessaires pour obtenir le payement du legs que lui avait fait son mari; ce legs s'élevait à 60 000 piastres effectives qui devaient lui être payées dans le terme de deux années, et cela indépendamment de la dot, de la contre-dot, et de tous les joyaux et meubles qui étaient en son pouvoir. Le prince Orsini avait ordonné, par son testament, qu'à Rome, ou dans telle autre ville, au choix de la duchesse, on lui achèterait un palais de la valeur de 10 000 piastres [27] et une vigne (maison de campagne) de 6 000; il avait prescrit de plus qu'il fût pourvu à sa table et à tout son service comme il convenait à une femme de son rang. Le service devait être de quarante domestiques, avec un nombre de chevaux correspondant.

La signora Vittoria avait beaucoup d'espoir dans la faveur des princes de Ferrare, de Florence et d'Urbin, et dans celle des cardinaux Farnèse et de Médicis nommés par le feu prince ses exécuteurs testamentaires. Il est à remarquer que le testament avait été dressé à Padoue, et soumis aux lumières des excellentissimes Parrizolo et Menocchio [28] premiers professeurs de cette université et aujourd'hui si célèbres jurisconsultes.

Le prince Louis Orsini arriva à Padoue pour s'acquitter de ce qu'il avait à faire relativement au feu duc et à sa veuve, et se rendre ensuite au gouvernement de l'île de Corfou, auquel il avait été nommé par la sérénissime république.

Il naquit d'abord une difficulté entre la signora Vittoria et le prince Louis, sur les chevaux du feu duc, que le prince disait n'être pas proprement des meubles suivant la façon ordinaire de parler; mais la duchesse prouva qu'ils devaient être considérés comme des meubles proprement dits, et il fut résolu qu'elle en retiendrait l'usage jusqu'à décision ultérieure; elle donna pour garantie le seigneur Soardi de Bergame, condottiere des seigneurs vénitiens, gentilhomme fort riche et des premiers de sa patrie.

Il survint une autre difficulté au sujet d'une certaine quantité de vaisselle d'argent, que le feu duc avait remise au prince Louis comme gage d'une somme d'argent que celui-ci avait prêtée au duc. Tout fut décidé par voie de justice, car le sérénissime (duc) de Ferrare s'employait pour que les dernières dispositions du feu prince Orsini eussent leur entière exécution.

Cette seconde affaire fut décidée le 23 décembre, qui était un dimanche.

La nuit suivante, quarante hommes entrèrent dans la maison de ladite dame Accoramboni. Ils étaient revêtus d'habits de toile taillés d'une manière extravagante et arrangés de façon qu'ils ne pouvaient être reconnus, sinon par la voix; et, lorsqu'ils s'appelaient entre eux, ils faisaient usage de certains noms de jargon.

Ils cherchèrent d'abord la personne de la duchesse, et, l'ayant trouvée, l'un d'eux lui dit : — Maintenant il faut mourir.

Et, sans lui accorder un moment, encore qu'elle demandât de se recommander à Dieu, il la perça d'un poignard étroit au-dessous du sein gauche, et, agitant le poignard en tous sens, le cruel demanda plusieurs fois à la malheureuse de lui dire s'il lui touchait le cœur; enfin elle rendit le dernier soupir [29]. Pendant ce temps les autres cherchaient les frères de la duchesse, desquels l'un, Marcel, eut la vie sauve, parce qu'on ne le trouva pas dans la maison; l'autre fut percé de cent coups. Les assassins laissèrent les morts par terre, toute la maison en pleurs et en cris; et, s'étant saisis de la cassette qui contenait les joyaux et l'argent, ils partirent.

Cette nouvelle parvint rapidement aux magistrats de Padoue; ils firent reconnaître les corps morts, et rendirent compte à Venise.

Pendant tout le lundi, le concours fut immense audit palais et à l'église des *Ermites* pour voir les cadavres. Les curieux étaient émus de pitié, particulièrement à voir la duchesse si belle : ils pleuraient son malheur, *et dentibus fremebant* (et grinçaient des dents) contre les assassins ; mais on ne savait pas encore leurs noms [30].

La *corte* était venue en soupçon, sur de forts indices, que la chose avait été faite par les ordres, ou du moins avec le consentement dudit prince Louis, elle le fit appeler, et, lui voulant entrer *in corte* (dans le tribunal) du très illustre capitaine avec une suite de quarante hommes armés, on lui barra la porte, et on lui dit qu'il entrât avec trois ou quatre seulement. Mais, au moment où ceux-ci passaient, les autres se jetèrent à leur suite, écartèrent les gardes, et ils entrèrent tous.

Le prince Louis, arrivé devant le très illustre capitaine, se plaignit d'un tel affront, alléguant qu'il n'avait reçu un traitement pareil d'aucun prince souverain. Le très illustre capitaine lui ayant demandé s'il savait quelque chose touchant la mort de la signora Vittoria, et ce qui était arrivé la nuit précédente, il répondit que oui, et qu'il avait ordonné qu'on en rendît compte à la justice. On voulut mettre sa réponse par écrit ; il répondit que les hommes de son rang n'étaient pas tenus à cette formalité, et que, semblablement, ils ne devaient pas être interrogés.

Le prince Louis demanda la permission d'expédier un courrier à Florence avec une lettre pour le prince Virginio Orsini, auquel il rendait compte du procès et du crime survenu. Il montra une lettre feinte qui n'était pas la véritable, et obtint ce qu'il demandait.

Mais l'homme expédié fut arrêté hors de la ville et soigneusement fouillé ; on trouva la lettre que le prince Louis avait montrée, et une seconde lettre cachée dans les bottes du courrier ; elle était de la teneur suivante :

Au seigneur Virginio Orsini.

« Très illustre seigneur,

« Nous avons mis à exécution ce qui avait été convenu entre nous, et de telle façon, que nous avons pris pour dupe le très illustre Tondini (apparemment le nom du chef de la *corte* qui avait interrogé le prince) [31], si bien que l'on me tient ici pour le plus galant homme du monde. J'ai fait la chose en personne, ainsi ne manquez pas d'envoyer sur-le-champ les gens que vous savez. »

Cette lettre fit impression sur les magistrats; ils se hâtèrent de l'envoyer à Venise; par leur ordre les portes de la ville furent fermées, et les murailles garnies de soldats le jour et la nuit. On publia un avis portant des peines sévères pour qui, ayant connaissance des assassins, ne communiquerait pas ce qu'il savait à la justice. Ceux des assassins qui porteraient témoignage contre un des leurs ne seraient point inquiétés, et même on leur compterait une somme d'argent. Mais sur les sept heures de nuit, la veille de Noël (le 24 décembre vers minuit), Aloïse Bragadin [a] arriva de Venise avec d'amples pouvoirs de la part du sénat, et l'ordre de faire arrêter vifs ou morts, et quoi qu'il en pût coûter, ledit prince et tous les siens.

Ledit seigneur avogador Bragadin, les seigneurs capitaine et podestat se réunirent dans la forteresse.

Il fut ordonné, sous peine de la potence *(della forca)*, à toute la milice à pied et à cheval, de se rendre bien pourvue d'armes autour de la maison dudit prince Louis, voisine de la forteresse et contiguë à l'église de Saint-Augustin sur l'*Arena*.

Le jour arrivé (qui était celui de Noël), un édit fut publié dans la ville, qui exhortait les fils de Saint-Marc à courir en armes à la maison du seigneur Louis; ceux qui n'avaient pas d'armes étaient appelés à la forteresse, où on leur en remettrait autant qu'ils voudraient; cet édit promettait une récompense de 2 000 ducats à qui remettrait à la *corte*, vif ou mort, ledit seigneur Louis, et 500 ducats pour la personne de chacun de ses gens. De plus, il y avait ordre à qui ne serait pas pourvu d'armes de ne point approcher de la maison du prince, afin de ne pas porter obstacle à qui se battrait dans le cas où il jugerait à propos de faire quelque sortie.

En même temps, on plaça des fusils de rempart, des mortiers et de la grosse artillerie sur les vieilles murailles, vis-à-vis la maison occupée par le prince ; on en mit autant sur les murailles neuves, desquelles on voyait le derrière de ladite maison. De ce côté, on avait placé la cavalerie de façon à ce qu'elle pût se mouvoir librement, si l'on avait besoin d'elle. Sur les bords de la rivière, on était occupé à disposer des bancs, des armoires, des chars et autres meubles propres à faire office de parapets. On pensait, par ce moyen, mettre obstacle aux mouvements

a. Brigadine.

des assiégés, s'ils entreprenaient de marcher contre le peuple en ordre serré. Ces parapets devaient aussi servir à protéger les artilleurs et les soldats contre les arquebusades des assiégés.

Enfin on plaça des barques sur la rivière, en face et sur les côtés de la maison du prince, lesquelles étaient chargées d'hommes armés de mousquets et d'autres armes propres à inquiéter l'ennemi, s'il tentait une sortie : en même temps on fit des barricades dans toutes les rues.

Pendant ces préparatifs arriva une lettre, rédigée en termes fort convenables, par laquelle le prince se plaignait d'être jugé coupable et de se voir traité en ennemi, et même en rebelle, avant que l'on eût examiné l'affaire. Cette lettre avait été composée par Liverotto.

Le 27 décembre, trois gentilshommes, des principaux de la ville, furent envoyés par les magistrats au seigneur Louis, qui avait avec lui, dans sa maison, quarante hommes, tous anciens soldats accoutumés aux armes. On les trouva occupés à se fortifier avec des parapets formés de planches et de matelas mouillés, et à préparer leurs arquebuses.

Ces trois gentilshommes déclarèrent au prince que les magistrats étaient résolus à s'emparer de sa personne; ils l'exhortèrent à se rendre, ajoutant que, par cette démarche, avant qu'on en fût venu aux voies de fait, il pouvait espérer d'eux quelque miséricordre. A quoi le seigneur Louis répondit que si, avant tout, les gardes placées autour de sa maison étaient levées, il se rendrait auprès des magistrats accompagnés de deux ou trois des siens pour traiter de l'affaire, sous la condition expresse qu'il serait toujours libre de rentrer dans sa maison.

Les ambassadeurs prirent ces propositions écrites de sa main, et retournèrent auprès des magistrats, qui refusèrent les conditions, particulièrement d'après les conseils du très illustre Pio Enea, et autres nobles présents. Les ambassadeurs retournèrent auprès du prince, et lui annoncèrent que, s'il ne se rendait pas purement et simplement, on allait raser sa maison avec de l'artillerie; à quoi il répondit qu'il préférait la mort à cet acte de soumission.

Les magistrats donnèrent le signal de la bataille, et, quoiqu'on eût pu détruire presque entièrement la maison par une seule décharge, on aima mieux agir d'abord avec de certains ménagements, pour voir si les assiégés ne consentiraient point à se rendre.

Ce parti a réussi, et l'on a épargné à Saint-Marc beaucoup d'argent, qui aurait été dépensé à rebâtir les parties détruites du palais attaqué; toutefois, il n'a pas été approuvé généralement. Si les hommes du seigneur Louis avaient pris leur parti sans balancer, et se fussent élancés hors de la maison, le succès eût été fort incertain. C'étaient de vieux soldats; ils ne manquaient ni de munitions, ni d'armes, ni de courage, et, surtout, ils avaient le plus grand intérêt à vaincre; ne valait-il pas mieux même en mettant les choses au pis, mourir d'un coup d'arquebuse que de la main du bourreau ? D'ailleurs, à qui avaient-ils affaire ? à de malheureux assiégeants peu expérimentés dans les armes, et les seigneurs, dans ce cas, se seraient repentis de leur clémence et de leur bonté naturelle.

On commença donc à battre la colonnade qui était sur le devant de la maison; ensuite, tirant toujours un peu plus haut, on détruisit le mur de façade qui est derrière. Pendant ce temps, les gens du dedans tirèrent force arquebusades, mais sans autre effet que de blesser à l'épaule un homme du peuple.

Le seigneur Louis criait avec une grande impétuosité : « Bataille! bataille! guerre! guerre! » Il était très occupé à faire fondre des balles avec l'étain des plats et le plomb des carreaux des fenêtres. Il menaçait de faire une sortie, mais les assiégeants prirent de nouvelles mesures, et l'on fit avancer de l'artillerie de plus gros calibre.

Au premier coup qu'elle tira, elle fit écrouler un grand morceau de la maison, et un certain Pandolfo Leupratti de Camerino tomba dans les ruines. C'était un homme de grand courage et un bandit de grande importance. Il était banni des Etats de la sainte Eglise, et sa tête avait été mise au prix de 400 piastres par le très illustre seigneur Vitelli, pour la mort de Vincent Vitelli, lequel avait été attaqué dans sa voiture, et tué à coups d'arquebuse et de poignard, donnés par le prince Louis Orsini, avec le bras du susdit Pandolfo et de ses compagnons. Tout étourdi de sa chute, Pandolfo ne pouvait faire aucun mouvement; un serviteur des seigneurs Cai di Lista s'avança sur lui armé d'un pistolet, et très bravement il lui coupa la tête, qu'il se hâta de porter à la forteresse et de remettre aux magistrats.

Peu après un autre coup d'artillerie fit tomber un pan de la maison, et en même temps le comte de Montemelino de Pérouse, et il mourut dans les ruines, tout fracassé par le boulet.

On vit ensuite sortir de la maison un personnage nommé le colonel Lorenzo, des nobles de Camerino, homme fort riche et qui en plusieurs occasions avait donné des preuves de valeur et était fort estimé du prince. Il résolut de ne pas mourir tout à fait sans vengeance; il voulut tirer son fusil, mais, encore que la roue tournât, il arriva, peut-être par la permission de Dieu, que l'arquebuse ne prit pas feu, et dans cet instant il eut le corps traversé d'une balle. Le coup avait été tiré par un pauvre diable, répétiteur des écoliers à Saint-Michel. Et tandis que pour gagner la récompense promise, celui-ci s'approchait pour lui couper la tête, il fut prévenu par d'autres plus lestes et surtout plus forts que lui, lesquels prirent la bourse, le ceinturon, le fusil, l'argent et les bagues du colonel, et lui coupèrent la tête.

Ceux-ci étant morts, dans lesquels le prince Louis avait le plus de confiance, il resta fort troublé, et on ne le vit plus se donner aucun mouvement.

Le seigneur Filenfi, son maître de *casa* et secrétaire en habit civil, fit signe d'un balcon avec un mouchoir blanc qu'il se rendait. Il sortit et fut mené à la citadelle, *conduit sous le bras*, comme on dit qu'il est d'usage à la guerre, par Anselme Suardo, lieutenant des seigneurs (magistrats). Interrogé sur-le-champ, il dit n'avoir aucune faute dans ce qui s'était passé, parce que la veille de Noël seulement il était arrivé de Venise, où il s'était arrêté plusieurs jours pour les affaires du prince.

On lui demanda quel nombre de gens avait avec lui le prince; il répondit : Vingt ou trente personnes.

On lui demanda leurs noms, il répondit qu'il y en avait huit ou dix qui, étant personnes de qualité, mangeaient, ainsi que lui, à la table du prince, et que de ceux-là il savait les noms, mais que des autres, gens de vie vagabonde et arrivés depuis peu auprès du prince, il n'avait aucune particulière connaissance.

Il nomma treize personnes, y compris le frère de Liverotto.

Peu après, l'artillerie, placée sur les murailles de la ville, commença à jouer. Les soldats se placèrent dans les maisons contiguës à celle du prince pour empêcher la fuite de ses gens. Ledit prince, qui avait couru les mêmes périls que les deux dont nous avons raconté la mort, dit à ceux qui l'entouraient de se soutenir jusqu'à ce qu'ils vissent un écrit de sa main accompagné d'un certain signe; après quoi il se rendit à cet Anselme Suardo, déjà nommé ci-dessus. Et parce qu'on ne put le conduire en carrosse, ainsi qu'il était prescrit, à cause de la grande foule de peuple et des barricades faites dans les rues, il fut résolu qu'il irait à pied.

Il marcha au milieu des gens de Marcel Accoramboni; il avait à ses côtés les seigneurs *condottieri*, le lieutenant Suardo, d'autres capitaines et gentilshommes de la ville, tous très bien fournis d'armes. Venait ensuite une bonne compagnie d'hommes d'armes et de soldats de la ville. Le prince Louis marchait vêtu de brun, son stylet au côté, et son manteau relevé sous le bras d'un air fort élégant; il dit avec un sourire rempli de dédain : *Si j'avais combattu!* voulant presque faire entendre qu'il l'aurait emporté. Conduit devant les seigneurs, il les salua aussitôt, et dit :

— Messieurs, je suis prisonnier de ce gentilhomme, montrant le seigneur Anselme, et je suis très fâché de ce qui est arrivé et qui n'a pas dépendu de moi.

Le capitaine ayant ordonné qu'on lui enlevât le stylet qu'il avait au côté, il s'appuya à un balcon, et commença à se tailler les ongles avec une paire de petits ciseaux qu'il trouva là.

On lui demanda quelles personnes il avait dans sa maison; il nomma parmi les autres le colonel Liverotto et le comte Montemelino dont il a été parlé ci-dessus, ajoutant qu'il donnerait 10 000 piastres pour racheter l'un d'eux, et que pour l'autre il donnerait son sang même. Il demanda d'être placé dans un lieu convenable à un homme tel que lui. La chose étant ainsi convenue, il écrivit de sa main aux siens, leur ordonnant de se rendre, et il donna sa bague pour signe. Il dit au seigneur Anselme qu'il lui donnait son épée et son fusil, le priant, lorsqu'on aurait trouvé ces armes, dans sa maison, de s'en servir pour amour de lui, comme étant armes d'un gentilhomme et non de quelque soldat vulgaire.

Les soldats entrèrent dans la maison, la visitèrent avec soin, et sur-le-champ on fit l'appel des gens du prince, qui se trouvèrent au nombre de trente-quatre, après quoi, ils furent conduits deux à deux dans la prison du palais. Les morts furent laissés en proie aux chiens, et on se hâta de rendre compte du tout à Venise.

On s'aperçut que beaucoup de soldats du prince Louis, complices du fait, ne se trouvaient pas; on défendit de leur donner asile, sous peine, pour les contrevenants, de la démolition de leur maison et de la confiscation de leurs biens; ceux qui les dénonceraient recevraient 50 piastres. Par ces moyens on en trouva plusieurs [32].

On expédia de Venise une frégate à Candie, portant ordre au seigneur Latino Orsini de revenir sur-le-champ pour affaire de grande importance, et l'on croit qu'il perdra sa charge [33].

Hier matin, qui fut le jour de Saint-Etienne [34], tout le monde s'attendait à voir mourir ledit prince Louis, ou à ouïr raconter qu'il avait été étranglé en prison [35]. et l'on fut généralement surpris qu'il en fût autrement, vu qu'il n'est pas oiseau à tenir longtemps en cage. Mais la nuit suivante le procès eut lieu, et, le jour de Saint-Jean, un peu avant l'aube, on sut que ledit seigneur avait été étranglé et qu'il était mort fort bien disposé. Son corps fut transporté sans délai, à la cathédrale, accompagné par le clergé de cette église et par les pères jésuites. Il fut laissé toute la journée sur une table au milieu de l'église pour servir de spectacle au peuple et de miroir aux inexpérimentés.

Le lendemain son corps fut porté à Venise, ainsi qu'il l'avait ordonné dans son testament, et là il fut enterré.

Le samedi on pendit deux de ses gens; le premier et le principal fut Furio Savorgnano, l'autre une personne vile.

Le lundi qui fut le pénultième jour de l'an susdit, on en pendit treize parmi lesquels plusieurs étaient très nobles; deux autres, l'un dit le capitaine Splendiano et l'autre le comte Paganello, furent conduits par la place et légèrement tenaillés; arrivés au lieu du supplice, ils furent assommés, eurent la tête cassée, et furent coupés en quartiers, étant encore presque vifs. Ces hommes étaient nobles, et, avant qu'ils se donnassent au mal, ils étaient fort riches. On dit que le comte Paganello fut celui qui tua la signora Vittoria Accoramboni avec la cruauté qui a été racontée. On objecte à cela que le prince Louis, dans la lettre citée plus haut, atteste qu'il a fait la chose de sa main; peut-être fut-ce par vaine gloire comme celle qu'il montra dans Rome en faisant assassiner Vitelli, ou bien pour mériter davantage la faveur du prince Virginio Orsini.

Le comte Paganello, avant de recevoir le coup mortel, fut percé à diverses reprises avec un couteau au-dessous du sein gauche, pour lui toucher le cœur comme il l'avait fait à cette pauvre dame [36]. Il arriva de là que de la poitrine il versait comme un fleuve de sang. Il vécut ainsi plus d'une demi-heure, au grand étonnement de tous. C'était un homme de quarante-cinq ans qui annonçait beaucoup de force.

Les fourches patibulaires sont encore dressées pour expédier les dix-neuf qui restent, le premier jour qui ne sera pas de fête. Mais, comme le bourreau est extrêmement las, et que le peuple est comme en agonie pour avoir vu tant de morts, on diffère l'exécution pendant ces deux jours. On ne pense pas qu'on laisse la vie à aucun. Il n'y aura peut-être d'excepté, parmi les gens attachés de prince Louis, que le seigneur Filenfi, son maître de *casa*, lequel se donne toutes les peines du monde, et en effet la chose est importante pour lui, afin de prouver qu'il n'a eu aucune part au fait.

Personne ne se souvient, même parmi les plus âgés de cette ville de Padoue, que jamais, par une sentence plus juste, on ait procédé contre la vie de tant de personnes, en une seule fois. Et ces seigneurs (de Venise) se sont acquis une bonne renommée et réputation auprès des nations les plus civilisées.

(Ajouté d'une autre main [37].)

François Filenfi, secrétaire et *maestro di casa*, fut condamné à quinze ans de prison. L'échanson *(coppiere)*, Onorio Adami de Fermo, ainsi que deux autres, à une année de prison; sept autres furent condamnés aux galères avec les fers aux pieds, et enfin sept furent relâchés.

TROP DE FAVEUR TUE

HISTOIRE DE 1589

C'est le titre qu'un poète espagnol[1] a donné à cette histoire[a] dont il a fait une tragédie. Je me garde bien d'emprunter aucun des ornements à l'aide desquels l'imagination de cet Espagnol a cherché à embellir cette peinture triste de l'intérieur d'un couvent; plusieurs de ces inventions augmentent en effet l'intérêt, mais, fidèle à mon désir qui est de faire connaître les hommes simples et passionnés du XVe siècle[2] desquels provient la civilisation actuelle, je donne cette histoire sans ornement et telle qu'avec un peu de faveur, on peut la lire dans les archives de l'évêché de..., où se trouvaient toutes les pièces originales et le curieux récit du comte Buondelmonte[3].

Dans une ville de Toscane que je ne nommerai pas existait en 1589 et existe encore aujourd'hui un couvent sombre et magnifique. Ses murs noirs, hauts de cinquante pieds au moins, attristent tout un quartier; trois rues sont bordées par ces murs, du quatrième côté s'étend le jardin du couvent, qui va jusqu'aux remparts de la ville. Ce jardin est entouré d'un mur moins haut. Cette abbaye, à laquelle nous donnons le nom de Sainte Riparata, ne reçoit que des filles appartenant à la plus haute noblesse. Le 20 octobre 1587, toutes les cloches de l'abbaye étaient en mouvement; l'église ouverte aux fidèles était tendue de magnifiques tapisseries de damas rouge, garnies de riches franges d'or. La sainte sœur Virgilia, maîtresse du nouveau grand-duc de Toscane, Ferdinand Ier[4], avait été nommée abbesse de Sainte Riparata la veille au soir, et l'évêque de la ville, suivi de tout son clergé, allait l'introniser. Toute la ville était en émoi et la foule telle dans les

a. Abandonnée le 15 avril 39 pour Felicioso.

rues voisines de Sainte Riparata qu'il était impossible d'y passer.

Le cardinal Ferdinand de Médicis, qui venait de succéder à son frère François, sans pour cela renoncer au chapeau, avait trente-six ans et était cardinal depuis vingt-cinq ans, ayant été élu à cette haute dignité à l'âge de onze ans. Le règne de François, célèbre même encore de nos jours par son amour pour Bianca Capello, avait été marqué par toutes les folies que l'amour des plaisirs peut inspirer à un prince peu remarquable par la force de caractère. Ferdinand, de son côté, avait eu à se reprocher quelques faiblesses du même genre en apparence que celles de son frère; ses amours avec la sœur oblate Virgilia étaient célèbres en Toscane, mais il faut le dire, surtout par leur innocence. Tandis que le grand-duc François, sombre, violent, entraîné par ses passions, ne songeait pas assez au scandale produit par ses amours, il n'était question dans le pays que de la haute vertu de la sœur Virgilia. L'ordre des Oblates, auquel elle appartenait, permettant à ses religieuses de passer environ les deux tiers de l'année dans la maison de leurs parents, elle voyait tous les jours le cardinal de Médicis, quand il était à Florence. Deux choses faisaient l'étonnement de cette ville adonnée aux voluptés, dans ces amours d'un Prince jeune, riche et autorisé à tout par l'exemple de son frère : la sœur Virgilia, douce, timide, et d'un esprit plus qu'ordinaire, n'était point jolie, et le jeune cardinal ne l'avait jamais vue qu'en présence de deux ou trois femmes dévouées à la noble famille Respuccio, à laquelle appartenait cette singulière maîtresse d'un jeune prince du sang.

Le grand-duc François était mort le 19 octobre 1587 sur le soir. Le 20 octobre avant midi, les plus grands seigneurs de sa cour, et les négociants les plus riches (car il faut se rappeler que les Médicis n'avaient été dans l'origine que des négociants; leurs parents et les personnages les plus influents de la cour étaient encore engagés dans le commerce, ce qui empêchait ces courtisans d'être tout à fait aussi absurdes que leurs collègues des cours contemporaines) — les premiers courtisans, les négociants les plus riches se rendirent, le 20 octobre au matin, dans la modeste maison de la sœur oblate Virgilia, laquelle fut bien étonnée de ce concours.

Le nouveau grand-duc Ferdinand voulait être sage, raisonnable, utile au bonheur de ses sujets, il voulait surtout bannir l'intrigue de sa cour. Il trouva, en arrivant au pouvoir, que la plus riche abbaye de femmes de ses Etats, celle qui servait de refuge à toutes les filles nobles que leurs parents voulaient sacrifier à l'éclat de leur famille, et à laquelle nous donnerons le nom de l'abbaye de Sainte Riparata, était vacante; il n'hésita pas à nommer à cette place la femme qu'il aimait.

L'abbaye de Sainte Riparata appartenait à l'ordre de saint Benoît, dont les règles ne permettaient point aux religieuses de sortir de la clôture.

Au grand étonnement du bon peuple de Florence, le prince cardinal ne vit point la nouvelle abbesse, mais, d'un autre côté, par une délicatesse de cœur qui fut remarquée et l'on peut dire généralement blâmée par toutes les femmes de sa cour, il ne se permit jamais de voir aucune femme en tête à tête. Lorsque ce plan de conduite fut bien avéré, les attentions des courtisans allèrent chercher la sœur Virgilia jusque dans son couvent, et ils crurent remarquer, malgré son extrême modestie, qu'elle n'était point insensible à cette attention, la seule que son extrême vertu permît au nouveau souverain.

Le couvent de Sainte Riparata avait souvent à traiter des affaires d'une nature fort délicate : ces jeunes filles des familles les plus riches de Florence ne se laissaient point exiler du monde, alors si brillant, de cette ville si riche, de cette ville qui était alors la capitale du commerce de l'Europe, sans jeter un œil de regret sur ce qu'on leur faisait quitter; souvent elles réclamaient hautement contre l'injustice de leurs parents, quelquefois elles demandaient des consolations à l'amour, et l'on avait vu les haines et les rivalités du couvent venir agiter la haute société de Florence. Il était résulté de cet état des choses que l'abbesse de Sainte Riparata obtenait des audiences assez fréquentes du grand-duc régnant. Pour violer le moins possible la règle de saint Benoît, le grand-duc envoyait à l'abbesse une de ses voitures de gala, dans laquelle prenaient place deux dames de sa cour, lesquelles accompagnaient l'abbesse jusque dans la salle d'audience du palais du grand-duc, à la *Via Larga*, laquelle est immense. Les deux dames *témoins de la clôture*, comme on les appelait, prenaient place sur des fauteuils près de la porte, tandis que l'abbesse s'avançait seule et allait parler au prince qui l'attendait à l'autre extrémité de la salle, de sorte que les dames *témoins de la clôture* ne pouvaient entendre rien de ce qui se disait durant cette audience.

D'autres fois le prince se rendait à l'église de Sainte Riparata; on lui ouvrait les grilles du chœur et l'abbesse venait parler à son Altesse.

Ces deux façons d'audience ne convenaient nullement au grand-duc Ferdinand; elles eussent peut-être donné des forces à un sentiment qu'il voulait affaiblir. Toutefois, des affaires d'une nature assez délicate ne tardèrent pas à survenir dans le couvent de Sainte Riparata : les amours de la sœur Félize degli Almieri en troublaient la tranquillité. La famille degli Almieri était une des plus puissantes et des plus riches de Florence. Deux des trois frères, à la vanité desquels on avait sacrifié la jeune Félize, étant venus à mourir et le troisième n'ayant pas d'enfants, cette famille s'imagina être en butte à une punition céleste. La mère et le frère qui survivait, malgré le vœu de pauvreté qu'avait fait Félize, lui rendaient, sous forme de cadeaux, les biens dont on l'avait privée pour faire briller la vanité de ses frères.

Le couvent de Sainte Riparata comptait alors quarante-trois religieuses. Chacune d'elles avait sa *camériste noble* [5]; c'étaient des jeunes filles prises dans la pauvre noblesse, qui mangeaient à une seconde table et recevaient du trésorier du couvent un écu par mois pour leurs dépenses. Mais, par un usage singulier et qui n'était pas très favorable à la paix du couvent, on ne pouvait être camériste noble que jusqu'à l'âge de trente ans; arrivées à cette époque de la vie, ces filles se mariaient ou étaient admises comme religieuses dans des couvents d'un ordre inférieur.

Les très nobles dames de Sainte Riparata pouvaient avoir jusqu'à cinq femmes de chambre, et la sœur Félize degli Almieri prétendait avoir huit femmes de chambre. Toutes les dames du couvent que l'on supposait galantes, et elles étaient au nombre de quinze ou seize, soutenaient les prétentions de Félize, tandis que les vingt-six autres s'en montraient hautement scandalisées et parlaient de faire appel au Prince.

La bonne sœur Virgilia, la nouvelle abbesse, était loin d'avoir une tête suffisante pour terminer cette grave affaire; les deux partis semblaient exiger d'elle qu'elle la soumît à la décision du Prince.

Déjà, à la cour, tous les amis de la famille des Almieri commençaient à dire qu'il serait étrange que l'on voulût empêcher une fille d'aussi haute naissance que Félize, et autrefois aussi barbarement sacrifiée par sa famille, de faire l'usage qu'elle voudrait de sa fortune, surtout cet usage étant aussi innocent. D'un autre côté, les familles des religieuses âgées ou moins riches ne manquaient pas de répondre qu'il était pour le moins singulier de voir une religieuse, qui avait fait vœu de pauvreté, ne pas se contenter du service de cinq femmes de chambre.

Le grand-duc voulut couper court à une tracasserie qui pouvait agiter la ville. Ses ministres le pressaient d'accorder une audience à l'abbesse de Sainte Riparata, et comme cette fille, d'une vertu céleste et d'un caractère admirable, ne daignerait probablement pas appliquer son esprit tout absorbé dans les choses du Ciel au détail d'une tracasserie aussi misérable, le grand-duc devait lui communiquer une décision qu'elle serait seulement chargée d'exécuter. « Mais comment pourrai-je prendre cette décision, se disait ce Prince raisonnable, si je ne sais absolument rien des raisons que peuvent faire valoir les deux partis ? » D'ailleurs, il ne voulait point sans des raisons suffisantes se faire un ennemi de la puissante famille des Almieri.

Le prince avait pour ami intime le comte Buondelmonte, qui avait une année de moins que lui, c'est-à-dire trente-cinq ans. Ils se connaissaient depuis le berceau, ayant eu la même nourrice, une riche et belle paysanne du Casentino. Le comte Buondelmonte, fort riche, fort noble et l'un des plus beaux hommes de la ville, était remarquable par l'extrême indifférence et la froideur de son caractère. Il avait renvoyé bien loin la prière d'être premier ministre, que le grand-duc Ferdinand lui avait adressée le jour même de son arrivée à Florence.

« Si j'étais à votre place, lui avait dit le comte, j'abdiquerais aussitôt; jugez si je voudrais être le ministre d'un prince et ameuter contre moi les haines de la moitié des habitants d'une ville où je compte passer ma vie! »

Au milieu des embarras de cour que les dissensions du couvent de Sainte Riparata donnaient au grand-duc Ferdinand, il pensa qu'il pourrait avoir recours à l'amitié du comte. Celui-ci passait sa vie dans ses terres, dont il dirigeait la culture avec beaucoup d'application. Chaque jour il donnait deux heures à la chasse ou à la pêche, suivant les saisons et jamais on ne lui avait connu de maîtresse. Il fut fort contrarié de la lettre du prince qui l'appelait à Florence; il le fut bien davantage, quand le prince lui eût dit qu'il voulait le faire directeur du noble couvent de Sainte Riparata.

— Sachez, lui dit le comte, que j'aimerais presque

encore mieux être premier ministre de Votre Altesse. La paix de l'âme est mon idole, et que voulez-vous que je devienne au milieu de toutes ces brebis enragées ?

— Ce qui m'a fait jeter les yeux sur vous, mon ami, c'est que l'on sait que jamais femme n'a eu d'empire sur votre âme pendant une journée entière; je suis bien loin d'avoir le même bonheur; il n'eût tenu qu'à moi de recommencer toutes les folies que mon frère a faites pour Bianca Capello. Ici, le prince entra dans des confidences intimes, à l'aide desquelles, il comptait séduire son ami.

— Sachez, lui dit-il, que si je revois cette fille si douce que j'ai faite abbesse de Sainte Riparata, je ne puis plus répondre de moi.

— Et où serait le mal ? lui dit le comte. Si vous trouvez du bonheur à avoir une maîtresse, pourquoi n'en prendriez-vous pas une ? Si je n'en ai pas pris moi, c'est que toute femme m'ennuie par son commérage et les petitesses de son caractère, au bout de trois jours de connaissance.

— Moi, lui dit le grand-duc, je suis cardinal. Le pape, il est vrai, m'a donné la permission de résigner le chapeau et de me marier, en considération de la couronne qui m'est survenue; mais je n'ai point envie de brûler en enfer et, si je me marie, je prendrai une femme que je n'aimerai point et à laquelle je demanderai des successeurs pour ma couronne et non point les douceurs vulgaires du mariage.

— C'est à quoi je n'ai rien à dire, répondit le comte, moi qui ne crois point que le Dieu tout-puissant abaisse ses regards jusqu'à ces misères. Rendez vos sujets heureux et honnêtes gens, si vous le pouvez, et du reste ayez trente-six maîtresses.

— Je n'en veux pas même avoir une, répliqua le prince en riant, et c'est à quoi je serais fort exposé, si je revoyais l'abbesse de Sainte Riparata. C'est bien la meilleure fille du monde et la moins capable de gouverner, je ne dis pas un couvent rempli de jeunes filles enlevées au monde malgré elles, mais bien la réunion la plus sage de femmes vieilles et dévotes [6].

Le prince avait une crainte si profonde de revoir la sœur Virgilia que le comte en fut touché. « S'il manque à l'espèce de vœu qu'il a fait en recevant du pape la permission de se marier, se dit-il en pensant au prince, il est capable d'avoir le cœur troublé pour le reste de sa vie », et le lendemain, il alla au couvent de Sainte Riparata, où il fut reçu avec toute la curiosité et tous les honneurs dus au représentant du prince. Ferdinand Ier avait envoyé un de ses ministres déclarer à l'abbesse et aux religieuses que les affaires de son Etat ne lui permettaient pas de s'occuper de leur couvent et qu'il remettait à tout jamais son autorité au comte Buondelmonte, dont les décisions seraient sans appel.

Après avoir entretenu la bonne abbesse, le comte fut scandalisé du mauvais goût du prince : elle n'avait pas le sens commun et n'était rien moins que jolie. Le comte trouva fort méchantes les religieuses qui voulaient empêcher Félize degli Almieri de prendre deux nouvelles femmes de chambre. Il avait fait appeler Félize au parloir. Elle fit répondre avec impertinence qu'elle n'avait pas le temps de venir, ce qui amusa le comte, jusque là assez ennuyé de sa mission et se reprenant de sa complaisance pour le prince.

Il dit qu'il aimait autant parler aux femmes de chambre qu'à Félize elle-même, et fit dire aux cinq femmes de chambre de paraître au parloir. Trois seulement se présentèrent et déclarèrent au nom de leur maîtresse qu'elle ne pouvait se passer de la présence de deux d'entre elles, sur quoi le comte, usant de ses droits comme représentant du prince, fit entrer deux de ses gens dans le couvent, qui lui amenèrent les deux femmes de chambre récalcitrantes, et il s'amusa une heure durant du bavardage de ces cinq filles jeunes et jolies et qui la plupart du temps parlaient toutes à la fois. Ce fut alors seulement que, par ce qu'elles lui révélaient à leur insu, le vicaire du prince comprit à peu près ce qui se passait dans ce couvent. Cinq ou six religieuses seulement étaient âgées ; une vingtaine, quoique jeunes, étaient dévotes, mais les autres, jeunes et jolies, avaient des amants en ville. A la vérité, elles ne pouvaient les voir que fort rarement. Mais comment les voyaient-elles ? C'est ce que le comte ne voulut pas demander aux femmes de chambre de Félize, et qu'il se promit de savoir bientôt en plaçant des observateurs autour du couvent. Il apprit à son grand étonnement qu'il y avait des amitiés intimes parmi les religieuses, et que c'était là surtout la cause des haines et des dissensions intérieures [7]. Par exemple, Félize avait pour amie intime Rodelinde de P... ; Céliane, la plus belle personne du couvent après Félize, avait pour amie la jeune Fabienne. Chacune de ces dames avait sa camériste noble qu'elle admettait à plus ou moins de faveur. Par exemple, Thérèse, la camériste noble de Madame l'abbesse, avait conquis sa faveur en se montrant plus dévote qu'elle. Elle priait à genoux à côté de l'abbesse cinq ou six heures de chaque journée, mais ce temps lui semblait fort long, au dire des femmes de chambre.

Le comte apprit encore que Rodéric et Lancelot étaient les noms de deux amants de ces dames, apparemment de Félize et de Rodelinde, mais il ne voulut pas faire de question directe à ce sujet.

L'heure qu'il passa avec ces femmes de chambre ne lui sembla point longue, mais elle parut éternelle à Félize, qui voyait sa dignité outragée par l'action de ce vicaire du prince qui la privait à la fois du service de ses cinq femmes de chambre. Elle n'y put tenir, et entendant de loin qu'on faisait beaucoup de bruit dans le parloir, elle y fit irruption, quoique sa dignité lui dît que cette façon d'y paraître, mue évidemment par un transport d'impatience, pouvait être ridicule après avoir refusé de se rendre à l'invitation officielle de l'envoyé du prince. « Mais je saurai bien rabattre le caquet de ce petit monsieur », se dit Félize, la plus impérieuse des femmes. Elle fit donc irruption dans le parloir, en saluant fort légèrement l'envoyé du prince et ordonnant à une de ses femmes de chambre de la suivre.

— Madame, si cette fille vous obéit, je vais faire rentrer mes gens dans le couvent et ils la ramèneront à l'instant devant moi.

— Je la prendrai par la main; vos gens oseront-ils lui faire violence ?

— Mes gens amèneront dans ce parloir elle et vous, madame.

— Et moi ?

— Et vous-même; et si cela me convient, je vais vous faire enlever de ce couvent, et vous irez continuer à travailler à votre salut dans quelque petit couvent bien pauvre, situé au sommet de quelque montagne de l'Apennin. Je puis faire cela et bien d'autres choses.

Le comte remarqua que les cinq femmes de chambre pâlissaient; les joues de Félize elle-même prirent une teinte de pâleur qui la rendit plus belle.

« Voici certainement, se dit le comte, la plus belle personne que j'aie rencontrée de ma vie, il faut faire durer la scène. » Elle dura en effet et près de trois quarts d'heure. Félize y montra un esprit et surtout une hauteur de caractère qui amusèrent beaucoup le vicaire du prince. A la fin de la conférence, le ton du dialogue s'étant beaucoup radouci, il sembla au comte que Félize était moins jolie. « Il faut lui rendre sa fureur », pensa-t-il. Il lui rappela qu'elle avait fait vœu d'obéissance et que, si à l'avenir elle montrait l'ombre de résistance aux ordres du prince qu'il était chargé d'apporter au couvent, il croirait utile à son salut de l'envoyer passer six mois dans le plus ennuyeux des couvents de l'Apennin.

A ce mot, Félize fut superbe de colère. Elle lui dit que les saints martyrs avaient souffert davantage de la barbarie des empereurs romains.

— Je ne suis point un empereur, madame, de même que les martyrs ne mettaient point toute la société en combustion pour avoir deux femmes de chambre de plus, en en ayant déjà cinq, aussi aimables que ces demoiselles. Il la salua très froidement et sortit, sans lui laisser le temps de répondre et la laissant furieuse [8].

Le comte resta à Florence et ne retourna point dans ses terres, curieux de savoir ce qui se passait réellement au couvent de Sainte Riparata. Quelques observateurs que lui fournit la police du grand-duc, et que l'on plaça auprès du couvent et autour des immenses jardins qu'il possédait près de la porte qui conduit à Fiesole, lui eurent bientôt fait connaître tout ce qu'il désirait savoir. Rodéric L..., l'un des jeunes gens les plus riches et les plus dissipés de la ville, était l'amant de Félize et la douce Rodelinde, son amie intime, faisait l'amour avec Lancelot P..., jeune homme qui s'était fort distingué dans les guerres que Florence avait soutenues contre Pise. Ces jeunes gens avaient à surmonter de grandes difficultés, pour pénétrer dans le couvent. La sévérité avait redoublé, ou plutôt l'ancienne licence avait été tout à fait supprimée depuis l'avènement au trône du grand-duc Ferdinand. L'abbesse Virgilia voulait faire suivre la règle dans toute sa sévérité mais ses lumières et son caractère ne répondaient point à ses bonnes intentions, et les observateurs mis à la disposition du comte lui apprirent qu'il ne se passait guère de mois sans que Rodéric, Lancelot et deux ou trois autres jeunes gens, qui avaient des relations dans le couvent, ne parvinssent à voir leurs maîtresses. Les immenses jardins du couvent avaient obligé l'évêque à tolérer l'existence de deux portes qui donnaient sur l'espace vague qui existe derrière le rempart, au nord de la ville. Les religieuses fidèles à leur devoir, et qui étaient en grande majorité dans le couvent, ne connaissaient point ces détails avec autant de certitude que le comte, mais elles les soupçonnaient et partaient de l'existence de cet abus pour ne point obéir aux ordres de l'abbesse en ce qui les concernait.

Le comte comprit facilement qu'il ne serait point aisé de rétablir l'ordre dans ce couvent, tant qu'une femme aussi faible que l'abbesse serait à la tête du gouvernement. Il parla dans ce sens au grand-duc, qui l'engagea à user de la plus extrême sévérité, et qui en même temps ne parut point disposé à donner à son ancienne amie le chagrin d'être transférée dans un autre couvent, pour cause d'incapacité.

Le comte revint à Sainte Riparata, fort résolu d'user d'une extrême rigueur afin de se débarrasser au plus vite de la corvée dont il avait eu l'imprudence de se charger. Félize, de son côté, encore irritée de la façon dont le comte lui avait parlé, était bien résolue à profiter de la première entrevue pour reprendre le ton qui convenait à la haute noblesse de sa famille, et à la position qu'elle occupait dans le monde. A son arrivée au couvent, le comte fit appeler sur-le-champ Félize, afin de se délivrer d'abord de ce que la corvée avait de plus pénible. Félize, de son côté, vint au parloir déjà animée par la plus vive colère, mais le comte la trouva fort belle, il était fin connaisseur en ce genre. « Avant de déranger cette physionomie superbe, se dit-il, donnons-nous le temps de la bien voir. » Félize de son côté admira le ton raisonnable et froid de ce bel homme, qui, dans le costume complètement noir qu'il avait cru devoir adopter à cause des fonctions qu'il venait exercer au couvent, était vraiment fort remarquable. « Je pensais, se disait Félize, que parce qu'il a plus de trente-cinq ans, ce serait un vieillard ridicule comme nos confesseurs, et je trouve au contraire un homme vraiment digne de ce nom. Il ne porte point, à la vérité, le costume exagéré qui fait une grande partie du mérite de Rodéric et des autres jeunes gens que j'ai connus; il leur est fort inférieur, pour la quantité de velours et de broderies d'or qu'il porte dans ses vêtements, mais en un instant, s'il le voulait, il peut se donner ce genre de mérite, tandis que les autres, je pense, auraient bien de la peine à imiter la conversation sage, raisonnable et réellement intéressante du comte Buondelmonte. » Félize ne se rendait pas bien exactement compte de ce qui donnait une physionomie si singulière à ce grand homme vêtu de velours noir, avec lequel depuis une heure elle parlait de beaucoup de sujets divers.

Quoique évitant avec beaucoup de soin tout de qui aurait pu l'irriter, le comte était loin de lui céder en toutes choses, ainsi que l'avaient toujours fait tous les hommes qui avaient eu des relations avec cette fille si belle, d'un caractère si impérieux et à laquelle on connaissait des amants. Comme le comte n'avait aucune prétention, il était simple et naturel avec elle; seulement il avait évité de traiter en détail, jusque-là, les sujets qui pouvaient la mettre en colère. Il fallut bien en venir aux prétentions de la fière religieuse; on avait parlé des désordres du couvent.

— Au fait, madame, ce qui trouble tout ici, c'est la prétention, peut-être justifiable jusqu'à un certain point, d'avoir deux femmes de chambre de plus que les autres, que met en avant l'une des personnes les plus remarquables de ce couvent.

— Ce qui trouble tout ici, c'est la faiblesse du caractère de l'abbesse, qui veut nous traiter avec une sévérité absolument nouvelle et dont jamais on n'eut l'idée. Il peut y avoir des couvents remplis de filles réellement pieuses, qui aiment la retraite et qui aient songé à accomplir réellement les vœux de pauvreté, d'obéissance, etc., etc., qu'on leur a fait faire à dix-sept ans; quant à nous, nos familles nous ont placées ici, pour laisser toutes les richesses de la maison à nos frères. Nous n'avions d'autre vocation que l'impossibilité de nous enfuir et de vivre ailleurs qu'au couvent, puisque nos pères ne voulaient plus nous recevoir dans leurs palais. D'ailleurs, quand nous avons fait ces vœux si évidemment nuls aux yeux de la raison, nous avions toutes été pensionnaires une ou plusieurs années dans le couvent, chacune de nous pensait devoir jouir du même degré de liberté que nous voyions prendre aux religieuses de notre temps. Or, je vous le déclare, monsieur le vicaire du prince, la porte du rempart était ouverte jusqu'à la pointe du jour et chacune de ces dames voyait ses amis en toute liberté dans le jardin. Personne ne songeait à blâmer ce genre de vie et nous pensions toutes jouir, étant religieuses, d'autant de liberté et d'une vie aussi heureuse que celles de nos sœurs que l'avarice de nos parents leur avait permis de marier. Tout a changé, il est vrai, depuis que nous avons un prince qui a été cardinal vingt-cinq ans de sa vie. Vous pouvez, monsieur le vicaire, faire entrer dans ce couvent des soldats ou même des domestiques, comme vous l'avez fait l'autre jour. Ils nous violenteront, comme vos domestiques ont violenté mes femmes, et cela par la grande et unique raison qu'ils étaient plus forts qu'elles. Mais votre orgueil ne doit pas croire avoir le moindre droit sur nous. Nous avons été amenées par force dans ce couvent, on nous a fait jurer et faire des vœux par force à l'âge de seize ans, et enfin le genre de vie ennuyeux auquel vous prétendez nous soumettre, n'est point du tout celui que nous avons vu pratiquer par les religieuses qui occupaient ce couvent lorsque nous avons fait nos vœux, et, même à supposer ces vœux légitimes, nous avons promis tout au plus de vivre comme elles et vous voulez nous faire vivre comme elles n'ont jamais vécu. Je vous avouerai, monsieur le vicaire, que je tiens à l'estime de mes concitoyens. Du temps de la république on n'eût point souffert cette oppression infâme, exercée sur de pauvres filles qui n'ont eu d'autre tort que de naître dans des familles opulentes et d'avoir des frères. Je voulais trouver l'occasion de dire ces choses en public ou à un homme raisonnable. Quant au nombre de mes femmes, j'y tiens fort peu. Deux et non pas cinq ou sept me suffiraient fort bien; je pourrais persister à en demander sept, jusqu'à ce qu'on se fût donné la peine de réfuter les indignes friponneries dont nous sommes victimes, et dont je vous ai exposé quelques-unes; mais parce que votre habit de velours noir vous va fort bien, monsieur le vicaire du prince, je vous déclare que je renonce pour cette année au droit d'avoir autant de domestiques que je pourrais en payer.

Le comte Buondelmonte avait été fort amusé par cette levée de bouclier; il la fit durer en faisant quelques objections les plus ridicules qu'il pût imaginer. Félize y répondit avec un feu et un esprit charmants. Le comte voyait dans ses yeux tout l'étonnement qu'avait cette jeune fille de vingt ans en voyant de telles absurdités dans la bouche d'un homme raisonnable en apparence.

Le comte prit congé de Félize, fit appeler l'abbesse, à laquelle il donna de sages avis, annonça au prince que les troubles du couvent de Sainte Riparata étaient apaisés, reçut force compliments pour sa sagesse profonde et enfin retourna à la culture de ses terres. « Il y a pourtant, se disait-il quelquefois, une fille de vingt ans et qui passerait peut-être pour la plus belle personne de la ville, si elle vivait dans le monde, et qui ne raisonne pas tout à fait comme une poupée [9]. »

Mais de grands événements eurent lieu dans le couvent. Toutes les religieuses ne raisonnaient pas aussi nettement que Félize, mais la plupart de celles qui étaient jeunes s'ennuyaient mortellement. Leur unique consolation était de dessiner des caricatures et de faire des sonnets satiriques sur un prince qui, après avoir été vingt-cinq ans cardinal, ne trouvait rien de mieux à faire, en arrivant au trône, que ne plus voir sa maîtresse et de la charger, en qualité d'abbesse, de vexer de pauvres jeunes filles jetées dans un couvent par l'avarice de leurs parents.

Comme nous l'avons dit, la douce Rodelinde était l'amie intime de Félize. Leur amitié sembla redoubler depuis que Félize lui eut avoué que, depuis ses conversations avec le comte Buondelmonte, cet homme âgé qui avait plus de trente-six ans, son amant Rodéric lui semblait un être assez ennuyeux. Pour le dire en un mot, Félize avait pris de l'amour pour ce comte si grave; les conversations infinies qu'elle avait à ce sujet avec son amie Rodelinde, se prolongeaient quelquefois jusqu'à deux ou trois heures du matin. Or, suivant la règle de saint Benoît, que l'abbesse prétendait rétablir dans toute sa rigidité, chacune des religieuses devait être rentrée dans son appartement une heure après le coucher du soleil, au son d'une certaine cloche qu'on appelait la retraite. La bonne abbesse, croyant devoir donner l'exemple, ne manquait pas de s'enfermer chez elle au son de la cloche et croyait pieusement que toutes les religieuses suivaient son exemple. Parmi les plus jolies et les plus riches de ces dames, on remarquait Fabienne, âgée de dix-neuf ans, la plus étourdie peut-être du couvent, et Céliane, son amie intime [a]. L'une et l'autre étaient fort en colère contre Félize qui, disaient-elles, les méprisait. Le fait est que, depuis que Félize avait un sujet de conversation si intéressant avec Rodelinde, elle supportait avec une impatience mal déguisée, ou plutôt nullement déguisée du tout, la présence des autres religieuses. Elle était la plus jolie, elle était la plus riche, elle avait évidemment plus d'esprit que les autres. Il n'en fallut pas tant, dans un couvent où l'on s'ennuyait, pour allumer une grande

a. Félize, de l'illustre famille Buondelmonte, faisait l'amour avec Rodéric L... La douce Rodelinde son amie intime avec Lancelot. Ces intrigues connues des douze ou quinze religieuses qui avaient du bon sens n'inspiraient pas la jalousie, mais l'amitié qu'elles avaient l'une pour l'autre choquait. Cette amitié était de l'amour à la Sapho, car elles ne pouvaient voir leurs amis que fort rarement, une fois ou deux par mois tout au plus.

haine. Fabienne, dans son étourderie [10], alla dire à l'abbesse que Félize et Rodelinde restaient quelquefois au jardin jusqu'à deux heures après minuit. L'abbesse avait obtenu du comte qu'un soldat du prince serait placé en sentinelle devant la porte du jardin du couvent, qui donnait sur l'espace vague derrière le rempart du nord. Elle avait fait placer d'énormes serrures à cette porte, et tous les soirs, en terminant leur journée, le plus jeune des jardiniers, qui était un vieillard de soixante ans, apportait à l'abbesse la clé de cette porte. L'abbesse envoyait aussitôt une vieille tourière détestée des religieuses fermer la seconde serrure de la porte. Malgré toutes ces précautions, rester au jardin jusqu'à deux heures du matin parut un grand crime à ses yeux. Elle fit appeler Félize, et traita cette fille si noble et devenue maintenant l'héritière de sa famille avec un ton de hauteur qu'elle ne se fût peut-être pas permis si elle n'eût été sûre de la faveur du prince. Félize fut d'autant plus piquée de l'amertume de ses reproches, que, depuis qu'elle avait connu le comte, elle n'avait fait venir son amant Rodéric qu'une seule fois et encore pour se moquer de lui. Dans son indignation, elle fut éloquente, et la bonne abbesse, tout en lui refusant de lui nommer sa dénonciatrice, donna des détails, au moyen desquels il fut facile à Félize de deviner qu'elle devait cette contrariété à Fabienne.

Aussitôt Félize résolut de se venger [11]. Cette résolution rendit tout son calme à cette âme à laquelle le malheur avait donné de la force.

— Savez-vous, madame, dit-elle à l'abbesse, que je suis digne de quelque pitié ? J'ai perdu entièrement la paix de l'âme. Ce n'est pas sans une profonde sagesse que le grand saint Benoît, notre fondateur, a prescrit qu'aucun homme au-dessous de soixante ans ne pût jamais être admis dans nos couvents. M. le comte Buondelmonte, vicaire du grand-duc pour l'administration de ce couvent, a dû avoir avec moi de longs entretiens pour me dissuader de la folle idée que j'avais eue d'augmenter le nombre de mes femmes. Il a de la sagesse, il joint à une prudence infinie un esprit admirable. J'ai été frappée, plus qu'il ne convenait à une servante de Dieu et de saint Benoît, de ces grandes qualités du comte, notre vicaire. Le Ciel a voulu punir ma folle vanité : je suis éperdument amoureuse du comte; au risque de scandaliser mon amie Rodelinde, je lui ai fait l'aveu de cette passion aussi criminelle qu'elle est involontaire; et c'est parce qu'elle me donne des conseils et des consolations, parce que quelquefois même elle réussit à me donner des forces contre la tentation du malin esprit, que quelquefois elle est restée fort tard auprès de moi. Mais toujours, ce fut à ma prière; je sentais trop qu'aussitôt que Rodelinde m'aurait quittée, j'allais penser au comte.

L'abbesse ne manqua pas d'adresser une longue exhortation à la brebis égarée. Félize eut soin de faire des réflexions qui allongèrent encore le sermon.

« Maintenant, pensa-t-elle, les événements qu'amènera notre vengeance, à Rodelinde et à moi, ramèneront l'aimable comte au couvent. Je réparerai ainsi la faute que j'ai faite en cédant trop vite sur l'article des filles que je voulais prendre à mon service. Je fus séduite à mon insu par la tentation de paraître raisonnable à un homme tellement raisonnable lui-même. Je ne vis pas que je lui ôtais toute occasion de revenir exercer sa charge de vicaire dans notre couvent. De là vient que je m'ennuie tant maintenant. Cette petite poupée de Rodéric, qui m'amusait quelquefois, me semble tout à fait ridicule, et, par ma faute, je n'ai plus revu cet aimable comte. C'est à nous désormais, à Rodelinde et à moi, à faire en sorte que notre vengeance amène des désordres tels que sa présence soit souvent nécessaire au couvent. Notre pauvre abbesse est si peu capable de secret, qu'il est fort possible qu'elle l'engage à diminuer autant que possible les entretiens que je chercherai à avoir avec lui, auquel cas, je n'en doute pas, l'ancienne maîtresse du grand-duc cardinal se chargera de faire ma déclaration à cet homme si singulier et si froid. Ce sera une scène comique qui peut-être l'amusera, car ou je me trompe fort ou il n'est pas autrement dupe de toutes les sottises qu'on nous prêche pour nous asservir : seulement il n'a pas encore trouvé de femme digne de lui et je serai cette femme ou j'y perdrai la vie [a] [12]. »

Aussitôt l'ennui de Félize et de Rodelinde fut chassé par le dessein de se venger qui occupa tous leurs moments. « Puisque Fabienne et Céliane ont entrepris méchamment de prendre le frais au jardin par les grandes chaleurs qu'il fait [13], il faut que le premier rendez-vous qu'elles accorderont à leurs amants fasse un scandale effroyable, et tel qu'il puisse effacer dans l'esprit des

a. Dans le premier entretien elle lui avoue sa liaison avec Rodéric et tous ses autres amours au nombre de trois.

dames graves du couvent celui qu'a pu produire la découverte de mes promenades tardives dans le jardin. Le soir du premier rendez-vous accordé par Fabienne et Céliane à Lorenzo et à Pierre-Antoine, Rodéric et Lancelot se placeront d'avance derrière les pierres de taille qui sont déposées dans cette sorte de place qui se trouve devant la porte de notre jardin. Rodéric et Lancelot ne devront pas tuer les amants de ces dames, mais leur donner cinq ou six petits coups de leurs épées, de manière qu'ils soient tout couverts de sang. Leur vue dans cet état alarmera leurs maîtresses et ces dames songeront à tout autre chose qu'à leur dire des choses aimables. » Ce que les deux amies trouvèrent de mieux, pour organiser le guet-apens qu'elles méditaient, fut de faire demander à l'abbesse un congé d'un mois par Livia, la caméariste noble de Rodelinde. Cette fille fort adroite était chargée de lettres pour Rodéric et Lancelot. Elle leur portait aussi une somme d'argent, avec laquelle ils environnèrent d'espions Lorenzo B., amant de Fabienne, et Pierre-Antoine D., amant de Céliane. Ces deux jeunes gens des plus nobles et des plus à la mode de la ville entraient la même nuit au couvent. Cette entreprise était devenue beaucoup plus difficile depuis le règne du cardinal grand-duc. En dernier lieu l'abbesse Virgilia avait obtenu du comte Buondelmonte qu'une sentinelle serait placée devant la porte de service du jardin laquelle donnait sur un espace désert derrière le rempart du nord.

Livia, la caméariste noble, venait tous les jours rendre compte à Félize et à Rodelinde des préparatifs de l'attaque méditée contre les amants de Céliane et de Fabienne. Les préparatifs ne durèrent pas moins de six semaines [14]. Il s'agissait de deviner la nuit que Lorenzo et Pierre-Antoine choisiraient pour venir au couvent, et, depuis le nouveau règne, qui s'annonçait avec beaucoup de sévérité, la prudence redoublait pour les entreprises de ce genre. D'ailleurs, Livia trouvait de grandes difficultés auprès de Rodéric. Il s'était fort bien aperçu de la tiédeur de Félize, et finit par refuser nettement de s'employer à la venger sur les amants de Fabienne et de Céliane, si elle ne consentait à lui en donner l'ordre de vive voix dans un rendez-vous qu'elle lui accorderait. Or, c'est à quoi Félize, tout occupée du comte Buondelmonte, ne voulut jamais consentir. « Je conçois bien, lui écrivit-elle avec sa franchise imprudente, qu'on se damne pour avoir du bonheur; mais se damner pour voir un ancien amant dont le règne est passé, c'est ce que je ne concevrai jamais. Toutefois, je pourrai bien consentir à vous recevoir encore une fois la nuit, pour vous faire entendre raison, mais ce n'est point un crime que je vous demande. Ainsi, vous ne pouvez point avoir des prétentions exagérées et demander à être payé comme si l'on exigeait de vous de donner la mort à un insolent. Ne commettez point l'erreur de faire aux amants de nos ennemies des blessures assez graves pour les empêcher d'entrer au jardin et de se donner en spectacle à toutes celles de nos dames que nous aurons eu le soin d'y rassembler. Vous feriez manquer tout le piquant de notre vengeance, je ne verrais en vous qu'un étourdi indigne de m'inspirer la moindre confiance. Or, sachez que c'est surtout à cause de ce défaut capital que vous avez cessé de mériter mon amitié [15]. »

Cette nuit de vengeance préparée avec tant de soin arriva enfin. Rodéric et Lancelot, aidés de plusieurs hommes à eux, épièrent pendant toute la journée les actions de Lorenzo et de Pierre-Antoine. Par des indiscrétions de ceux-ci, ils obtinrent la certitude que la nuit suivante ils devaient tenter l'escalade du mur de Santa Riparata. Un marchand fort riche, dont la maison était voisine du corps de garde qui fournissait la sentinelle placée devant la porte du jardin des religieuses, mariait sa fille ce soir-là. Lorenzo et Pierre-Antoine, déguisés en domestiques de riche maison, profitèrent de cette circonstance pour venir offrir en son nom, vers les dix heures du soir, un tonneau de vin au corps de garde. Les soldats firent honneur au cadeau. La nuit était fort obscure, l'escalade du mur du couvent devait avoir lieu sur le minuit; dès onze heures du soir, Rodéric et Lancelot cachés près du mur, eurent le plaisir de voir la sentinelle de l'heure précédente relevée par un soldat plus qu'à demi ivre, et qui ne manqua pas de s'endormir au bout de quelques minutes.

Dans l'intérieur du couvent, Félize et Rodelinde avaient vu leurs ennemies Fabienne et Céliane se cacher dans le jardin sous des arbres assez voisins du mur de clôture; un peu avant minuit, Félize osa bien aller réveiller l'abbesse. Elle n'eut pas peu de peine à parvenir jusqu'à elle; elle en eut encore plus à lui faire comprendre la possibilité du crime qu'elle venait lui dénoncer. Et enfin, après plus d'une demi-heure de temps perdu, et pendant les dernières minutes de laquelle Félize tremblait de passer pour une calomniatrice, l'abbesse déclara que le fait fût-il vrai, il ne fallait pas ajouter une infraction à la règle de saint Benoît à un crime. Or, la règle défendait absolument de mettre le pied au jardin après le coucher du soleil. Par bonheur, Félize se souvint qu'on pourrait arriver par l'intérieur du couvent, et sans mettre le pied au jardin, jusque sur le toit en terrasse d'une petite orangerie fort basse et toute voisine de la porte gardée par la sentinelle. Pendant que Félize était occupée à persuader l'abbesse, Rodelinde alla réveiller sa tante, âgée, fort pieuse, et sous-prieure du couvent.

L'abbesse, quoique se laissant entraîner jusque sur la terrasse de l'orangerie, était bien éloignée de croire à tout ce que lui disait Félize. On ne saurait se figurer quel fut son étonnement, son indignation, sa stupeur, quand, à neuf ou dix pieds au-dessous de la terrasse, elle aperçut deux religieuses qui à cette heure indue se trouvaient hors de leurs appartements, car la nuit profondément obscure ne lui permit point d'abord de reconnaître Fabienne et Céliane.

— Filles impies, s'écria-t-elle d'une voix qu'elle voulait rendre imposante, imprudentes malheureuses ! Est-ce ainsi que vous servez la majesté divine ? Songez que le grand saint Benoît, votre protecteur, vous regarde du haut du ciel et frémit en vous voyant sacrilèges à sa loi. Rentrez en vous-mêmes, et comme la cloche de la retraite a sonné depuis longtemps, regagnez vos appartements en toute hâte et mettez-vous en prière, en attendant la pénitence que je vous imposerai demain matin [16].

Qui pourrait peindre la stupeur et le chagrin qui remplirent l'âme de Céliane et de Fabienne, en entendant au-dessus de leurs têtes et si près d'elles la voix puissante de l'abbesse irritée ? Elles cessèrent de parler et se tenaient immobiles lorsqu'une bien autre surprise vint les frapper ainsi que l'abbesse. Ces dames entendirent à huit ou dix pas d'elles à peine et de l'autre côté de la porte, le bruit violent d'un combat à coups d'épée. Bientôt des combattants blessés jetèrent des cris ; quelques-uns étaient de douleur. Quelle ne fut pas la douleur de Céliane et de Fabienne en reconnaissant la voix de Lorenzo et de Pierre-Antoine ! Elles avaient de fausses clés de la porte du jardin, elles se précipitèrent sur les serrures, et quoique la porte fût énorme, elles eurent la force de la faire tourner sur ses gonds [17]. Céliane, qui était la plus forte et la plus âgée, osa la première sortir du jardin. Elle rentra quelques instants après, soutenant dans ses bras Lorenzo, son amant, qui paraissait dangereusement blessé et qui pouvait à peine se soutenir. Il gémissait à chaque pas comme un homme expirant, et en effet, à peine eut-il fait une dizaine de pas dans le jardin, que, malgré les efforts de Céliane, il tomba et expira presque aussitôt. Céliane, oubliant toute prudence, l'appelait à haute voix et éclatait en sanglots sur son corps, en voyant qu'il ne répondait point [18]. Tout cela se passa à vingt pas environ du toit en terrasse de la petite orangerie. Félize comprit fort bien que Lorenzo était mort ou mourant, et il serait difficile de peindre son désespoir. « C'est moi qui suis la cause de tout cela, se disait-elle. Rodéric se sera laissé emporter et il aura tué Lorenzo. Il est naturellement cruel, sa vanité ne pardonne jamais les blessures qu'on lui a faites, et dans plusieurs mascarades les chevaux de Lorenzo et les livrées de ses gens ont été trouvées plus belles que les siennes. » Félize soutenait l'abbesse à demi évanouie d'horreur.

Quelques instants après, la malheureuse Fabienne entrait au jardin, soutenant son malheureux amant Pierre-Antoine, lui aussi percé de coups mortels. Lui aussi ne tarda pas à expirer, mais, au milieu du silence général inspiré par cette scène d'horreur, on l'entendit qui disait à Fabienne :

— C'est don César, le chevalier de Malte. Je l'ai bien reconnu, mais s'il m'a blessé, lui aussi porte mes marques.

Don César avait été le prédécesseur de Pierre-Antoine auprès de Fabienne. Cette jeune religieuse semblait avoir perdu tout soin de sa réputation; elle appelait à haute voix à son secours la Madone et sa sainte Patronne, elle appelait aussi sa camériste noble, elle n'avait aucun souci de réveiller tout le couvent; c'est qu'elle était réellement éprise de Pierre-Antoine. Elle voulait lui donner des soins, étancher son sang, bander ses plaies. Cette véritable passion excita la pitié de beaucoup de religieuses. On s'approcha du blessé, on alla chercher des lumières, il était assis auprès d'un laurier contre lequel il s'appuyait. Fabienne était à genoux devant lui, lui donnant des soins. Il parlait bien et racontait de nouveau que c'était don César, chevalier de Malte, qui l'avait blessé, lorsque tout à coup il raidit les bras et expira.

Céliane interrompit les transports de Fabienne. Une fois certaine de la mort de Lorenzo son amant, elle sembla l'avoir oublié et ne se souvint plus que du péril qui les environnait, elle et sa chère Fabienne. Celle-ci était tombée évanouie sur le corps de son amant. Céliane la releva à demi et la secoua vivement, pour la rappeler à elle.

— Ta mort et la mienne sont certaines, si tu te livres à cette faiblesse, lui dit-elle à voix basse, en pressant sa bouche contre son oreille, afin de n'être point entendue de l'abbesse, qu'elle distinguait fort bien appuyée contre la balustrade de la terrasse de l'orangerie, à douze ou quinze pieds à peine au-dessus du sol du jardin. Réveille-toi, lui disait-elle, prends soin de ta gloire et de ta sûreté! Tu seras de longues années en prison dans un cachot obscur et infect, si dans ce moment tu t'abandonnes plus longtemps à ta douleur.

Dans ce moment l'abbesse qui avait voulu descendre, s'approchait des deux malheureuses religieuses, appuyée sur le bras de Félize.

— Pour vous, madame, lui dit Céliane avec un ton d'orgueil et de fermeté [19], qui en imposa à l'abbesse, si vous aimez la paix et si l'honneur du noble monastère vous est cher, vous saurez vous taire et ne point faire de tout ceci une tracasserie auprès du grand-duc. Vous aussi, vous avez aimé, on croit généralement que vous avez été sage, et c'est une supériorité que vous avez sur nous; mais si vous dites un mot de cette affaire au grand-duc, bientôt elle sera l'unique entretien de la ville et l'on dira que l'abbesse de Sainte Riparata, qui a connu l'amour dans les premières années de sa vie, n'a pas assez de fermeté pour diriger les religieuses de son couvent. Vous nous perdrez, madame, mais vous vous perdrez vous-même encore plus certainement que nous. Convenez, madame, dit-elle à l'abbesse qui poussait des soupirs et des exclamations confuses et de petits cris d'étonnement qui pouvaient être entendus, que vous ne voyez pas vous-même en ce moment ce qu'il y a à faire pour le salut du couvent et pour le vôtre! Et l'abbesse restant confuse et silencieuse, Céliane ajouta :

— Il faut vous taire d'abord, et ensuite l'essentiel est d'emporter loin d'ici et à l'instant même ces deux corps morts qui feront notre perte, à vous et à nous, s'ils sont découverts.

La pauvre abbesse, soupirant profondément, était tellement troublée qu'elle ne savait pas même répondre. Elle n'avait plus Félize auprès d'elle; celle-ci s'était éloignée prudemment, après l'avoir conduite jusqu'auprès des deux malheureuses religieuses dont elle craignait pardessus tout d'être reconnue.

— Mes filles, faites tout ce qui vous semble nécessaire, tout ce qui vous paraîtra convenable, dit enfin la malheureuse abbesse d'une voix éteinte par l'horreur de la situation où elle se trouvait. Je saurai dissimuler toutes nos hontes, mais rappelez-vous que les yeux de la divine justice sont toujours ouverts sur nos péchés [20].

Céliane ne fit aucune attention aux paroles de l'abbesse.

— Sachez garder le silence, madame, c'est là tout ce qu'on vous demande, lui répéta-t-elle plusieurs fois en l'interrompant [21]. S'adressant ensuite à Thérèse, la confidente de l'abbesse, qui venait d'arriver auprès d'elle :

— Aidez-moi, ma chère amie! Il y va de l'honneur de tout le couvent, il y va de l'honneur et de la vie de l'abbesse; car si elle parle, elle ne nous perd pas à demi, mais aussi nos nobles familles ne nous laisseront pas périr sans vengeance. Fabienne sanglotant à genoux devant un olivier, contre lequel elle s'appuyait, était hors d'état d'aider Céliane et Thérèse.

— Retire-toi dans ton appartement, lui dit Céliane. Songe avant tout à faire disparaître les traces de sang qui peuvent se trouver sur tes vêtements. Dans une heure j'irai pleurer avec toi.

Félize était au désespoir. Quoique ce siècle fût trop voisin des vrais dangers pour être remarquable par une délicatesse excessive, elle ne pouvait se dissimuler que c'était elle qui avait arrangé toute cette affaire. Placée sur la terrasse servant de toit à l'orangerie, elle entendait fort mal ce que disait Pierre-Antoine. D'ailleurs elle voyait la porte tout à fait ouverte : elle craignait mortellement que l'imprudence naturelle à Rodéric ne le portât à se montrer, dans le vague espoir d'obtenir un rendez-vous, car depuis qu'il n'était plus aimé, il était devenu malgré toute sa légèreté naturelle un amant passionné. L'abbesse, glacée d'horreur, était devenue immobile et refusait de se rendre aux prières de Félize, qui la conjurait de descendre au jardin; mais enfin Félize, rendue presque folle par ses remords, prit l'abbesse à bras-le-corps et lui fit presque descendre par force les sept à huit marches qui conduisaient de la terrasse de l'orangerie dans le jardin. Félize se hâta de remettre l'abbesse aux soins des premières religieuses qu'elle rencontra.

Elle courut à la porte, tremblant d'y rencontrer Rodéric. Elle n'y trouva que la figure stupide de la sentinelle qui, enfin réveillée de sa profonde ivresse par tant de bruit, était là, son arquebuse à la main, regardant ces figures noires qui s'agitaient dans le jardin. L'intention de Félize était de fermer la porte, mais elle vit ce soldat la regarder fixement. « Si je ferme la porte, se dit-elle, livré à ses réflexions et piqué de ne plus rien voir, il se rappellera ma figure et pourra me compromettre. » Cette idée l'éclaira; elle se glissa dans une partie obscure du jardin, chercha de là à voir où était Rodelinde, la découvrit enfin, pâle et à demi morte, s'appuyant contre un olivier, la saisit par la main et toutes deux regagnèrent leurs appartements en toute hâte.

Alors, aidée de Thérèse, [Céliane] transporta le cadavre de son amant d'abord, puis celui de Pierre-Antoine [22] dans la rue des marchands d'or, située à plus de dix minutes de chemin de la porte du jardin. Céliane et sa compagne furent assez heureuses pour n'être reconnues de personne. Par un bonheur bien autrement signalé et sans lequel leur sage précaution eût été rendue impossible, le soldat qui était en sentinelle devant la porte du jardin s'était assis sur une pierre assez éloignée et semblait dormir. Ce fut ce dont Céliane s'assura avant d'entreprendre de transporter les cadavres. Au retour de la seconde course, Céliane et sa compagne furent très effrayées. La nuit était devenue un peu moins sombre; il pouvait être deux heures du matin; elles virent bien distinctement trois soldats réunis devant la porte du jardin, et ce qui était bien pire : cette porte paraissait fermée.

— Voilà la première sottise de notre abbesse, dit Céliane à Thérèse. Elle se sera souvenue que la règle de saint Benoît veut que la porte du jardin soit fermée. Il nous faudra nous enfuir chez nos parents, et avec le prince sévère et sombre que nous avons, je pourrai bien laisser la vie dans cette affaire. Quant à toi, Thérèse, tu n'es coupable de rien; d'après mon ordre tu as aidé à transporter des cadavres dont la présence dans le jardin pouvait déshonorer le couvent. Mettons-nous à genoux derrière ces pierres.

Deux soldats venaient à elles, retournant de la porte du jardin au corps de garde. Céliane remarqua avec plaisir qu'ils paraissaient presque complètement ivres. Ils faisaient la conversation, mais celui qui avait été en sentinelle et qui était remarquable à cause de sa taille fort élevée, ne parlait point à son compagnon des événements de la nuit; et dans le fait, lors du procès qui fut instruit plus tard, il dit simplement que des gens armés et superbement vêtus étaient venus se battre à quelques pas de lui. Dans l'obscurité profonde il avait pu distinguer sept à huit hommes, mais s'était bien gardé de se mêler de leur querelle; ensuite tous étaient entrés dans le jardin du couvent.

Lorsque les deux soldats furent passés, Céliane et sa compagne s'approchèrent de la porte du jardin et trouvèrent à leur grande joie qu'elle n'était que poussée. Cette sage précaution était l'œuvre de Félize. Lorsqu'elle avait quitté l'abbesse, afin de n'être point reconnue de Céliane et de Fabienne, elle avait couru à la porte du jardin alors tout à fait ouverte. Elle avait une peur mortelle que Rodéric, qui, dans ce moment, lui faisait horreur n'eût cherché à profiter de l'occasion pour entrer au jardin et obtenir un rendez-vous. Connaissant son imprudence et son audace, et craignant qu'il ne cherchât à la compromettre pour se venger de l'affaiblissement de ses sentiments dont il s'était aperçu, Félize se tint cachée auprès de la porte, derrière des arbres. Elle avait entendu tout ce que Céliane avait dit à l'abbesse et ensuite à Thérèse, et c'était elle qui avait poussé la porte du jardin, lorsque peu d'instants après que Céliane et Thérèse furent sorties, emportant le second cadavre, elle entendit venir les soldats qui venaient relever la sentinelle.

Félize vit Céliane refermer la porte avec sa fausse clé et s'éloigner ensuite. Alors seulement elle quitta le jardin. « Voilà donc cette vengeance, se disait-elle, dont je me promettais tant de plaisir. » Elle passa le reste de la nuit avec Rodelinde à chercher à deviner les événements qui avaient pu amener un résultat si tragique [23].

Par bonheur, dès le grand matin, sa camériste noble rentra au couvent, lui apportant une longue lettre de Rodéric. Rodéric et Lancelot, par bravoure, n'avaient point voulu se faire aider par des assassins à gages alors fort communs à Florence. Eux deux seuls avaient attaqué Lorenzo et Pierre-Antoine. Le duel avait été fort long, parce que Rodéric et Lancelot, fidèles à l'ordre qu'ils avaient reçu, avaient reculé constamment, ne voulant faire à leurs adversaires que des blessures légères; et en effet, ils ne leur avaient donné que des estocades sur les bras et ils étaient parfaitement sûrs qu'ils n'avaient pu mourir de ces blessures. Mais au moment où ils étaient sur le point de se retirer, ils avaient vu, à leur grand étonnement, un spadassin furieux fondre sur Pierre-Antoine. Aux cris qu'il poussait en l'attaquant, ils avaient fort bien reconnu Don César, le chevalier de Malte. Alors, se voyant trois contre deux hommes blessés, ils s'étaient hâtés de prendre la fuite, et le lendemain c'était un grand étonnement dans Florence, lorsqu'on vint à découvrir les cadavres de ces jeunes hommes qui tenaient le premier rang dans la jeunesse riche et élégante de la ville. Ce fut à cause de leur rang qu'on les remarqua, car sous le règne dissolu de François, auquel le sévère Ferdinand venait de succéder, la Toscane avait été comme une province d'Espagne, et l'on comptait chaque année plus de cent assassinats dans la ville. La grande discussion qui s'éleva dans la haute société, à laquelle Lorenzo et Pierre-Antoine appartenaient, eut pour objet de savoir s'ils s'étaient battus en duel entre eux ou s'ils étaient morts victimes de quelque vengeance.

Le lendemain de ce grand événement, tout était tranquille dans le couvent. La très grande majorité des religieuses n'avait aucune idée de ce qui s'était passé. Dès l'aube du jour, avant l'arrivée des jardiniers, Thérèse était allée remuer la terre aux endroits où elle était tachée de sang, et détruire les traces de ce qui s'était passé. Cette fille, qui avait elle-même un amant, exécuta avec beaucoup d'intelligence et surtout sans en rien dire à l'abbesse, les ordres que lui donna Céliane. Celle-ci lui fit cadeau d'une jolie croix en diamants. Thérèse, fille fort simple, en la remerciant lui dit [24] :

— Il est une chose que je préférerais à tous les diamants du monde; depuis que cette nouvelle abbesse est venue au couvent, et quoique pour conquérir sa faveur je me sois abaissée à lui rendre des soins tout à fait serviles, jamais je n'ai pu obtenir d'elle qu'elle me donnât les moindres facilités pour voir Julien R... qui m'est attaché. Cette abbesse fera notre malheur à toutes. Enfin, il y a plus de quatre mois que je n'ai vu Julien, et il finira par m'oublier. L'amie intime de madame, la signora Fabienne, est au nombre des huit sœurs portières; un service en mérite un autre. Madame Fabienne, ne pourrait-elle pas, un jour qu'elle sera de garde à la porte, me permettre de sortir pour voir Julien, ou lui permettre d'entrer ?

— J'y ferai mon possible, lui dit Céliane, mais la grande difficulté que m'opposera Fabienne, c'est que l'abbesse ne s'aperçoive de votre absence. Vous l'avez trop accoutumée à vous avoir sans cesse sous la main. Essayez de faire de petites absences. Je suis sûre que si vous étiez attachée à toute autre qu'à madame l'abbesse, Fabienne n'aurait aucune difficulté de vous accorder ce que vous demandez.

Ce n'était point sans dessein que Céliane parlait ainsi.

— Tu passes ta vie à pleurer ton amant, dit-elle à Fabienne, et tu ne songes pas à l'effroyable danger qui nous menace. Notre abbesse est incapable de se taire; tôt ou tard ce qui est arrivé parviendra à la connaissance de notre sévère grand-duc. Il a porté sur le trône les idées d'un homme qui a été vingt-cinq ans cardinal. Notre crime est un des plus grands que l'on puisse commettre aux yeux de la religion; en un mot, la vie de l'abbesse c'est notre mort.

— Que veux-tu dire ? s'écria Fabienne en essuyant ses larmes.

— Je veux dire qu'il faut que tu obtiennes de ton amie, Victoire Ammanati, qu'elle te donne un peu de ce fameux poison de Pérouse [25] que sa mère lui donna en mourant, elle-même empoisonnée par son mari. Sa maladie avait duré plusieurs mois et peu de personnes eurent l'idée du poison; il en sera de même de notre abbesse.

— Ton idée me fait horreur, s'écria la douce Fabienne.

— Je ne doute pas de ton horreur et je la partagerais, si je ne me disais [que] la vie de l'abbesse c'est la mort de Fabienne et de Céliane. Songe à ceci : Madame l'abbesse est absolument incapable de se taire; un mot d'elle suffit pour persuader le cardinal grand-duc, qui affiche surtout l'horreur des crimes occasionnés par l'ancienne liberté qui régnait dans nos pauvres couvents. Ta cousine est fort liée avec Thérèse, qui appartient à une branche de sa famille ruinée par les banqueroutes de 158... Thérèse est amoureuse folle d'un beau tisseur de soie nommé Julien; il faut que ta cousine lui donne, comme un somnifère propre à faire cesser la surveillance si gênante de Madame l'abbesse, ce poison de Pérouse qui fait mourir en six mois de temps [26].

Le comte Buondelmonte, ayant eu l'occasion de venir à la cour, le grand-duc Ferdinand le félicita sur la tranquillité exemplaire qui régnait dans l'abbaye de

Sainte Riparata. Ce mot du prince engagea le comte à aller voir son ouvrage. On peut juger de son étonnement, lorsque l'abbesse lui raconta le double assassinat, du résultat duquel elle avait été témoin. Le comte vit bien que l'abbesse Virgilia était tout à fait incapable de lui donner le moindre renseignement sur la cause de ce double crime. « Il n'y a ici, se dit-il, que Félize, cette bonne tête, dont les raisonnements m'embarrassèrent si fort, il y a six mois, lors de ma première visite, qui puisse me donner quelque lumière sur la présente affaire. Mais préoccupée comme elle l'est de l'injustice de la société et des familles à l'égard des religieuses, voudra-t-elle parler [27] ? »

L'arrivée au couvent du vicaire du grand-duc avait jeté Félize dans une joie immodérée. Enfin elle reverrait cet homme singulier, cause unique de toutes ses démarches depuis six mois! Par un effet contraire, la venue du comte avait jeté dans une profonde terreur Céliane et la jeune Fabienne, son amie.

— Tes scrupules nous auront perdues, dit Céliane à Fabienne. L'abbesse est trop faible pour ne pas avoir parlé. Et maintenant notre vie est entre les mains du comte. Deux partis nous restent : prendre la fuite, mais avec quoi vivrions-nous ? L'avarice de nos frères saisira le prétexte du soupçon de crime qui plane sur nous, pour nous refuser du pain. Anciennement, quand la Toscane n'était qu'une province de l'Espagne, les malheureux Toscans persécutés pouvaient se réfugier en France. Mais ce grand-duc cardinal a tourné ses yeux vers cette puissance et veut secouer le joug de l'Espagne. Impossible à nous de trouver un refuge, et voilà, ma pauvre amie, à quoi nous ont conduites tes scrupules enfantins. Nous n'en serons pas moins obligées de commettre le crime, car Thérèse et l'abbesse sont les seuls témoins dangereux de ce qui s'est passé dans cette nuit fatale. La tante de Rodelinde ne dira rien; elle ne voudra pas compromettre l'honneur de ce couvent qui lui est si cher. Thérèse, ayant présenté le prétendu somnifère à l'abbesse, se gardera bien de parler quand nous lui aurons dit que ce somnifère était du poison. D'ailleurs, c'est une bonne fille éperdument amoureuse de son Julien.

Il serait trop long de rendre compte du savant entretien que Félize eut avec le comte. Elle avait toujours présente la faute qu'elle avait commise en cédant trop vite sur l'article des deux femmes de chambre. Il était résulté de cet excès de bonne foi que le comte avait passé six mois sans reparaître au couvent. Félize se promit bien de ne plus tomber dans la même erreur. Le comte l'avait fait prier avec toute la grâce possible de lui accorder un entretien au parloir. Cette invitation mit Félize hors d'elle-même. Elle eut besoin de se rappeler ce qu'elle devait à sa dignité de femme, pour remettre l'entretien au lendemain. Mais en arrivant à ce parloir où le comte était seul, quoique séparée de lui par une grille dont les barreaux étaient énormes, Félize se sentait saisie d'une timidité qu'elle n'avait jamais éprouvée. Son étonnement fut extrême, elle se repentait profondément de cette idée qui autrefois lui avait semblé si habile et si plaisante. Nous voulons parler de cet aveu de sa passion pour le comte, autrefois fait par elle à l'abbesse, afin qu'elle le redît au comte. Alors elle était loin de l'aimer comme elle faisait maintenant. Il lui avait semblé plaisant d'attaquer le cœur du grave commissaire que le prince donnait au couvent. Maintenant, ses sentiments étaient bien différents : lui plaire était nécessaire à son bonheur; si elle n'y réussissait pas, elle serait malheureuse, et qu'est-ce que dirait un homme aussi grave de l'étrange confidence que lui ferait l'abbesse ? Il pouvait fort bien la trouver indécente, et cette idée mettait Félize à la torture. Il fallait parler. Le comte était là, grave, assis devant elle et lui adressant des compliments sur la haute portée de son esprit. L'abbesse lui a-t-elle déjà parlé ? Toute l'attention de la jeune religieuse se concentra sur cette grande question. Par bonheur pour elle, elle crut voir ce qui en effet était la vérité : que l'abbesse, encore tout effrayée de la vue des deux cadavres qui lui avaient apparu dans cette nuit fatale, avait oublié un détail aussi futile que le fol amour conçu par une jeune religieuse.

Le comte de son côté voyait fort bien le trouble extrême de cette belle personne et ne savait à quoi l'attribuer. « Serait-elle coupable ? » se disait-il. Cette idée le troublait, lui, si raisonnable. Ce soupçon le porta à accorder une attention extrême et sérieuse aux réponses de la jeune religieuse. C'était un honneur que depuis longtemps les paroles d'aucune femme n'avaient obtenu de lui. Il admira l'adresse de Félize. Elle trouvait l'art de répondre d'une manière flatteuse pour le comte à tout ce que celui-ci lui disait sur le combat fatal qui avait eu lieu à la porte du couvent; mais elle se gardait bien de lui adresser des réponses concluantes. Après une heure et demie d'une conversation pendant laquelle le comte ne s'était pas ennuyé un seul instant, il prit congé de la jeune religieuse, en la suppliant de lui accorder un second entretien à quelques jours de là. Ce mot répandit une félicité céleste dans l'âme de Félize.

Le comte sortit fort pensif de l'abbaye de Sainte Riparata.

« Mon devoir serait sans doute, se disait-il, de rendre compte au prince des choses étranges que je viens d'apprendre. Tout l'Etat a été occupé de la mort étrange de ces deux pauvres jeunes gens si brillants, si riches. D'un autre côté, avec le terrible évêque que ce prince cardinal vient de nous donner, lui dire un mot de ce qui s'est passé c'est précisément la même chose qu'introduire dans ce malheureux couvent toutes les fureurs de l'inquisition espagnole. Ce n'est pas une seule de ces pauvres jeunes filles que ce terrible évêque fera périr, mais peut-être cinq ou six; et qui sera coupable de leur mort, si ce n'est moi, qui n'avais qu'à commettre un bien petit abus de confiance pour qu'elle n'eût pas lieu ? Si le prince vient à savoir ce qui s'est passé et me fait des reproches, je lui dirai : votre terrible évêque m'a fait peur. »

Le comte n'osait pas s'avouer bien exactement tous les motifs qu'il avait pour se taire. Il n'était pas sûr que la belle Félize ne fût pas coupable, et tout son être était saisi d'horreur à la seule idée de mettre en péril la vie d'une pauvre jeune fille si crullement traitée par ses parents et par la société. « Elle serait l'ornement de Florence, se disait-il, si on l'eût mariée. »

Le comte avait invité à une magnifique partie de chasse dans la maremme de Sienne, dont la moitié lui appartenait, les plus grands seigneurs de la cour et les plus riches marchands de Florence. Il s'excusa auprès d'eux, la chasse eut lieu sans lui, et Félize fut bien étonnée en entendant, dès le surlendemain de la première conversation, les chevaux du comte qui piaffaient dans la première cour du couvent. Le vicaire du grand-duc, en prenant la résolution de ne point parler au prince de ce qui était arrivé, avait pourtant senti qu'il contractait l'obligation de veiller sur la tranquillité future du couvent. Or, pour y parvenir, il fallait d'abord connaître quelle part les deux religieuses, dont les amants avaient péri, avaient eue à leur mort. Après un fort long entretien avec l'abbesse, le comte fit appeler huit ou dix religieuses, parmi lesquelles se trouvaient Fabienne et Céliane. Il trouva à son grand étonnement qu'ainsi que le lui avait dit l'abbesse, huit de ces religieuses ignoraient totalement ce qui s'était passé dans la nuit fatale. Le comte ne fit des interrogations directes qu'à Céliane et Fabienne : elles nièrent, Céliane avec toute la fermeté d'une âme supérieure aux plus grands malheurs, la jeune Fabienne comme une pauvre fille au désespoir, à laquelle on rappelle barbarement la source de toutes ses douleurs. Elle était horriblement maigrie et semblait atteinte d'une maladie de poitrine, elle ne pouvait se consoler de la mort du jeune Lorenzo B... — C'est moi qui l'ai tué, disait-elle à Céliane dans les longs entretiens qu'elle avait avec elle; j'aurais dû mieux ménager l'amour-propre du féroce Don César, son prédécesseur, en rompant avec lui.

Dès son entrée dans le parloir, Félize comprit que l'abbesse avait eu la faiblesse de parler au vicaire du grand-duc de l'amour qu'elle avait pour lui; les façons du sage Buondelmonte en étaient toutes changées. Ce fut d'abord un grand sujet de rougeur et d'embarras pour Félize. Sans s'en apercevoir précisément, elle fut charmante pendant le long entretien qu'elle eut avec le comte [a], mais elle n'avoua rien. L'abbesse ne savait exactement rien que ce qu'elle avait vu et encore, suivant toute apparence, mal vu. Céliane et Fabienne n'avouaient rien. Le comte était fort embarrassé.

« Si j'interroge les caméristes nobles et les domestiques, c'est la même chose que donner accès à l'évêque dans cette affaire. Elles parleront à leur confesseur et nous voici avec l'inquisition dans le couvent. »

Le comte, fort inquiet, revint tous les jours à Sainte Riparata. Il prit le parti d'interroger toutes les religieuses, puis toutes les caméristes nobles, enfin toutes les personnes de service. Il découvrit la vérité sur un infanticide qui avait eu lieu trois ans auparavant et dont l'official [de la] cour de justice ecclésiastique, présidée par l'évêque, lui avait transmis la dénonciation. Mais, à son grand étonnement, il vit que l'histoire des deux jeunes gens entrés mourants dans le jardin de l'abbaye n'était absolument connue que de l'abbesse, de Céliane, de Fabienne, de Félize et de son amie Rodelinde. La tante de celle-ci sut si bien dissimuler, qu'elle échappa aux soupçons. La terreur inspirée par le nouvel évêque, monsignor ***, était telle, qu'à l'exception de l'abbesse et de Félize, les dépositions de toutes les autres religieuses, évidemment entachées de mensonge, étaient toujours données dans les mêmes termes. Le comte terminait toutes ses séances au couvent par une longue conversation avec Félize, qui faisait son bonheur, mais pour la faire durer, elle s'appliquait à n'apprendre au comte chaque jour qu'une fort petite partie de ce qu'elle savait de relatif à la mort des deux jeunes cavaliers. Elle était au contraire d'une extrême franchise sur les choses qui la regardaient personnellement. Elle avait eu trois amants; elle raconta au comte, qui était presque devenu son ami, toute l'histoire de ses amours. La franchise si parfaite de cette jeune fille si belle et de tant d'esprit intéressa le comte qui ne fit point difficulté de répondre à cette franchise par une extrême candeur.

— Je ne saurais vous payer, disait-il, à Félize, par des histoires intéressantes comme les vôtres. Je ne sais si j'oserai vous dire que toutes les personnes de votre sexe que j'ai rencontrées dans le monde, m'ont toujours inspiré plus de mépris pour leur caractère que d'admiration pour leur beauté.

Les fréquentes visites du comte avaient ôté le repos à Céliane. Fabienne, de plus en plus absorbée dans sa douleur, avait cessé d'opposer ses répugnances aux conseils de son amie. Quand son tour vint de garder la porte du couvent, elle ouvrit la porte, détourna la tête, et Julien, le jeune ouvrier en soie, ami de Thérèse confidente de l'abbesse, put entrer dans le couvent. Il y passa huit jours entiers jusqu'au moment où Fabienne étant de nouveau de service, put laisser la porte ouverte. Il paraît que ce fut sur la fin de ce long séjour de son amant que Thérèse donna de sa liqueur somnifère à l'abbesse, qui voulait l'avoir jour et nuit auprès d'elle, et touchée des plaintes de Julien qui s'ennuyait mortellement, seul et enfermé à clef dans sa chambre. Julie, jeune religieuse fort dévote, passant un soir dans le grand dortoir, entendit parler dans la chambre de Thérèse. Elle s'approcha, sans faire de bruit, mit l'œil à la serrure et vit un beau jeune homme qui, assis à table, soupait en riant avec Thérèse. Julie donna quelques coups à la porte, puis venant à songer que Thérèse pourrait fort bien ouvrir cette porte, l'enfermer avec ce jeune homme et aller la dénoncer, elle, Julie, à l'abbesse, dont elle serait crue à cause de l'habitude que Thérèse avait de passer sa vie avec l'abbesse, Julie fut saisie d'un trouble extrême. Elle se vit en imagination poursuivie dans le corridor solitaire et fort obscur en ce moment, où l'on n'avait pas encore allumé les lampes, par Thérèse qui était beaucoup plus forte qu'elle. Julie toute troublée prit la fuite, mais elle entendit Thérèse ouvrir sa porte, et se figurant avoir été reconnue par elle, elle alla tout dire à l'abbesse, laquelle horriblement scandalisée accourut à la chambre de Thérèse où l'on ne trouva pas Julien qui s'était enfui au jardin. Mais cette même nuit, l'abbesse ayant cru prudent, même dans l'intérêt de la réputation de Thérèse, de [la faire] coucher dans la chambre d'elle, abbesse, et lui ayant annoncé que dès le lendemain matin elle irait elle-même, accompagnée du père ***, confesseur du couvent, mettre les scellés sur la porte de sa cellule, où la méchanceté avait pu supposer qu'un homme était caché, Thérèse irritée et occupée en ce moment à préparer le chocolat qui formait le souper de l'abbesse, y mêla une énorme quantité du prétendu somnifère.

Le lendemain, l'abbesse Virgilia se trouva dans un état d'irritation nerveuse tellement singulier, et en se regardant au miroir, elle se trouva une figure tellement changée qu'elle pensa qu'elle allait mourir. Le premier effet de ce poison de Pérouse est de rendre presque folles les personnes qui en ont pris. Virgilia se souvint qu'un des privilèges des abbesses du noble couvent de Sainte Riparata était d'être assistées à leurs derniers moments par Monseigneur l'évêque; elle écrivit au prélat qui bientôt parut dans le couvent. Elle lui conta non seulement sa maladie, mais encore l'histoire des deux cadavres. L'évêque la tança sévèrement de ne pas lui avoir donné connaissance d'un incident aussi singulier et aussi criminel. L'abbesse répondit que le vicaire du prince, comte Buondelmonte, lui avait fortement conseillé d'éviter le scandale.

— Et comment ce séculier a-t-il l'audace d'appeler scandale le strict accomplissement de vos devoirs ?

En voyant arriver l'évêque au couvent, Céliane dit à Fabienne : — Nous sommes perdues. Ce prélat fanatique et qui veut à tout prix introduire la réforme du Concile de Trente dans les couvents de son diocèse, sera pour nous un tout autre homme que le comte Buondelmonte.

Fabienne se jeta en pleurant dans les bras de Céliane.

— La mort n'est rien pour moi, mais je mourrai doublement désespérée puisque j'aurai causé ta perte, sans sauver pour cela la vie de cette malheureuse abbesse.

Aussitôt Fabienne se rendit dans la cellule de la dame qui, ce soir-là, devait être de garde à la porte. Sans lui donner d'autres détails, elle lui dit qu'il fallait sauver la vie et l'honneur de Thérèse, qui avait eu l'imprudence de recevoir un homme dans sa cellule. Après beaucoup de difficultés, cette religieuse consentit à laisser la porte ouverte et à s'en éloigner un instant, un peu après onze heures du soir.

Pendant ce temps, Céliane avait fait dire à Thérèse de se rendre au chœur. C'était une salle immense comme une seconde église, séparée par une grille de celle qui était livrée au public, dont le soffite avait plus de quarante pieds d'élévation. Thérèse s'était agenouillée au milieu du chœur de façon à ce qu'en parlant bas personne ne pût l'entendre. Céliane alla se placer à côté d'elle.

— Voici, lui dit-elle, une bourse qui renferme tout ce que nous nous sommes trouvé d'argent, Fabienne et moi. Ce soir ou demain soir, je m'arrangerai pour que la porte du couvent reste ouverte un instant. Fais échapper Julien, et toi-même, sauve-toi bientôt après. Sois assurée que l'abbesse Virgilia a tout dit au terrible évêque, dont le tribunal te condamnera sans doute à quinze années de cachot ou à la mort.

Thérèse fit un mouvement pour se jeter aux genoux de Céliane.

— Que fais-tu, imprudente ? s'écria celle-ci, et elle eut le temps d'arrêter son mouvement. Songe que Julien et toi, vous pouvez être arrêtés à chaque instant. D'ici au moment de ta fuite, tiens-toi cachée le plus possible, et sois surtout attentive aux personnes qui entrent dans le parloir de Madame l'abbesse.

Le lendemain, en arrivant au couvent, le comte trouva bien des changements, Thèrèse, la confidente de l'abbesse, avait disparu pendant la nuit; l'abbesse était tellement affaiblie qu'elle fut obligée, pour recevoir le vicaire du prince, de se faire transporter à son parloir dans un fauteuil. Elle avoua au comte qu'elle avait tout dit à l'évêque.

— En ce cas, nous allons avoir du sang ou des poisons, s'écria celui-ci...

. . . .

Le confesseur [28], véritable Florentin de nos jours sans aucune passion, croit que se passionner *use*, répond par des mots qu'il prend pour des raisons, ne *pense jamais* à reprocher de peur de s'user, n'a qu'une passion, la gourmandise et les bouteilles. Bonne scène avec le *raisonnable* comte.

Félize à la fin ne veut pas se sauver laissant Rodelinde dans l'embarras. Le comte l'estime. Rodelinde meurt de la poitrine. Alors Félize se sauve.

— Je ne te laisserai jamais que deux jours, lui dit le comte qui s'établit à Bologne et passe le reste de sa vie à faire des voyages de Toscane à Bologne.

LES CENCI

1599

Le don Juan de Molière est galant sans doute, mais avant tout il est homme de bonne compagnie; avant de se livrer au penchant irrésistible qui l'entraîne vers les jolies femmes, il tient à se conformer à un certain modèle idéal, il veut être l'homme qui serait souverainement admiré à la cour d'un jeune roi galant et spirituel.

Le don Juan de Mozart est déjà plus près de la nature, et moins français, il pense moins à l'*opinion des autres;* il ne songe pas, avant tout, à *parestre,* comme dit le baron de Fœneste, de d'Aubigné [1]. Nous n'avons que deux portraits du don Juan d'Italie, tel qu'il dut se montrer, en ce beau pays, au XVIe siècle, au début de la civilisation renaissante.

De ces deux portraits, il en est un que je ne puis absolument faire connaître, le siècle est trop *collet monté;* il faut se rappeler ce grand mot que j'ai ouï répéter bien des fois à lord Byron : *This age of cant* [2]. Cette hypocrisie si ennuyeuse et qui ne trompe personne a l'immense avantage de donner quelque chose à dire aux sots : ils se scandalisent de ce qu'on a osé dire telle chose; de ce qu'on a osé rire de telle autre, etc. Son désavantage est de raccourcir infiniment le domaine de l'histoire.

Si le lecteur a le bon goût de me le permettre, je vais lui présenter, en toute humilité, une notice historique sur le second des don Juan, dont il est possible de parler en 1837; il se nommait *François Cenci.*

Pour que le don Juan soit possible, il faut qu'il y ait de l'hypocrisie dans le monde. Le don Juan eût été un effet sans cause dans l'antiquité; la religion était une fête, elle exhortait les hommes au plaisir, comment aurait-elle flétri des êtres qui faisaient d'un certain plaisir leur unique affaire ? Le gouvernement seul parlait de *s'abstenir ;* il défendait les choses qui pouvaient nuire à la patrie, c'est-à-dire à l'intérêt bien entendu de tous, et non ce qui peut nuire à l'individu qui agit [3].

Tout homme qui avait du goût pour les femmes et beaucoup d'argent pouvait donc être un don Juan dans Athènes, personne n'y trouvait à redire; personne ne professait que cette vie est une vallée de larmes et qu'il y a du mérite à se faire souffrir.

Je ne pense pas que le don Juan athénien pût arriver jusqu'au crime aussi rapidement que le don Juan des monarchies modernes; une grande partie du plaisir de celui-ci consiste à braver l'opinion, et il a débuté, dans sa jeunesse, par s'imaginer qu'il bravait seulement l'hypocrisie.

Violer les lois dans la monarchie à la Louis XV, tirer un coup de fusil à un couvreur, et le faire dégringoler du haut de son toit, n'est-ce pas une preuve que l'on vit dans la société du prince, que l'on est du meilleur ton, et que l'on se moque fort du juge ? *Se moquer du juge*, n'est-ce pas le premier pas, le premier essai de tout petit don Juan qui débute ?

Parmi nous, les femmes ne sont plus à la mode, c'est pourquoi les don Juan sont rares; mais quand il y en avait, ils commençaient toujours par chercher des plaisirs fort naturels, tout en se faisant gloire de braver ce qui leur semblait des idées non fondées en raison dans la religion de leurs contemporains. Ce n'est que plus tard, et lorsqu'il commence à se pervertir, que le don Juan trouve une volupté exquise à braver les opinions qui lui semblent à lui-même justes et raisonnables.

Ce passage devait être fort difficile chez les anciens, et ce n'est guère que sous les empereurs romains, et après Tibère et Caprée, que l'on trouve des libertins qui aiment la corruption pour elle-même, c'est-à-dire pour le plaisir de braver les opinions raisonnables de leurs contemporains.

Ainsi c'est à la religion chrétienne que j'attribue la possibilité du rôle satanique de don Juan. C'est sans doute cette religion qui enseigna au monde qu'un pauvre esclave, qu'un gladiateur avait une âme absolument égale en faculté à celle de César lui-même; ainsi, il faut la remercier de l'apparition des sentiments délicats; je ne doute pas, au reste, que tôt ou tard ces sentiments ne se fussent fait jour dans le sein des peuples. L'*Enéide* est déjà bien plus *tendre* que l'*Iliade*.

La théorie de Jésus était celle des philosophes arabes ses contemporains ; la seule chose nouvelle qui se soit introduite dans le monde à la suite des principes prêchés par saint Paul, c'est un corps de prêtres absolument séparé du reste des citoyens et même ayant des intérêts opposés [a].

Ce corps fit son unique affaire de cultiver et de fortifier le *sentiment religieux;* il inventa des prestiges et des habitudes pour émouvoir les esprits de toutes les classes, depuis le pâtre inculte jusqu'au vieux courtisan blasé; il sut lier son souvenir aux impressions charmantes de la première enfance; il ne laissa point passer la moindre peste ou le moindre grand malheur sans en profiter pour redoubler la peur et le *sentiment religieux*, ou tout au moins pour bâtir une belle église, comme la *Salute* à Venise.

L'existence de ce corps produisit cette chose admirable : le pape saint Léon, résistant sans *force physique* au féroce Attila et à ses nuées de barbares qui venaient d'effrayer la Chine, la Perse et les Gaules.

Ainsi, la religion, comme le pouvoir absolu tempéré par des chansons, qu'on appelle la monarchie française, a produit des choses singulières que le monde n'eût jamais vues, peut-être, s'il eût été privé de ces deux institutions.

Parmi ces choses bonnes ou mauvaises, mais toujours singulières et curieuses, et qui eussent bien étonné Aristote, Polybe, Auguste, et les autres bonnes têtes de l'antiquité, je place sans hésiter le caractère tout moderne du don Juan. C'est, à mon avis, un produit des *institutions ascétiques* des papes venus après Luther; car Léon X et sa cour (1506) suivaient à peu près les principes de la religion d'Athènes.

Le *Don Juan* de Molière fut représenté au commencement du règne de Louis XIV, le 15 février 1665; ce prince n'était point encore dévot, et cependant la censure ecclésiastique fit supprimer la scène du *pauvre dans la forêt*. Cette censure, pour se donner des forces, voulait persuader à ce jeune roi, si prodigieusement ignorant, que le mot janséniste était synonyme de *républicain* [b].

a. Voir Montesquieu, *Politique des Romains dans la religion.*
b. Saint-Simon, *Mémoires de l'abbé Blache.*

L'original est d'un Espagnol, Tirso de Molina [a], une troupe italienne en jouait une imitation à Paris vers 1664, et faisait fureur. C'est probablement la comédie du monde qui a été représentée le plus souvent. C'est qu'il y a le diable et l'amour, la peur de l'enfer et une passion exaltée pour une femme, c'est-à-dire, ce qu'il y a de plus terrible et de plus doux aux yeux de tous les hommes, pour peu qu'ils soient au-dessus de l'état sauvage.

Il n'est pas étonnant que la peinture du don Juan ait été introduite dans la littérature par un poète espagnol. L'amour tient une grande place dans la vie de ce peuple; c'est, là-bas, une passion sérieuse et qui se fait sacrifier, haut la main, toutes les autres, et même, qui le croirait? la *vanité!* Il en est de même en Allemagne et en Italie. A le bien prendre, la France seule est complètement délivrée de cette passion, qui fait faire tant de folies à ces étrangers : par exemple, épouser une fille pauvre, sous le prétexte qu'elle est jolie et qu'on en est amoureux. Les filles qui manquent de beauté ne manquent pas d'admirateurs en France; nous sommes gens avisés. Ailleurs, elles sont réduites à se faire religieuses, et c'est pourquoi les couvents sont indispensables en Espagne. Les filles n'ont pas de dot en ce pays, et cette loi a maintenu le triomphe de l'amour. En France, l'amour ne s'est-il pas réfugié au cinquième étage, c'est-à-dire parmi les filles qui ne se marient pas avec l'entremise du notaire de la famille [4] ?

Il ne faut point parler du don Juan de lord Byron, ce n'est qu'un Faublas, un beau jeune homme insignifiant, et sur lequel se précipitent toutes sortes de bonheurs invraisemblables.

C'est donc en Italie et au XVIe siècle seulement qu'a dû paraître, pour la première fois, ce caractère singulier. C'est en Italie et au XVIIe siècle qu'une princesse disait, en prenant une glace avec délices le soir d'une journée fort chaude : *Quel dommage que ce ne soit pas un péché* [5] *!*

Ce sentiment forme, suivant moi, la base du caractère du don Juan, et comme on voit, la religion chrétienne lui est nécessaire.

a. Ce nom fut adopté par un moine, homme d'esprit, fray Gabriel Tellez. Il appartenait à l'ordre de la Merci, et l'on a de lui plusieurs pièces où se trouvent des scènes de génie, entre autres, *Le Timide à la Cour*. Tellez fit trois cents comédies, dont soixante ou quatre-vingts existent encore. Il mourut vers 1610.

Sur quoi un auteur napolitain s'écrie : « N'est-ce rien que de braver le ciel, et de croire qu'au moment même le ciel peut vous réduire en cendre ? De là l'extrême volupté, dit-on, d'avoir une maîtresse religieuse, et religieuse remplie de piété, sachant fort bien qu'elle fait mal, et demandant pardon à Dieu avec passion, comme elle pèche avec passion [a]. »

Supposons un chrétien extrêmement pervers, né à Rome, au moment où le sévère Pie V venait de remettre en honneur ou d'inventer une foule de pratiques minutieuses absolument étrangères à cette morale simple qui n'appelle vertu que *ce qui est utile aux hommes*. Une inquisition inexorable, et tellement inexorable qu'elle dura peu en Italie, et dut se réfugier en Espagne, venait d'être renforcée [b] et faisait peur à tous. Pendant quelques années, on attacha de très grandes peines à la non-exécution ou au mépris public de ces petites pratiques minutieuses élevées au rang des devoirs les plus sacrés de la religion; il aura haussé les épaules en voyant l'universalité des citoyens trembler devant les lois terribles de l'inquisition.

« Eh bien! se sera-t-il dit, je suis l'homme le plus riche de Rome, cette capitale du monde; je vais en être aussi le plus brave; je vais me moquer publiquement de tout ce que ces gens-là respectent, et qui ressemble si peu à ce qu'on doit respecter. »

Car un don Juan, pour être tel, doit être homme de cœur et posséder cet esprit vif et net qui fait voir clair dans les motifs des actions des hommes.

François Cenci se sera dit : « Par quelles actions parlantes, moi Romain, né à Rome en 1527, précisément pendant les six mois durant lesquels les soldats luthériens du connétable de Bourbon [6] y commirent, sur les choses saintes, les plus affreuses profanations; par quelles actions pourrais-je faire remarquer mon courage et me donner, le plus profondément possible, le plaisir de

a. D. Dominico Paglietta.

b. Saint Pie V Ghislieri, Piémontais, dont on voit la figure maigre et sévère au tombeau de Sixte Quint, à Sainte-Marie-Majeure, était *grand inquisiteur* quand il fut appelé au trône de saint Pierre en 1566. Il gouverna l'Eglise six ans et vingt-quatre jours. Voir ses lettres publiées par M. de Potter, le seul homme parmi nous qui ait connu ce point d'histoire. L'ouvrage de M. de Potter, vaste mine de faits, est le fruit de quatorze ans d'études consciencieuses dans les bibliothèques de Florence, de Venise et de Rome.

braver l'opinion? Comment étonnerai-je mes sots contemporains ? Comment pourrais-je me donner le plaisir si vif de me sentir différent de tout ce vulgaire ? »

Il ne pouvait entrer dans la tête d'un Romain, et d'un Romain du Moyen Age, de se borner à des paroles. Il n'est pas de pays où les paroles hardies soient plus méprisées qu'en Italie.

L'homme qui a pu se dire à lui-même ces choses se nommait François Cenci : il a été tué sous les yeux de sa fille et de sa femme, le 15 septembre 1598. Rien d'aimable ne nous reste de ce don Juan, son caractère ne fut pas adouci et *amoindri* par l'idée d'être, avant tout, homme de bonne compagnie, comme le don Juan de Molière. Il ne songeait aux autres hommes que pour marquer sa supériorité sur eux, s'en servir dans ses desseins ou les haïr. Le don Juan n'a jamais de plaisir par les sympathies, par les douces rêveries ou les illusions d'un cœur tendre. Il lui faut, avant tout, des plaisirs qui soient des triomphes, qui puissent être vus par les autres, qui ne *puissent être niés;* il lui faut la liste déployée par l'insolent Leporello aux yeux de la triste Elvire.

Le don Juan romain s'est bien gardé de la maladresse insigne de donner la clef de son caractère, et de faire des confidences à un laquais, comme le don Juan de Molière; il a vécu sans confident, et n'a prononcé de paroles que celles qui étaient utiles pour l'*avancement de ses desseins*. Nul ne vit en lui de ces moments de tendresse véritable et de gaieté charmante qui nous font pardonner au don Juan de Mozart; en un mot, le portrait que je vais traduire est affreux.

Par choix, je n'aurais pas raconté ce caractère, je me serais contenté de l'étudier, car il est plus voisin de l'horrible que du curieux; mais j'avouerai qu'il m'a été demandé par des compagnons de voyage auxquels je ne pouvais rien refuser. En 1823 [7], j'eus le bonheur de voir l'Italie avec des êtres aimables et que je n'oublierai jamais, je fus séduit comme eux par l'admirable portrait [8] de Béatrix Cenci, que l'on voit à Rome, au palais Barberini.

La galerie de ce palais est maintenant réduite à sept ou huit tableaux; mais quatre sont des chefs-d'œuvre : c'est d'abord le portrait de la célèbre *Fornarina*, la maîtresse de Raphaël, par Raphaël lui-même. Ce portrait, sur l'authenticité duquel il ne peut s'élever aucun doute, car on trouve des copies contemporaines, est tout différent de la figure qui, à la galerie de Florence, est donnée comme le portrait de la maîtresse de Raphaël, et a été gravé, sous ce nom, par Morghen. Le portrait de Florence n'est pas même de Raphaël. En faveur de ce grand nom, le lecteur voudra-t-il pardonner à cette petite digression ?

Le second portrait précieux de la galerie Barberini est du Guide; c'est le portrait de Béatrix Cenci, dont on voit tant de mauvaises gravures. Ce grand peintre a placé sur le cou de Béatrix un bout de draperie insignifiant; il l'a coiffée d'un turban; il eût craint de pousser la vérité jusqu'à l'*horrible*, s'il eût reproduit exactement l'habit qu'elle s'était fait faire pour paraître à l'exécution, et les cheveux en désordre d'une pauvre fille de seize ans qui vient de s'abandonner au désespoir. La tête est douce et belle, le regard très doux et les yeux fort grands : ils ont l'air étonné d'une personne qui vient d'être surprise au moment où elle pleurait à chaudes larmes. Les cheveux sont blonds et très beaux. Cette tête n'a rien de la fierté romaine et de cette conscience de ses propres forces que l'on surprend souvent dans le regard assuré d'une *fille du Tibre*, *di una figlia del Tevere*, disent-elles d'elles-mêmes avec fierté. Malheureusement les demi-teintes ont poussé au *rouge de brique* pendant ce long intervalle de deux cent trente-huit ans qui nous sépare de la catastrophe dont on va lire le récit.

Le troisième portrait de la galerie Barberini est celui de Lucrèce Petroni, belle-mère de Béatrix qui fut exécutée avec elle. C'est le type de la matrone romaine dans sa beauté et sa fierté [a] naturelles. Les traits sont grands et la carnation d'une éclatante blancheur, les sourcils noirs et fort marqués, le regard est impérieux et en même temps chargé de volupté. C'est un beau contraste avec la figure si douce, si simple, presque allemande de sa belle-fille.

Le quatrième portrait, brillant par la vérité et l'éclat des couleurs, est l'un des chefs-d'œuvre de Titien; c'est une esclave grecque qui fut la maîtresse du fameux doge Barbarigo.

Presque tous les étrangers qui arrivent à Rome se font conduire, dès le commencement de leur tournée, à la galerie Barberini; ils sont appelés, les femmes surtout, par les portraits de Béatrix Cenci et de sa belle-mère. J'ai partagé la curiosité commune; ensuite, comme tout le

a. Cette fierté ne provient point du *rang* dans le monde, comme dans les portraits de Van Dyck.

monde, j'ai cherché à obtenir communication dcs pièces de ce procès célèbre. Si on a ce crédit, on sera tout étonné, je pense, en lisant ces pièces, où tout est latin, excepté les réponses des accusés, de ne trouver presque pas l'explication des faits. C'est qu'à Rome, en 1599, personne n'ignorait les faits. J'ai acheté la permission de copier un récit contemporain; j'ai cru pouvoir en donner la traduction sans blesser aucune convenance; du moins cette traduction put-elle être lue tout haut devant des dames en 1823. Il est bien entendu que le traducteur cesse d'être fidèle lorsqu'il ne peut plus l'être : l'horreur l'emporterait facilement sur l'intérêt de curiosité.

Le triste rôle du don Juan pur (celui qui ne cherche à se conformer à aucun modèle idéal, et qui ne songe à l'opinion du monde que pour l'outrager) est exposé ici dans toute son horreur. Les excès de ses crimes forcent deux femmes malheureuses à le faire tuer sous leurs yeux; ces deux femmes étaient l'une son épouse, et l'autre sa fille, et le lecteur n'osera décider si elles furent coupables. Leurs contemporains trouvèrent qu'elles ne devaient pas périr.

Je suis convaincu que la tragédie de *Galeotto Manfredi* (qui fut tué par sa femme, sujet traité par le grand poète Monti [9]) et tant d'autres tragédies domestiques du XVe siècle, qui sont moins connues et à peine indiquées dans les histoires particulières des villes d'Italie, finirent par une scène semblable à celle du château de Petrella.

Voici la traduction du récit contemporain; il est en *italien de Rome*, et fut écrit le 14 septembre 1599.

HISTOIRE VERITABLE

de la mort de Jacques et Béatrix Cenci, et de Lucrèce Petroni Cenci, leur belle-mère, exécutés pour crime de parricide, samedi dernier 11 septembre 1599, sous le règne de notre saint père le pape,
Clément VIII, Aldobrandini [10].

La vie exécrable qu'a toujours menée François Cenci, né à Rome et l'un de nos concitoyens les plus opulents, a fini par le conduire à sa perte [11]. Il a entraîné à une mort prématurée ses fils, jeunes gens forts et courageux, et sa fille Béatrix qui, quoiqu'elle ait été conduite au supplice à peine âgée de seize ans (il y a aujourd'hui quatre jours), n'en passait pas moins pour une des plus belles personnes des Etats du pape et de l'Italie tout entière. La nouvelle se répand que le signor Guido Reni, un des élèves de cette admirable école de Bologne, a voulu faire le portrait de la pauvre Béatrix, vendredi dernier, c'est-à-dire le jour même qui a précédé son exécution [12]. Si ce grand peintre s'est acquitté de cette tâche comme il a fait pour les autres peintures qu'il a exécutées dans cette capitale, la postérité pourra se faire quelque idée de ce que fut la beauté de cette fille admirable. Afin qu'elle puisse aussi conserver quelque souvenir de ses malheurs sans pareils, et de la force étonnante avec laquelle cette âme vraiment romaine sut les combattre, j'ai résolu d'écrire ce que j'ai appris sur l'action qui l'a conduite à la mort, et ce que j'ai vu le jour de sa glorieuse tragédie.

Les personnes qui m'ont donné mes informations étaient placées de façon à savoir les circonstances les plus secrètes, lesquelles sont ignorées dans Rome, même aujourd'hui, quoique depuis six semaines on ne parle d'autre chose que du procès des Cenci. J'écrirai avec une certaine liberté, assuré que je suis de pouvoir déposer mon *commentaire* dans des archives respectables, et d'où certainement il ne sera tiré qu'après moi. Mon unique chagrin est de devoir parler, mais ainsi le veut la vérité, contre l'innocence de cette pauvre Béatrix Cenci, adorée et respectée de tous ceux qui l'ont connue, autant que son horrible père était haï et exécré.

Cet homme, qui, l'on ne peut le nier, avait reçu du ciel une sagacité et une bizarrerie étonnantes, fut fils de monsignor Cenci, lequel, sous Pie V (Ghislieri), s'était élevé au poste de *trésorier* (ministre des finances). Ce saint pape, tout occupé, comme on sait, de sa juste haine contre l'hérésie et du rétablissement de son admirable inquisition, n'eut que du mépris pour l'administration temporelle de son Etat, de façon que ce monsignor Cenci, qui fut trésorier pendant quelques années avant 1572 [13], trouva moyen de laisser à cet homme affreux qui fut son fils et père de Béatrix un revenu net de cent soixante mille piastres (environ deux millions cinq cent mille francs de 1837 [14]).

François Cenci, outre cette grande fortune, avait une réputation de courage et de prudence à laquelle, dans son jeune temps, aucun autre Romain ne put atteindre; et cette réputation le mettait d'autant plus en crédit à la cour du pape et parmi tout le peuple, que les actions criminelles que l'on commençait à lui imputer n'étaient que du genre de celles que le monde pardonne facilement. Beaucoup de Romains se rappelaient encore, avec un amer regret, la liberté de penser et d'agir dont on avait joui du temps de Léon X, qui nous fut enlevé en 1513, et sous Paul III, mort en 1549. On commença à parler, sous ce dernier pape, du jeune François Cenci à cause de certains amours singuliers, amenés à bonne réussite par des moyens plus singuliers encore.

Sous Paul III, temps où l'on pouvait encore parler avec une certaine confiance, beaucoup disaient que François Cenci était avide surtout d'événements bizarres qui pussent lui donner des *peripezie di nuova idea*, sensations nouvelles et inquiétantes; ceux-ci s'appuient sur ce qu'on a trouvé dans ses livres de comptes des articles tels que celui-ci :

« Pour les aventures et *peripezie* de Toscanella, trois mille cinq cents piastres (environ soixante mille francs de 1837) *e non fu caro* (et ce ne fut pas trop cher). »

On ne sait peut-être pas, dans les autres villes d'Italie, que notre sort et notre façon d'être à Rome changent selon le caractère du pape régnant. Ainsi, pendant treize années sous le bon pape Grégoire XIII (Buoncompagni), tout était permis à Rome; qui voulait faisait poignarder son ennemi, et n'était point poursuivi, pour peu qu'il se conduisît d'une façon modeste. A cet excès d'indulgence succéda l'excès de la sévérité pendant les cinq années que régna le grand Sixte Quint, duquel il a été dit, comme de l'empereur Auguste, qu'il fallait qu'il ne vînt jamais ou qu'il restât toujours. Alors on vit exécuter des malheureux pour des assassinats ou empoisonnements oubliés depuis dix ans, mais dont ils avaient eu le malheur de se confesser au cardinal Montalto, depuis Sixte Quint [15].

Ce fut principalement sous Grégoire XIII que l'on commença à beaucoup parler de François Cenci; il avait épousé une femme fort riche et telle qu'il convenait à un seigneur si accrédité, elle mourut après lui avoir donné sept enfants. Peu après sa mort, il prit en secondes noces Lucrèce Petroni, d'une rare beauté et célèbre surtout par l'éclatante blancheur de son teint, mais un peu trop replète, comme c'est le défaut commun de nos Romaines [16]. De Lucrèce il n'eut point d'enfants.

Le moindre vice qui fût à reprendre en François Cenci, ce fut la propension à un amour infâme; le plus grand fut celui de ne pas croire en Dieu. De sa vie on ne le vit entrer dans une église.

Mis trois fois en prison pour ses amours infâmes, il s'en tira en donnant deux cent mille piastres aux personnes en faveur auprès des douze papes sous lesquels il a successivement vécu. (Deux cent mille piastres font à peu près cinq millions de 1837.)

Je n'ai vu François Cenci que lorsqu'il avait déjà les cheveux grisonnants [17], sous le règne du pape Buoncompagni, quand tout était permis à qui osait. C'était un homme d'à peu près cinq pieds quatre pouces, fort bien fait, quoique trop maigre; il passait pour être extrêmement fort, peut-être faisait-il courir ce bruit lui-même; il avait les yeux grands et expressifs, mais la paupière supérieure retombait un peu trop; il avait le nez trop avancé et trop grand, les lèvres minces et un sourire plein de grâce. Ce sourire devenait terrible lorsqu'il fixait le regard sur ses ennemis; pour peu qu'il fût ému ou irrité, il tremblait excessivement et de façon à l'incommoder. Je l'ai vu dans ma jeunesse, sous le pape Buoncompagni, aller à cheval de Rome à Naples, sans doute pour quelqu'une de ses amourettes, il passait par les bois de San Germano et de la Faggiola, sans avoir nul souci des brigands, et faisait, dit-on, la route en moins de vingt heures. Il voyageait toujours seul, et sans prévenir personne; quand son premier cheval était fatigué, il en achetait ou en volait un autre. Pour peu qu'on fît des difficultés, il ne faisait pas difficulté, lui, de donner un coup de poignard. Mais il est vrai de dire que du temps de ma jeunesse, c'est-à-dire quand il avait quarante-huit ou cinquante ans, personne n'était assez hardi pour lui résister. Son grand plaisir était surtout de braver ses ennemis.

Il était fort connu sur toutes les routes des Etats de Sa Sainteté; il payait généreusement, mais aussi il était capable, deux ou trois mois après une offense à lui faite, d'expédier un de ses sicaires pour tuer la personne qui l'avait offensé.

La seule action vertueuse qu'il ait faite pendant toute sa longue vie, a été de bâtir, dans la cour de son vaste palais près du Tibre, une église dédiée à saint Thomas, et encore il fut poussé à cette belle action par le désir singulier d'avoir sous ses yeux les tombeaux de tous ses enfants [a], pour lesquels il eut une haine

a. A Rome on enterre sous les églises.

excessive et contre nature, même dès leur plus tendre jeunesse, quand ils ne pouvaient encore l'avoir offensé en rien.

C'est là que je veux les mettre tous [18], disait-il souvent avec un rire amer aux ouvriers qu'il employait à construire son église. Il envoya les trois aînés, Jacques, Christophe et Roch, étudier à l'université de Salamanque en Espagne. Une fois qu'ils furent dans ce pays lointain, il prit un malin plaisir à ne leur faire passer aucune remise d'argent, de façon que ces malheureux jeunes gens, après avoir adressé à leur père nombre de lettres, qui toutes restèrent sans réponse, furent réduits à la misérable nécessité de revenir dans leur patrie en empruntant de petites sommes d'argent ou en mendiant tout le long de la route.

A Rome, ils trouvèrent un père plus sévère et plus rigide [19], plus âpre que jamais, lequel, malgré ses immenses richesses, ne voulût ni les vêtir ni leur donner l'argent nécessaire pour acheter les aliments les plus grossiers. Ces malheureux furent forcés d'avoir recours au pape, qui força François Cenci à leur faire une petite pension. Avec ce secours fort médiocre ils se séparèrent de lui.

Bientôt après, à l'occasion de ses amours infâmes [20], François fut mis en prison pour la troisième et dernière fois; sur quoi les trois frères sollicitèrent une audience de notre saint père le pape actuellement régnant, et le prièrent en commun de faire mourir François Cenci leur père, qui dirent-ils, déshonorerait leur maison. Clément VIII en avait grande envie, mais il ne voulut pas suivre sa première pensée, pour ne pas donner contentement à ces enfants dénaturés, et il les chassa honteusement de sa présence [21].

Le père, comme nous l'avons dit plus haut, sortit de prison en donnant une grosse somme d'argent à qui le pouvait protéger. On conçoit que l'étrange démarche de ses trois fils aînés dut augmenter encore la haine qu'il portait à ses enfants. Il les maudissait à chaque instant, grands et petits, et tous les jours il accablait de coups de bâton ses deux pauvres filles qui habitaient avec lui dans son palais [22].

La plus âgée, quoique surveillée de près, se donna tant de soins, qu'elle parvint à faire présenter une supplique au pape; elle conjura Sa Sainteté de la marier ou de la placer dans un monastère. Clément VIII eut pitié de ses malheurs, et la maria à Charles Gabrielli, de la famille la plus noble de Gubbio; Sa Sainteté obligea le père à donner une forte dot.

A ce coup imprévu, François Cenci montra une extrême colère, et pour empêcher que Béatrix, en devenant plus grande, n'eût l'idée de suivre l'exemple de sa sœur, il la séquestra dans un des appartements de son immense palais. Là, personne n'eut la permission de voir Béatrix, alors à peine âgée de quatorze ans, et déjà dans tout l'éclat d'une ravissante beauté. Elle avait surtout une gaieté, une candeur et un esprit comique que je n'ai jamais vus qu'à elle. François Cenci lui portait lui-même à manger [23]. Il est à croire que c'est alors que le monstre en devint amoureux, ou feignit d'en devenir amoureux, afin de mettre au supplice sa malheureuse fille. Il lui parlait souvent du tour perfide que lui avait joué sa sœur aînée, et, se mettant en colère au son de ses propres paroles, finissait par accabler de coups Béatrix.

Sur ces entrefaites, Roch Cenci son fils, fut tué par un charcutier, et l'année suivante, Christophe Cenci fut tué par Paul Corso de Massa. A cette occasion, il montra sa noire impiété, car aux funérailles de ses deux fils il ne voulut pas dépenser même une baïoque pour des cierges. En apprenant le sort de son fils Christophe, il s'écria qu'il ne pourrait goûter quelque joie que lorsque tous ses enfants seraient enterrés, et que, lorsque le dernier viendrait à mourir, il voulait, en signe de bonheur, mettre le feu à son palais. Rome fut étonnée de ce propos, mais elle croyait tout possible d'un pareil homme, qui mettait sa gloire à braver tout le monde et le pape lui-même.

(Ici il devient absolument impossible de suivre le narrateur romain dans le récit fort obscur des choses étranges par lesquelles François Cenci chercha à étonner ses contemporains. Sa femme et sa malheureuse fille furent, suivant toute apparence, victimes de ses idées abominables [24].)

Toutes ces choses ne lui suffirent point; il tenta avec des menaces, et en employant la force, de violer sa propre fille Béatrix, laquelle était déjà grande et belle; il n'eut pas honte d'aller se placer dans son lit, lui se trouvant dans un état complet de nudité. Il se promenait avec elle dans les salles de son palais, lui étant parfaitement nu; puis il la conduisait dans le lit de sa femme, afin qu'à la lueur des lampes la pauvre Lucrèce pût voir ce qu'il faisait avec Béatrix [25].

Il donnait à entendre à cette pauvre fille une hérésie effroyable, que j'ose à peine rapporter, à savoir que, lorsqu'un père connaît sa propre fille, les enfants qui naissent sont nécessairement des saints, et que tous les plus grands saints vénérés par l'Eglise sont nés de cette façon, c'est-à-dire que leur grand-père maternel a été leur père [26].

Lorsque Béatrix résistait à ses exécrables volontés, il l'accablait des coups les plus cruels, de sorte que cette pauvre fille, ne pouvant tenir à une vie si malheureuse, eut l'idée de suivre l'exemple que sa sœur lui avait donné. Elle adressa à notre saint père le pape une supplique fort détaillée; mais il est à croire que François Cenci avait pris ses précautions, car il ne paraît pas que cette supplique soit jamais parvenue aux mains de Sa Sainteté; du moins fut-il impossible de la retrouver à la secrétairerie des *Memoriali*, lorsque, Béatrix étant en prison, son défenseur eut le plus grand besoin de cette pièce; elle aurait pu prouver en quelque sorte les excès inouïs qui furent commis dans le château de Petrella. N'eût-il pas été évident pour tous que Béatrix Cenci s'était trouvée dans le cas d'une légitime défense ? Ce mémorial parlait aussi au nom de Lucrèce, belle-mère de Béatrix.

François Cenci eut connaissance de cette tentative, et l'on peut juger avec quelle colère il redoubla de mauvais traitements envers ces deux malheureuses femmes.

La vie devint absolument insupportable, et ce fut alors que, voyant bien qu'elles n'avaient rien à espérer de la justice du souverain, dont les courtisans étaient gagnés par les riches cadeaux de François, elles eurent l'idée d'en venir au parti extrême qui les a perdues, mais qui pourtant a eu cet avantage de terminer leurs souffrances en ce monde.

Il faut savoir que le célèbre monsignor Guerra allait souvent au palais Cenci; il était d'une taille élevée et d'ailleurs fort bel homme, et avait reçu ce don spécial de la destinée qu'à quelque chose qu'il voulût s'appliquer il s'en tirait avec une grâce toute particulière. On a supposé qu'il aimait Béatrix et avait le projet de quitter la *mantelletta* et de l'épouser [a]; mais, quoiqu'il prît soin de

a. La plupart des *monsignori* ne sont point engagés dans les ordres sacrés et peuvent se marier.

cacher ses sentiments avec une attention extrême, il était exécré de François Cenci, qui lui reprochait d'avoir été fort lié avec tous ses enfants. Quand monsignor Guerra apprenait que le signor Cenci était hors de son palais, il montait à l'appartement des dames et passait plusieurs heures à discourir avec elles et à écouter leurs plaintes des traitements incroyables auxquels toutes les deux étaient en butte. Il paraît que Béatrix la première osa parler de vive voix à monsignor Guerra du projet auquel elles s'étaient arrêtées. Avec le temps il y donna les mains; et, vivement pressé à diverses reprises par Béatrix, il consentit enfin à communiquer cet étrange dessein à Giacomo Cenci, sans le consentement duquel on ne pouvait rien faire, puisqu'il était le frère aîné et chef de la maison après François [27].

On trouva de grandes facilités à l'attirer dans la conspiration; il était extrêmement maltraité par son père, qui ne lui donnait aucun secours, chose d'autant plus sensible à Giacomo qu'il était marié et avait six enfants. On choisit pour s'assembler et traiter des moyens de donner la mort à François Cenci l'appartement de monsignor Guerra. L'affaire se traita avec toutes les formes convenables, et l'on prit sur toutes choses le vote de la belle-mère et de la jeune fille. Quand enfin le parti fut arrêté, on fit choix de deux vassaux de François Cenci, lesquels avaient conçu contre lui une haine mortelle. L'un d'eux s'appelait Marzio; c'était un homme de cœur, fort attaché aux malheureux enfants de François, et, pour faire quelque chose qui leur fût agréable, il consentit à prendre part au parricide. Olimpio, le second, avait été choisi pour châtelain de la forteresse de la Petrella, au royaume de Naples par le prince Colonna; mais, par son crédit tout-puissant auprès du prince, François Cenci l'avait fait chasser.

On convint de toute chose avec ces deux hommes; François Cenci ayant annoncé que, pour éviter le mauvais air de Rome, il irait passer l'été suivant dans cette forteresse de la Petrella, on eut l'idée de réunir une douzaine de bandits napolitains. Olimpio se chargea de les fournir. On décida qu'on les ferait cacher dans les forêts voisines de la Petrella, qu'on les avertirait du moment où François Cenci se mettrait en chemin, qu'ils l'enlèveraient sur la route, et feraient annoncer à sa famille qu'ils le délivreraient moyennant une forte rançon. Alors les enfants seraient obligés de retourner à

Rome pour amasser la somme demandée par les brigands; ils devaient feindre de ne pas pouvoir trouver cette somme avec rapidité, et les brigands, suivant leur menace, ne voyant point arriver l'argent, auraient mis à mort François Cenci. De cette façon, personne ne devait être amené à soupçonner les véritables auteurs de cette mort [28].

Mais, l'été venu, lorsque François Cenci partit de Rome pour la Petrella, l'espion qui devait donner avis du départ, avertit trop tard les bandits placés dans les bois, et ils n'eurent pas le temps de descendre sur la grande route. Cenci arriva sans encombre à la Petrella; les brigands, las d'attendre une proie douteuse, allèrent voler ailleurs pour leur propre compte.

De son côté, Cenci, vieillard sage et soupçonneux, ne se hasardait jamais à sortir de la forteresse. Et, sa mauvaise humeur augmentant avec les infirmités de l'âge, qui lui étaient insupportables, il redoublait les traitements atroces qu'il faisait subir aux deux pauvres femmes. Il prétendait qu'elles se réjouissaient de sa faiblesse [29].

Béatrix, poussée à bout par les choses horribles qu'elle avait à supporter, fit appeler sous les murs de la forterresse Marzio et Olimpio. Pendant la nuit, tandis que son père dormait, elle leur parla d'une fenêtre basse et leur jeta des lettres qui étaient adressées à monsignor Guerra [30]. Au moyen de ces lettres, il fut convenu que monsignor Guerra promettrait à Marzio et Olimpio mille piastres s'ils voulaient se charger eux-mêmes de mettre à mort François Cenci. Un tiers de la somme devait être payé à Rome, avant l'action, par monsignor Guerra, et les deux autres tiers par Lucrèce et Béatrix, lorsque, la chose faite, elles seraient maîtresses du coffre-fort de Cenci.

Il fut convenu de plus que la chose aurait lieu le jour de la Nativité de la Vierge [31], et à cet effet ces deux hommes furent introduits avec adresse dans la forteresse. Mais Lucrèce fut arrêtée par le respect dû à une fête de la Madone, et elle engagea Béatrix à différer d'un jour, afin de ne pas commettre un double péché [32].

Ce fut donc le 9 septembre 1598, dans la soirée, que, la mère et la fille ayant donné de l'opium avec beaucoup de dextérité à François Cenci, cet homme si difficile à tromper, il tomba dans un profond sommeil.

Vers minuit, Béatrix introduisit elle-même dans la forteresse Marzio et Olimpio; ensuite Lucrèce et Béatrix les conduisirent dans la chambre du vieillard, qui dormait profondément. Là on les laissa afin qu'ils effectuassent ce qui avait été convenu, et les deux femmes allèrent attendre dans une chambre voisine. Tout à coup elles virent revenir ces deux hommes avec des figures pâles, et comme hors d'eux-mêmes.

— Qu'y a-t-il de nouveau ? s'écrièrent les femmes.

— Que c'est une bassesse et une honte, répondirent-ils, de tuer un pauvre vieillard endormi ! La pitié nous a empêchés d'agir.

En entendant cette excuse, Béatrix fut saisie d'indignation et commença à les injurier, disant :

— Donc, vous autres hommes, bien préparés à une telle action, vous n'avez pas le courage de tuer un homme qui dort [a] ! bien moins encore oseriez-vous le regarder en face s'il était éveillé ! Et c'est pour en finir ainsi que vous osez prendre de l'argent ! Eh bien ! puisque votre lâcheté le veut, moi-même je tuerai mon père ; et, quant à vous autres, vous ne vivrez pas longtemps [33] !

Animés par ce peu de paroles fulminantes, et craignant quelque diminution dans le prix convenu, les assassins rentrèrent résolument dans la chambre, et furent suivis par les femmes. L'un d'eux avait un grand clou qu'il posa verticalement sur l'œil du vieillard endormi ; l'autre, qui avait un marteau, lui fit entrer ce clou dans la tête. On fit entrer de même un autre grand clou dans la gorge, de façon que cette pauvre âme, chargée de tant de péchés récents, fût enlevée par les diables ; le corps se débattit, mais en vain.

La chose faite, la jeune fille donna à Olimpio une grosse bourse remplie d'argent ; elle donna à Marzio un manteau de drap garni d'un galon d'or, qui avait appartenu à son père, et elle les renvoya.

Les femmes, restées seules, commencèrent par retirer ce grand clou enfoncé dans la tête du cadavre et celui qui était dans le cou ; ensuite, ayant enveloppé le corps dans un drap de lit, elles le traînèrent à travers une longue suite de chambres jusqu'à une galerie qui donnait sur un petit jardin abandonné. De là, elles jetèrent le corps sur un grand sureau qui croissait en ce lieu solitaire. Comme il y avait des lieux à l'extrémité de cette petite galerie, elles espérèrent que, lorsque le lendemain on trouverait le corps du vieillard tombé dans les branches du sureau, on supposerait que le pied lui avait glissé, et qu'il était tombé en allant aux lieux [34].

a. Tous ces détails sont prouvés au procès.

La chose arriva précisément comme elles l'avaient prévu. Le matin, lorsqu'on trouva le cadavre, il s'éleva une grande rumeur dans la forteresse; elles ne manquèrent pas de jeter de grands cris, et de pleurer la mort si malheureuse d'un père et d'un époux. Mais la jeune Béatrix avait le courage de la pudeur offensée, et non la prudence nécessaire dans la vie; dès le grand matin, elle avait donné à une femme qui blanchissait le linge dans la forteresse un drap taché de sang, lui disant de ne pas s'étonner d'une telle quantité de sang, parce que, toute la nuit, elle avait souffert d'une grande perte, de façon que, pour le moment, tout se passa bien [35].

On donna une sépulture honorable à François Cenci, et les femmes revinrent à Rome jouir de cette tranquillité qu'elles avaient désirée en vain depuis si longtemps. Elles se croyaient heureuses à jamais, parce qu'elles ne savaient pas ce qui se passait à Naples.

La justice de Dieu, qui ne voulait pas qu'un parricide si atroce restât sans punition [36] fit qu'aussitôt qu'on apprit en cette capitale ce qui s'était passé dans la forteresse de la Petrella, le principal juge eut des doutes, et envoya un commissaire royal pour visiter le corps et faire arrêter les gens soupçonnés.

Le commissaire royal fit arrêter tout ce qui habitait dans la forteresse. Tout ce monde fut conduit à Naples enchaîné; et rien ne parut suspect dans les dépositions, si ce n'est que la blanchisseuse dit avoir reçu de Béatrix un drap ou des draps ensanglantés. On lui demanda si Béatrix avait cherché à expliquer ces grandes taches de sang; elle répondit que Béatrix avait parlé d'une indisposition naturelle. On lui demanda si des taches d'une telle grandeur pouvaient provenir d'une telle indisposition; elle répondit que non, que les taches sur le drap étaient d'un rouge trop vif.

On envoya sur-le-champ ce renseignement à la justice de Rome, et cependant il se passa plusieurs mois avant que l'on songeât, parmi nous, à faire arrêter les enfants de François Cenci. Lucrèce, Béatrix et Giacomo eussent pu mille fois se sauver, soit en allant à Florence sous le prétexte de quelque pèlerinage, soit en s'embarquant à Civita-Vecchia; mais Dieu leur refusa cette inspiration salutaire.

Monsignor Guerra, ayant eu avis de ce qui se passait à Naples, mit sur-le-champ en campagne des hommes qu'il chargea de tuer Marzio et Olimpio; mais le seul

Olimpio put être tué à Terni. Le justice napolitaine avait fait arrêter Marzio, qui fut conduit à Naples, où sur-le-champ il avoua toutes choses.

Cette déposition terrible fut aussitôt envoyée à la justice de Rome, laquelle se détermina enfin à faire arrêter et conduire à la prison de *Corte Savella* Jacques et Bernard Cenci, les seuls fils survivants de François, ainsi que Lucrèce, sa veuve. Béatrix fut gardée dans le palais de son père par une grosse troupe de sbires. Marzio fut amené de Naples, et placé, lui aussi, dans la prison Savella; là, on le confronta aux deux femmes, qui nièrent tout avec constance, et Béatrix en particulier ne voulut jamais reconnaître le manteau galonné qu'elle avait donné à Marzio. Celui-ci pénétré d'enthousiasme pour l'admirable beauté et l'éloquence étonnante de la jeune fille répondant au juge, nia tout ce qu'il avait avoué à Naples. On le mit à la question, il n'avoua rien, et préféra mourir dans les tourments; juste hommage à la beauté de Béatrix.

Après la mort de cet homme, le corps du délit n'étant point prouvé [37], les juges ne trouvèrent pas qu'il y eût raison suffisante pour mettre à la torture soit les deux fils de Cenci, soit les deux femmes. On les conduisit tous quatre au château Saint-Ange, où ils passèrent plusieurs mois fort tranquillement.

Tout semblait terminé, et personne ne doutait plus dans Rome que cette jeune fille si belle, si courageuse, et qui avait inspiré un si vif intérêt, ne fût bientôt mise en liberté [38], lorsque, par malheur, la justice vint à arrêter le brigand qui, à Terni, avait tué Olimpio; conduit à Rome, cet homme avoua tout.

Monsignor Guerra, si étrangement compromis par l'aveu du brigand, fut cité à comparaître sous le moindre délai; la prison était certaine et probablement la mort. Mais cet homme admirable, à qui la destinée avait donné de savoir bien faire toutes choses, parvint à se sauver d'une façon qui tient du miracle [39]. Il passait pour le plus bel homme de la cour du pape, et il était trop connu dans Rome pour pouvoir espérer de se sauver ; d'ailleurs, on faisait bonne garde aux portes, et probablement dès le moment de la citation, sa maison avait été surveillée. Il faut savoir qu'il était fort grand, il avait le visage d'une blancheur parfaite, une belle barbe blonde et des cheveux admirables de la même couleur.

Avec une rapidité inconcevable, il gagna un marchand

de charbon, prit ses habits, se fit raser la tête et la barbe, se teignit le visage, acheta deux ânes, et se mit à courir les rues de Rome, et à vendre du charbon en boitant. Il prit admirablement un certain air grossier et hébété, et allait criant partout son charbon avec la bouche pleine de pain et d'oignons, tandis que des centaines de sbires le cherchaient non seulement dans Rome, mais encore sur toutes les routes. Enfin, quand sa figure fut bien connue de la plupart des sbires, il osa sortir de Rome, chassant toujours devant lui ses deux ânes chargés de charbon. Il rencontra plusieurs troupes de sbires qui n'eurent garde de l'arrêter. Depuis, on n'a jamais reçu de lui qu'une seule lettre; sa mère lui a envoyé de l'argent à Marseille, et on suppose qu'il fait la guerre en France, comme soldat.

La confession de l'assassin de Terni et cette fuite de monsignor Guerra, qui produisit une sensation étonnante dans Rome, ranimèrent tellement les soupçons et même les indices contre les Cenci, qu'ils furent extraits du château Saint-Ange et ramenés à la prison Savella.

Les deux frères, mis à la torture, furent bien loin d'imiter la grandeur d'âme du brigand Marzio; ils eurent la pusillanimité de tout avouer. La signora Lucrèce Petroni était tellement accoutumée à la mollesse et aux aisances du plus grand luxe, et d'ailleurs elle était d'une taille tellement forte, qu'elle ne put supporter la question de la *corde ;* elle dit tout ce qu'elle savait.

Mais il n'en fut pas de même de Béatrix Cenci, jeune fille pleine de vivacité et de courage. Les bonnes paroles ni les menaces du juge Moscati n'y firent rien. Elle supporta les tourments de la *corde* sans un moment d'altération et avec un courage parfait. Jamais le juge ne put l'induire à une réponse qui la compromît le moins du monde; et, bien plus, par sa vivacité pleine d'esprit, elle confondit complètement ce célèbre Ulysse Moscati, juge chargé de l'interroger. Il fut tellement étonné des façons d'agir de cette jeune fille, qu'il crut devoir faire rapport du tout à Sa Sainteté le pape Clément VIII, heureusement régnant.

Sa Sainteté voulut voir les pièces du procès et l'étudier. Elle craignit que le juge Ulysse Moscati, si célèbre pour sa profonde science et la sagacité si supérieure de son esprit, n'eût été vaincu par la beauté de Béatrix et ne la ménageât dans les interrogatoires. Il suivit de là que Sa Sainteté lui ôta la direction de ce procès et la donna à un autre juge plus sévère. En effet, ce barbare eut le courage de *tourmenter* sans pitié un si beau corps *ad torturam capillorum* (c'est-à-dire qu'on donna la question à Béatrix Cenci en la suspendant par les cheveux [a]).

Pendant qu'elle était attachée à la corde, ce nouveau juge fit paraître devant Béatrix sa belle-mère et ses frères. Aussitôt que Giacomo et la signora Lucrèce la virent :

— Le péché est commis, lui crièrent-ils; il faut faire aussi la pénitence, et ne pas se laisser déchirer le corps par une vaine obstination.

— Donc vous voulez couvrir de honte notre maison, répondit la jeune fille, et mourir avec ignominie? Vous êtes dans une grande erreur mais, puisque vous le voulez, qu'il en soit ainsi.

Et, s'étant tournée vers les sbires :

— Détachez-moi, leur dit-elle, et qu'on me lise l'interrogatoire de ma mère, j'approuverai ce qui doit être approuvé, et je nierai ce qui doit être nié.

Ainsi fut fait; elle avoua tout ce qui était vrai [b]. Aussitôt on ôta les chaînes à tous, et parce qu'il y avait cinq mois qu'elle n'avait vu ses frères, elle voulut dîner avec eux, et ils passèrent tous quatre une journée fort gaie [10].

Mais le jour suivant ils furent séparés de nouveau; les deux frèrent furent conduits à la prison de Tordinona, et les femmes restèrent à la prison Savella. Notre saint père le pape, ayant vu l'acte authentique contenant les aveux de tous, ordonna que sans délais ils fussent attachés à la queue de chevaux indomptés et ainsi mis à mort.

Rome entière frémit en apprenant cette décision rigoureuse. Un grand nombre de cardinaux et de princes allèrent se mettre à genoux devant le pape, le suppliant de permettre à ces malheureux de présenter leur défense.

— Et eux, ont-il donné à leur vieux père le temps de présenter la sienne? répondit le pape indigné.

Enfin, par grâce spéciale, il voulut bien accorder un sursis de vingt-cinq jours. Aussitôt les premiers avocats de Rome se mirent à *écrire* dans cette cause qui avait rempli la ville de trouble et de pitié. Le vingt-cinquième jour,

a. Voir le traité *de Suppliciis* du célèbre Farinacci, jurisconsulte contemporain. Il y a des détails horribles dont notre sensibilité du XIXe siècle ne supporterait pas la lecture et que supporta fort bien une jeune Romaine âgée de seize ans et abandonnée par son amant.

b. On trouve dans Farinacci plusieurs passages des aveux de Béatrix; ils me semblent d'une simplicité touchante.

ils parurent tous ensemble devant Sa Sainteté. Nicolo de' Angelis parla le premier, mais il avait à peine lu deux lignes de sa défense, que Clément VIII l'interrompit :

— Donc, dans Rome, s'écria-t-il, on trouve des hommes qui tuent leur père, et ensuite des avocats pour défendre ces hommes!

Tous restaient muets, lorsque Farinacci osa élever la voix.

— Très saint père, dit-il, nous ne sommes pas ici pour défendre le crime, mais pour prouver, si nous le pouvons, qu'un ou plusieurs de ces malheureux sont innocents du crime.

Le pape lui fit signe de parler, et il parla trois grandes heures, après quoi le pape prit leurs écritures à tous et les renvoya. Comme ils s'en allaient, l'Altieri marchait le dernier; il eut peur de s'être compromis, et alla se mettre à genoux devant le pape, disant :

— Je ne pouvais pas faire moins que de paraître dans cette cause, étant avocat des pauvres.

A quoi le pape répondit :

— Nous ne nous étonnons pas de vous, mais des autres [41].

Le pape ne voulut point se mettre au lit, mais passa toute la nuit à lire les plaidoyers des avocats, se faisant aider en ce travail par le cardinal de Saint-Marcel; Sa Sainteté parut tellement touchée, que plusieurs conçurent quelque espoir pour la vie de ces malheureux. Afin de sauver les fils, les avocats rejetaient tout le crime sur Béatrix. Comme il était prouvé dans le procès que plusieurs fois son père avait employé la force dans un dessein criminel, les avocats espéraient que le meurtre lui serait pardonné, à elle, comme se trouvant dans le cas de légitime défense; s'il en était ainsi, l'auteur principal du crime obtenant la vie, comment ses frères, qui avaient été séduits par elle, pouvaient-ils être punis de mort?

Après cette nuit donnée à ses devoirs de juge, Clément VIII ordonna que les accusés fussent reconduits en prison, et *mis au secret*. Cette circonstance donna de grandes espérances à Rome, qui dans toute cette cause ne voyait que Béatrix. Il était avéré qu'elle avait aimé monsignor Guerra, mais n'avait jamais transgressé les règles de la vertu la plus sévère : on ne pouvait donc, en véritable justice, lui imputer les crimes d'un monstre, et on la punirait parce qu'elle avait usé du droit de se défendre! qu'eût-on fait si elle eût consenti ? Fallait-il que la justice humaine vînt augmenter l'infortune d'une créature si aimable, si digne de pitié et déjà si malheureuse ? Après une vie si triste qui avait accumulé sur elle tous les genres de malheurs avant qu'elle eût seize ans, n'avait-elle pas droit enfin à quelques jours moins affreux ? Chacun dans Rome semblait chargé de sa défense. N'eût-elle pas été pardonnée si, la première fois que François Cenci tenta le crime, elle l'eût poignardé ?

Le pape Clément VIII était doux et miséricordieux. Nous commencions [42] à espérer qu'un peu honteux de la boutade qui lui avait fait interrompre le plaidoyer des avocats, il pardonnerait à qui avait repoussé la force par la force, non pas, à la vérité, au moment du premier crime, mais lorsque l'on tentait de le commettre de nouveau. Rome tout entière était dans l'anxiété, lorsque le pape reçut la nouvelle de la mort violente de la marquise Constance Santa Croce. Son fils Paul Santa Croce venait de tuer à coups de poignard cette dame, âgée de soixante ans, parce qu'elle ne voulait pas s'engager à le laisser héritier de tous ses biens. Le rapport ajoutait que Santa Croce avait pris la fuite, et que l'on ne pouvait conserver l'espoir de l'arrêter. Le pape se rappela le fratricide des Massimi, commis peu de temps auparavant. Désolée de la fréquence de ces assassinats commis sur de proches parents, Sa Sainteté ne crut pas qu'il lui fût permis de pardonner. En recevant ce fatal rapport sur Santa Croce, le pape se trouvait au palais de Monte-Cavallo, où il était le 6 septembre, pour être plus voisin, la matinée suivante, de l'église de Sainte-Marie-des-Anges, où il devait consacrer comme évêque un cardinal allemand.

Le vendredi à 22 heures (4 heures du soir), il fit appeler Ferrante Taverna [a], gouverneur de Rome, et lui dit ces propres paroles :

— *Nous vous remettons l'affaire des Cenci, afin que justice soit faite par vos soins et sans nul délai.*

Le gouverneur revint à son palais fort touché de l'ordre qu'il venait de recevoir ; il expédia aussitôt la sentence de mort, et rassembla une congrégation pour délibérer sur le mode d'exécution.

Samedi matin, 11 septembre 1599, les premiers seigneurs de Rome, membres de la confrérie des *confortatori*, se rendirent aux deux prisons, à Corte Savella,

a. Depuis cardinal pour une si singulière cause. [note du Ms] où étaient Béatrix et sa belle-mère, et à Tordinona, où se trouvaient Jacques et Bernard Cenci. Pendant toute la nuit du vendredi au samedi, les seigneurs romains qui avaient su ce qui se passait ne firent autre chose que courir du palais de Monte-Cavallo à ceux des principaux cardinaux, afin d'obtenir au moins que les femmes fussent mises à mort dans l'intérieur de la prison, et non sur un infâme échafaud; et que l'on fît grâce au jeune Bernard Cenci, qui, à peine âgé de quinze ans, n'avait pu être admis à aucune confidence. Le noble cardinal Sforza s'est surtout distingué par son zèle dans le cours de cette nuit fatale, mais quoique prince si puissant, il n'a pu rien obtenir. Le crime de Santa Croce était un crime vil, commis pour avoir de l'argent, et le crime de Béatrix fut commis pour sauver l'honneur.

Pendant que les cardinaux les plus puissants faisaient tant de pas inutiles, Farinacci, notre grand jurisconsulte, a bien eu l'audace de pénétrer jusqu'au pape; arrivé devant Sa Sainteté, cet homme étonnant a eu l'adresse d'intéresser sa conscience, et enfin il a arraché à force d'importunités la vie de Bernard Cenci.

Lorsque le pape prononça ce grand mot, il pouvait être quatre heures du matin (du samedi 11 septembre). Toute la nuit on avait travaillé sur la place du pont Saint-Ange aux préparatifs de cette cruelle tragédie. Cependant toutes les copies nécessaires de la sentence de mort ne purent être terminées qu'à cinq heures du matin, de façon que ce ne fut qu'à six heures que l'on put aller annoncer la fatale nouvelle à ces pauvres malheureux, qui dormaient tranquillement.

La jeune fille, dans les premiers moments, ne pouvait même trouver des forces pour s'habiller. Elle jetait des cris perçants et continuels, et se livrait sans retenue au plus affreux désespoir [43].

— Comment est-il possible, ah! Dieu! s'écriait-elle, qu'ainsi à l'improviste je doive mourir ?

Lucrèce Petroni, au contraire, ne dit rien que de fort convenable; d'abord elle pria à genoux, puis exhorta tranquillement sa fille à venir avec elle à la chapelle, où elles devaient toutes deux se préparer à ce grand passage de la vie à la mort.

Ce mot rendit toute sa tranquillité à Béatrix; autant elle avait montré d'extravagance et d'emportement d'abord, autant elle fut sage et raisonnable dès que sa belle-mère eut rappelé cette grande âme à elle-même. Dès ce moment elle a été un miroir de constance que Rome entière a admiré.

Elle a demandé un notaire pour faire son testament, ce qui lui a été accordé. Elle a prescrit que son corps fût à Saint-Pierre *in Montorio*[44] ; elle a laissé trois cent mille francs aux *Stimmate* (religieuses des Stigmates de saint François); cette somme doit servir à doter cinquante pauvres filles. Cet exemple a ému la signora Lucrèce, qui, elle aussi, a fait son testament et ordonné que son corps fût porté à Saint-Georges; elle a laissé cinq cent mille francs d'aumônes à cette église et fait d'autres legs pieux.

A huit heures elles se confessèrent, entendirent la messe, et reçurent la sainte communion. Mais, avant d'aller à la messe, la signora Béatrix considéra qu'il n'était pas convenable de paraître sur l'échafaud, aux yeux de tout le peuple, avec les riches habillements qu'elles portaient. Elle ordonna deux robes, l'une pour elle, l'autre pour sa mère. Ces robes furent faites comme celles des religieuses[45], sans ornements à la poitrine et aux épaules, et seulement plissées avec des manches larges. La robe de la belle-mère fut de toile de coton noir; celle de la jeune fille de taffetas bleu avec une grosse corde qui ceignait la ceinture.

Lorsqu'on apporta les robes, la signora Béatrix, qui était à genoux, se leva et dit à la signora Lucrèce :

— Madame ma mère, l'heure de notre passion approche; il sera bien que nous nous préparions, que nous prenions ces autres habits, et que nous nous rendions pour la dernière fois le service réciproque de nous habiller.

On avait dressé sur la place du pont Saint-Ange un grand échafaud avec un cep et une mannaja (sorte de guillotine). Sur les treize heures (à huit heures du matin), la compagnie de la Miséricorde apporta son grand crucifix à la porte de la prison. Giacomo Cenci sortit le premier de la prison; il se mit à genoux dévotement sur le seuil de la porte, fit sa prière et baisa les saintes plaies du crucifix. Il était suivi de Bernard Cenci, son jeune frère, qui, lui aussi, avait les mains liées et une petite planche devant les yeux. La foule était énorme, et il y eut du tumulte à cause d'un vase qui tomba d'une fenêtre presque sur la tête d'un des pénitents qui tenait une torche allumée à côté de la bannière.

Tous regardaient les deux frères, lorsqu'à l'improviste s'avança le fiscal de Rome, qui dit :

— Signor Bernardo, Notre-Seigneur vous fait grâce de la vie; soumettez-vous à accompagner vos parents et priez Dieu pour eux.

A l'instant ses deux *confortatori* lui otèrent la petite planche qui était devant ses yeux. Le bourreau arrangeait sur la charrette Giacomo Cenci et lui avait ôté son habit afin de pouvoir le *tenailler*. Quand le bourreau vint à Bernard, il vérifia la signature de la grâce, le délia, lui ôta les menottes, et, comme il était sans habit, devant être tenaillé, le bourreau le mit sur la charrette et l'enveloppa du riche manteau de drap galonné d'or. (On a dit que c'était le même qui fut donné par Béatrix à Marzio après l'action dans la forteresse de Petrella.) La foule immense qui était dans la rue, aux fenêtres et sur les toits, s'émut tout à coup; on entendait un bruit sourd et profond, on commençait à dire que cet enfant avait sa grâce [46].

Les chants des psaumes commencèrent et la procession s'achemina lentement par la place Navone, vers la prison Savella. Arrivée à la porte de la prison, la bannière s'arrêta, les deux femmes sortirent, firent leur adoration au pied du saint crucifix et ensuite s'acheminèrent à pied l'une à la suite de l'autre. Elles étaient vêtues ainsi qu'il a été dit, la tête couverte d'un grand voile de taffetas qui arrivait presque jusqu'à la ceinture.

La signora Lucrèce, en sa qualité de veuve, portait un voile noir et des mules de velours noir sans talons selon l'usage.

Le voile de la jeune fille était de taffetas bleu, comme sa robe; elle avait de plus un grand voile de drap d'argent sur les épaules, une jupe de drap violet, et des mules de velours blanc, lacées avec élégance et retenues par des cordons cramoisis. Elle avait une grâce singulière en marchant dans ce costume, et les larmes venaient dans tous les yeux à mesure qu'on l'apercevait s'avançant lentement dans les derniers rangs de la procession.

Les femmes avaient toutes les deux les mains libres, mais les bras liés au corps, de façon que chacune d'elles pouvait porter un crucifix; elles le tenaient fort près des yeux. Les manches de leurs robes étaient fort larges, de façon qu'on voyait leurs bras, qui étaient couverts d'une chemise serrée aux poignets, comme c'est l'usage en ce pays.

La signora Lucrèce, qui avait le cœur moins ferme, pleurait presque continuellement; la jeune Béatrix, au contraire, montrait un grand courage; et tournant les yeux vers chacune des églises devant lesquelles la procession passait, se mettait à genoux pour un instant et disait d'une voix ferme : *Adoramus te, Christe!*

Pendant ce temps, le pauvre Giacomo Cenci était tenaillé sur sa charrette, et montrait beaucoup de constance.

La procession put à peine traverser le bas de la place du pont Saint-Ange, tant était grand le nombre des carrosses et la foule du peuple. On conduisit sur-le-champ les femmes dans la chapelle qui avait été préparée, on y amena ensuite Giacomo Cenci.

Le jeune Bernard, recouvert de son manteau galonné, fut conduit directement sur l'échafaud; alors tous crurent qu'on allait le faire mourir et qu'il n'avait pas sa grâce. Ce pauvre enfant eut une telle peur, qu'il tomba évanoui au second pas qu'il fit sur l'échafaud. On le fit revenir avec l'eau fraîche et on le plaça assis vis-à-vis la mannaja.

Le bourreau alla chercher la signora Lucrèce Petroni; ses mains étaient liées derrière le dos, elle n'avait plus de voile sur les épaules. Elle parut sur la place accompagnée par la bannière, la tête enveloppée dans le voile de taffetas noir; là elle fit sa réconciliation avec Dieu et elle baisa les saintes plaies. On lui dit de laisser ses mules sur le pavé; comme elle était fort grosse, elle eut quelque peine à monter. Quand elle fut sur l'échafaud et qu'on lui ôta le voile de taffetas noir, elle souffrit beaucoup d'être vue avec les épaules et la poitrine découvertes; elle se regarda, puis regarda la mannaja, et, en signe de résignation[47], leva lentement les épaules; les larmes lui vinrent aux yeux, elle dit : *O mon Dieu!... Et vous, mes frères, priez pour mon âme.*

Ne sachant ce qu'elle avait à faire, elle demanda à Alexandre, premier bourreau, comment elle devait se comporter. Il lui dit de se placer à cheval sur la planche du cep. Mais ce mouvement lui parut offensant pour la pudeur, et elle mit beaucoup de temps à le faire. (Les détails qui suivent sont tolérables pour le public italien, qui tient à savoir toutes choses avec la dernière exactitude; qu'il suffise au lecteur français de savoir que la pudeur de cette pauvre femme fit qu'elle se blessa à la poitrine; le bourreau montra la tête au peuple et ensuite l'enveloppa dans le voile de taffetas noir.)

Pendant qu'on mettait en ordre la mannaja [48] pour la jeune fille, un échafaud chargé de curieux tomba, et beaucoup de gens furent tués [49]. Ils parurent ainsi devant Dieu avant Béatrix.

Quand Béatrix vit la bannière revenir vers la chapelle pour la prendre, elle dit avec vivacité :

— Madame ma mère est-elle bien morte ?

On lui répondit que oui; elle se jeta à genoux devant le crucifix et pria avec ferveur pour son âme. Ensuite elle parla haut et pendant longtemps au crucifix [50].

— Seigneur, tu es retourné pour moi, et moi je te suivrai de bonne volonté, ne désespérant pas de ta miséricorde pour mon énorme péché, etc. [51].

Elle récita ensuite plusieurs psaumes et oraisons toujours à la louange de Dieu. Quand enfin le bourreau parut devant elle avec une corde, elle dit :

— Lie ce corps qui doit être châtié, et délie cette âme qui doit arriver à l'immortalité et à une gloire éternelle.

Alors elle se leva, fit la prière, laissa ses mules au bas de l'escalier, et, montée sur l'échafaud, elle passa lestement la jambe sur la planche, posa le cou sous la mannaja et s'arrangea parfaitement bien elle-même pour éviter d'être touchée par le bourreau [52]. Par la rapidité de ses mouvements, elle évita qu'au moment où son voile de taffetas lui fut ôté le public aperçût ses épaules et sa poitrine. Le coup fut longtemps à être donné, parce qu'il survint un embarras. Pendant ce temps, elle invoquait à haute voix le nom de Jésus-Christ et de la très sainte Vierge [a]. Le corps fit un grand mouvement au moment fatal [53]. Le pauvre Bernard Cenci, qui était toujours resté assis sur l'échafaud, tomba de nouveau évanoui, et il fallut plus d'une grosse demi-heure à ses *confortatori* pour le ranimer. Alors parut sur l'échafaud Jacques Cenci; mais il faut encore ici passer sur des détails trop atroces. Jacques Cenci fut assommé *(mazzolato)*.

Sur-le-champ, on reconduisit Bernard en prison, il avait une forte fièvre, on le saigna.

a. Un auteur contemporain raconte que Clément VIII était fort inquiet pour le salut de l'âme de Béatrix; comme il savait qu'elle se trouvait injustement condamnée, il craignait un mouvement d'impatience. Au moment où elle eut placé la tête sur la mannaja, le fort Saint-Ange, d'où la mannaja se voyait fort bien, tira un coup de canon. Le pape, qui était en prière à Monte-Cavallo, attendant ce signal, donna aussitôt à la jeune fille l'absolution papale *majeure*, *in articulo mortis*. De là le retard dans ce cruel moment dont parle le chroniqueur.

Quant aux pauvres femmes, chacune fut accommodée dans sa bière, et déposée à quelques pas de l'échafaud, auprès de la statue de saint Paul, qui est la première à droite sur le pont Saint-Ange. Elles restèrent là jusqu'à quatre heures et un quart après midi. Autour de chaque bière brûlaient quatre cierges de cire blanche.

Ensuite, avec ce qui restait de Jacques Cenci, elles furent portées au palais du consul de Florence. A neuf heures et un quart du soir [a], le corps de la jeune fille, recouvert de ses habits et couronné de fleurs avec profusion, fut porté à Saint-Pierre *in Montorio*. Elle était d'une ravissante beauté; on eût dit qu'elle dormait. Elle fut enterrée devant la grand autel et la *Transfiguration* de Raphaël d'Urbin. Elle était accompagnée de cinquante gros cierges allumés et de tous les religieux franciscains de Rome.

Lucrèce Petroni fut portée, à dix heures du soir [54], à l'église de Saint-Georges. Pendant cette tragédie, la foule fut innombrable; aussi loin que le regard pouvait s'étendre, on voyait les rues remplies de carrosses et de peuple, les échafaudages, les fenêtres et les toits couverts de curieux. Le soleil était d'une telle ardeur ce jour-là que beaucoup de gens perdirent connaissance. Un nombre infini prit la fièvre; et lorsque tout fut terminé, à dix-neuf heures (deux heures moins un quart), et que la foule se dispersa, beaucoup de personnes furent étouffées, d'autres écrasées par les chevaux. Le nombre des morts fut très considérable.

La signora Lucrèce Petroni était plutôt petite que grande, et, quoique âgée de cinquante ans, elle était encore fort bien. Elle avait de fort beaux traits, le nez petit, les yeux noirs, le visage très blanc avec de belles couleurs; elle avait peu de cheveux et ils étaient châtains.

Béatrix Cenci, qui inspirera des regrets éternels, avait justement seize ans; elle était petite; elle avait un joli embonpoint et des fossettes au milieu des joues, de façon que, morte et couronnée de fleurs, on eût dit qu'elle dormait et même qu'elle riait, comme il lui arrivait fort souvent quand elle était en vie. Elle avait la bouche petite, les cheveux blonds et naturellement bou-

a. C'est l'heure réservée à Rome aux obsèques des princes. Le convoi du bourgeois a lieu au coucher du soleil; la petite noblesse est portée à l'église à une heure de nuit, les cardinaux et les princes à deux heures et demie de nuit, qui, le 11 septembre, correspondaient à neuf heures et trois quarts.

clés. En allant à la mort ces cheveux blonds et bouclés lui retombaient sur les yeux, ce qui donnait une certaine grâce et portait à la compassion.

Giacomo Cenci était de petite taille, gros, le visage blanc et la barbe noire; il avait vingt-six ans à peu près quand il mourut.

Bernard Cenci ressemblait tout à fait à sa sœur, et comme il portait les cheveux longs comme elle, beaucoup de gens, lorsqu'il parut sur l'échafaud, le prirent pour elle.

Le soleil avait été si ardent, que plusieurs des spectateurs de cette tragédie moururent dans la nuit, et parmi eux Ubaldino Ubaldini, jeune homme d'une rare beauté et qui jouissait auparavant d'une parfaite santé. Il était frère du signor Renzi, si connu dans Rome. Ainsi les ombres des Cenci s'en allèrent bien accompagnées.

Hier, qui fut mardi 14 septembre 1599, les pénitents de San Marcello, à l'occasion de la fête de Sainte-Croix, usèrent de leur privilège pour délivrer de la prison le signor Bernard Cenci, qui s'est obligé de payer dans un an quatre cent mille francs à la très sainte trinité du *pont Sixte.*

(Ajouté d'une autre main [55]*.)*

C'est de lui que descendent François et Bernard Cenci qui vivent aujourd'hui.

Le célèbre Farinacci, qui, par son obstination, sauva la vie du jeune Cenci, a publié ses plaidoyers. Il donne seulement un extrait du plaidoyer numéro 66, qu'il prononça devant Clément VIII en faveur des Cenci. Ce plaidoyer, en langue latine, formerait six grandes pages, et je ne puis le placer ici, ce dont j'ai du regret, il peint les façons de penser de 1599; il me semble fort raisonnable. Bien des années après l'an 1599, Farinacci, en envoyant ses plaidoyers à l'impression, ajouta une note à celui qu'il avait prononcé en faveur des Cenci : *Omnes fuerunt ultimo supplicio affecti excepto Bernardo qui ad triremes cum bonorum confiscatione condemnatus fuit, ac etiam ad interessendum aliorum morti prout interfuit.* La fin de cette note latine est touchante, mais je suppose que le lecteur est las d'une si longue histoire.

SAN FRANCESCO A RIPA [a]

Ariste et Dorante ont traité ce sujet, ce qui a donné à Eraste l'idée de le traiter aussi. (30 septembre.)

a. Pour le titre, San Francesco a Ripa : église de Rome dans le Transtevère (Note de la *Revue des Deux Mondes*).

Je traduis d'un chroniqueur italien le détail des amours d'une princesse romaine avec un Français. C'était en 1726, au commencement du dernier siècle. Tous les abus du népotisme florissaient à Rome. Jamais cette cour n'avait été plus brillante. Benoît XIII (Orsini)[1] régnait, ou plutôt son neveu, le prince Campobasso, dirigeait sous son nom toutes les affaires grandes et petites. De toutes parts, les étrangers affluaient à Rome; les princes italiens, les nobles d'Espagne, encore riches de l'or du Nouveau-Monde, y accouraient en foule. Tout homme riche et puissant s'y trouvait au-dessus des lois. La galanterie et la magnificence semblaient la seule occupation de tant d'étrangers et de nationaux réunis.

Les deux nièces du pape, la comtesse Orsini et la princesse Campobasso, se partageaient la puissance de leur oncle et les hommages de la cour. Leur beauté les aurait fait distinguer même dans les derniers rangs de la société. L'Orsini, comme on dit familièrement à Rome, était gaie et *disinvolta*, la Campobasso tendre et pieuse; mais cette âme tendre était susceptible des transports les plus violents. Sans être ennemies déclarées, et quoique se rencontrant tous les jours chez le pape et se voyant souvent chez elles, ces dames étaient rivales en tout : beauté, crédit, richesse.

La comtesse Orsini, moins jolie, mais brillante, légère, agissante, intrigante, avait des amants dont elle ne s'occupait guère, et qui ne régnaient qu'un jour. Son bonheur était de voir deux cents personnes dans ses salons et d'y régner. Elle se moquait fort de sa cousine, la Campobasso, qui, après s'être fait voir partout, trois ans de suite, avec un duc espagnol, avait fini par lui ordonner de quitter Rome dans les vingt-quatre heures, et ce, sous peine de mort. « Depuis cette grande expédition, disait l'Orsini, ma sublime cousine n'a plus souri. Voici quelques mois surtout qu'il est évident que la pauvre femme meurt d'ennui ou d'amour, et son mari, qui n'est pas gauche, fait passer cet ennui aux yeux du pape, notre oncle, pour de la haute piété. Je m'attends que cette piété la conduira à entreprendre un pèlerinage en Espagne. »

La Campobasso était bien éloignée de regretter son Espagnol, qui, pendant deux ans au moins l'avait mortellement ennuyée. Si elle l'eût regretté, elle l'eût envoyé chercher, car c'était un de ces caractères naturels et naïfs dans l'indifférence comme dans la passion qu'il n'est pas rare de rencontrer à Rome. D'une dévotion exaltée, quoique à peine âgée de vingt-trois ans et dans toute la fleur de la beauté, il lui arrivait de se jeter aux genoux de son oncle en le suppliant de lui donner la *bénédiction papale*, qui, comme on ne le sait pas assez, à l'exception de deux ou trois péchés atroces, absout tous les autres, *même sans confession*. Le bon Benoît XIII pleurait de tendresse. « Lève-toi, disait-il à sa nièce, tu n'as pas besoin de ma bénédiction, tu vaux mieux que moi aux yeux de Dieu. »

En cela, bien qu'infaillible, il se trompait, ainsi que Rome entière. La Campobasso était éperdument amoureuse, son amant partageait sa passion, et cependant elle était fort malheureuse. Il y avait plusieurs mois qu'elle voyait presque tous les jours le chevalier de Sénecé, neveu du duc de Saint-Aignan, alors ambassadeur de Louis XV à Rome.

Fils d'une des maîtresses du régent Philippe d'Orléans, le jeune Sénecé jouissait en France de la plus haute faveur : colonel depuis longtemps quoiqu'il eût à peine vingt-deux ans, il avait les habitudes de la fatuité, et ce qui la justifie, sans toutefois en avoir le caractère. La gaieté, l'envie de s'amuser de tout et toujours, l'étourderie, le courage, la bonté, formaient les traits les plus saillants de ce singulier caractère, et l'on pouvait dire alors, à la louange de la nation, qu'il en était un échantillon parfaitement exact. En le voyant la princesse de Campobasso l'avait distingué. « Mais, lui avait-elle dit, je me méfie de vous, vous êtes Français ; le jour où l'on saura dans Rome que je vous vois quelquefois en secret, je serai convaincue que vous l'avez dit, et je ne vous aimerai plus. »

Tout en jouant avec l'amour, la Campobasso s'était éprise d'une passion véritable. Sénecé aussi l'avait aimée, mais il y avait déjà huit mois que leur intelligence durait, et le temps, qui redouble la passion d'une Italienne, tue celle d'un Français. La vanité du chevalier le consolait un peu de son ennui [2]; il avait déjà envoyé à Paris deux ou trois portraits de la Campobasso. Du reste comblé de tous les genres de biens et d'avantages, pour ainsi dire, dès l'enfance, il portait l'insouciance de son caractère jusque dans les intérêts de la vanité, qui d'ordinaire maintient si inquiets les cœurs de sa nation.

La bizarrerie de la Princesse l'avait amusé. Elle lui avait avoué dès le premier mois de leur connaissance que pour la première fois elle aimait (connaissait l'amour), et ce n'était qu'après plusieurs mois et s'être soumis aux épreuves les plus étranges (bizarres), qu'il avait pu parvenir à être bien avec elle.

Bien souvent encore, le jour de la fête de sainte Balbine, dont elle portait le nom, il eut à vaincre les transports et les remords d'une piété ardente et sincère. Sénecé ne lui avait pas fait *oublier la religion*, comme il arrive auprès des femmes vulgaires d'Italie; il l'avait vaincue de vive force, et le combat se renouvelait souvent.

Cet obstacle, le premier que ce jeune homme comblé par le hasard eût rencontré dans sa vie, l'amusait et maintenait vivante l'habitude d'être tendre et attentif auprès de la princesse. Il y avait une autre raison fort peu romanesque. Sénecé n'avait qu'un confident, c'était son ambassadeur, auquel il rendait quelques services par la Campobasso, qui savait tout. Et l'importance qu'il prenait aux yeux du duc de Saint-Aignan le flattait singulièrement.

La Campobasso, bien différente de lui, n'avait guère été touchée des avantages sociaux de son amant. Etre ou n'être pas aimée était tout pour elle. « Je lui sacrifie mon bonheur éternel, se disait-elle; lui qui est un hérétique, un Français, ne peut rien me sacrifier de pareil. » Mais le chevalier paraissait, et sa gaieté, si aimable, intarissable, et cependant si naturelle, spontanée, étonnait l'âme de la Campobasso et la charmait. A son aspect, tout ce qu'elle avait formé le projet de lui dire, toutes les idées sombres disparaissaient et cet état, si nouveau pour cette âme altière et sombre, durait encore longtemps après que Sénecé avait disparu. Elle finit par trouver qu'elle ne pouvait penser, qu'elle ne pouvait vivre loin de Sénecé.

La mode à Rome, qui, pendant deux siècles, avait été pour les Espagnols, commençait à revenir un peu aux Français. On commençait à comprendre ce caractère qui porte le plaisir et le bonheur partout où il arrive. Ce caractère ne se trouvait alors qu'en France, et, depuis la révolution de 1789 ne se trouve nulle part. C'est qu'une gaieté si constante a besoin d'insouciance, et il n'y a plus pour personne de carrière sûre en France, pas même pour l'homme de génie, s'il en est.

La guerre est déclarée entre les hommes de la classe de Sénecé et le reste de la nation. Rome aussi était bien différente alors de ce qu'on la voit aujourd'hui. On ne s'y doutait guère, en 1726, de ce qui devait y arriver soixante-sept ans plus tard, quand le peuple, payé par quelques curés, égorgeait le jacobin Basseville [3], qui voulait, disait-il, civiliser la capitale du monde chrétien.

Pour la première fois, auprès de Sénecé, la Campobasso avait perdu la raison, s'était trouvée dans le ciel ou horriblement malheureuse pour des choses non approuvées par la raison. Dans ce caractère sévère et sincère, une fois que Sénecé eut vaincu la religion, qui pour elle était bien autre chose que la raison, cet amour devait s'élever rapidement jusqu'à la passion la plus effrénée.

La princesse avait distingué monsignor Ferraterra, dont elle avait entrepris la fortune. Que devint-elle quand Ferraterra lui annonça que non seulement Sénecé allait plus souvent que de coutume chez l'Orsini, mais encore était cause que la comtesse venait de renvoyer un castrat célèbre, son amant en titre depuis plusieurs semaines!

Notre histoire commence le soir du jour où la Campobasso avait reçu cette annonce fatale.

Elle était immobile dans un immense fauteuil de cuir doré. Posées auprès d'elle sur une petite table de marbre noir, deux grandes lampes d'argent au long pied, chefs-d'œuvre du célèbre Benvenuto Cellini, éclairaient ou plutôt montraient les ténèbres d'une immense salle au rez-de-chaussée de son palais ornée de tableaux noircis par le temps; car déjà, à cette époque, le règne des grands peintres datait de loin.

Vis-à-vis de la princesse et presque à ses pieds, sur une petite chaise de bois d'ébène garnie d'ornements d'or massif, le jeune Sénecé venait d'étaler sa personne élégante. La princesse le regardait, et depuis qu'il était entré dans cette salle, loin de voler à sa rencontre et de se jeter dans ses bras, elle ne lui avait pas adressé une parole.

En 1726, déjà Paris était la cité reine des élégances de la vie et des parures. Sénecé en faisait venir régulièrement par des courriers tout ce qui pouvait relever les grâces d'un des plus jolis hommes de France. Malgré l'assurance si naturelle à un homme de ce rang, qui avait fait ses premières armes auprès des beautés de la cour du régent et sous la direction du fameux Canillac, son oncle, un des *roués* de ce prince, bientôt il fut facile de lire quelque embarras dans les traits de Sénecé. Les beaux cheveux blonds de la princesse étaient un peu en désordre; ses grands yeux bleu foncé étaient fixés sur lui : leur expression était douteuse. S'agissait-il d'une vengeance mortelle? était-ce seulement le sérieux profond de l'amour passionné?

— Ainsi vous ne m'aimez plus? dit-elle enfin d'une voix oppressée.

Un long silence suivit cette déclaration de guerre.

Il en coûtait à la princesse de se priver de la grâce charmante de Sénecé qui, si elle ne lui faisait pas de scène, était sur le point de lui dire cent folies; mais elle avait trop d'orgueil pour différer de s'expliquer. Une coquette est jalouse par amour-propre; une femme galante l'est par habitude; une femme qui aime avec sincérité et passionnément a la conscience de ses droits. Cette façon de regarder, particulière à la passion romaine, amusait fort Sénecé : il y trouvait profondeur et incertitude; on voyait l'âme à nu pour ainsi dire. L'Orsini n'avait pas cette grâce[4].

Cependant, comme cette fois le silence se prolongeait outre mesure, le jeune Français, qui n'était pas bien habile dans l'art de pénétrer les sentiments cachés d'un cœur italien, trouva un air de tranquillité et de raison qui le mit à son aise. Du reste, en ce moment il avait un chagrin : en traversant les caves et les souterrains qui, d'une maison voisine du palais Campobasso, le conduisaient dans cette salle basse, la broderie toute fraîche d'un habit charmant et arrivé de Paris la veille s'était chargée de plusieurs toiles d'araignée. La présence de ces toiles d'araignée le mettait mal à son aise, et d'ailleurs il avait cet insecte en horreur.

Sénecé, croyant voir du calme dans l'œil de la princesse, songeait à éviter la scène, à tourner le reproche au lieu de lui répondre; mais, porté au sérieux par la contrariété qu'il éprouvait : « Ne serait-ce point ici une occasion favorable, se disait-il, pour lui faire entrevoir la vérité ? Elle vient de poser la question elle-même; voilà déjà la moitié de l'ennui évité. Certainement il faut que je ne sois pas fait pour l'amour. Je n'ai jamais rien vu de si beau que cette femme avec ses yeux singuliers. Elle a de mauvaises manières, elle me fait passer par des souterrains dégoûtants; mais c'est la nièce du souverain auprès duquel le roi m'a envoyé. De plus, elle est blonde dans un pays où toutes les femmes sont brunes : c'est une grande distinction. Tous les jours j'entends porter sa beauté aux nues par des gens dont le témoignage n'est pas suspect, et qui sont à mille lieues de penser qu'ils parlent à l'heureux possesseur de tant de charmes. Quant au pouvoir qu'un homme doit avoir sur sa maîtresse, je n'ai point d'inquiétude à cet égard. Si je veux prendre la peine de dire un mot, je l'enlève à son palais, à ses meubles d'or, à son oncle-roi, et tout cela pour l'emmener en France, au fond de la province, vivoter tristement dans une de mes terres... Ma foi, la perspective de ce dénouement ne m'inspire que la résolution la plus vive de ne jamais le lui demander. L'Orsini est bien moins jolie : elle m'aime, si elle m'aime, tout juste un peu plus que le castrat Butofaco que je lui ai fait renvoyer hier; mais elle a de l'usage, elle sait vivre, on peut arriver chez elle en carrosse. Et je me suis bien assuré qu'elle ne fera jamais de scène; elle ne m'aime pas assez pour cela [5]. »

Pendant ce long silence, le regard fixe de la princesse n'avait pas quitté le joli front du jeune Français.

« Je ne le verrai plus », se dit-elle. Et tout à coup elle se jeta dans ses bras et couvrit de baisers ce front et ces yeux qui ne rougissaient plus de bonheur en la revoyant. Le chevalier se fût mésestimé, s'il n'eût pas oublié à l'instant tous ses projets de rupture; mais sa maîtresse était trop profondément émue pour oublier sa jalousie. Peu d'instants après, Sénecé la regardait avec étonnement; des larmes de rage tombaient rapidement sur ses joues. « Quoi! disait-elle à demi-voix, je m'avilis jusqu'à lui parler de son changement; je le lui reproche, moi, qui m'étais juré de ne jamais m'en apercevoir! Et ce n'est pas assez de bassesse, il faut encore que je cède à la passion que m'inspire cette charmante figure! Ah! vile, vile, vile princesse!... Il faut en finir. »

Elle essuya ses larmes et parut reprendre quelque tranquillité.

— Chevalier, il faut en finir, lui dit-elle assez tranquillement. Vous paraissez souvent chez la comtesse... Ici elle pâlit extrêmement. Si tu l'aimes, vas-y tous les jours, soit; mais ne reviens plus ici... » Elle s'arrêta comme malgré elle. Elle attendait un mot du chevalier; ce mot ne fut point prononcé. Elle continua avec un petit mouvement convulsif et comme en serrant les dents : « Ce sera l'arrêt de ma mort et de la vôtre. »

Cette menace décida l'âme incertaine du chevalier, qui jusque-là n'était qu'étonné de cette bourrasque imprévue après tant d'abandon. Il se mit à rire.

Une rougeur subite couvrit les joues de la princesse, qui devinrent écarlates. « La colère va la suffoquer, pensa le chevalier; elle va avoir un coup de sang. » Il s'avança pour délacer sa robe; elle le repoussa avec une résolution et une force auxquelles il n'était pas accoutumé. Sénecé se rappela plus tard que, tandis qu'il essayait de la prendre dans ses bras, il l'avait entendue se parler à elle-même. Il se retira un peu : discrétion inutile, car elle semblait ne plus le voir. D'une voix basse et concentrée, comme si elle eût parlé à son confesseur, elle se disait : « Il m'insulte, il me brave. Sans doute, à son âge et avec l'indiscrétion naturelle à son pays, il va raconter à l'Orsini toutes les indignités auxquelles je m'abaisse... Je ne suis pas sûre de moi; je ne puis me répondre même de rester insensible devant cette tête charmante... » Ici il y eut un nouveau silence, qui sembla fort ennuyeux au chevalier. La princesse se leva enfin en répétant d'un ton plus sombre : *Il faut en finir*.

Sénecé, à qui la réconciliation avait fait perdre l'idée d'une explication sérieuse, lui adressa deux ou trois mots plaisants sur une aventure dont on parlait beaucoup à Rome...

— Laissez-moi, chevalier, lui dit la princesse l'interrompant; je ne me sens pas bien...

« Cette femme s'ennuie, se dit Sénecé en se hâtant d'obéir, et rien de contagieux comme l'ennui. » La princesse l'avait suivi des yeux jusqu'au bout de la salle... « Et j'allais décider à l'étourdie du sort de ma vie! dit-elle avec un sourire amer. Heureusement, ses plaisanteries déplacées m'ont réveillée. Quelle sottise chez cet homme! Comment puis-je aimer un être qui me comprend si peu? Il veut m'amuser par un mot plaisant, quand il s'agit de ma vie et de la sienne!... Ah! je reconnais bien là cette disposition sinistre et sombre qui fait mon malheur! » Et elle se leva de son fauteuil avec fureur. « Comme ses yeux étaient jolis quand il m'a dit ce mot!... Et, il faut l'avouer, l'intention du pauvre chevalier était aimable. Il a connu le malheur de mon caractère; il voulait me faire oublier le sombre chagrin qui m'agitait, au lieu de m'en demander la cause. Aimable Français! Au fait, ai-je connu le bonheur avant de l'aimer? »

Elle se mit à penser et avec délices aux perfections de son amant. Peu à peu elle fut conduite à la contemplation des grâces de la comtesse Orsini. Son âme commença à voir tout en noir. Les tourments de la plus affreuse jalousie s'emparèrent de son cœur. Réellement un pressentiment funeste l'agitait depuis deux mois; elle n'avait de moments passables que ceux qu'elle passait auprès du chevalier, et cependant presque toujours, quand elle n'était pas dans ses bras, elle lui parlait avec aigreur.

Sa soirée fut affreuse. Epuisée et comme un peu calmée par la douleur, elle eut l'idée de parler au chevalier : « Car enfin il m'a vu irritée, mais il ignore le sujet de mes plaintes. Peut-être il n'aime pas la comtesse. Peut-être il ne se rend chez elle que parce qu'un voyageur doit voir la société du pays où il se trouve, et surtout la famille du souverain. Peut-être si je me fais présenter Sénecé, s'il peut venir ouvertement chez moi, il y passera des heures entières comme chez l'Orsini.

« Non, s'écria-t-elle avec rage, je m'avilirais en parlant; il me méprisera, et voilà tout ce que j'aurai gagné. Le caractère évaporé de l'Orsini que j'ai si souvent méprisé, folle que j'étais, est dans le fait plus agréable que le mien, et surtout aux yeux d'un Français. Moi, je suis faite pour m'ennuyer avec un Espagnol. Quoi de plus absurde que d'être toujours sérieux, comme si les événements de la vie ne l'étaient pas assez par eux-mêmes!... Que deviendrai-je quand je n'aurai plus mon chevalier pour me donner la vie, pour jeter dans mon cœur ce feu qui me manque? »

Elle avait fait fermer sa porte; mais cet ordre n'était point pour monsignor Ferraterra, qui vint lui rendre compte de ce qu'on avait fait chez l'Orsini jusqu'à une heure du matin. Jusqu'ici ce prélat avait servi de bonne foi les amours de la princesse; mais il ne doutait plus, depuis cette soirée, que bientôt Sénecé ne fût au mieux avec la comtesse Orsini, si ce n'était déjà fait.

« La princesse dévote, pensa-t-il, me serait plus utile que femme de la société. Toujours il y aura un être qu'elle me préférera : ce sera son amant; et si un jour cet amant est romain, il peut avoir un oncle à faire cardinal. Si je la convertis, c'est au directeur de sa conscience qu'elle pensera avant tout, et avec tout le feu de son caractère... Que ne puis-je pas espérer d'elle auprès de son oncle! » Et l'ambitieux prélat se perdait dans un avenir délicieux; il voyait la princesse se jetant aux genoux de son oncle pour lui faire donner le chapeau. Le pape serait très reconnaissant de ce qu'il allait entreprendre... Aussitôt la princesse convertie, il ferait parvenir sous les yeux du pape des preuves irréfragables de son intrigue avec le jeune Français. Pieux, sincère et abhorrant les Français, comme est Sa Sainteté, elle aura une reconnaissance éternelle pour l'agent qui aura fait finir une intrigue aussi contrariante pour lui. Ferraterra appartenait à la haute noblesse de Ferrare; il était riche, il avait plus de cinquante ans... Animé par la perspective si voisine du chapeau, il fit des merveilles; il osa changer brusquement de rôle auprès de la princesse. Depuis deux mois que Sénecé la négligeait évidemment, il eût pu être dangereux de l'attaquer, car à son tour le prélat, comprenant mal Sénecé, le croyait ambitieux.

Le lecteur trouverait bien long le dialogue de la jeune princesse, folle d'amour et de jalousie, et du prélat ambitieux. Ferraterra avait débuté par l'aveu le plus ample de la triste vérité. Après un début aussi saisissant, il ne lui fut pas difficile de réveiller tous les sentiments de religion et de piété passionnée qui n'étaient qu'assoupis au fond du cœur de la jeune Romaine; elle avait une foi sincère. « Toute passion impie doit finir par le malheur et par le déshonneur », lui disait le prélat. Il était grand jour quand il sortit du palais Campobasso. Il avait exigé de la nouvelle convertie la promesse de ne pas recevoir Sénecé ce jour-là. Cette promesse avait peu coûté à la princesse; elle se croyait pieuse, et, dans le fait, avait peur de se rendre méprisable par sa faiblesse aux yeux du chevalier.

Cette résolution tint ferme jusqu'à quatre heures : c'était le moment de la visite probable du chevalier. Il passa dans la rue, derrière le jardin du palais Campobasso, vit le signal qui annonçait l'impossibilité de l'entrevue, et, tout content, s'en alla chez la comtesse Orsini.

Peu à peu la Campobasso se sentit comme devenir folle. Les idées et les résolutions les plus étranges se succédaient rapidement. Tout à coup elle descendit le grand escalier de son palais comme en démence, et monta en voiture en criant au cocher : « Palais Orsini ».

L'excès de son malheur la poussait comme malgré elle à voir sa cousine. Elle la trouva au milieu de cinquante personnes. Tous les gens d'esprit, tous les ambitieux de Rome, ne pouvant aborder au palais Campobasso, affluaient au palais Orsini. L'arrivée de la princesse fit événement; tout le monde s'éloigna par respect; elle ne daigna pas s'en apercevoir : elle regardait sa rivale, elle l'admirait. Chacun des agréments de sa cousine était un coup de poignard pour son cœur. Après les premiers compliments, l'Orsini la voyant silencieuse et préoccupée, reprit une conversation brillante et *disinvolta.*

« Comme sa gaieté convient mieux au chevalier que ma folle et ennuyeuse passion! » se disait la Campobasso.

Dans un inexplicable transport d'admiration et de haine, elle se jeta au cou de la comtesse. Elle ne voyait que les charmes de sa cousine; de près comme de loin ils lui semblaient également adorables. Elle comparait ses cheveux aux siens, ses yeux, sa peau. A la suite de cet étrange examen, elle se prenait elle-même en horreur et en dégoût. Tout lui semblait adorable, supérieur chez sa rivale.

Immobile et sombre, la Campobasso était comme une statue de basalte au milieu de cette foule gesticulante et bruyante. On entrait, on sortait; tout ce bruit importunait, offensait la Campobasso. Mais que devint-elle quand tout à coup elle entendit annoncer M. de Sénecé! Il avait été convenu, au commencement de leurs relations, qu'il lui parlerait fort peu dans le monde, et comme il sied à un diplomate étranger qui ne rencontre que deux ou trois fois par mois la nièce du souverain auprès duquel il est accrédité.

Sénecé la salua avec le respect et le sérieux accoutumés; puis, revenant à la comtesse Orsini, il reprit le ton de gaieté presque intime que l'on a avec une femme d'esprit qui vous reçoit bien et que l'on voit tous les jours. La Campobasso en était atterrée. « La comtesse me montre ce que j'aurais dû être, se disait-elle. Voilà ce qu'il faut être, et que pourtant je ne serai jamais! »

Elle sortit dans le dernier degré de malheur où puisse être jetée une créature humaine, presque résolue à prendre du poison. Tous les plaisirs que l'amour de Sénecé lui avait donnés n'auraient pu égaler l'excès de douleur où elle fut plongée pendant toute une longue nuit. On dirait que ces âmes romaines ont pour souffrir des trésors d'énergie inconnus aux autres femmes.

Le lendemain, Sénecé repassa et vit le signe négatif. Il s'en allait gaiement; cependant il fut piqué. « C'est donc mon congé qu'elle m'a donné l'autre jour ? Il faut que je la voie dans les larmes », dit sa vanité. Il éprouvait une légère nuance d'amour en perdant à tout jamais une aussi belle femme, nièce du pape. Il quitta sa voiture et s'engagea dans les souterrains peu propres qui lui déplaisaient si fort, et vint forcer la porte de la grande salle au rez-de-chaussée où la princesse le recevait.

— Comment! vous osez paraître ici! dit la princesse étonnée.

« Cet étonnement manque de sincérité, pensa le jeune Français; elle ne se tient dans cette pièce que quand elle m'attend. »

Le chevalier lui prit la main; elle frémit. Ses yeux se remplirent de larmes; elle sembla si jolie au chevalier, qu'il eut un instant d'amour. Elle, de son côté, oublia tous les serments que pendant deux jours elle avait faits à la religion; elle se jeta dans ses bras, parfaitement heureuse : « Et voilà le bonheur dont désormais l'Orsini jouira!... » Sénecé, comprenant mal, comme à l'ordinaire, une âme romaine, crut qu'elle voulait se séparer de lui avec bonne amitié, rompre avec des formes. « Il ne me convient pas, attaché que je suis à l'ambassade du roi, d'avoir pour ennemie mortelle (car telle elle serait) la nièce du souverain auprès duquel je suis employé. » Tout fier de l'heureux résultat auquel il croyait arriver, Sénecé se mit à parler raison. Ils vivraient dans l'union la plus agréable; pourquoi ne seraient-ils pas très heureux ? Qu'avait-on, dans le fait, à lui reprocher ? L'amour ferait place à une bonne et tendre amitié. Il réclamait instamment le privilège de revenir de temps à autre dans le lieu où ils se trouvaient; leurs rapports auraient toujours de la douceur...

D'abord la princesse ne le comprit pas. Quand, avec horreur, elle l'eut compris, elle resta debout, immobile, les yeux fixes. Enfin, à ce dernier trait de la *douceur de leurs rapports*, elle l'interrompit d'une voix qui semblait sortir du fond de sa poitrine, et en prononçant lentement :

— C'est-à-dire que vous me trouvez, après tout, assez jolie pour être une fille employée à votre service!

— Mais, chère et bonne amie, l'amour-propre n'est-il pas sauf ? répliqua Sénecé, à son tour vraiment étonné. Comment pourrait-il vous passer par la tête de vous plaindre ? Heureusement jamais notre intelligence n'a été soupçonnée de personne. Je suis homme d'honneur; je vous donne de nouveau ma parole que jamais être vivant ne se doutera du bonheur dont j'ai joui.

— Pas même l'Orsini ? ajouta-t-elle d'un ton froid qui fit encore illusion au chevalier.

— Vous ai-je jamais nommé, dit naïvement le chevalier, les personnes que j'ai pu aimer avant d'être votre esclave ?

— Malgré tout mon respect pour votre parole d'honneur, c'est cependant une chance que je ne courrai pas, dit la princesse d'un air résolu, et qui enfin commença à étonner un peu le jeune Français. « Adieu! chevalier... » Et, comme il s'en allait un peu indécis : « Viens m'embrasser », lui dit-elle.

Elle s'attendrit évidemment; puis elle lui dit d'un ton ferme : « Adieu, chevalier... »

La princesse envoya chercher Ferraterra. « C'est pour me venger », lui dit-elle. Le prélat fut ravi. « Elle va se compromettre; elle est à moi à jamais. »

Deux jours après, comme la chaleur était accablante, Sénecé alla prendre l'air au Cours sur le minuit. Il y trouva toute la société de Rome. Quand il voulut reprendre sa voiture, son laquais put à peine lui répondre : il était ivre; le cocher avait disparu; le laquais lui dit, en pouvant à peine parler, que le cocher avait pris dispute avec un *ennemi*.

— Ah! mon cocher a des *ennemis!* dit Sénecé en riant.

En revenant chez lui, il était à peine à deux ou trois rues du Corso, qu'il s'aperçut qu'il était suivi. Des hommes, au nombre de quatre ou cinq, s'arrêtaient quand il s'arrêtait, recommençaient à marcher quand il marchait. « Je pourrais faire le crochet et regagner le Corso par une autre rue, pensa Sénecé. Bah! ces malotrus n'en valent pas la peine; je suis bien armé. » Il avait son poignard nu à la main.

Il parcourut, en pensant ainsi, deux ou trois rues de plus en plus solitaires et écartées. Il entendait ces hommes, qui doublaient le pas. A ce moment, en levant les yeux, il remarqua droit devant lui une petite église desservie par des moines dominicains, dont les vitraux jetaient un éclat singulier. Il se précipita vers la porte, et frappa très fort avec le manche de son poignard. Les hommes qui semblaient le poursuivre étaient à cinquante pas de lui. Ils se mirent à courir sur lui. Un moine ouvrit la porte; Sénecé se jeta dans l'église; le moine referma la barre de fer de la porte. Au même moment, les assassins donnèrent des coups de pied à la porte. « Les impies! » dit le moine. Sénecé lui donna un sequin. « Décidément ils m'en voulaient », dit-il.

Cette église était éclairée par un millier de cierges au moins.

— Comment! un service à cette heure! dit-il au moine.

— Excellence, il y a une dispense de l'éminentissime cardinal-vicaire.

Tout le parvis étroit de la petite église de *San Francesco a Ripa* [6] était occupé par un mausolée magnifique; on chantait l'office des morts.

— Qui est-ce qui est mort? quelque prince? dit Sénecé.

— Sans doute, répondit le prêtre, car rien n'est épargné; mais tout ceci, c'est argent et cire perdus; monsieur le doyen nous a dit que le défunt est mort dans l'impénitence finale.

Sénecé s'approchait; il vit des écussons d'une forme française; sa curiosité redoubla; il s'approcha tout à fait et reconnut ses armes! Il y avait une inscription latine :

Nobilis homo Johannes Norbertus Senece eques decessit Romae.

« Haut et puissant seigneur Jean Norbert de Sénecé, chevalier, mort à Rome. »

« Je suis le premier homme, pensa Sénecé, qui ait eu l'honneur d'assister à ses propres obsèques... [7]. Je ne vois que l'empereur Charles Quint qui se soit donné ce plaisir... Mais il ne fait pas bon pour moi dans cette église. »

Il donna un second sequin au sacristain. — Mon père, lui dit-il, faites-moi sortir par une porte de derrière de votre couvent.

— Bien volontiers, dit le moine.

A peine dans la rue, Sénecé, qui avait un pistolet à chaque main, se mit à courir avec une extrême rapidité. Bientôt il entendit derrière lui des gens qui le poursuivaient. En arrivant près de son hôtel, il vit la porte fermée et un homme devant. « Voici le moment de l'assaut », pensa le jeune Français; il se préparait à tuer l'homme d'un coup de pistolet, lorsqu'il reconnut son valet de chambre.

— Ouvrez la porte, lui cria-t-il.

Elle était ouverte; ils entrèrent rapidement et la refermèrent.

— Ah! monsieur, je vous ai cherché partout; voici de bien tristes nouvelles : le pauvre Jean, votre cocher, a été tué à coups de couteau. La princesse Campobasso est à toute extrémité; le Pape lui a envoyé le grand Pénitencier. Le valet ajouta en baissant la voix : on l'a dit empoisonnée par la princesse Orsini. Enfin on m'a dit chez la princesse que vous aviez été assassiné.

— Comme tu vois, dit le chevalier en riant.

Comme il parlait, huit coups de tromblon partant à la fois d'une fenêtre donnant sur le jardin, l'étendirent mort à côté de son valet de chambre; ils étaient percés de plus de vingt balles chacun.

Deux ans après, la princesse Campobasso était vénérée à Rome comme le modèle de la plus haute piété, et depuis longtemps monsignor Ferraterra était cardinal.

Excusez les fautes de l'auteur [8].

SUORA SCOLASTICA

HISTOIRE QUI EMUT TOUT NAPLES EN 1740

(Conte traduit de l'original en napolitain.)

Première version

PRÉFACE

Tous les fous qui souhaitent un gouvernement raisonnable ne savent guère ce qu'ils font; non seulement à l'avenir le gouvernement ne les amusera plus par des sommes énormes dépensées en fêtes ou en cérémonies, mais encore, n'étant jamais ridiculement injustes ou barbares, ces gouvernements rendent impossible et improbable toute histoire intéressante. Celle qu'on va lire, et qui, je pense, ne sera point trop intéressante puisqu'elle s'est passée en un siècle prétendu raisonnable, eut lieu à Naples sous Charles III, fils de Philippe V et d'une Farnèse. Ce n'est guère qu'une cause célèbre.

[Chapitre I]

Vous savez qu'en 1711 Louis XIV, privé des grands hommes qui étaient nés en même temps que lui, et rapetissé par Mme de Maintenon, eut le fol orgueil d'envoyer régner en Espagne un enfant, le duc d'Anjou, qui plus tard fut Philippe V, fou, brave et dévot. Il valait bien mieux, comme le proposaient les étrangers, réunir à la France la Belgique et le Milanais.

La France eut des malheurs, mais son roi qui, jusque-là, n'avait trouvé que des succès faciles et une gloire de comédie, montra une vraie grandeur dans les infortunes. La victoire de Denain [32] et le fameux verre d'eau tombé sur la robe de la duchesse de Marlborough donnèrent à la France une paix assez glorieuse.

Vers ce temps, Philippe V, qui régnait toujours en Espagne, perdit la reine son épouse. Cet événement et sa vertu monacale le rendirent presque fou [33]. Dans cet état, il sut chercher dans un grenier, à Parme, faire arriver en Espagne, et enfin épouser la célèbre Elisabeth Farnèse. Cette grande reine montra du génie au milieu des puérilités orgueilleuses de l'Espagne, qui depuis sont devenues si célèbres en Europe, et, sous le nom vénéré d'étiquette espagnole, ont été imitées par tous les trônes d'Europe.

Cette reine, Elisabeth Farnèse, passa quinze ans de sa vie sans perdre de vue plus de dix minutes par jour son fou de mari. Cette cour, si misérable au milieu de ses fausses grandeurs, a trouvé un peintre homme de génie, digne de toutes les profondeurs de ses intrigues enfantées par le génie sombre du caractère espagnol, le duc de Saint-Simon, le seul historien qu'ait produit jusqu'ici le génie français. Il donne le détail curieux de tous les soins que se donna la reine Elisabeth Farnèse afin de quelque terre confisquée sur les maladroits que les gens vendus appelaient des traîtres. Cet état de toutes les fortunes, joint à la nécessité de faire beaucoup de dépense pour plaire au nouveau roi, obligeait la plupart des grands seigneurs à regarder de fort près à leurs affaires.

Pendant que la noblesse cherchait à se pousser à la cour, les négociants se félicitaient de n'être plus en but[te] aux avanies incroyables des vice-rois espagnols ou aux duretés des généraux autrichiens; le peuple était tout étonné que le gouvernement ne lui fît pas toujours du mal et il s'accoutumait fort bien à payer des impôts dont une partie était distribuée en forme de prime à la noblesse et au clergé.

D. Carlos régnait ainsi depuis cinq ans; la tranquillité et l'aisance renaissaient de toutes parts.

Plusieurs circonstances favorables s'étant réunies, l'hiver de 1740 à 1741 fut remarquable entre tous par des fêtes charmantes. Huit ou dix femmes d'une rare beauté se partageaient tous les hommages, mais le jeune Roi, fin connaisseur, soutenait que la plus belle personne de sa cour était la jeune Rosalinde, fille du prince d'Atella. Ce prince, ancien général autrichien, personnage fort triste, fort prudent, avait cédé malgré lui aux instances de Dona Ferdinanda, sa seconde femme, en lui permettant de se faire suivre au palais [a] par sa fille, cette belle Rosalinde que le roi regardait comme la plus belle personne de son royaume et qui avait à peine seize ans. Le prince d'Atella se voyait trois fils d'un premier lit dont l'établissement dans le monde lui donnait beaucoup de souci. Les titres que portaient ces fils, tous ducs ou princes, lui semblaient trop imposants pour la médiocre fortune qu'il pouvait leur laisser.

Le prince d'Atella [b] était amoureux de sa femme, fort gaie, fort imprudente, et qui avait trente ans de moins que lui, ce qui ne l'empêchait point d'être déjà d'un certain âge. Pendant les fêtes magnifiques de l'hiver de 1740, elle n'avait dû qu'à la présence de sa fille Rosalinde le plaisir flatteur d'être vue toujours environnée à la cour par tout ce qu'il y avait de plus brillant dans

a. Dicté le 16 mars 1842.
b. Dicté la page 34 le 18 mars.

toute la jeunesse de Naples. Elle distinguait surtout Gennarino des marquis de Las Flores [1] : ce jeune homme joignait des manières fort nobles et même un peu altières à l'espagnole, à la figure la plus gracieuse et la plus gaie; il avait les cheveux et les moustaches d'un beau blond et des yeux bleus, ce qui est une rareté d'une famille gothe, et qui rendait sa beauté plus touchante aux yeux des dames de la cour. Déjà deux fois il avait été blessé par des époux ou des frères appartenant à des familles dans le sein desquelles il avait porté le désordre.

Le [jeune][2] avait été assez adroit pour persuader à la princesse d'Atella que c'était à elle que s'adressaient ses hommages; mais dans le fait, il était amoureux de la jeune Rosalinde, et, qui plus est, jaloux. Ce même duc, Vargas del Pardo, qui autrefois avait été si utile à D. Carlos dans la nuit qui précéda la bataille de Velletri, et qui maintenant jouissait de la plus haute faveur auprès de ce jeune roi, avait été touché des grâces naïves de la jeune Rosalinde d'Atella, et surtout de l'air simple et de bonne foi qui brillait dans son regard; il lui avait fait une cour majestueuse, comme il convient à un homme qui est trois fois grand d'Espagne. Mais il prenait du tabac et portait perruque; ce sont précisément les deux grands sujets d'horreur pour les jeunes filles de Naples, et, quoique Rosalinde eût une dot de vingt mille francs peut-être et n'eût dans la vie d'autre perspective que d'entrer au noble couvent de San Petito [a], situé dans la partie la plus élevée de la rue de Tolède, alors à la mode, et qui servait de tombeau aux jeunes filles de la plus haute noblesse, elle ne put jamais se résoudre à comprendre les regards passionnés du duc del Pardo. Au contraire, elle comprenait fort bien les yeux que lui faisait D. Gennarino dans les moments où il n'était pas observé par la princesse d'Atella; il n'était même pas sûr que la jeune Rosalinde ne répondît point quelquefois aux regards de Gennarino. A la vérité, cet amour n'avait pas le sens commun; à la vérité, la maison de Las Flores marquait parmi les plus nobles; mais le vieux duc de ce nom, père de D. Gennarino, avait trois fils et, suivant l'usage du pays, il s'était arrangé de façon que l'aîné eût 15 mille ducats de rente (environ 50 mille francs), tandis que les deux cadets devaient se contenter d'une pension de vingt ducats par mois avec un logement dans

a. Dicté le 18 mars.

les palais à la ville et à la campagne. Sans être précisément d'accord, D. Gennarino et la jeune Rosalinde employaient toute leur adresse à dérober leurs sentiments à la princesse d'Atella [a]. Sa coquetterie n'eût jamais pardonné au jeune marquis les fausses idées qu'elle s'était formées. Le vieux général, son mari, fut plus clairvoyant qu'elle; à la dernière fête donnée cet hiver-là par le roi D. Carlos, il comprit fort bien que D. Gennarino, déjà célèbre par plus d'une aventure, avait entrepris de plaire à sa femme ou à sa fille; l'un lui convenait aussi peu que l'autre. Le lendemain, après le déjeuner, il ordonna à sa fille Rosalinde de monter en voiture avec lui, et, sans lui adresser une seule parole, la conduisit au noble couvent de San Petito [3]. C'est à ce couvent alors fort à la mode qu'appartient cette façade magnifique que l'on voit à gauche dans la partie la plus élevée de la rue de Tolède, près le magnifique palais des *Studi* [4]. Ces murs, d'une immense étendue, que l'on côtoie si longtemps lorsque l'on se promène dans la plaine du Vomero, au-dessus de l'Arenella, n'ont d'autre objet [que d']éloigner les yeux profanes des jardins de San Petito. Le prince n'ouvrit la bouche que pour présenter sa fille à sa sœur, la sévère dona. Il dit à la jeune [Rosalinde], comme un renseignement qu'il lui donnait par complaisance et dont elle devait lui savoir gré, qu'elle ne sortirait plus du couvent de San Petito qu'une fois dans sa vie, la veille du jour où elle ferait profession.

Rosalinde ne fut point étonnée de tout ce qui lui arrivait; elle savait bien qu'à moins d'un miracle elle ne devait pas s'attendre à se marier, et dans ce moment elle eût eu en horreur d'épouser le duc Vargas del Pardo. D'ailleurs, elle avait passé plusieurs années pensionnaire dans ce couvent de San Petito où on la ramenait en ce moment et tous les souvenirs qu'elle en avait gardés étaient gais et amusants. Le premier jour, elle ne fut donc point trop affligée de son état; mais dès le deuxième, elle sentit qu'elle ne reverrait jamais le jeune D. Gennarino et, malgré tout l'enfantillage de son âge, cette idée commença à l'affliger profondément. D'enjouée et d'étourdie qu'elle était, en moins de quinze jours elle put compter parmi les filles les moins résignées et les plus

a. Plan du 18 mars [1842].
Pendant sa cour, il arrive un malheur à Gennarino. Le c[ardin]al donne avis à Las Flores que Ge[nnarino] fait la cour à sa fem[me] ou à sa fil[le].

tristes du couvent [a]. Vingt fois par jour peut-être elle pensait à ce D. Gennarino qu'elle ne devait plus revoir, tandis que lorsqu'elle était dans le palais de son père, l'idée de cet aimable jeune homme ne lui apparaissait qu'une ou deux fois par jour.

Trois semaines après son arrivée au couvent, il lui arriva, à la prière du soir, de réciter sans faute les litanies de la Vierge, et la maîtresse des novices lui donna pour le lendemain la permission de monter pour la première fois au belvédère [5]; c'est ainsi qu'on appelle cette immense galerie que les religieuses ornent à l'envi de dorures et de tableaux et qui occupe la partie supérieure du côté de la façade du couvent de San Petito qui donne sur la rue de Tolède. Rosalinde fut enchantée de revoir cette double file de belles voitures qui, à l'heure du cours, occupaient cette partie supérieure de la rue de Tolède; elle reconnut la plupart des voitures et des dames qui les occupaient. Cette vue l'amusait et l'affligeait à la fois. Mais comment peindre le trouble qui s'empara de son âme lorsqu'elle reconnut un jeune homme arrêté sous une porte cochère, agitant avec une sorte d'affectation un bouquet de fleurs magnifiques ? C'était D. Gennarino qui, depuis que Rosalinde avait été enlevée au monde, venait tous les jours en ce lieu [6] dans l'espoir qu'elle paraîtrait au belvédère des nobles religieuses, et, comme il savait qu'elle aimait beaucoup les fleurs, pour attirer ses regards et se faire remarquer d'elle, il avait soin de se munir d'un bouquet des fleurs les plus rares. D. Gennarino éprouva un mouvement de joie marqué lorsqu'il se vit reconnu; bientôt, il lui fit des signes auxquels Rosalinde se garda bien de répondre; puis elle réfléchit que d'après la règle de s[ain]t Benoît que l'on suit dans le couvent de San Petito il pourrait bien se passer plusieurs semaines avant qu'on ne lui permît de reparaître au belvédère. Elle y avait trouvé une foule de religieuses fort gaies; toutes ou presque toutes faisaient des signes à leurs amis, et ces dames paraissaient assez embarrassées de la présence de cette jeune fille en voile blanc qui pouvait être étonnée de leur attitude peu religieuse et en parler au-dehors. Il faut savoir qu'à Naples, dès la première enfance, les jeunes filles ont l'habitude

a. Plan.
Vargas songe à saisir l'occasion et fait faire des ouvertures à D. Rosalinde. Là est... de la tête de San Petito. 18 mars [1842].

de parler avec les doigts, dont les diverses positions forment des lettres. On les voit ainsi dans les salons discourir en silence avec un jeune homme arrêté à vingt pas d'elles, pendant que leurs parents font la conversation à haute voix.

Gennarino tremblait que la vocation de Rosalinde ne fût sincère. Il s'était retiré un peu en arrière sous la porte cochère, et de là il lui disait avec le langage des enfants[7] :

— Depuis que je ne vous vois plus, je suis malheureux. Dans le couvent, êtes-vous heureuse ? Avez-vous la liberté de venir souvent au belvédère ? Aimez-vous toujours les fleurs ?

Rosalinde le regardait fixement, mais ne répondait pas. Tout à coup elle disparut soit qu'elle eût été appelée par la maîtresse des novices soit qu'elle eût été offensée du peu de mots que D. Gennarino lui avait adressés. Celui-ci resta fort affligé.

Il monta dans ce joli bois qui domine Naples et qu'on appelle l'Arenella. Là s'étend le mur d'enceinte de l'immense jardin du couvent de San Petito. En continuant sa promenade mélancolique, il arriva à la plaine du Vomero, qui domine Naples et la mer, il alla jusqu'à une lieue de là, au magnifique château du duc Vargas del Pardo. Ce château était une forteresse du Moyen Age, aux murs noirs et crénelés; il était célèbre dans Naples par son aspect sombre et par la manie qu'avait le duc de s'y faire servir uniquement par des domestiques venus d'Espagne, et tous aussi âgés que lui. Il disait que, quand il était en ce lieu, il se croyait en Espagne et, pour augmenter l'illusion, il avait fait couper tous les arbres d'alentour. Toutes les fois que son service auprès du roi le lui permettait, le duc venait prendre l'air dans son château de San Nicolò. Cet édifice sombre augmenta encore la tristesse de D. Gennarino. Comme il s'en revenait, suivant tristement l'enceinte du jardin de San Petito, une idée le saisit : « Sans doute elle aime encore les fleurs, se dit-il; les religieuses doivent en faire cultiver dans cette immense jardin; il doit y avoir des jardiniers, il faut que je parvienne à les connaître. » Dans ce lieu fort désert, il y avait une petite *osteria* (cabaret); il y entra; mais il n'avait pas songé, au milieu de l'ardeur que lui donna son idée, que ses habits étaient beaucoup trop magnifiques pour ce lieu, et il vit avec chagrin que sa présence excitait une surprise mêlée de beaucoup de défiance; alors il feignit une grande fatigue, il se fit bon enfant avec les maîtres de la maison et les gens du peuple qui vinrent boire quelques brocs de vin. Ses manières ouvertes lui firent pardonner ses vêtements un peu trop riches pour la circonstance. Gennarino ne dédaigna point de boire avec l'hôte et les amis de l'hôte les vins un peu plus fins qu'il faisait venir. Enfin, après une heure de travail, il vit que sa présence n'effarouchait plus. On se mit à plaisanter sur les nobles religieuses de San Petito et sur les visites que quelques-unes d'entre elles recevaient par-dessus les murs du jardin. Gennarino s'assura qu'une telle chose, dont on parlait beaucoup à Naples, existait en effet. Ces bons paysans du Vomero en plaisantaient, mais ne s'en montraient point trop scandalisés.

— Ces pauvres jeunes filles ne viennent pas là par vocation, comme dit notre curé, mais bien parce qu'on les chasse du palais de leurs pères pour tout donner à leur frère aîné; il est donc bien naturel qu'elles cherchent à s'amuser. Mais c'est ce qui est devenu bien difficile sous l'abbesse actuelle, Madame Angela Maria des marquis de Castro Pignano qui s'est mis dans la tête de faire la cour au roi et de faire entrer la couronne ducale dans la famille de son neveu en tourmentant ces pauvres jeunes filles, qui de leur vie n'ont songé sérieusement à faire des vœux à Dieu et à la Madone. C'est un plaisir de voir la gaîté avec laquelle elles courent dans le jardin; on dirait de vraies pensionnaires et non pas des religieuses que l'on oblige à des vœux sérieux et qui les damneront si elles ne songent uniquement à les remplir. Dernièrement, pour honorer leur grande noblesse, le cardinal archevêque de Naples vient encore de leur obtenir de la cour de Rome le privilège de faire des vœux à seize ans au lieu de dix-sept et il y a eu de grandes réjouissances dans le couvent au sujet de l'insigne honneur que ce privilège fait à ces pauvres petites.

— Mais vous parlez du jardin, dit Gennarino; il me semble bien petit.

— Comment petit? s'écria-t-on de toutes parts; on voit bien que vous n'y avez jamais regardé : il y a plus de trente arpents, et maestro Beppo, le jardinier en chef, a quelquefois plus de douze ouvriers à sa solde.

— Et ce jardinier en chef sera quelque beau jeune homme? s'écria D. Gennarino en riant.

— Vous connaissez bien l'abbesse de Castro Pignano! s'écria-t-on de toutes parts. Elle serait bien femme à souffrir de tels abus! Le seigneur Beppo a dû prouver qu'il avait plus de soixante-dix ans; il sortait de chez le marquis de Las Flores, qui a ce beau jardin à Ceri.

Gennarino sauta de joie.

— Qu'avez-vous donc? lui dirent ses nouveaux amis.

— Ce n'est rien; je suis si fatigué!

Il avait reconnu dans le seigneur Beppo un ancien jardinier de son père. Il s'enquit adroitement pendant le reste de la soirée du logement de ce seigneur Beppo, jardinier en chef, et de la façon dont on pouvait le voir. Il le vit en effet dès le lendemain; le vieux jardinier pleura de joie en reconnaissant le cadet des enfants de son maître, le marquis de Las Flores qu'il avait si souvent porté dans ses bras et n'eut rien à lui refuser. Gennarino se plaignit de l'avarice de son père et fit entendre que cent ducats le tireraient d'un embarras extrême.

Deux jours après, la novice Rosalinde que maintenant l'on appelait la sœur Scolastique, se promenait seule dans le beau parterre situé sur la droite du jardin; le vieux Beppo s'approcha d'elle :

— J'ai bien connu, lui dit le jardinier, la noble famille des princes d'Atella. Dans ma jeunesse, je fus employé dans leur jardin, et, si Mademoiselle veut le permettre, je lui donnerai une belle rose que j'ai là enveloppée dans des feuilles de vigne, mais c'est sous la condition que Mademoiselle voudra bien ne l'ouvrir que lorsqu'elle sera chez elle, et seule.

Rosalinde prit la rose sans presque remercier; elle la mit dans son sein et s'achemina pensive vers sa cellule [*]. Comme elle était fille de prince et destinée à devenir une religieuse de première classe, cette cellule était composée de trois pièces. A peine entrée, Rosalinde alluma sa lampe; elle voulut prendre la belle rose qu'elle avait cachée dans son sein, mais le calice de la fleur lui resta dans la main en se détachant de la tige et au milieu de la fleur, caché sous les feuilles, elle trouva le billet suivant; son cœur battit avec force, mais elle ne se fit aucun scrupule de le lire :

« Je suis bien peu riche, ainsi que vous, belle Rosalinde; car si l'on vous sacrifie à l'établissement de vos frères, moi aussi, comme vous n'ignorez pas peut-être, je ne suis que le troisième fils du marquis de Las Flores. Depuis que je vous ai perdue, le roi m'a fait cornette dans sa garde, et à cette occasion, mon père m'a déclaré que moi, mes gens et mes chevaux nous serions logés et nourris au palais de la famille, mais que du reste je devais songer à vivre avec la pension de dix ducats par mois qui, dans notre famille, a toujours été donnée aux cadets. Ainsi, chère Rosalinde, nous sommes aussi pauvres et aussi déshérités l'un que l'autre. Mais pensez-vous qu'il soit indispensable et de notre devoir étroit d'être malheureux toute notre vie ? La position désespérée où l'on nous place me donne la hardiesse de vous dire que nous nous aimons et que la cruelle avarice de nos parents ne doit point avoir une complice dans nos volontés. Je finirai par vous épouser. Un homme de ma naissance trouvera bien les moyens de vivre. Je ferai ma cour... sans oublier un ou deux amis de famille. Je ne crains au monde que votre extrême piété. En entretenant une correspondance avec moi, gardez-vous bien de vous considérer comme une religieuse infidèle à ses vœux; bien loin de là, vous êtes une jeune femme que l'on veut séparer du mari que son cœur a choisi. Daignez avoir du courage et surtout ne pas vous irriter contre moi; je n'ai point envers vous une hardiesse inconvenante, mais mon cœur est navré par la possibilité de passer quinze jours sans vous voir, et j'ai de l'amour. Dans les fêtes où nous nous rencontrions dans ces temps heureux de ma vie, le respect m'eût empêché de donner à mes sentiments un langage aussi franc, mais qui sait si j'aurai l'occasion de vous écrire une seconde lettre ? Ma cousine, la sœur..., que je vais voir aussi souvent que je le puis, m'a dit qu'il se passera peut-être quinze jours avant que vous ayez la permission de remonter au belvédère. Tous les jours je serai à la même heure dans la rue de Tolède, peut-être déguisé, car je puis être reconnu et plaisanté par mes nouveaux camarades, les officiers du régiment des gardes. Si vous saviez comme ma vie est différente et désagréable depuis que je vous ai perdue! Je n'ai dansé qu'une fois, et encore parce que la princesse d'Atella est venue me chercher jusqu'à ma place. Notre pauvreté fait que nous aurons besoin de tout le monde; soyez très polie et même affectueuse avec tous les gens de service; le vieux jardinier Beppo m'a été utile uniquement parce qu'il a été employé vingt ans de suite dans les jardins de mon père, à Ceri. N'aurez-vous point horreur de ce que je vais vous dire ? Sur le bord de la mer, dans les Calabres, à quatre-vingts lieues de Naples, ma mère possède une terre qui est affermée 600 ducats. Ma mère a de la tendresse pour moi, et, si je le lui demandais bien sérieusement, elle ferait en sorte que l'intendant de la maison m'affermerait cette terre moyennant la même somme de 600 ducats par an. Comme l'on m'annonce une pension de 120 ducats, je n'aurais donc à payer chaque année que 480 ducats, et nous ferions les bénéfices du fermier. Il est vrai que, comme cette résolution serait considérée comme peu honorable, je serais obligé de prendre le nom de cette terre, qui s'appelle... Mais je n'ose continuer. L'idée que je viens de vous laisser entrevoir vous choque peut-être; quoi donc, quitter pour jamais le séjour de la noble ville de Naples ? Je suis un téméraire même d'y penser. Considérez toutefois que je puis aussi espérer la mort d'un de mes frères aînés. Adieu, chère Rosalinde. Vous me trouverez peut-être bien sérieux; vous n'avez pas d'idée des réflexions qui me passent par la tête depuis trois semaines que je vis loin de vous; il me semble que ce n'est pas vivre. Dans tous les cas, pardonnez-moi mes folies. »

Rosalinde ne répondit point à cette première lettre, qui fut suivie de plusieurs autres. La plus grande faveur que dans ce temps elle accorda à Gennarino fut de lui envoyer une fleur par le vieux Beppo, qui était devenu l'ami de la sœur Scolastique, peut-être parce qu'il avait toujours à lui raconter quelque trait de la première jeunesse de Gennarino. Celui-ci passait sa vie à errer autour des murs du couvent, il n'allait plus dans le monde; on ne le voyait à la cour que lorsqu'il était sous les armes, sa vie était fort triste, et il n'eut pas besoin de beaucoup exagérer pour persuader à la sœur Scolastique qu'il désirait la mort. Il était tellement malheureux par cet amour étrange qui s'était emparé de son cœur qu'il osa écrire à son amie que cet entretien si froid par écrit ne lui procurait plus aucun bonheur. Il avait besoin de l'entretenir de vive voix et d'obtenir à l'instant même les réponses à mille choses qu'il avait à lui dire. Il proposait à son amie, de venir se placer dans le jardin du couvent, sous sa fenêtre, accompagné de Beppo. Après bien des sollicitations, Rosalinde fut attendrie : il fut admis dans le jardin. Ces entrevues eurent un tel charme pour les amants qu'elles se renouvelèrent bien plus souvent que la prudence ne le permettait. La présence du vieux Beppo fut trouvée inutile; paresseux comme tous les Napolitains, il laissait ouvert le guichet de la porte de service du jardin, et Gennarino fermait ce guichet en sortant, suivant un usage établi par s[ain]t Benoît lui-même dans un siècle de trouble et où chacun était obligé de se garder. A trois heures du matin, au moment où les religieuses se rendaient au chœur pour chanter les matines, elles devaient faire une ronde dans les cours et jardins du monastère. Voici comment cet usage était suivi au couvent de San Petito : les religieuses nobles ne se levaient point à trois heures du matin, mais payaient de pauvres filles qui en leur place chantaient les matines, tandis qu'on ouvrait la porte d'une petite maison située dans le jardin et où logeaient trois vieux soldats, âgés de plus de soixante-dix ans. Ces soldats bien armés étaient censés se promener dans les jardins et y lançaient plusieurs gros chiens qui restaient enchaînés toute la journée. D'ordinaire ces visites se passaient fort tranquillement; mais une belle nuit, les chiens firent un tel tapage que tout le couvent eut peur. Les soldats, qui s'étaient recouchés après avoir lâché les chiens, accoururent en toute hâte pour faire preuve de présence et lâchèrent plusieurs coups de fusil. L'abbesse eut peur pour le duché de sa famille. C'était Gennarino qui s'était oublié en faisant la conversation sous la fenêtre de Rosalinde; il eut assez de peine à échapper, mais il était suivi de si près par les chiens furieux qu'il ne put fermer la porte, et le lendemain l'abbesse Angela Custode fut profondément scandalisée en apprenant que les chiens du couvent avaient parcouru tous les bois de l'Arenella et une partie de la plaine du Vomero. Il était évident pour elle que la porte du jardin s'était trouvée ouverte au moment du grand bruit qu'avaient fait les chiens. Soigneuse de l'honneur du couvent, l'abbesse dit que des voleurs s'étaient introduits dans le jardin par la négligence des vieux gardiens qu'elle chassa et remplaça par d'autres, ce qui causa une sorte de révolution dans le couvent car plusieurs religieuses se plaignirent de cette mesure tyrannique. Ce jardin n'était point solitaire la nuit; mais l'on se contentait d'y passer et l'on n'y séjournait point. Le seul Gennarino trop amoureux pour demander à sa maîtresse de monter chez elle, avait été sur le point de compromettre tous les amours du couvent. Dès le lendemain matin cependant il lui fit parvenir une longue lettre. Il sollicitait la permission de monter chez elle, mais il ne put l'obtenir qu'après que Rosalinde eut inventé un moyen de rendre moins cruelles les réclamations de sa conscience. Comme nous l'avons dit, sa cellule, comme celle de toutes les filles de prince destinées à devenir des religieuses nobles de première classe, était composée de trois pièces. La dernière de ces trois pièces, dans laquelle on n'entrait jamais, n'était séparée d'un magasin de lingerie que par une simple cloison en bois. Gennarino parvint à déplacer un des panneaux de cette cloison d'un pied de large à peu près et d'une hauteur pareille; presque toutes les nuits, après s'être introduit dans le couvent par le jardin, il passait la tête par cette sorte de fenêtre et avait de longs entretiens avec son amie. Ce bonheur durait depuis longtemps, et déjà Gennarino sollicitait d'autres faveurs, lorsque deux religieuses, déjà d'un certain âge, et qui recevaient aussi leurs amants par le jardin furent frappées de la bonne mine du jeune marquis et résolurent de l'enlever à cette petite novice insignifiante. Ces dames parlèrent à Gennarino et pour donner une couleur honnête à la conversation commencèrent à lui faire des reproches sur sa façon de s'introduire dans le jardin et dans la sainte clôture d'un couvent de filles. A peine Gennarino eut-il compris leurs prétentions qu'il leur déclara qu'il ne faisait pas l'amour par pénitence, mais pour s'amuser et qu'ainsi il les priait de le laisser à ses affaires. Cette réponse fort malhonnête, et que dans les mêmes lieux l'on ne se permettrait plus aujourd'hui, alluma une fureur tellement aveugle chez les deux religieuses âgées que, malgré l'heure indue — il était alors près de deux heures du matin — elles n'hésitèrent pas à aller réveiller l'abbesse [9]. Par bonheur pour le jeune marquis, les religieuses dénonciatrices ne l'avaient pas reconnu; l'abbesse était sa grand-tante, sœur cadette de son grand-père; mais, passionnée pour la gloire et l'avancement de sa maison, comme elle savait que le jeune roi Charles III était un courageux et sévère partisan de la règle, elle eût dénoncé au prince, son neveu, les dangereuses folies de Gennarino qui probablement eût reçu du service en Espagne ou du moins en Sicile. Les deux religieuses eurent beaucoup de peine à parvenir jusqu'à l'abbesse et à la réveiller; mais, aussitôt que cette abbesse dévote et zélée eut compris de quel crime effroyable il était question, elle courut à la cellule de la sœur Scolastique. Gennarino n'avait rien dit à son amie de sa rencontre avec les deux religieuses âgées et il était à s'entretenir tranquillement avec elle dans la pièce qui touchait à la lingerie, lorsque Scolastique et lui entendirent ouvrir avec fracas la chambre à coucher de ce petit appartement. Les deux amants n'étaient éclairés que par la lumière incertaine des étoiles; leurs yeux furent tout à coup éblouis par la vive clarté de huit à dix lampes éclatantes que l'on portait à la suite de l'abbesse. Gennarino savait, comme tout le monde à Naples, à quels périles extrêmes était exposée une religieuse ou une simple novice convaincue d'avoir reçu un homme dans ce petit appartement qu'on appelait sa cellule. Il n'hésita pas à sauter dans le jardin par la fenêtre fort élevée de la lingerie.

L'abbesse Angela Custode l'interrogea sur-le-champ. Le crime était évident, Scolastique ne disait rien pour se justifier. L'abbesse, grande fille sèche et pâle de 40 ans et appartenant à la plus haute noblesse du royaume, avait toutes les qualités morales qu'annoncent ces diverses circonstances. Elle avait tout le courage nécessaire pour faire exécuter les sévérités de la règle, surtout depuis que le jeune roi, qui avait deviné son métier de roi absolu, avait déclaré hautement qu'*en toutes choses il voulait la règle*, et la règle dans toute son exactitude; enfin l'abbesse ... appartenait à la famille de ..., ennemie de celle du prince ... depuis le roi duc d'Anjou, frère de s[ain]t Louis.

La pauvre Scolastique, surprise au milieu de la nuit par tout ce monde, par toutes ces lumières, parlant dans sa chambre avec un jeune homme, se cachait la figure avec les mains et était tellement pénétrée de honte qu'elle ne songeait pas à faire observer dans ce premier moment si décisif pour elle les choses qui pouvaient être de la plus grande importance. Le peu de mots qu'elle dit lui était tout à fait défavorable; elle répéta deux fois :

— Mais ce jeune homme est mon époux!

Ce mot, qui donnait à penser des choses qui n'étaient point, réjouit beaucoup les deux religieuses dénonciatrices, et ce fut l'abbesse qui par esprit de justice fit remarquer que d'après la disposition des lieux le libertin maudit qui avait osé violer la clôture du couvent ne se trouvait pas du moins *dans la même chambre* que la novice égarée. Il s'était introduit seulement dans un des magasins de la lingerie, il avait enlevé une planche de la cloison en bois qui séparait ce magasin de la chambre de la novice Scolastique; sans doute il parlait avec elle, mais il ne s'était point introduit chez elle, puisqu'au moment où il avait été surpris et où l'on avait pénétré dans la seconde chambre de la cellule de Scolastique, on avait aperçu le libertin dans le magasin de la lingerie et que c'est de là qu'il s'était enfui.

La pauvre Scolastique s'était si fort abandonnée elle-même qu'elle se laissa conduire dans une prison presque tout à fait souterraine et dépendant de l'*in pace* de ce noble couvent, lequel est creusé dans la roche assez tendre sur laquelle on voit s'élever aujourd'hui le magnifique bâtiment des *Studi*. On ne devait placer dans cette prison que les religieuses ou novices condamnées ou surprises en flagrant délit atroce. Cette condition était gravée au-dessus de la porte, ce qui n'était point le cas de la novice Scolastique. L'abus que l'on commettait n'échappa point à l'abbesse, mais on croyait que le roi aimait la sévérité, et l'abbesse songeait au duché de sa famille. Elle pensa qu'elle avait assez fait en faveur de la jeune fille en faisant observer qu'elle n'avait point admis précisément dans sa chambre l'affreux libertin qui avait cherché à déshonorer le noble couvent [10].

Scolastique laissée seule dans une petite chambre creusée dans le roc, à cinq ou six pieds seulement au-dessous du niveau de la place voisine [11], que l'on avait établie en creusant un peu dans la roche tendre, se trouva soulagée d'un grand poids quand elle se vit seule et délivrée de ces lampes éclatantes qui, en éblouissant ses yeux, semblaient lui reprocher sa honte. « Et dans le fait, se disait-elle, laquelle de ces religieuses si altières a le droit de se montrer si sévère à mon égard ? J'ai reçu la nuit, mais jamais dans ma chambre, un jeune homme que j'aime et que j'espère épouser. Le bruit public prétend que beaucoup de ces dames, qui se sont liées envers le ciel par des vœux, reçoivent des visites la nuit; et, depuis que je suis dans ce couvent, j'ai entrevu bien des choses qui me font penser comme le public. Ces dames disent publiquement que San Petito n'est point un couvent comme l'entend le saint concile de Trente, un lieu d'abstinence et d'abnégation; c'est tout simplement une retraite décente dans laquelle on peut faire vivre avec économie de pauvres filles de haute naissance qui ont le malheur d'avoir des frères. On ne leur demande ni abstinence ni abnégation ni malheurs intérieurs qui viendraient aggraver gratuitement le malheur d'être sans fortune. Quant à moi, à la vérité, je suis arrivée ici avec l'intention d'obéir à mes parents, mais bientôt Gennarino m'a aimée, je l'ai aimé et, quoique fort pauvres l'un et l'autre, nous avons pensé à nous marier et à aller vivre dans une petite campagne à vingt lieues de Naples sur les bords de la mer au-delà de Salerne. Sa mère lui a dit qu'elle lui ferait donner la ferme de cette petite terre qui ne rapporte que 500 ducats à la famille. Sa pension comme cadet est de 40 ducats par mois; on ne pourra guère me refuser une fois mariée la pension que ma famille m'accorde ici pour se débarrasser de moi, et, sortie d'un procès, ce sont encore 10 ducats par mois. Vingt fois nous avons fait nos calculs; avec toutes ces petites sommes, nous pouvons vivre, sans gens à notre livrée, mais fort bien, avec ce qui est nécessaire à la vie physique. Toute la difficulté consiste à obtenir de l'humeur altière de nos parents qu'ils nous laissent vivre comme de simples bourgeois. Gennarino pense qu'il suffira, pour tout aplanir, de prendre un nom étranger à la famille du duc son père [12]. »

Ces idées et d'autres du même genre vinrent au secours de la pauvre Scolastique. Mais les religieuses au nombre de près de cent cinquante qui remplissaient ce couvent considéraient la surprise qui venait d'être opérée la nuit précédente comme très avantageuse pour la gloire du couvent. Tout Naples prétendait que ces dames recevaient la nuit leurs amis particuliers; eh bien! l'on avait ici une jeune fille d'une haute naissance qui ne savait pas se défendre et que l'on pourrait condamner suivant toute la sévérité de la règle. La seule précaution à prendre était de ne lui laisser aucune communication avec sa famille pendant toute la durée de la procédure. Quand viendrait ensuite l'époque du jugement, la famille aurait beau faire, elle ne pourrait guère empêcher l'application d'une peine sévère qui relèverait dans Naples et dans tout le royaume la réputation un peu attaquée du noble couvent.

L'abbesse Angela Custode [13] assembla le chapitre composé de sept religieuses élues par toutes les religieuses parmi celles d'entre elles âgées de plus de 70 ans. La sœur Scolastique refusa de nouveau de répondre; on l'envoya dans une chambre dont la fenêtre unique donnait contre un mur fort élevé. Là, elle fut obligée à un silence absolu et gardée à vue par deux sœurs converses.

L'étrange accident survenu dans le couvent de San Petito, où toutes les grandes familles de Naples avaient des parentes, fut bientôt public. Le cardinal-archevêque demanda un rapport à l'abbesse, qui raconta les choses en les atténuant, afin de ne pas compromettre le noble couvent. Comme la famille du prince d'Atella touchait à tout ce qu'il y avait de plus grand dans le royaume, l'archevêque, qui pouvait renvoyer le procès à sa cour archïépiscopale *(curia arcivescovile)*, crut devoir aller prendre les ordres du Roi. Ce prince, ami de l'ordre, devint furieux au récit que lui fit l'archevêque; et l'on a remarqué depuis que le duc Vargas del Pardo, qui se trouvait présent lors de l'audience accordée à l'archevêque, entendant parler des déportements d'une religieuse nommée *Dona* Scolastica, à lui inconnue, conseilla au jeune prince une grande sévérité.

— Que *la Sua Maestà* se rappelle toujours que qui ne craint pas Dieu ne craint pas son roi!

A son retour du palais, l'archevêque saisit son tribunal archiépiscopal de cette triste cause. Un vicaire général, deux fiscaux et un secrétaire appartenant à ce tribunal entrèrent au couvent de San Petito pour procéder à l'interrogatoire et à l'instruction du procès. Jamais ces messieurs ne purent obtenir de la sœur Scolastique d'autre réponse que celle-ci :

— Il n'y a pas de mal dans mon action, elle est innocente. Je ne pourrai jamais dire que cela, et je ne dirai que cela.

Après tous les délais prescrits par la loi et encore prolongés par la faveur de l'abbesse qui vers la fin du procès eût voulu à tout prix éviter ce scandale à son couvent, le tribunal archiépiscopal, considérant qu'il n'y avait pas de corps de délit, c'est-à-dire que suivant la déposition de l'abbesse les témoins n'avaient pas vu *dans la même chambre* la sœur Scolastique et un homme, mais seulement un homme s'enfuyant d'une pièce voisine et séparée, cette sœur fut condamnée à être déposée dans l'*in pace* jusqu'à ce qu'elle fasse connaître le nom de l'homme qui se trouvait dans la pièce voisine et avec lequel elle s'entretenait.

Le lendemain, lorsque Scolastique parut pour subir un premier jugement devant les *anciennes* présidées par l'abbesse, celle-ci parut avoir une tout autre idée de l'affaire. Elle pensait qu'il serait dangereux pour le couvent d'entretenir un public malin de ces désordres intérieurs. Ce public dirait : « Vous punissez une intrigue qui a été maladroite, et nous savons qu'il en existe des centaines d'autres. Puisque nous avons affaire à un jeune roi qui prétend avoir du caractère et vouloir faire exécuter les lois, chose que l'on ne vit jamais en ce pays, nous pouvons profiter de cette mode passagère pour obtenir une chose qui sera plus utile au couvent que la condamnation solennelle de dix pauvres religieuses devant l'archevêque de Naples et tous les chanoines qu'il aura appelés pour composer son *présidial.* Je veux que l'on punisse l'homme qui a osé pénétrer dans notre couvent; un seul beau jeune homme de la cour jeté dans une forteresse pour plusieurs années fera plus d'effet que la condamnation d'une centaine de religieuses. D'ailleurs, ce sera justice; l'attaque vient du côté des hommes. La Scolastique n'a point reçu celui-ci précisément dans sa chambre, et plût à Dieu que toutes les religieuses du couvent eussent autant de prudence! Elle va nous faire connaître le jeune imprudent que je dois poursuivre à la cour, et, comme, dans le fait, elle n'est que fort peu coupable, nous allons la condamner à quelque peine légère. »

L'abbesse eut beaucoup de peine à ranger les *anciennes* à son avis; mais enfin sa naissance et surtout ses relations à la cour étaient tellement supérieures aux leurs qu'elles avaient été obligées de céder. Et l'abbesse pensait que la séance du tribunal ne durerait qu'un instant. Mais il en fut tout autrement.

Scolastique ayant récité ses prières à genoux devant le tribunal, comme c'est l'usage, n'ajouta que ce peu de paroles :

— Je ne me regarde point comme une religieuse. J'ai connu ce jeune homme dans le monde; quoique fort pauvres l'un et l'autre, nous avons le projet de nous marier [14].

Ce mot, offensant la base du crédit du couvent, était le plus grand crime que l'on pût prononcer dans le noble couvent de San Petito.

— Mais le nom! le nom du jeune homme! s'écria l'abbesse, interrompant avec impatience le discours qu'elle supposait que Scolastique allait prononcer en faveur du mariage.

Scolastique répondit :

— Vous ne saurez jamais ce nom. Je ne nuirai jamais par mes paroles à l'homme qui doit être mon époux.

En effet, quelques instances que pussent faire l'abbesse et les *anciennes*, jamais la jeune novice ne voulut nommer Gennarino. L'abbesse alla jusqu'à lui dire :

— Tout vous sera pardonné, et je vous renvoie immédiatement dans votre cellule si vous voulez dire un mot.

La jeune fille faisait le signe de la croix, saluait profondément, et faisait signe qu'elle ne pouvait dire un seul mot. Elle savait bien que Gennarino était le neveu de cette abbesse terrible. « Si je le nomme, se disait-elle, j'obtiens pardon et oubli, comme le répètent ces dames; mais à lui, tout ce qui peut lui arriver de moins funeste c'est d'être envoyé en Sicile ou même en Espagne, et je ne le reverrai jamais. »

L'abbesse fut tellement irritée du silence invincible de la jeune Scolastique que, oubliant tous ses projets de clémence, elle se hâta de faire un rapport au cardinal archevêque de Naples sur ce qui s'était passé au couvent la nuit précédente. Toujours pour plaire au roi, qui voulait être sévère, le cardinal archevêque prit cette affaire fort à cœur; mais, ne pouvant rien découvrir par l'entremise de tous les curés de la capitale et par celle de tous les observateurs dépendant directement de l'archevêché, le cardinal parla de cette affaire au roi, qui se hâta de la renvoyer à son ministre de la police, lequel dit au roi :

— Il me semble que Votre Majesté ne peut guère sans avoir recours au sang faire un exemple terrible et qui laisse un long souvenir, qu'autant que le jeune homme qui s'est introduit dans la lingerie du couvent de San Petito se trouvera appartenir à la cour ou aux premières familles de Naples.

Le roi étant convenu de cette vérité, le ministre lui présenta une liste de deux cent quarante-sept personnes, l'une desquelles pouvait être soupçonnée sans trop d'improbabilité d'avoir pénétré dans le noble couvent. Huit jours après, Gennarino fut arrêté sur la simple observation que, depuis six mois, il était devenu d'une économie excessive, arrivant presque jusqu'à l'avarice, et sur ce que, depuis la nuit de l'attentat, sa façon de vivre semblait avoir entièrement changé.

Pour juger du degré de confiance que devait obtenir cet indice, le ministre prévint l'abbesse, qui fit retirer pour un instant la sœur Scolastique de la prison à demi souterraine où elle passait sa vie. Comme elle l'exhortait à répondre avec sincérité, le ministre de la police entra dans le parloir de l'abbesse et lui annonça, en présence de Scolastique, que le jeune Gennarino venait d'être tué par les sbires devant lesquels il fuyait. Scolastique tomba évanouie [15].

— Notre preuve est faite, s'écria le ministre triomphant, et je sais plus en six mots que votre Révérence en six mois de soins.

Mais il fut étonné de l'extrême froideur avec laquelle la noble abbesse accueillait son exclamation. Ce ministre, suivant l'usage de cette cour, était un petit avocat; en conséquence de quoi, l'abbesse jugea à propos de prendre avec lui les plus grands airs de hauteur. Gennarino était son neveu, et elle craignait que cette imputation, qui allait être mise directement sous les yeux du roi, ne nuisît à sa noble famille. Le ministre, qui se savait exécré de la noblesse, et n'avait d'espoir pour sa fortune que dans le roi, suivit franchement l'indice qu'il venait d'obtenir, malgré toutes les sollicitations dont le prince... sut l'environner. Cette affaire commença à faire du bruit à la cour; le ministre, qui d'ordinaire voulait éviter le scandale, cette fois-ci chercha à l'exciter.

Ce fut un beau spectacle, et auquel toutes les dames de la cour voulurent assister, que celui de la confrontation de Gennarino, cornette du régiment des gardes, avec la jeune Rosalinde, maintenant sœur Scolastique, novice à San Petito. Les églises intérieure et extérieure du couvent avaient été magnifiquement tendues à cette occasion; les invitations aux dames furent faites par le ministre pour assister à un des actes de la procédure de Gennarino, cornette aux gardes. Le ministre laissait entendre que ce procès entraînerait la peine capitale pour le jeune Gennarino et une prison éternelle dans l'*in pace* pour la sœur Scolastique. Mais l'on savait bien que le roi n'oserait pas envoyer à la mort pour une cause si légère un membre de l'illustre maison de...

L'église intérieure de San Petito est ornée et dorée avec la plus grande magnificence. Beaucoup des nobles religieuses seraient devenues sur la fin de leurs jours, si ce n'eût été leur vœu de pauvreté, les héritières de tout le bien de leur famille. Dans ce cas-là, l'usage était, dans les familles consciencieuses, de leur accorder un quart ou un sixième des revenus des biens qui leur seraient échus, et cela pendant le reste d'une vie qui n'était jamais bien longue.

Toutes ces sommes étaient employées à l'ornement de l'église extérieure, dont l'usage était accordé au public, et de l'église intérieure, où les religieuses venaient prier et célébrer les offices. A San Petito, l'église intérieure, ou le chœur des religieuses, était séparée de l'église où le public était admis par une grille dorée de soixante pieds de hauteur.

Pour la cérémonie de la confrontation, l'immense porte de cette grille, qui ne peut s'ouvrir qu'en présence de l'archevêque de Naples, avait été ouverte; toutes les dames titrées avaient été admises dans le chœur; l'église extérieure avait été disposée pour recevoir le trône de l'archevêque, les femmes nobles non titrées, les hommes, et enfin, derrière une chaîne tendue en travers de l'église et près de la porte, tout le reste des fidèles.

L'immense voile de soie verte qui garnit tout l'intérieur de la grille de soixante pieds de haut et au centre duquel brille le chiffre colossal de la Madone, formé avec des galons larges de quatre pouces, avait été transporté au fond du chœur. Là, après l'avoir attaché à la voûte, on l'avait relevé. Le prie-Dieu devant lequel la sœur Scolastique parla était un peu en arrière du point de la voûte où le grand voile avait été attaché, et, au moment où sa déclaration si courte fut terminée, ce grand voile, tombant de la voûte, la sépara rapidement du public et termina la cérémonie d'une façon imposante et qui laissa dans tous les cœurs de la crainte et de la tristesse. Il semblait que la pauvre fille vînt d'être à jamais séparée des vivants.

Au grand déplaisir des belles dames de la cour de Naples, la cérémonie de la confrontation ne dura qu'un instant. Jamais la jeune Rosalinde, pour parler comme les dames de la cour, n'avait été mieux à son avantage que dans ce simple habit de novice. Elle était aussi belle qu'autrefois quand elle suivait sa belle-mère la princesse, aux bals de la cour, et sa physionomie était bien plus touchante; elle avait beaucoup maigri et pâli. On l'entendit à peine quand, après un *Veni creator* de la composition de Pergolèse... chanté par toutes les voix du couvent, Scolastique, ivre d'amour et de bonheur en revoyant son ami qu'elle n'avait point aperçu depuis près d'un an, prononça ces mots :

— Je ne connais point monsieur; je ne l'ai jamais vu.

Le ministre de la police [a] se montra furieux en entendant ce mot et en voyant tomber ce voile, ce qui terminait d'une façon si brusque et en quelque sorte ridicule pour lui le grand spectacle qu'il avait voulu donner à la cour. Avant de quitter le couvent, il laissa échapper des menaces terribles. D. Gennarino, de retour dans sa prison, fut informé de tout ce qu'avait dit le ministre.

a. Plus d'esprit au style de cette nouvelle. Style du commencement du *itre* [sic]. Faquin.

Ses amis ne l'avaient point abandonné; ce n'était pas son amour qui le faisait valoir auprès d'eux; si l'on ne croit pas à l'amour passionné dont un homme de notre âge nous fait confidence, on lui trouve de la fatuité; si l'on y croit, on est jaloux de lui. D. Gennarino, au désespoir, exposait à ses amis qu'il était engagé, comme homme d'honneur, à délivrer la sœur Scolastique des dangers dans lesquels il l'avait plongée. Ce raisonnement fit une impression profonde sur les amis de D. Gennarino. Le geôlier de la prison dans laquelle il était enfermé avait une fort jolie femme, laquelle représenta au protecteur de son mari que depuis longtemps celui-ci demandait que l'on fît des réparations aux murs extérieurs de la prison. Le fait était notoire et ne pouvait être mis en doute.

— Eh bien! ajouta cette jolie femme[16], de ce fait notoire Votre Excellence peut tirer occasion de nous accorder une gratification de mille ducats, laquelle nous enrichirait à jamais. Les amis du jeune D. Gennarino de Las Flores, qui est en prison comme soupçonné seulement d'avoir pénétré de nuit dans le couvent de San Petito où, comme vous le savez, les plus grands seigneurs de Naples ont leurs maîtresses et sont bien plus que soupçonnés de pénétrer, les amis de D. Gennarino, dis-je, offrent mille ducats à mon mari pour le laisser échapper. Mon mari sera mis en prison pour quinze jours ou un mois; nous vous demandons votre protection afin qu'il ne soit pas destitué et qu'on lui rende sa place au bout de quelque temps.

Le protecteur trouva commode cette façon d'accorder une gratification considérable, et consentit[a]. Ce ne fut pas le seul service que le jeune prisonnier reçut de ses amis. Ils avaient tous des parentes dans le couvent de San Petito; ils redoublèrent d'affection pour elles et tinrent D. Gennarino parfaitement informé de tout ce qui arrivait à la sœur Scolastique. Il résulta de leurs bons offices qu'une nuit de tempête, vers les une heure du matin, dans un moment où les vents furieux et une pluie à verse semblaient se disputer l'empire des rues de Naples, Gennarino sortit de sa prison tout simplement par la porte, le geôlier s'étant chargé de dégrader la terrasse de la prison, par laquelle il serait censé s'être échappé. D. Gennarino, aidé d'un seul homme, déser-

a. App[rouvé] 15 mars [18]42.

teur espagnol, brave à trois poils, dont la profession à Naples était d'aider les jeunes gens dans les entreprises scabreuses [17]. D. Gennarino, disons-nous, profitant du tapage universel excité par le vent, et d'ailleurs aidé par Beppo, dont l'amitié ne se démentit point dans cette circonstance périlleuse, pénétra dans le jardin du couvent [a] [18]. Malgré le tapage épouvantable causé par la pluie et par le vent, les chiens du couvent le sentirent et bientôt furent sur lui. Probablement ils l'eussent arrêté s'il eût été seul, tant ils étaient forts; mais, se plaçant dos à dos avec le déserteur espagnol, il parvint à tuer deux de ces chiens et à blesser le troisième. Les cris de ce dernier attirèrent un gardien. Ce fut en vain que D. Gennarino lui offrit une bourse et lui parla raison; cet homme était dévot, avait une grande idée de l'enfer et ne manquait point de courage. Il se fit blesser en se défendant, on le bâillonna avec un mouchoir et on l'attacha à un gros olivier. Le double combat avait pris beaucoup de temps; la tempête semblait se calmer un peu, et le plus difficile restait encore à faire : il fallait pénétrer dans le *vade in pace*. Il se trouva que les deux sœurs converses chargées de descendre toutes les vingt-quatre heures à la sœur Scolastique le pain et la cruche d'eau que le couvent lui accordait avaient eu peur cette nuit-là et avaient mis les verrous à des portes énormes garnies de fer que Gennarino avait pensé pouvoir ouvrir avec des crochets ou des fausses clefs. Le déserteur espagnol, habile à grimper le long des murs, l'aida à parvenir jusqu'au toit du pavillon qui recouvrait les puits creusés dans le roc de l'Arenella qui formaient l'*in pace* du couvent de Santo Petito.

La terreur des sœurs converses n'en fut que plus grande lorsqu'elles virent descendre de l'étage supérieur ces deux hommes couverts de boue qui se précipitèrent sur elles, les bâillonnèrent et les attachèrent. Il restait à pénétrer dans l'*in pace*, ce qui n'était pas chose facile. Gennarino avait bien pris aux sœurs converses un énorme trousseau de clefs; mais il y avait plusieurs puits, tous également fermés par des trappes, et les sœurs converses se refusèrent à indiquer celui dans lequel la sœur Scolastique était enfermée. L'Espagnol tirait déjà son poignard pour les piquer et les faire parler, mais D. Gennarino, qui connaissait le caractère d'extrême

a. Economie de ce conte. Peu à peu la cour de Naples irritée de cet amour de D. Gennarino. 15 mars [18]42. Musée et offre [19].

douceur de Scolastique, eut peur de lui déplaire par cette violence. Contre l'avis de l'Espagnol, qui lui répétait ces mots : « Monseigneur, nous perdons du temps, et nous n'en serons que d'autant plus obligés à en venir au sang », Gennarino s'obstina à ouvrir tous les puits et à appeler. Enfin, après plus de trois quarts d'heure d'essais infructueux, un faible cri de *Deo gratias* répondit à ses cris. D. Gennarino se précipita dans un escalier tournant qui avait plus de quatre-vingts marches; et ces marches, taillées dans la roche tendre et fort usées, étaient fort difficiles à descendre et formaient presque un sentier fort en pente. La sœur Scolastique, qui n'avait pas vu la lumière depuis trente-sept jours, c'est-à-dire depuis celui de la confrontation avec Gennarino, fut éblouie [20] par la petite lampe que portait l'Espagnol. Elle ne comprenait rien à ce qui lui arrivait; enfin, lorsqu'elle reconnut D. Gennarino, couvert de boue et de beaucoup de taches de sang, elle s'évanouit en se jetant dans ses bras. Cet accident consternait le jeune homme.

— Il n'y a pas de temps à perdre, s'écria l'Espagnol, plus expérimenté.

Ils prirent à deux la sœur Scolastique, profondément évanouie, et eurent beaucoup de peine à la remonter le long de cet escalier à demi détruit. Ce fut l'Espagnol qui eut la bonne idée, une fois arrivés dans la chambre habitée par les sœurs converses, d'envelopper Scolastique, qui à peine reprenait ses sens, d'un grand manteau d'étoffe grise qui se trouvait en ce lieu. On ouvrit les verrous des portes qui donnaient sur le jardin. L'Espagnol, formant l'avant-garde, sortit en avant, l'épée à la main; Gennarino le suivait, portant Scolastique. Mais ils entendirent dans le jardin un grand bruit de fort mauvais augure : c'étaient des soldats. L'Espagnol avait voulu tuer le gardien, ce qui avait été repoussé avec horreur par Gennarino.

— Mais, Excellence, nous sommes sacrilèges, puisque nous avons violé la clôture, et condamnés à mort bien plus sûrement encore que si nous avions tué. Cet homme peut nous perdre, il faut le sacrifier.

Rien n'avait pu décider Gennarino. L'homme, attaché à la hâte, avait défilé les cordes qui le retenaient et était allé réveiller les autres gardiens, et chercher des soldats au poste de la rue de Tolède.

— Ce ne sera pas une petite affaire de nous tirer d'ici, s'écria l'Espagnol, et surtout d'en tirer mademoiselle!

J'avais bien raison de dire à Votre Excellence qu'il fallait être trois au moins.

Au bruit de ces paroles, deux soldats se dressèrent devant eux. L'Espagnol abattit le premier d'un coup de pointe; le second voulut abaisser son fusil, mais la branche d'un arbuste l'arrêta un instant, ce qui donna le temps à l'Espagnol de l'abattre également. Mais ce dernier soldat n'était pas tué net et jeta des cris. Gennarino s'avançait vers la porte portant Scolastique; il était escorté par l'Espagnol. Gennarino courait, et l'Espagnol lançait quelques coups d'épée à ceux des soldats qui s'avançaient trop. Heureusement, la tempête semblait avoir recommencé. La pluie, qui tombait à torrents, favorisait cette retraite singulière. Mais il arriva qu'un soldat, blessé par l'Espagnol, tira son coup de fusil, dont la balle atteignit légèrement Gennarino au bras gauche. Huit ou dix soldats accoururent des parties éloignées du jardin au bruit du coup de feu. Nous l'avouerons, Gennarino montra de la bravoure dans cette retraite, mais ce fut le déserteur espagnol qui fit preuve de talents militaires.

— Nous avons plus de vingt hommes contre nous; le moindre faux pas, et nous sommes perdus. Mademoiselle sera condamnée au poison [21] comme notre complice, elle ne pourra jamais prouver qu'elle n'était pas d'accord avec Votre Excellence. Je me connais dans ces sortes d'affaires; il faut la cacher dans un fourré et la coucher à terre; nous la couvrirons du manteau. Pour nous, laissons-nous voir des soldats et attirons-les à l'autre extrémité du jardin. Arrivés là, nous tâcherons de leur faire croire que nous nous sommes sauvés par-dessus le mur; puis nous reviendrons ici et tâcherons de sauver mademoiselle.

— Je voudrais bien ne pas te quitter, dit Scolastique à Gennarino. Je n'ai pas peur, et je me tiendrai trop heureuse de mourir avec toi.

Ce furent les premières paroles qu'elle prononça.

— Je puis marcher, ajouta-t-elle.

Mais la parole lui fut coupée par un coup de fusil qui partit à deux pas d'elle, mais qui ne blessa personne. Gennarino la reprit dans ses bras; elle était mince et assez petite, et il la portait sans peine. Un éclair qui survint lui fit voir douze ou quinze soldats sur la gauche. Il s'enfuit rapidement vers la droite, et bien lui en prit d'avoir pris vite sa résolution, car presque au même moment une douzaine de coups de fusil vinrent cribler de balles un petit olivier...

FRAGMENTS QUI SE RATTACHENT A LA PREMIÈRE RÉDACTION

(...) mariage qu'il s'agissait d'établir dans le monde, ce qui n'était pas une petite affaire. Le prince avait trois filles de sa seconde femme; il ne pouvait pas être question de les marier. Déjà la force du gouvernement monarchique était affaiblie à Naples et une très illustre naissance ne suffisait plus à une jeune fille pour trouver un mari. Il avait donc été décidé qu'Hortense serait placée au couvent de s[ain]t Felicioso placé sur la hauteur à l'extrémité de la rue de Tolède et vis-à-vis le superbe bâtiment des *Studi* qui aujourd'hui forme le Musée. Le prince avait choisi ce couvent parce qu'on n'y admettait que des filles de la plus haute noblesse, parce que sa sœur y était sous-prieure, et enfin parce que les pauvres religieuses que la seule nécessité d'établir leurs frères aînés séparait du monde sans aucune vocation jouissaient du moins d'une vue magnifique sur la rue de Tolède, ce Longchamp perpétuel où tous les jours se réunissent de deux à quatre en hiver et de six à sept en été tout ce que la société de Naples compte de riche et d'élégant. Une immense galerie donnant sur la rue de Tolède, comme le sait tout Parisien qui est allé à Naples, tout le quatrième étage de la façade de s[ain]t Fructuoso, d'immenses fenêtres larges de vingt ou trente pieds qui n'ont que six pieds de hauteur et ne sont séparées de cette belle rue de Tolède que par un simple grillage en bois donnent aux pauvres filles exilées dans ce couvent la facilité d'apercevoir parfaitement les magnificences de ce monde auquel elles étaient destinées par leur naissance et dans lequel elles auraient brillé si le hasard avait voulu ne pas leur donner de frères...

(...) Depuis que le roi Charles III l'avait fait cornette dans sa garde, le jeune duc ne craignait plus de s'attaquer aux familles les plus nobles. Il avait eu quelques duels, mais personne n'avait osé avoir recours à l'assassinat. Le roi Charles III avait du caractère, et l'on savait qu'il protégeait tout ce qui tenait à sa maison.

La princesse d'Atella avait été extrêmement flattée de voir le jeune marquis abandonner toutes ses liaisons et sembler ne plus trouver de bonheur que dans les entretiens qu'il avait avec elle. Il la rencontrait presque tous les soirs dans les diverses sociétés de la cour.

(...) pour les jeunes novices arrivant du grand monde elle n'obtiendrait probablement qu'au bout de quinze jours la permission de remonter au belvédère...

(...) et qui, en sa qualité de jeune D. Juan commençant sa carrière, possédait aussi fort bien l'art de parler avec les mains, s'empressa d'adresser des choses aimables à Amélie que sa vie serait désormais consacrée à lui plaire, que pour lui il n'existait au monde d'autre bonheur que de la voir. (...)

(...) Malgré ma pauvreté, demain ou après-demain vous recevrez une lettre. Soyez très polie et même affectueuse envers toutes les servantes de la maison [a]... (...)

(...) Amélie [22] disparut; la maîtresse des novices venait de l'appeler. Cette longue conversation avec ce jeune homme si aimable, mais qui de sa vie ne lui avait parlé d'amour, avait changé toute sa manière d'être. Dès le surlendemain, une des sœurs non nobles du couvent, sorte de servante, laissa tomber une lettre à ses pieds. Hortense, qui déjà avait pris le voile et avait reçu le nom de Sœur Scolastique, hésita beaucoup à répondre à cette lettre, mais enfin l'amour, qui était né seulement dans ce cœur depuis qu'elle était à San Petito, fut le plus fort : elle répondit à la lettre. Il s'agissait seulement, d'après l'instruction que lui donnait Gennarino, de placer une pierre ou une pièce de monnaie dans la lettre et de la jeter dans le jardin du couvent au moment précis où l'horloge sonnait trois heures du matin, quatre heures ou bien cinq heures.

La Sœur Scolastique, car c'est là le nom qu'elle porta toute sa vie, était d'une piété sincère et profonde. Gennarino parvint à la persuader surtout par cette raison que devant être sa femme elle pouvait sans crime recevoir ses lettres et y répondre. Ces deux pauvres jeunes gens vécurent ainsi parfaitement innocents et parfaitement heureux pendant plusieurs mois. Depuis qu'il était touché d'une vraie passion, Lorenzo [23] avait pris en dégoût profond les succès d'amour-propre qu'il avait cherchés dans ses relations avec les femmes. Ses amours avec Scolastica étaient d'une innocence parfaite. Il l'appelait « mon épouse chérie » dans les lettres qu'il lui écrivait tous les jours. Scolastica l'appelait « mon époux », mais, quelque

a. Fin de la conversa[tion] de l'amant avec Scolastica.

innocent que soit l'amour, il est ambitieux comme toutes les passions véritables. Lorenzo avait dit à son père que ses deux chevaux étaient morts. Il les avait vendus et la petite somme produite de cette vente, qui jadis eût été dissipée avec tant de rapidité, avait été économisée avec avarice par le jeune homme passionné. Pendant qu'il s'occupait à faire disparaître ses chevaux du palais paternel, il osait solliciter auprès de Scolastica la permission de pénétrer dans le couvent. Enfin, après plusieurs mois de sollicitations, il obtint cette permission tant désirée, mais il n'avait pu parvenir à son but qu'après que Scolastica [a] [...]

⁂

PLAN [b]

Don Gennarino arrêté sous une porte cochère en face du belvédère. Il regarde avec beaucoup de ferveur; il cherche la...; il la voit; il sait qu'elle aime beaucoup les fleurs; il a un grand bouquet à la main qu'il agite, ce qui attire les yeux de *Donna* Amélie. Elle voit le bouquet, cet homme arrêté; elle le reconnaît. Il lui dit avec les doigts :

— Depuis que je ne vous vois plus, je suis malheureux. Si au moins vous étiez heureuse! Avez-vous la liberté de venir souvent au belvédère ?

Elle ne répond pas et disparaît. Il reste affligé et fâché. D. Gen[narino] revient le lendemain, le surlendemain; il ne la voit pas.

Au désespoir, il cherche quelque moyen et va faire le tour du jardin.

L'Arenella est en pente et monte au Vomero. Au lieu de ... le jardin pour la première entrevue [c]. Le jardin monte à l'Arenella. Porte carros[sable] du couvent. Touche sa vie matériel[le] de cadet, le *piatto*, pension d'un cadet, 6 ducats par m[ois]. Tout près le phare de..., Sinopoli *(Calabria Ulteriore)*. Les femmes ont le droit, la mère a le droit, de faire administrer ses biens dotaux en

a. Ci-derrière fin de *Scolastica*.
b. Dicté le 19 [mars 1842].
c. *Said by* Fior[e] le 19 avril [1839].

son nom et du mari. Il prend le nom de naissance du père de la mère : Calamo.

D. Amélie croit, à la dixième lettre, que Gennarino veut mourir. Elle se décide à lui promettre de venir dans le jardin sous les yeux de Beppo.

— Je consens à venir, mais Beppo sera là.

On fait la ronde; ... par la ronde; les deux chiens ... la seconde fois. Elle est surprise. L'abbesse l'interroge tout de suite. Elle ... Le lendemain, elle sera ... chez elle. Am[élie] refuse de donner le nom de l'homme. L'abbesse assemble le chapitre. Angela Custode (deux noms). Le chapitre composé de sept religieuses plus que *septuagénaires*. Elle refuse de nommer. On l'envoie dans une cellule où elle est gardée par des converses, obligée à un silence absolu, avec une fenêtre donnant contre un mur.

La chose s'ébruite. L'archevêque demande un rapport. L'abbesse raconte en atténuant pour ne pas compromettre le couvent. La ... l'archevêque qui ... juger. Il juge bon d'aller prendre les ordres du roi.

Le roi, ami de l'ordre, est furieux. Le duc Alv... présent entend parler de *Donna* Scolastica, conseille une grande sévérité. L'archevêque saisit la curie archiépiscopale. Le vicaire et deux fiscaux et le nonce vont au couvent pour l'interrogatoire et l'instruction. Elle nie.

— Il n'y a pas de mal dans mon action, elle est innocente. Je ne pourrai dire que ça, je ne dirai que ça.

Le vicaire fait un rapport. Le jugement a lieu. On la met *in pace*... les flambeaux. On assemble les con[seillères]. On lui coupe les che[veux]. On lui met dessus une grande veste noire vers le... On la met *in pace* avec une cruche d'eau et un pain sans lumière.

Bocals de vin dans l'*osteria* pour ...

D. Amélie dans l'*in pace* jusqu'à ce qu'elle nomme, car la preuve du délit *manque*. Elle n'a pas été surprise *dans la même chambre (eodem cubiculo)*.

Bruit endiablé. D. Gennarino sent son honneur engagé.

... Beppo dans la chambre où dorment les deux converses. D. Gennarino les effraie, les attache, les bâillonne et leur prend les clefs.

Elle s'évanouit. Elle entend les sourds gémissements des converses bâillonnées.

— Je ne serai jamais coupable d'un crime.

Elle refuse de monter. Il l'empoigne par force. La garde de nuit arrive. Lui se sauve. Elle reste évanouie. Beppo, qui sait qu'elle va être mise à mort, la met dans la rue derrière le couvent. Elle se sauve et monte dans le Vomero dans une maison de paysan. Ce paysan est le fermier du duc del Pardo. Il va faire un rapport à son maître qui allait coucher là tous les soirs pour jouir du bon air. Le ... Quelle n'est pas sa surprise en voyant D. Amélie.

— Respectez-moi.

Il renvoie le fermier, l'engage à monter.

— Chez moi vous seriez en sécurité. Personne ne s'en doutera; jamais personne ne s'avisera de vous chercher ici chez un grand d'Espagne parent du roi. On le saurait qu'on ne le croirait pas. Epousez-moi.

— Je ne dois pas ... Je ne puis pas ...

— Vous serez empoisonnée, répondez-moi dans huit jours ...

Le duc ...

— Je viendrais dans deux jours.

Restée seule elle se croit perdue.

— O ma sainte patronne Scolastique! Si j'échappe à ce péril, je vous vouerai ma virginité au lieu de ...

D. Gennarino, que Beppo servait, est ... par son espion, découvre où elle est. Tandis que le duc est à la cour, il aurait pu l'enlever. Elle refuse à cause du vœu. Il se tue.

— J'ai commis tant de fautes qu'il faut les expier.

Elle retourne *de plein gré* à l'*in pace*. Elle aimait D. Gennarino.

Elle meurt au bout de deux mois; elle tombe dans le délire [24]; elle nomme D. Gen[narino]; elle est dans le délire. Elle lui garde sa passion que personne dans Naples n'avait comprise. Et elle meurt avec son nom dans la bouche.

L'archevêque ... bénit les lieux recon[sacrés].

PLAN

On met en jugement Suora Scolastica devant les *anciennes* du couvent. Elle garde le silence. On la somme de se défendre. On veut surtout savoir le nom de l'amant que personne n'a reconnu. Tout lui sera pardonné, lui dit l'abbesse, si elle nomme l'homme qui s'est introduit dans le couvent. Mais Scolastica sait que Lorenzo est le petit-neveu de cette abbesse terrible, et que, si elle le nomme, tout ce qui pourra arriver de moins funeste au jeune officier sera au moins d'être employé dans son grade en Espagne ou en Sicile.

Excitée par les religieuses dénonciatrices l'abbesse fait un rapport sur ce qui s'est passé au cardinal archevêque de Naples, lequel, ne pouvant rien découvrir par la police ecclésiastique, se détermine à invoquer le secours du roi. La police du prince a des soupçons sur Lorenzo et le fait arrêter sur cette observation que depuis le jour où s'est passée la scène au couvent la vie du jeune homme, qui autrefois passait pour fort galant, a tout à fait changé. L'abbesse craignant que cette aventure ne nuise à sa famille cherche à assoupir l'affaire. La sœur S[colastica] est mise dans le *vade in pace*, elle demande une audience à ... police. On la confronte avec Lorenzo. Elle l'aime plus que jamais. Par honneur et par amour, elle ne le reconnaît pas. L'abbesse facilite son évasion. Elle s'évade, rencontre don Césare. Cet homme brave, généreux et toujours amoureux lui propose de l'épouser [25]. Quoique réduite à la dernière misère, obligée de vivre comme une simple paysanne, elle ne veut pas faire d'infidélité à Lorenzo. Elle est toujours extrêmement pieuse. Comme elle n'était pas professe, elle ne croyait pas commettre d'autre crime que le *bris* de la clôture. Lorenzo est déclaré sacrilège. Elle l'ignorait. Une sentence du *Présidial* (cour de justice de l'archevêque) déclare Lorenzo sacrilège, ce qui fait une impression terrible sur sa piété.

Cette affaire faisant un scandale extrême dans tout Naples, le roi déclare qu'un exemple doit être fait. La vie de Lorenzo court des dangers. On recherche fort sérieusement où peut être la jeune sœur. La blancheur de son teint et la délicatesse de ses traits l'ont trahie; elle est obligée de se cacher dans la maison de campagne de don Césare qui en apparence reste toujours fermée.

Lorenzo en prison est furieux de jalousie. Il obtient d'un geôlier la permission de s'absenter de la prison vingt-quatre heures. Un de ses amis fort riches sert de caution pour son retour. Lorenzo se bat avec don Césare et le tue. Scène entre Lorenzo et la Suora S[colastica].

— Tu vois par tout ce que je viens de te dire si je t'aime encore; mais tu es sacrilège ainsi que moi, chose que je n'avais jamais soupçonnée. De plus, tu viens de tuer un homme. Jamais le ciel ne nous pardonnerait des crimes si grands. Je ferai pénitence pour que tu puisses encore être heureux en ce monde. Vis honnêtement et pieusement dans ton état de militaire; moi, je retourne au couvent où je mourrai dans la pénitence. Mon seul crime sera d'espérer que ma pénitence pourra suffire au crime de tous deux. Pour obtenir cette grâce, j'ai voué ma virginité à la madone et à s[ain]te Scolastica.

Elle rentre au couvent où sur le champ la barbarie des vieilles religieuses *anciennes* la fait remettre *in pace* [26].

Lorenzo l'apprenant, espère que l'affreux traitement dont elle est victime dans un trou creusé dans le rocher à plus de soixante pieds au-dessous du niveau du pavé de la place voisine du couvent de San Felicioso aura pu la déterminer à n'être plus fidèle à son vœu. Il prend la résolution de parvenir jusqu'à elle. Lorenzo entre avec assez de facilité dans le couvent; mais, parvenu à l'*in pace*, il y trouve deux vieux soldats que les *anciennes* du couvent y ont placés de garde se méfiant de la pitié que l'abbesse ressent pour les malheurs de ces deux pauvres amants.

Lorenzo, sentant bien qu'ayant été obligé de rompre plusieurs portes pour arriver dans ce cachot souterrain il ne pourra plus y rentrer une seconde fois, séduit par ce raisonnement, il attaque les deux vieux soldats et, après beaucoup de peine, parvient à les tuer. Il arrive enfin jusqu'à Scolastica à laquelle bien entendu il cache son crime. Il ne peut la décider à le suivre. Alors il lui déclare que puisqu'elle le met au désespoir il commettra le crime affreux duquel on n'a pas le temps de se repentir, de se donner la mort. S[colastica] pleure beaucoup, mais ne veut pas le suivre. Gennarino sort désespéré, cherche un lieu écarté et il s'y tue.

S[colastica] désespérée est condamnée à passer vingt ans dans l'*in pace ;* elle y meurt au bout de deux mois [27].

Cette affaire fait un bruit incroyable dans Naples [a]. D. G[ennarino], désespéré comme amant, se voit engagé comme homme d'honneur à délivrer Amélie du danger dans lequel il l'a plongée. Deux sœurs converses sont chargées de pourvoir à ses besoins dans l'*in pace* et couchent dans une chambre de laquelle on descend à cette prison qui est rude. A l'aide de Beppo D. G[enna-

a. Plus d'esprit, plus de piquant, début du *ǫltre*, dit le Faquin le...

rino] pénètre dans cette chambre il bâillonne les deux sœurs avec des mouchoirs et leur prend les clefs qui ouvrent la trappe de l'escalier par lequel on descend à l'*in pace*. D. G[ennarino] parvient à Amélie. Elle entend les cris étouffés des sœurs converses. Elle voit du sang aux mains de D. G[ennarino]. Elle croit qu'il a assassiné les sœurs converses.

— J'ai été l'occasion d'assez de scandale, lui dit-elle, je vous aimerai toujours, mais je ne vous suivrai pas.

D. G[ennarino] la prend dans ses bras et l'emporte de force.

D. G[ennarino] a tué deux des chiens pour parvenir à l'*in pace ;* il a blessé à la main un des vieux gardiens qui est allé chercher des soldats au poste de la rue de Tolède. Les soldats entourent la partie du jardin où se trouve D. G[ennarino].

— Laissez donc la sœur, lui crie Beppo, ou nous sommes tous deux perdus.

Elle reste évanouie dans un massif d'arbustes. Les soldats poursuivent D. G[ennarino]. Beppo resté seul porte Amélie jusque dans la rue, lui jette de l'eau à la figure, referme la porte du jardin et va se coucher. Il était alors une heure du matin. Sur les trois heures la fraîcheur fait revenir à elle Amélie. Elle monte jusqu'à la plaine du Vomero. Comme le jour allait paraître, elle se réfugie dans une maison de paysan auquel elle dedemande des habits.

— Si je suis reprise, lui dit-elle, ma mort est certaine.

Le paysan touché de pitié et qui a ouï parler des rigueurs de l'*in pace* donne à la religieuse des habillements de sa femme, mais il se trouve qu'il est le fermier du château du duc de Vargas del Pardo. Le soir, lorsque son maître vient au château, son fermier lui rend compte de tout. Le duc descend à la ferme et lui parlant d'une religieuse qui s'est échappée de son couvent. Le duc, excellent catholique, annonce les résolutions les plus sévères. Son extrême surprise lorsqu'il reconnaît Amélie [28].

SUORA SCOLASTICA

DEUXIÈME VERSION

PRÉFACE

A Naples, où je me trouvais en 1824, j'entendis parler dans le monde de l'histoire de Suora Scolastica et du chanoine Cybo [29]. Curieux comme je l'étais, on peut penser si je fis des questions. Mais personne ne voulut me répondre un peu clairement : on avait peur de se compromettre. A Naples, jamais on ne parle un peu clairement de politique. En voici la raison :

Une famille napolitaine, composée par exemple de trois fils, d'une fille, du père et de la mère, appartient à trois partis différents qui, à Naples, prennent le nom de conspirations. Ainsi, la fille est du parti de son amant; chacun des fils appartient à une conspiration différente; le père et la mère parlent, en soupirant, de la cour qui régnait lorsqu'ils avaient vingt ans. Il suit de cet isolement des individus que jamais on ne parle sérieusement politique. A la moindre assertion un peu tranchée et sortant du lieu commun, vous voyez autour de vous deux ou trois figures pâlir. Mes questions sur ce conte au nom baroque n'ayant aucun succès dans le monde, je crus que l'histoire de Suora Scolastica rappelait quelque histoire horrible de l'an 1820, par exemple. Une veuve de quarante ans, rien moins que belle, mais fort bonne femme, me louait la moitié de sa petite maison, située dans une ruelle, à cent pas du charmant jardin de Chiaja, au pied de la montagne qui couronne, en cet endroit-là, la villa de la princesse Florida, femme du vieux roi. C'est peut-être le seul quartier de Naples un peu tranquille. Ma veuve avait un vieux galant, auquel je fis la cour toute une semaine. Un jour que nous courions la ville ensemble et qu'il me montrait les endroits où les lazzaroni s'étaient battus contre les troupes du général Championnet et le carrefour où ils avaient brûlé vif le duc de ***, je lui demandai brusquement, et d'un air simple, pourquoi on faisait un tel mystère de l'histoire de la Suora Scolastica et du chanoine Cybo.

Il me répondit tranquillement :

— Les titres de duc et de prince que portaient les personnages de cette histoire sont portés, de nos jours, par leurs descendants qui, peut-être, se fâcheraient de voir leurs noms mêlés à une histoire aussi tragique et aussi triste pour tout le monde.

— L'affaire ne s'est donc pas passée en 1820 ?

— Que dites-vous, 1820 ? me dit mon Napolitain [30], riant aux éclats de cette date récente. Que dites-vous, 1820 ? répéta-t-il avec cette vivacité peu polie de l'Italie, qui choque si fort le Français de Paris.

« Si vous voulez avoir le sens commun, continua-t-il, dites 1745, l'année qui suivit la bataille de Velletri et confirma à notre grand don Carlos la possession de Naples. Dans ce pays-ci, on l'appelait Charles VII, et plus tard, en Espagne, où il a fait de si grandes choses, on l'a appelé Charles III. C'est lui qui a apporté le grand nez des Farnèse dans notre famille royale.

« On n'aimerait pas, aujourd'hui, à nommer de son vrai nom l'archevêque qui faisait trembler tout le monde à Naples, lorsqu'il fut consterné, à son tour, par le nom fatal de Velletri. Les Allemands, campés sur la montagne autour de Velletri, tentèrent de surprendre dans le palais Ginetti, qu'il habitait, notre grand don Carlos. C'est un moine qui passe pour avoir écrit l'anecdote dont vous parlez. La jeune religieuse que l'on désigne par le nom de Suora Scolastica appartenait à la famille du duc de Bissignano. Le même écrivain fait preuve d'une haine passionnée pour l'archevêque d'alors, grand politique qui fit agir dans toute cette affaire le chanoine Cybo. Peut-être le moine était-il un protégé du jeune don Gennarino, des marquis de Las Flores, qui passe pour avoir disputé le cœur de Rosalinde à don Carlos lui-même, roi fort galant, et au vieux duc Vargas del Pardo, qui passe pour avoir été le seigneur le plus riche de son temps. Il y avait sans doute, dans l'histoire de cette catastrophe des choses qui pouvaient profondément offenser quelque personnage encore puissant en 1750, époque où l'on croit que le moine écrivit, car il se garde bien de conter net. Son verbiage est étonnant; il s'exprime toujours par des maximes générales, sans doute d'une moralité parfaite, mais qui n'apprennent rien. Souvent, il faut fermer le manuscrit pour réfléchir à ce que le bon père a voulu dire. Par exemple, lorsqu'il arrive à la mort de don Gennarino, à peine comprend-on ce qu'il a voulu faire entendre.

« Je pourrai peut-être, d'ici à quelques jours, vous faire prêter ce manuscrit, car il est si impatientant que je ne vous conseillerais pas de l'acheter. Il y a deux ans que, dans l'étude du notaire B..., on ne le vendait pas moins de quatre ducats. »

Huit jours après, je possédais ce manuscrit, qui est peut-être le plus impatientant du monde. A chaque instant, l'auteur recommence en d'autres termes le récit qu'il vient d'achever; d'abord, le malheureux lecteur s'imagine qu'il s'agit d'un nouveau fait. La confusion finit par être si grande que l'on ne se figure plus de quoi il est question.

Il faut savoir qu'en 1842, un Milanais, un Napolitain, qui, dans toute leur vie, n'ont peut-être pas prononcé cent paroles de suite en langue florentine, trouvent beau, quand ils impriment, de se servir de cette langue étrangère. L'excellent général Colletta, le plus grand historien de ce siècle, avait un peu cette manie, qui souvent arrête son lecteur. Le terrible manuscrit intitulé *Suora Scolastica*[31] n'avait pas moins de trois cent dix pages; je me souviens que j'en récrivis certaines pages, pour être sûr du sens que j'adoptais.

Une fois que je sus bien cette anecdote, je me gardai de faire des questions directes. Après avoir prouvé, par un long bavardage, que j'avais pleine connaissance d'un fait, je demandai quelques éclaircissements, de l'air le plus indifférent. A quelque temps de là, l'un des grands personnages qui, deux mois auparavant, avait refusé de répondre à mes questions, me procura un petit manuscrit, de soixante pages, qui n'entre pas dans le fil de la narration, mais donne des détails pittoresques sur certains faits. Ce manuscrit fournit des détails vrais sur la jalousie forcenée. Par les paroles de son aumônier, qu'avait séduit l'archevêque, la princesse dona Ferdinanda de Bissignano apprit, à la fois, que ce n'était pas d'elle qu'était amoureux le jeune don Gennarino, que c'était sa belle-fille Rosalinde qu'il aimait.

Elle se vengea de sa rivale, qu'elle croyait aimée du roi don Carlos, en inspirant une jalousie atroce à don Gennarino de Las Flores.

21 mars 1842.

Vous savez qu'un jour au commencement du XVIIIe siècle [a], qui devait si mal finir pour sa dynastie, le fol orgueil de Louis XIV envoya régner en Espagne un enfant le duc d'Anjou, platement dévot et à demi fou. Il pouvait, s'il eût écouté ce fol orgueil, réunir à la France, comme les étrangers le lui proposaient, la Belgique et le Milanais. En 1740 régnait à Naples D. Carlos. Il était fils d'une Farnèse princesse de Parme qui, voulant qu'il eût une couronne quoique cadet, le lança de bonne heure en Italie avec une armée. Il gagna la bataille de Velletri, après avoir commencé le matin par être surpris dans sa chambre par une compagnie d'Autrichiens. Le duc Vargas del Pardo, un des seigneurs espagnols que la reine Farnèse avait placés auprès de D. Carlos, lui sauva la vie ou du moins la liberté en le poussant par les pieds pour qu'il pût atteindre la fenêtre assez élevée de la chambre où il avait couché.

D. Carlos avait un nez immense et ne manquait point d'esprit. Une fois installé à Naples sous le nom de Charles III, il réunit une cour brillante. Il entreprit de s'attacher ses nouveaux sujets par les plaisirs et en même temps de faire régner un ordre sévère dans toutes les parties de l'administration. On avait chassé les vice-rois espagnols dont la prudence est restée célèbre par la révolte de Mazaniello; on avait chassé les généraux autrichiens durs et avides. A la suite de tant de changements et de confiscations, le nouveau roi se trouvait le maître de presque toutes les fortunes. La plupart des grands seigneurs avaient vu confisquer quelques-unes de leurs terres ou avaient reçu en cadeau du nouveau roi

a. Idée. Voyage à Versailles, 11 mars 1842.

pouvoir un jour lancer une armée espagnole et conquérir pour un des deux fils puînés qu'elle avait donnés à Philippe V, quelqu'une des principautés de ce pays-là. Elle pouvait par ce moyen éviter la triste vie qui attend une reine douairière d'Espagne et trouver un refuge à la mort de Philippe V. Les fils que le roi avait eus de sa première femme étaient complètement imbéciles, comme il convient à des princes légitimes élevés par la Sainte Inquisition. Un des favoris qui régnerait sur celui des deux qui en serait roi pouvait très bien lui faire trouver nécessaire et politique de jeter en prison la reine Farnèse, dont le bon sens sévère et l'activité choquaient l'indolence espagnole. Don Carlos, le fils aîné de la reine Elisabeth, passa en Italie en 17... La bataille de Bitonto, facilement gagnée, le mit sur le trône de Naples. Mais en 174.. l'Autriche l'attaqua sérieusement; le 10 août 1744, il se trouvait dans la petite ville de Velletri, à douze lieues de Rome, avec sa petite armée espagnole. Il était aux pieds du mont Artemisio, à deux lieues à peine d'une petite armée autrichienne mieux placée que la sienne.

Le 14 du mois d'août, au petit jour, don Carlos fut surpris dans sa chambre par une compagnie d'Autrichiens. Le duc de Vargas del Pardo, que la reine, en dépit des efforts du grand aumônier, avait placé auprès de son fils, le saisit par les jambes et le hissa jusqu'à la fenêtre, qui était à dix pieds du plancher, pendant que les grenadiers autrichiens enfonçaient la porte à coups de crosse, en criant au prince, avec tout le respect possible, qu'ils le suppliaient de se rendre.

Vargas sauta par la fenêtre après son prince, trouva deux chevaux, le fit monter à cheval, courut à l'infanterie, campée à un quart de lieue.

— Votre prince est perdu, dit-il aux Espagnols; ne vous souvenez-vous pas que vous êtes Espagnols? Il s'agit de tuer deux mille de ces hérétiques d'Autrichiens qui veulent faire prisonnier le fils de votre bonne reine.

Toute la valeur espagnole fut réveillée par ce peu de mots. Ils commencèrent par passer au fil de l'épée les quatre compagnies qui revenaient de Velletri, où elles avaient essayé de surprendre le prince. Par bonheur, Vargas trouva un vieux général, qui en se souvenant de la façon absurde dont on faisait la guerre en 1744, n'eut pas l'idée baroque d'éteindre la colère des braves Espagnols en leur commandant des manœuvres savantes. Enfin, l'on tua, à la bataille de Velletri, trois mille cinq cents hommes à l'armée autrichienne. Dès lors, don Carlos fut vraiment roi de Naples.

La reine Farnèse envoya un de ses favoris dire à don Carlos, qui n'était connu que par son amour pour la chasse, que les Autrichiens étaient surtout insupportables aux gens de Naples à cause de leur mesquinerie et de leur avarice :

— Prenez-leur quelques millions de plus qu'il n'est nécessaire, à ces négociants toujours défiants, et occupés de la sensation du moment; amusez-les avec leur argent, mais ne soyez pas un roi soliveau.

Don Carlos, quoique élevé par des prêtres et dans toutes les rigueurs de l'étiquette, se trouva ne pas manquer d'intelligence. Il réunit une cour brillante, il chercha à s'attacher par des faveurs singulières les jeunes seigneurs qui sortaient du collège lors de sa première venue à Naples et qui n'avaient pas plus de vingt ans à l'époque de la bataille de Velletri. Plusieurs de ces jeunes gens s'étaient fait tuer dans les rues de Velletri, lors de la surprise, pour que leur roi, aussi jeune qu'eux, ne fût pas fait prisonnier. Le roi tira parti de tous les essais de conspiration que l'Autriche essaya de soudoyer. Ses juges appelèrent d'infâmes traîtres les nigauds, partisans-nés de tous les pouvoirs qui ont quelques années de date.

Don Carlos ne fit exécuter aucune des sentences de mort, mais il accepta la confiscation de beaucoup de belles terres. Le génie napolitain, qui aime naturellement tout ce qui est fastueux et brillant, enseigna aux seigneurs de la cour que, pour plaire à ce jeune roi, il fallait faire beaucoup de dépense. Le roi laissa se ruiner tous les seigneurs que son ministre Tanucci lui dénonçait comme secrètement dévoués à la maison d'Autriche. Il ne fut contrecarré que par Acquaviva, archevêque de Naples, et le seul ennemi réellement dangereux que don Carlos trouva dans son nouveau royaume.

Les fêtes que donna don Carlos dans l'hiver de 1745, au retour de la bataille de Velletri, furent vraiment magnifiques et lui gagnèrent l'esprit des Napolitains autant que son bonheur à la guerre. La tranquillité et l'aisance renaissaient de toutes parts. Lorsque arriva l'époque du grand gala et du grand baisemain tenu au château pour célébrer le jour de sa naissance, Charles III distribua de belles terres aux grands seigneurs qu'il savait lui être dévoués. Dans l'intimité, don Carlos, qui savait régner, donnait des ridicules aux maîtresses de l'archevêque et aux femmes âgées qui regrettaient le gouvernement ridicule de l'Autriche. Le roi distribua deux ou trois titres de duc aux jeunes seigneurs qu'il voyait dépenser plus que leur revenu, car don Carlos, naturellement grand, avait en horreur les gens qui, sur le principe autrichien, cherchent à faire des économies. Le jeune roi avait de l'esprit, des sentiments élevés, et secondait bien sa mère. Quant à la masse du peuple, elle était tout étonnée que le gouvernement ne lui fît pas toujours du mal. Elle aimait les fêtes du roi et elle s'accoutumait fort bien à payer des impôts dont le produit, au lieu d'être transporté tous les six mois à Madrid ou en Autriche, était distribué en partie aux jeunes gens qui s'amusaient et aux jeunes femmes. En vain l'archevêque Acquaviva, soutenu [34] par tous les vieillards et par toutes les femmes qui n'étaient plus jeunes, faisait insinuer dans tous les sermons que le genre de vie de la cour conduisait à l'abomination de la désolation. Toutes les fois que le roi ou la reine sortait du palais, les cris de joie et les vivats du peuple s'entendaient à plus d'un quart de lieue de distance. Comment donner une idée des cris de ce peuple naturellement criard et qui se trouvait alors réellement content ?

[CHAPITRE II]

Cet hiver qui suivit la bataille de Velletri, plusieurs seigneurs de la cour de France étaient venus, sous prétexte de santé, passer l'hiver à Naples. Ils étaient bienvenus au château ; les plus riches seigneurs se faisaient un devoir de les inviter à toutes leurs fêtes ; l'antique gravité espagnole et les rigueurs de l'étiquette, qui proscrivaient entièrement les visites du matin faites aux jeunes femmes et qui défendaient absolument à celles-ci de recevoir les hommes en l'absence de deux ou trois duègnes choisies par les maris, semblaient céder un peu devant la facilité des mœurs françaises. Huit ou dix femmes d'une rare beauté se partageaient tous les hommages ; mais le jeune roi, fin connaisseur, soutenait que la plus belle personne de sa cour était la jeune Rosalinde, fille du prince d'Atella. Ce prince, ancien général autrichien, personnage fort triste, fort prudent, fort lié avec l'archevêque, avait passé sans paraître au château les quatre années du règne de don Carlos qui s'étaient écoulées avant la bataille décisive de Velletri. Le roi n'avait vu le prince d'Atella que le jour des deux baisemains de nécessité obligée, savoir celui du jour onomastique de la naissance du roi et celui du jour de sa fête. Mais les fêtes charmantes données par le roi lui faisaient des partisans, même au sein des familles les plus dévouées aux droits de l'Autriche, comme on disait alors à Naples. Le prince d'Atella avait cédé malgré lui aux instances de dona Ferdinanda, sa seconde femme, en lui permettant de paraître au palais et de se faire suivre par sa fille, cette belle Rosalinde que le roi don Carlos proclamait la plus belle personne de son royaume. Le prince d'Atella se voyait trois fils d'un premier lit, dont l'établissement dans le monde lui donnait beaucoup de soucis. Les titres que portaient ces fils, tous ducs ou princes, lui semblaient trop imposants pour la médiocre fortune qu'il pouvait leur laisser. Ces pensées chagrinantes devinrent encore plus poignantes lorsqu'à l'occasion de la fête de la reine, le roi fit une nombreuse promotion de sous-lieutenants dans ses troupes : les fils du prince d'Atella n'y furent pas compris, par la raison toute simple qu'ils n'avaient rien demandé; mais la jeune Rosalinde, leur sœur, ayant suivi sa belle-mère dans une visite que celle-ci fit au palais le lendemain du gala, la reine dit à Rosalinde qu'elle avait remarqué, la dernière fois qu'on jouait aux petits jeux au palais qu'elle n'avait point de gage à donner.

— Quoique les jeunes filles ne portent pas de diamants, j'espère, lui dit-elle, que, comme gage de l'amitié de votre reine et par mon ordre exprès, vous voudrez bien porter cette bague. Et la reine lui remit une bague ornée d'un diamant valant plusieurs centaines de ducats.

Cette bague fut un cruel sujet d'embarras pour le vieux prince d'Atella : son ami l'archevêque le menaça de faire refuser l'absolution par tous les prêtres du diocèse, à l'époque de Pâques, à sa fille Rosalinde si elle portait la bague espagnole. Par l'avis de son vieux aumônier, le prince offrit à l'archevêque le *mezzo termine* de faire fabriquer une bague aussi semblable que possible à l'aide d'un diamant pris dans le majorat dont jouissent les princesses d'Atella. Dona Ferdinanda se montra profondément irritée.

Irritée de cette soustraction que l'on prétendait faire à son écrin, elle prétendait que le diamant qu'on lui enlevait fût remplacé par la bague donnée par la reine. Le prince, monté par une vieille duègne de la maison et qui formait sa camarilla, fut d'avis que cette entrée de la bague de Rosalinde dans l'écrin du majorat pouvait, après la mort de lui, prince, la priver de la propriété de la bague et, si la reine s'apercevait de la substitution, ôterait à sa fille le moyen de jurer sur le sang de San Gennaro que la bague était toujours en son pouvoir, ce que d'ailleurs elle pouvait prouver en courant la prendre au palais de son père. Ce différend, que Rosalinde ne prit point à cœur, troubla pendant quinze jours tout l'intérieur de la maison du prince. Enfin, par les conseils de son aumônier, la bague de la reine fut déposée entre les mains de la vieille Litta, la doyenne des duègnes de la maison.

La manie qu'ont les Napolitains des familles nobles de se regarder comme des princes indépendants et ayant des intérêts opposés fait qu'il ne règne aucune affection entre frère et sœur et que leurs intérêts sont toujours décidés par les règles de la politique la plus stricte [a].

Le prince de Bissignano [d'Atella] était amoureux de sa femme, fort gaie, fort imprudente, et qui avait trente ans de moins que lui. Pendant les fêtes brillantes de l'hiver de 1754 qui suivit la fameuse victoire de Velletri, la princesse dona Ferdinanda de Bissignano eut le plaisir de se voir environnée par tout ce qu'il y avait de plus brillant parmi les jeunes gens de la cour. Nous ne dissimulerons pas qu'elle devait ce succès à sa jeune belle-fille, qui n'était autre que cette jeune Rosalinde [35], que le roi proclamait la plus jolie femme de sa cour. Les jeunes gens qui entouraient la princesse de Bissignano étaient bien sûrs de se trouver côte à côte avec le roi, et même de se voir adresser la parole pour peu qu'ils animassent la conversation par

a. La princesse *Donna* Ferdinanda tenait beaucoup aux fêtes du palais. Il y eut un jeune seigneur à peine âgé de vingt-deux ans qui dansait toujours avec elle.
D. Ferdinanda — Portrait.
D. Gennaro.
Un plat valet mais (?) sera le chanoine Cybo fort utile à un prince fort méchant ; la colère déjoue sa tactique.

des pensées amusantes, car le roi qui, pour suivre les ordres de la reine, sa mère, et pour mériter les respects des Espagnols, ne parlait jamais, quand il se trouvait auprès d'une femme qui lui plaisait, oubliait son métier et parlait à peu près comme un autre homme qui aurait passé pour fort sérieux.

Mais ce n'était point la présence du roi dans son cercle qui rendait la princesse de Bissignano si heureuse à la cour : c'étaient les attentions continuelles du jeune Gennarino, des marquis de Las Flores. Ces marquis étaient fort nobles, puisqu'ils appartenaient à la famille Medina Celi d'Espagne, d'où ils étaient venus à Naples, il n'y avait guère qu'un siècle. Mais le marquis, père de don Gennarino, passait pour le gentilhomme de la cour le moins riche. Son fils n'avait que vingt-deux ans, il était élégant, beau, mais il y avait dans sa physionomie quelque chose de grave et de hautain qui trahissait son origine espagnole. Depuis qu'il ne manquait à aucune fête de la cour, il déplaisait à Rosalinde, dont il était passionnément amoureux, mais à laquelle il se gardait bien d'adresser jamais une parole, dans la crainte de voir la princesse sa belle-mère cesser tout à coup de l'amener à la cour. Pour éviter cet accident qui eût été terrible pour son amour, il faisait une cour assidue à la princesse. C'était une femme un peu forte (il est vrai qu'elle avait trente-quatre ans), mais son caractère, toujours passionné pour quelque chose, toujours enjoué, lui donnait l'air jeune. Ce caractère servait les projets de Gennarino qui, à tout prix, voulait se corriger de cet air hautain et dédaigneux qui déplaisait à Rosalinde. Gennarino ne lui avait pas adressé trois fois la parole, mais aucun des sentiments de Rosalinde n'était un mystère pour lui : lorsqu'il cherchait à prendre les manières gaies, ouvertes et, même un peu étourdies, des jeunes seigneurs de la cour de France, il voyait un air de contentement dans les yeux de Rosalinde. Une fois même, il avait surpris un sourire et un geste expressif, comme il achevait de raconter devant la reine une anecdote, assez triste au fond, mais dont il avait expliqué les circonstances avec l'air tout désintéressé et nullement tragique qu'y eût mis un Français. La reine, qui avait le même âge que Rosalinde, c'est-à-dire vingt ans, ne put s'empêcher de faire compliment à Gennarino sur l'absence de l'air tragique et espagnol qu'elle était charmée de ne pas avoir trouvé dans son récit. Gennarino regarda Rosalinde comme pour lui dire :

« C'est dans le désir de vous plaire que je cherche à me défaire de l'air de hauteur naturel à ma famille. » Rosalinde le comprit, et sourit de telle façon que si Gennarino n'eût pas été éperdument amoureux lui-même, il eût bien compris qu'il était aimé. La princesse de Bissignano ne perdait pas des yeux la belle figure du jeune homme, mais elle n'avait garde de deviner ce qui se passait en lui : elle n'avait pas l'âme qu'il faut pour saisir les choses de cette finesse; la princesse n'allait pas plus loin que la contemplation de la finesse des traits et de la grâce presque féminine de toute la personne de Gennarino. Ses cheveux qu'il portait longs selon la mode que don Carlos avait apportée d'Espagne, étaient d'un blond chatoyant, et leurs boucles dorées retombaient sur un cou mince et gracieux comme celui d'une jeune fille. A Naples, il n'est pas rare de rencontrer des yeux d'une forme magnifique et qui rappelle celle des plus belles statues grecques; mais ces yeux n'expriment que le contentement d'une bonne santé, ou tout au plus une nuance de menace; jamais l'air hautain que Gennarino ne pouvait s'empêcher d'avoir encore quelquefois n'allait jusqu'à la menace. Quand ses yeux se permettaient de regarder longuement Rosalinde, ils prenaient l'expression de la mélancolie, et même un observateur délicat eût pu conclure qu'il avait un caractère faible et incertain, quoique dévoué jusqu'à la folie. Ce trait était assez difficile à deviner, ses larges sourcils souvent rapprochés amortissaient l'éclat et la douceur de ses yeux bleus.

Le roi, qui ne manquait point de finesse quand son cœur était pris, remarqua fort bien que les yeux de Rosalinde, dans les moments où ils espéraient n'être pas observés par sa belle-mère, qu'elle craignait beaucoup, se fixaient avec complaisance sur les beaux cheveux de Gennarino. Elle n'osait pas s'arrêter de même sur ses yeux bleus, elle eût craint d'être surprise dans cette singulière occupation. Le roi eut la magnanimité de n'être pas jaloux de Gennarino; peut-être aussi croyait-il qu'un roi jeune, généreux et victorieux ne doit pas craindre de rivaux. Un observateur délicat n'eût pas loué avant tout cette beauté parfaite des plus belles médailles siciliennes que l'on admirait généralement dans Rosalinde, elle avait plutôt un de ces visages qu'on n'oublie jamais. On pouvait dire que son âme éclatait sur son front, dans les contours délicats de la bouche la plus touchante. Sa taille était frêle et élancée comme si elle eût trop vite grandi; il y avait même dans son geste, dans ses attitudes, encore quelque chose de la grâce de l'enfance, mais sa physionomie annonçait une intelligence vive et surtout un esprit gai qui se rencontre bien rarement avec la beauté grecque et empêche cette sorte de niaiserie attentive que l'on peut quelquefois lui reprocher. Ses cheveux noirs descendaient en larges bandeaux sur ses joues, elle avait des yeux couronnés de longs sourcils, et c'était ce trait qui avait séduit le roi et à la louange duquel il revenait souvent [36].

Don Gennarino avait un défaut marqué dans le caractère, il était sujet à s'exagérer les avantages de ses rivaux et alors il devenait jaloux jusqu'à la fureur; il était jaloux du roi don Carlos, malgré tous les soins que prenait Rosalinde pour lui faire comprendre qu'il ne devait pas être jaloux de ce puissant rival. Gennarino pâlissait tout à coup lorsqu'il entendait le roi dire quelque chose de vraiment aimable devant Rosalinde. C'était par un principe de jalousie que Gennarino trouvait tant de plaisir à être le plus possible avec le roi : il étudiait son caractère et les signes d'amour pour Rosalinde qui pourraient lui échapper. Le roi prit cette assiduité pour de l'attachement et s'en laissa charmer. Gennarino était également jaloux du duc Vargas del Pardo, grand chambellan et favori intime de don Carlos, qui autrefois lui avait été si utile dans la nuit qui précéda la bataille de Velletri. Ce duc passait pour le seigneur le plus riche de la cour de Naples. Tous ces avantages étaient ternis par son âge : il avait soixante-huit ans; ce désavantage ne l'avait point empêché de devenir amoureux de la belle Rosalinde. Il est vrai qu'il était fort bel homme, qu'il montait à cheval avec beaucoup de grâce; il avait des idées de dépenses fort bizarres et prodiguait sa fortune avec une rare générosité. La bizarrerie de ces dépenses, qui étonnaient toujours, contribuait aussi à le rajeunir et renouvelait sans cesse sa faveur auprès du roi. Ce duc voulait faire de tels avantages à sa femme dans le contrat qu'il comptait présenter au prince de Bissignano qu'il mettrait celui-ci dans l'impossibilité de refuser.

Don [Gennarino], qu'à la cour on appelait *il Francese*, était en effet fort gai, fort étourdi, et ne manquait pas de se faire l'ami de tous les jeunes seigneurs français qui visitaient l'Italie. Le roi le distinguait, car ce prince n'oubliait jamais que, si la cour de France s'écartait un jour de cet esprit d'insouciante légèreté qui semblait diriger toutes ses démarches, elle pourrait, par la moindre démonstration sur le Rhin, attirer l'attention de cette toute-puissante maison d'Autriche qui menaçait sans cesse d'engloutir Naples. Nous ne dissimulerons point que la faveur fort réelle du roi ne poussa un peu loin quelquefois la légèreté du caractère de don [Gennarino].

Un jour qu'il se promenait à pied sur le pont de la Madeleine, qui est la grande route du Vésuve, avec le marquis de Charo[s]t, arrivé de Versailles depuis deux mois, il prit fantaisie à ces deux jeunes gens de monter jusqu'à la maison de l'ermite que l'on aperçoit sur la montagne, à mi-chemin du Vésuve. Monter à pied jusque-là était impraticable, car il faisait déjà chaud; envoyer un de leurs laquais chercher des chevaux à Naples était bien long. À ce moment don Gennarino aperçut à une centaine de pas devant eux un domestique à cheval dont il ne reconnut pas la livrée. Il s'approcha du domestique en lui faisant compliment sur la beauté du cheval andalou qu'il conduisait en laisse.

— Fais mes compliments à ton maître, et apprends-lui qu'il m'a prêté ses deux chevaux pour aller là-haut jusqu'à la maison de l'ermite. Dans deux heures, ils seront au palais de ton maître; un des gens de la maison de Las Flores sera chargé de tous mes remerciements.

Le domestique à cheval se trouva être un ancien soldat espagnol; il regardait don [Gennarino] avec humeur et ne faisait aucune disposition pour descendre de cheval. Don [Gennarino] le tira par la basque de sa livrée et le retint par l'épaule, de façon qu'il ne tombât pas tout à fait. Il sauta adroitement sur le cheval que le domestique en livrée abandonnait malgré lui, et il offrit le magnifique cheval andalou conduit en laisse au marquis de Charo[s]t. Au moment où celui-ci se mettait en selle, don [Gennarino], qui retenait le cheval par la bride, sentit le froid d'un poignard qui lui effleurait le bras gauche. C'était le vieux domestique espagnol qui marquait son opposition au changement de route des deux chevaux.

— Dis à ton maître, lui dit don [Gennarino] avec sa gaieté ordinaire, que je lui présente bien mes compliments et que dans deux heures un des hommes des écuries du marquis de Las Flores lui ramènera ses deux chevaux, que l'on aura eu soin de ne pas mener trop vite. Ce charmant andalou va procurer une promenade charmante à mon ami.

Comme le domestique furieux s'approchait de don [Gennarino] comme pour lui donner un second coup de poignard, les deux jeunes gens partirent au galop en éclatant de rire.

Deux heures après, en revenant du Vésuve, don [Gennarino] chargea un des palefreniers de son père de s'informer du nom que pouvait porter le maître des chevaux et de les ramener chez lui en lui présentant les compliments et les remerciements de don [Gennarino]. Une heure après, ce palefrenier se présenta tout pâle et vint raconter à don [Gennarino] que ces chevaux appartenaient au cardinal archevêque qui lui avait fait dire qu'il n'acceptait pas les compliments de l'indiscret.

Au bout de trois jours, ce petit incident était devenu une affaire; tout Naples parlait de la colère de l'archevêque. Il y eut un bal à la cour. Don [Gennarino], qui était un des danseurs les plus empressés, y parut comme à l'ordinaire, et il donnait le bras à la princesse dona Ferdinanda d'Atella, qu'il faisait promener dans les salons ainsi que sa belle-fille, dona Rosalinde, lorsque le roi l'appela.

— Raconte-moi ta nouvelle étourderie et l'histoire des deux chevaux que tu as empruntés au cardinal archevêque.

Après avoir raconté en deux mots l'aventure que le lecteur a vue quelques pages plus haut, don [Gennarino] ajouta :

— Quoique je ne reconnusse pas la livrée, je ne doutais pas que le propriétaire des deux chevaux ne fût un de mes amis. Je puis prouver que pareille chose m'est arrivée : on a pris sur la promenade des chevaux de l'écurie de mon père dont je me sers. L'an passé, j'ai pris, sur cette même route du Vésuve, un cheval appartenant au baron de Salerne qui, quoique bien plus âgé que moi, n'a eu garde de se fâcher de la plaisanterie, car c'est un homme d'esprit et un grand philosophe, comme le sait Votre Majesté. Dans tous les cas, et au pis du pis, il s'agit de croiser l'épée un instant, car j'ai fait présenter mes compliments, et au fond il ne peut y avoir que moi d'offensé par le refus de les recevoir qu'on m'a fait chez l'archevêque. L'homme des écuries de mon père prétend que ces chevaux n'appartiennent pas à Son Eminence, qui ne s'en est jamais servi.

— Je te défends de donner aucune suite à cette affaire, reprit le roi d'un air sévère. Je te permets tout au plus de faire renouveler tes compliments, si chez Son Eminence on a le bon esprit de vouloir les accepter.

Deux jours après, l'affaire était bien plus grave : le cardinal archevêque prétendait que le roi s'exprimait d'un tel ton sur son compte que les jeunes gens de la cour saisissaient avec plaisir l'occasion de lui faire offense. D'un autre côté, la princesse d'Atella prenait hautement le parti du beau jeune homme qui la faisait danser à tous les bals. Elle démontrait fort bien qu'il n'avait pas reconnu la livrée du domestique qui conduisait les chevaux. Par un hasard qu'on n'expliquait pas, cet habit de livrée se trouvait au pouvoir d'un des domestiques de don [Gennarino], et en fait cette livrée n'était pas celle de l'archevêque.

Enfin, don [Gennarino] était bien éloigné de refuser au propriétaire qui prenait de l'humeur si mal à propos de croiser le fer avec lui. Don [Gennarino] était même tout disposé d'aller dire au cardinal archevêque qu'il aurait été au désespoir si les chevaux empruntés si lestement se fussent trouvés lui appartenir.

L'affaire dont nous parlons embarrassait fort sérieusement le roi don Carlos. Par les soins de l'archevêque, tous les prêtres de Naples, au moyen des entretiens qu'ils ont dans les confessionnaux, répandaient le bruit que les jeunes gens de la cour, adonnés à un genre de vie impie, cherchaient à insulter la livrée de l'archevêque.

Le roi se rendit de bon matin à son palais de Portici. Il y avait fait appeler secrètement ce même baron de Salerne que don [Gennarino] avait nommé dans sa première réponse au roi. C'était un homme de la première qualité et fort riche, qui passait pour le premier génie du pays. Il était extrêmement méchant et semblait saisir toutes les occasions de dire du mal du gouvernement du roi. Il faisait venir de Paris *le Mercure galant*, ce qui l'avait confirmé dans sa réputation de génie supérieur. Il était fort lié avec l'archevêque, qui même avait voulu être le parrain de son fils. Par parenthèse, ce fils prit au sérieux les sentiments libéraux dont son père faisait parade, au moyen de quoi il fut pendu en 1792. A l'époque dont nous parlons, le baron de Salerne voyait le roi Charles III dans le plus grand mystère et lui rendait compte de bien des choses. Le roi le consultait souvent sur ceux de ses actes qui pouvaient être appréciés par la haute société de Naples. D'après l'avis du baron, le lendemain le bruit se répandit dans toute la société de Naples qu'un jeune parent du cardinal, qui logeait au palais archiépiscopal, avait ouï dire à sa grande terreur que don [Gennarino] était aussi adroit sur les armes qu'à tous les autres exercices, qu'il s'était déjà trouvé dans trois rencontres qui en général s'étaient terminées d'une façon peu avantageuse pour ses adversaires, et c'était par suite de ces réflexions profondes sur les tristes vérités énoncées plus haut que le jeune parent de l'archevêque, dont le courage n'égalait pas la haute naissance, après avoir eu la susceptibilité de se fâcher de l'emprunt des chevaux, avait eu la prudence de déclarer qu'ils appartenaient à son oncle.

Le soir du même jour, don [Gennarino] alla témoigner au cardinal tout le désespoir qu'il aurait éprouvé si les chevaux s'étaient trouvés lui appartenir.

Au bout de la semaine, le parent du cardinal, dont on sut le véritable nom, était couvert de ridicule et fut obligé de quitter Naples. Un mois après, don [Gennarino] fut fait sous-lieutenant au 1er régiment des grenadiers de la garde, et le roi, qui eut l'air d'apprendre que sa fortune n'égalait pas sa haute naissance, lui envoya trois chevaux superbes, choisis dans ses haras.

Cette marque de faveur eut un éclat singulier, car le roi don Carlos, qui donnait beaucoup, passait pour avare grâce aux bruits répandus par le clergé. Dans cette occasion, l'archevêque fut puni des faux bruits qu'il faisait courir; le peuple crut qu'un gentilhomme d'une famille assez pauvre, qui passait pour l'avoir bravé, était si utile aux desseins secrets du roi que ce prince sortait de son caractère au point de lui envoyer en cadeau trois chevaux de la plus rare beauté. Il se détachait du cardinal comme d'un homme dans le malheur. L'archevêque, considérant que tous les accidents qui pourraient arriver à don [Gennarino] ne pourraient qu'augmenter sa célébrité, résolut d'attendre pour se venger les occasions favorables; mais comme cette âme ardente ne pouvait vivre sans donner une action quelconque au violent dépit qui le dévorait, tous les confessionnaux de Naples eurent ordre de répandre le bruit qu'à l'époque de la bataille de Velletri le roi était bien loin d'avoir fait preuve de courage; c'était le duc Vargas del Pardo qui avait tout dirigé et qui, avec le caractère violent et brusque qu'on lui connaissait, avait conduit le roi par force dans les endroits périlleux où il avait paru. Le roi, qui n'était pas un héros, fut extrêmement sensible à cette nouvelle calomnie, qui eut un cours infini dans Naples. La nouvelle faveur de don [Gennarino] en parut un instant ébranlée. Sans la mauvaise plaisanterie d'emprunter des chevaux à un inconnu sur la grande route du Vésuve, à laquelle don [Gennarino] avait eu l'imprudence de se livrer, personne n'eût eu l'idée de rappeler les particularités de la bataille de Velletri, que le roi avait le tort de rappeler un peu trop souvent dans ses allocutions aux troupes.

Le roi avait ordonné au jeune sous-lieutenant don Cesario [Gennarino] d'aller visiter son haras de *** et de lui faire connaître le nombre de chevaux tout noirs qu'on pourrait en tirer pour un nouvel escadron de chevau-légers de la reine qu'il formait alors.

Les tempêtes domestiques que l'humeur tenace de la princesse dona Ferdinanda avait causées dans la famille [Gennarino] du prince d'Atella avaient mal disposé ce vieillard, déjà fort irrité du manque d'état de ses trois fils. L'histoire du diamant emprunté à son écrin et non remplacé avait aussi laissé beaucoup d'humeur à la princesse, et comme elle supposait que son mari ne serait pas fâché de faire croire à ses amis du clergé qu'il avait la main forcée par la faveur extraordinaire dont la jeune reine poursuivait sa femme, et qu'il voulait tirer parti de cet incident pour engager la princesse à solliciter de l'emploi pour ses beaux-fils, la princesse profita de la première visite du matin que lui fit don [Gennarino] au moment même où il apprit son prochain départ pour le haras de ***, la princesse, disons-nous, qui avait un faible fort réel, voyant que de plusieurs jours elle ne le rencontrerait pas à la cour, se déclara indisposée. Un de ses objets était aussi de contrarier son mari qui, dans l'affaire de la bague donnée par la reine, avait pris une décision qui dans le fond n'était pas en sa faveur : quoique la princesse eût trente-quatre ans, c'est-à-dire trente ans de moins que son mari, elle pouvait encore espérer d'inspirer du goût au jeune don [Gennarino]. Quoique un peu forte, elle était encore jolie; son caractère contribuait surtout à lui continuer la réputation de jeunesse; elle était fort gaie, fort imprudente, fort passionnée à la moindre affaire où il lui semblait que sa haute naissance n'était pas assez ménagée. Pendant les fêtes brillantes de l'hiver de 1740, elle s'était vue toujours environnée à la cour par tout ce qu'il y avait de plus brillant dans la jeunesse de Naples. Elle avait distingué surtout le jeune don [Gennarino], qui joignait à des manières fort nobles et même un peu altières, à l'espagnole, la figure la plus gracieuse et la plus gaie. Ses manières vives et familières, à la française, semblaient surtout délicieuses à la princesse dona Ferdinanda chez un descendant d'une des branches de la famille Medina Celi, qui n'était transplantée à Naples que depuis cent cinquante ans.

[Gennarino] avait les cheveux et les moustaches d'un beau blond et des yeux bleus fort expressifs. La princesse était surtout charmée de cette [nuance], qui lui semblait une preuve évidente de la descendance d'une famille gothe. Elle rappelait souvent que déjà deux fois don [Gennarino], fidèle surtout à l'audace et à la bravoure des Goths, ses aïeux, avait été blessé par des frères ou des époux appartenant à des familles dans le sein desquelles il avait porté le désordre. [Gennarino], rendu prudent par ces petits accidents, n'adressait la parole que fort rarement à la jeune Rosalinda, quoique celle-ci fût sans cesse à côté de sa belle-mère. Quoique [Gennarino] n'eût jamais parlé à Rosalinda dans les moments où sa belle-mère ne pouvait pas entendre très distinctement ce qu'il lui disait, Rosalinda n'en était pas moins certaine qu'elle était aimée de ce jeune homme, et [Gennarino] avait à peu près la même certitude sur les sentiments qu'il inspirait à Rosalinda. Il serait assez difficile de faire comprendre, au milieu de cette France qui plaisante de tout, le profonde et religieuse discrétion qui cachait tous les sentiments dans ce royaume de Naples qui venait d'être soumis pendant cent dix ans aux caprices et à toute la tyrannie des vice-rois espagnols.

Gennarino sentit vivement, en partant pour le haras, le cruel malheur de ne pouvoir adresser même un seul mot à Rosalinda. Non seulement il était jaloux du roi, qui ne prenait aucun soin de cacher son admiration pour elle, mais encore depuis peu son extrême assiduité à la cour l'avait mis à même de pénétrer un secret fort bien gardé : ce même duc Vargas del Pardo, qui autrefois avait été si utile à don Carlos le jour de la bataille de Velletri, s'était imaginé que la faveur toute-puissante dont il jouissait à la cour et son énorme fortune de deux cent mille piastres de rente pouvaient faire oublier à une jeune fille ses soixante-dix ans et la brusquerie originale de son caractère. Il avait formé le projet de demander au prince d'Atella la main de sa fille, il offrait de se charger de la fortune de ses trois beaux-frères. Le duc, fort soupçonneux, comme il convient à un vieux Espagnol, n'était arrêté que par l'amour du roi, dont il ne connaissait pas exactement toute la portée. Don Carlos sacrifierait-il une fantaisie à l'idée de se brouiller à jamais avec un favori qui l'aidait à porter tout le poids des affaires, et auquel jusqu'ici il n'avait pas hésité un instant de sacrifier tous les ministres qui avaient choqué l'orgueil de Vargas ? ou bien ce prince, vaincu par la mélancolie douce, mêlée pourtant à quelque gaieté, qui formait le caractère de Rosalinda, avait-il enfin rencontré une vraie passion ?

Ce fut cette incertitude sur l'amour du roi et sur celui du duc del Pardo qui jeta [Gennarino], voyageant pour se rendre au haras, dans un chagrin tel qu'il n'avait jamais rien éprouvé de semblable. Alors, seulement, il tomba dans toutes les incertitudes des vraies passions; à peine eut-il été trois jours sans voir Rosalinda qu'il lui arriva de douter d'une chose dont il se croyait si sûr à Naples : l'émotion qu'il croyait lire dans les yeux de Rosalinda lorsqu'elle venait à l'apercevoir, et la contrariété évidente qui la saisissait lorsque sa belle-mère donnait des marques trop claires de son goût violent pour [Gennarino].

Plan

Le duc de Vargas songeait plus que jamais à la disparition de la malheureuse Rosalinda. Il avait fait des démarches qui n'avaient eu aucun succès, car il ne savait pas qu'elle portait le nom de Suora Scolastica [37]. Le jour de sa fête survint. Ce jour-là, son palais était ouvert, et il donnait audience à tous les officiers de sa connaissance. Tous ces militaires en grande tenue furent bien surpris de voir arriver dans la première antichambre une femme qui leur parut être une sœur converse de quelque couvent; et encore, dans le but évident de n'être pas reconnue à son habit, elle était enveloppée d'un long voile noir, ce qui lui donnait l'apparence de quelque veuve de la classe du peuple accomplissant quelque pénitence. Comme les laquais du duc entreprenaient de la chasser, elle se mit à genoux, tira de sa poche un long chapelet, et se mit à marmotter des prières. Elle attendit en cet état que le premier valet de chambre du duc vînt la saisir par le bras; alors elle lui montra sans dire mot un fort beau diamant, puis elle ajouta [38] :

— Je jure sur la Vierge de ne demander aucune sorte d'aumône à Son Excellence. Monsieur le duc connaîtra par ce diamant, le nom de la personne de la part de laquelle je me présente.

Toutes ces circonstances excitèrent au plus haut degré la curiosité du duc qui se hâta d'expédier les trois ou quatre personnes du premier rang qui se trouvaient à son audience; puis, avec une politesse noble et vraiment espagnole, il demanda la permission aux simples officiers de recevoir avant eux une pauvre religieuse qui ne lui était nullement connue.

A peine la sœur converse se vit-elle dans le cabinet du duc, seule avec lui, qu'elle se mit à genoux.

— La pauvre sœur Scolastica est arrivée au dernier degré du malheur. Tout le monde paraît déchaîné contre elle. Elle m'a chargée de laisser entre les mains de Votre Excellence cette belle bague. Elle dit que vous connaissez la personne qui la lui donna dans des temps plus heureux. Vous pourriez, par le secours de cette personne, obtenir pour quelque personne de votre confiance l'autorisation de venir voir la sœur Scolastica; mais, comme elle se trouve dans l'*in pace della morte* [39], il faudrait obtenir une permission particulière de Monseigneur l'archevêque.

Le duc avait reconnu la bague et, malgré son âge avancé [40], il était tellement hors de lui qu'il avait peine à articuler des paroles.

— Dis le nom, dis le nom du couvent où Rosalinde est retenue.

— San Petito.

— J'obéirai avec respect aux ordres de qui t'envoie.

— Je serais perdue, ajouta la sœur converse, si mon message était seulement soupçonné par les supérieurs.

Le duc, jetant les yeux rapidement sur son bureau prit un portrait en miniature du roi, entouré de diamants :

— Ne vous séparez jamais de ce portrait sacré, qui vous donne le droit d'obtenir dans tous les cas une audience de Sa Majesté. Voici une bourse que vous remettrez à la personne que vous appelez Suora Scolastica. Voici une petite somme qui est pour vous, et dans tous les cas comptez sur ma protection.

La bonne religieuse s'arrêtant pour compter sur une table les pièces d'or contenues dans la bourse :

— Retournez aussi rapidement que vous pourrez auprès de la pauvre Rosalinde. Ne comptez pas. Et même je réfléchis à la nécessité de vous cacher. Mon valet de chambre va vous faire sortir par une porte de mon jardin, une de mes voitures de suite vous conduira du côté opposé de la ville. Songez à vous bien cacher. Faites tout au monde pour venir demain à mon jardin de l'Arenella, de midi à deux heures. Là, je suis sûr de mes gens, ils sont tous Espagnols.

La pâleur mortelle qui couvrait le visage du duc lorsqu'il reparut devant les officiers fut une excuse suffisante pour l'excuse qu'il leur présenta.

— Une affaire, messieurs, m'oblige à sortir à l'instant. Je ne pourrai avoir l'honneur de vous remercier et de vous recevoir que demain matin, à sept heures.

Le duc de Vargas court au palais; la reine répand des larmes en reconnaissant la bague qu'elle donna jadis à la jeune Rosalinde. La reine passe chez le roi avec le duc de Vargas. L'air renversé de celui-ci touche le roi qui, comme un grand prince qu'il était, fut le premier à ouvrir un avis raisonnable :

— Il faut songer à ne pas réveiller les soupçons du cardinal, si toutefois, malgré le talisman de mon portrait, la pauvre sœur converse a pu échapper à ses espions. Je conçois maintenant pourquoi le cardinal est allé habiter, il y a quinze jours, sa chaumière de ***.

— Si Votre Majesté me le permet, je vais envoyer au port mettre un embargo sur toutes les barques qui voudraient partir pour ***. On conduira au château de l'Œuf, où elles seront bien traitées, toutes les personnes qui seraient montées sur les barques.

— Va, et reviens, lui dit le roi. Ces mesures singulières, qui peuvent donner matière à parler, ne sont pas du goût de Tanucci (le premier ministre de don Carlos). Mais je ne lui dirai rien de toute cette affaire; il n'est déjà que trop irrité contre le cardinal.

Le duc de Vargas donna des ordres à son aide de camp et reparut devant le roi, qu'il trouva donnant des soins à la reine, qui venait de s'évanouir. Cette princesse, d'un cœur excellent, s'était figuré que, si la sœur converse avait été aperçue entrant chez le duc, Rosalinde était déjà morte par le poison. Le duc calma entièrement les inquiétudes de la reine.

— Par bonheur, le cardinal n'est pas à Naples, et avec le sirocco qu'il fait, il faut deux heures au moins pour aller à ***. Le chanoine Cybo, qui, lorsque le cardinal est hors de Naples, exerce l'*alter ego*, est un homme sévère jusqu'à la cruauté, mais il se ferait un scrupule de conscience de faire donner la mort sans un ordre précis de son chef.

— Je vais désorganiser le gouvernement de l'archevêque, dit le roi, en faisant appeler ici au palais et en le retenant jusqu'au soir le chanoine Cybo qui, à son audience de dimanche, m'a demandé la grâce de son neveu qui vient de tuer un paysan.

Le roi passa dans son cabinet pour donner des ordres.

— Duc, es-tu sûr de sauver Rosalinde ? dit la reine à Vargas.

— Avec un homme tel que le cardinal, je ne suis sûr de rien.

— Tanucci a donc bien raison de nous débarrasser de cet homme en le faisant cardinal.

— Oui, dit le duc, mais il faudrait le laisser ambassadeur à Rome pour nous en débarrasser ici, et dans ce poste d'ambassadeur il nous jouerait de bien pires tours là qu'ici.

Le roi étant rentré après cet entretien rapide, on commença une longue délibération à la suite de laquelle le duc de Vargas obtint la permission d'aller sur-le-champ au couvent de San Petito savoir des nouvelles, au nom de la reine, de la jeune Rosalinde des princes d'Atella, que l'on disait à la mort. Avant de monter au couvent, le duc eut soin de passer chez la princesse dona Ferdinanda, de laquelle on put croire qu'il avait appris la nouvelle du danger de sa belle-fille. L'inquiétude du duc de Vargas ne lui permit pas de prolonger autant qu'il l'aurait dû sa visite au palais d'Atella.

Le duc trouva dans le couvent de San Petito, à commencer par la converse qui était à la porte extérieure, un air de singulière préoccupation. Venant au nom de la reine, le duc avait le droit d'être admis sans nul retard auprès de l'abbesse Angela de Castro Pignano [41]. Or, on le fit attendre vingt mortelles minutes. Le duc crut qu'il ne reverrait jamais la belle Rosalinde.

L'abbesse parut enfin, dans l'état d'une personne hors d'elle-même [a]. Le duc avait changé son message :

— Le prince d'Atella est tombé en apoplexie hier soir.

a. Je crois que des scènes aussi révoltantes n'ont jamais eu lieu. Je les attribue à la méchanceté du narrateur.

Il va fort mal, il veut absolument voir avant de mourir sa fille Rosalinde et a fait solliciter auprès de Sa Majesté l'ordre nécessaire pour tirer la signora Rosalinde de ce couvent. Par respect pour les privilèges de cette noble maison, le roi a voulu qu'une non moindre personne que moi, son Grand chambellan, fût le porteur de cet ordre.

A ces mots, l'abbesse tomba aux genoux du duc de Vargas.

— Je rendrai compte à Sa Majesté elle-même de ma désobéissance apparente aux ordres du roi. La position dans laquelle je parais devant vous, Monsieur le duc, est un témoignage frappant de mon respect pour votre personne et votre dignité.

— Elle est morte! s'écria le duc. Mais, par San Gennaro, je la verrai.

Le duc était tellement hors de lui-même qu'il tira son épée. Il ouvrit la porte, il appela son aide de camp, qui était resté dans un des premiers salons de l'abbesse.

— Tirez votre épée, duc d'Atri; faites monter mes deux ordonnances; il s'agit ici d'une affaire de vie et de mort. Le roi m'a chargé d'arrêter la jeune princesse Rosalinde.

L'abbesse Angela se leva et voulut prendre la fuite.

— Non, Madame, s'écria le duc. Vous ne me quitterez que pour monter comme prisonnière au château Saint-Elme. On conspire ici.

Dans son trouble mortel, le duc cherchait à se créer des excuses pour le viol de la sainte clôture. Le duc se disait : « Si l'abbesse refuse de me conduire, si les épées nues de mes deux dragons ne l'effraient pas, je suis comme perdu dans ce vaste couvent, qui est un monde. »

Par bonheur, le duc, qui serrait fortement le poignet de l'abbesse, était cependant fort attentif au mouvement qu'elle pouvait imprimer; elle le conduisit à un vaste escalier qui conduisait à une immense salle à demi souterraine. Le duc, voyant ce demi-succès et voyant qu'il n'avait pour témoins que son aide de camp, le duc d'Atri, et les deux dragons, dont il entendait les grosses bottes frapper les marches de l'escalier, jugea convenable d'éclater en propos menaçants. Enfin il arriva à la salle sombre dont nous avons parlé et qui était éclairée par quatre cierges placés sur un autel. Deux religieuses jeunes encore [42], étaient couchées par terre et paraissaient mourir dans les convulsions du poison; trois autres, placées vingt pas plus loin, étaient aux genoux de leurs confesseurs. Le chanoine Cybo, assis sur un fauteuil placé contre l'autel, semblait impassible quoique fort pâle; deux grands jeunes gens, placés derrière lui, baissaient un peu la tête pour tâcher de ne pas voir les deux religieuses qui étaient couchées au pied de l'autel et dont les longues robes de soie d'un vert foncé étaient agitées par des mouvements convulsifs.

Après cette revue rapide de tous les personnages de cette horrible scène, quel ne fut pas le ravissement du duc lorsqu'il aperçut Rosalinde assise sur une chaise de paille, à six pas derrière les trois confesseurs. Par une imprudence bien singulière, il s'approcha d'elle et lui dit en la tutoyant :

— As-tu pris du poison ?

— Non, et je n'en prendrai pas, lui dit-elle avec assez de sang-froid; je ne veux pas imiter ces filles imprudentes.

— Madame, vous êtes sauvée; je vais vous conduire chez la reine.

— J'ose espérer, Monsieur le duc, que vous n'oublierez point les droits du présidial de Monseigneur l'archevêque, dit l'abbé Cybo, assis sur son fauteuil.

Le duc, comprenant à qui il avait affaire, alla se mettre à genoux devant l'autel et dit à l'abbé Cybo :

— Monsieur le chanoine grand vicaire, suivant le dernier concordat, de pareilles sentences ne sont exécutoires qu'autant que le roi les a revêtues de sa signature.

L'abbé Cybo se hâta de répondre avec aigreur :

— Monsieur le duc se livre ici à un jugement téméraire : les pécheresses ici présentes ont été légalement condamnées, convaincues de sacrilège; mais l'Eglise ne leur a infligé aucune peine. Je suppose, d'après ce que vous me dites et les apparences, dont je m'aperçois seulement en cet instant, que ces malheureuses ont pris du poison.

Le duc de Vargas n'entendit qu'à demi les paroles de l'abbé Cybo, dont la voix était couverte par celle du duc d'Atri, agenouillé auprès des deux religieuses qui s'agitaient sur les dalles de pierre, des douleurs atroces leur ayant fait perdre, à ce qu'il paraissait, toute conscience de leurs mouvements. L'une d'elles, qui paraissait dans le délire, était une fille de trente ans. Elle déchirait sa robe sur sa poitrine et s'écriait :

— A moi! à moi! à une fille de ma naissance!

Le duc se leva et, avec la grâce parfaite qu'il eût montrée dans le salon de la reine :

— Est-il bien possible, Madame, que votre santé ne soit nullement altérée ?

— Je n'ai pris aucun poison, ce qui n'empêche pas, Monsieur le duc, répondit Rosalinde, que je ne sente fort bien que je vous dois la vie.

— Je n'ai aucun mérite dans tout ceci, répliqua le duc. Le roi, prévenu par les avis de fidèles sujets, m'a fait appeler et m'a dit que l'on conspirait dans ce couvent. Il fallait prévenir les conspirateurs. Maintenant, ajouta-t-il, en adressant son regard à Rosalinde, il ne me reste qu'à prendre vos ordres. Voulez-vous, Madame, aller remercier la reine ?

Rosalinde se leva et prit le bras du duc, qui marcha vers l'escalier. Arrivé à la porte, Vargas dit au duc d'Atri :

— Je vous charge d'enfermer, chacun dans une chambre, M. Cybo et ces deux messieurs ici présents. Vous enfermerez également à clef Mme l'abbesse Angela. Vous descendrez dans toutes les prisons et ferez conduire hors du couvent toutes les prisonnières. Vous ferez enfermer, chacune dans une chambre séparée, les personnes qui tenteraient de s'opposer aux ordres de Sa Majesté que j'ai l'honneur de vous transmettre. Sa Majesté veut que toutes les personnes qui témoigneraient le désir d'être admises à ses audiences soient envoyées au palais. Sans perdre de temps, enfermez dans des chambres séparées les personnes ici présentes. Du reste, je vais vous envoyer des médecins et un bataillon de la garde.

Cela dit, il fit signe au duc d'Atri qu'il désirait lui parler. Arrivé sur l'escalier, il lui dit :

— Vous sentez bien, mon cher duc, qu'il ne faut pas que Cybo et l'abbesse s'entendent sur leurs réponses. Dans cinq minutes, vous aurez un bataillon de la garde, dont vous prendrez le commandement. Vous placerez une sentinelle à chacune des portes donnant accès sur la rue ou sur les jardins. Qui voudra pourra sortir, mais l'entrée ne sera permise à personne. Vous ferez fouiller les jardins; tous les conspirateurs, y compris les jardiniers, seront mis en prison dans des chambres séparées. Soignez les pauvres empoisonnées.

PLAN

Préparer la jalousie qui porte don Gennarino à se brûler la cervelle.

L'archevêque Acquaviva promet une place de chanoine dans sa cathédrale à l'aumônier du prince de Bissignano [d'Atella] s'il parvient à persuader à la princesse dona Ferdinanda que don Gennarino est amoureux de Rosalinde. Par ces moyens l'archevêque inquiète et désole don Gennarino qui n'a pas la tête profonde.

Faire que le style sorte du genre admiratif niais, par des mots comme : Il porte perruque, prend du tabac, etc. ; adopter des idées comme : A Naples on rencontre souvent des yeux d'une forme magnifique, mais ces yeux comme ceux de Junon chez Homère ne disent rien. Oter à ce style l'air grand, le *grandiose* qui éloigne du cœur, qui déroute ; [qu'il ait] l'air petit, naturel, sensible, la bonhomie allemande.

La reine dit :

— Je te conseillerais de te marier au plus tôt, dès que tu auras un époux je te créerai dame du Palais. Une fois attachée à ma personne, le clergé n'osera te jouer de mauvais tours. Songe à ceci, tu dois t'attendre à tous les genres de persécutions. Je ne veux pas plaider la cause de notre Vargas et influer en quelque manière que ce soit sur un mariage, mais songe que tu nous rendrais bien contents le roi et moi.

Le roi fut fâché du bataillon du régiment de Bitonto envoyé par Vargas à la porte du couvent noble de San Petito.

— Puisque le but était obtenu, à quoi bon faire du scandale ?

— La seule excuse, en présence d'un clergé aussi arrogant et de la cour de Rome, qui peut ouvrir à l'ennemi la porte de vos Etats, était l'accusation de conspiration flagrante dans le couvent de San Petito. J'ai cru, quand j'ai vu la figure sévère et l'œil scrutateur du chanoine Cybo fixé sur moi, qu'il fallait éloigner à tout prix le soupçon qu'on avait voulu enlever une novice. La présence du bataillon de Bitonto frappe tous les esprits à Naples, même ceux des prêtres, et il porte la conviction d'une conspiration autrichienne.

— Mais, reprit le roi, voilà Tanucci vivement contrarié. Où trouver un ministre aussi honnête homme, aussi travailleur, et qui a refusé des millions de la cour de Rome ? Veux-tu prendre sa place ?

— Avant tout, je ne veux pas travailler.

Le duc de Vargas fait la fortune de la sœur converse, qu'il cache sous un faux nom à Gênes.

Don Gennarino a un accès fou de dévotion, comme la belle Bocca à Capo le Case. Rosalinde a la magnanimité de se remettre au couvent. Don Gennarino la croit persécutée par la sainte Vierge, il la voit frappée par le mauvais œil céleste, désespéré par les refus de Rosalinde qui refuse de céder avant le mariage, de peur que Gennarino ne soit outré du péché.

Gennarino, troublé par ses soupçons jaloux, se donne la mort. Cet accident ôte presque la raison à Rosalinde, elle se croit presque frappée du mauvais œil céleste. Un fanatique essaie de la frapper d'un poignard.

Elle épouse Vargas quand il a soixante-neuf ans, et sous la condition que tous les ans elle passera trois mois au couvent où Gennarino s'est tué.

Elle pleura beaucoup et fut folle de désespoir la veille du mariage. « Si Gennarino me voit de son séjour céleste, que doit-il penser de moi ? »

Enfin rendre Gennarino un peu ridicule, autrement Rosalinde doit se tuer après lui [43].

VANINA VANINI

OU PARTICULARITÉS SUR LA DERNIÈRE VENTE DE CARBONARI DÉCOUVERTE DANS LES ÉTATS DU PAPE

C'était un soir du printemps de 182* [1]. Tout Rome était en mouvement : M. le duc de B*** [2], ce fameux banquier, donnait un bal [3] dans son nouveau palais de la place de Venise. Tout ce que les arts de l'Italie, tout ce que le luxe de Paris et de Londres peuvent produire de plus magnifique avait été réuni pour l'embellissement de ce palais. Le concours était immense. Les beautés blondes et réservées de la noble Angleterre avaient brigué l'honneur d'assister à ce bal; elles arrivaient en foule. Les plus belles femmes de Rome leur disputaient le prix de la beauté. Une jeune fille que l'éclat de ses yeux et ses cheveux d'ébène proclamaient Romaine entra conduite par son père; tous les regards la suivirent. Un orgueil singulier éclatait dans chacun de ses mouvements.

On voyait les étrangers qui entraient frappés de la magnificence de ce bal. « Les fêtes d'aucun des rois de l'Europe, disaient-ils, n'approchent point de ceci. »

Les rois n'ont pas un palais d'architecture romaine : ils sont obligés d'inviter les grandes dames de leur cour; M. le duc de B*** ne prie que de jolies femmes. Ce soir-là il avait été heureux dans ses invitations; les hommes semblaient éblouis. Parmi tant de femmes remarquables il fut question de décider quelle était la plus belle : le choix resta quelque temps indécis; mais enfin la princesse Vanina Vanini [4], cette jeune fille aux cheveux noirs et à l'œil de feu, fut proclamée la reine du bal. Aussitôt les étrangers et les jeunes Romains, abandonnant tous les autres salons, firent foule dans celui où elle était.

Son père, le prince don Asdrubale Vanini, avait voulu qu'elle dansât d'abord avec deux ou trois souverains d'Allemagne. Elle accepta ensuite les invitations de quelques Anglais fort beaux et fort nobles; leur air empesé l'ennuya. Elle parut prendre plus de plaisir à tourmenter le jeune Livio Savelli [5] qui semblait fort amoureux. C'était le jeune homme le plus brillant de Rome, et de plus lui aussi était prince; mais, si on lui eût donné à lire un roman, il eût jeté le volume au bout de vingt pages, disant qu'il lui donnait mal à la tête. C'était un désavantage aux yeux de Vanina.

Vers le minuit une nouvelle se répandit dans le bal, et fit assez d'effet. Un jeune carbonaro, détenu au fort Saint-Ange, venait de se sauver le soir même, à l'aide d'un déguisement, et, par un excès d'audace romanesque, arrivé au dernier corps de garde de la prison, il avait attaqué les soldats avec un poignard; mais il avait été blessé lui-même, les sbires le suivaient dans les rues à la trace de son sang, et on espérait le ravoir.

Comme on racontait cette anecdote, don Livio Savelli, ébloui des grâces et des succès de Vanina, avec laquelle il venait de danser, lui disait en la reconduisant à sa place, et presque fou d'amour :

— Mais, de grâce, qui donc pourrait vous plaire ?

— Ce jeune carbonaro qui vient de s'échapper, lui répondit Vanina; au moins celui-là a fait quelque chose de plus que de se donner la peine de naître [6].

Le prince don Asdrubale s'approcha de sa fille. C'est un homme riche qui depuis vingt ans n'a pas compté avec son intendant, lequel lui prête ses propres revenus à un intérêt fort élevé. Si vous [7] le rencontrez dans la rue, vous le prendrez pour un vieux comédien; vous ne remarquerez pas que ses mains sont chargées de cinq ou six bagues énormes garnies de diamants fort gros. Ses deux fils se sont fait jésuites, et ensuite sont morts fous. Il les a oubliés; mais il est fâché que sa fille unique, Vanina, ne veuille pas se marier. Elle a déjà dix-neuf ans, et a refusé les partis les plus brillants. Quelle est sa raison ? la même que celle de Sylla pour abdiquer, *son mépris pour les Romains*.

Le lendemain du bal, Vanina remarqua que son père, le plus négligent des hommes, et qui de la vie ne s'était donné la peine de prendre une clef, fermait avec beaucoup d'attention la porte d'un petit escalier qui conduisait à un appartement situé au troisième étage du palais. Cet appartement avait des fenêtres sur une terrasse garnie d'orangers [8]. Vanina alla faire quelques visites dans Rome; au retour, la grande porte du palais étant embarrassée par les préparatifs d'une illumination, la voiture rentra par les cours de derrière. Vanina leva les yeux, et vit avec étonnement qu'une des fenêtres de l'appartement que son père avait fermé avec tant de soin était ouverte. Elle se débarrassa de sa dame de compagnie, monta dans les combles du palais, et à force de chercher parvint à trouver une petite fenêtre grillée qui donnait sur la terrasse garnie d'orangers. La fenêtre ouverte qu'elle avait remarquée était à deux pas d'elle. Sans doute cette chambre était habitée; mais par qui ? Le lendemain Vanina parvint à se procurer la clef d'une petite porte qui ouvrait sur la terrasse garnie d'orangers.

Elle s'approcha à pas de loup de la fenêtre qui était encore ouverte. Une persienne servit à la cacher. Au fond de la chambre il y avait un lit et quelqu'un dans ce lit. Son premier mouvement fut de se retirer; mais elle aperçut une robe de femme jetée sur une chaise. En regardant mieux la personne qui était au lit, elle vit qu'elle était blonde, et apparemment fort jeune. Elle ne douta plus que ce ne fût une femme [9]. La robe jetée sur une chaise était ensanglantée; il y avait aussi du sang sur des souliers de femme placés sur une table. L'inconnue fit un mouvement; Vanina s'aperçut qu'elle était blessée. Un grand linge taché de sang [10] couvrait sa poitrine; ce linge n'était fixé que par des rubans; ce n'était pas la main d'un chirurgien qui l'avait placé ainsi. Vanina remarqua que chaque jour, vers les quatre heures, son père s'enfermait dans son appartement, et ensuite allait vers l'inconnue; il redescendait bientôt, et montait en voiture pour aller chez la comtesse Vitteleschi. Dès qu'il était sorti, Vanina montait à la petite terrasse, d'où elle pouvait apercevoir l'inconnue. Sa sensibilité était vivement excitée en faveur de cette jeune femme si malheureuse; elle cherchait à deviner son aventure. La robe ensanglantée jetée sur une chaise paraissait avoir été percée de coups de poignard. Vanina pouvait compter les déchirures. Un jour elle vit l'inconnue plus distinctement : ses yeux bleus étaient fixés dans le ciel; elle semblait prier. Bientôt des larmes remplirent ses beaux yeux; la jeune princesse eut bien de la peine à ne pas lui parler. Le lendemain Vanina osa se cacher sur la petite terrasse avant l'arrivée de son père. Elle vit don Asdrubale entrer chez l'inconnue; il portait un petit panier où étaient des provisions. Le prince avait l'air inquiet, et ne dit pas grand-chose. Il parlait si bas que, quoique la porte-fenêtre fût ouverte, Vanina ne put entendre ses paroles. Il partit aussitôt.

« Il faut que cette pauvre femme ait des ennemis bien terribles, se dit Vanina, pour que mon père, d'un caractère si insouciant, n'ose se confier à personne et se donne la peine de monter cent vingt marches chaque jour. »

Un soir, comme Vanina avançait doucement la tête vers la croisée de l'inconnue, elle rencontra ses yeux, et tout fut découvert. Vanina se jeta à genoux, et s'écria :

— Je vous aime, je vous suis dévouée.

L'inconnue lui fit signe d'entrer.

— Que je vous dois d'excuses, s'écria Vanina, et que ma sotte curiosité doit vous sembler offensante! Je vous jure le secret, et, si vous l'exigez, jamais je ne reviendrai.

— Qui pourrait ne pas trouver du bonheur à vous voir ? dit l'inconnue. Habitez-vous ce palais ?

— Sans doute, répondit Vanina. Mais je vois que vous ne me connaissez pas : je suis Vanina, fille de don Asdrubale.

L'inconnue la regarda d'un air étonné, rougit beaucoup, puis ajouta :

— Daignez me faire espérer que vous viendrez me voir tous les jours; mais je désirerais que le prince ne sût pas vos visites.

Le cœur de Vanina battait avec force; les manières de l'inconnue lui semblaient remplies de distinction. Cette pauvre femme avait sans doute offensé quelque homme puissant; peut-être dans un moment de jalousie avait-elle tué son amant ? Vanina ne pouvait voir une cause vulgaire à son malheur. L'inconnue lui dit qu'elle avait reçu une blessure dans l'épaule, qui avait pénétré jusqu'à la poitrine et la faisait beaucoup souffrir. Souvent elle se trouvait la bouche pleine de sang.

— Et vous n'avez pas de chirurgien! s'écria Vanina.

— Vous savez qu'à Rome, dit l'inconnue, les chirurgiens doivent à la police un rapport exact de toutes les blessures qu'ils soignent. Le prince daigne lui-même serrer mes blessures avec le linge que vous voyez.

L'inconnue évitait avec une grâce parfaite de s'apitoyer sur son accident; Vanina l'aimait à la folie. Une chose pourtant étonna beaucoup la jeune princesse, c'est qu'au milieu d'une conversation assurément fort sérieuse l'inconnue eut beaucoup de peine à supprimer une envie subite de rire.

— Je serais heureuse, lui dit Vanina, de savoir votre nom.

— On m'appelle Clémentine [11].

— Eh bien! chère Clémentine, demain à cinq heures je viendrai vous voir.

Le lendemain Vanina trouva sa nouvelle amie fort mal.

— Je veux vous amener un chirurgien, dit Vanina en l'embrassant.

— J'aimerais mieux mourir, dit l'inconnue. Voudrais-je compromettre mes bienfaiteurs ?

— Le chirurgien de Mgr Savelli-Catanzara, le gouverneur de Rome, est fils d'un de nos domestiques, reprit vivement Vanina; il nous est dévoué, et par sa position ne craint personne. Mon père ne rend pas justice à sa fidélité; je vais le faire demander.

— Je ne veux pas de chirurgien, s'écria l'inconnue avec une vivacité qui surprit Vanina. Venez me voir, et si Dieu doit m'appeler à lui, je mourrai heureuse dans vos bras.

Le lendemain l'inconnue était plus mal.

— Si vous m'aimez, dit Vanina en la quittant, vous verrez un chirurgien.

— S'il vient, mon bonheur s'évanouit.

— Je vais l'envoyer chercher, reprit Vanina.

Sans rien dire, l'inconnue la retint, et prit sa main qu'elle couvrit de baisers. Il y eut un long silence, l'inconnue avait les larmes aux yeux. Enfin, elle quitta la main de Vanina, et de l'air dont elle serait allée à la mort, lui dit :

— J'ai un aveu à vous faire. Avant-hier, j'ai menti en disant que je m'appelais Clémentine; je suis un malheureux carbonaro...

Vanina étonnée recula sa chaise et bientôt se leva.

— Je sens, continua le carbonaro, que cet aveu va me faire perdre le seul bien qui m'attache à la vie; mais il est indigne de moi de vous tromper. Je m'appelle Pietro Missirilli; j'ai dix-neuf ans; mon père est un pauvre chirurgien de Saint-Angelo-in-Vado, moi je suis carbonaro. On a surpris notre *vente;* j'ai été amené, enchaîné, de la Romagne à Rome. Plongé dans un cachot éclairé jour et nuit par une lampe, j'y ai passé treize mois. Une âme charitable a eu l'idée de me faire sauver. On m'a habillé en femme. Comme je sortais de prison et passais devant les gardes de la dernière porte, l'un d'eux a maudit les carbonari; je lui ai donné un soufflet. Je vous assure que ce ne fut pas une vaine bravade, mais tout simplement une distraction. Poursuivi la nuit dans les rues de Rome après cette imprudence, blessé de coups de baïonnette, perdant déjà mes forces, je monte dans une maison dont la porte était ouverte; j'entends les soldats qui montent après moi, je saute dans un jardin; je tombe à quelques pas d'une femme qui se promenait.

— La comtesse Vitteleschi! l'amie de mon père, dit Vanina.

— Quoi! vous l'a-t-elle dit? s'écria Missirilli. Quoi qu'il en soit, cette dame, dont le nom ne doit jamais être prononcé, me sauva la vie. Comme les soldats entraient chez elle pour me saisir, votre père m'en faisait sortir dans sa voiture. Je me sens fort mal : depuis quelques jours ce coup de baïonnette dans l'épaule m'empêche de respirer. Je vais mourir, et désespéré, puisque je ne vous verrai plus.

Vanina avait écouté avec impatience; elle sortit rapidement : Missirilli ne trouva nulle pitié dans ces yeux si beaux, mais seulement l'expression d'un caractère altier que l'on vient de blesser.

A la nuit, un chirurgien parut; il était seul, Missirilli fut au désespoir; il craignait de ne revoir jamais Vanina. Il fit des questions au chirurgien, qui le saigna et ne lui répondit pas. Même silence les jours suivants. Les yeux de Pietro ne quittaient pas la fenêtre de la terrasse par laquelle Vanina avait coutume d'entrer; il était fort malheureux. Une fois, vers minuit, il crut apercevoir quelqu'un dans l'ombre sur la terrasse : était-ce Vanina?

Vanina venait toutes les nuits coller sa joue contre les vitres de la fenêtre du jeune carbonaro[12].

« Si je lui parle, se disait-elle, je suis perdue! Non, jamais je ne dois le revoir! »

Cette résolution arrêtée, elle se rappelait, malgré elle, l'amitié qu'elle avait prise pour ce jeune homme, quand si sottement elle le croyait une femme. Après une intimité si douce, il fallait donc l'oublier! Dans ses moments les plus raisonnables, Vanina était effrayée du changement qui avait lieu dans ses idées. Depuis que Missirilli s'était nommé, toutes les choses auxquelles elle avait l'habitude de penser s'étaient comme recouvertes d'un voile, et ne paraissaient plus que dans l'éloignement.

Une semaine ne s'était pas écoulée, que Vanina, pâle et tremblante, entra dans la chambre du jeune carbonaro avec le chirurgien. Elle venait lui dire qu'il fallait engager le prince à se faire remplacer par un domestique. Elle ne resta pas dix secondes; mais quelques jours après elle revint encore avec le chirurgien, par humanité. Un soir, quoique Missirilli fût bien mieux, et que Vanina n'eût plus le prétexte de craindre pour sa vie, elle osa venir seule. En la voyant, Missirilli fut au comble du bonheur, mais il songea à cacher son amour; avant tout, il ne voulait pas s'écarter de la dignité convenable à un homme. Vanina, qui était entrée chez lui le front couvert de rougeur, et craignant des propos d'amour, fut déconcertée de l'amitié noble et dévouée, mais fort peu tendre, avec laquelle il la reçut. Elle partie sans qu'il essayât de la retenir.

Quelques jours après, lorsqu'elle revint, même conduite, mêmes assurances de dévouement respectueux et de reconnaissance éternelle. Bien loin d'être occupée à mettre un frein aux transports du jeune carbonaro, Vanina se demanda si elle aimait seule. Cette jeune fille, jusque-là si fière, sentit amèrement toute l'étendue de sa folie. Elle affecta de la gaieté et même de la froideur, vint moins souvent, mais ne put prendre sur elle de cesser de voir le jeune malade.

Missirilli, brûlant d'amour, mais songeant à sa naissance obscure et à ce qu'il se devait, s'était promis de ne descendre à parler d'amour que si Vanina restait huit jours sans le voir. L'orgueil de la jeune princesse combattit pied à pied. « Eh bien! se dit-elle enfin, si je le vois, c'est pour moi, c'est pour me faire plaisir, et jamais je ne lui avouerai l'intérêt qu'il m'inspire. » Elle faisait de longues visites à Missirilli, qui lui parlait comme il eût pu faire si vingt personnes eussent été présentes. Un soir, après avoir passé la journée à le détester et à se bien promettre d'être avec lui encore plus froide et plus sévère qu'à l'ordinaire, elle lui dit qu'elle l'aimait. Bientôt elle n'eut plus rien à lui refuser.

Si sa folie fut grande, il faut avouer que Vanina fut parfaitement heureuse. Missirilli ne songea plus à ce qu'il croyait devoir à sa dignité d'homme; il aima comme on aime pour la première fois à dix-neuf ans et en Italie. Il eut tous les scrupules de l'amour-passion, jusqu'au point d'avouer à cette jeune princesse si fière la politique dont il avait fait usage pour s'en faire aimer. Il était étonné de l'excès de son bonheur. Quatre mois passèrent bien vite. Un jour, le chirurgien rendit la liberté à son malade. « Que vais-je faire ? pensa Missirilli; rester caché chez une des plus belles personnes de Rome ? Et les vils tyrans qui m'ont tenu treize mois en prison sans me laisser voir la lumière du jour croiront m'avoir découragé! Italie, tu es vraiment malheureuse, si tes enfants t'abandonnent pour si peu! »

Vanina ne doutait pas que le plus grand bonheur de Pietro ne fût de lui rester à jamais attaché; il semblait trop heureux; mais un mot du général Bonaparte retentissait amèrement dans l'âme de ce jeune homme, et influençait toute sa conduite à l'égard des femmes. En 1796 [13], comme le général Bonaparte quittait Brescia, les municipaux qui l'accompagnaient à la porte de la ville lui disaient que les Bressans aimaient la liberté par-dessus tous les autres Italiens. — Oui, répondit-il, ils aiment à en parler à leurs maîtresses.

Missirilli dit à Vanina d'un air assez contraint :

— Dès que la nuit sera venue, il faut que je sorte.

— Aie bien soin de rentrer au palais avant le point du jour; je t'attendrai.

— Au point du jour je serai à plusieurs milles de Rome.

— Fort bien, dit Vanina froidement, et où irez-vous ?

— En Romagne, me venger.

— Comme je suis riche, reprit Vanina de l'air le plus tranquille, j'espère que vous accepterez de moi des armes et de l'argent.

Missirilli la regarda quelques instants sans sourciller; puis, se jetant dans ses bras :

— Ame de ma vie, tu me fais tout oublier, lui dit-il; et même mon devoir. Mais plus ton cœur est noble, plus tu dois me comprendre.

Vanina pleura beaucoup, et il fut convenu qu'il ne quitterait Rome que le surlendemain.

— Pietro, lui dit-elle le lendemain, souvent vous m'avez dit qu'un homme connu, qu'un prince romain, par exemple, qui pourrait disposer de beaucoup d'argent, serait en état de rendre les plus grands services à la cause de la liberté, si jamais l'Autriche est engagée loin de nous, dans quelque grande guerre.

— Sans doute, dit Pietro étonné.

— Eh bien! vous avez du cœur; il ne vous manque qu'une haute position; je viens vous offrir ma main et deux cent mille livres de rente. Je me charge d'obtenir le consentement de mon père.

Pietro se jeta à ses pieds; Vanina était rayonnante de joie.

— Je vous aime avec passion, lui dit-il; mais je suis un pauvre serviteur de la patrie; mais plus l'Italie est malheureuse, plus je dois lui rester fidèle. Pour obtenir le consentement de don Asdrubale, il faudra jouer un triste rôle pendant plusieurs années. Vanina, je te refuse.

Missirilli se hâta de s'engager par ce mot. Le courage allait lui manquer.

— Mon malheur, s'écria-t-il, c'est que je t'aime plus que la vie, c'est que quitter Rome est pour moi le pire des supplices. Ah! que l'Italie n'est-elle délivrée des barbares! Avec quel plaisir je m'embarquerais avec toi pour aller vivre en Amérique.

Vanina restait glacée. Ce refus de sa main avait étonné son orgueil; mais bientôt elle se jeta dans les bras de Missirilli.

— Jamais tu ne m'as semblé aussi aimable, s'écria-t-elle; oui, mon petit chirurgien de campagne, je suis à toi pour toujours. Tu es un grand homme comme nos anciens Romains.

Toutes les idées d'avenir, toutes les tristes suggestions du bon sens disparurent; ce fut un instant d'amour parfait. Lorsque l'on put parler raison :

— Je serai en Romagne presque aussitôt que toi, dit Vanina. Je vais me faire ordonner les bains de la *Poretta*. Je m'arrêterai au château que nous avons à San Nicolò près de Forli...

— Là, je passerai ma vie avec toi! s'écria Missirilli.

— Mon lot désormais est de tout oser, reprit Vanina avec un soupir. Je me perdrai pour toi, mais n'importe... Pourras-tu aimer une fille déshonorée ?

— N'es-tu pas ma femme, dit Missirilli, et une femme à jamais adorée ? Je saurai t'aimer et te protéger [14].

Il fallait que Vanina allât dans le monde. A peine eut-elle quitté Missirilli, qu'il commença à trouver sa conduite barbare.

« Qu'est-ce que la *patrie?* se dit-il. Ce n'est pas un être à qui nous devions de la reconnaissance pour un bienfait, et qui soit malheureux et puisse nous maudire si nous y manquons. La *patrie* et la *liberté*, c'est comme mon manteau, c'est une chose qui m'est utile, que je dois acheter, il est vrai, quand je ne l'ai pas reçue en héritage de mon père; mais enfin j'aime la patrie et la liberté, parce que ces deux choses me sont utiles. Si je n'en ai que faire, si elles sont pour moi comme un manteau au mois d'août, à quoi bon les acheter, et à un prix énorme ? Vanina est si belle ! elle a un génie si singulier ! On cherchera à lui plaire ; elle m'oubliera. Quelle est la femme qui n'a jamais eu qu'un amant ? Ces princes romains, que je méprise comme citoyens, ont tant d'avantages sur moi ! Ils doivent être bien aimables ! Ah ! si je pars, elle m'oublie, et je la perds pour jamais. »

Au milieu de la nuit, Vanina vint le voir ; il lui dit l'incertitude où il venait d'être plongé, et la discussion à laquelle, parce qu'il l'aimait, il avait livré ce grand mot de *patrie*. Vanina était bien heureuse.

« S'il devait choisir absolument entre la patrie et moi, se disait-elle, j'aurais la préférence. »

L'horloge de l'église voisine sonna trois heures ; le moment des derniers adieux arrivait. Pietro s'arracha des bras de son amie. Il descendait déjà le petit escalier, lorsque Vanina, retenant ses larmes, lui dit en souriant :

— Si tu avais été soigné par une pauvre femme de la campagne, ne ferais-tu rien pour la reconnaissance ? Ne chercherais-tu pas à la payer ? L'avenir est incertain, tu vas voyager au milieu de tes ennemis : donne-moi trois jours par reconnaissance, comme si j'étais une pauvre femme, et pour me payer de mes soins.

Missirilli resta. Enfin il quitta Rome. Grâce à un passeport acheté d'une ambassade étrangère, il arriva dans sa famille. Ce fut une grande joie ; on le croyait mort. Ses amis voulurent célébrer sa bienvenue en tuant un carabinier ou deux (c'est le nom que portent les gendarmes dans les Etats du pape).

— Ne tuons pas sans nécessité un Italien qui sait le maniement des armes, dit Missirilli ; notre patrie n'est pas une île comme l'heureuse Angleterre : c'est de soldats que nous manquons pour résister à l'intervention des rois de l'Europe.

Quelque temps après, Missirilli, serré de près par les carabiniers, en tua deux avec les pistolets que Vanina lui avait donnés. On mit sa tête à prix.

Vanina ne paraissait pas en Romagne : Missirilli se crut oublié. Sa vanité fut choquée ; il commençait à songer beaucoup à la différence de rang qui le séparait de sa maîtresse. Dans un moment d'attendrissement et de regret du bonheur passé, il eut l'idée de retourner à Rome voir ce que faisait Vanina. Cette folle pensée allait l'emporter sur ce qu'il croyait être son devoir, lorsqu'un soir la cloche d'une église de la montagne sonna l'*Angelus* d'une façon singulière, et comme si le sonneur avait une distraction. C'était un signal de réunion pour la *vente* de carbonari à laquelle Missirilli s'était affilié en arrivant en Romagne. La même nuit, tous se trouvèrent à un certain ermitage dans les bois. Les deux ermites, assoupis par l'opium, ne s'aperçurent nullement de l'usage auquel servait leur petite maison. Missirilli qui arrivait fort triste, apprit là que le chef de la *vente* avait été arrêté, et que lui, jeune homme à peine âgé de vingt ans, allait être élu chef d'une *vente* qui comptait des hommes de plus de cinquante ans, et qui étaient dans les conspirations depuis l'expédition de Murat en 1815. En recevent cet honneur inespéré, Pietro sentit battre son cœur. Dès qu'il fut seul, il résolut de ne plus songer à la jeune Romaine qui l'avait oublié, et de consacrer toutes ses pensées au devoir de *délivrer l'Italie des barbares* [a].

Deux jours après, Missirilli vit dans le rapport des arrivées et des départs qu'on lui adressait, comme chef de *vente* que la princesse Vanina venait d'arriver à son château de San Nicolò. La lecture de ce nom jeta plus de trouble que de plaisir dans son âme. Ce fut en vain qu'il crut assurer sa fidélité à la patrie en prenant sur lui de ne pas voler le soir même au château de San Nicolò; l'idée de Vanina, qu'il négligeait, l'empêcha de remplir ses devoirs d'une façon raisonnable. Il la vit le lendemain; elle l'aimait comme à Rome. Son père, qui voulait la marier, avait retardé son départ. Elle apportait deux mille sequins. Ce secours imprévu servit merveilleusement à accréditer Missirilli dans sa nouvelle dignité. On fit fabriquer des poignards à Corfou; on gagna le secrétaire intime du légat, chargé de poursuivre les carbonari. On obtint ainsi la liste des curés qui servaient d'espions au gouvernement.

C'est à cette époque que finit de s'organiser l'une des moins folles conspirations qui aient été tentées dans la malheureuse Italie. Je n'entrerai point ici dans des détails déplacés. Je me contenterai de dire que si le succès eût couronné l'entreprise, Missirilli eût pu réclamer une bonne part de la gloire. Par lui, plusieurs milliers d'insurgés se seraient levés à un signal donné, et auraient

a. *Liberar l'Italia de' barbari*, c'est le mot de Pétrarque en 1350, répété depuis par Jules II, par Machiavel, par le comte Alfieri.

attendu en armes l'arrivée des chefs supérieurs. Le moment décisif approchait, lorsque, comme cela arrive toujours, la conspiration fut paralysée par l'arrestation des chefs.

A peine arrivée en Romagne, Vanina crut voir que l'amour de la patrie ferait oublier à son amant tout autre amour. La fierté de la jeune Romaine s'irrita. Elle essaya en vain de se raisonner; un noir chagrin s'empara d'elle : elle se surprit à maudire la liberté. Un jour qu'elle était venue à Forli pour voir Missirilli, elle ne fut pas maîtresse de sa douleur, que toujours jusque-là son orgueil avait su maîtriser.

— En vérité, lui dit-elle, vous m'aimez comme un mari; ce n'est pas mon compte.

Bientôt ses larmes coulèrent; mais c'était de honte de s'être abaissée jusqu'aux reproches. Missirilli répondit à ces larmes en homme préoccupé. Tout à coup Vanina eut l'idée de le quitter et de retourner à Rome. Elle trouva une joie cruelle à se punir de la faiblesse qui venait de la faire parler. Au bout de peu d'instants de silence, son parti fut pris; elle se fût trouvée indigne de Missirilli si elle ne l'eût pas quitté. Elle jouissait de sa surprise douloureuse quand il la chercherait en vain auprès de lui. Bientôt l'idée de n'avoir pu obtenir l'amour de l'homme pour qui elle avait fait tant de folies l'attendrit profondément. Alors elle rompit le silence, et fit tout au monde pour lui arracher une parole d'amour. Il lui dit d'un air distrait des choses fort tendres; mais ce fut avec un accent bien autrement profond qu'en parlant de ses entreprises politiques, il s'écria avec douleur :

— *Ah! si cette affaire-ci ne réussit pas, si le gouvernement la découvre encore, je quitte la partie.*

Vanina resta immobile. Depuis une heure, elle sentait qu'elle voyait son amant pour la dernière fois. Le mot qu'il prononçait jeta une lumière fatale dans son esprit. Elle se dit :

« Les carbonari ont reçu de moi plusieurs milliers de sequins. On ne peut douter de mon dévouement à la conspiration. »

Vanina ne sortit de sa rêverie que pour dire à Pietro :

— Voulez-vous venir passer vingt-quatre heures avec moi au château de San Nicolò ? Votre assemblée de ce soir n'a pas besoin de ta présence. Demain matin, à San Nicolò, nous pourrons nous promener; cela calmera ton agitation et te rendra tout le sang-froid dont tu as besoin dans ces grandes circonstances.

Pietro y consentit.

Vanina le quitta pour les préparatifs du voyage, en fermant à clef, comme de coutume la petite chambre où elle l'avait caché.

Elle courut chez une de ses femmes de chambre qui l'avait quittée pour se marier et prendre un petit commerce à Forli. Arrivée chez cette femme, elle écrivit à la hâte à la marge d'un livre d'Heures qu'elle trouva dans sa chambre, l'indication exacte du lieu où la *vente* des carbonari devait se réunir cette nuit-là même. Elle termina sa dénonciation par ces mots : Cette *vente* est composée de dix-neuf membres; voici leurs noms et leurs adresses. » Après avoir écrit cette liste, très exacte à cela près que le nom de Missirilli était omis, elle dit à la femme, dont elle était sûre :

— Porte ce livre au cardinal-légat; qu'il lise ce qui est écrit, et qu'il te rende le livre. Voici dix sequins; si jamais le légat prononce ton nom, ta mort est certaine; mais tu me sauves la vie si tu fais lire au légat la page que je viens d'écrire.

Tout se passa à merveille. La peur du légat fit qu'il ne se conduisit point en grand seigneur. Il permit à la femme du peuple qui demandait à lui parler de ne paraître devant lui que masquée, mais à condition qu'elle aurait les mains liées. En cet état, la marchande fut introduite devant le grand personnage, qu'elle trouva retranché derrière une immense table, couverte d'un tapis vert.

Le légat lut la page du livre d'Heures, en le tenant fort loin de lui, de peur d'un poison subtil. Il le rendit à la marchande, et ne la fit point suivre. Moins de quarante minutes après avoir quitté son amant, Vanina, qui avait vu revenir son ancienne femme de chambre, reparut devant Missirilli, croyant que désormais il était tout à elle. Elle lui dit qu'il y avait un mouvement extraordinaire dans la ville; on remarquait des patrouilles de carabiniers dans des rues où ils ne venaient jamais.

— Si tu veux m'en croire, ajouta-t-elle, nous partirons à l'instant même pour San Nicolò.

Missirilli y consentit. Ils gagnèrent à pied la voiture de la jeune princesse, qui, avec sa dame de compagnie, confidente discrète et bien payée, l'attendait à une demi-lieue de la ville.

Arrivée au château de San Nicolò, Vanina, troublée par son étrange démarche, redoubla de tendresse pour son amant. Mais en lui parlant d'amour, il lui semblait qu'elle jouait la comédie. La veille, en trahissant, elle avait oublié le remords. En serrant son amant dans ses bras, elle se disait :

« Il y a un certain mot qu'on peut lui dire, et ce mot prononcé, à l'instant et pour toujours, il me prend en horreur. »

Au milieu de la nuit, un des domestiques de Vanina entra brusquement dans sa chambre. Cet homme était carbonaro sans qu'elle s'en doutât. Missirilli avait donc des secrets pour elle, même pour ces détails. Elle frémit. Cet homme venait avertir Missirilli que dans la nuit, à Forli, les maisons de dix-neuf carbonari avaient été cernées, et eux arrêtés au moment où ils revenaient de la *vente*. Quoique pris à l'improviste, neuf s'étaient échappés. Les carabiniers avaient pu en conduire dix dans la prison de la citadelle. En y entrant, l'un d'eux s'était jeté dans le puits, si profond, et s'était tué. Vanina perdit contenance; heureusement Pietro ne le remarqua pas : il eût pu lire son crime dans ses yeux.

Dans ce moment, ajouta le domestique, la garnison de Forli forme une file dans toutes les rues. Chaque soldat est assez rapproché de son voisin pour lui parler. Les habitants ne peuvent traverser d'un côté de la rue à l'autre, que là où un officier est placé.

Après la sortie de cet homme, Pietro ne fut pensif qu'un instant :

— Il n'y a rien à faire pour le moment, dit-il enfin.

Vanina était mourante; elle tremblait sous les regards de son amant.

— Qu'avez-vous donc d'extraordinaire ? lui dit-il.

Puis il pensa à autre chose, et cessa de la regarder. Vers le milieu de la journée, elle se hasarda à lui dire :

— Voilà encore une *vente* de découverte; je pense que vous allez être tranquille pour quelque temps.

— *Très tranquille*, répondit Missirilli avec un sourire qui la fit frémir.

Elle alla faire une visite indispensable au curé du village de San Nicolò, peut-être espion des jésuites. En rentrant pour dîner à sept heures, elle trouva déserte la petite chambre où son amant était caché. Hors d'elle-même, elle courut le chercher dans toute la maison; il n'y était point. Désespérée, elle revint dans cette petite chambre, ce fut alors seulement qu'elle vit un billet; elle lut :

« *Je vais me rendre prisonnier au légat; je désespère de notre cause; le ciel est contre nous. Qui nous a trahis? apparemment le misérable qui s'est jeté dans le puits. Puisque ma vie est inutile à la pauvre Italie, je ne veux pas que mes camarades, en voyant que, seul, je ne suis pas arrêté, puissent se figurer que je les ai vendus. Adieu; si vous m'aimez, songez à me venger. Perdez, anéantissez l'infâme qui nous a trahis, fût-ce mon père.* »

Vanina tomba sur une chaise, à demi évanouie et plongée dans le malheur le plus atroce. Elle ne pouvait proférer aucune parole; ses yeux étaient secs et brûlants.

Enfin elle se précipita à genoux :

— Grand Dieu! s'écria-t-elle, recevez mon vœu; oui, je punirai l'infâme qui a trahi; mais auparavant il faut rendre la liberté à Pietro.

Une heure après, elle était en route pour Rome. Depuis longtemps son père la pressait de revenir. Pendant son absence, il avait arrangé son mariage avec le prince Livio Savelli. A peine Vanina fut-elle arrivée, qu'il lui en parla en tremblant. A son grand étonnement, elle consentit dès le premier mot. Le soir même, chez la comtesse Vitteleschi, son père lui présenta presque officiellement don Livio; elle lui parla beaucoup. C'était le jeune homme le plus élégant et qui avait les plus beaux chevaux; mais, quoiqu'on lui reconnût beaucoup d'esprit, son caractère passait pour tellement léger, qu'il n'était nullement suspect au gouvernement. Vanina pensa qu'en lui faisant d'abord tourner la tête, elle en ferait un agent commode. Comme il était neveu de monsignor Savelli-Catanzara, gouverneur de Rome et ministre de la police, elle supposait que les espions n'oseraient le suivre.

Après avoir fort bien traité, pendant quelques jours, l'aimable don Livio, Vanina lui annonça que jamais il ne serait son époux; il avait, suivant elle, la tête trop légère.

— Si vous n'étiez pas un enfant, lui dit-elle, les commis de votre oncle n'auraient pas de secrets pour vous. Par exemple, quel parti prend-on à l'égard des carbonari découverts dernièrement à Forli?

Don Livio vint lui dire, deux jours après, que tous les carbonari pris à Forli s'étaient évadés. Elle arrêta sur lui ses grands yeux noirs avec le sourire amer du plus profond mépris, et ne daigna pas lui parler de toute la soirée. Le surlendemain, don Livio vint lui avouer, en rougissant, que d'abord on l'avait trompé.

— Mais, lui dit-il, je me suis procuré une clef du cabinet de mon oncle; j'ai vu par les papiers que j'y ai trouvés qu'une *congrégation* (ou commission), composée des cardinaux et des prélats les plus en crédit, s'assemble dans le plus grand secret, et, délibère sur la question de savoir s'il convient de juger ces carbonari à Ravenne ou à Rome. Les neuf carbonari pris à Forli, et leur chef, un nommé Missirilli, qui a eu la sottise de se rendre, sont en ce moment détenus au château de San Leo [a].

A ce mot de *sottise*, Vanina pinça le prince de toute sa force.

— Je veux moi-même, lui dit-elle, voir les papiers officiels et entrer avec vous dans le cabinet de votre oncle; vous aurez mal lu.

A ces mots, don Livio frémit; Vanina lui demandait une chose presque impossible; mais le génie bizarre de cette jeune fille redoublait son amour. Peu de jours après, Vanina, déguisée en homme [15] et portant un joli petit habit à la livrée de la casa Savelli, put passer une demi-heure au milieu des papiers les plus secrets du ministre de la police. Elle eut un mouvement de vif bonheur, lorsqu'elle découvrit le rapport journalier du *prévenu Pietro Missirilli*. Ses mains tremblaient en tenant ce papier. En relisant ce nom, elle fut sur le point de se trouver mal. Au sortir du palais du gouverneur de Rome, Vanina permit à don Livio de l'embrasser.

— Vous vous tirez bien, lui dit-elle, des épreuves auxquelles je veux vous soumettre.

Après un tel mot, le jeune prince eût mis le feu au Vatican pour plaire à Vanina. Ce soir-là, il y avait bal chez l'ambassadeur de France; elle dansa beaucoup et presque toujours avec lui. Don Livio était ivre de bonheur, il fallait l'empêcher de réfléchir.

— Mon père est quelquefois bizarre, lui dit un jour Vanina, il a chassé ce matin deux de ses gens qui sont venus pleurer chez moi. L'un m'a demandé d'être placé chez votre oncle le gouverneur de Rome; l'autre qui a été soldat d'artillerie sous les Français, voudrait être employé au château Saint-Ange.

a. Près de Rimini en Romagne. C'est dans ce château que périt le fameux Cagliostro; on dit dans le pays qu'il y fut étouffé.

— Je les prends tous les deux à mon service, dit vivement le jeune prince.

— Est-ce là ce que je vous demande? répliqua fièrement Vanina. Je vous répète textuellement la prière de ces pauvres gens; ils doivent obtenir ce qu'ils ont demandé, et pas autre chose.

Rien de plus difficile. Monsignor Catanzara n'était rien moins qu'un homme léger, et n'admettait dans sa maison que des gens de lui bien connus. Au milieu d'une vie remplie, en apparence, par tous les plaisirs, Vanina, bourrelée de remords, était fort malheureuse. La lenteur des événements la tuait. L'homme d'affaires de son père lui avait procuré de l'argent. Devait-elle fuir la maison paternelle et aller en Romagne essayer de faire évader son amant? Quelque déraisonnable que fût cette idée, elle était sur le point de la mettre à exécution, lorsque le hasard eut pitié d'elle.

Don Livio lui dit :

— Les dix carbonari de la *vente* Missirilli vont être transférés à Rome, sauf à être exécutés en Romagne, après leur condamnation. Voilà ce que mon oncle vient d'obtenir du pape ce soir. Vous et moi sommes les seuls dans Rome qui sachions ce secret. Etes-vous contente?

— Vous devenez un homme, répondit Vanina; faites-moi cadeau de votre portrait.

La veille du jour où Missirilli devait arriver à Rome, Vanina prit un prétexte pour aller à Città-Castellana. C'est dans la prison de cette ville que l'on fait coucher les carbonari que l'on transfère de la Romagne à Rome. Elle vit Missirilli le matin, comme il sortait de la prison : il était enchaîné seul sur une charrette; il lui parut fort pâle, mais nullement découragé. Une vieille femme lui jeta un bouquet de violettes, Missirilli sourit en la remerciant.

Vanina avait vu son amant, toutes ses pensées semblèrent renouvelées; elle eut un nouveau courage. Dès longtemps elle avait fait obtenir un bel avancement à M. l'abbé Cari, aumônier du château Saint-Ange, où son amant allait être enfermé; elle avait pris ce bon prêtre pour confesseur. Ce n'est pas peu de chose à Rome que d'être confesseur d'une princesse, nièce du gouverneur.

Le procès des carbonari de Forli ne fut pas long. Pour se venger de leur arrivée à Rome, qu'il n'avait pu empêcher, le parti ultra fit composer la commission qui devait les juger des prélats les plus ambitieux. Cette commission fut présidée par le ministre de la police.

La loi contre les carbonari est claire : ceux de Forli ne pouvaient conserver aucun espoir; ils n'en défendirent pas moins leur vie par tous les subterfuges possibles. Non seulement leurs juges les condamnèrent à mort, mais plusieurs opinèrent pour des supplices atroces, le poing coupé, etc. [16]. Le ministre de la police dont la fortune était faite (car on ne quitte cette place que pour prendre le chapeau), n'avait nul besoin de poing coupé : en portant la sentence au pape, il fit commuer en quelques années de prison la peine de tous les condamnés. Le seul Pietro Missirilli fut excepté. Le ministre voyait dans ce jeune homme un fanatique dangereux, et d'ailleurs il avait aussi été condamné à mort comme coupable de meurtre sur les deux carabiniers dont nous avons parlé. Vanina sut la sentence et la commutation peu d'instants après que le ministre fut revenu de chez le pape.

Le lendemain, monsignor Catanzara rentra dans son palais vers le minuit, il ne trouva point son valet de chambre; le ministre, étonné, sonna plusieurs fois; enfin parut un vieux domestique imbécile : le ministre, impatienté, prit le parti de se déshabiller lui-même. Il ferma sa porte à clef; il faisait fort chaud : il prit son habit et le lança en paquet sur une chaise. Cet habit, jeté avec trop de force, passa par-dessus la chaise, alla frapper le rideau de mousseline de la fenêtre, et dessina la forme d'un homme. Le ministre se jeta rapidement vers son lit et saisit un pistolet. Comme il revenait près de la fenêtre, un fort jeune homme, couvert de sa livrée, s'approcha de lui le pistolet à la main. A cette vue, le ministre approcha le pistolet de son œil; il allait tirer. Le jeune homme lui dit en riant :

— Eh quoi! Monseigneur, ne reconnaissez-vous pas Vanina Vanini [17] ?

— Que signifie cette mauvaise plaisanterie ? répliqua le ministre en colère.

— Raisonnons froidement, dit la jeune fille. D'abord votre pistolet n'est pas chargé.

Le ministre, étonné, s'assura du fait; après quoi il tira un poignard de la poche de son gilet [a].

a. Un prélat romain serait hors d'état sans doute de commander un corps d'armée avec bravoure, comme il est arrivé plusieurs fois à un général de division qui était ministre de la police à Paris, lors

Vanina lui dit avec un petit air d'autorité charmant·

— Asseyons-nous, Monseigneur.

Et elle prit place tranquillement sur un canapé.

— Etes-vous seule au moins ? dit le ministre.

— Absolument seule, je vous le jure! s'écria Vanina. C'est ce que le ministre eut soin de vérifier : il fit le tour de la chambre et regarda partout; après quoi il s'assit sur une chaise à trois pas de Vanina.

— Quel intérêt aurais-je, dit Vanina d'un air doux et tranquille, d'attenter aux jours d'un homme modéré, qui probablement serait remplacé par quelque homme faible à tête chaude, capable de se perdre soi et les autres ?

— Que voulez-vous donc, Mademoiselle ? dit le ministre avec humeur. Cette scène ne me convient point et ne doit pas durer.

— Ce que je vais ajouter, reprit Vanina avec hauteur, et oubliant tout à coup son air gracieux, importe à vous plus qu'à moi. On veut que le carbonaro Missirilli ait la vie sauve : s'il est exécuté, vous ne lui survivrez pas d'une semaine. Je n'ai aucun intérêt à tout ceci; la folie dont vous vous plaignez, je l'ai faite pour m'amuser d'abord, et ensuite pour servir une de mes amies. J'ai voulu, continua Vanina, en reprenant son air de bonne compagnie, j'ai voulu rendre service à un homme d'esprit, qui bientôt sera mon oncle, et doit porter loin, suivant toute apparence, la fortune de sa maison.

Le ministre quitta l'air fâché : la beauté de Vanina contribua sans doute à ce changement rapide. On connaissait dans Rome le goût de monseigneur Catanzara pour les jolies femmes, et, dans son déguisement en valet de pied de la casa Savelli, avec des bas de soie bien tirés, une veste rouge, son petit habit bleu de ciel galonné d'argent, et le pistolet à la main, Vanina était ravissante.

— Ma future nièce, dit le ministre en riant, vous faites là une haute folie, et ce ne sera pas la dernière.

— J'espère qu'un personnage aussi sage, répondit Vanina, me gardera le secret, et surtout envers don Livio, et pour vous y engager, mon cher oncle, si vous m'ac-

de l'entreprise de Malet; mais jamais il ne se laisserait arrêter chez lui aussi simplement. Il aurait trop de peur des plaisanteries de ses collègues. Un Romain qui se sait haï ne marche que bien armé. On n'a pas cru nécessaire de justifier plusieurs autres petites différences entre les façons d'agir et de parler de Paris et celles de Rome. Loin d'amoindrir ces différences, on a cru devoir les écrire hardiment. Les Romains que l'on peint n'ont pas l'honneur d'être Français.

cordez la vie du protégé de mon amie, je vous donnerai un baiser.

Ce fut en continuant la conversation sur ce ton de demi-plaisanterie, avec lequel les dames romaines savent traiter les plus grandes affaires, que Vanina parvint à donner à cette entrevue, commencée le pistolet à la main, la couleur d'une visite faite par la jeune princesse Savelli à son oncle le gouverneur de Rome.

Bientôt monseigneur Catanzara, tout en rejetant avec hauteur l'idée de s'en laisser imposer par la crainte, en fut à raconter à sa nièce toutes les difficultés qu'il rencontrerait pour sauver la vie de Missirilli. En discutant, le ministre se promenait dans la chambre avec Vanina; il prit une carafe de limonade qui était sur sa cheminée et en remplit un verre de cristal. Au moment où il allait le porter à ses lèvres, Vanina s'en empara, et, après l'avoir tenu quelque temps, le laissa tomber dans le jardin comme par distraction. Un instant après, le ministre prit une pastille de chocolat dans une bonbonnière, Vanina la lui enleva, et lui dit en riant :

— Prenez donc garde, tout chez vous est empoisonné; car on voulait votre mort. C'est moi qui ai obtenu la grâce de mon oncle futur, afin de ne pas entrer dans la famille Savelli absolument les mains vides.

Monseigneur Catanzara, fort étonné, remercia sa nièce, et donna de grandes espérances pour la vie de Missirilli.

— Notre marché est fait! s'écria Vanina, et la preuve, c'est qu'en voici la récompense, dit-elle en l'embrassant.

Le ministre prit la récompense.

— Il faut que vous sachiez, ma chère Vanina, ajouta-t-il, que je n'aime pas le sang, moi. D'ailleurs, je suis jeune encore, quoique peut-être je vous paraisse bien vieux, et je puis vivre à une époque où le sang versé aujourd'hui fera tache.

Deux heures sonnaient quand monseigneur Catanzara accompagna Vanina jusqu'à la petite porte de son jardin.

Le surlendemain, lorsque le ministre parut devant le pape, assez embarrassé de la démarche qu'il avait à faire, Sa Sainteté lui dit :

— Avant tout, j'ai une grâce à vous demander. Il y a un de ces carbonari de Forli qui est resté condamné à mort; cette idée m'empêche de dormir : il faut sauver cet homme.

Le ministre, voyant que le pape avait pris son parti,

fit beaucoup d'objections, et finit par écrire un décret ou *motu proprio* [18], que le pape signa, contre l'usage.

Vanina avait pensé que peut-être elle obtiendrait la grâce de son amant, mais qu'on tenterait de l'empoisonner. Dès la veille, Missirilli avait reçu de l'abbé Cari, son confesseur, quelques petits paquets de biscuits de mer, avec l'avis de ne pas toucher aux aliments fournis par l'Etat.

Vanina ayant su après que les carbonari de Forli allaient être transférés au château de San Leo, voulut essayer de voir Missirilli à son passage à Città-Castellana; elle arriva dans cette ville vingt-quatre heures avant les prisonniers; elle y trouva l'abbé Cari, qui l'avait précédée de plusieurs jours. Il avait obtenu du geôlier que Missirilli pourrait entendre la messe, à minuit, dans la chapelle de la prison. On alla plus loin : si Missirilli voulait consentir à se laisser lier les bras et les jambes par une chaîne, le geôlier se retirerait vers la porte de la chapelle, de manière à voir toujours le prisonnier, dont il était responsable, mais à ne pouvoir entendre ce qu'il dirait.

Le jour qui devait décider du sort de Vanina parut enfin. Dès le matin, elle s'enferma dans la chapelle de la prison. Qui pourrait dire les pensées qui l'agitèrent durant cette longue journée ? Missirilli l'aimait-il assez pour lui pardonner ? Elle avait dénoncé sa *vente*, mais elle lui avait sauvé la vie. Quand la raison prenait le dessus dans cette âme bourrelée, Vanina espérait qu'il voudrait consentir à quitter l'Italie avec elle : si elle avait péché, c'était par excès d'amour. Comme quatre heures sonnaient, elle entendit de loin, sur le pavé, le pas des chevaux des carabiniers. Le bruit de chacun de ces pas semblait retentir dans son cœur. Bientôt elle distingua le roulement des charrettes qui transportaient les prisonniers. Elles s'arrêtèrent sur la petite place devant la prison; elle vit deux carabiniers soulever Missirilli, qui était seul sur une charrette, et tellement chargé de fers qu'il ne pouvait se mouvoir. « Du moins il vit, se dit-elle les larmes aux yeux, ils ne l'ont pas encore empoisonné! » La soirée fut cruelle; la lampe de l'autel, placée à une grande hauteur, et pour laquelle le geôlier épargnait l'huile, éclairait seule cette chapelle sombre. Les yeux de Vanina erraient sur les tombeaux de quelques grands seigneurs du Moyen Age morts dans la prison voisine. Leurs statues avaient l'air féroce.

Tous les bruits avaient cessé depuis longtemps; Vanina

était absorbée dans ses noires pensées. Un peu après que minuit eut sonné, elle crut entendre un bruit léger comme le vol d'une chauve-souris. Elle voulut marcher, et tomba à demi évanouie sur la balustrade de l'autel. Au même instant, deux fantômes se trouvèrent tout près d'elle, sans qu'elle les eût entendus venir. C'étaient le geôlier et Missirilli chargé de chaînes, au point qu'il en était comme emmailloté. Le geôlier ouvrit une lanterne, qu'il posa sur la balustrade de l'autel, à côté de Vanina, de façon à ce qu'il pût bien voir son prisonnier. Ensuite il se retira dans le fond, près de la porte. A peine le geôlier se fut-il éloigné que Vanina se précipita au cou de Missirilli. En le serrant dans ses bras, elle ne sentit que ses chaînes froides et pointues. « Qui les lui a données ces chaînes » ? pensa-t-elle. Elle n'eut aucun plaisir à embrasser son amant. A cette douleur en succéda une autre plus poignante; elle crut un instant que Missirilli savait son crime, tant son accueil fut glacé.

— Chère amie, lui dit-il enfin, je regrette l'amour que vous avez pris pour moi; c'est en vain que je cherche le mérite qui a pu vous l'inspirer. Revenons, croyez-m'en, à des sentiments plus chrétiens, oublions les illusions qui jadis nous ont égarés; je ne puis vous appartenir. Le malheur constant qui a suivi mes entreprises vient peut-être de l'état de péché mortel où je me suis constamment trouvé. Même à n'écouter que les conseils de la prudence humaine, pourquoi n'ai-je pas été arrêté avec mes amis, lors de la fatale nuit de Forli ? Pourquoi, à l'instant du danger, ne me trouvais-je pas à mon poste ? Pourquoi mon absence a-t-elle pu autoriser les soupçons les plus cruels ? J'avais une autre passion que celle de la liberté de l'Italie.

Vanina ne revenait pas de la surprise que lui causait le changement de Missirilli. Sans être sensiblement maigri, il avait l'air d'avoir trente ans. Vanina attribua ce changement aux mauvais traitements qu'il avait soufferts en prison, elle fondit en larmes.

— Ah! lui dit-elle, les geôliers avaient tant promis qu'ils te traiteraient avec bonté.

Le fait est qu'à l'approche de la mort, tous les principes religieux qui pouvaient s'accorder avec la passion pour la liberté de l'Italie avaient reparu dans le cœur du jeune carbonaro. Peu à peu Vanina s'aperçut que le changement étonnant qu'elle remarquait chez son amant était tout moral, et nullement l'effet de mauvais traitements physiques. Sa douleur, qu'elle croyait au comble, en fut encore augmentée.

Missirilli se taisait; Vanina semblait sur le point d'être étouffée par ses sanglots. Il ajouta d'un air un peu ému lui-même :

— Si j'aimais quelque chose sur la terre, ce serait vous, Vanina; mais grâce à Dieu, je n'ai plus qu'un seul but dans ma vie : je mourrai en prison, ou en cherchant à donner la liberté à l'Italie.

Il y eut encore un silence; évidemment Vanina ne pouvait parler : elle l'essayait en vain. Missirilli ajouta :

— Le devoir est cruel, mon amie; mais s'il n'y avait pas un peu de peine à l'accomplir, où serait l'héroïsme ? Donnez-moi votre parole que vous ne chercherez plus à me voir.

Autant que sa chaîne assez serrée le lui permettait, il fit un petit mouvement du poignet, et tendit les doigts à Vanina.

— Si vous permettez un conseil à un homme qui vous fut cher, mariez-vous sagement à l'homme de mérite que votre père vous destine. Ne lui faites aucune confidence fâcheuse; mais, d'un autre côté, ne cherchez jamais à me revoir; soyons désormais étrangers l'un à l'autre. Vous avez avancé une somme considérable pour le service de la patrie; si jamais elle est délivrée de ses tyrans, cette somme vous sera fidèlement payée en biens nationaux.

Vanina était atterrée. En lui parlant, l'œil de Pietro n'avait brillé qu'au moment où il avait nommé la *patrie*.

Enfin l'orgueil vint au secours de la jeune princesse; elle s'était munie de diamants et de petites limes. Sans répondre à Missirilli, elle les lui offrit.

— J'accepte par devoir, lui dit-il, car je dois chercher à m'échapper; mais je ne vous verrai jamais, je le jure en présence de vos nouveaux bienfaits. Adieu, Vanina; promettez-moi de ne jamais m'écrire, de ne jamais chercher à me voir; laissez-moi tout à la patrie, je suis mort pour vous : adieu.

— Non, reprit Vanina furieuse, je veux que tu saches ce que j'ai fait, guidée par l'amour que j'avais pour toi.

Alors elle lui raconta toutes ses démarches depuis le moment où Missirilli avait quitté le château de San Nicolò, pour aller se rendre au légat. Quand ce récit fut terminé :

— Tout cela n'est rien, dit Vanina : j'ai fait plus, par amour pour toi.

Alors elle lui dit sa trahison.

— Ah! monstre, s'écria Pietro furieux, en se jetant sur elle, et il cherchait à l'assommer avec ses chaînes.

Il y serait parvenu sans le geôlier qui accourut aux premiers cris. Il saisit Missirilli.

— Tiens, monstre, je ne veux rien te devoir, dit Missirilli à Vanina, en lui jetant, autant que ses chaînes le lui permettaient, les limes et les diamants, et il s'éloigna rapidement.

Vanina resta anéantie. Elle revint à Rome; et le journal annonce qu'elle vient d'épouser le prince don Livio Savelli.

NOTES

L'ABBESSE DE CASTRO

Stendhal a dicté cette nouvelle en deux temps :
1. 12-13 septembre 1838.
2. 19 au 21 février 1839.

Entre ces deux moments — très brefs, on le notera —, se situe la composition de *La Chartreuse de Parme*. On ne s'étonne donc pas de retrouver tant de parentés entre ces deux textes.

L'Abbesse a paru dans la *Revue des Deux Mondes*, sous le pseudonyme F. de Lagenevais, et avec des indications de lieux et de dates qui sont de pure mystification. La première partie du texte donnée dans le nº du 1er février 1839 (chap. I-V) est datée : « Palerme, 15 septembre 1838. » La deuxième (chap. VI et VII), dans le nº du 1er mars, est datée : « Palerme, 6 février 1839. »

La même année, 1839, le récit paraît, sous le nom de Stendhal chez Dumont, accompagné de *Vittoria Accoramboni* et des *Cenci*.

Source :

Stendhal insiste à plusieurs reprises, au cours de la nouvelle, sur l'existence de deux manuscrits différents dont il s'inspirerait. En fait, nous n'en connaissons qu'un — et il est vraisemblable que l'autre est une invention stendhalienne. Les manuscrits italiens de la Bibliothèque nationale contiennent un récit de 34 pages (Fonds italien, 171, fol. 134-168) : *Successo occorso in Castro Città del Duca di Parma nel Monastero della Visitazione Fra l'Abbadessa del medemo et il Vescovo di d(ett)a Città l'Anno 1572 nel Pontificato di Gregor. XIII* (Faits survenus à Castro, ville du duc de Parme, dans le monastère de la Visitation entre l'abbesse de ce couvent et l'évêque de ladite cité, l'an 1572, sous le pontificat de Grégoire XIII).

Stendhal n'a donc une source certaine que pour le récit de la « dégradation » de l'amour d'Hélène. Tout ce qui précède, c'est-à-dire l'essentiel, ainsi que le dénouement ne doivent rien au manuscrit 171. D'autre part, Stendhal accroît la mystification, en parlant de manuscrit italien ou florentin quand il n'y en a pas, mais aussi, lorsqu'il se sert bel et bien du manuscrit, en feignant de le considérer comme ce qu'il n'est pas : un extrait du procès :

« Maintenant ma triste tâche va se borner à donner un extrait nécessairement fort sec du procès à la suite duquel Hélène trouva la mort. Ce procès, que j'ai lu dans une bibliothèque dont je dois taire le nom, ne forme pas moins de huit volumes in-folio. L'interrogatoire et le raisonnement sont en langue latine, les réponses en italien. »

1. Stendhal a été fasciné par l'histoire de ces tyrans italiens. *Cf. Histoire de la peinture en Italie*, Divan, I, 19. La petitesse des cités permet, du tyran à la victime, une relation personnelle, une dialectique du regard, un raffinement du sadisme. La phrase de Stendhal qui se trouve un peu plus loin est très révélatrice : « Chacun de ces tyrans connaissait personnellement chacun des républicains dont il savait être exécré. »

2. Cosme Ier de Médicis, grand-duc de Toscane (1519-1547).

3. Giambattista, dit Filippo II Strozzi (1488-1538).

4. Leitmotiv stendhalien, que cette « vanité » du Français qui bien souvent lui tient lieu d'amour. *Cf. De l'Amour*, Divan, II, 47, et dans les *Chroniques* elles-mêmes, *San Francesco a Ripa*.

5. Prendre le maquis.

6. Stendhal revient à plusieurs reprises sur ce thème. V. del Litto a recensé quelques-uns des passages les plus caractéristiques (*Promenades dans Rome*, Divan, III, 121 et sq.; *Les Brigands en Italie*, in *Pages d'Italie*, Divan, 1932, I, 254 et sq., et fragment placé par Romain Colomb dans *Journal d'un voyage en Italie et en Suisse pendant l'an 1828*, in *Mélanges de Littérature*, Divan, III, 383 et sq.

Quant à Gasparone que cite Stendhal dans sa note, il l'avait certainement vu à Civita-Vecchia. *Cf.* lettre du 29 janvier 1840 à di Fiore : « Sur cent étrangers qui passent ici (...) cinquante veulent voir le célèbre brigand Gasparone et quatre ou cinq M. de Stendhal. » C'est aussi une mode romantique que cet attrait pour le brigand et plus généralement pour le hors-la-loi. Elle se manifeste chez Schiller, Hugo ou Byron, comme dans la peinture et les lithographies, ou dans le mélodrame. A vrai dire la mode remontait déjà au roman noir du XVIIIe siècle.

7. *Cf. Rome, Naples et Florence*, I, 85 : « Dès qu'un ridicule se montrait à Venise, le lendemain il y avait vingt sonnets. »

8. « En 1580, il s'était formé, au milieu de la Lombardie, un corps d'assassins très redouté : c'était celui des *bravi*. Beaucoup de grands seigneurs en avaient à gages et en disposaient souverainement pour satisfaire à tous leurs caprices, soit de haine, soit de vengeance, soit d'amour. Les *bravi* exécutaient avec une audace et une habileté sans exemple les missions les plus difficiles, ils faisaient trembler jusqu'aux autorités. » (R. Colomb, *Mélanges de littérature*, III, 390-391). Ces *bravi* sont donc une survivance des polices privées dont disposaient les seigneurs au Moyen Age.

9. Pietro Giannone (1678-1748), auteur d'une *Histoire civile du Royaume de Naples* qui le fit excommunier.

10. Paolo Giovio (1482-1552) est l'auteur de *Historia sui temporis ab anno 1494 ad annum 1547, libri XLV*. Robertson, auteur d'une *Histoire du règne de l'empereur Charles Quint*, servit à Stendhal pour son *Introduction à l'Histoire de la peinture en Italie*, comme l'a montré V. del Litto, *La Vie intellectuelle de Stendhal*, p. 486 et sq. Comme l'a

bien vu aussi V. del Litto, Stendhal est ingrat envers Roscoe dont il a utilisé la *Vie de Léon X*. Guichardin (*cf.* Index) lui fut précieux également. Quant à Colletta (*cf.* Index), il ne fut pas étranger au cadre historique de *Suora Scolastica* (*Storia del reame di Napoli*). Lorenzo Pignotti est l'auteur d'une *Storia della Toscana*.

11. Muratori, *cf.* Index.

12. Baglioni, Malatesta, Bentivoglio, *cf.* Index.

13. Alphonse Piccolomini, duc de Monte Mariano.

14. *Cf.* les descriptions d'Albano, dans les *Promenades dans Rome.*

15. Le Monte Cavi (*mons albanus*) est le sommet des montagnes du Latium.

16. Cette introduction historique convient bien au registre de la chronique; elle n'est pas non plus étrangère au ton de ces romans du début du XIXe siècle qui sont, à certains moments, un peu comme des guides de voyage, et dont *Corinne* avait donné l'exemple.

17. Donc vingt-six ans, à peu près, après l'événement : date fictive du manuscrit florentin imaginaire; l'autre manuscrit serait plus contemporain s'il s'agissait des pièces du procès. Mais Stendhal brouille les pistes à plaisir.

18. Sur ce nom de Branciforte, *cf.* Ch. Dédeyan, *Le Divan*, juillet 1950. On remarque que le nom de Jules ou de Julien est lié chez Stendhal à une idée de force. Cette idée, le nom de famille l'exprime à nouveau, tandis que Branci évoque à la fois la lignée, mais aussi la végétation, la forêt où se cache d'abord Jules.

19. Stendhal aime certes les prémonitions. Et les pages sur l'abbé Blanès dans la *Chartreuse de Parme* sont chronologiquement et thématiquement très proches. Ici aussi ce don de prophétie est lié à une élévation purificatrice : non pas la tour de l'abbé Blanès, mais la lévitation du moine, plus surprenante et plus conforme à l'esprit de cette chronique du XVIe siècle. Avec ce thème de la prédiction à laquelle il est impossible d'échapper, l'histoire d'Hélène rejoint les grandes aventures mythiques, et la plus célèbre, celle d'Œdipe.

20. Ici, comme au départ des *Cenci*, on constate l'importance chez Stendhal, des sources plastiques qui, autant que les manuscrits des chroniques, contribuent à stimuler sa création littéraire.

21. V. del Litto suppose que ce poète est imaginaire. En tout cas ce contraste entre la vieillesse du poète et la jeunesse d'Hélène, contribue à la valeur poétique et mythique de toute cette introduction.

22. A la façon italienne : quintocento, c'est-à-dire les années 1500 et sq.

23. Stendhal a toujours été sensible à la poésie de cette heure-là, surtout en Italie. Comme Senancour, il possède une vive sensibilité auditive au son des cloches et des fontaines. *Cf. De l'Amour*, fragment 66 : « *Ave Maria*, en Italie, heure de la tendresse, des plaisirs de l'âme et de la mélancolie : sensation augmentée par le son de ces belles cloches. »

24. Nouvelle référence plastique, à un groupe de marbre imaginaire.

25. Le recours au manuscrit qui doit de toute nécessité être abrégé, autorise ces raccourcis très favorables au rythme de la nouvelle.

26. Le moine, comme le brigand, relève de la mythologie romantique.

27. Citation latine que Stendhal a pris soin de traduire et de christianiser, puisque « le ciel » supprime le polythéisme de « superis ».

28. Reprise humoristique peut-être de la phrase : « le ciel en avait ordonné autrement ». Fausse maladresse qui prétend venir de la chronique et donne un cachet d'authenticité, comme précédemment les allusions à une tradition orale. Cette reprise crée aussi un effet de détente après le « suspense » de « Je ne sais ce qui me tient de lever leurs capuchons. »

29. V. del Litto a fait remarquer que les Cenci possédaient justement un château à la Petrella. Détail qui contribue à créer une sorte de géographie commune, par-delà les années qui les séparent, aux diverses chroniques.

30. On notera la présence de l'italien dans les dialogues dramatiques ou pour des effets comiques (cf. *Vittoria* : « costui à un gran frate! »), comme si l'intensité pathétique exigeait la suppression de cet intermédiaire qu'est la traduction, de même que la plaisanterie est « intraduisible », dit-on.

Ici le dialogue est le point d'aboutissement de tout un combat de masques.

31. Notons ici un de ces exemples de déguisement que nous avons analysés dans notre préface.

32. Il y a là un anachronisme : il n'a pas échappé à V. del Litto qui a pertinemment fait remarquer que la fondation de cet ordre remonte seulement à 1610.

33. Retour du thème de l'*Ave Maria* — celui du matin ici — et qui précise la connotation de ces sons dans *L'Abbesse* : renoncement et sacrifice, mais aussi promesse, gage de fidélité.

34. Première de ces apparentes éclipses de l'Hélène véritable, elle préfigure la longue éclipse qui constitue toute la deuxième partie de la nouvelle.

35. On aura remarqué l'extrême précision de la topographie.

36. On voit dans tout l'épisode de l'attaque, deux récits se superposer : ce que fait Branciforte, ce qu'il aurait dû faire : deux stratégies parallèles et contraires qui manifestent ce goût stendhalien pour le plan de bataille.

37. Voici bien de ces répliques faites pour le théâtre.

38. Une tradition littéraire depuis Sterne et Diderot, fait une place à part à la blessure au genou, comme particulièrement douloureuse, et liée à la conquête amoureuse. Mais ici nous sommes à cent lieues du libertinage et ce n'est certes pas Hélène qui pansera Jules.

39. Ce n'est pas la première fois que Stendhal rapproche l'histoire d'Hélène et de Jules des romans de chevalerie.

40. Stendhal — V. del Litto l'a fait remarquer — s'est contenté de prendre ici le nom d'une église romaine : Santi Quattro Coronati. Il se peut aussi que le nom, amusant par lui-même, évoque une sorte de versatilité d'un homme prêt à se vouer à n'importe quel saint, ou d'une girouette tournant aux quatre vents.

41. Ces trois regards revêtent une signification maléfique et magique. Ils orientent toute la suite du récit.

42. Stendhal suit ici d'assez près le texte italien : « Et era Vescovo di quella Diocesi Monsignor Francesco Cittadini, Noblie Milanese, che per affari del Monastero ebbe più volte occasione di parlare alla detta Abbedessa, siccome anco ella con Monsignor, per la Fabrica non compita del Chiostro che si ristaurava nel detto Monastero. »

43. Stendhal, on l'a vu, mystifie ici son lecteur en parlant de huit volumes des rapports du procès; il s'agit de quelques pages d'un récit.

44. Les mépris de l'abbesse, ainsi que cette dernière réplique très théâtrale, sont de l'invention de Stendhal. Mais il a conservé du manuscrit la date de novembre 1572, et la durée de la rencontre : « un 'ora ». Il a précisé la topographie de la chambre secrète : « Era questa Camera contigua alla Chiesa, e segregata affato da quella delle altre Monache. »

45. Expression très exactement traduite de « Instupidi il Vescovo a questa terribile nuova ». Stendhal a conservé également la circonstance du carnaval, mais avec un luxe de détails que ne possédait pas le manuscrit italien, en particulier à propos de l' « écurie » transformée en « salon ». Stendhal nous fait grâce, en revanche, de toute l'énumération de ce qui peut terrifier l'évêque dans cette affaire : scandale, opinion du pape, mauvais exemple, etc., et que le lecteur devine facilement. La langue italienne permet aussi un rapprochement de mots qui serait comique dans un autre contexte entre la « gravidanza » (grossesse) et la « gravezza » (gravité) de la situation. Le manuscrit italien possède aussi des expressions réalistes et d'une naïveté assez touchante, mais qui eussent pu paraître un peu grossières et qui auraient nui à l'unité de ton de la nouvelle. Aussi sont-elles supprimées : « Cresceva intanto alla misera il ventre ». Mélange assez savoureux des « incomodi della gravidanza » et du « rimordimento della sua coscienza ». Pour ce qui est des remords, Stendhal les a purement et simplement supprimés. Hélène est femme d'action et il lui fait immédiatement chercher des moyens de se sauver.

46. C'est l'exacte traduction du texte italien : « Non l'ho detto ne anche al Confessore; pensate se lo voglio dire a voi. » En revanche, dans le manuscrit italien, c'est spontanément, et dans son désarroi qu'Hélène fait appel à deux confidentes. Chez Stendhal, l'abbesse est plus fière, plus courageuse, et ne dirait rien à personne, si la femme du boulanger n'exigeait cette double complicité au sein même du couvent.

47. Pour tout le récit de l'enlèvement de l'enfant, Stendhal n'a eu qu'à suivre le texte italien riche en détails. Il en supprime même, par exemple que la nourrice venait de perdre son propre enfant.

48. Stendhal a supprimé, non sans raison, une visite que l'évêque et le médecin rendent à la jeune accouchée « passate fra di loro alcune parole di condoglianza, se ne ritornò il Vescovo alla sua Residenza ». Pour toute l'histoire de la naissance des soupçons à partir des pièces d'or, Stendhal suit exactement la chronique italienne; le « tempo » tient à la fois de la rapidité du simple constat policier et de l'alacrité du fabliau.

49. *Cf.* texte italien : « Que il segreto fosse di già esposto alla notizia di tutti. »

50. Le billet est très exactement traduit de l'italien : « Già vi sarà noto essersi publicato per tutto ciò, che è successo; Sicchè se vi è caro di salvarmi insieme con la reputazione la vita, e per evitare scandalo maggiore, potreste incolpare Gio : Battista Doleri morto da pochi giorni, che se non riparate al vostro Onore, almeno restara illeso il mio. »

Mais Stendhal prête à son abbesse une réaction énergique où éclate son humiliation, autant que son mépris pour l'évêque, tandis que le manuscrit italien disait, bien platement : « si dispose di secondarne il comando ».

51. Ces explications sur les causes du zèle — intéressé — du « terrible » cardinal Farnèse ne se trouvent pas chez l'auteur italien, en général respectueux, bien pensant.

52. *Cf.* « Fu esaminata l'Abbadessa nel Monastero medesimo, che prontamente negò la colpa nel Vescovo, ma altresì confessò di avere avuto commercio carnale con Giovanni Battista Doleri. »

53. La date vient directement du manuscrit; mais Stendhal nous a fait grâce d'une lettre inutile.

54. *Cf.* « Onde fu posto alla tortura, et ebbe un'ora di corda, e la seguente sera mezz'ora. »

55. Cette relative a été ajoutée par Stendhal.

56. Stendhal a bien conservé ces notations que le manuscrit lui fournissait; il a même amplifié et brodé sur un thème si charmant en ajoutant : « qu'elle a fait construire exprès (...) ne la refuse ».

57. Là encore, ce second interrogatoire se trouve bien dans le manuscrit italien; mais Stendhal en le reprenant a donné aux paroles de l'abbesse un mépris, une ironie que le texte italien ne contenait pas : « Rispose per salvare la vita, e l'onore del Vescovo, affinchè potesse il medesimo, restando in vita, avere tutta la cura del Figlio. » Quelle bonne mère! L'abbesse de Stendhal est plus dominée par le mépris, que par le sentiment maternel.

58. Le manuscrit italien disait seulement : « Una segretta stanza del Monastero detta per sopranome la stanza de Frati. » L'imagination stendhalienne s'est emparée de ce thème cher de la prison pour donner des indications précises et terrifiantes sur l'épaisseur des murs et de la voûte.

59. Tout ceci est fort près du texte italien, sauf — évidemment — la relative : « qui avaient entendu les paroles outrageantes adressées à l'évêque par l'abbesse ».

60. « Avec sottise » est de Stendhal; le manuscrit italien disait seulement : « pertinacemente negò ».

61. « Fidèle à son rôle » est de Stendhal, mais non « lui adressa des injures » : « la rimproverò di mendacia e calunniatrice ». Il a supprimé plusieurs propos de l'abbesse. Le silence qu'il lui prête est autrement impressionnant.

62. A partir de là, toute la fin diffère. Le manuscrit italien affirme qu'enfermée dans sa prison, sans aucun espoir d'en sortir, l'abbesse mourut au bout de six mois : « La misera terminò la sua vita. » Le récit rebondit immédiatement chez Stendhal qui, sans laisser au lecteur le temps de s'apitoyer, raconte les travaux souterrains de la signora di Campireali. Du coup, il en oublie le sort des autres incul-

pés que le manuscrit italien précisait pourtant : cinq ans de galère pour César del Bene; les quatre religieuses retournent au couvent où elles subiront trois ans de prison pour complicité. Sixte V, quand il succède à Grégoire XIII aggrave l'incarcération de l'évêque en le transférant à la prison di Corte Savella. Le manuscrit italien se termine ainsi. Tout le dénouement a donc été inventé par Stendhal.

63. On note encore ici la précision de la topographie.

64. Explication qui va au-devant de l'accusation d'invraisemblance que pourrait intenter un lecteur malveillant. En fait, d'après le manuscrit italien, on a pu voir que l'avènement de Sixte V ne fut pas marqué par une particulière indulgence à l'égard de cette affaire de l'abbaye de Castro. Bien au contraire. Mais Stendhal fait allusion au désordre de l'interrègne et à la période du conclave.

65. On songe à un autre tremblement de terre — bien réel celui-là — et qui permet la réunion à son amant d'une religieuse, coupable aussi d'avoir mis un enfant au monde : *Le Tremblement de terre du Chili* de Kleist. Il s'agit, selon toute évidence, non d'une influence proprement dite, mais d'une rencontre d'un réseau de thèmes romantiques : amour d'une religieuse, châtiment, prison. Entre autres divergences, il en est une et d'importance, c'est que Jules n'est justement pas le père de l'enfant. La persécution que subit Hélène ne vient donc pas tant de la société que de son propre remords.

66. Saisissante réapparition de la signora di Campireali et qui fait bien sentir la présence du temps au sein même de la nouvelle.

67. Réplique admirablement théâtrale.

68. Tout ce passage est du meilleur théâtre romantique.

69. Aix-la-Chapelle, suggère V. del Litto. Cette lettre permet une reprise de toute l'aventure romanesque, avec une étrange perspective à la fois d'intériorisation accrue et de détachement, un peu comme l'on imagine que certains mourants doivent revoir leur vie. Hélène n'est pas encore mourante, mais elle porte déjà en elle la résolution de sa mort.

LA DUCHESSE DE PALLIANO

Les notes que Stendhal a ajoutées aux manuscrits italiens permettent de dater d'une façon assez précise l'élaboration de ce texte. *Sur le manuscrit 296 :* « Commencé à dicter le 31 juillet 1838. »

plus loin : Dicté la tra(ducti)on le 31 juillet 1838. »

« Corrigé la traduction le 9 août 1838. »

A la fin du manuscrit 297 :

« Relu le jour de Pâques, 27 mars 1837. The R(evue) D(eux) M(ondes) as ask for one or two volumes of these coglionerie. 1837. »

Sur le manuscrit 173 :

« 28 avril (18)33 »

(mais faut-il lire 33, ou plutôt 38, puisque c'est de 1838 qu'il s'agit partout ailleurs ?)

« Paris 8 août 1838 »

« This morning, 4, et, si je n'ai pas travaillé, 5. Ces matinées me sont désagréables. »

« Dicté le 8 août 1838 »

plus loin encore : « 8 août 1838 »

Cette même date revient encore; ensuite il est question du 9 août à plusieurs reprises.

Toutes ces indications sont donc très concordantes. Stendhal avait trois manuscrits italiens qui lui ont servi pour *La Duchesse* (B.N. mns. ital. 296, 297, 173). L'examen comparé des textes italiens et de celui de la chronique montre qu'il ne s'est guère servi du manuscrit 297. Le manuscrit 173 relate le procès contre les Carafa, où le duc de Palliano fut condamné pour avoir tué sa femme; il a servi à Stendhal pour toute la fin de sa chronique. Voici donc la chronologie de la rédaction : Stendhal connaissait depuis longtemps cette histoire. Il a relu le manuscrit 297 en mars 1837, pour ensuite ne plus guère s'en occuper. Il s'y remet le 31 juillet et dicte tout ce qui concerne l'adultère de la Duchesse et la vengeance. Du 4 au 8 août, il dicte la fin, à partir du manuscrit 173 : procès et exécution de l'assassin. Ayant alors terminé, il revient au début, qu'il relit et corrige le 9 août.

La Duchesse de Palliano parut dans la *Revue des Deux Mondes* le 15 août 1838, signé, comme *L'Abbesse*, « F. de Lagenevais », et daté arbitrairement du « 22 juillet 1838 », à Palerme, simple mystification. On s'étonnera de ne pas voir figurer *La Duchesse* dans le premier recueil de *Chroniques* paru en 1855. Peut-être Stendhal était-il injustement sévère pour ce texte. On sent un certain dégoût dans les annotations qu'il a marquées sur le manuscrit 173, par conséquent au moment où il achève son récit. « Ces matinées me sont désagréables », écrit-il le 4 août, et le 8 août, (comme l'a fait remarquer M. S. de Sacy), en marge des *Mémoires d'un touriste :* « Tout est trop long. La sensation de cette vérité fait peut-être pécher quelquefois l'auteur de ce livre. Il sentait trop cette vérité quand il a écrit *La Duchesse de Palliano.* » Ce qui répond assez bien à cette annotation du manuscrit 173 : « Qui ne sait se borner ne sut jamais écrire. Il fallait avoir le courage d'effacer cinq ou six lignes. » Par exaspération contre les bavardages de ses sources italiennes, Stendhal aurait donc recherché une concision extrême, qu'il aurait ensuite jugée excessive et il se serait reproché une certaine sécheresse. Il est bien difficile cependant d'expliquer ainsi l'absence de *La Duchesse* du recueil de 1839. Je crois surtout que dans l'esprit de Stendhal, l'ouvrage de 1839 ne constituait pas du tout un recueil de chroniques italiennes. Il s'agissait d'un banc d'essai — des considérations matérielles n'avaient pas été absentes non plus. Le livre de 1839 est donc essentiellement la publication de *L'Abbesse de Castro* avec, un peu à titre d'exemple, *Vittoria Accoramboni* et les *Cenci* que Stendhal jugeait peut-être plus parfaites que *La Duchesse de Palliano.*

1. Il s'agit de Carlo Broschi, surnommé Farinelle ou Farinelli (1705-1782).

2. Toute cette introduction est très proche, comme ton et comme analyse sociologique, du traité *De l'Amour*. Elle est une mise en forme des notes apposées en marge du manuscrit italien 169, avec déjà le titre de « Préface » (*cf.* les documents que nous reproduisons plus loin). La pointe contre Anna Radcliffe s'y trouve aussi. *Le Confessionnal des pénitents noirs*, traduit en français en 1797 avait connu un grand succès et influencé en France une série de « romans noirs ».

3. Nous avons étudié dans notre introduction cette prédominance des actes sur les paroles : ce n'est pas le seul fait de *La Duchesse de Palliano*. La formule stendhalienne est admirable : « Pour eux, une conversation est une bataille. »

4. Palliano est au sud-est de Rome, dans la province de Frosinone.

5. Ce premier paragraphe traduit de façon assez exacte le commencement du manuscrit 296 : « dignes tout à fait d'un gardeur de troupeaux » est évidemment de Stendhal qui ne manque pas de lancer cette petite pointe anticléricale, en jouant sur l'image du pasteur des fidèles.

6. « Chose horrible à dire dans la patrie de la chaste Lucrèce » : c'est encore un ajout de Stendhal et qu'il prend un malin plaisir à formuler sur le ton naïvement horrifié qui est généralement celui des auteurs de ces manuscrits italiens.

7. Violante de Cardone : le manuscrit 173 écrit : Violante de Cardona; les manuscrits 296 et 297 : Violante Diaz Carlon. Le Seggio di nido est le quartier élégant de Naples, « le faubourg Saint-Germain », selon V. del Litto. Stendhal a remplacé « casato da molti anni » qui vieillissait Violante par « avant la grandeur de son oncle ». Enfin, tout le portrait moral de Violante, toutes les allusions à sa culture, à son goût pour la littérature n'existaient pas dans le manuscrit italien. Les contes du *Pecorone* sont un recueil de Giovanni Fiorentino (1378).

8. Le manuscrit italien disait seulement : « Marcello Capece del Seggio di Nido bellissimo giovane, e grazioso. »

9. Comme l'a bien montré V. del Litto, Stendhal s'inspire de l'article *Caraffa* dans la biographie Michaud et dont l'auteur est Sismondi. Mais on remarquera, par ailleurs, que Stendhal a été passablement ingrat, puisque l'on peut lire cette annotation sur le manuscrit 173 : « M. Sismondi se trompe lourdement. Article Caraffa. Il raconte une fable sur le nom *Cara fè*, parce que les Sismondi de Pise, dont il veut descendre, y sont intéressés. » Voir aussi p. 166.

10. Le manuscrit 296 était plus précis encore : « Sollazzandosi or con una, or con un altra Dama per più contumelia nel proprio letto. »

11. L'épisode de Martuccia a été emprunté au manuscrit 173.

12. Stendhal a ajouté ces considérations sur l'exil, qui ne se trouvent pas dans le manuscrit 296.

13. Cette conversation suit de très près le manuscrit 296.

14. Stendhal là aussi s'inspire du manuscrit italien qui explique cette complicité de la femme et de sa chambrière.

15. Le manuscrit italien était beaucoup plus rapide à ce moment-là. Stendhal a su recréer toute cette atmosphère de complicité, cette lente manœuvre de persuasion.

16. Stendhal a préféré ici le manuscrit 173, où ces renseignements

sont tirés du procès. Il a laissé le manuscrit 296 où Marcel Capece était trouvé « sotto il letto » — ce qui donnait à l'aventure une allure vaudevillesque.

17. Ici, et dans ce qui suit, Stendhal est fidèle au manuscrit 173.

18. Stendhal passe vite, tandis que le manuscrit 173 s'attardait longuement à cette mort de Paul IV.

19. Ces dépositions sont consignées dans le manuscrit 173.

20. Cet épisode sadien ne se trouvait pas dans le manuscrit 296 qui, plus frustrement notait : « il Conte suo Fratello postole un laccio alla gola, la strangolò ». Stendhal a retenu la version du manuscrit 173 avec l'admirable « Che si famò » — Eh bien donc! que faisons-nous ? version bien propre à cette idéalisation de l'âme italienne que l'on retrouve dans les *Chroniques.*

21. Sur le manuscrit italien, Stendhal s'interroge avec quelque peu de malice : « Par l'œuvre de qui était-elle grosse ? »

22. Selon une technique de la mystification bien caractéristique, Stendhal fait appel à ses sources justement lorsqu'il n'en possède pas, car, comme l'a bien fait remarquer V. del Litto, les manuscrits que Stendhal a pu voir ne parlent pas de l'enterrement, mais de l'exhumation, ce qui est moins esthétique.

23. *Prout in schedulâ* comme il est écrit sur la feuille ; cette expression est employée dans le manuscrit 173.

24. Là encore, Stendhal se sert de l'article de Sismondi dans la biographie Michaud — tout en le critiquant.

25. Ce « Faites » qui est de la création de Stendhal, répond admirablement au « Que faisons-nous ? » de la Duchesse.

26. Pour ce dernier paragraphe, comme pour la Note ajoutée qui suit, Stendhal revient au manuscrit 296.

VITTORIA ACCORAMBONI

Stendhal s'est occupé très tôt de cette chronique, dès mars 1833. Il a même songé d'abord à en faire un roman comparable au *Rouge*, témoin la note en marge du manuscrit italien : *I though* (sic) *in march 1833 of making of this story as of that of Julien*, mais où est l'intérêt, où est *la satire*, *bases of every novel ?* Je ne suis pas en peine d'un succès vulgaire. Mais où l'auteur qui n'est pas antiquaire prendrait-il des détails vrais en nombre illimité ? Mais ceci n'est qu'une nouvelle good for the *Revue de Paris* quand D(omini)que sera libéré des...

Toujours sur le manuscrit 171, un peu plus loin : 26 avril (18)33 date qui revient à plusieurs reprises, tandis qu'à la fin du manuscrit, Stendhal note : Trad(uit) et dic(te) the 26 a(oût 18)36.

Stendhal a donc pris connaissance du manuscrit italien 171 dès 1833, mais n'a dicté sa chronique qu'en août 1836.

On trouve aussi cette date du 26 avril 1833 sur un autre manuscrit italien qui raconte l'histoire de *Vittoria Accoramboni*, le manuscrit 169. Stendhal en aura pris connaissance, mais de façon superficielle, et il ne s'en est pas servi pour dicter son texte — ce qu'il a regretté par la suite : « Si jamais ce conte entre dans une collection, est réimprimé, corriger la traduction sur cet original-ci. Pâques, 27 mars 1837. »

Tout au long du manuscrit 169, on recueille des notes de Stendhal qui vont dans le même sens :

« Style grossier, mais non embrouillé et familier comme l'histoire de Biancinfiore. »

Et cette autre note qui montre bien les deux étapes de la rédaction, à propos de « che affermò ch'ella prendesse una pistola per uccidersi » : « Ici l'intérêt historique ne peut pas marcher avec l'intérêt du roman.

Le roman se prétend instruit de tout ce qui se passe dans le cœur du héros.

26 avril (18)33.

Il aurait fallu prendre ceci dans la traduction du 1er mars 1837. Elle a été faite sur l'autre récit.

27 mars 1837. »

Plus loin encore : « Il fallait prendre ceci. Cette version vaut mieux. 27 mars 1837. »

La publication :

Ce fut la première des *Chroniques italiennes* à paraître dans la *Revue des Deux Mondes*, le 1er mars 1837 (p. 560-584).

Elle fut reprise dans le recueil de 1839, mais sans que Stendhal ait opéré les modifications auxquelles il avait songé.

1. Stendhal pose cette date en partant du principe que le récit a été composé peu de temps après les faits. *Cf.* note de Stendhal sur ms. ital. 171 : « Cette histoire a été écrite à peu de jours du fait. »

2. Date de la capitulation de Florence devant les troupes de Charles Quint (12 août 1530).

3. Cette notation auréolée de nuit et du mystère d'une course solitaire, ajoute une dimension au récit : voyage à travers le temps, composé par Stendhal qui lui-même est censé voyager, cette narration s'adresse à un lecteur qui médite en chaise de poste.

4. Agubuio est la forme ancienne de Gubbio.

5. Tout le début de récit se veut gauche et suit de près le manuscrit 171 : il faut garder le ton naïf et maladroit de la chronique; par la suite, une fois donné le « la », Stendhal recouvre sa liberté. *Cf.* « Fanciulla, di cui il minor pregio era una rara ed estraodinaria bellezza; ed in si alto grado possedeva ogni altra eccellenza di quanto possono rendere maravigliosa Donna Nobile. »

« Aucun soupçon d'artifice » correspond à « senza punto di affettazione, o di arte ».

Toute cette introduction du récit est très proche encore du manuscrit italien, paragraphe par paragraphe. « Vittoria entrant dans la maison Paretti » correspond à « Entrò nella casa Peretti Vittoria con quella preminenza, direi se fosse lecito, fatalmente concessa di essere dovunque si volgesse... »

6. Comme l'a fait remarquer V. del Litto, il s'agit de la place Rusticucci qui était à l'entrée de la place Saint-Pierre. Stendhal l'orthographie avec un seul c.

7. L'imagination stendhalienne a travaillé à partir de ce thème des bijoux. Le manuscrit italien était plus bref : « ... l'arricchissero di molto e rare gioie, perle, ed altre splendidezze... »

8. Dans le manuscrit 171 : « Marcello Accoramboni giovane di cervello gagliardo, essendo per alcune imputazioni in ira della Corte dalla quale con molto pericolo fuggiva... »

9. Stendhal a soigneusement conservé ces considérations philosophiques dont la banalité et le bon sens ont dû lui sembler caractéristiques de ces chroniques. *Cf.* : « Se li uomini sapessero misurare la loro felicità con i godimenti di quel che si possiede, non con l'insaziabilità... » Il a simplifié pourtant ce passage en face duquel il notait : « Obscur à l'italienne. »

10. Pour tous ces événements qui déclenchent le drame, Stendhal se conforme très exactement au manuscrit italien. Les papes aimaient à aller se reposer l'été dans leur résidence de Monte-Cavallo.

11. Ici encore fidélité de Stendhal au texte italien dont la grammaire pourtant l'embarrasse. A propos de « egli » : « Nominatif, transposition latine tout à fait, obscurité du diable. »

Il a cependant atténué le pathétique facile, en supprimant, par exemple : « Parti (...) lasciando nel cuor della Madre presago dell' infortunio vicino. »

12. En face du paragraphe correspondant du manuscrit italien, Stendhal a remarqué : « Dans cette nouvelle l'intérêt voyage, ici l'intérêt de curiosité il est vrai passe au (cardin)al. »

13. Stendhal, par cette tournure de style, souligne qu'il revient en arrière dans son récit. C'est ce qu'il reproche au chroniqueur italien de n'avoir pas senti en écrivant : « massimamente quando entrato il Papa in Concistoro ». En marge : « Règle de temps violée. On était à cinq ou six jours après, on revient au consistoire. »

14. Si Stendhal s'est amusé à ajouter une note ironique, la pointe anticléricale se trouvait bel et bien déjà dans le texte italien, si savoureuse que Stendhal ne peut résister au plaisir de la transcrire purement et simplement dans la langue originale au sein même de son récit.

15. En face de ce paragraphe dans le manuscrit italien, note de Stendhal : « L'intérêt voyage : passage au prince Orsini. »

16. Remarque de Stendhal sur le manuscrit italien : « Hypocrisie. Voici comment elle se trahit et ne peut s'empêcher de se trahir.

» Ce style a le défaut contraire de celui de Julien; il se donne la peine d'exprimer trop de petites circonstances évidentes par elles-mêmes. 26 avril (1833). »

17. Stendhal avait souligné sur le manuscrit italien ces deux mots qu'il a transcrits tels quels.

18. La nuance ironique est de Stendhal. Dans le manuscrit italien : « A questi stessi rispetti. »

19. Dans le manucrit italien : Il giorno di S. Lucia. »

20. Sur le manuscrit italien, note de Stendhal : « Digne de Napoléon. Si l'on s'était mis à punir les crimes commis sous le faible Grégoire XIII, c'était à n'en plus finir. »

21. Stendhal a soigneusement conservé cette explication médicale naïve et effrayante que lui proposait le texte italien.

22. Cette parenthèse explicative a été ajoutée par Stendhal et se trouvait déjà amorcée par la note qu'il avait écrite sur le manuscrit italien : « Un commandement de troupes que probablement il aurait dû louer. »

23. Stendhal n'a pas voulu traduire la fin de la phrase qui n'était que redondance et à propos de laquelle il observe sévèrement : « Le pléonasme est l'ordinaire défaut de cet esprit grossier. »

24. Note de Stendhal sur le manuscrit italien : « 500 000 en 1585 doivent être multipliés par 5 à peu près. Le p(rin)ce laisse à sa femme environ 2 millions 500 mille francs de 1833 ».

25. Stendhal se plaît à conserver ces remarques de philosophie naïve et populaire.

26. « Mort à peu près aussi bête que celle de Philippe III, mais avec la différence des rangs. Philippe meurt parce que le chambellan qui devait éloigner son brasero ne se trouve pas à son poste. Mém(oires) de Bassompierre, 1er vol., page 500.

26 avril 1833. » (note sur 6 ms 171)

27. « Son palais coûtait 55.000 F ou 275.000 F d'aujourd'hui. »

28. Le manuscrit 171 cite : « Pansirolo e Marocchio. »

29. Stendhal n'a eu ici qu'à conserver les précisions sadiques et dramatiques du chroniqueur italien.

30. L'expression latine était employée par le chroniqueur italien.

31. La précision apportée par la parenthèse a été ajoutée par Stendhal. V. del Litto y décèle une erreur : « *Tondini* était un sobriquet appliqué aux magistrats de Venise. »

32. Note de Stendhal sur le manuscrit 171 : « Prudence nécessaire alors. Le g(ouvernemen)t bien moins puissant que de nos jours; il n'avait que la *force* pure et nullement l'assentiment. »

33. D'où Stendhal conclut : « Donc cette histoire a été écrite à peu de jours du fait. »

34. « Ceci est plus clair; écrit dans les [ ] heures. »

35. « Le 25 décembre 1585, un peu avant l'aube, dit le manuscrit no 2. »

36. Note de Stendhal sur le manuscrit 171 : « La loi du talion semble innée dans le cœur de l'homme. 26 avril 1833. (A l'égard de G(iulia), Si(enne) : *Durate et vosmet servate secundis*. Il y a deux ans tout avait l'air fini, et cependant *fine moments since*). » Comme l'a bien vu V. del Litto, il est fait ici allusion au jour où Giulia Rinieri avait annoncé son mariage à Stendhal.

37. Note de Stendhal, manuscrit 171 : « Ces huit lignes ajoutées plus tard. Ce récit écrit apparemment par un compatriote de Tite-Live. Un Italien pourrait rechercher si le style est de Padoue.

« Trad(uit) et dic(té) the 26 a(oût 18)36.

« Ce qu'il y a de plus curieux là-dedans, c'est la peinture des habitudes morales de l'historien.

« 26 août 1836. »

TROP DE FAVEUR TUE

Stendhal, après la composition si foudroyante de *La Chartreuse de Parme* connut un temps de lassitude et de relative stérilité. Pourtant, dès le 8 avril 1839, il annotait le manuscrit italien 179 (*Le Couvent de Baïano*) dont il s'inspire pour *Trop de faveur nuit* (ainsi fut d'abord libellé le titre). Il dicte le 9. Mais il arrête assez vite son travail et note sur son manuscrit de *Trop de faveur tue* : « Abandonnée le 15 avril 39 pour *Felicioso* » — c'est-à-dire *Suora Scolastica*. La chronique italienne, *Le Couvent de Baïano* avait été traduite et publiée dès 1829, p. 123-129 du volume intitulé : *Le Couvent de Baïano*, chronique du XVIe siècle, extraite des Archives de Naples, et traduite littéralement de l'italien par M. J... C...o, précédée de *Recherches sur les couvents au XVIe siècle* par M. P.-L. Jacob, Bibliophile. Chez H. Fournier Jeune.

Stendhal connaissait la chronique avant même sa traduction (dont il n'est pas, comme on l'a cru, l'auteur), puisqu'il y fait allusion dans les *Promenades dans Rome*, sous les dates de 1827 et 1828. Mais ces dates peuvent être une supercherie stendhalienne. Libre champ est laissé aux hypothèses.

Quoi qu'il en soit le texte de Stendhal ne fut pas publié avant 1912; plus exactement le 15 décembre 1912 et le 1er janvier 1913 dans la *Revue des Deux Mondes*, par les soins de Frédéric d'Oppeln-Bronikowski, et avec beaucoup d'inexactitudes. Il revient à H. Martineau, puis surtout à V. del Litto d'avoir établi ce texte de façon scientifique et satisfaisante, à partir du manuscrit de la Bibliothèque de Grenoble. J'ai, à mon tour, étudié ce manuscrit, essentiellement pour comprendre dans quel sens s'était opéré le travail de Stendhal écrivain.

1. Pourquoi éconduire le lecteur vers l'Espagne ? Par goût de la mystification, bien sûr. Mais certains détails ont pu orienter l'imagination stendhalienne vers l'Espagne. D'abord sous le titre même du texte italien : « Si trova vendibile nel Negozio di Gabriele Morino, Strada Toledo num. 223. » Curieuse coïncidence, en réponse à cette rue de Tolède qui est simplement le lieu où se trouve une librairie, dans le récit même tout au début, il est question de D. Pedro Toledo qui exerça le pouvoir à Naples de 1532 à 1553. Stendhal a noté : « Un caractère : D. Pedro de Tolède. » Pour l'auteur de la chronique, il n'a que mépris : « L'auteur de ce récit est un benêt emphatique dans le genre de M. Valery. En se parant de belles phrases, il devient obscur. » Le Valery dont il est question, est l'auteur de *Voyages historiques et littéraires sur l'Italie, pendant les années 1826, 1827 et 1828, ou l'Indicateur italien.* Paris, 1831, 2 vol. (*cf.* V. del Litto, *Chroniques*, t. II, p. 296).

2. A la manière italienne, Stendhal parle de XVe siècle pour les années dont le chiffre commence par 15; ici 1589.

3. On verra dans la suite de la chronique qu'il s'agit de Florence. Stendhal a supprimé toute l'histoire du couvent de Baïano et du lieu même, avant la construction du couvent, qui existait dans le texte italien, mais non, il est vrai, dans la traduction française. Faut-il y voir le signe que c'est la traduction française qui est la source de Stendhal ? Je ne crois pas. Car le début du chroniqueur italien ne méritait pas, en tout état de cause, d'être conservé : il est ennuyeux, naïf et sensible : « cuori magnanimi e gentili, ascoltatemi ».

4. Ferdinand Ier (1549-1609) fut grand-duc de Toscane à partir de 1587. Comme l'a montré V. del Litto, Stendhal a largement puisé son information dans l'article de la biographie Michaud qui est de Sismondi.

5. Stendhal a accentué l'importance d'une lutte d'amour-propre dans ce conflit, en greffant ici tout cet épisode relatif à la cameriste noble. En revanche, il a atténué l'aspect saphique. Dans le manuscrit italien et dans l'adaptation française, en effet, Euphrasie dénonçait à la supérieure les relations de Giulia et d'Agnès. Stendhal a noté sur le manuscrit : « Apparemment Sapho. »

6. Rien dans la chronique italienne du couvent de Baïano n'offrait à Stendhal le schéma de cette conversation sur le mariage et les femmes.

7. Stendhal n'a pas voulu développer ce thème, peut-être pour éviter de tomber dans des lieux communs du roman libertin de la fin du XVIIIe siècle, ou d'avoir l'air de s'inspirer de *La Religieuse* de Diderot.

8. Ici encore, la chronique du couvent de Baïano n'offre rien de comparable à cette belle scène où s'affrontent deux énergies, où Félize est embellie par la colère et où le comte prend plaisir à l'embellir ainsi.

9. Pas une religieuse dans le couvent de Baïano ne raisonnait avec la fermeté, la force, la cohérence de l'héroïne de Stendhal. Clara dit cependant : « Que maudite soit l'avarice de nos parents qui nous ont jetées vivantes dans cette tombe... l'injure qu'ils ont faite à nos droits naturels, et le sacrifice de nos plus tendres affections, doivent légitimer toute compensation que nous pourrions nous procurer. » On voit par cet exemple, toute la distance qui sépare une faible traduction de la re-création stendhalienne.

10. *Cf.* « Agnese e Giulia parvero non solo dimestiche fra loro, ma furono riputate imprudenti; ed Eufrasia le denunciò entrambe (sorridendo e barbottando un giorno) all'Abbadessa. »

11. « Giulia ne fu scossa, la sua immaginazione anticipò la soddisfazione, e la vendetta; a la sua indole le rammentò in mal punto la sua abilità per intrigare. »

12. Tout ce machiavélique aveu à la supérieure et les considérations qui suivent n'existaient pas dans la chronique italienne; Stendhal a su créer un grand personnage là où il n'y avait qu'une petite intrigante perdue parmi d'autres religieuses dont elle ne se distinguait guère.

13. Dans la chronique italienne Giulia est informée par les délations d'Orsola, la servante de Chiara : « Orsola promise a Giulia, che le avrebbe manifestato minutamente tutt'i passi della sua padrona,

e dopo alquanto tempo lo significò, che quella notte medesima tanto Chiara, quanto Eufrasia doveano trovarsi in giardino. »

14. Stendhal accentue le côté machiavélique de cette machination, en insistant sur la longueur et la minutie des préparatifs.

15. Ici encore cette lettre d'un bel accent est une pure invention de Stendhal.

16. « Cominciò forsennata a gridare : ribalde, incaute, empie; così è da voi servita la divina maestà ?... Ritornate in voi medesime... Risalite il Monasterio... »

17. Ces notations sur les portes et les clefs, Stendhal qui ne les a pas trouvées dans la chronique italienne, les a développées selon une thématique qui lui est propre et que nous avons essayé d'éclaircir dans notre préface.

18. « Amaramente singhiozzando, se gli gettò sopra a braccia aperte, lo appoggiava al suo seno, volendo rianimarlo col suo fiato; e svenne anch'essa. »

19. Ce trait du caractère de Céliane, Stendhal a pu le trouver dans la chronique, mais il l'a accentué. « Allora Chiara le dimostrò il proprio pericolo, e indirizzandosi con burbero viso alla superiora, le disse in tuono di orgoglio, et di fermezza, che se amava la pace, e l'onore del pio Luogo, fosse per lo innanzi tacciuta : che bisognava all'istante sopratutto provvedere alla salvezza commune, e che facca d'uopo trasportare allora allora i corpi defunti il piu lungi possibile. »

20. « La misera e contrita Abbadessa, profondamente sospirando in ascoltarla, nè sapea per la sua semplicezza a qual partito accomodarsi. Finalmente rispose : Figlia, fate quanto vi sembra necessario, quanto convenevole. Io saprò dissimulare le nostre vergagne; ma ricordatevi che gli occhi della divina giustizia sono sempre apperti su'nostri peccati. »

21. Cet insolent propos n'est pas mentionné dans le manuscrit italien qui se contente de noter : « Chiara poco badando a un tale discorso, coll'ajuto di Agata (una delle serventi dell'Abbadessa) tentò d'esporre i cadaveri. »

22. Stendhal a conservé ce prénom de la chronique italienne, tandis qu'il a changé systématiquement les autres, en particulier ceux des religieuses.

23. Tout cet épisode où la question de la porte et des clefs est si importante, n'existe pas dans le manuscrit italien qui passe immédiatement au thème du scandale : « Apparso il giorno, l'atroce spettacolo sbalordì tutta la città; e per poco mancava che la plebe non si amutinasse. » On notera quelques incertitudes du récit : Félize a-t-elle finalement poussé la porte, après avoir renoncé à la fermer ?

24. Stendhal a resserré ces dialogues, là où le manuscrit italien ne présentait que quelques propos assez décousus et bavards des religieuses. Un peu plus haut, en face de la phrase : « In somma bisognava amando la proppia pace », Stendhal a observé : « Bon motif pour agir. »

25. Dans le manuscrit italien, Chiara s'adresse à Livia, la servante de l'abbesse et lui parle prudemment d'une « polvere sonnifera » ; mais, ensuite, le manuscrit précise : « Era (...) la polvere mortilissima; ma differiva lunghi giorni il suo effetto, nè lasciava di se traccia

veruna. » De même, la Martona-Thérèse de Stendhal croit d'abord qu'il s'agit de somnifère.

26. Stendhal n'a pas retenu un épisode du manuscrit italien, pourtant pittoresque où Lavinia avec « un abito da uomo di *raso verde* », allait rejoindre son amant Pier Francesco. Il a probablement jugé qu'il faisait digression.

27. Cette seconde enquête du comte Buondelmonte, comme la première, est une création de Stendhal à qui elles permettent de montrer toute la vigueur du caractère de Félize, et d'analyser le développement de sa passion : « Maintenant, ses sentiments étaient bien différents : lui plaire était nécessaire à son bonheur. » Faut-il dire qu'ici Stendhal ne s'inspire que de lui-même ?

A partir de là Stendhal s'écarte de la chronique qui se perd de plus en plus dans les méandres des querelles entre les religieuses. Il utilisera la fin de la chronique pour *Suora Scolastica*. Il était devenu nécessaire, en effet, de s'écarter du sinistre dénouement du couvent de Baïano, dans la mesure où Stendhal donnait l'accent, dans *Trop de faveur tue*, à l'amour naissant de Félize et du comte dont le souci majeur est d'éviter que l'Inquisition pénètre dans le couvent. Toute menace n'est pas écartée et, pendant un temps, on pourrait croire que la chronique de Stendhal va s'orienter vers le dénouement sinistre avec le rebondissement que fournissent l'aventure de Thérèse, l'empoisonnement de l'abbesse et les confidences de la moribonde à l'évêque. D'où la phrase du comte : « En ce cas, nous allons avoir du sang ou des poisons », phrase sur laquelle s'achève le manuscrit interrompu.

28. Ce projet de dénouement marqué au verso du f° 431 autorise cependant à penser que, décidément, Stendhal réservait le dénouement terrible pour *Suora*, et un dénouement optimiste pour *Trop de faveur tue;* Félize s'échappe et le comte ne se détachera jamais d'elle.

LES CENCI

Comme l'a bien vu M. Charles Dédéyan, « La source de cette chronique devenue stendhalienne n'est pas seulement les divers textes des manuscrits italiens, le procès-verbal judiciaire et la chronique, mais la musique du *Don Juan* de Mozart, mais le tableau du Guide, dont il envoie la gravure à Giulia Rinieri, mais la Préface de Shelley, mais le souvenir de Métilde.[1] »

Le tableau dont il s'agit est celui de la Sybille de Samos par Guido Reni; Stendhal l'a vu au palais Barberini, à Rome. Métilde Dembowski avait été interrogée par des juges autrichiens, et s'était montrée pleine d'énergie et de sang-froid. Il est bien évident aussi, comme

1. *Stendhal chroniqueur*, Didier, 1962, p. 37.

nous l'avons suggéré dans la préface, que l'ombre du marquis de Sade plane par-dessus tout ce texte. Les références à don Juan abondent dans l'œuvre de Stendhal, tout un chapitre de *l'Amour* (LIX) est intitulé *Werther et don Juan*. On rapprochera aussi de cette chronique un passage des *Mémoires d'un touriste;* à propos du maréchal de Retz : il avait « le caractère du fameux François Cenci de Rome, qui avait un million de rentes et fut tué par deux brigands que sa jeune fille Béatrix, dont il abusait, fit entrer dans sa chambre. » En mars 1833, en marge d'une édition des *Promenades dans Rome :* « Béatrix Cenci. — Rien de plus difficile que d'arriver à la vérité... Farinaccio, l'avocat qui plaida pour la pauvre fille, a laissé douze volumes de plaidoyers et deux pour la Cenci. C'est la meilleure source. »

Le thème de don Juan et celui de Béatrice Cenci sont parmi les grands thèmes romantiques. Les *Ames du purgatoire* de Mérimée ont paru dans la *Revue des Deux Mondes*, le 15 août 1834. Quant aux Cenci, ils ont intéressé également Shelley et Custine, en attendant Antonin Artaud. Custine écrivait à Stendhal, le 6 novembre 1830 : « Je désirais beaucoup vous demander d'entendre *la Cenci*, je n'ai pas osé. » C'est que Custine avait déjà montré à Stendhal un poème élégiaque sur les Cenci. Stendhal avait conseillé à Custine d'en faire un drame. Le poème est de 1829; le drame parut en 1833. L'un et l'autre sont devenus illisibles; il se peut, cependant, qu'ils aient suscité la création stendhalienne (*cf.* Yves Florenne, *Custine*, Mercure de France, p. 75 et 230).

Pour en revenir aux textes italiens, Stendhal avait à sa disposition deux versions (B.N. reg. 172 et 178). Il a utilisé le manuscrit 172, en avril 1837, quand il a « traduit », c'est-à-dire recréé la chronique. Les annotations de Stendhal sur le manuscrit permettent une datation très précise :

« Traduit les 19 et 20 avril (18)37. Dicté *at* Favart.1599 (11 septembre).

Mort de Béatrice Cenci et défense prononcée par Farinacci devant Clément VIII.

La défense est en extrait; elle se trouve dans un volume folio, le [ ] des œuvres de Farinacci imprimées en 16 [ ].

Ce récit fut fini d'écrire le 15 septembre 1599.

Affaire de Béatrice Cenci, page 43; force d'âme de Béatrice, 71; portrait de Béatrice, 107 (à comparer avec celui du palazzo Barberini); plaidoyer de Farinacci, 111; note finale de Farinacci, 124.

B(éatri)ce Cenci, 43.

Ce qui me plaît de ce récit, c'est qu'il est aussi contemporain que possible. La pauvre fille fut tuée le 11 septembre 1599, et le récit fut fini d'écrire le 15 septembre.

J'ai étudié et admiré sa figure avec Zibu hier au palais Barberini. Mars 1834.[1] »

Dès le 28 avril, Stendhal écrit à Buloz : « *Cenci* sera peut-être prêt

1. V. del Litto qui transcrit ce texte, éd. des *Chroniques*, t. II, p. 135, interprète « Zibu » comme « Buzzi ».

après-demain, et si vous en aviez besoin plus tôt, je pourrais le livrer demain.

Quelque petit espace que je tienne dans le monde, vous savez, Monsieur, qu'il y a des gens qui cherchent à me nuire; je désirerais que mon nom fût prononcé le moins possible. »

Le texte de Stendhal parut dans la *Revue des Deux Mondes* le 1er juillet 1837, sans signature. Il reparut en 1839 dans le recueil intitulé *L'Abbesse de Castro.*

Comme nous allons le montrer au fur et à mesure de nos notes, Stendhal a fait preuve d'une assez grande liberté à l'égard du texte italien, précisant certains points utiles pour la vraisemblance et surtout parachevant le portrait des deux personnages essentiels : Béatrice et son père.

1. Cette allusion a été parfaitement identifiée par V. del Litto : au début du chapitre II des *Aventures du baron de Fœneste*, intitulé, *Moyens de parestre, deffense des bottes, et des roses, pennaches, et perruques :* « Enay : Voilà bien des affaires, mais puisque vous me les contez ainsi privement, vous ne trouverez pas mauvais que je vous demande pourquoi vous vous donnez tant de peines. — Fœneste : Pour parestre. » (éd. Del Litto, t. I, p. 477-478).

2. Stendhal et Byron avaient fait connaissance à Milan en 1816. Quel est l'autre don Juan auquel pense Stendhal ? Peut-être Borgia, et son silence serait dû à la censure politique et religieuse.

3. On pourrait faire un commentaire tout semblable à propos de Valmont qui ne se conçoit que dans une civilisation chrétienne.

4. Toute cette analyse est très proche de celle de *L'Amour*.

5. Allusion à un conte de La Fontaine, comme l'avait identifié A. Bussières (*cf.* V. del Litto, t. I, p. 47) :

« Et je ne suis pas du goût de celle-là
Qui, buvant frais (ce fut, je pense, à Rome)
Disait : Que n'est-ce un péché que cela ! »

6. A la tête des troupes allemandes, il assiégea Rome en 1527.

7. Exactement de la fin octobre 1823 à la fin février 1824.

8. On croit qu'il s'agirait de la Sybille de Samos, tableau de Guido Reni.

9. Stendhal, comme Mme de Staël, éprouvait une vive admiration pour le poète Monti. *Galeotto Manfredi* est une tragédie de 1788.

10. « Sous le règne de notre saint père le pape » traduit avec une emphase ironique « nel Pontificato di Papa ».

11. Note de Stendhal sur le manuscrit 172 : « 70 ans à sa mort, page 57; septuagénaire, 57. La mort, 59, 9 sept(embre) 1598 ».

12. Tout ce passage est un ajout de Stendhal destiné à la fois à relier ses sources plastiques à ses sources littéraires, ainsi qu'à souligner le caractère contemporain de la chronique.

13. Note marginale de Stendhal : « De 1566 à 1572. Ce ministre des finances n'eut que six ans pour voler. »

14. Note : « 550 mille francs de rente vers 1550.

Par quelle quantité faut-il multiplier cette somme pour avoir l'équivalent en 1833 ?

Je pense qu'il faut multiplier par 4. F. Cenci aurait aujourd'hui 2 millions 200 mille francs de rente.

On voit qu'il se tire d'affaire lors d'un procès de s(odomie) moyennant 11 cent mille francs (ou 4 millions 400 mille francs). Les g(rand)s de nos jours n'ont point de telles amendes.

15 mai 33. »

15. Ces considérations sur la politique des papes sont, en majeure partie, de Stendhal.

16. De Stendhal aussi, ces remarques sur la beauté des Romaines.

17. « Je n'ai vu » : cette formule qui tend à actualiser le témoignage, a été ajoutée par Stendhal, toujours si soucieux de donner l'impression du vrai.

18. Stendhal a mis au style direct, a transformé en parole, ce qui, chez l'auteur italien, était présenté comme une pensée de Cenci : « con animo più tosto di seppellirvi ».

19. « non volendoli vestire, nemmeno alimentare ».

20. Le manuscrit italien ne parle pas à propos de ce troisième séjour en prison des « amours infâmes ».

21. Ce paragraphe suit de très près le texte italien.

22. « bastonando ogni giorno le due povere Femine, che aveva ».

23. « La riserrò in un appartamento da sè, portandogli sempre Lui il mangiare. » Le portrait psychologique de Béatrix est beaucoup plus développé chez Stendhal.

24. Parmi les précisions que Stendhal a cru bon d'omettre : « era venuto in si disordinato vivere, che nel proprio letto della Moglie, ci faceva stare i Ragazzi, tenendone sempre in Casa alcuni a posta sua, e cosi anche de meretrici ». En face de « Ragazzi », Stendhal a noté : « Ceci m'a l'air d'un roué passé *au méchant* à cause de son immense fortune, un de Sade. Cenci, le père, avait soixante-dix ans. »

25. Stendhal a fait une erreur, qu'avait déjà dénoncée V. del Litto, en traduisant le texte italien. Erreur ou transformation volontaire ? « Poi condurla a letto della Moglie, acciò con il lume vedesse quanto faceva con quella. »

26. Stendhal a noté ironiquement : « Le conteur ne s'indigne tout à fait que de l'hérésie. »

27. « Era bello e di faccia, e di statura grande e ben formato, e alquanto tocco dall'amore di Beatrice, era odiatissimo dal Padre per aver sempre conversato con i Figlioli e quando sapeva che il Signor Francesco Cenci fosse stato fuori di casa saliva alle stanze delle Donne, e con elleno si tratteneva discorrendo molte ore, come loro confidente. »

28. Stendhal a suivi très fidèlement le manuscrit italien. Il a noté ici : « Pas mal. Traduit le 20 avril 1837. »

29. Stendhal a développé ce qui était simplement suggéré par le manuscrit italien : « Suo Padre che ogni giorno cresceva più di perfidia, non uscendo dalla Rocca, come Vecchio settuagenario. »

30. Le manuscrit italien déjà notait ce rôle très actif de Béatrice dans la conjuration : « Fece Beatrice chiamare a sè Marzio, e Olimpio, alli quali di notte dormendo il Padre, gli parlava dalle fenestre. »

31. Stendhal n'a pas manqué de reproduire cette indication naïve et piquante : « Fu deliberato di ammazzarlo nel giorno della Natività di Nostra Signora Maria Vergine. »

32. Le manuscrit italien faisait état de ce scrupule. Et Stendhal a noté : « On traite Dieu comme un despote dont il faut ménager la

vanité. Du reste, il ne s'offense qu'indirectement de l'immoralité des actions. »

33. Stendhal a créé un dialogue là où le manuscrit s'était contenté de faire parler au style direct la seule Béatrice — dont Stendhal traduit fidèlement les paroles énergiques.

34. En face du paragraphe correspondant dans le manuscrit italien Stendhal a noté : « Récit admirable au milieu de son patois.

Fin réelle des tragédies du Moyen Age. »

35. Nouvelle note de Stendhal sur le manuscrit italien : « Il fallait brûler le drap ou au moins le cacher dans l'entre-deux d'un plancher, et tout était dit. »

36. Stendhal a pris plaisir à traduire directement la naïve indignation du manuscrit italien : « Perciocchè non volendo la Giustizia di Dio, che sì atroce Patricidio rimanesse occulto, e impunito », mais il a supprimé la redondance : « caché et impuni ». En général, ces textes italiens abondent en redites qui exaspéraient Stendhal.

37. « Ne avendo i Giudici indizi a tortura. » Stendhal a écrit sur le manuscrit italien : « Donc il fallait une certaine probabilité pour faire donner la torture. Belle constance de ce brigand. »

38. Tout ce début de paragraphe a été ajouté par Stendhal. On y sent l'intérêt de l'auteur pour son héroïne — celle, peut-être dont il paraît le plus proche. Ce paragraphe souligne aussi le temps d'arrêt qui permettra ensuite un rebondissement de l'intérêt.

39. Stendhal a ajouté cette nuance, bien dans le style des manuscrits taliens, enclins de voir partout des miracles — même là où il s'agit d'échapper à « la justice de Dieu »! Le manuscrit italien parlait seulement ici de « bellissima astuzia ».

40. Le dialogue et l'évocation de ce repas fraternel sont directement traduits du manuscrit italien.

41. Dans tout ce passage aussi, Stendhal est très fidèle à son modèle.

42. Cette tournure à la première personne est de l'invention de Stendhal; comme celle que nous signalions plus haut, elle permet cette actualisation qui laisse croire au lecteur que le chroniqueur a été un témoin des événements et a partagé jour après jour les angoisses ou les espoirs de la population de Rome.

43. Sur le manuscrit italien, Stendhal a consigné cette remarque : « *Fierissime strida*. En 1833, une jeune fille de cette force d'âme serait toute dignité et songerait à imiter Marie Stuard. [*sic*] Pour avoir la nature, il faut aller en Italie et à l'année 1599. »

44. Là aussi Stendhal note : « Le 12 mai 1833, j'ai cherché en vain une inscription sur les dalles près de l'autel. Les moines m'ont assuré que le corps de la pauvre Béatrix est près de l'autel, mais on ignore le lieu précis. »

45. Stendhal n'a pas manqué de traduire cette indication qui rapproche ainsi les victimes de religieuses — pour le meilleur effet de la thématique des *Chroniques* où se retrouve la correspondance fondamentale entre la femme, la victime, l'être cloîtré.

46. Notation manuscrite de Stendhal : « On voit bien comment chez le peuple esclave de la sensation présente, la pitié naît pour le coupable qui va mourir. »

47. « stringendosi forte le spalle ». Stendhal a ajouté : « Signe de résignation en Italie, et non pas de blâme. Le *stringimento* de résignation est plus lent et plus marqué que le nôtre. »

48. « La *mannaja* devait ressembler à l'instrument de mort français. »

49. Stendhal avait d'abord noté sur le manuscrit italien : « Qui aurait dit à ces gens-là qu'ils mourraient avant Béatrice ? » Ce qui devient dans la rédaction définitive de la chronique : « Ils parurent ainsi devant Dieu avant Béatrix » — d'un style plus froid, moins affectif.

50. Sur le manuscrit italien, Stendhal, toujours soucieux d'un parallèle entre l'Italie du XVIe siècle et la France de son temps, observe : « Emotion. Tout cela serait soigneusement évité en 1833. »

51. « etc. » correspond à des longueurs du texte italien que Stendhal a supprimées.

52. « che il Carnifice non tocasse quelle carni, che non erano mai state da niuno toccate » : Stendhal s'est abstenu de cette relative qui laisse croire à la virginité de Béatrix — virginité assez peu probable, puisque tout porte à croire que l'inceste a été consommé.

53. Stendhal a évoqué un seul grand mouvement pathétique, là où l'auteur italien se perdait dans la description macabre de mouvements désordonnés.

54. Note de Stendhal sur le manuscrit italien : « A dix heures du soir. C'est l'heure du meilleur ton pour se faire enterrer. Les bourgeois au coucher du soleil, la petite noblesse à 1 heure de nuit. Les princes et cardinaux à 2 heures 1/2 » La note du texte imprimé est moins ironique.

55. Note sur le manuscrit italien : Extrait de la défense par Farinacci. *Œuvres, tome..., page...*

Touchant et curieux pour moi : marquer la page de croix.

Le manuscrit de la B.N. contient ce plaidoyer.

SAN FRANCESCO A RIPA

Contrairement aux textes précédents, nous ne possédons pas le manuscrit italien qui aurait inspiré Stendhal. Il est très possible qu'il n'existe pas et que le début : « Je traduis d'un chroniqueur italien le détail des amours d'une princesse romaine avec un Français » soit une supercherie. A vrai dire, la nouvelle est tellement faite pour illustrer une des thèses centrales de *L'Amour*, qu'on peut se demander si elle n'a pas été écrite comme simple illustration de cette idée que l'amour en France n'est qu'amour-propre et que l'amour-passion est le privilège de l'Italie.

Ce texte fut écrit les 28 et 30 septembre, et les 3 et 4 octobre 1831. Il ne parut que posthume, dans la *Revue des Deux Mondes*, le 1er juillet 1853. Nous nous sommes servis pour l'établissement du texte du manuscrit de Grenoble.

1. Benoît XIII fut pape de 1724 à 1730.

2. Dès le départ, les données de l'histoire sont présentées conformément aux lois du traité *De l'Amour*. *Cf.* t. II, p. 12 : « les aimables Français qui n'ont que de la vanité et des désirs physiques » (éd. Divan).

3. Basseville (ou Bassville) fut assassiné par la foule romaine le 13 janvier 1793. Il était l'auteur de *Mémoires, critiques et politiques sur la révolution de France* (1790). Il travailla pendant la Révolution à la rédaction du *Mercure national* et fut nommé en 1792 secrétaire de légation à Naples. Alors qu'il devait se rendre à Rome, à l'Académie de France, Flotte le força à faire prendre la cocarde tricolore à son cocher et à son domestique. C'était l'heure de la promenade du Corso. La foule se précipita sur Bassville; ce fut une effroyable émeute. Il essaya de se réfugier chez lui, fut frappé par un barbier et mourut peu après. Monti a fait un poème dont il est le héros.

Le passage depuis « La mode à Rome... » jusqu'à « que devint-elle quand Ferraterra » est emprunté au manuscrit fol. 181 de Grenoble, qui est plus récent.

4. *Cf. De l'Amour*, II, p. 23 : « Le bonheur de l'Italie est d'être laissée à l'inspiration du moment, bonheur partagé jusqu'à un certain point par l'Allemagne et l'Angleterre. »

5. *De l'Amour*, t. II, p. 12 : « Quand on n'a que de la vanité, toute femme est utile, aucune n'est nécessaire (...) Le succès flatteur est de conquérir non de conserver. »

6. L'église San Francesco a Ripa se trouve en face de la via di San Francesco a Ripa qui croise le viale di Trastevere. Dans le couvent adjacent, il y a une cellule où séjourna saint François.

7. L'étonnement de l'historien de la littérature est moins grand que celui de Sénecé. A vrai dire, le thème de l'homme assistant à son propre enterrement est très caractéristique du fantastique romantique. On sait que dans *Les Ames du Purgatoire* de Mérimée (1834), Don Juan, de la même façon, entre dans une église et assiste à son enterrement. Le souvenir de Mérimée est très présent dans toute la fin de cette nouvelle, comme on va le voir plus loin. (*Cf.* le même thème dans la tradition espagnole de don Juan repenti, et, à l'époque romantique, Zorilla, *Don Juan Tenorio* (1844).

8. La formule finale est celle du *Théâtre de Clara Gazul* (1825), de Mérimée. Mérimée l'avait lui-même empruntée au théâtre espagnol. D'autre part, Mérimée s'est intéressé à cet ensemble de manuscrits, comme le prouve la note portée sur le manuscrit R. 291 de la Bibliothèque de Grenoble (manuscrit qui contient : *Suora scolastica*, *Le Chevalier de Saint-Ismier*, *Le Rose et le Vert* et *Trop de faveur tue*) : « Les 4 nouvelles ainsi que les feuillets détachés, ont été examinés par M. Prosper Mérimée. Selon lui, c'est le même sujet présenté sous des formes différentes; aucune des nouvelles n'est terminée et on ne peut rien publier de ce manuscrit. » Cette note est datée du 15 juin 1842.

Nous donnons dans notre texte une fin assez différente de celle qui est éditée habituellement; elle est empruntée au fol. 201 du manuscrit R. 5.896 de Grenoble, et nous semble représenter le dernier état laissé par Stendhal au moment de sa mort.

SUORA SCOLASTICA

Si Stendhal laisse de côté *Trop de faveur tue*, le 15 avril 1839, c'est pour se mettre à un récit que lui a inspiré une conversation avec son ami Domenico Fiore, au Café Anglais. Le lendemain, le 16, il écrit à Mme de Tascher : « Depuis que j'ai vu que la seconde partie de *L'Abbesse de Castro* vous déplaisait, je songe uniquement à inventer quelque chose d'honnête qui ne soit pas plat et illisible. Enfin, je viens d'inventer la sœur Scolastica, religieuse à Naples en 1740, laquelle étant dans l'*in pace* du couvent de San Felicioso, ne veut pas suivre son amant. » Trois ans vont s'écouler cependant avant que Stendhal ne se remette à cette nouvelle. Il y travaillait quand la mort le terrassa.

Le texte reconstitué d'après les manuscrits de la Bibliothèque de Grenoble, ne manque pas de prêter à controverses; nous avons essayé d'arriver à une solution relativement satisfaisante, en tout cas scientifique, en distinguant deux versions, sans décider laquelle Stendhal eût finalement préférée, mais en indiquant que dans les dénominations « Ire version » (ms. Grenoble R. 291) et « 2e version » (ms. Grenoble R. 290), nous nous fions à l'ordre chronologique. De nombreux stendhaliens s'étaient déjà attachés à ce texte. Le premier, Henry Debraye, donna une édition de *Suora Scolastica*, en 1921. Henri Martineau, et surtout V. del Litto ont ensuite exercé leur perspicacité sur ce texte. On n'oublie pas l'édition Crouzet et celle de S. Sylvestre de Saci. Au total, devant ce texte inachevé, comme devant tout manuscrit de ce genre, on peut adopter deux positions différentes : ou bien essayer de deviner ce que Stendhal aurait fait, et construire une sorte de montage : c'est ce qu'ont tenté Martineau et S. de Sacy, avec plus de prudence. Ou bien, comme V. del Litto, et moi-même, ne pas se risquer à cette création qui peut être arbitraire, et suivre de près le manuscrit. Cependant, j'ai essayé de remédier à l'apparent désordre, en distinguant, d'après leurs dates et la configuration des fragments, deux versions différentes.

J'ai conservé à chaque personnage les prénoms que lui avait attribués Stendhal, même si l'écrivain semble avoir hésité. Dans certains fragments le comte d'Attella s'appelle de Bissignano; Rosalinde : Rosalinda, Hortense, Amélie; Gennarino, enfin : Lorenzo et Césario. Parfois Stendhal a laissé un blanc. Pour simplifier la lecture, j'ai ajouté, entre crochets : [d'Atella] ou [Gennarino].

1. Comme l'a suggéré V. del Litto, il se peut que ce nom ne soit qu'une version espagnole du nom de l'ami de Stendhal Domenico Fiore.

2. Stendhal a laissé un blanc.

3. D'après V. del Litto, ce serait le couvent de San Petito, dans le haut de la via Toledo. C'est bien à cet endroit que le place Stendhal : « situé dans la partie la plus élevée de la rue de Tolède ».

4. Le palais des Studi était, en 1740, l'Université de Naples. Il est maintenant le Musée national.

On trouve ici cette thématique du mur et du regard que nous avons essayé de dégager dans notre préface.

5. Ce belvédère fait songer, évidemment, aux lieux élevés des romans stendhaliens, à la tour de l'abbé Blanès, et surtout à la volière de Clélia; on pense aussi à la serre d'Ernestine, dans le fragment *De l'Amour*.

6. C'est là encore une constante de la thématique amoureuse chez Stendhal; *cf.* aussi *Ernestine*, où le jeune chasseur vient voir tous les jours si le bouquet qu'il a posé dans le chêne creux a eu le bonheur d'être pris par celle qu'il aime.

7. Sur ce « langage des enfants », voir notre préface, p. 30.

8. C'est une rose blanche qui cache le premier message du jeune chasseur qu'Ernestine accepte de lire.

9. On trouve un épisode voisin dans *Le Couvent de Baïano*, où l'abbesse est aussi dérangée en pleine nuit par des dénonciatrices qui l'invitent à venir se rendre compte, de ses propres yeux, de ce qui se passe dans le couvent : « Si portò dall'abbadessa, l'informò di tutto pienamente, e la sospinse ad accertarsene coi suoi occhi propri. »

10. Caractère illégal des mesures prises contre les religieuses et zèle intempestif et intéressé de la supérieure : ce sont des leitmotive du *Couvent de Baïano*.

11. Suora Scolastica, comme Hélène, sont des enterrées vivantes. Le caractère souterrain de leur prison est indiqué par Stendhal avec la plus grande précision.

12. Ce monologue intérieur de Suora Scolastica est assez proche des discours que tiennent ouvertement les religieuses du *Couvent de Baïano* ou de *Trop de faveur tue*. Mais, comme dans les rapprochements que nous faisons précédemment, il s'agit d'une ressemblance générale, non d'une traduction ou d'une adaptation comme c'est le cas d'autres récits par rapport aux manuscrits italiens.

13. Ce nom — Ange gardien — convient bien à la supérieure d'un couvent. Stendhal en fait ici un usage ironique, il va sans dire.

14. Sur ce point aussi, l'aventure de Suora Scolastica est bien proche de celle d'Hélène. Comme on a pu le voir d'après une lettre que nous citons plus haut, *Suora* est, en quelque sorte, une tentative de réécrire *L'Abbesse de Castro*, mais avec un dénouement qui éviterait à l'héroïne sa « dégradation ».

15. Cette fausse annonce de la mort de Gennarino répond fort bien à la fausse nouvelle de la mort de Jules. Dans les deux cas, il s'agit de tirer parti de cette annonce contre la religieuse-victime.

16. Voici qu'intervient la belle geôlière, autre leitmotiv stendhalien.

17. Quelque Figaro, donc.

18. Cette attaque du couvent est le pendant de l'attaque menée par Jules contre le couvent de Castro.

19. Comme l'a bien vu V. del Litto, allusion est faite ici à l'offre de publier une autre série de chroniques dans la *Revue des Deux Mondes*.

20. Cet éblouissement répond à l'autre éblouissement qui avait été le point de départ de la prison : celui des amants brusquement découverts par la supérieure et les dénonciatrices.

21. C'est bien au poison que sont condamnées, dans *Le Couvent de Baïano*, les sœurs Clara et Eufrasia.

22. Comme on le voit, Stendhal a hésité sur le prénom de Suora Scolastica; il l'a d'abord appelée Hortense, puis Amélie.

23. Flottement aussi pour le prénom du héros : Lorenzo, puis Gennarino.

24. Comme on le voit le dénouement de *Suora* a fort embarrassé Stendhal. Il voulait éviter la « dégradation » de l'Abbesse de Castro, mais que faire de la Suora ? Dans le fragment précédent, elle reste demi-évanouie cachée sous un manteau, près du champ de bataille. Mais qu'adviendra-t-il ensuite ? Ici elle refuse de suivre Gennarino et se tue. Ce raccourci est évidemment un moyen — un peu facile et qui n'aura peut-être pas satisfait Stendhal — d'éviter la dégradation d'Hélène, cette dégradation qui ne s'explique que par le temps. Le refus de suivre son amant, du coup, n'a plus du tout la même signification que le refus de rejoindre Jules, à la fin de l'*Abbesse*, par Hélène qui se sent indigne.

25. Autre dénouement possible et où la « dégradation » est aussi évitée, puisque la Suora refuse don César.

26. On voit que dans ce nouveau dénouement, Stendhal a été soucieux de justifier, plus que dans la version précédente, le refus de la Suora.

27. C'est donc Lorenzo lui-même, au lieu de la mère d'Hélène, qui entreprend cette descente aux enfers de l'*in pace*. Pour se heurter aussi à un refus. Mais c'est lui qui se sent criminel, non la religieuse.

28. Ce dénouement-là combine un peu les précédents, et va plus loin, puisqu'il envisage ce que fait Amélie-Scolastica lorsqu'elle a été laissée évanouie et se réveille. Il annonce, enfin, la version suivante par le thème de la reconnaissance du duc.

29. Il y eut onze cardinaux du nom de Cybo. Le plus célèbre est celui qui mourut à Rome en 1550 (donc bien antérieur à l'histoire de la Suora), et dont le mausolée se trouve, justement, non loin de l'église San Francesco a Ripa.

30. Cette version plus élaborée que la précédente, offre le schéma habituel de la chronique stendhalienne, avec l'évocation du voyage à Naples de Stendhal en 1824, pure fiction. D'autre part, on notera qu'ici Stendhal n'évoque la présence de deux manuscrits italiens qu'après avoir fait appel à une tradition orale; ce qui ne manque pas de charme littéraire, comme on peut s'en rendre compte. Il est de nouveau question de ces conversations plus loin. Stendhal fait donc mine d'aller sans cesse des manuscrits aux renseignements fournis par ses interlocuteurs napolitains.

31. Il n'y a pas à la Bibliothèque nationale, dans le fonds italien, de manuscrit portant ce titre. Comme nous l'avons dit, Stendhal utilise à la fois le manuscrit de l'*Abbesse de Castro* et celui du *Couvent de Baïano;* il se sert aussi de l'ouvrage de Colletta (1725-1831), *Storia del Reame di Napoli dal 1734 fino al 1825*. Cet ouvrage avait été traduit en français en 1835.

32. Victoire de Villars contre le prince Eugène, en 1712. Fin de la Guerre de Succession d'Espagne.

33. C'est à ce moment que l'influence de Marie des Ursins, cette

Française, mariée à un Orsini, fut déterminante. Stendhal a dû lire dans Saint-Simon qui la connaissait bien, de multiples anecdotes sur elle. Il est étrange qu'il n'y fasse pas allusion ici puisque le mariage de Marie des Ursins la reliait tout naturellement à l'Italie, mais il est vrai que Marie se situe à une période nettement antérieure à cette nouvelle : elle mourut en 1722.

34. La famille Acquaviva est l'une des grandes familles de Naples.

35. On voit que cette version est assez différente de la précédente : tout le passé mondain de la Suora y est développé, et, du coup, Rosalinde acquiert une tout autre personnalité, beaucoup plus brillante que celle d'Hortense-Amélie.

36. Tout ce portrait, Beyle ne l'a certainement pas puisé dans quelque manuscrit italien que nous ignorerions : il est bien caractéristique du style de Stendhal et contraste avec la pauvreté, la banalité des portraits qu'offrent les manuscrits italiens.

37. Le changement de nom est un des thèmes du masque chez Stendhal. Dans *Suora*, comme dans *L'Abbesse*, il entraîne des catastrophes.

38. Le changement de nom est encore accentué par cet autre marque de la personnalité qu'est le déguisement, employé ici par la messagère de Suora Scolastica.

39. Stendhal utilise ici l'expression dans son entier — et non pas *in pace* seulement, ce qui accroît la terreur et le mystère. Cette descente aux enfers qui permet à Rosalinde d'être sauvée, Stendhal n'en a pas chargé Gennarino (qu'est-il devenu dans cette version ?) mais le duc de Las Vargas, ou plutôt le *signe* de la bague. Il a substitué à une bataille sanglante, la reconnaissance du signe. Des sentinelles, un bataillon de la garde interviendront peut-être; Stendhal ne semble pas décidé, pourtant, dans cette version, à développer le récit d'une attaque du couvent.

40. Notation qui suffit à suggérer toute une épaisseur du temps. La réclusion de la « *suora* » a été longue.

41. Angela de Castro Pignano a remplacé Angela Custode de la première version. Sans doute Stendhal a-t-il trouvé ce nom plus digne et d'une signification moins simpliste.

42. Stendhal a conservé cette scène si belle et si troublante que contenait le manuscrit du *Couvent de Baïano*, par ailleurs assez embrouillé et dont il s'est très librement écarté. « E gli occhi suoi erranti, ed annebbiati, già davano indizio della doppia interna miseravole agitazione dell'animo, e della vita. Ma Eufrasia era arrivata quasi al colmo de' suoi tormenti; scevra in tutto di forze, e gemebonda ella abattuta sovra un tapeto, che ricovriva il pavimento, tutta contorcevasi, opressa dalle smanie della propinqua morte. » Mais que de bavardages et de longueurs ensuite. Stendhal leur a préféré la vision plastique de ces contorsions de femmes jeunes, belles et atteintes par le poison; le tableau est extrêmement composé : lumière des cierges, robes vertes, attitude des victimes et des bourreaux; le tout resserré, condensé, dans ce regard du duc, qui, soudain, découvre la scène.

43. Voici encore Stendhal bien embarrassé, par le dénouement. Le mariage de Rosalinde avec Vargas, fort âgé, est peut-être une

moindre dégradation que la liaison d'Hélène avec l'évêque. Cependant, comme Hélène, Rosalinde, dans cette hypothèse, est torturée par ce reproche qu'elle croit lire dans le regard de Gennarino : « Si Gennarino me voit de son séjour céleste, que doit-il penser de moi ? » Mais la dernière phrase de ce fragment trahit l'embarras de Stendhal quand il tente de refaire le dénouement de *L'Abbesse*, comme il l'avait promis. Si on ne veut pas faire subir à la Suora la lente dégradation d'Hélène en supposant un mariage ou une liaison, il faut la faire mourir tout de suite, reste la solution de « dégrader » au contraire l'amant en le rendant un peu ridicule, mais tout le caractère tragique de la nouvelle risquait de s'y perdre. Aussi Stendhal aurait-il hésité à adopter cette solution, si la mort lui en avait laissé le temps. L'inachèvement de *Suora*, s'il s'explique bien évidemment par la disparition de l'auteur, a aussi des causes esthétiques qui apparaissent dans les tâtonnements de ces brouillons : rien ne prouve qu'avec plus de temps Stendhal eût découvert un dénouement satisfaisant, puisqu'il avait fait le tour de toutes les solutions, sans qu'aucune ne le satisfît pleinement. Il n'était pas possible de refaire *L'Abbesse :* la « dégradation » de l'héroïne était peut-être le seul moyen d'éviter la dégradation du récit.

VANINA VANINI

1. Nous avons longtemps hésité à faire figurer cette nouvelle dans notre édition des *Chroniques italiennes*, pour les raisons suivantes :

   1. Il s'agit là d'un fait contemporain à Stendhal et pour lequel il n'a pas pu s'inspirer ou feint de s'inspirer d'une chronique ancienne. Du coup, l'accent et le rythme du récit s'en trouvent profondément modifiés.
   2. Stendhal ne l'a pas fait figurer dans le recueil de 1839 qui peut être considéré comme le premier recueil des *Chroniques*, et le seul que Stendhal ait livré de son vivant. Or la nouvelle était écrite depuis dix ans, puisqu'elle avait paru dans la *Revue de Paris* en décembre 1829.

Finalement nous avons joint *Vanina Vanini* aux *Chroniques* proprement dites, en pensant que le lecteur pourrait regretter que cette nouvelle ne figure pas ici, puisque la plupart des éditions des *Chroniques* la donne. (Il faut pourtant noter que, dans l'édition complète de Stendhal au Cercle du Bibliophile, V. del Litto, éminent stendhalien, a placé *Vanina Vanini* non dans le volume des *Chroniques*, mais dans celui des *Romans et nouvelles*, ce qui nous semble très légitime.)

2. Ce duc de B*** pourrait bien être le duc de Bracciano, si l'on se réfère, comme l'a suggéré V. del Litto, au texte des *Promenades* (éd. Cercle du Bibliophile, t. I, p. 194.)

3. Avec le bal, comme avec d'autres thèmes que nous signalerons au fur et à mesure, nous nous trouvons ici dans un univers qui est plus proche de celui du *Rouge*, que de l'autre pôle stendhalien représenté

par les *Chroniques* et par la *Chartreuse*. D'ailleurs, *Vanina Vanini*, dont nous savons peu de chose, fut écrite au même moment que *Le Rouge* (tandis que *La Chartreuse* prend place, dans la vie de Stendhal, entre les deux parties de *L'Abbesse*. Voir un des rares documents que nous possédions sur la rédaction de *Vanina Vanini*, la lettre de Stendhal à Balzac (Cor. t. X, p. 276) : « J'ai fait quelques plans de romans, par ex. Vanina. »

4. La sonorité même du nom, avec cette allitération, cet effet de répétition (qui n'est pas rare dans les noms italiens) a dû fasciner Stendhal — et en tout cas obsède son lecteur.

5. Livio Savelli fait songer au marquis de Croisenois (dans *Le Rouge et le Noir*).

6. C'est une reprise de Beaumarchais que l'on trouve également dans *Le Rouge*.

Vanina a la fermeté de réflexion, l'intrépidité de beaucoup d'héroïnes stendhaliennes, en particulier de Lamiel.

7. Type d'adresses au lecteur que l'on ne peut trouver — et pour cause — dans les *Chroniques italiennes* proprement dites.

8. Proust, et après lui, la plupart de ceux qui ont étudié Stendhal, ont fait remarquer la valeur des lieux élevés chez Stendhal. La terrasse de Vanina fait songer, bien évidemment, à celle de Clélia. On voit donc, que s'il existe bien ces deux pôles de l'imaginaire stendhalien que nous signalions précédemment, il existe cependant entre ces deux univers de nombreuses interférences.

9. Le masque, le déguisement de la personnalité, revêtent ici cette forme assez surprenante de l'erreur sur le sexe. Il y a toute une tradition romanesque, depuis l'Antiquité et sans oublier le roman précieux du XVIIe siècle (et l'opéra) pour accréditer de telles erreurs qui nous paraissent bien invraisemblables. Les *Mémoires* de Casanova qui, au moins en principe, ne se situent pas dans le registre romanesque, et prétendent relater des expériences vécues, abondent en épisodes comparables.

10. Comme dans *L'Abbesse* ou dans *Béatrix Cenci*, la tache de sang est un signe dont le rôle est déterminant dans le déroulement du récit.

11. Nom très stendhalien.

12. Stendhal avait connu des carbonari pendant son séjour à Milan. Métilde participa aux complots de Milan qui furent dévoilés et sévèrement réprimés. Le romancier Silvio Pellico fut emprisonné lors de ces mesures de répression. Le caractère contemporain de *Vanina* a entraîné Stendhal à donner à cette nouvelle une valeur beaucoup plus nettement politique.

13. Nous voici ramenés davantage vers le registre de *La Chartreuse*.

14. On notera dans *Vanina* une grande abondance de dialogues, ce qui contraste avec leur rareté dans les *Chroniques*.

15. Voici la reprise — en sens inverse — du thème du déguisement et du changement de sexe dans le vêtement, qui inaugurait le récit.

16. Dans tout ce texte, on sent bien que Stendhal vise, par-delà les forces de répression italiennes, les méfaits de la politique ultra en France. M. Crouzet a fort justement fait remarquer que la peine du poing coupé était réclamée en France par les ultras pour punir les sacrilèges.

17. Nouveau déguisement — et dont Stendhal ne manque pas de montrer qu'il est fort seyant pour Vanina. Le charme du travesti préside décidément au déroulement de toute cette nouvelle.

18. Comme l'a bien noté S. de Saci, il s'agit ici d'un terme de droit canon « désignant un acte pris par le pape de son propre mouvement ». Ici, l'emploi de cette formule ne manque pas d'être piquant.

ARCHIVES DE L'ŒUVRE

PROJETS DE PRÉFACES

On peut glaner dans les notes que Stendhal a mises sur les manuscrits italiens, un certain nombre de projets de préfaces ; il les aurait probablement utilisés, s'il avait donné de son vivant le recueil des *Chroniques italiennes* auquel il songeait.

I

Ms ital. 169.
Texte dicté le 31 juillet 1838.

PRÉFACE

On parle souvent de la passion italienne, de la passion effrénée qui parut en Italie aux XVIe et XVIIe siècles et qui n'est morte que de nos jours sous l'imitation des mœurs françaises et des façons de vivre à la mode de Paris.

Pour donner quelque idée aux curieux de cette passion italienne, je vais avoir la hardiesse de traduire un manuscrit de l'an 1.... Je ne chercherai point à donner des grâces à la rudesse et à la simplicité quelquefois choquantes du récit (par exemple, la réponse de la duchesse de Paliano à la déclaration d'amour dans son château...).

Il ne m'eût pas paru impossible d'augmenter l'intérêt de plusieurs situations et développer davantage en peignant avec plus de détails ce que sentaient les acteurs. Mais je serais sorti du rôle du traducteur que je me suis imposé. La fidélité de la reproduction des façons de sentir de l'an 1..., même dans la façon de raconter de l'historien, fait, selon moi, le mérite de ces morceaux traduits par moi à Naples même en 1825.

(Mettre parenthèses.)

Traduction exacte d'un vieux récit
écrit vers 1556.
Du duc et de la duchesse de Palliano,
Marcel Capece et Diane Brancaccio.

Un esprit philosophique peut être curieux de lire les détails d'une passion sentie à Rome ou à Naples, mais rien n'est plus absurde que ces romans qui donnent des noms italiens à leurs personnages. Les passions varient toutes les fois qu'on s'avance de cent lieues vers le nord; seulement tous les pays soumis depuis longtemps au même genre de gouvernement offrent une sorte de ressemblance extérieure. Les paysages, comme les passions, changent aussi dès qu'on s'avance de deux ou trois degrés vers le nord. Un paysage napolitain paraîtrait absurde à Venise si l'on n'était pas convenu d'admirer la belle nature de Naples. A Paris, nous faisons mieux, nous croyons que l'aspect de la nature, par exemple, est absolument le même à Naples et à Venise.

Le comble du ridicule, c'est une Anglaise douée de toutes les perfections de son île, mais sans passion même dans cette île, Mme Anna Radcliffe, donnant des noms italiens à son célèbre roman Le Confessionnal des Pénitens noirs.

Cette façon passionnée de sentir que représente ce vieux manuscrit de l'an 1556 voulait des actions et non pas des paroles, mais ces passions n'existent plus même en Italie que dans le bas peuple. Vers 1720, on se mit à imiter les habitudes et les façons de la cour de France et, depuis 1825, on imite à Naples les mœurs et les façons des dandys *de l'Angleterre. Or la perfection du* dandy *consiste à ne pas faire de geste. Figurez-vous maintenant un Napolitain de vingt-cinq ans masqué en* dandy *et se figurant qu'il a la tournure anglaise; leurs aïeux de 1580 les renieraient et croiraient qu'ils ont les membres soudés par des ankyloses.*

Au curieux.

Les récits que voici, ceux de Bandello et de Giraldi Cintio, de B[envenu]*to Cellini, soutenus par la lecture des* Annales *de Muratori (et par le mépris pour MM. Sismondi, Roscoe, Botta, et autres déclamateurs payés par un parti ou par un* king) *donnent une idée parfaitement juste de l'Italie de* *l'an 1300 à 1750. A cette époque on a Goldoni, Casanova. Les Segni, Villari, etc., de Florence ne mentent guère. Burchard sur Alexandre VI (*Corpus historicum Medi Aevi, *Leipzig, page 1250) me semble vrai. Mais se garantir soigneusement des écrivains vendus : Roscoe et autres j*[*ean-*] *sucres faits pour être académiciens.* Oily pathetic, insincere and plausible. *Mars 1835 :* death *du doux inventeur de la prison de Pellico au Spiezberg.*

II

Ms ital. 171.
[Fol. 1 r° :]

Rome vers 1550
Faits vrais et nullement arrangés
(que je ne publierai jamais).

[Fol. 2 r° :]

Rome vers 1550
ou
recueil de pièces qui montrent la manière
de penser et d'agir dans les affaires
de la vie privée, à Rome, vers 1550.
Rome, 1833, copié d'après des mss écrits vers 1700.

[Fol. 3 r° :]

To the happy few

Toute ma vie j'ai désiré être lu par fort peu de personnes, trente ou quarante, des amis comme Mme Roland, M. de Tracy lui-même, le g[énér]al Miollis, le g[énér]al Foy, Mme de Barkoff [1], φιλλιψιδιον *de Bullow* [2], *Béranger. Je me réjouis de ma mauvaise écriture qui dégoûtera les sots et me tiendra lieu de chiffre.*

[Fol. 3-7 :]

PRÉFACE

J'avoue que je ne suis guère curieux des façons de penser et d'agir des habitants de la Nouvelle-Hollande ou de l'île

1. Mélanie Guilbert.
2. Philippine de Buliow.

de Ceylan. Le voyageur Franklin rapporte que chez les Riccaras les maris et les frères tiennent à honneur de prêter aux étrangers leurs femmes et leurs sœurs. La lecture des récits véridiques du capitaine Franklin que j'ai rencontré chez M. Cuvier peut m'amuser pendant un quart d'heure, mais bientôt je pense à autre chose : ces Riccaras sont trop différents des hommes qui ont été mes amis ou mes rivaux. C'est pour une semblable raison que les héros d'Homère et de Racine, les Achille et les Agamemnon commencent à être pour moi du genre bâillatif. Il est vrai que beaucoup de Français mes contemporains s'imaginent les aimer, parce qu'ils croyent s'honorer en les admirant; quant à moi, je commence à perdre tous les préjugés fondés sur la vanité de la première jeunesse.

J'aime ce qui peint le cœur de l'homme, mais de l'homme que je connais, et non pas du Riccaras.

Dès le milieu du XVIe siècle, la vanité, le désir de pareste *comme dit le baron de Foeneste, a jeté, en France, un voile épais, sur les actions des hommes et surtout sur les motifs de ces actions. La vanité n'est pas de la même nature en Italie; c'est ce dont j'ai l'honneur de donner ma parole d'honneur au lecteur : elle a une action beaucoup plus faible. En général, on ne pense au voisin que pour le haïr ou s'en méfier; il n'y a d'exception tout au plus que pour trois ou quatre cérémonies par an, et alors chaque homme qui donne une fête contraint, mathématiquement, pour ainsi dire, l'approbation de son voisin. Il n'y a pas de nuances fugitives aperçues et saisies au vol, à chaque quart d'heure de la vie, avec une inquiétude mortelle. On ne voit pas de ces faces inquiètes et maigres transpercées par les anxiétés d'une vanité toujours souffrante, de ces visages à la Viennet (député de l'Hérault en 1833).*

Cette vanité d'Italie, tellement différente, tellement plus faible que la nôtre, est ce qui m'a engagé à faire transcrire les bavardages qui suivent. Ma préférence semblerait bien baroque à ceux des Français mes contemporains qui sont accoutumés à chercher du plaisir littéraire et la peinture du cœur humain dans les œuvres de MM. Villemain, Delavigne... Je m'imagine que mes contemporains de 1833 seraient assez peu touchés des traits naïfs ou énergiques que l'on rencontre ici racontés en style de commère. Pour moi, le récit de ces procès et de ces supplices me fournit sur le cœur humain des données vraiment inattaquables sur lesquelles on aime à méditer la nuit en courant la poste. J'aimerais bien mieux trouver le récit d'amours, de mariages, d'intrigues savantes pour capter les héritages (comme celle de M. le duc... vers 1826), mais la main de fer de la justice n'était point entrée dans de tels récits; quand même je les trouverais, ils me sembleraient moins dignes de confiance. Cependant des gens aimables sont occupés, en ce moment, à faire des recherches pour moi.

Il fallait un peuple chez lequel la force de la sensation actuelle (comme à Naples) ou la force de la passion méditée (ruminée) comme à Rome eût chassé à ce point la vanité et l'affectation. Je ne sais si l'on pourrait trouver hors de l'Italie (et peut-être de l'Espagne avant l'affectation du... siècle) une époque assez civilisée pour être plus intéressante que les Riccaras, et assez pure de vanité, pour laisser voir le cœur humain presque à nu. Ce dont je suis sûr c'est que, aujourd'hui, l'Angleterre, l'Allemagne et la France, sont trop gangrenées d'affectations et de vanités, de tous les genres, pour pouvoir, de longtemps, fournir des lumières aussi vives sur les profondeurs du cœur humain.

Rome, palazzo Cavalieri, twenty fourth of April *1833* *(Probablement* my letter read in *S ienne ou Vigna[no].)*

J'efface au crayon les longueurs, trop ennuyeuses pour n'être pas impatienté à la troisième lecture. J'ai lu tout ceci dans le manuscrit original avant de le faire copier.

Le défaut de ce livre est la quantité des supplices décrits.

III

Ms ital. 172.

Préface

On ne trouvera pas ici des paysages composés, mais des vues prises d'après nature, avec l'instrument anglais. La vérité *doit tenir lieu de tous les autres mérites, mais il est un âge où la* vérité *ne suffit pas; on ne la trouve pas assez piquante. Je conseillerais aux personnes qui se trouvent dans cette disposition d'esprit de ne lire qu'une de ces histoires tous les huit jours.*

J'aime le style de ces histoires : c'est celui du peuple; il est rempli de pléonasmes et ne laisse jamais passer le nom d'une chose horrible, sans nous apprendre qu'elle est horrible. Mais ainsi, sans le vouloir, le conteur peint son siècle et les manières de penser à la mode.

La plupart de ces histoires ont été écrites peu de jours après la mort des pauvres diables dont elles parlent.

J'ai fait quelques corrections au crayon, pour rendre le style un peu moins obscur, et ne pas tant m'impatienter à la troisième lecture.

L'obscurité est le grand défaut de la langue italienne. Le fait est qu'il y a huit ou dix langues italiennes, et aucune n'a tué ses rivales; en France la langue de Paris a tué celle de Montaigne. On dit à Rome : « Vi vedrò domani al giorno ». *Ce qui ne serait pas compris à Florence. J'aimerais mieux lire un récit en anglais qu'en italien; il serait plus clair pour moi.*

L'histoire la moins dénuée de piquant est celle des Massimi, page 16.

Je n'ai admis le siège de Gênes, qui n'offre aucun intérêt, que pour avoir la copie de tout le manuscrit que l'on m'avait prêté, j'ai craint de me reprocher un jour d'avoir négligé ce...

Environ un tiers de ces histoires ne valent guères la peine d'être copiées, c'est du mauvais de 1600 à mes yeux bien moins ennuyeux que du mauvais *de 1833; ce sont d'autres idées surtout. Par exemple, un prince Romain (Santacroce) suppose que sa vieille mère a un amant parce qu'il a vu sa taille s'épaissir; il croit son honneur outragé et poignarde cette pauvre vieille femme hydropique. L'isolement de l'orgueil espagnol greffé en Italie faisait qu'un fils ne connaissait pas l'amant de sa mère.*

Dans les histoires les moins intéressantes, on peut trouver quelque reflet de ces mœurs.

Même en 1833, je trouve qu'en France et surtout en Angleterre, on tue pour se procurer quelque argent. Des deux pauvres diables qu'on a exécutés avant-hier et qui avaient vingt-trois et vingt-sept ans, l'un, Vivaldi, avait tué sa femme parce qu'il en aimait une autre; le second avait tiré un coup de fusil à un médecin ultra, et probablement dénonciateur, de son pays. On ne voit pas la trace d'intérêt d'argent.

Les crimes fondés sur l'argent ne sont que plats, et l'on en trouvera bien peu ici.

IV

Ms ital. 179.

Vers l'an 1350 Pétrarque mit à la mode en Italie les manuscrits anciens; il suivit de là que l'on conserva aussi les manuscrits contemporains et cela dans un siècle où savoir lire et écrire était une honte parmi les gens comme il faut de France. C'est ce qui fait qu'en 1839 il y a tant de trésors dans les bibliothèques d'Italie. Remarquez que, pour comble de bonne fortune, l'Italie était divisée en un grand nombre de petits Etats, dont les chefs étaient pleins de sagacité; l'ambassadeur de Venise à Florence se moquait de ce qu'on faisait à Florence comme l'ambassadeur des Médicis à Venise se moquait fort de ce que faisait le Doge.

Mais il est arrivé une chose bizarre depuis que les deux Chambres se sont établies tant bien que mal en France à la suite des victoires de Napoléon qui ont frappé les Italiens d'enthousiasme en leur donnant une patrie pendant quelques années; depuis surtout que toute l'Italie étudie nuit et jour l'histoire de la Révolution française par M. Thiers, les souverains légitimes de l'Italie se sont figuré qu'il était d'un intérêt majeur pour eux de ne pas laisser fouiller dans les archives. Remarquez que les raisonnements politiques de l'an 1500 sont parfaitement ridicules, l'on n'avait pas encore inventé à cette époque de faire voter l'impôt par les députés de ceux qui doivent les payer, et, de plus, l'on se figurait que toute bonne politique devait se trouver dans les ouvrages du divin Platon pour lors assez mal traduits. Mais les hommes de cette époque, et, par conséquent, les écrivains qui n'étaient point alors des gens d'académie visant à un prix Monthion, étaient pleins d'une énergie féroce; ils savaient ce que c'était que de vivre dans une petite ville sous l'œil du tyran qui venait d'opprimer la république et d'en être connu de vue.

Ce n'est donc pas des raisonnements passables qu'il faut chercher dans les archives d'Italie où par protection l'on peut pénétrer aujourd'hui, mais uniquement quelques vers sublimes dans le goût de ceux de Michel-Ange et quelques faits qui jettent un jour singulier sur les profondeurs du cœur humain. Car le gouvernement le plus baroque et le plus infâme a cela de bon qu'il donne sur le cœur humain des aperçus que l'on chercherait en vain dans la jeune Amérique où toutes les passions se réduisent à peu près au culte du dollar.

Parmi les archives, celles où je serais le plus curieux d'être admis, si je pouvais passer pour un savant célèbre et inoffensif qui ne cherche que des manuscrits grecs, ce seraient les archives des tribunaux tenus par les évêques et dont l'autorité n'a pâli que de nos jours devant l'étoile de Napoléon.

Sur le choix d'un titre

Ms. ital. 178, page de garde fol. B.

Ce volume contient la fin de la vie de Don Rugiero écrite par lui-même et plusieurs historiettes.

Un titre raisonnable serait celui-ci :

Pièces historiques
en italien
écrites vers l'an 1600
et fidèlement traduites
par Théodore Bernard.
(Les copies des manuscrits originaux
sont déposées chez M. ...)

Objection.

Ce titre n'indique pas que ce sont des aventures particulières et intéressantes; il conviendrait à une suite de pièces officielles sur une révolte; celle de Masaniello, par exemple.

Réponse. On saura bientôt par les journaux que ce sont des aventures intéressantes, et leur véracité *reste établie par le titre.*

Projet d'un plan

Ms. ital. 171, à propos du récit 4 *(Le prince Savelli tué à la Riccia)*.

[Fol. 105 2°:]

24 mars 1883.

1536

Le prince Savelli est tué à La Riccia par un mari.

Je fais copier ceci en mars 1833. Je me propose de faire relier les histoires par ordre chronologique. Toutefois pour donner une idée du pays à qui ne l'a pas étudié, je placerai d'abord :

1° la vengeance du c ardin al Aldobrandini neveu de Clément VIII contre ce pauvre jeune Romain Longobardi qui entretenait une jolie fille.

2° la mort du neveu de Sixte V, le mariage et la mort de sa veuve Accoramboni.

3° cette histoire de la mort du p rin ce Savelli. Ces trois histoires montrent les mœurs et la justice. Après ces histoires je reprendrai l'ordre chronologique.

If I *publie* me vivente :
1° h[istoire] du procès de la veuve
2° h[istoire] de la mort de Capecce
3° histoire des c[atins] payées deux fois par ... (there *en blanc*).

After those three, *le c[ardin]al Aldobrandini, le neveu de Sixte V et le pr[in]ce Savelli.*

Le ms. ital. 171 présente ce fragment qui est à la fois un projet de titre et de plan.

[Fol. 317 r° :]

Historiettes romaines fidèlement traduites des récits contemporains par Bouriquet. Préface. Je ne pourrais peut-être sans mentir dire du bien du g ouvernement of Roma, *et si j'en disais du mal j'aurais l'air piqué. La r évoluti on de Juillet me trouvant avec vingt-cinq ans de service à Moscou, Vienne, Berlin, m'avait donné* little unactive situation *dans les environs de Roma.*

22 octobre 1834. Norma *par Mlle Speck; le plaisir commence à la 8e représentation, idée venue à la 10e.*

To take 6 to this volume only :
1. The *c[ardin]al Aldobrandini, page 11.*
2. *Accoramboni (Vittoria), Duchesse de Bracciano* with a preface from the good Muratori Annales.
3. *Mort du Prince Savelli à La Riccia, en 1536.*
4. *Cruauté d'Aribert en 1546, court.*
5. The Bishop of Castro and the Abadessa, *1576.*
6. *Mort du Prince Troilo Savelli assassiné.*
Ainsi in this single volume I find *six historiettes* noty.

Two volumes for money after the fall of the *R[oman] Empire et de retour au 71 de Richelieu.*

Thought *22 octobre 1834 à la* Norma *de Mlle Speck vue pour la 10e fois, le plaisir commence à la 8e fois.*

ANECDOTES ITALIENNES

Comme le montre l'examen des manuscrits italiens de la Bibliothèque nationale, Stendhal avait songé à adapter beaucoup d'autres chroniques. De ces projets, il ne nous reste que quelques notes de Stendhal précieusement consignées par V. del Litto dans le deuxième tome de son édition des *Chroniques italiennes* au Cercle du Bibliophile. D'autre part R. Collomb a publié dans son édition de la *Correspondance* (1855), deux textes où il est peut-être difficile de savoir quelle part revient exactement à Stendhal, quelle part aux retouches de Collomb. Tels qu'ils sont ils ne manquent pas d'intérêt cependant.

I

Adaptation de l'*Origine des grandeurs de la famille Farnèse* (Ms. ital. 170). R. Collomb, *Correspondance inédite*, deuxième série, p. 162-171.

1. Nous donnons d'abord une note autographe de Stendhal, mise sur le ms. ital. 170; ensuite, l'adaptation transmise par R. Collomb.

Note marginale de Stendhal.

Courier avait bien raison. C'est par une ou plusieurs c[atins], que la plupart des grandes familles de la noblesse ont fait fortune. Cela est impossible à New York. Voici la famille Farnese qui fait fortune par une c[atin] : Vandozza Farnese.

Le portrait idéalisé d'Alexandre cet homme heureux est à S[ain]t-Pierre sur son tombeau, ouvrage de Guillaume

della Porta. Alexandre fut Paul III. Son portrait véritable mais dans une extrême vieillesse, se voit dans deux bustes au palais Farnese, l'un desquels est attribué à Michel-Ange. Singuliers ornements de la chape de Paul III, dignes de lui.
Rome, 17 mars 18]34.
Récit plein de vérité et de naïveté en patois romain.
R ome], 1834.

To make of this sketch a romanzetto. *16 août 18]38.*

2. *Adaptation de Stendhal transmise par* R. Collomb. *(Correspondance inédite, cf. supra.)*

Courier avait bien raison; c'est par une ou plusieurs c[atins] que la plupart des grandes familles de la noblesse ont fait fortune. Cela est impossible à New York; mais on bâille à se rompre la mâchoire à New York. Voici la famille Farnèse qui fait fortune par une c[atin], la célèbre Vannozza Farnèse.

Lors de la composition des *Promenades dans Rome*, nous nous sommes souvent entretenus de Paul III; j'ai du nouveau sur ce vénérable pontife, et je t'en fais part. Alexandre Farnèse monta sur le trône, comme tu le sais, le 12 octobre 1534, à l'âge de soixante-huit ans, et mourut le 10 novembre 1549.

Je prends quelques-unes des aventures de cet homme aimable dans un manuscrit moitié en patois napolitain et moitié en mauvais italien, et dont le principal mérite est la naïveté. Les récits que j'y trouve sont de ceux que les historiens graves font profession de mépriser. Toutefois, leur dirais-je, que nous importent aujourd'hui un interdit lancé contre les Vénitiens, ou l'histoire d'un de ces cent traités de paix signés par la cour de Rome avec Naples ? Tandis qu'on voit avec intérêt la façon de se venger d'un rival ou de plaire à une femme, en usage au XVIe siècle. J'ai lu ce manuscrit comme un roman; mais il est incroyablement difficile à traduire, et ce n'est pas une petite affaire que de le réduire à une forme décente.

Il y a de tout, même de la magie. Il faut convenir que cet Alexandre Farnèse fut un des hommes les plus heureux du XVIe siècle. *Heureux selon le monde*, ne manque pas de répéter, à plusieurs reprises, notre auteur napolitain, qui me semble un homme de cour, devenu dévot en prenant de l'âge. Outre le péché d'indécence, dans lequel il tombe assez souvent, sa narration est obscurcie par une foule de raisonnements inintelligibles, pour la plupart, empruntés à Platon. C'était l'esprit du temps; qui nous dit que le nôtre ne semblera pas aussi ridicule dans trois siècles?

J'abrège infiniment cette histoire scandaleuse qui, dans l'original, n'a pas moins de quatre cent quatre-vingts pages, grand in-4. L'auteur explique beaucoup de faits par la magie; il est naïf et croit ce qu'il raconte; mais je ne conseillerais pas au lecteur de l'imiter en ce point. Il ne faut chercher ici ni la gravité ni la certitude historiques, mais des habitudes et des usages, suivant lesquels on cherchait le bonheur en Italie vers l'an 1515, à l'époque où ce beau pays comptait parmi ses citoyens l'Arioste, Machiavel, Raphaël, Michel-Ange, le Corrège, le Titien et tant d'autres.

Quelques personnes prendront peut-être la liberté de croire que cette civilisation-là valait celle qui fait notre orgueil au XIXe siècle. Mais nous avons de plus deux bien belles choses : la décence et l'hypocrisie.

Il y aurait, du reste, une grande ignorance à juger les actions des contemporains de Raphaël d'après la morale et surtout la façon de sentir d'aujourd'hui. Au XVIe siècle, on mettait moins d'importance à donner et à recevoir la mort. La vie *toute seule*, séparée des choses qui la rendent heureuse, n'était pas estimée une propriété si importante. Avant de plaindre l'homme qui la perdait, on examinait le degré de bonheur dont cet homme jouissait; et, dans ce calcul, les femmes tenaient une place bien plus grande que de nos jours : il n'y avait point de honte à faire tout pour elles. La vanité et le *qu'en dira-t-on* naissaient à peine; et, par exemple, on ne prenait point au sérieux les honneurs décernés par les princes; l'opinion ne les chargeait point d'assigner les rangs dans la société; lorsque Charles-Quint fit le Titien comte, personne n'y prit garde, et le Titien lui-même eût préféré un diamant de cinquante sequins. J'achèverai le tableau en rappelant qu'on avait alors une sensibilité extrême pour la poésie, et que la moindre phrase, contenant un peu d'esprit, faisait, pendant une année entière, l'entretien de la ville de Rome. De là tant d'épigrammes célèbres qui, aujourd'hui, paraissent dénuées de sel : le monde était jeune.

Notre pruderie n'a pas la plus petite idée de la civilisation qui, à cette époque, a régné dans le royaume de Naples et à Rome. Il faudrait un courage bien brutal pour oser l'expliquer d'une façon claire. Mais, par compensation, toutes nos vertus *momières* eussent semblé complètement ridicules aux contemporains de l'Arioste et de Raphaël; c'est qu'alors on n'estimait dans un homme que ce qui lui est personnel, et ce n'était pas une qualité personnelle que d'être comme tout le monde; on voit que les sots n'avaient pas de ressource.

Extrait de la préface de l'auteur napolitain.

« Sur la fin de mon séjour à Rome, époque de ma vie bien heureuse, *selon le monde*, le hasard m'ayant procuré la faveur de ce qu'il y avait de plus grand et de plus aimable, mon oreille fut mise en possession de certaines vérités curieuses; de façon que maintenant, du sein de ma retraite, je puis donner au monde l'explication de ce qu'on a appelé le *génie familier* d'Alexandre Farnèse. Toutefois, l'illustration des choses anciennes ne devant point faire oublier le juste soin de la sécurité présente, mes paroles seront pondérées de façon à n'être comprises en entier que par les intelligents. Quant aux circonstances délicates et qui passent la portée naturelle des esprits, je n'ai aucun scrupule : tandis que les sages sentiront et goûteront l'importance des choses, le vulgaire s'étonnera de leur peu d'importance et doutera. Qu'importe ? Le vulgaire n'est-il pas fait pour douter de tout et pour tout ignorer ? Que connaît-il avec certitude, au-delà du nombre de ducats qu'il a dans sa poche ? »

On ne saurait contester qu'avant le pontificat de Paul III quelques membres de la famille Farnèse n'aient vécu noblement et contracté des alliances avec certaines familles nobles, soit d'Orvieto, soit des bords de la Fiora, petit fleuve qui, à diverses époques, a fait la séparation de la Toscane et des Etats du pape.

Ranuccio Farnèse, gentilhomme d'une très médiocre fortune, en vivant, par économie, dans sa terre, loin de la capitale, eut plusieurs enfants. Je ne parlerai ici que de trois d'entre eux, savoir : Pierre-Louis, Julie et Jeanne, si connue depuis sous le nom de Vannozza.

Pierre-Louis se maria avec Giovannella Gaetano, de l'illustre famille qui a donné à l'Eglise le fameux pape Boniface VIII, mort en 1303. On dit que de ce mariage naquit Alexandre, mais on prétendait à Rome, lorsque les grandes qualités de ce jeune homme commencèrent à le faire distinguer, que son père véritable avait été

Jean Bozzuteo, gentilhomme napolitain : tout Rome savait qu'il était le favori de la signora Gaetano.

Julie se maria aussi à Rome, à un gentilhomme, mais assez pauvre. Vannozza, la cadette, venait souvent de son village passer plusieurs semaines à Rome, soit dans la maison de son frère, soit dans celle de sa sœur. Elle croissait en beauté et en grâces et devint bientôt la merveille de cette capitale du monde et l'origine de l'étonnante fortune de sa famille. Aucune femme, soit parmi la noblesse, soit dans la bourgeoisie, soit parmi ce monde infini de nobles courtisanes, dont la beauté et la richesse firent toujours l'admiration des étrangers, ne put jamais soutenir la moindre comparaison avec Vannozza. Et, quand bien même elle eût été tout à fait dénuée de cette divine beauté, si calme, si noble, si saisissante, qui la fit la reine de Rome pendant tant d'années, et l'on peut dire sans exagération jusqu'au moment de sa mort, elle eût été une des femmes les plus recherchées à cause de cet *aimable volcan* d'idées nouvelles et brillantes que lui fournissait l'imagination la plus féconde et la plus joyeuse qui fut jamais.

Etant encore jeune fille et du temps qu'elle venait à Rome, de la campagne, seulement pour passer le temps du carnaval et voir les *moccoletti* [1], elle habitait chez son frère Pierre-Louis, qui possédait alors une assez pauvre maison vers l'arc des Portugais, au bord du Tibre. Elle inventait les parties de plaisir les plus singulières, les plus divertissantes et qui le lendemain, lorsque la renommée les racontait dans Rome, donnaient le désir aux courtisans les plus heureux, aux cardinaux les plus puissants, d'être admis dans la société de ce petit gentilhomme. J'ai encore ouï parler, dans ma jeunesse, d'une partie de plaisir qui eut lieu la nuit, sur les eaux du Tibre; c'était pendant les grandes chaleurs de l'été, quelques jours après la Saint-Pierre. Sur le minuit, la société de Pierre-Louis monta dans des barques par un beau clair de lune. Après avoir joué sur les eaux, descendu et remonté le Tibre, les barques allèrent se ranger le long de la *Longara*, dans un lieu que le Janicule couvrait de son ombre et où les rayons de la lune ne pénétraient point. Deux barques s'éloignèrent des autres et tirèrent un petit feu d'artifice

1. Petites bougies que chacun porte en courant, dans le Corso, le soir du mardi gras. Chacun cherche à éteindre le *moccolo* de son voisin : c'est un des spectacles les plus bizarres et les plus gais. (R. C.)

fort agréable. Après le feu on but d'excellents vins et on prit des glaces, plusieurs mêlaient leurs glaces dans le vin.

La lune, dans son cours, étant venue à illuminer même cet endroit de la *Longara*, Vannozza, qui se balançait avec grâce à la pointe d'une des barques, tomba à l'eau, et dans le moment où toute la société s'alarmait de cet incident, changeant de vêtements avec une promptitude incroyable, elle parut dans l'eau vêtue en naïade. Après qu'on eut admiré ses grâces sous ce costume, elle récita, au grand enchantement de tous, une pièce de vers de Carletto, qui passait alors pour le premier poète de Rome. Ces vers, fort élégants, étaient des compliments pour la plupart des membres de la société, et adressaient des plaisanteries satiriques à quelques autres, ce qui fit beaucoup rire. Vannozza nageait fort bien, et en récitant ses vers s'appuyait avec grâce sur deux corbeilles de fleurs, du milieu desquelles elle semblait sortir. Ces fleurs étaient fixées sur de grosses masses de liège, de façon que la jeune fille ne courait en apparence aucun danger; mais les ondes du Tibre sont traîtresses et semées de tourbillons. Comme Vannozza achevait de réciter son idylle, les deux corbeilles de fleurs s'éloignèrent peu à peu des barques et commençaient à être entraînées dans un mouvement circulaire, lorsqu'un jeune abbé qui passait pour l'amant favori de Vannozza se jeta à l'eau tout habillé, et bientôt la charmante naïade fut en sûreté dans une barque. Comme l'on s'inquiétait fort de cet accident arrivé à une personne si charmante, Vannozza improvisa un sonnet dans lequel elle disait à ses amis qu'ils avaient tort de s'alarmer, que l'on savait bien qu'*une naïade ne pouvait se noyer* [1].

Le lendemain tout Rome retentit des récits de cette nuit délicieuse; plusieurs soutenaient que le péril couru par Vannozza n'avait pas été réel et que tout était préparé entre elle et son amant pour lui donner occasion de réciter le charmant sonnet de la naïade.

Rodéric Lenzuoli, neveu du pape régnant, Calixte III, jeune homme qui brillait fort en ce temps à la cour de son oncle, improvisa un sonnet dans lequel il faisait parler le Tibre; le fleuve s'écriait : « Qu'il n'avait pas eu de

1. Cet esprit si peu surprenant faisait un plaisir infini, et l'on peut juger du ravissement où les inventions si plaisantes de l'Arioste jetaient ses heureux contemporains. (R. C.)

moment plus glorieux depuis celui où il vit déposer sur ses bords Rémus et Romulus. » La fin de ce sonnet est encore dans la mémoire de tous, à cause de la séduisante description que le Tibre fait des membres de la jeune fille qu'il avait eu le bonheur de serrer un instant dans son sein. Ce fut à cette occasion que Rodéric connut Vannozza. Bientôt il abandonna pour elle toutes ses autres maîtresses; il en avait de deux sortes : celles dont il obtenait les bontés par amour, car c'était un fort agréable cavalier, rempli de courage, de bizarreries et fort digne de commander à une ville telle que Rome; celles auprès desquelles, nouvelles Danaé, les difficultés étaient aplanies par la pluie d'or. Rodéric dépensait des sommes énormes, son oncle ne le laissant jamais manquer d'argent. Bientôt après, en 1456, il fut créé cardinal; il eut la charge de vice-chancelier de l'Eglise, l'une des mieux rétribuées de Rome; il y réunit plusieurs riches bénéfices et il passait pour le cardinal le plus opulent de cette cour, si resplendissante de richesses et de luxe. Le peuple romain, toujours enclin à la satire, ne jugeait de l'importance d'un homme que par sa dépense et par la hardiesse de ses actions.

Le cardinal Rodéric était tellement épris de Vannozza Farnèse, qu'il cessa toutes ses autres pratiques d'amour, et Rome fut amusée par le désespoir de plusieurs dames illustres. Cet événement fournit durant quelques mois aux satires du fameux *Marforio*[1]. Le cardinal fit la fortune de tous les parents de Vannozza, qui ne manquèrent pas de fermer les yeux sur ce que tout Rome savait, et qui faisait leur honte. Rodéric avait commencé par exiler au fond de la Lombardie, au moyen d'un petit évêché de deux ou trois mille écus de rente, l'abbé qui s'était jeté dans le Tibre pour sauver Vannozza.

De ces amours, réprouvés par notre sainte religion, naquirent beaucoup d'enfants. Laissant de côté ceux qui moururent jeunes, nous ne noterons ici que François, César, Loffredo et Lucrèce, élevés tous par leur père au milieu du luxe et des grandeurs, et comme s'ils eussent appartenu aux princes les plus puissants.

Pendant que le cardinal Rodéric passait toutes ses journées dans la maison de Pierre-Louis, il y vit naître Alexandre, fils de Giovannella Gaetano, cet enfant par-

1. Statue sur laquelle on attachait des sonnets satiriques, ordinairement en forme de dialogue avec Pasquin. (R. C.)

tagea tout le luxe de l'éducation de ses cousins; il eut tout l'esprit de sa tante Vannozza et fit des progrès étonnants dans les lettres grecques et latines; il était cité comme le jeune prince le plus savant de Rome; mais, à peine arrivé à la première jeunesse, il laissa de côté tous les bons auteurs pour s'abandonner aux appâts décevants de la volupté la plus effrénée. A vingt ans, il eut une charge à la cour du cardinal Rodéric, et l'on peut juger de quelle faveur il y jouit, étant neveu de Vannozza, pour laquelle la passion du vice-chancelier semblait s'accroître tous les jours.

Il faut être juste; un jeune homme de cet âge, qui a été élevé comme le sont les fils des rois et qui a joui dans son enfance de tous les honneurs que, dans les écoles, on accorde aux plus savants, ne doit guère connaître la modération, surtout quand le ciel lui a accordé une rare beauté, ce dont la postérité pourra juger par sa statue, qui est restée dans Rome et dans le lieu le plus honorable [1], comme nous le dirons en son temps. Alexandre, étant fort téméraire, fut plusieurs fois surpris par des maris irrités; il ne put sauver sa vie qu'en se défendant à coups de dague et de poignard; plusieurs fois il fut blessé. Alors, comme il fallait surtout que de telles choses ne parvinssent pas à la connaissance du saint pontife Innocent VIII, qui occupait la chaire de Saint-Pierre, le cardinal Rodéric lui donnait quelque mission hors de Rome. Alexandre fut le héros de beaucoup d'aventures dont on parle encore de temps en temps à Rome, et qui, dans ma jeunesse, étaient dans la bouche de tout le monde; il eut des aventures innombrables et surtout périlleuses; là où les autres s'arrêtaient comme devant chose impossible, lui espérait et entreprenait. Il ne redoutait qu'une chose au monde : la justice inexorable du saint pape Innocent VIII, qui régna de 1484 à 1491. Alexandre avait près de trente ans lorsque la rage et la jalousie lui firent oublier la crainte que lui inspirait le pape, et le portèrent à une action qui augmenta de beaucoup la puissance dont il jouissait dans Rome, mais qui fut généralement abhorrée des gens pieux.

Je reprendrai les choses d'un peu loin. Alexandre, se promenant à cheval, à deux lieues de Rome, au milieu

1. C'est la statue du tombeau de Paul III, au fond de la tribune de l'église de Saint-Pierre : ce sublime monument est de Giacomo della Porta. (R. C.)

de la plaine solitaire qui s'étend du côté de Tivoli, s'arrêta pour examiner des fouilles qu'il faisait faire par cinq ou six paysans venus de l'Aquila; il vit passer une jeune femme, appartenant à une famille noble de Rome et qui s'en allait dans son carrosse à Tivoli, escortée par trois hommes armés. Alexandre Farnèse fut tellement frappé de sa beauté, qu'il n'hésita pas à attaquer l'escorte. « Arrêtez, cria-t-il au cocher, ces chevaux m'appartiennent et vous me les avez volés! » A ces mots, les trois hommes de l'escorte le chargèrent. Alexandre seul était bien armé, les deux domestiques qui le suivaient n'avaient qu'une épée fort courte et prirent bientôt la fuite : Alexandre se vit sur le point d'être tué. « A moi, braves Aquilans! » s'écria-t-il; les ouvriers sortirent de leur fouille au moment où il était entouré par les trois hommes armés. Ce qui le mettait en fureur, ce n'était pas son danger personnel : depuis un moment le cocher, le voyant occupé, avait mis ses chevaux au galop et s'éloignait rapidement. « Courez après le carrosse, dit Alexandre aux deux plus braves des Aquilans, et tuez un des chevaux. »

Son bonheur voulut que l'ordre qu'il adressait seulement à deux de ses ouvriers fût entendu à demi par tous. Deux se détachèrent après le carrosse, et les autres, qui n'avaient pour armes que leurs pioches, attaquèrent avec furie les chevaux des trois hommes armés qui en voulaient à la vie du jeune Farnèse; il blessa mortellement l'un d'eux; les deux autres tombèrent de cheval et s'enfuirent à pied. Alexandre avait reçu plusieurs blessures légères, ce qui ne l'empêcha pas de courir après la dame. Elle était profondément évanouie; il la fit transporter, à travers champs, à une petite villette qu'il possédait à deux lieues de distance, sur la route de Palestrine. Là il vécut parfaitement heureux pendant un mois, personne dans Rome, à l'exception du cardinal Rodéric, ne sachant ce qu'il était devenu.

Le jour du crime, Alexandre avait eu la prudence de donner six sequins à chacun des ouvriers d'Aquila, en leur ordonnant de partir à l'instant pour Tivoli et de rentrer dans le royaume de Naples, par Rio-Feddo, en se gardant bien d'aller chercher leurs outils à la fouille. Au moyen de cet ordre, fidèlement exécuté, le crime resta secret pendant assez longtemps; mais enfin il parvint aux oreilles du pape. Le cardinal Rodéric ne voulut pas passer pour être l'auteur de l'enlèvement, d'autant mieux que, quelques mois auparavant, il s'était rendu coupable d'un crime semblable, et, quoi que Vannozza pût faire pour ce neveu chéri, il fut mis au château Saint-Ange.

Innocent VIII ordonna au gouverneur de Rome de suivre ce procès avec activité. Le gouverneur fit mettre en prison tous les domestiques d'Alexandre. C'étaient des hommes d'élite, qui, d'abord, refusèrent de parler; mais la *question* leur fit dire la vérité; le gouvernement sut par eux que les ouvriers de la fouille, seuls témoins du fait, étaient d'Aquila; il y envoya des sbires déguisés, qui enivrèrent ces paysans, et, sous divers prétextes, les engagèrent à passer la frontière voisine et à entrer dans les États du pape; ils y furent aussitôt arrêtés; on les interrogea, et, après plusieurs mois, le procès étant fait et parfait, Alexandre, toujours sévèrement gardé au château Saint-Ange, courait des dangers sérieux. Alors le cardinal Rodéric et Pierre Marzano, parent des Farnèses, parvinrent à faire remettre une corde à Alexandre. Avec cette corde, il eut le courage de descendre du haut du château Saint-Ange, où était sa chambre, jusque dans les fossés. La corde avait bien trois cents pieds de long, elle était d'un poids énorme.

Tout le monde sait que le château Saint-Ange, où l'on gardait Alexandre, est une immense tour ronde, qui fut jadis le tombeau de l'empereur Adrien. Le mur antique est construit avec d'énormes blocs de pierre; l'architecte moderne l'a continué avec des briques, de façon que le haut de cette tour se trouve élevé de quelques centaines de pieds au-dessus du sol.

On a construit plusieurs bâtiments sur la plate-forme de la tour, qui est très vaste; un de ces bâtiments est le palais du gouverneur. Vis-à-vis s'élève la prison, dont toutes les fenêtres auraient une vue magnifique sur la campagne de Rome, si on ne les avait masquées avec des abat-jour.

Il faut te contenter aujourd'hui de cet échantillon de la jeunesse de Paul III, car je n'ai ni le temps ni le courage de te continuer son histoire.

II

1. Note de Stendhal au manuscrit ital. 171, à propos du récit n° 5 :

Vengeance d'Ariberti gentilhomme milanais :

1546

Ariberti milanais met dans une cave Pecchio son ennemi, et cela dure 19 ans. Bon courage du prisonnier Pecchio.

Deux pauvres diables sont mis à la torture, avouent qu'ils ont assassiné Pecchio et sont pendus.

Le Majelo historien n'ose pas nommer le ch[evali]er Ariberti, homme puissant à ce qu'il paraît.

2. Texte transmis par R. Collomb (*Correspondance*, 1855, deuxième série, p. 222-226).

Ariberti, noble Milanais, et possesseur de plusieurs villages, avait conçu une haine mortelle contre un homme de la famille Pecchio. Ariberti avait été offensé dans ses biens et plus tard dans son amour.

Pecchio lui fit un procès et le gagna. Pendant le cours du procès, qui dura plusieurs années, Pecchio s'aperçut que la femme d'Ariberti était fort jolie; il parvint à le lui dire et à s'en faire aimer. Après la perte du procès, Ariberti s'emporta en menaces contre son adversaire. Pecchio apprit que la femme d'Ariberti était étroitement enfermée dans un des châteaux de son mari. Cette femme ne désirait qu'une chose au monde, être délivrée de la tyrannie de celui-ci. En secret, elle avait amassé assez d'argent pour pourvoir à sa subsistance. Le château où elle était enfermée, situé près de Lecco, n'était qu'à une lieue de l'Adda, qui séparait le pays de Venise du Milanais; une fois sur le territoire vénitien, la femme d'Ariberti changerait de nom et serait à peu près à l'abri de toutes les poursuites. Dans tous les cas, si elle y était forcée, elle était résolue à entrer dans un couvent à Venise, dont la règle n'était point trop austère dans ces temps-là.

Pecchio avait reçu tous ses aveux pendant la courte liaison qu'il avait eue avec elle. Depuis trois ans qu'elle avait cessé, la tyrannie d'Ariberti était tout à fait devenue intolérable; il avait pris trois duègnes espagnoles qui, chacune à leur tour, montaient la garde auprès de sa femme; cette malheureuse n'était pas même seule durant la nuit : la duègne de garde couchait avec elle.

Une femme de chambre qui, jadis, favorisait les amours de la femme d'Ariberti, n'avait pas été chassée; mais on l'avait dégradée. Elle était chargée, depuis plusieurs années, de conduire à la pâture, sur les rives de l'Adda, les nombreux troupeaux d'oies qui dépendaient du château où Ariberti faisait garder sa femme. Cet homme singulier et raffiné dans l'art de se venger avait dit à cette femme de chambre :

— Je te punis davantage en t'employant ainsi qu'en te renvoyant.

Et comme la malheureuse exprimait le désir d'entrer au service d'un autre maître :

— Essaie, lui dit Ariberti, et moins d'un mois après tu seras morte.

Pecchio savait toutes ces choses qui avaient fait anecdotes dans Milan, lorsqu'il voulut se venger des menaces qu'Ariberti lui adressait en tous lieux depuis la perte de son procès. Pecchio, qui était parti de chez lui pour aller à la chasse, se déguisa en paysan et vint sur les bords de l'Adda, chercher le troupeau d'oies de son ennemi. S'étant assuré que, ce jour-là, l'ancienne femme de chambre était seule chargée de le garder, il se trouva sur son chemin comme par hasard.

— Grand Dieu! que vous êtes changée! lui dit-il; à peine si je vous aurais reconnue!

La femme de chambre fondit en larmes sans répondre.

— Combien j'ai pitié de vos malheurs! dit Pecchio; racontez-moi votre histoire, mais allons nous cacher derrière quelque haie afin de n'être pas aperçus de quelqu'un des espions qui rôdent sans cesse autour du château.

La femme de chambre raconta ses malheurs et ensuite ceux de sa maîtresse. Si, par hasard, celle-ci adressait la parole ou un simple sourire à son ancienne camériste, la camériste était mise en prison, au pain et à l'eau pour huit jours. Les traitements auxquels la maîtresse était exposée étaient moins durs, en apparence, mais plus cruels en réalité. Ariberti ne lui parlait jamais que sur le ton de la plaisanterie amère.

Pecchio eut l'air de se laisser attendrir par ces récits, qui se prolongeaient infiniment.

— Ah! Monsieur! si vous êtes chrétien, vous devriez bien sauver cette pauvre femme qu'autrefois vous avez aimée; si elle reste encore un an dans cet état, elle mourra certainement. Et dire que son bonheur serait parfait si, seulement, elle était à une lieue d'ici! Elle a une petite caisse pleine de sequins d'or; elle a, de plus, beaucoup de diamants, comme vous savez.

— Eh bien! je la sauverai, s'écria Pecchio.

A ce moment l'ancienne femme de chambre, maintenant gardeuse d'oies, tomba à ses genoux.

— Je ne crains qu'une chose, dit Pecchio, c'est vos bavardages à vous autres femmes; toi, ou ta maîtresse, vous parlerez, vous vous confierez à quelqu'un et vous me ferez tuer.

Après la protestation de la femme de chambre :

— Dans huit jours juste, c'est-à-dire mardi prochain, la lune se renouvelle; de plus il y a foire à Lecco; toute la nuit le chemin sera couvert d'ivrognes chantant à tue-tête. Eh bien! cette nuit-là, comme dix heures sonneront à la paroisse, je serai sur l'Adda, au bas des jardins du château, près de cet endroit où il y a des mûriers et tant d'orties, par lequel j'entrais autrefois. J'aurais amené moi-même mon bateau du lac de Côme; il est fort petit, et j'espère n'être point aperçu.

— Mais, monsieur, il vous faut au moins deux hommes pour retenir les duègnes et leur mettre un bâillon; songez qu'elles jetteront des cris et vous serez poursuivi sur l'Adda; les bateliers de mon maître sont tous des jeunes gens qui ont remporté le prix de la *regata*. D'ailleurs, comment ferai-je pour donner les avis nécessaires à ma pauvre maîtresse ? je puis bien, par un signal convenu, lui faire entendre que j'ai quelque chose d'intéressant à lui dire; mais comment m'expliquer ? Il se passe quelquefois des mois entiers sans que je puisse lui parler.

La camériste ne savait pas écrire; tout semblait se réunir pour contrarier les projets de Pecchio. Enfin il fut convenu que, deux jours après, Pecchio apporterait au même endroit un flacon d'extrait de têtes de pavot, fameux narcotique que l'on préparait alors à Venise. Berta eut peur; elle craignait que ce fût du poison. Pecchio la rassura, et il fut convenu que Berta donnerait une prise de narcotique à deux duègnes, qu'elle parviendrait jusqu'à sa maîtresse, en distribuant quelque argent aux autres domestiques qui détestaient les duègnes, et, que, enfin, quand elle aurait quelque chose de neuf à apprendre à Pecchio, elle casserait un jeune saule isolé qu'on avait planté au milieu d'une prairie voisine. Pecchio retourna à Milan et Berta ramena ses oies au château d'Ariberti plus tôt que de coutume; elle voulait chercher l'occasion de parler à sa maîtresse, même avant l'arrivée du narcotique. Le seigneur Pecchio était jeune et passait pour fort inconstant. Berta, qui ignorait ses projets de vengeance, craignait fort qu'il n'oubliât de venir la voir sur les rives de l'Adda.

Tout réussit fort bien. A l'aide du narcotique, Berta endormit les duègnes; elle put se concerter avec sa maîtresse, et le jour de la foire de Lecco, avec la bourse de sequins que lui avait donnée Pecchio, tous les domestiques du château d'Ariberti s'enivrèrent. Ariberti, lui-même, se trouvait à Milan, pour un grand bal que donnait la *signora* Arezi, l'une des plus grandes dames du pays.

A l'heure dite, Pecchio se trouva, avec son petit bateau, vis-à-vis une partie abandonnée des jardins du château. Les duègnes n'avaient garde de troubler l'évasion de leur maîtresse. Berta, tout à fait revenue de la peur de les empoisonner, avait mêlé dans leur vin une quantité effroyable de narcotique : elle suivit sa maîtresse sur le petit bateau.

Pecchio trouva, à son grand regret, que la dame Teresa Ariberti avait conservé ou rallumé une grande passion pour lui, qui ne songeait qu'à se délivrer d'elle. Dès que le bateau fut arrivé sur le territoire vénitien, Pecchio remit la dame à un moine de l'ordre de Saint-François, par lui bien payé, et qui l'attendait dans une petite île voisine de la rive gauche de l'Adda, appartenant aux Vénitiens. Le moine promit de conduire la dame jusqu'à Venise par des chemins détournés. La dame conjurait Pecchio de ne pas l'abandonner, et comme le cavalier faisait la sourde oreille, elle alla jusqu'à lui reprocher de l'avoir enlevée de son château sous la promesse de passer la vie avec elle. Pecchio se hâta de repasser sur la rive milanaise de l'Adda, où il trouva des relais qu'il avait préparés, et qui lui permirent d'arriver, sur les deux heures du matin, au bal de la signora Arezi, où l'une des premières personnes qu'il trouva fut le seigneur Ariberti qui, quoique jeune encore et fort bel homme, ne dansait point, mais se promenait dans le bal, d'un air sombre, comme s'il eût deviné ce qui venait d'arriver à son château.

Le lendemain, il en reçut de tristes nouvelles; il s'y rendit en toute hâte, fit les recherches les plus exactes, et d'abord ne put rien découvrir. Les duègnes étaient encore à demi mortes et hors d'état de répondre, par l'effet de l'énorme quantité de narcotique que Berta, dans sa colère, leur avait administrée.

Après plusieurs jours de recherches infructueuses, pendant lesquels la colère d'Ariberti devint de la fureur, il trouva, en visitant la chambre d'une des duègnes, une petite bouteille d'une forme singulière. La duègne, interrogée, répondit qu'elle avait trouvé cette bouteille seulement depuis deux jours, et qu'il lui semblait l'avoir vue entre les mains de Berta. Ariberti la battit à outrance pour la punir de ne pas lui avoir fait part plus tôt de sa découverte.

Lorsque Ariberti, désespéré de n'avoir trouvé aucun indice, revint à Milan, il n'oublia pas d'y apporter la petite bouteille, qu'il se donna la peine d'aller présenter lui-même à tous les apothicaires de la ville. L'un d'eux lui dit d'un air assez singulier que cette bouteille provenait d'une pharmacie célèbre tenue à Venise par un moine grec défroqué. Ariberti comprit que le pharmacien ne disait pas tout ce qu'il savait; il le menaça, il lui offrit beaucoup d'argent, et enfin l'apothicaire avoua que cette bouteille avait contenu, non pas un poison, mais un narcotique puissant que l'on administrait aux malades dans certains cas désespérés, et que lui-même avait vendu cette bouteille quelques jours auparavant au *signor* Pecchio...

III

Crimes et mort de Troïlo Savelli.

On trouve dans le ms. ital. 171 cette ébauche d'adaptation. Nous la reproduisons ici parce qu'elle présente un caractère assez développé et cohérent.

[Fol. 270 r°. :]

Vers 1598.

Clément VIII régna de 1592 à 1605.

Mort du prince Troïlo Savelli. Sa pauvre mère demande au pape Clément VIII six mois de prison pour des frasques de jeune homme; l'attention du pape est excitée et le pauvre diable condamné et exécuté. Le jeune homme doutait, ce me semble, de cette dernière circonstance et il fait l'hypocrite.

Les mœurs du XVIe siècle se retrouvent encore aujourd'hui dans toutes les parties de l'Italie que l'action puissante du gouvernement de Napoléon n'a pas pu atteindre. Les brigands s'organisent facilement et servent encore les haines particulières moyennant un prix convenu.

Voici ce qu'on écrit de Naples le 25 juin 1838. La haute cour de justice criminelle du royaume de Naples vient de s'occuper d'un événement malheureux qui a eu lieu à Mesuraca petite ville de la Calabre ultérieure. Deux famille nobles et opulentes, les Palizzi et les Longobuco, vivaient depuis des siècles dans une grande inimitié, qui, par malheur, trouva récemment un nouvel aliment dans une contestation qui s'était élevée au sujet d'intérêts pécuniaires entre M. Lindaco Polizzi et M. Carlo Longobuco, dernier rejeton mâle de la famille.

M. Polizzi avait l'habitude de se rendre tous les matins à une campagne qu'il possédait dans les environs de Mesuraca, et de retourner à son hôtel dans la ville pour l'heure du dîner. Le mercredi, 16 mai dernier, il était sorti comme de coutume, mais il ne rentra pas chez lui. Sa femme, inquiète, envoya un domestique à la maison de campagne pour avoir des nouvelles de son mari; mais, à sa grande surprise, elle reçut la réponse que M. Polizzi n'y était pas arrivé. Mme Polizzi fit faire des recherches actives dans le pays, mais toutes restèrent sans résultat. Enfin, elle apprit que son mari avait eu, quelques jours avant sa disparition, une violente discussion avec M. Longobuco, et cette nouvelle lui fit concevoir un soupçon vague qu'il était victime d'une vengeance de son ennemi mortel.

Mme Polizzi réunit quelques-unes de ses parentes, se rendit avec elles auprès des deux jeunes sœurs de M. Longobuco, et, après avoir fait semblant de savoir positivement que celui-ci retenait M. Polizzi captif, elles les supplièrent d'engager leur frère à le remettre en liberté. Les sœurs de M. Longobuco, qui ignoraient jusque-là la disparition de M. Polizzi lui promirent d'en parler à leur frère, elles rapportèrent en effet les paroles de Mme Polizzi à M. Longobuco; mais celui-ci leur répondit avec un sourire ironique que c'était trop tard, et que toute intercession en faveur de M. Polizzi était désormais inutile.

Dans le commencement de juin, on trouva dans une forêt située à six lieues de Mesuraca sous un tas de cendres des ossements humains calcinés, et une clef qui fut reconnue par la famille Polizzi pour avoir appartenu à celui de ses membres qui avait disparu. La police de Mesuraca instruite de ce fait, fit aussitôt subir un interrogatoire à cinq bandits qui avaient été arrêtés quelques jours auparavant. Ces brigands déclarèrent que, sur la demande de M. Longobuco et payés par lui, ils s'étaient emparés de M. Polizzi, et l'avaient retenu prisonnier dans leur repaire, que là M. Longobuco était souvent venu le voir et qu'à chacune de leurs entrevues ces deux personnes s'étaient querellées, qu'enfin M. Longobuco leur avait donné l'ordre de tuer M. Polizzi, et de brûler son cadavre, ce qu'ils avaient exécuté.

Cette déposition ayant été confirmée par un berger qui avait observé les brigands, mais qui n'avait pas osé les dénoncer, la police fit sur-le-champ arrêter M. Longobuco, qui nia hardiment toute participation au meurtre commis sur la personne de M. Polizzi. La police de Mesuraca mit à la disposition du ministre de la justice Longobuco et les cinq bandits. Le tribunal extraordinaire composé de dix membres, condamna tous les accusés à la peine capitale, savoir : les cinq bandits à l'unanimité, Longobuco par sept voix contre trois. Ce dernier s'est pourvu en appel devant la haute cour de justice criminelle (*Débats* du 13 juillet 1838).

INDEX DES PERSONNAGES HISTORIQUES

ACCORAMBONI.

Vittoria Accorambona a laissé des poésies sous le nom de Virginia N., en particulier un poème en terza rima : *Lamento di Virginia N.*, inspiré par l'assassinat de son mari. François de Rosset a fait de cet assassinat le sujet d'une de ses *Histoires tragiques*, parue à Lyon en 1821. D'autre part, en 1820, parut une *Histoire de la vie et de la mort de Vittoria Accoramboni*, par Adry. Stendhal ne semble pas avoir connu ces ouvrages. Dans le portrait qu'il nous laisse de Vittoria, la poétesse gémissant sur la mort de son mari a peu de place. Vittoria s'empresse d'aller se mettre sous la garde d'Orsini, puis de l'épouser. (*Cf.* la chronique *Vittoria Accoramboni*.)

ACQUAVIVA ou Aquaviva.

Il s'agit d'une des premières familles de Naples. Deux membres de cette famille sont particulièrement connus : André-Matthieu Acquaviva, duc d'Atri et de Terano (1466-1520) combattit la domination espagnole, fut conduit en Espagne, prisonnier de Gonzalve de Cordoue; c'était un lettré distingué. L'autre fut ambassadeur d'Espagne et de Naples à Rome : Casanova parle de lui à plusieurs reprises dans ses Mémoires.

(*Cf. Chroniques*, *Vittoria*.)

ALIFE (comte de), *cf.* Carafa.

BAGLIONI.

Illustre famille dont le fondateur fut le tyran de Pérouse, mis à mort par Léon X qui l'avait attiré dans un guet-apens à Rome. Il fut tantôt condottiere au service de César Borgia ou des Vénitiens, tantôt souverain de

Pérouse. Chassé de cette ville, il redevint condottiere. Son fils Astorre s'illustra dans le siège de Famagouste qu'il soutint contre les Turcs. Il y périt ainsi que Bragadin, et tous leurs compagnons.

(*Cf. L'Abbesse de Castro.*)

BENTIVOGLIO.

La famille Bentivoglio fut toute puissante sur Bologne au XVe et au XVIe siècle. Jean II fut un mécène comparable à Laurent de Médicis et embellit Bologne de nombreuses œuvres d'art. Il fut en lutte, comme toute la famille Bentivoglio, contre les Malvezzi; et succomba finalement aux armées du pape Jules II.

(*Cf. L'Abbesse de Castro.*)

BRANCACIO.

Célèbre famille napolitaine d'où proviennent aussi les seigneurs français de Brancas. Il y eut plusieurs cardinaux de cette famille au XIIIe et au XIVe siècle. Lélio Brancacio fut chevalier de Saint-Jean de Jérusalem et publia un traité de l'art militaire en 1582.

(*Cf. La Duchesse de Palliano.*)

BRAGADIN.

Famille d'origine vénitienne. Furent assez connus : Marc Bragadin, aventurier candiot qui mourut à Munich en 1590, et le noble vénitien Matteo Bragadin dont Casanova parle à plusieurs reprises dans ses Mémoires.

(*Cf. Vittoria Accoramboni.*)

BUONDELMONTE.

Famille de Florence qui fut toujours très attachée au pape. Buondelmonte Buondelmonti, fondateur de la dynastie au XIIIe siècle fut tué par les Gibelins.

(*Cf. Trop de faveur tue.*)

CAMPOBASSO.

Le premier homme célèbre de cette famille fut un condottiere qui trahit Charles le Téméraire.

(*Cf. San Francesco a Ripa.*)

CAPECE.

Famille de gentilshommes napolitains. Marin et Conrad (XIIIe siècle) furent célèbres par leur dévouement à la maison de Souabe; ils reconquirent la Sicile; et, finalement, ils furent faits prisonniers et mis à mort par les Français. Parmi les autres membres de cette famille, notons Antoine Capece, jurisconsulte né à Naples, à la fin du XVe siècle, qui fut désigné à Charles Quint comme l'homme le plus capable d'apaiser les troubles en Sicile. Il mourut en 1545. Scipion Capece, son fils, fut un poète latin de renommée, professeur de droit à l'Université de Naples; il mourut en 1562.

(*Cf. La Duchesse de Palliano.*)

CAPELLO.

Bianca Capello, fille de Barthélemy Capello, noble vénitien, fut séduite, en 1563, par Pierre Bonaventuri, jeune Florentin qui apprenait le commerce à Venise, dans la maison de banque Salviati. Les deux amants s'échappèrent de Venise en décembre 1563, emportant avec eux les joyaux de la famille Capello. A Florence, ils se mirent sous la protection des Médicis. Bonaventuri fut l'intendant de François de Médicis, grand-duc de Toscane, tandis que Bianca devint sa maîtresse. Bonaventuri fut assassiné en 1570. Blanche épousa François secrètement en 1578, puis le mariage fut rendu public en 1579. Elle avait fait croire à la naissance d'un enfant mâle en 1577, pour donner un héritier au grand-duc. Elle mourut en 1587.

(*Cf. Trop de faveur tue.*)

CARAFA.

Maison de Naples, peut-être issue de la famille Sismondi de Pise. Quand Paul IV (Carafa) fut fait pape, il voulut élever ses neveux. Il fit Charles cardinal, dépouilla les Colonna de tous leurs biens pour les donner à Jean, le second de ses neveux qu'il créa duc de Palliano. Il donna au troisième le marquisat de Montebello qu'il enleva aux Guidi. Les Colonna étaient soutenus par le vice-roi de Naples. Ce fut une lutte sanglante où intervint Henri II. Le pape soutint la guerre avec l'aide du duc de Guise, guerre qui se termina par le traité de paix du 15 septembre 1557. La rapacité des neveux Carafa avaient suscité de nombreuses plaintes; en janvier 1559, le pape les dépouilla de toutes leurs dignités et les exila. Paul IV mourut le 18 août 1559. Le sénat romain abolit par décret la mémoire de Carafa. Le conclave élut pape le cardinal de Médicis, leur ennemi, qui prit le nom de Pie IV. Le 7 juin 1560, Pie IV fit arrêter les deux cardinaux Carafa (Charles et Alphonse) ainsi que Jean Carafa, comte de Montorio. Le procès eut lieu le 3 mars 1561. Charles Carafa fut dégradé et condamné à mort. Jean Carafa, comte de Montorio, eut la tête tranchée le même jour, avec le comte d'Alife et Léonard de Cardine qui l'avaient assisté dans le meurtre de sa femme. Pie V, élevé au pontificat en 1566, fit revoir le procès et la maison Carafa fut restituée dans les honneurs.

(*Cf. L'Abbesse de Castro; La Duchesse de Palliano.*)

CARDINE (Léonard de Cardine). *Cf.* Carafa.

CARDONE.

Le fondateur de cette famille fut Raimond de Cardone, général aragonais, envoyé en Italie en 1322 par le pape Jean XXII et le roi Robert de Naples, pour commander les Guelfes. Raimond II de Cardone fut nommé vice-roi de Naples par Ferdinand le catholique, le 24 octobre 1509.

(*Cf. La Duchesse de Palliano.*)

CITTADINI.

Noble famille siennoise dont naquit le savant Celse Cittadini (1553-1627).

(*Cf. L'Abbesse de Castro.*)

COLLETTA.

Auteur de l'*Histoire du royaume de Naples depuis Charles VII jusqu'à Ferdinand IV, de 1734 à 1825*, traduit de l'italien en français sur la 4e édition par Ch. Lefèvre et C.. B.. (Bellaguet), Paris, Ladvocat, 1835, 4 t. en 2 vol., et d'une *Histoire des six derniers mois de la vie de J. Murat*, Paris, L'Huillier, 1821.

(*Cf. L'Abbesse de Castro.*)

COLONNA, *cf.* Carafa.

Famille noble et puissante de Rome, ennemie des Orsini. Prosper Colonna fut un grand général du XVe siècle.

Fabrice Colonna, grand connétable du royaume de Naples, épousa Anne de Monteltro, fille de Frédéric, duc d'Urbi; ils furent les parents de Victoire Colonna, marquise de Pescaïe et poétesse.

(*Cf. L'Abbesse de Castro.*)

GUERRA.

Famille de Modène à laquelle appartient le peintre et architecte Guerra.

(*Cf. Les Cenci.*)

GUICHARDIN (Fr.).

Historien et homme politique, 1483-1540, auteur d'une *Histoire d'Italie* (1492-1530).

(*Cf. L'Abbesse de Castro.*)

JOVE (Paolo Giovo).

Né à Côme en 1483, auteur de *Historiæ sui temporis ab anno 1499 ad annum 1547*, de *Istorie del suo tempo.*

(*Cf. L'Abbesse de Castro.*)

MALATESTA.

Famille de condottiere de Rimini, prospère du milieu du XIIe siècle jusqu'au XIVe.

(*Cf. L'Abbesse de Castro.*)

MONTALTO.

Doges de Gênes.

(*Cf. Vittoria Accoramboni.*)

MURATORI.

Savant italien, né en 1672, bibliothécaire de la bibliothèque ambroisienne à Milan, puis de la bibliothèque de Modène. Il mourut en 1750; il est l'auteur de *Antiquitates italicae medii aevi* et de *Annali d'Italia.*

(*Cf. L'Abbesse de Castro.*)

ORSINI.

Famille romaine rivale des Colonna (*cf.* Colonna). De cette famille sont issus cinq papes, dont Nicolas III, de nombreux cardinaux et des condottieri.

(*Cf. Vittoria Accoramboni* et *San Francesco a Ripa*).

PETRONI.

Famille siennoise à laquelle appartient le grand restaurateur de l'étude du droit à Naples : le cardinal Petroni.

PICCOLOMINI, Alphonse, duc de Montemariano.

La famille Piccolomini a fourni deux papes et le duc d'Amalfi. Elle a inspiré un drame à Schiller.

(*Cf. L'Abbesse de Castro.*)

PIGNOTTI.

Poète, fabuliste, et auteur d'une *Storia della Toscana* (Pise, 1813). Né en 1739, passa son enfance à Arrezzo, fut étudiant à l'université de Pise, médecin à Florence et professeur de physique à l'université de Pise.

(*Cf. L'Abbesse de Castro.*)

ROBERTSON.

Né à Berthwick en Ecosse (1721-1793) auteur d'une *Histoire de Charles Quint* (1769, trad. 1771) et d'une *Histoire d'Ecosse sous le règne de Marie Stuart* (1759, trad. 1772).

(*Cf. L'Abbesse de Castro.*)

ROSCOE (William).

Littérateur anglais, né en 1752, procureur, avocat, lutta contre la traite des Noirs, banquier, il fit faillite. Il est l'auteur d'une *Vie de Laurent de Médicis* (1790-1796). Il mourut le 30 juin 1831.

(*Cf. L'Abbesse de Castro.*)

TABLE DES MATIÈRES

CHRONIQUES ITALIENNES

ARCHIVES DE L'ŒUVRE

PUBLICATIONS NOUVELLES

BALZAC
Un début dans la vie (613).

BAUDELAIRE
Les Fleurs du mal (527).

BECCARIA
Des Délits et des peines (633).

CALDERON
La Vie est un songe (693).

CASTIGLIONE
Le Livre du courtisan (651).

CHATEAUBRIAND
Vie de Rancé (667).

CHRÉTIEN DE TROYES
Le Chevalier au lion (569). Lancelot ou le chevalier à la charrette (556).

CONRAD
Nostromo (560). Sous les yeux de l'Occident (602).

DUMAS
Les Bords du Rhin (592).

FIELDING
Joseph Andrews (558).

FITZGERALD
Absolution. Premier mai. Retour à Babylone (695).

FLAUBERT
Mémoires d'un fou. Novembre (581).

FROMENTIN
Une année dans le Sahel (591).

GAUTIER
Le Capitaine Fracasse (656).

GOETHE
Les Affinités électives (673).

GOGOL
Tarass Boulba (577). Les Ames mortes (576).

HUME
Enquête sur les principes de la morale (654). Les Passions. Traité sur la nature humaine, livre II - Dissertation sur les passions (557).

JAMES
Histoires de fantômes (697).

KAFKA
Dans la colonie pénitentiaire et autres nouvelles (564).

KANT
Vers la paix perpétuelle. Que signifie s'orienter dans la pensée. Qu'est-ce que les Lumières ? (573).

KLEIST
La Marquise d'O (586). Le Prince de Hombourg (587). Michel Kohlhaas (645).

LAXNESS
La Cloche d'Islande (659).

LOCKE
Lettre sur la tolérance et autres textes (686).

LOPE DE VEGA
Fuente Ovejuna (698).

LOTI
Madame Chrysanthème (570). Le Mariage de Loti (583).

LUTHER
Les Grands Ecrits réformateurs (661).

MACHIAVEL
L'Art de la guerre (615).

MARIVAUX
Les Acteurs de bonne foi. La Dispute. L'Épreuve (166). La Fausse Suivante. L'Ecole des mères. La Mère confidente (612).

MAUPASSANT
Notre cœur (650). Boule de suif (584). Pierre et Jean (627).

MELVILLE
Mardi (594). Omoo (590). Benito Cereno-La Veranda (603).

MICHELET
Le Peuple (691).

MORAND
Hiver Caraïbe (538).

MORAVIA
Les Indifférents (662).

NERVAL
Aurélia et autres textes autobiographiques (567).

NOVALIS
Henri d'Ofterdingen (621).

NIETZSCHE
Le Livre du philosophe (660). Ecce homo – Nietzsche contre Wagner (572).

PÉREZ GALDOS
Tristana (692).

PLATON
Ménon (491). Phédon (489). Timée-Critias (618).

PLAUTE
Théâtre (600).

PREVOST
Histoire d'une grecque moderne (612).

QUESNAY
Physiocratie (655).

RILKE
Elégies de Duino - Sonnets à Orphée (674).

SÉNÈQUE
Lettres à Lucilus, I-29 (599).

SHAKESPEARE
Henry V (658). La Tempête (668). Beaucoup de bruit pour rien (670). Roméo et Juliette (669).

SMITH
La Richesse des nations (626 et 598).

STAEL
De l'Allemagne (166 et 167). De la littérature (629).

STEVENSON
L'Ile au Trésor ,593). Voyage avec un âne dans les Cévennes (601).

STRINDBERG
Tschandala (575).

TÉRENCE
Théâtre (609).

THACKERAY
Barry Lyndon (559). Le Livre des snobs (605).

Vous trouverez chez votre libraire le catalogue complet des livres de poche GF-Flammarion et Champs-Flammarion.

GF – TEXTE INTÉGRAL – GF

92/10/M0996-X-1992 – Impr. MAURY Eurolivres SA, 45300 Manchecourt.
N° d'édition 14025. – 4e trimestre 1977. – Printed in France.